D1153478

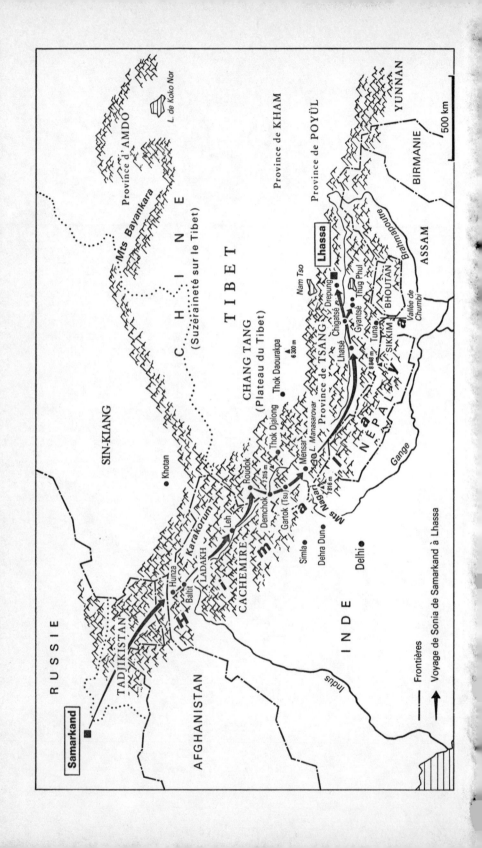

SAMSARA

DU MÊME AUTEUR
CHEZ LE MÊME ÉDITEUR

La Dame de Mandalay
La Princesse de Siam

Alexandra Jones

SAMSARA

Roman

BIBLIOTHÈQUE
POUR TOUS
LANDES

PRESSES
DE LA CITÉ

Titre original : *Samsara*
Traduit par Martine Desoille

6 4 . 1 7 4 .

La loi du 11 mars 1957 n'autorisant, aux termes des alinéas 2 et 3 de l'article 41, d'une part, que les « copies ou reproductions strictement réservées à l'usage privé du copiste et non destinées à une utilisation collective » et, d'autre part, que les analyses et les courtes citations dans un but d'exemple et d'illustration, « toute représentation ou reproduction intégrale, ou partielle, faite sans le consentement de l'auteur ou de ses ayants droit ou ayants cause, est illicite » (alinéa 1er de l'article 40). Cette représentation ou reproduction, par quelque procédé que ce soit, constituerait donc une contrefaçon sanctionnée par les articles 425 et suivants du Code pénal.

© Alexandra Jones 1988
© Presses de la Cité 1992
ISBN 2-258-03336-5

A Dennis

A la fin des années 1850, l'expansionnisme de la Russie la poussait hors de ses frontières au rythme de soixante-dix kilomètres par jour – Ily (1854), Tachkent (1865), Samarkand (1868), Boukhara (1869), Khiva (1873), Kokand (1876), Turkménistan (1881), Merv (1884), Piandj (1885), Pamir (1895). Cet expansionnisme est à l'origine du Grand Jeu qui opposa à la fin du siècle Russes et Britaniques.

Thoubten Guyatso, treizième Dalaï-Lama, atteignit sa majorité et monta sur le trône en 1895. Il fuit le Tibet en 1904 et connut l'exil en Inde jusqu'en 1910. Il rentra ensuite au Tibet en 1913 où il régna jusqu'à sa mort en 1933.

Au cours de ses voyages à travers le Tibet entre 1908 et 1912, Frank Kingdon Ward découvrit une variété très rare de pavot, le pavot bleu.

Nul ne sait où commence ce long pèlerinage des êtres enveloppés d'ignorance qui, animés par le désir, perpétuent le cycle infini des réincarnations.

Extrait du *Samyutta Nikaya*

Comme les visions d'un songe, ainsi devons-nous voir toute chose.

Extrait des *Prajnâpâramitâ*

Prologue

Lhassa. Hiver 1895

Au pied du Potala, dans les ruelles sombres et boueuses, se pressaient gueux, estropiés, aveugles et muets, lépreux et bouchers-fossoyeurs, les *ro-gyapa* [1]. Comme les chiens errants qui souillent les rues où s'entassent les déshérités, ils quittaient en rampant leurs taudis de misère pour aller se prosterner aux pieds du Dalaï-Lama.

C'était l'époque du Nouvel An et de ses festivités, l'époque des processions, des défilés et des danses sacrées au son des orchestres religieux. On allait chasser le Roi de l'impureté vers les plateaux déserts qui s'étendent par-delà les collines enneigées de la ville. Il s'enfuirait emportant avec lui la misère, la maladie, tous les péchés et toutes les calamités qui s'étaient abattues l'an passé sur Lhassa et ses habitants. Il ne laisserait derrière lui que le *yangku* – santé, fortune et prospérité.

Le moine-servant d'un grand lama, membre de la secte des Bonnets Jaunes, frayait son chemin à travers la foule. Comme tout un chacun, l'humble *geyok* et son maître voulaient approcher au plus près le Dieu-Roi et, qui sait, recevoir la bénédiction de sa touffe de rubans sacrés. Maigre et voûté, le corps et le visage enduits de beurre de yak à l'odeur forte qui protège des gerçures, le *geyok* portait la robe brune des ascètes. A l'aide de son trident il piquait le dos des gueux. Instantanément, lui et son maître furent propulsés à l'avant par la foule crasseuse, car la présence des religieux et

1. Les mots en italique sont expliqués dans le glossaire p. 392. *(N.d.T.)*

13

de leurs moulins à prières était bénéfique lors de la cérémonie du Samyé.

Om mani padme hum! Om mani padme hum! Réciter le mantra ne demandait pas plus d'effort au *geyok* que de respirer. Il leva respectueusement les yeux vers le rocher où s'élevait le grandiose Potala, ébloui par les langues de feu et de glace qui se reflétaient, étincelantes, sur la toiture dorée et la multitude de fenêtres qui ornaient la forteresse de treize étages. Mais le vieux moine savait que, dans les cachots sous le Potala, il arrivait que des hommes soient dévorés vivants par les scorpions. Il eut un tic nerveux et se mit à prier plus fort en tournant son moulin à prières plus vigoureusement. Il priait pour que les mauvais esprits restent dans le vide du *bardo,* où errent les morts.

Le Dalaï-Lama et sa suite descendaient du Potala au son lancinant et plaintif des tambours et des trompes. Précédé par ses gardes du corps, le Dieu-Roi arrivait à dos de mule par la porte ouest, dérobé à la vue par une imposante haie de lances hautes de plusieurs mètres. Il y eut une clameur fervente, puis un véritable raz de marée emporta le *geyok* et son maître vers le lieu de flagellation du bouc émissaire. Étendards et bannières frissonnaient, comme le jeune Dalaï-Lama lui-même, dans le vent glacé qui balayait le toit du monde. Bien qu'ayant atteint sa majorité et quitté la tutelle du Régent depuis peu, il restait craintif, oppressé par une lourde chape d'incertitude. Rien que la veille au soir, son goûteur personnel n'était-il pas mort empoisonné? N'avait-il pas lu dans les livres d'histoire que quatre de ses prédécesseurs avaient succombé avant même de monter sur le trône? C'est pour cette raison qu'il avait fait appel à un *siddha*, un voyant-magicien dont les pouvoirs magiques sauraient éconduire un assassin potentiel. Le *siddha* avait eu une vision de complot mené par des démons étrangers. Rien de surprenant: jamais un Tibétain n'aurait osé souhaiter et encore moins provoquer la mort du Dieu-Roi. Mais la vision s'était évanouie avant que l'on ait pu identifier l'assassin.

Superbe, le visage glabre, monté sur une selle d'or et d'argent ciselé, Thoubten Guyatso, réincarnation de Tchenrézig, le premier Dalaï-Lama, se pencha pour caresser le cou de sa belle mule noire. Il ne se sentait en sécurité que dans la compagnie muette des animaux. Son œil pâle et oblique scrutait les visages dans la foule. Sa suite formait un rempart autour de lui – hauts ecclésiastiques dans leur *shamtab* jaune, rouge, bleu et or, nobles en robe de soie et de brocart, bourgeois coiffés de bonnets mongols et vêtus de coûteuses fourrures venues de Russie. Tout à coup, il se sentit submergé par tout cet apparat pompeux et futile. Il voulait rester seul avec son peuple. Laissant derrière lui le flot d'ombrelles chamarrées, il effleura de sa touffe de rubans sacrés le front d'un petit aveugle, puis d'un autre, et d'un autre encore, puis vint le tour d'un infirme, d'un mendiant, d'un tuberculeux, d'un lépreux...

Encouragé par la fascination qu'il exerçait sur ses loyaux sujets, Thoubten Guyatso souriait à présent et continuait de distribuer sa bénédiction aux infirmes. Les cascades de soie de sa touffe de rubans aux cinq couleurs sacrées – rouge, bleu, vert, jaune et blanc – effleuraient le front, un court instant illuminé, des indigents, encore et encore, lorsque soudain le Roi de l'impureté se dressa devant lui. Mi-blanc minoir, une queue de yak tressée autour de la tête, il tenait une autre queue de yak tressée à la main pour chasser les démons. Il était vêtu de somptueuses peaux de chèvres blanches achetées grâce à l'impôt sur la *tsampa* et le beurre de yak des pauvres et aux *trankas* d'argent des riches.

Le Dalaï-Lama chancela et faillit tomber de sa monture. Tout se mit à tourner. Il fit un effort pour se ressaisir, ouvrit les paupières et regarda le Roi de l'impureté droit dans les yeux. Il tendit sa touffe de rubans sacrés pour effleurer la face démoniaque et murmura : *Om mani padme hum!*

Le bouc émissaire se contorsionna puis, lentement, entama la danse sacrée de la mort avec les démons qui avaient tourmenté Lhassa l'an passé. Il se mit à tournoyer, accompagné par le chant de la foule et le claquement des fouets des gardiens. Il avait un sourire grotesque. Les gouttelettes salées de sa transpiration aspergeaient littéralement la foule qui se pressait tout autour. Il tournait sur lui-même de plus en plus vite, de plus en plus fort, emporté par le vertige de son propre tourbillon. Il entrait en communication avec les esprits du *bardo* où vont les défunts. Possédé par les démons, il absorbait les péchés du monde. Il atteignait l'extase, enivré par le pouvoir de marchander son âme, secoué par les vibrations de la danse diabolique... ses yeux se dilatèrent. Mais il s'agissait d'une autre agonie cette fois. Un stylet maléfique lui transperçait le cœur, et la vie s'échappait tout doucement, inexorablement. Ses doigts crispés déchiraient l'air, une énorme chape de plomb le cloua au sol. Sa bouche et son menton se couvraient de sang noir tan-

dis que ses yeux révulsés cherchaient les yeux de Tchenrézig, là-haut.

Le Dieu-Roi, glacé de terreur, contemplait impuissant le
corps qui agonisait à ses pieds. Le Dieu de l'impureté venait
d'être frappé par une main traîtresse, sa fourrure blanche
était rouge de sang, les démons étaient à nouveau libres. Le
treizième Dalaï-Lama craignait qu'il ne s'agisse là d'un mauvais présage pour son règne futur.

Personne, pas même les gardiens de la cité armés de
fouets, ne put retrouver le *geyok* ni son mystérieux maître,
un grand lama de la secte des Bonnets Jaunes. Comme le
beurre de yak qui fond dans la poêle, ils avaient disparu
dans la foule désenchantée.

Première partie

Les Russes

1

I

Angleterre. Été 1895

Le clair de lune argentait la quenouille veloutée des roseaux dressés comme des sentinelles au bord de la rivière. Les plantes aquatiques frémissaient dans l'obscurité, agitées par les poules d'eau et leurs poussins que dérangeait le clapotis de la perche. Les échassiers fuyaient entre les joncs en glissant sur les cercles d'eau lumineuse.

« Mais quand le plus beau des nénuphars est terni par les accents du faubourg, pensait Lewis en maniant énergiquement sa perche, il est temps de rentrer. On ne peut pas tout avoir dans la vie, songea-t-il, morose. Tu es trop difficile, semblait lui dire une voix intérieure. Dès lors que la perfection n'existe pas, il faut savoir se contenter de ce qu'on a, ou alors rentrer chez soi. Rien ne sert de geindre. »

Il trouva un coin tranquille où amarrer le bateau entre Sandford Lock et l'embarcadère de Radley. Ah! si seulement la fille avait eu le bon goût de se taire au lieu de ricaner à tort et à travers et d'effrayer les oiseaux.

– Le geai répond à la pie et l'air s'emplit du clapotis de l'eau, dit Lewis tandis qu'il dégageait la perche qui s'était prise dans une touffe d'herbe.

Il amarra la barque à un saule dont les branches souples trempaient dans la rivière.

– Pardon?

« Grands dieux! » soupira-t-il intérieurement, il perdait son temps avec cette fille.

– William Wordsworth. C'est un extrait de *Description du paysage des lacs*.

– Sans blague!

Il se demandait comment il avait pu en arriver là sans même s'en rendre compte. Les femmes... il en avait soupé! c'est ce qu'il avait l'intention de dire à Gerald demain.

Elle le quitta au petit matin pour regagner de plus vertes prairies, le laissant seul avec ses pensées moroses. Ses souliers à la main, elle escalada tant bien que mal le talus et disparut. Il ne savait même pas son nom.

Le chant matinal de cette journée d'été salua la dernière étoile et le dimanche matin s'écoula sans même qu'il s'en aperçoive. Vers le milieu de l'après-midi, la barque commença à partir à la dérive. La traction persistante du courant avait eu raison de la corde d'amarrage trop usée qui s'était finalement détachée du saule. La rivière emporta la barque, doucement d'abord. Puis, prise dans un rapide, elle gagna peu à peu de la vitesse et s'en fut décrire une arabesque maladroite en coupant la route d'un vapeur.

Lewis ne prit conscience du danger que lorsque les vociférations de ce qui lui semblait être des pies jacasses le tirèrent de son sommeil : *Là, là, Monsieur! Oh! mon Dieu... qu'est-ce que cet imbécile fait dans son bateau? Monsieur, attention, s'il vous plaît* [1]! Lewis émergea en pestant du fond de la barque : il aurait dû s'assoupir sur un bras de rivière moins fréquenté, comme le Cherwell. Il était encore à demi endormi quand il vit que la proue menaçante du vapeur allait les fendre en deux, lui et la barque qu'il avait « empruntée ». Affolé, il se précipita tête baissée dans la rivière, en même temps qu'une jeune fille vêtue de blanc. C'est du moins ce qui lui sembla. Mais la jeune fille, elle, avait sauté du pont arrière de la *Belle Dame Sans Merci*. Peu à peu engourdi par l'eau de la Tamise, il se demanda si c'était bien le nom du vapeur ou s'il l'avait rêvé.

– Monsieur, au secours! Monsieur, je ne sais pas nager...!

Lewis se débattait tant bien que mal contre le courant et contre la fille qui refusait de le lâcher. Accrochée à son cou comme une sangsue elle l'entraînait vers le fond où les plantes aquatiques, comme une armée de pieuvres, cherchaient, elles aussi, à l'attirer. Pendant ce temps, du haut du pont et bien au sec, les pies jacasses dispensaient leurs conseils. Mais aucune n'aurait eu l'idée de plonger pour lui prêter main-forte. Lewis était furieux. Cette montée d'adré-

---

1. En français dans le texte. *(N.d.T.)*

20

naline lui donna un brusque regain d'énergie. Il immobilisa les bras de la jeune fille, la renversa sur le dos, passa une main sous son menton et, avec l'autre, s'efforça de faire la brasse pour rejoindre la rive. Après quoi, il s'effondra à côté de la malheureuse en recrachant la vase qu'il avait avalée.

La fille était allongée, yeux fermés. Elle avait de grandes paupières veinées de bleu. Un râle sourd montait de sa poitrine. Puis tout à coup, plus rien. Le silence. Il leva la tête et la regarda. Elle ne respirait plus. Son visage était en train de virer au bleu. Ses yeux, grands ouverts à présent, fixaient le ciel. Sans perdre une seconde, Lewis appuya sur l'estomac de la fille et commença à lui faire la respiration artificielle. Il grelottait. Le froid et l'émotion, sans doute. Il priait le ciel que la fille ne lui claque pas entre les doigts.

La passerelle du vapeur n'arrivait pas à atteindre la rive. Les commentaires puérils et les vains conseils qui fusaient du pont exaspéraient Lewis. La sottise de ces gens le mettait hors de lui. Finalement, ils parvinrent à accoster, mais trop tard pour qu'ils puissent l'aider.

Avec force glouglous, la fille était en train de recracher, sur ses poignets de chemise, toute l'eau qu'elle avait avalée.

– Arrêtez, vous me faites mal...

Lewis prit une inspiration tremblante et cessa de la réanimer.

– C'est exprès, dit-il d'un ton bourru. (Il était soulagé. Il ajouta :) Ça vous apprendra à chahuter sur le pont sans gilet de sauvetage. Quel est le sombre crétin qui était à la barre ?

Elle se redressa et plongea ses yeux gris-bleu dans les siens. Sa robe mouillée laissait voir en transparence deux petits seins fermes. Elle ne pouvait guère avoir plus de treize ou quatorze ans, et l'impertinence avec laquelle elle lui avait parler l'amena à penser qu'elle avait joué la comédie pour attirer l'attention sur elle, à moins que ce ne soit lui qui se soit affolé inutilement.

– Pour qui vous prenez-vous pour me parler sur ce ton ? Vous n'êtes pas mon père, que je sache.

Elle parlait l'anglais à merveille, mais avec un accent russe que Lewis n'eut aucun mal à identifier. Les nobles russes parlaient souvent français entre eux, c'était une langue qui leur venait très naturellement, et c'est sans doute la raison pour laquelle ils l'avaient interpellé en français du haut du pont.

– Eh bé ! Vous voilà bien vite rétablie, jeune demoiselle. Si j'étais votre père, je vous tiendrais enfermée à la maison,

21

gronda Lewis qui commençait à se remettre de ses émotions et qui voulait qu'on sache ce qu'il avait sur le cœur. Vous, et les vôtres, êtes des dangers publics. Cette rivière est bien trop étroite pour qu'on s'y promène en cuirassé... cette chose, là-bas, qui essaye d'escalader la rive. Et quel est l'imbécile qui s'est amusé à vous courser sur le pont?

– C'est Kirsten, mon frère. Et je pense que vous êtes trop jeune pour être mon père.

– Vraiment?

Il fronça un sourcil ténébreux et, posant un genou à terre, la dévisagea. Sa longue chevelure brune de sirène était souillée de vase, mais son visage reprenait des couleurs. Maintenant qu'elle était hors de danger il allait pouvoir se préoccuper de sa propre personne. Taché de mousse, son pantalon de smoking était probablement irrécupérable. Quant à la veste qu'il avait roulée en boule dans la barque pour s'en faire un oreiller, elle devait être en train de dériver quelque part du côté d'Abingdon. Il ne parvenait cependant pas à en vouloir à une petite fille qui venait de donner une aussi remarquable imitation de la mule agonisante. Il n'en voulait qu'à ses stupides compagnons. Il se retourna en entendant le claquement de talons sur la passerelle que des bras malhabiles avaient finalement réussi à faire toucher terre.

– Petrouchka... maman est là, ma chérie. Oh! ma pauvre petite, c'est un miracle que tu sois encore vivante! Tout ça à cause de cet affreux bonhomme... (Lewis eut droit à un regard de glace.) Nous avons eu la peur de notre vie! Jamais je ne lui pardonnerai.

Dans un élan d'amour maternel, une paire de bras gantés enserra le corps mouillé de la jeune fille jusqu'à l'asphyxie. La mère embrassa frénétiquement son enfant.

Lewis se leva, gêné par ces effusions – affection ou affectation? – de la part d'une femme qui ne s'exprimait qu'avec des superlatifs. Elle portait un costume marin qui moulait joliment sa silhouette menue et un chapeau blanc à larges bords, agrémenté d'une profusion de fruits et de fleurs, comme un plateau posé en équilibre sur une pyramide de châtaignes dorées. Il eut droit à un second coup d'œil bleu glacial, lorsque, secouant ses effets, il s'ébroua comme un chien qui sort du bain.

– Maman, ne me serre pas si fort, je ne suis plus une enfant, protesta la jeune fille qui se débattait en jetant un coup d'œil gêné du côté de Lewis.

Puis une autre voix se fit entendre, depuit le pont de la *Belle Dame Sans Merci* cette fois.

– Maria, Sonia va très bien à présent. Tu ne vas quand même pas l'étouffer maintenant qu'elle vient d'échapper à la noyade. Jeune homme, vous n'êtes qu'un irresponsable, un misérable rêveur. A-t-on idée de s'endormir en pleine rivière! Nous avons frôlé la catastrophe, lança une vieille dame à l'air autoritaire dont les deux mains noueuses, veinées de bleu, reposaient sur une canne.

Lewis était sur un pied en train d'essorer ses chaussettes au milieu des fleurs, sous l'œil réprobateur d'un passager du vapeur au nom funeste. Élégant, dans la force de l'âge, l'homme se tenait à côté du transat de la vieille dame et toisait Lewis avec arrogance. Il desserra les dents et ôta son cigare d'entre ses lèvres crispées en arborant un air de supériorité. Le dos de sa main gauche portait une étrange marque rouge en forme de faucille qui ne passait pas inaperçue.

– Qui êtes-vous, jeune homme? explosa-t-il soudain.

Vêtu d'un costume marin : blazer bleu marine, pantalon banc et casquette de capitaine avec une ancre brodée – ou était-ce un ours russe? Lewis n'aurait pas pu dire à cette distance –, le nez aquilin, l'œil pâle et froid, le front haut et bombé, il foudroyait Lewis du regard, comme si la rivière lui avait appartenu. Lewis le prit aussitôt en grippe.

Un jeune homme à la moustache brune impeccablement taillée et vêtu comme le reste de la compagnie bouscula Lewis au passage, ce qui le fit se demander combien de marins russes voguaient à bord de la *Belle Dame Sans Merci*.

– Jeune homme, je vous ai demandé votre nom, il me semble, aboya le Russe.

– Je m'appelle Lewis Joyden et je suis d'Abingdon, répondit Lewis entre ses dents.

– Vous allez à l'université, donc?

– J'y allais, oui. Autrefois.

Lewis se baissa pour ôter les algues qui s'étaient prises dans ses lacets. La frustration momentanée de l'ours russe le remplissait d'aise.

– Très bien, puisque je ne peux pas me plaindre à votre doyen, j'irai trouver votre père. J'imagine que vous avez un père?

La question se voulait clairement insultante.

– Mon père sera enchanté de votre visite, monsieur. Qui dois-je annoncer?

23

– Comte Mikhaïl Vremia, envoyé du tsar à la Cour de Saint-James, auprès de Sa Majesté la reine Victoria.

Les Vremia commençaient à le fatiguer – l'homme n'était même pas ambassadeur. Lewis tourna les talons. Le jeune homme qui l'avait si grossièrement bousculé n'était autre que Kirsten, le frère de la jeune fille. Il portait sa sœur dans ses bras pour la ramener à bord tandis que sa mère, perchée sur des talons qui se coinçaient entre les planches, le suivait en trébuchant à chaque pas. On hissa la passerelle.

Le comte Vremia était comme un taureau devant lequel on agite une cape rouge.

– Où demeure votre père, Lewis Joyden? rugit-il.

– Mon père est le recteur de la paroisse Sainte-Anne, tout près d'ici, à côté de Nuneham, répondit poliment Lewis à l'arrogant aristocrate.

– Je lui dirai que vous avez mis nos jours en danger et que ma fille était à deux doigts de perdre la vie à cause de vous. Elle est de constitution délicate et risque la pneumonie. Inutile de vous dire que je vous tiendrai personnellement pour responsable si ma fille devait souffrir des suites de cet accident. Il en va de même pour ma belle-mère, Mme Lizaveta Woodman. A son âge, on se remet difficilement d'une fracture et elle a bien failli se rompre le cou en tombant de sa chaise par votre faute.

– Vraiment?

Lewis eut l'air surpris.

– Certainement. C'est à cause de vous si nous avons dû renverser la vapeur pour sauver ma fille. Si je n'avais pas su manœuvrer un bateau, vous ne seriez plus de ce monde à l'heure qu'il est.

– Merci, monsieur.

– Humpfff!

Furieux, le comte remit son cigare dans sa bouche et retourna à la barre.

– Monsieur Joyden, interpella Kirsten qui était en train de fumer une cigarette, nonchalamment appuyé au bastingage, je suis à Oxford, moi aussi... à Radley, pour être exact. Vous savez? Là où vous avez « emprunté » la barque dont mon père a fait du petit bois. Ma grand-mère vit à Abingdon... vous vous êtes déjà certainement croisés, là-bas.

– Je ne pense pas. Abingdon est vaste.

– Kirsten, arrête tes sottises, je n'ai jamais rien vu de semblable à ce jeune homme, sans quoi je m'en serais souvenue! Quiconque échappe à la proue d'un paquebot comme celui-ci mérite le respect. J'imagine que la soirée d'hier a été bien arrosée pour que ce jeune homme se soit endormi aussi profondément, n'est-ce pas, monsieur Lewis Joyden?

– Tout à fait, madame, répondit Lewis distraitement.

Il n'était guère d'humeur à plaisanter : il venait de s'apercevoir qu'il avait égaré tout à la fois le nœud papillon fétiche d'un ami, sa veste de smoking et son portefeuille. Une soirée formidable, en vérité... jusqu'à ce déplorable accident.

– C'est bien ce que je pensais. Tous les ans c'est la même chose. Le soir du bal de Commémoration des étudiants, la Tamise se transforme en boulevard. On se croirait à Montmartre. Vous connaissez Montmartre, monsieur Joyden?

– Non, madame.

– Tant mieux. C'est un lieu qui grouille de femmes de mauvaise vie. J'espère que votre barque ne vous a pas coûté trop cher, sans quoi vous allez devoir en repêcher les morceaux pour en faire des allumettes. (Elle se tourna vers son petit-fils :) Ton père ne semble pas pressé de repartir, Kirsten, serions-nous en panne?

– Non, grand-mère. C'est Sonia. Maman ne veut pas que le bateau parte avant que Sonia ait repris un rythme respiratoire normal, à cause de son cœur.

– Sonia va très bien. Ta mère, en revanche – ma fille, Maria, monsieur Joyden, est une boule de nerfs. Elle a engagé un médecin qui est là en permanence – bien qu'aujourd'hui il ne soit pas avec nous parce qu'il est allé faire une course à Londres. Anatole Pratikayit prétend que les pollens de la campagne anglaise sont nuisibles à la santé de Sonia. Sonia ne supporte que les pollens des grandes villes à ce qu'il paraît, *niet*, Kirsten?

La vieille madame Woodman poussa un profond soupir de mépris, accompagné d'un geste de la main qui voulait sans doute dire que Pratikayit était un âne.

– J'habite à Fairmaster Manor, monsieur Joyden. Ce n'est pas très loin de Sainte-Anne, à vol d'oiseau s'entend, car la route est assez vallonnée. Passez donc me voir demain, nous pourrons causer plus à notre aise. Et maintenant, rentrez chez vous, avant d'attraper la mort – c'est une des préoccupations absurdes de notre famille.

La *Belle Dame Sans Merci* commençait à s'éloigner de la rive. A bord, Mme Lizaveta Woodman continuait de fixer Lewis de ses yeux sombres, tandis que celui-ci, toujours parmi les fleurs, essorait ses effets. Avec sa canne, elle fit signe à son petit-fils de quitter son champ de vision et, se penchant en avant sur son transat, elle lança d'une voix aiguë :

– Dites à votre père que je le connais de réputation, même si je ne fais pas partie de sa paroisse. Je suis orthodoxe et je n'ai jamais renoncé à ma religion, même quand j'ai épousé un Anglais. Mais, passons. J'ai entendu dire que le jardin du presbytère était une pure merveille. Dites à votre père que j'aimerais bien le visiter quelque jour.

Lewis sourit.

– Oui, il y passe beaucoup de temps. Il sera ravi de vous recevoir.

– Au fait, monsieur Joyden, Mikhaïl mord encore plus fort qu'il n'aboie. Il ne serait pas mécontent de vous envoyer en Sibérie après ce que vous avez fait à Sonia. Otez vite vos affaires mouillées, mais pas ici de préférence !

Lewis secoua la tête. Il se demandait bien ce qu'il avait pu faire à Sonia Vremia, à part lui sauver la vie – chose pour laquelle on l'avait joliment remercié ! L'étrange vieille dame agitait une main vigoureuse dans sa direction. On aurait dit une marionnette richement vêtue de noir dont les dents jaunes, contrastant avec la sombre cavité de sa bouche et la blancheur de son teint poudré, faisaient penser à des pierres tombales.

II

Cinq heures après son bain forcé, Lewis, monté sur sa bicyclette, quittait à fond de train son logement de Saint-Aldate en face de son ancienne faculté, traversait le pont de Folly et laissait derrière lui la prairie de Christchurch. Puis il suivit le chemin de halage jusqu'à Sainte-Anne. Haletant, mais présentable, et bien sec cette fois, il gara son vieux clou contre le mur du presbytère et inspira profondément plusieurs fois.

Les ombres du soir s'étiraient, langoureuses, jusqu'au petit porche. Le chant des oiseaux avait cessé pour laisser place au son lointain d'un orgue. La maison de son enfance distillait toujours une certaine tristesse, comme un poison qui transperçait le cœur. Chaque fois qu'il venait à Sainte-Anne, il avait beau lutter, il se sentait envahi par la mélancolie. Une sorte de frustration le déchirait intérieurement. A l'ombre des ifs centenaires, parmi les stèles du cimetière qui semblaient vouloir souligner la futilité de toutes choses, il savait que jamais plus il ne pourrait se sentir bien dans la maison de son enfance – même s'il l'avait voulu. La culpabilité était cause de ces déchirements. Elle l'avait toujours été. Il se sentait coupable parce que son père et lui ne s'entendaient plus comme avant, coupable parce qu'il n'essayait pas de se rapprocher de lui, coupable parce qu'il ne venait que très rarement voir le « vieux », même quand il était en congé, et coupable parce qu'il n'en avait pas envie. Bref, il avait une infinité de raisons toutes plus compliquées les unes que les autres de se sentir coupable. Et puis il y avait la trahison. La trahison, elle aussi, avait toujours existé. Il trahissait son père, son seul et unique parent, celui qui l'avait élevé – et qui subvenait encore à ses besoins –, lorsqu'il préférait les logements exigus de ses anciens camarades de collège à la maison paternelle. En la fuyant, il trahissait aussi la mémoire de sa mère et de sa sœur, enterrées au fond du jardin. Ainsi donc il appréhendait de revoir son père, et cette appréhension allait croissant à chaque visite.

Lewis trouva son père derrière son énorme bureau gainé de cuir repoussé dont le dessus était, comme à l'accoutumée, recouvert d'une montagne de papiers – le désordre du paternel était légendaire. Il était assis dans un immense fauteuil que Jenny et lui-même avaient surnommé « le Trône » lorsqu'ils étaient enfants. Le recteur s'asseyait toujours là pour écrire ses sermons. Il portait son éternel chandail marron râpé auquel manquait depuis toujours le troisième bouton et tenait, comme à son habitude, un petit verre de sherry d'une main et de l'autre le sablier qui lui servait pour ses sermons. Ses coudes rapiécés reposaient sur le catalogue d'horticulture Goddard, celui de 1895 cette fois.

Levant un regard las sur le visiteur impromptu de ce dimanche soir, le recteur, surpris, dit :

– Lewis, mon garçon, quel bon vent t'amène ? et si vite ! J'ai deviné, tu viens m'annoncer que ton foie est guéri, que tu n'as plus la jaunisse et que tu repars en Inde plus tôt que prévu. Non, attends. Tu t'es mis en ménage avec la duchesse d'Argyll en attendant de pouvoir épouser une danseuse du ventre hottentote. C'est ça ? (Lewis ouvrit la bouche pour répondre, mais son père enchaîna aussitôt :) Donne-moi une petite minute encore, mon garçon, je suis en train de chronométrer mon prochain sermon. Si je ne le fais pas pendant que je l'ai encore bien en tête, il faudra que je trouve autre chose à raconter. C'est un exercice fastidieux à mon âge – et une perte de temps, car personne n'écoute les sermons.

Le recteur retourna le sablier. Sous ses sourcils blancs comme deux touffes de coton mal cardé, les yeux bruns du recteur regardaient fixement Lewis, qui, mal à l'aise, en voulut soudain à son père de chercher à percer à jour ses pensées les plus secrètes. Il entendait presque les accusations qui tournaient dans sa tête : « Cesse donc de poursuivre des chimères et de gâcher ta vie, mon garçon, cela ne te mènera nulle part. Tu ne te souviens même plus de son nom, pas vrai? (Et voilà, il culpabilisait à propos de ce qui s'était passé hier soir.) Non, je ne me souviens plus de son nom. Et ça n'est pas votre genre de fille, de toute façon. Elle portait un parfum de dix sous et des jupons crasseux, et puis j'ai perdu mon portefeuille quelque part entre Abingdon et Sainte-Anne. Et si ça m'amuse, moi, de gâcher mon existence, ça me regarde, non? Je sais, le Bon Dieu n'aime pas qu'on change de femme comme de chemise. Mais c'est comme ça que je les aime, moi. Treize à la douzaine. »

– Il y a du whisky si tu veux, même si ça n'est pas recommandé pour le foie, dit le recteur.

Le silence hostile et l'absence d'expression de son fils l'embarrassaient. Il lui était très difficile de communiquer avec Lewis. Gêné, il s'éclaircit la voix et déclara d'une façon qui manquait de naturel :

– Dimanche, c'est le jour de mon bain. L'eau chaude me donne des idées claires. Mon sujet du jour est : demande et il te sera donné, cherche et tu trouveras, frappe à la porte et elle s'ouvrira. Dis-moi donc ce qui t'amène ici? Je n'arrive pas à croire que Dieu ait répondu si vite à ma prière.

Le révérend Joyden retourna une fois encore le sablier pour faire bonne mesure et ôta ses lunettes. Il frotta le dessus de son nez proéminent avec un geste las, puis s'adossant au Trône, il soupira :

– Lewis, mon garçon, je suis content de te voir. Vraiment très content. Maud est rentrée chez elle, mais il y a un pâté de pigeon dans le garde-manger.

– Ne vous inquiétez pas pour moi, père, j'ai déjà dîné avec Gerald et... heu... je ne peux pas rester très longtemps.

– Je m'en doutais.

– Je suis navré.

– Il n'y a pas de raison, dit le recteur, et son visage s'éclaircit tout à coup, comme s'il se reprochait de mettre son fils mal à l'aise. La solitude est excellente contre les maux d'estomac. Je n'aurai jamais d'ulcère, moi, tu sais.

Lewis esquissa un petit sourire forcé. Soulagé par le chan-

28

gement d'humeur de son père, il s'assit, sans pour autant se mettre à l'aise. En présence du recteur, il ne parvenait jamais à s'asseoir que sur le bord de son siège. Quant au recteur, il voyait son fils comme un oiseau rare menaçant de s'envoler à la moindre alerte.

– Père, vous avez deviné, je suis venu vous faire mes adieux. Je retourne en Inde après-demain.

– Je m'en doutais, je m'en doutais. (Ses deux mains décharnées s'étaient rejointes, comme pour une supplique, au-dessus du catalogue d'horticulture Goddard.) Sainte-Anne n'a guère d'attrait pour un jeune homme. La vie est bien plus palpitante ailleurs. Je ne te blâme pas – si seulement j'avais trente ans de moins.

Deux yeux tristes s'attardaient sur les toiles d'araignée aux quatre coins du plafond. Lewis se sentit coupable. Avant que son père n'épilogue plus avant sur le temps qui passe et la distance qui sépare les continents, Lewis lança d'un ton faussement enjoué :

– Au fait, il se pourrait bien que vous receviez la visite d'un fâcheux, le comte Mikhaïl Vremia – un Russe. Mais je ne suis pas venu pour ça... comme je vous l'ai dit, je suis venu vous dire au revoir.

Lewis, terriblement mal à l'aise, ressentit le besoin d'un petit remontant. Il se leva et s'approcha du guéridon, à côté de la cheminée où s'amoncelaient la cendre et la suie et dont Maud semblait ignorer l'existence. Il se servit un double brandy, en avala une longue gorgée et ressentit une brûlure suivie d'un bien-être immédiat. Distrait, Lewis se mit à jouer avec son verre. Il reprit :

– Père, il faut que vous sachiez que si, par malheur, il m'arrivait quelque chose pendant mon séjour à l'étranger...

– Mon Dieu, est-il possible qu'il soit si tard ? (Le recteur repoussa brusquement sa chaise et sortit précipitamment par la porte vitrée, invitant Lewis à le suivre.) Viens, il faut que tu voies ma nouvelle pergola avant qu'il fasse nuit.

Les pieds dans des pantoufles éculées et des chaussettes trouées aux talons, le recteur avançait d'un pas décidé sur l'allée empierrée bordée de thym qui menait à sa chère pergola. Lewis le suivait à contrecœur, indifférent aux joies du jardinage. Il poussait de grands soupirs tandis que son père se lançait dans un monologue sur les bienfaits de la destruction des pucerons.

– L'*eccremocarpas scaber* est infiniment plus vivace que le *jasminium officinal* qui n'existe ni en savon ni en vaporisation. Ce dernier est plus parfumé. Mais je ne voudrais pas détruire un équilibre naturel parfait en privant mon jardin de ses effluves – surtout en été. Le parfum du chèvrefeuille le soir, par la fenêtre ouverte, m'enivre davantage que mon verre de sherry. La clématite se porte à merveille, mais les rosiers sont malades. Alors, mon garçon, raconte un peu ce qu'il s'est passé avec les cosaques? (Les yeux du recteur pétillaient.) J'ai trouvé – tu t'es entiché d'une de leur grande duchesse et tu t'es fait échauder!

– C'est plutôt le contraire, murmura Lewis.

– Je reçois des piles de revues de géographie qui te sont destinées. Peut-être voudras-tu me délester de quelques numéros? Il y a un tas de choses intéressantes là-dedans, note bien.

Sa pipe à la main, le recteur explorait la poche déformée de son vieux cardigan pour en extraire une blague à tabac.

Il avait repris son air de chien battu. Lewis savait ce qu'il pensait : « Lewis, mon garçon, tu ne viens me voir que lorsqu'il t'en prend l'envie, ou lorsque tu as de mauvaises nouvelles et que tu cherches un soutien moral. Oui, mon garçon, tu me manques. Pourquoi veux-tu partir à l'autre bout du monde? Ne penses-tu pas que tu as une dette envers moi? » Le découragement, la déception paternelles ne laissaient pas Lewis indifférent. Il aurait voulu se sentir plus proche.

– Père, je suis navré de ne pouvoir rester, mais je ne dispose que de deux jours avant mon départ, dit-il tout en pensant qu'il avait passé la soirée à faire des excuses.

– Épargne-moi tes larmes, Lewis.

Le recteur se tourna vers le chèvrefeuille pour l'examiner. Avec de petits gestes absents, presque rageurs, ses doigts fins et agiles décapitaient çà et là les corolles jaune rosé, comme s'ils avaient voulu mettre fin aux douces rêveries de la vie.

– Alors, qu'en penses-tu? Hewson l'a installée ici pour que je puisse y faire grimper le chèvrefeuille et la clématite. Je pourrais m'y mettre à l'ombre l'été pour préparer mes sermons. Pas mal? (Machinalement, il ôta sa pipe de sa bouche.) Parle-moi donc de ce Russe mal embouché qui doit venir me rendre visite – comment as-tu déclenché les hostilités?

– En provoquant une tempête dans un verre d'eau, murmura Lewis, yeux baissés pour éviter le regard paternel. (Il était absorbé par le liquide ambré qui tournait au fond du verre qu'il avait emporté avec lui dans le jardin sans réfléchir.) Ils étaient en balade sur la Tamise – il y en avait des centaines. (Il leva les yeux et sourit à demi, l'air détaché.) Ma barque a coupé devant eux. Une jeune fille est tombée du pont et a failli se noyer. Toute la famille était aux cent coups – il n'y avait pourtant pas de quoi.

Le recteur souriait, ne sachant que penser du récit de son fils. N'était-ce donc qu'un incident mineur et somme toute plaisant? Lewis commençait par lui dire qu'une jeune fille s'était presque noyée et affirmait ensuite qu'il n'y avait eu aucun danger.

– Tu l'as sauvée? demanda-t-il, enjoué.

– Je n'avais pas le choix. Elle a bien failli m'entraîner par le fond, moi aussi.

– Les étrangers sont comme ça, mon garçon. Ils font des montagnes d'un rien. C'est leur façon à eux d'attirer l'attention. Ce n'est pas comme nous, les Anglais. Nous sommes beaucoup plus réservés. La fille était-elle jolie, au moins?

Il y avait un éclair de malice dans son regard. Lewis savait exactement où il voulait en venir.

– Non. En fait, elle était assez laide.

Sans laisser son père enchaîner sur un thème qui lui tenait très à cœur ces temps-ci, Lewis s'empressa d'ajouter:

– De toute façon, elle devait avoir tout juste quatorze ans. Père, écoutez-moi. J'ai déposé tous mes papiers... dans un coffre à la banque. Gerald Knollys, avec qui j'habite...

– Oui, oui, oui, dit le recteur agacé. Gerald est ton alter ego, Gerald-ci, Gerald-là, Gerald est tout pour toi. Gerald est prévenu de tout ce qu'il faut faire si la fièvre jaune, la rage, la peste, le choléra – ou l'ennui mortel – t'emportaient prématurément. Mon enfant, je connais la chanson par cœur. Chaque fois que tu retournes à Dehra Dun c'est la même chose. Si cela peut te consoler, mon métier m'a appris que seul les justes sont rappelés à Dieu prématurément – et en plus il faut avoir le physique de l'emploi. Quand ton heure aura sonné, mon fils, alors tu partiras. Mais il n'est pas encore temps d'y penser. Tu as la vie devant toi. Il ne va rien t'arriver, même si parfois j'aimerais bien qu'il t'arrive quelque chose – comme le mariage, par exemple, avec une honnête femme qui me donnerait des petits-enfants avant qu'il ne soit trop tard. Je n'aime pas te voir traîner avec les femmes que tu fréquentes.

C'était décourageant, exaspérant. Lewis soupira en silence. Son père devenait de plus en plus sénile et radotait sans cesse sur les vertus de la vie de famille. Pourtant la vie était tellement plus simple quand on n'avait pas de responsabilités !

– Père, je dois partir à présent, dit-il, triste à l'idée que tant de choses les séparaient. Je passerai vous voir après-demain avant d'aller à la gare.

– Merci, Lewis. Je t'aurais bien accompagné jusqu'à Tilbury, mais je sais que tu n'aimes guère les scènes d'adieu. Emporte donc le pâté de pigeon, sans quoi il va se gâter dans le garde-manger.

2

L'après-midi suivant, ses bagages prêts à être emportés à la gare dans la voiture du charretier, Lewis pédalait à travers les prairies bordant la rivière d'Abingdon, pour se rendre à Fairmaster Manor. L'allée, ombragée par une épaisse rangée de chèvrefeuille et de rosiers grimpants, lui rappelait la pergola paternelle. Il n'avait guère montré d'enthousiasme la veille, à l'égard des talents de jardinier de son père. Maintenant, il le regrettait.

Laissant un petit tertre à sa gauche, puis un bosquet et des prairies ondoyantes qui descendaient jusqu'à la Tamise, il arriva jusqu'à l'affreuse construction gothique qui trônait dans ce cadre superbe. La demeure de brique rouge, aux formes alambiquées et aux pignons vertigineux, s'élevait tel un monument à la gloire de l'argent et du mauvais goût. La multitude de cheminées néo-élisabéthaines qui ornait les toits lui donnait la chair de poule. Le presbytère, à côté, était un modèle de sobriété. L'époux de la vieille Mme Woodman était-il dans les chemins de fer? les mines de charbon? l'or? ou le trafic d'armes? A moins que ce ne soit dans tout cela à la fois. Il faut bien que les hommes riches aient leurs marottes! Lewis cala son vélo debout contre une haie vive. De l'autre côté lui parvenait le sifflement de balles de tennis fendant l'air. Il leva la tête et aperçut un jeune homme et une jeune fille en train de jouer sans grand talent, mais avec beaucoup d'énergie. Il se baissa soudain pour éviter une balle qui arrivait dans sa direction. Lui qui avait espéré gagner l'entrée principale de la maison sans se faire remarquer, venait d'être surpris en train de défaire ses pinces à vélo par le frère de Sonia Vremia.

– Bonjour, monsieur Joyden! lança Kirsten, amusé. Je ne vous ai pas blessé, au moins? (Il observait Lewis courbé en deux.) Vous avez l'air mal en point. Ne me dites pas que ma balle vous a touché à un endroit stratégique de votre personne.

– Non, je... heu... je suis en train de défaire mes pinces à vélo... (Lewis se redressa, les joues en feu.) Mais il s'en est fallu d'un cheveu que votre balle ne me touche. J'espère ne pas être importun. Je voulais prendre des nouvelles de votre sœur avant mon départ pour les Indes.

Il sortit son mouchoir et s'épongea le front, tout en pestant intérieurement. Avait-on idée de vouloir battre des records de vitesse par une telle chaleur?

– Vous allez aux Indes? Comme je vous envie! J'aimerais tellement y aller moi-même... mais j'y serais sans doute mal reçu.

– Pourquoi cela? s'enquit poliment Lewis, intrigué.

– Je suis russe, vous savez...

Kirsten Vremia pivota et partit en quête de la balle égarée. Il la retrouva enfin, sous la haie, et se mit à la faire passer d'une main à l'autre, tout en toisant nonchalamment son interlocuteur. Il portait une moustache. Ses yeux étaient du même gris que ceux de sa sœur et ses cheveux soyeux avaient les mêmes reflets châtains.

– Vous jouez au tennis, monsieur Joyden? demanda-t-il soudain.

– Oui, mais je préfère le polo.

– C'est un sport très répandu aux Indes. Je peux vous proposer une partie de croquet, si vous préférez un jeu plus tranquille. Mère adore le croquet, mais comme Sonia n'est autorisée à pratiquer aucun sport à cause de son cœur, je suis toujours de corvée.

Lewis n'avait guère de temps. Il avait hâte de présenter ses hommages à la maîtresse des lieux et de s'en retourner. Mais Kirsten Vremia était visiblement d'humeur loquace.

– Je dois vous avouer que je suis un peu las de l'Angleterre. Le temps y est trop changeant. Ce matin nous avons dû renoncer au tennis à cause de l'orage. Et maintenant que le soleil est sorti, il fait trop lourd pour faire quoi que ce soit... à part la sieste... en galante compagnie, évidemment, ajouta-t-il avec un clin d'œil.

– Évidemment, murmura Lewis.

– J'imagine que votre travail aux Indes est passionnant, continua Kirsten, sans quitter des yeux la balle qu'il faisait rebondir d'une main dans l'autre.

– Pas vraiment, murmura Lewis, comme s'il s'excusait, ce qui donna à Kirsten Vremia l'impression d'avoir affaire à un niais. Il s'agit même d'un travail passablement ennuyeux. Je fais partie de la Commission d'études topographiques des Indes. Je passe mon temps à dresser la carte des montagnes et des vallées, ainsi que celle, non moins fastidieuse, des voies ferrées et des ponts de toutes sortes.

– Voilà qui a l'air assommant, en effet. Je vous prie de m'excuser, ma partenaire semble s'impatienter. (Kirsten Vremia se retira avec un sourire amical.) Allez donc voir ma grand-mère, à l'intérieur. C'est sa maison, vous savez. Nous ne sommes ici que pour quelques jours. Ensuite, je retourne à Radley et mes parents à Londres. Sonia, quant à elle, reste sous la garde de grand-mère et de Pratikayit – le médecin de famille. Mais ma sœur aime la campagne. Moi, personnellement, je m'y ennuie à mourir. A quel collège allez-vous, déjà ?

– A aucun. (Lewis ne put réprimer un sourire. Kirsten, malgré ses accents pompeux, était quelqu'un de chaleureux.) Je suis diplômé de Christchurch College – comme l'a été mon père avant moi, et son père avant lui, etc., *ad infinitum*. Une tradition de famille. Même si nous n'avons pas tous fini vicaires.

– La tradition, je ne connais rien de plus ennuyeux. J'ai hâte d'en finir avec ces traditionnelles vacances en famille. Je voudrais retourner à Saint-Pétersbourg. Il est question que mon père soit rappelé en Russie. Auquel cas j'y retournerai, moi aussi. A moins que je n'essaie Cambridge. Radley n'a plus aucun attrait pour moi. Mais je ne vous retiens pas. Allez donc saluer grand-mère. Et au cas où nous ne nous reverrions pas, je vous souhaite *bon voyage* [1], monsieur Joyden.

– Merci.

Ils échangèrent une poignée de main. Lewis ne savait que penser de la lassitude affichée par le jeune Russe. Était-ce un truc pour intimider son interlocuteur ? Lewis regrettait de devoir affronter une fois encore la dynastie des Vremia. Mais sa conscience l'exigeait. Il voulait s'assurer que la jeune fille était définitivement hors de danger.

Tandis qu'il se dirigeait vers la porte d'entrée, des aboiements féroces retentirent au loin pour signaler sa présence. Lewis souleva le heurtoir de cuivre qui brillait au centre de l'imposant portail de chêne flanqué de deux lions de pierre

1. En français dans le texte. (*N.d.T.*)

assis – ou étaient-ce des ours? Une jeune femme de chambre vint lui ouvrir. Elle le salua d'une petite révérence et d'une œillade effrontée qu'il fut ravi de lui retourner.

– B'jour, m'sieur. Vous voulez?

– Mme Lizaveta Woodman, je vous prie.

– Une seconde, m'sieur. (La jeune femme se retourna et lança par-dessus son épaule :) M'dame, c'est une visite pour vous. Un m'sieur qu'a pas de carte de visite.

– Qu'il entre, Cécile. Il n'y a pas grand-chose à craindre des messieurs qui n'ont pas de carte de visite. Bonjour, monsieur Joyden. C'était donc vous qui rôdiez dans les buissons. Eh bien, entrez! (La vieille Mme Woodman souriait de toutes ses dents jaunes et usées. Puis elle tourna les talons. Le bout d'argent de sa canne sur le marbre noir et blanc scandait sa marche.) Où diable sont-ils tous passés? Le temps est à l'orage. Les chiens sont énervés. Sonia est allergique aux chiens, et ma fille, Maria, aussi. C'est agaçant. Lorsqu'ils sont ici, ils semblent tous fuir la maison. C'est très gentil à vous d'être venu. Je ne pensais pas que vous viendriez. Mais puisque vous êtes là, vous prendrez bien une tasse de thé, n'est-ce pas?

Tout en suivant la vieille dame, il s'empressa de décliner son offre.

– Je suis désolé, mais je n'ai pas le temps... Je suis juste venu prendre des nouvelles de Mlle Sonia et...

– Taratata! (D'un geste de sa vieille main décharnée, elle balaya ses protestations.) Cécile, apportez le samovar dans le salon – celui en argent.

Lewis n'avait guère le choix. Il dut se soumettre.

– C'est tout à fait inconvenant de ne pas s'attarder un peu lorsqu'on est en visite, monsieur Joyden. A présent, asseyez-vous... non, non, pas dans ce fauteuil-ci, il manque un pied. Prenez plutôt le sofa. Je vous verrai mieux.

La pièce était sinistre, regorgeant de mobilier foncé aux formes lourdes. Partout des portraits et des photos des Vremia dans des cadres d'argent. Les fenêtres fermées et les rideaux de brocart à moitié tirés occultaient la superbe vue du jardin descendant vers la rivière. Un vrai caveau de famille. « Quel gâchis, pensa Lewis, tristement, un si beau jardin pour une famille si peu attrayante! »

– Vous voulez donc savoir comment va Sonia. Eh bien, je vais être franche avec vous. J'espère que ça ne vous empêchera pas de savourer votre thé. Pratikayit a diagnostiqué une broncho-pneumonie. Sonia ne parvient à respirer qu'en inhalant de la vapeur d'eau. Grâce à vous, monsieur Joyden.

La vieille dame lui lança un regard vindicatif.

– Je suis désolé.

– Il y a de quoi, en effet. (Lewis n'arrivait pas à savoir si elle était sérieuse ou non.) C'est entièrement votre faute. Nous n'avons pas pu faire autrement que de freiner brutalement – ou la chose qu'il convient de faire pour arrêter un bateau – si nous voulions éviter votre barque.

Le thé arriva, fort heureusement. La vieille dame était tout absorbée par le service.

– Sucre? (La pince en argent restait suspendue en l'air.) Cher monsieur Joyden, quatre sucres, c'est beaucoup trop. C'est mauvais pour le sang d'après Pratikayit.

« Et pour les vampires? » eut envie de demander Lewis qui pensait que Pratikayit en était un. Mais il tourna sa langue dans sa bouche et laissa continuer la vieille dame.

– Pratikayit pense que Sonia a un problème de ventricule. Il est moitié russe, moitié français, et moitié bon à rien selon moi. Mais Maria – ma fille – ne veut rien savoir. Elle est très anxieuse de nature. Il faut dire qu'elle a perdu six enfants en bas âge. C'est pour cela qu'elle couve littéralement Sonia et Kirsten, les deux rejetons d'un mariage qui est en train de s'effondrer.

– Je suis navré...

Lewis, qui avait posé sa tasse en équilibre sur ses genoux, priait le ciel pour ne pas commettre une autre maladresse, comme de renverser du darjeeling sur son pantalon. Il parvint à s'emparer sans encombre du biscuit au gingembre qu'on lui présentait.

– Vous savez que nous n'avons jamais fini notre petite excursion fluviale, monsieur Joyden.

– Je suis navré, répéta-t-il bêtement, ne sachant toujours que dire.

– Nous avons fait six fois le tour de Rose Isle. Je dois dire que le bateau de Mikhaïl est un peu grand pour naviguer sur les cours d'eau anglais qui n'ont rien à voir avec la Néva. Vous savez? A Saint-Pétersbourg – la Venise de la Baltique, monsieur Joyden.

– Sans aucun doute.

– Quoi qu'il en soit, ne vous tourmentez pas trop pour ce qui est arrivé hier. Nous prenons toujours tout très à cœur, dans la famille. Mais les choses devraient bientôt rentrer dans l'ordre. Vous apprendrez à mieux nous connaître, monsieur Joyden.

Elle sourit à nouveau de toutes ses vilaines dents jaunes.

Il pensait, pour sa part, qu'il ne s'habituerait jamais aux Vremia. Quant à la dernière remarque de la vieille femme, il n'était pas sûr d'en saisir toute la portée.

Lizaveta Woodman enchaîna, imperturbable :

– Je ne pense pas que Maria soit très amoureuse de Mikhaïl. Une femme amoureuse ne pense pas qu'elle a toutes les maladies de la terre. Encore une tasse de thé, monsieur Joyden ?

– Non merci, madame. Il faut vraiment que je me sauve, à présent...

– Pas question. Quel âge avez-vous donc, monsieur Joyden ? Ma question est impertinente, je le sais. Mais étant sans aucun doute votre aînée, il me semble être en droit de la poser.

– Vingt-cinq ans.

– Peuh ! Vous n'êtes encore qu'un gamin. Mon cher enfant, un homme n'est véritablement un homme que passé trente-trois ans, l'âge du Christ quand ils l'ont crucifié. J'ai soixante-dix-sept ans et j'ai été crucifiée bien des fois moi-même. Allons, vous reprendrez bien une tasse de thé avec une vieille toute décatie qui a perdu depuis belle lurette le goût de l'amour.

Elle fit un signe de tête impérieux en direction de sa tasse.

« Chantage ! » pensa Lewis tout en s'exécutant. Ses yeux se posèrent par hasard sur une pile de revues bien nette, disposée à côté du sofa.

– Je vois que l'on s'intéresse à la géographie, dans cette maison. Je suis moi-même abonné à la revue de la Société royale de géographie.

– Alors vous devez rencontrer Mikhaïl... il est membre de la Société impériale de géographie, en Russie. Quel genre de travail faites-vous, monsieur Joyden ?

– Oh ! rien de bien palpitant ! Je dresse des cartes de montagnes et je trace des voies de communication.

– Mon mari, lui aussi, était dans les chemins de fer. Il possédait de nombreuses actions dans les chemins de fer aux États-Unis et au Canada. Nous avons passé notre lune de miel aux chutes du Niagara. Vous connaissez ? Il y fait très humide. On n'y voit pas à cent mètres à cause des embruns. Nous nous sommes complètement égarés. La carte dont nous nous servions avait dû être tracée par les Indiens d'Amérique – totalement illisible. Sûrement pas comme les vôtres, monsieur Joyden. Vous m'avez l'air d'un jeune homme très consciencieux. (Avec un soupir elle rajusta les plis de sa robe, et ajouta :) Ah, si seulement Kirsten l'était un peu plus! J'aime beaucoup mon petit-fils. Il est officier de la Garde impériale, vous savez. Mais je reconnais qu'il est irresponsable. Il n'a aucune suite dans les idées et ne tient pas en place. Pour lui, la vie n'est rien d'autre qu'une partie de plaisir. C'est un joueur invétéré. Il dépense des sommes folles, à l'insu de ses parents. Ensuite il vient me demander de l'argent en cachette. Je n'ai pas le cœur de lui refuser, bien sûr. Mais pourquoi me dit-il chaque fois qu'il va me rembourser, alors qu'il ne le fait jamais? C'est sans doute ce qui fait son charme. Si je vous raconte tout cela, monsieur Joyden, ce n'est pas pour trahir les miens, je les aime trop. Nous sommes un mélange d'Anglais et de Russes... je crois d'ailleurs vous avoir dit que mon époux était anglais. Mais je tiens à vous mettre en garde contre Kirsten. Ne lui prêtez jamais d'argent. Combien d'amitiés n'a-t-on pas vu se briser à cause de l'argent? Êtes-vous marié, monsieur Joyden?

– Non, madame.

– Fiancé?

– Non.

– Amoureux, alors?

– Non, madame Woodman.

– Il n'y a vraiment personne?

Il secoua la tête.

– Seriez-vous homosexuel, alors?

– Mais non, répondit-il fermement.

Il était grand temps qu'il prenne congé de la vieille dame. Avec toutes les mimiques d'usage de quelqu'un qui s'apprête à partir, il posa sa tasse de porcelaine sur un plateau de cuivre oriental particulièrement hideux.

– Je ne vous ai pas vexé, au moins, s'empressa de dire Lizaveta Woodman avec un sourire affecté. Je vous ai posé la question à cause de ce pauvre Oscar Wilde dont on n'arrête pas de nous rebattre les oreilles. Dire qu'en ce moment il est en train de casser des cailloux, pour avoir envoyé un bouquet de fleurs à son jeune ami! Je suis convaincue que Dieu nous a faits tels que nous sommes et que la justice des hommes ne devrait pas se mêler de ces choses-là. Il faut avoir l'esprit ouvert. Eh bien, jeune homme, je crois que je commence à raconter n'importe quoi. Je ferais mieux de vous laisser partir en Inde. Je tiens à vous dire que votre visite m'a beaucoup touchée. Je regrette seulement que Mikhaïl et Maria n'aient pas été là pour vous recevoir plutôt qu'une vieille folle comme moi. Cécile va vous reconduire, dit-elle en s'approchant du cordon de la sonnette.

Finalement, ce ne fut pas Cécile, mais la douairière elle-même qui raccompagna Lewis à la porte. Sa canne frappait rageusement le sol à chaque pas. Lizaveta Woodman était outrée :

– Les domestiques ne sont décidément plus ce qu'ils étaient. De mon temps, cette fille aurait reçu le fouet pour n'avoir pas répondu à mon coup de sonnette.

– Je suis désolé... il ne fallait pas vous déranger, madame, dit Lewis qui venait de s'apercevoir à quel point la vieille dame boitait.

– Quelle blague! Vous avez pris la peine de venir nous voir, il est bien naturel que nous vous raccompagnions... Vous n'y êtes pour rien, monsieur Joyden. C'est cette effrontée de femme de chambre qui n'en fait qu'à sa tête et qui est encore Dieu sait où. (Puis, changeant de sujet, elle ajouta :) Si Maria et Mikhaïl n'ont pas pu vous recevoir eux-mêmes, c'est parce qu'ils ont été appelés à Londres, auprès de l'ambassadeur.

– Rien de grave, j'espère.

– Non, non, pas du tout. Un banquet donné en l'honneur d'*ambans* [1] chinois venus de Lhassa en visite à Londres. J'imagine que l'ambassadeur de Russie s'efforce de consolider ses relations avec le Tibet. Mais de vous à moi, je pense qu'il s'agit d'une manœuvre de Nicolas, notre nouveau tsar. Il cherche à tirer parti de la guerre sino-japonaise. La dynastie mandchoue est à deux doigts d'être renversée, et il ne serait pas mécontent d'avoir un pied au Tibet. Je suis trop vieille pour m'occuper de politique, mais il m'arrive de surprendre les conversations de Mikhaïl et de Maria. Mikhaïl a été rappelé à Saint-Pétersbourg.

– Oh! je suis navré!

Lewis contemplait les lions assis – c'était bien des lions, en tout cas, pas des ours.

– Au revoir, monsieur Joyden, et bon voyage. Si vous avez jamais l'occasion de repasser par Abingdon et que je suis toujours en vie, passez donc prendre une tasse de thé avec moi. Sans quoi je serai très offensée. Notre petite conversation m'a beaucoup amusée. C'est mon côté russe, vous savez. J'adore papoter.

1. Les *ambans*, ou résidents impériaux, étaient les représentants au Tibet de l'empereur de Chine. (*N.d.T.*)

Elle lui fit un grand sourire.

Ce brin de causette autour d'un samovar en argent l'ayant apaisé, Lewis éprouva tout à coup de la sympathie pour cette vieille gargouille de Lizaveta Woodman. Il se surprit à murmurer :

– Tout le plaisir était pour moi, madame.

Se penchant vers lui, elle lui glissa à l'oreille :

– Mon mari était anglais, et je vis ici depuis plus de quarante ans. Mais je suis russe dans l'âme. Maria, ma fille, répétait-elle, comme si elle avait peur de l'oublier, est « cosmopolite ». Née en Angleterre, d'une mère russe et d'un père anglais. Éduquée à Paris et en Suisse. Elle a épousé un Russe et vit à présent en Russie. Mais ma petite Sonia, elle, est une vraie Russe. Ce qui ne l'empêche pas de parler admirablement le français et l'anglais.

Quand il se retrouva enfin dans l'allée de gravillons qui bordait la maison, la tête lui tournait. Une fois l'énorme porte de chêne refermée de la main même de la douairière, Lewis imagina cette dernière, canne au poing, lancée sur les traces de l'effrontée Cécile. Au petit bonheur, il tenta de s'orienter pour retrouver sa bicyclette, mais n'eut pas le temps de pousser très avant ses recherches.

– Psst !

Il fit un tour complet sur lui-même, cherchant de quel buisson lui était adressé ce pressant murmure.

– Psst, là-haut !

Il leva la tête en direction des cheminées et vit une tête ébouriffée et deux grands yeux gris qui l'observaient depuis une lucarne, tout en haut de la maison. La frêle créature qu'il avait sauvée des eaux la veille était-elle sur le point de se fracasser le crâne en tombant des toits ? Des grappes de glycine mauve pendaient au-dessus de ses boucles châtaines, évoquant irrésistiblement Bacchus, tel qu'on le représentait sur certaines étiquettes de spiritueux.

– Je croyais que vous aviez une pneumonie, lança-t-il, sur un ton accusateur.

Elle ignora sa remarque et enchaîna aussitôt :

– C'est pour grand-mère que vous êtes venu, ou pour moi ?

– Pour votre grand-mère. Retournez au lit.

– Monsieur Joyden, soupira-t-elle comme une vieille femme, les Russes ont beaucoup d'imagination. Je suis en parfaite santé. Mais ils ont décidé que j'étais malade. J'ai parfois le sentiment que le médecin de ma mère, Prat le Rat, cherche à s'engraisser aux dépens de mon père. Vous n'avez pas pris froid, hier, au moins?

– Absolument pas. Merci quand même de vous en inquiéter. J'ai pris un grand verre de cognac aussitôt après la baignade pour éloigner le mauvais œil.

– Vous avez bien fait. Personnellement, je n'aime pas le cognac. Je préfère le porto. J'en bois des litres, vous savez. Prat prétend que c'est bon pour le sang. La vie et la mort sont les deux préoccupations majeures de ma famille. La santé, autrement dit. Kirsten a été surpris par l'orage, ce matin. Il a dû prendre un bain de pieds à la moutarde. Et n'allez pas croire que ce soit différent à Saint-Pétersbourg. Nous passons notre vie à nous soigner! (Elle soupira à nouveau, comme si elle portait toute la misère du monde sur ses petites épaules.) Venez donc nous voir, un de ces jours, à Saint-Pétersbourg.

Un morceau de papier atterrit à ses pieds. Il le ramassa.

– Vous êtes gaucher, monsieur Joyden?

– Oui, pourquoi? dit-il avec un sourire.

– Les hommes intelligents sont gauchers.

– Comment le savez-vous?

– Je lis beaucoup. Je n'ai rien d'autre à faire quand je suis malade... et je suis très souvent malade. Malade d'ennui!

« Une maladie héréditaire chez les Vremia », pensa Lewis.

– Combien mesurez-vous?

– Environ trois mètres.

– Je suis sérieuse, monsieur Joyden.

– Eh bien, je mesure exactement un mètre soixante-dix-neuf et demi.

– Avec ou sans chaussures?

– Sans.

– Très bien. Je vais arrondir à un mètre quatre-vingts. (Elle tenait un crayon à la main.) De quelle couleur sont vos yeux?

– Un vilain jaune bilieux.

– Je dirais plutôt noisette. Un joli mélange de brun, de vert et de jaune. Je les ai bien vus, hier, dans la rivière. Et vos cheveux sont très noirs. J'ai remarqué ça aussi. L'ensemble est plutôt plaisant. Grand-mère dit que vous êtes assez beau garçon. Mais « intéressant » convient mieux, à mon avis. Les grands bruns ténébreux ne m'attirent guère, à moins d'être supérieurement intelligents.

L'impertinence de la jeune fille commençait à l'agacer. Il chercha comment mettre un terme poli à la conversation, mais elle ne lui en laissa pas le temps.

– Je vous ai mis notre adresse sur le petit papier. Il faut que vous ayez un point de chute quand vous viendrez à Saint-Pétersbourg. Parfois je ne peux m'empêcher de croire au destin : la baignade d'hier, par exemple, et puis votre visite ici, aujourd'hui. Ce matin, après l'orage, il y a eu un arc-en-ciel, et les sept arbres que vous voyez là-bas, sur la colline, étaient chacun d'une couleur différente. On aurait dit des petits soldats en uniforme. Kirsten dit que voir le pied de l'arc-en-ciel porte chance. Ainsi donc, monsieur Joyden, je ne mourrai pas de pneumonie, ni d'autre chose. Pas dans l'immédiat, en tout cas. Vous non plus, d'ailleurs. Je suis sûre que nos vies ont un sens... c'est pour cela que vous êtes ici maintenant.

Des propos si profonds dans la bouche d'une créature aussi jeune! Il y avait de quoi vous laisser pantois. « Vraiment? eut envie de dire Lewis. Comment savez-vous toutes ces choses, mademoiselle? » Au lieu de cela il sourit gentiment à la jeune fille ébouriffée qui lui rappelait un panda qu'il avait vu en Chine, et dit :

– Mademoiselle Vremia, si j'étais vous, j'oublierais mes maladies et je partirais toute affaire cessante déterrer le trésor qui m'attend sur la colline.

Elle lui rendit son sourire et son visage se creusa aussitôt de fossettes espiègles :

– Est-ce que je peux vous appeler Lewis? Vous pouvez m'appeler Sonia, si vous voulez. Mais surtout pas comtesse! Ça ne fait pas naturel. Quand vous viendrez à Saint-Pétersbourg, je vous offrirai le thé, comme grand-mère, dans un samovar en argent.

3

I

Russie. Hiver 1897

L'ange qui d'ordinaire se balançait sous la croix dorée de la cathédrale Saint-Pierre-et-Saint-Paul était immobile, emprisonné par le givre. L'air était glacé. Un manteau gris et dur enveloppait toute chose. Les navires avaient déserté la Néva gelée pour gagner des eaux plus clémentes, moyennant quoi le port s'était transformé en patinoire que les habitants de Saint-Pétersbourg sillonnaient de part en part de novembre à avril.

Près du pont Kirov, depuis la perspective Kirovski, la vue de l'île Vassiliëvski était admirable. C'est là que vivaient les Vremia. De la fenêtre de sa chambre, Sonia apercevait les immenses tours dorées de la forteresse Pierre-et-Paul où, disait-on, un tsar avait fait torturer son propre fils à mort. La vue de cette forteresse lui évoquait chaque fois irrésistiblement Kirsten. Elle l'y voyait, emprisonné pour quelque escapade, imaginait le désespoir de la famille... Elle essaya de se raisonner : Kirsten n'était plus un enfant. Mais elle haïssait Saint-Pétersbourg l'hiver, où tout se transformait en glace : l'ange, l'île, la prison, le fleuve. Elle avait hâte que reviennent le printemps et ses nuits étoilées. Hâte de retrouver le pavillon de chasse de son père à Novgorod, et d'écouter les bouleaux argentés murmurer dans la brise, à l'heure du coucher. C'était comme entendre une vieille légende ou une musique oubliée. Mais surtout, elle avait hâte de retrouver l'Angleterre pour y passer l'été avec grand-mère Lizaveta...

L'horloge de la cathédrale sonna le quart. Quatre heures et quart, par un après-midi sinistre. La mère de Sonia, claquemurée dans sa chambre, sanglotait toujours. Elle avait quelque chose d'important à lui demander, mais elle hésitait, à présent. La détresse maternelle était généralement communicative.

Ils s'étaient encore querellés – son père et sa mère se querellaient sans cesse. Mais ce matin, leur dispute avait été encore plus féroce qu'à l'ordinaire. Son père avait poursuivi sa mère de pièce en pièce jusqu'au salon, en l'accusant de choses abominables. Naturellement, les domestiques étaient tout ouïe. Il l'avait accusée de le tromper avec Prat le Rat et avec Sacha son cousin. Pire encore, il prétendait qu'elle cherchait à séduire son propre fils, Kirsten...

Sonia n'en croyait pas ses oreilles. Son père était devenu complètement fou.

– On vous a vus, tous les deux, en train de minauder dans une loge, à l'Opéra! hurlait le comte, dont la voix de stentor résonnait jusque dans la rue malgré les portes closes.

Sonia n'arrivait pas à savoir s'il voulait parler de Sacha ou de Kirsten... à moins qu'il ne s'agisse de Prat, encore que Prat le Rat n'allât pour ainsi dire jamais à l'Opéra.

Sa mère, en pleine crise de nerfs, niait toutes ses accusations d'une voix perçante.

– Non, non, non, Mikhaïl! Comment pouvez-vous imaginer une chose pareille! Sacha est venu me voir parce que sa belle-mère est souffrante. Et Kirsten! Comment osez-vous prétendre une chose aussi abominable! Vous, son père!

– Dans ce cas, ne les embrassez pas en public!

– Mais, enfin, Mikhaïl, Sacha est mon cousin. Nous sommes des amis d'enfance.

– Je veux parler de Kirsten.

– Mais Mikhaïl, Kirsten est mon fils, mon enfant chéri!

– Précisément, madame, ne le traitez pas comme s'il était votre amant.

– Vous êtes jaloux. Vous êtes... malade!

– Ce n'est pas moi qui suis malade, madame, c'est vous! Vous et vos préoccupations morbides, votre obsession de mort et de maladie et... votre débauche. Depuis que...

– Allez-y, maintenant que vous avez commencé, allez jusqu'au bout! (La comtesse, hors d'elle, avait interrompu son époux. Inhabituel, avait pensé Sonia, car personne, et surtout pas sa mère, n'osait jamais interrompre le comte quand celui-ci piquait une colère.) C'est précisément *cela* qui nous sépare à présent, Mikhaïl, et qui nous séparera toujours.

– Sans compter que vous me refusez votre lit, madame.

– Cela vous étonne, Mikhaïl, après tout ce que... ce que j'ai dû endurer comme souffrance, comme humiliation?

– Oui, glapit le comte. Oui, je m'étonne, madame, et je suis profondément choqué et dégoûté de voir que vous préférez votre fils à votre mari.

A ce moment de la conversation, la comtesse poussa un cri strident qui mit un terme à leur altercation. « Mère a dû s'évanouir », pensa Sonia – c'était sa tactique lorsqu'elle voulait avoir la paix. Ensuite, le comte avait donné des ordres pour qu'Anna, la femme de chambre de la comtesse, et la gouvernante la transportent dans sa chambre. Puis, il avait quitté la maison sans délai pour se rendre à son club sur la perspective Nevski.

Son père parti, Sonia se rongeait les ongles derrière la porte de la chambre de sa mère, ne sachant s'il était raisonnable de la déranger en un pareil moment. Peut-être parler d'autre chose lui ferait-il du bien... Sonia frappa tout doucement à la porte. Elle eut tout à coup une sensation d'oppression qu'elle connaissait bien et qui lui fit redouter de devoir respirer des vapeurs de camphre, ce soir encore. Ces vapeurs qui piquaient impitoyablement les yeux et la gorge.

Sonia frappa à nouveau, plus fort.

– Maman, c'est moi, c'est Sonia.

– Sonia, pas maintenant, je t'en prie, j'ai la migraine.

– Mais maman, c'est important.

Au bout d'un moment, Anna, qui montait la garde au pied du lit de sa maîtresse comme un bon chien, entrebâilla la porte, sortit la tête et souffla :

– Pas plus d'une minute. Et ne parlez surtout pas de votre frère. Elle en mourrait. Elle est à bout. Votre père, votre frère, votre cousin, elle en a par-dessus la tête. Elle n'aurait jamais dû épouser cet imbécile. Je le lui avais pourtant dit, il y a vingt ans. Maintenant c'est trop tard. Alors, vous entrez, oui ou non?

Sonia se glissa tant bien que mal dans la chambre, tandis qu'Anna refermait un à un les verrous qui étaient censés protéger la comtesse contre les irruptions intempestives de son mari. Puis la vieille paysanne regagna son étroite couche en fer au pied du lit. Ses yeux noirs perçants suivaient attentivement chaque geste de Sonia.

– Maman, murmura Sonia, en se blotissant tout contre sa mère dans le vaste lit, ne pleure plus.

Les larmes de la comtesse jaillirent de plus belle dans son mouchoir trempé et complètement hors d'usage. Sonia alla en chercher un propre dans un tiroir. La chambre de la comtesse, tendue de lourdes étoffes, sentait l'encens et la savonnette. Dans un coin de la pièce des bougies brûlaient devant les icônes. Pas un souffle d'air n'en faisait vaciller la flamme. Fenêtres et volets étaient clos. Sans doute sa mère et Anna craignaient-elles que le comte n'escalade les cinq étages de la façade pour venir les surprendre. Deux lampes de chevet aux abat-jour d'opaline rose diffusaient une chaude lumière derrière les rideaux du lit. On n'entendait que le chuintement du gaz qui se consumait, comme quelqu'un qui siffle entre ses dents.

– Maman, je ne veux pas te déranger, mais je voudrais savoir pourquoi il faut que je mange des sandwiches de foie cru.

– M. Pratikayit dit que c'est nécessaire, petrouchka. Maintenant que tu as seize ans, tu es une femme. Il faut remplacer le sang que tu perds chaque mois.

– Mais maman, ces sandwiches sont infects! Je préfère encore ne pas avoir une goutte de sang dans le corps que de manger ces horreurs.

– C'est nécessaire... renifla sa mère, et j'espère que tu bois bien le porto que M. Pratikayit t'a prescrit, après chaque repas.

– Voilà encore une chose incroyable, maman! Tu ne veux tout de même pas que je devienne alcoolique, comme lui.

Sa mère poussa un long soupir et demanda à Anna de changer la compresse d'eau froide qu'elle avait sur le front.

– Sonia, Sonia, gronda la comtesse, pourquoi faut-il que tu passes ton temps à poser des questions? Pourquoi n'admets-tu pas une fois pour toutes que les adultes savent ce qu'ils font?

– Ah, vraiment! Parfois je me le demande. Et d'ailleurs il faut bien que je pose des questions si je veux apprendre quelque chose, puisque je ne peux pas aller à l'école.

Sa mère répondit d'une voix lasse :

– A l'école on attrape des maladies. Et puis tu as une préceptrice, une gouvernante, un professeur de danse et un professeur de musique. Cela ne te suffit pas, petrouchka?

– Non, je les déteste. Je suis seule la plupart du temps et je n'ai personne avec qui parler.

– Ma chère enfant, s'exclama la comtesse sans cacher son irritation, tu deviens absolument insupportable. Il faut que nous te trouvions un mari. Comme cela, au moins, tu auras de quoi t'occuper.

– Je ne veux pas me marier, et j'ai bien assez à faire comme ça. Je veux pouvoir parler avec quelqu'un. Je veux savoir pourquoi je dois manger des sandwiches au foie cru absolument répugnants à regarder et encore plus à avaler.

– Sonia, il est grand temps que tu saches que la vie d'une femme n'est pas une partie de plaisir. Être une femme implique bien des sacrifices. Mais puisque nous n'avons pas le choix, nous devons faire un effort – comme de manger du foie cru, par exemple, pour ne pas faire d'anémie.

– Pourquoi est-ce si terrible d'être une femme?

– C'est terrible quand on est mariée avec quelqu'un comme ton père.

– Mais pourquoi l'as-tu épousé, puisque vous ne vous aimez pas?

– C'était nécessaire, soupira la comtesse.

– Pourquoi ça?

– Parce que mes parents le voulaient.

– Mais pourquoi?

– A cause de l'argent et à cause de son rang.

– Tu as eu tort d'accepter.

– En effet. Mais tu connais ta grand-mère, Lizaveta. Il n'y a pas moyen de discuter avec elle. Ma mère voulait que j'aie un titre, et mon père était assez riche pour me l'offrir. Malheureusement, il a jeté son dévolu sur Mikhaïl, à l'époque. Je n'étais pas amoureuse de lui. J'en aimais un autre, mais pas assez riche au gré de mes parents. Ceux qui te diront que l'amour vient avec le mariage sont des menteurs. Quand tu choisiras un mari, petrouchka, prends un gentleman... pas un homme comme ton père. Il a beau avoir des titres, ce n'est pas un gentleman.

La comtesse renifla à nouveau, d'une façon un peu trop théâtrale au goût de Sonia. Si elle n'aimait pas la vie qu'elle menait, elle n'avait qu'à en changer, pensa-t-elle.

– Je ne devrais pas te raconter tout cela, dit la comtesse. Ce n'est pas bien. Tu n'as qu'à faire comme si j'aimais ton père – même si ce n'est pas vrai. Anna, apporte-moi les sels qui sont dans le tiroir! On étouffe ici. Je crois que je vais avoir un malaise.

Tandis qu'Anna fouillait tous les tiroirs, à la recherche du *sal volatile,* Sonia posa la question qui lui tenait à cœur depuis un bon moment :

– Mère, que font donc les gens mariés, au lit, qui soit si

important? J'ai demandé à Kirsten, mais il m'a dit que ça ne me regardait pas.

Aussitôt Sonia sentit sur elle le regard noir plein de reproche d'Anna. Elle n'aurait pas dû parler de Kirsten. Les mâchoires édentées marmonnèrent quelque chose animant le visage plein de rides, tanné comme un cuir resté trop longtemps au soleil. D'une main noueuse et parcheminée, la vieille femme rajusta le foulard qui avait glissé sur son front dégarni, parsemé de taches brunes. Anna avait toujours impressionné Sonia. Rien à voir avec le stéréotype du serf soumis et corvéable à merci que décrivait la propagande des organisations révolutionnaires – comme celle de ce Lénine qui faisait tant pester son père. Évitant le regard perçant qui se posait sur elle, Sonia se tourna vers sa mère dont la mine de papier mâché venait de virer au rose vif comme celui des lampes, au-dessus du lit.

– Sonia, répliqua la comtesse, exaspérée, en triturant nerveusement sa compresse froide, tes questions sont terriblement embarrassantes. Une jeune fille de ton âge doit respecter le monde des adultes. Lorsque j'avais ton âge, je n'aurais jamais osé aller trouver ma mère pour lui poser une question aussi inconvenante. Quand tu seras mariée, tu pourras demander à ton mari – à moins qu'il ne te fournisse la réponse avant. Il est grand temps que tu fasses tes premiers pas en société, et que tu rencontres un jeune homme riche et de bonne famille. Demain, nous irons chez Mme Génève, rue Sadovaya. Elle travaille bien et n'est pas hors de prix. Nous allons te faire faire quelques robes de bal.

A cette perspective, la comtesse sembla reprendre goût à la vie. Sonia, pour sa part, ne pouvait rien imaginer de pire.

– Je n'ai vraiment pas envie de me marier. Surtout que ça n'a pas l'air très réjouissant.

– Et ça ne l'est pas, convint sa mère. Sonia, ma chérie, retourne dans ta chambre, à présent. Sois gentille. J'ai horriblement mal à la tête et... petrouchka, je t'en conjure, boutonne ta chemise de nuit jusqu'en haut. Tu ne veux pas attraper la mort, dans les courants d'air – sans compter qu'il n'est pas convenable de se promener à moitié nue dans les couloirs. Un esprit sain dans un corps sain, voilà ce qu'on demande à une femme... Tu n'as qu'à voir ton père, il m'a toujours reproché... ma condition physique. (La lèvre inférieure de la comtesse se mit à trembler.) Comment... peut-il... me reprocher d'avoir perdu six enfants... avec ma faible constitution? Lui qui est si... si vigoureux... Petrouchka... oh! je voudrais mourir!

Une fois encore, la comtesse s'abandonna à une crise de sanglots frénétiques.

– Je voudrais être morte... et voir ton père verser toutes les larmes de son corps sur ma tombe.

Brusquement, prêtant l'oreille, elle releva son visage inondé de larmes.

– Est-ce que ce n'est pas la troïka de Sacha qui revient ?

Sonia se leva avec un soupir amer et, regardant par la fente du volet, reconnut les boucles brunes du beau cousin Sacha qui descendait de traîneau. Comme elle n'avait pas envie de le saluer, elle pria sa mère de l'excuser. Mais celle-ci ne l'entendit pas. Tout exaltée par le retour inopiné de son cousin, la comtesse harcelait Anna. Où était son peignoir de satin bleu ? et sa brosse à cheveux en argent ? Il lui fallait un peu d'eau fraîche pour baigner ses yeux gonflés, et puis ne pas oublier d'ouvrir les rideaux et les persiennes pour aérer un peu la pièce !

Sonia poussa un deuxième soupir qu'elle ne chercha même pas à réprimer, et retourna dans sa chambre. La question des sandwiches au foie cru n'était toujours pas résolue.

II

De toute la soirée, Kirsten Vremia n'avait pas eu une seule fois la main heureuse, contrairement à Ivan qui avait amassé un joli petit pécule. De quoi éponger largement les dettes de Kirsten. La fumée de cigare le faisait cligner des yeux et sa belle moustache contrastait avec la moustache rousse d'Ivan. Il attendait patiemment que la chance lui sourît. Bientôt, bientôt, pensait-il, persuadé que la roue allait tourner. Ivan, qui voulait se rendre intéressant, avait surestimé son jeu et ouvert les paris avec une mise astronomique. Maintenant qu'il avait remporté le pot de la dernière partie de yablon, le succès lui montait à la tête et il repartait de plus belle.

– Dame chance ne sourit pas deux fois au même homme, Ivan !

– Occupe-toi de ta chance à toi, Vremia, je m'occupe de la mienne.

Ce soir-là, chez le prince Nicolaï Doubrovka, en face du palais d'Hiver, les autres invités sentaient l'animosité entre Ivan et Vremia. Chose inhabituelle car, en temps normal, les deux hommes s'entendaient à merveille. On attendait le dénouement avec beaucoup d'intérêt.

Ivan reçu deux cartes face cachée. Il les ramassa et les examina en ayant soin de les tenir tout contre sa poitrine. Le visage impassible il les reposa sur le tapis. Lentement, il avança sa mise, dix mille roubles, avec un sourire à l'intention de Kirsten.

A droite de Kirsten, le prince Nicolaï (Kolia pour les intimes), qui tenait la banque, plaça face en haut la carte du dessus de la pile devant Ivan.

– Voilà qui ressemble fort à un valet, si je ne m'abuse, railla Kirsten avec un large sourire.

– A moins que ce ne soit un *agent provocateur*[1]. Vous êtes prié de vous taire, comte! intervint le prince, excédé. Pour l'amour du ciel! Quelle mouche vous a donc piqués, tous les deux, ce soir?

Avec un haussement d'épaules et un léger froncement de sourcils, Ivan retourna ses deux cartes, trois et dix.

– Perdu! s'exclama Kirsten avec jubilation.

Il prit un cigare dans la boîte que Grigori, le domestique, lui tendait, et en coupa le bout tout en regardant les dix mille roubles tomber dans la cagnotte.

– Ne te réjouis pas trop vite, Vremia, dit Ivan, on n'est jamais sûr de gagner à ce jeu.

– Et toi, tu es imbattable, pas vrai, Ivan? lança Kolia en ramassant les cartes.

La partie reprit. C'était au tour du banquier de jouer. Kolia perdit lui aussi sa mise en tirant un cinq contre son deux et son quatre. La partie continua. Le pot ne trouvait pas acquéreur. Cette fois, Kirsten faisait la donne. Il commença à sa gauche, par Philippe Choulkovo, puis Youri Loubertski, puis servit Peter, le frère jumeau de Philippe, à droite d'Ivan, et enfin Kolia. Chacun reçut deux cartes, une par une, face cachée. Ce fut Philippe qui commença la partie. Il perdit. Tous les autres firent de même, leurs mises allant grossir le pot à chaque fois. Lorsque vint le tour de Kirsten, le pot comptait cinquante mille roubles. Il fut pris subitement de sueurs froides – un peu comme quand on joue à la roulette russe, pensa-t-il. Le pot n'avait pas trouvé acquéreur – la chance allait-elle enfin lui sourire? Cinquante mille roubles... lui qui avait déjà perdu une petite fortune ne pouvait plus se permettre de perdre davantage. S'il perdait cette partie, il ne pourrait jamais rembourser ses dettes – en tout cas pas avec les quelques kopecks que son grippe-sou de père lui octroyait chaque mois à contrecœur.

1. En français dans le texte. (*N.d.T.*)

– Allons, Vremia! Qu'attends-tu pour jouer? maugréa Kolia.

– C'est le pot qui lui fait peur, railla Ivan.

Ce qui, en clair, signifiait : Vremia, passe ton tour, tu sais bien que tu n'as pas les moyens de perdre.

Cinquante mille roubles... Kirsten avala sa salive, passa sa langue sur ses lèvres sèches. D'un geste mécanique il saisit son verre de vodka et fit cul sec, sans même réfléchir. Renoncer ou ne pas renoncer, là était la terrible question. « Madame la chance, souris-moi! » implorait-il intérieurement. S'il gagnait, il aurait assez d'argent pour payer toutes ses dettes et pour vivre joyeusement pendant un bon bout de temps. Mais s'il perdait, il serait déshonoré et renvoyé de la Garde impériale. Son père, qui ne pourrait plus regarder le tsar en face, le jetterait à la rue. Ce qui signifiait l'exil, aller au diable, et ne plus revoir Irène...

– Allons, comte! s'impatientait Kolia en tirant l'épaisse frange de cheveux gris qui garnissait son front comme une rangée de pompons sur un dessus de cheminée.

Les autres commençaient eux aussi à trouver le temps long.

– Très bien, annonça Kirsten, en posant une fois de plus un billet à ordre dans le pot – le tout pour le tout, cette fois. Je mets trente-quatre mille roubles!

Il eut au moins la satisfaction de voir disparaître le sourire d'Ivanski.

En tirant la carte du dessus du paquet, Kirsten pouvait à peine garder les yeux ouverts.

Le roi de carreau...

Ivan le regardait avec un œil de rapace. Kirsten sentait la sueur froide dégouliner sous sa tunique. Il n'aurait jamais pu tenir sur ses jambes s'il avait essayé.

– Eh bien, Vremia, est-ce qu'on peut voir ton jeu?

Pour Ivanski, il était perdu d'avance. Kirsten sentait l'autre se réjouir intérieurement. Pour une raison qui lui échappait, Ivan avait juré sa perte, ce soir.

Il retourna ses deux cartes.

– As-deux! cria Loubertski, en applaudissant bruyamment.

– Bon sang! Il a gagné, s'exclama Peter Choulkovo qui n'arrivait pas à y croire. Tu nous as bien eu, Kirsten! A un moment, nous avons vraiment cru que tu avais perdu.

Kirsten réussit à se lever. Il souriait de toutes ses dents. Le cigare à la bouche, il s'empara du pot tandis que Kolia ordonnait à Grigori d'aller chercher un Dom Pérignon 88.

– Il faut fêter ça! Tu vas enfin pouvoir me payer ce que tu me dois, pas vrai, Kirsten? dit le prince.

Kirsten n'écoutait pas, trop occupé à penser à ce qu'il allait faire de cet argent. Il venait d'économiser trente-quatre mille roubles et d'en gagner cinquante mille.

– Un moment, Vremia!

Kirsten sentit la poigne d'acier d'Ivan sur son bras. Celui-ci approcha son visage tout près de celui de Kirsten, leurs moustaches se touchaient presque.

– Tu n'es qu'un sale tricheur! lui souffla-t-il en pleine figure.

Dans la salle de jeu presque vide aux murs entièrement recouverts de miroirs, l'insulte résonna, sinistre. Le visage de Kirsten se figea.

– Quoi? dit-il, soudain livide.

Ses tempes se mirent à battre.

– Tu n'es qu'un sale tricheur, Vremia.

– Tu es en train d'insulter mon invité, Ivan, fit Kolia, menaçant, tandis que les yeux se détournaient du champagne pour se poser sur les deux hommes.

– C'est Loubertski qui a battu... les jumeaux ont coupé. Tu les as vus aussi bien que nous, Ivan, nom d'un chien! Et d'ailleurs, je n'ai pas à me justifier... dit Kirsten en dégageant son bras et en rajustant sa manche. Comment oses-tu porter une telle accusation!

– Parce que c'est la vérité. Tu es un menteur et un tricheur et je vais le prouver. (Blanc comme un linge, hors de lui, Ivan se tourna vers les autres.) Vous savez tous que Vremia fait des tours de passe-passe pour amuser les enfants pendant les soirées. Mais ce qu'il a fait ici, ce soir, ça n'est pas un tour de magie.

– Mais qu'est-ce que tu racontes, à la fin, Ivan? demanda Kolia, en fronçant les sourcils dans sa direction.

– Les petits trucs de Vremia ne sont pas drôles quand il s'en sert pour tricher... voyez vous-mêmes. Il y a cinquante-quatre cartes dans ce jeu, et non pas cinquante-deux, comme il voudrait nous le faire croire en attirant notre attention sur le pot et pas sur le jeu. Je vous parie qu'il y a cinq as-deux dans ce paquet-ci.

– Est-ce que tu te rends compte de ce que tu es en train de dire, Ivanski? hurla Kolia hors de lui. Si tu essayes de déclencher une cabale contre mon aide de camp, je te casserai de ton régiment. Le tsar en sera informé. Et je me ferai un plaisir de te botter moi-même les fesses! Loubertski, ramasse les cartes et retourne-les toutes face en l'air. Maintenant, vous allez tous les compter... depuis toutes ces années que je joue aux cartes, je n'ai encore jamais rien entendu de pareil. Ivanski, si tu te trompes, tu peux t'en remettre à la grâce de Dieu !

Le prince tremblait de rage en observant les cartes que l'on comptait une à une.

– Quarante-neuf, cinquante, cinquante et un, cinquante-deux...

– Et voilà, Ivan ! Maintenant, tu vas faire des excuses à Kirsten, sans quoi je te désavoue publiquement pour avoir tenté d'entacher la réputation d'un frère de régiment, déclara Kolia sur un ton péremptoire.

– Je maintiens ce que j'ai dit, Vremia est un tricheur et un menteur ! J'ignore comment il a fait, mais je suis sûr qu'il a un as caché dans sa manche... c'est évident, il garde deux cartes dans sa manche, avec son mouchoir sale.

Kolia était troublé. Le comte Ivanski était, en temps normal, un homme raisonnable – comment aurait-il pu prendre le risque de porter une accusation aussi grave contre un officier de la Garde impériale, noble de surcroît, s'il n'était pas convaincu de ce qu'il avançait ? De plus, Kolia avait toujours pensé qu'Ivan et Kirsten étaient amis.

– Allons, allons, Ivan, retire ce que tu viens de dire et fais des excuses à Kirsten...

– Je préfère être pendu ! Fouillez-le, vous dis-je !

– Non, non et non ! rugit à nouveau Kolia en tapant du pied. C'est impossible. Kirsten... devant la gravité des accusations du comte – il me répugne de le faire – mais je te conjure de répondre : te serais-tu, par hasard, trompé en distribuant les cartes ?

Kolia, très contrarié, ne souhaitait qu'une chose : rétablir l'ordre et la dignité parmi ses invités. Trébuchant par mégarde sur l'épée de Loubertski qui gisait à terre, il s'en saisit et engagea l'homme à la remettre à sa ceinture sans délai. Ivan se trouvait dans un tel état d'excitation qu'il aurait été capable de s'en servir pour frapper Kirsten.

– Voici ma réponse, prince Nicolaï, déclara Kirsten d'un ton solennel, tandis qu'il écartait les bras à la manière d'un épouvantail. Fouillez-moi ! Mais prenez garde, si vous ne trouvez rien, Ivanski et moi nous nous battrons en duel.

– Non, non ! s'écria le prince en se tordant les mains de désespoir. Je ne le permettrai pas. Le tsar lui-même ne le permettra pas. Les duels sont interdits.

— Fouillez-le! dit Ivan. Je parie quatre-vingt-quatre mille roubles que les cartes sont sur lui.

Les frères Choulkovo et Youri Loubertski se trouvaient dans une situation extrêmement délicate. Si jamais le scandale arrivait jusqu'aux oreilles du tsar, tous seraient déshonorés. Ivanski était-il devenu fou?

— Fort bien, déclara Ivan, puisque personne ne veut le faire, je le fouillerai moi-même.

Il attrapa violemment Kirsten par la nuque et, l'étranglant à moitié, lui arracha le col de sa tunique. Kirsten était d'un naturel posé et plutôt bon enfant, mais les rares fois où il se mettait en colère, les choses tournaient invariablement à la catastrophe. Hors de lui, il envoya un violent coup de coude dans l'estomac d'Ivan qui se plia en deux de douleur et lâcha prise. Sans transition Kirsten le frappa au menton, et Ivan s'effondra sur le plancher tandis que Grigori et Loubertski venaient à la rescousse.

— Imbéciles! tonitruait Kolia, impuissant. Imbéciles! Arrêtez immédiatement ce jeu de massacre! Lève-toi, Ivan, et sois un homme! Tu n'as eu que ce que tu méritais. Toi, Kirsten, fais des excuses à Ivan, immédiatement. A présent, vous êtes quittes, le match est terminé. Kirsten n'a pas triché et Ivan ne l'a pas insulté. Kirsten n'a pas frappé et tous deux se sont excusés. Et ne vous avisez pas de soutenir le contraire, sans quoi je vous étripe sur-le-champ. A présent, que diriez-vous d'une virée chez Camilla? Ses jeux à elle sont autrement plaisants que les vôtres, messieurs. Allons, mettez vos manteaux, c'est le prince qui régale, ce soir.

Ivan se releva en tremblant. Tout en tenant son menton meurtri, il provoqua à nouveau Kirsten en prenant les autres à partie, cette fois.

— Qu'il jure devant l'icône de la Vierge Marie qu'il n'a ni menti ni triché, et je lui ferai des excuses.

— Comment oses-tu, Ivan! cria Kirsten, scandalisé. Comment oses-tu? Tu sais bien que jurer devant une icône est un blasphème. Si ma parole d'officier ne te suffit pas, alors nous réglerons ce différend sans la Vierge Marie. Nous nous battrons en duel, comte Ivanski!

— Très bien!

— Messieurs, messieurs, implora Youri Loubertski, vous êtes fous...

— Tais-toi, Youri, lança Kirsten, livide et tremblant.

Voyant les proportions que prenait la chose, les frères Choulkovo tentèrent, eux aussi, de calmer le jeu. Mais Kirsten et Ivan, incapables d'entendre raison, étaient bien décidés à aller jusqu'au bout. Il fallut empêcher Kirsten de décocher un second coup de poing au menton d'Ivan, tandis que ce dernier continuait de verser de l'huile sur le feu.

– Choisis bien tes témoins, Vremia, dit-il, car c'est la dernière fois que tu les verras.

– Assez! hurla Nicolaï, excédé, tandis que Kirsten tentait de se dégager des bras qui l'emprisonnaient. Arrêtez ce massacre! Allons chez Camilla.

– Allez-y, prince Nicolaï, je vous donne ma démission.

– Vremia, ne fais pas l'enfant, ordonna le prince qui avait hâte d'en finir avec toutes ces divagations.

– Prince, je ne suis pas un enfant.

– Comte Vremia, vous êtes ivre! Ivanski est ivre, lui aussi! Vous êtes saouls... saouls comme des cochons, tous autant que vous êtes! Et cette affaire doit rester entre nous. A présent, en route pour Nevski... la compagnie d'une femme vous fera le plus grand bien.

Mais personne n'écoutait Kolia.

– Choisis tes armes, Vremia! lança Ivanski.

– La roulette russe.

– Non, non, assez! hurlait Kolia en s'arrachant les cheveux. Au nom du ciel, calmez-vous! Si jamais le tsar a vent de cette affaire, nous finirons tous à la forteresse Pierre-et-Paul. Il est rigoureusement défendu de jouer à la roulette russe.

– Demain matin, Vremia, lança Ivan d'un air triomphant. Puisque tu as choisi les armes, c'est à moi de choisir l'endroit. Mon témoin te fera connaître ma décision.

Sur ces mots il envoya Grigori chercher son manteau. Son œil bleu fut traversé par un éclair diabolique.

– Espérons que tu es aussi brave sobre que tu l'es saoul, Vremia!

Tournant les talons, le comte gagna la porte, suivi par le reste de la compagnie.

Kolia vida le fond de la bouteille de vodka dans son verre et l'avala d'un trait, tandis que Kirsten ramassait ses gains.

– Laisse ça, lança brusquement Kolia, par-dessus son épaule en observant Kirsten dans le miroir. Le pot sera à toi demain, quand l'affront aura été lavé.

Le visage de marbre, Kirsten obéit. Il mit son grand manteau anthracite, son chapeau et son écharpe, puis, enfilant ses gants de cuir, il précéda Kolia dans la cour glacée.

– Tu n'étais pas sérieux quand tu as parlé de démissionner, tout à l'heure? demanda Kolia doucement en trottant derrière Kirsten.

– Si, prince.

– Parfois, comte Vremia, tu te comportes comme un enfant gâté! Mais je suis sûr que tu ne le penses pas, au fond. Tu n'es pas assez idiot pour ne pas savoir où sont tes intérêts. Demain à cette heure-ci, tu seras toujours à mon service... à moins, évidemment, que tu ne te sois brûlé la cervelle d'ici là. Maintenant, allons chez Camilla la douce.

Il eut un petit rire étouffé, puis il frappa ses mains gantées l'une contre l'autre et dit :

– Tut-tut! S'il y a une chose qui me répugne plus encore qu'un tricheur, c'est bien un homme qui accuse sans preuve... Cocher!

Agitant le bras, le prince Nicolaï essayait d'attirer l'attention d'une voiture à cheval qui tournait le coin.

– Vous étiez complètement saouls, l'un et l'autre, poursuivit-il, et il faut que vous soyez tous les deux idiots pour vous provoquer à la roulette russe. L'un de vous deux va mourir.

– C'est généralement comme ça que ça se finit, en effet. Il n'y avait pas d'autre moyen de laver cet affront, en tout cas. C'est Ivanski qui l'a cherché.

– Ne recommençons pas cette discussion. Tu es un ivrogne et un imbécile. Que tu aies triché ou non n'a plus aucune espèce d'importance, à présent...

– Je suis navré, prince... Nicolaï... mais il est exclu que je reste au service d'un homme qui me prend pour un tricheur et un ivrogne! (Kirsten écarta le bras de Kolia qui essayait de le retenir.) Même si cet homme est mon aîné et... même s'il s'agit d'un prince. Je ne suis que comte... un comte bon à rien... et même si cette nuit est la dernière pour moi, je préfère me retirer dans la dignité. Je n'irai pas chez Camilla. Je rentre me coucher, seul!

Kolia le suivait en applaudissant de tout son cœur.

– Bravo, bravo! Je vais te présenter à mon autre protégée, *Madame* [1] Zavia, du théâtre Pouchkine. Mon cher ami, elle va t'engager sur-le-champ! (Puis, haussant le ton, il appela Kirsten qui s'éloignait :) Reviens ici tout de suite! Je ne sais pas si tu continues à jouer la comédie, Vremia, mais sache que je n'aime pas les hommes qui ne tiennent pas l'alcool. Ma patience a des limites, Kirsten, et ma bonne humeur aussi. Je pourrais facilement te renvoyer pour insolence en

1. En français dans le texte. (*N.d.T.*)

état d'ivresse et incitation d'un confrère officier à la violence.

Le prince Nicolaï, ventre en avant, juché sur ses deux jambes maigrichonnes et emmitouflé dans un manteau et un chapeau d'astrakan dont émergeaient des touffes de cheveux gris gelées, offrait un tableau assez cocasse. Il rattrapa Kirsten qui s'éloignait dans la nuit, lui fit faire demi-tour et l'entraîna en direction de la place de la Cathédrale-Saint-Isaac.

– Au fait, comte, ajouta-t-il, haletant et impatient de gagner le giron douillet du bordel, si j'avais cru un seul instant que tu avais triché, je t'aurais autorisé à te brûler la cervelle sur-le-champ, sans attendre demain. Le délit en soi n'a guère d'importance. Ce qui est grave, c'est de dénoncer un homme en public. Tu n'as pas triché, tu as simplement été assez malin pour ramasser le pot que tout le monde convoitait – moi y compris, malgré toute ma fortune. C'est un exploit qui mérite notre admiration. Il ne me viendrait pas à l'idée de te condamner pour ça... Cocher!

Lâchant la manche de Kirsten, il s'élança au-devant d'une troïka qui passait.

– Cocher... attends, attends donc! Ah, l'animal! Est-ce que tu as vu comment il conduit? dit-il en évitant l'attelage de justesse.

Le traîneau, tiré par deux superbes chevaux noirs, s'arrêta en dérapant quelque vingt pas plus loin. Kolia, épouvanté et tout éclaboussé de boue, semonça vertement le cocher:

– Espèce de fou dangereux! A-t-on idée d'aller aussi vite dans un passage aussi étroit! On se demande par quel miracle ta troïka a encore des patins. Je vais porter plainte au ministère!

Puis, brandissant un poing, il s'agrippa à l'arrière du véhicule. Le cocher se retourna et fit un salut de la main:

– Kirsten... te voilà enfin! Je t'ai cherché dans tout Saint-Pétersbourg.

Kirsten, un peu estourbi, s'approcha de la troïka où se cramponnait Kolia, bouche bée.

– Comte Vremia, tu connais cette charmante créature? Elle a l'air de te connaître, elle.

– C'est ma sœur... Mon Dieu, Sonia, mais que fais-tu ici, et dans cette tenue?

La vodka ne fit qu'un tour dans ses veines. Il se sentit brusquement cloué sur place. Sa sœur, mains nues, tenait les rênes de deux fringants coursiers noirs, tout écumants de bave.

Jetant un bref coup d'œil à sa tenue, Sonia dit:

– Oh! c'est... c'est ma chemise de nuit...

– En effet, c'est ta chemise de nuit! tonna Kirsten.

– Kirsten, ne crie pas, je t'en prie! J'en ai assez des cris. Je n'ai entendu que ça toute la soirée. Je suis à bout et je l'ai dit à papa.

D'une main, elle rejeta sa chevelure brune en arrière. Un geste éminemment gracieux, songea le prince Nicolaï.

– Je n'ai pas eu le temps de m'habiller, expliqua-t-elle.

– Comment ça, pas le temps? Pour l'amour du ciel, Sonia! Tu vas attraper la mort à te promener à moitié nue.

– Je ne suis pas nue!

– Si, et quel spectacle!

Kirsten foudroya du regard un groupe de badauds, de retour de l'Opéra ou du théâtre, qui s'étaient arrêtés pour contempler la scène.

Kolia, peu désireux d'assister à une autre dispute, s'approcha.

– Comte Vremia, tu ne m'as pas présenté à ta charmante sœur.

– Sonia, je te présente le prince Nicolaï Doubrovka, au service de Sa Majesté le tsar de toutes les Russies, et à qui je sers, humblement, d'aide de camp. Kolia, je vous présente mon incorrigible sœur, la comtesse Sonia... Et voilà pour les présentations, ajouta Kirsten avec une révérence, avant de s'élancer sur le socle d'une statue équestre qui se trouvait là.

– Kirsten, arrête de faire l'intéressant, veux-tu? lança Sonia d'un ton cassant, tout en ignorant le prince qui lui avait pris la main pendant les présentations.

Lorsque celui-ci lui offrit son manteau et son écharpe pour la protéger du froid et des regards indiscrets, elle ne lui accorda même pas ce petit plaisir.

– Non, merci, prince Doubrovka, je n'ai pas froid.

– Kolia, comtesse, appelez-moi Kolia, je vous en prie.

– Je préfère vous appeler prince Doubrovka, étant donné que nous ne nous connaissons pas, dit-elle, pour le remettre une bonne fois pour toutes à sa place.

Kirsten eut un sourire forcé qui disparut sitôt que Sonia lui annonça:

– Ce soir la coupe est pleine, Kirsten. Je quitte la maison.

– Mais pourquoi, petrouchka? demanda-t-il, soudain sobre et plein de sollicitude.

– Papa a été plus insupportable que jamais, et Prat le Rat veut me faire avaler des sandwiches de foie cru – pour le sang. Je lui ai dit qu'il n'était qu'un charlatan et qu'il pouvait aller exercer ses talents en enfer, parce qu'il était exclu que je lui serve de cobaye. Il ne fera pas de moi une hypocondriaque comme maman... Kirsten, tu m'écoutes?

– Bien sûr, petrouchka, je suis là.

Il se tenait toujours sur le socle de la statue comme un vaurien d'ivrogne qu'il était. Sonia lui fit les gros yeux.

– Descends donc de cette statue, Kirsten. Un peu de tenue, bon sang! Prat était si furieux qu'il est allé tout raconter à papa. Papa m'a grondée, puis il s'en est pris à maman, et enfin à Anna – la routine, en somme. Ensuite, il est parti au club et Prat est allé au diable, je l'espère du moins. Après quoi Sacha est arrivé et papa est rentré du club presque aussitôt. Il a surpris Sacha dans la chambre de maman et il s'en est pris à Anna. Anna a fait ses paquets et elle est retournée dans sa famille à Novgorod, en laissant maman en pleine crise de nerfs, comme d'habitude.

– Du calme, petrouchka, tu t'essouffles, dit Kirsten en riant, et puis c'est moi qui vais piquer une crise de nerfs, bientôt.

– Je t'en prie, ne plaisante pas, Kirsten.

Jusque-là, Sonia n'avait pas daigné regarder l'étonnant prince Nicolaï Doubrovka avec ses oreilles gelées pointant sous sa toque et ses yeux chassieux cerclés de rouge. Tout en lui était gris, terne et larmoyant. Elle le dévisageait à présent, d'un œil glacial, le tenant pour responsable de l'état d'ébriété avancée de son frère.

– Kirsten, lança-t-elle se tournant à nouveau vers lui, pendant que Sacha et papa se disputaient, j'en ai profité pour emprunter la troïka de Sacha... celle-ci. J'ai l'intention d'aller à Novgorod avec Anna et de rester là-bas jusqu'à ce que tout le monde ait repris ses esprits. Mais je voulais te prévenir avant de partir. Je t'ai cherché partout. Tu devrais rentrer, à présent, et consoler maman. Elle est dans tous ses états... tu étais censé dîner avec nous, ce soir. Tu as oublié?

Kirsten se frappa le front avec une main, tandis que de l'autre il s'agrippait fermement à une patte de bronze pour ne pas tomber.

– Nom d'une pipe! J'avais complètement oublié... pauvre maman. Mais il y avait une petite fête, chez le prince.

Elle gratifia le prince d'un deuxième regard glacial et déclara sur un ton tout aussi engageant :

– Bonsoir, prince Doubrovka, je ramène mon frère à la maison. Monte, Kirsten. Je vais conduire puisque tu n'en es pas capable.

60

– Je suis parfaitement capable... de tout!

Et pour le prouver, il se laissa tomber la tête la première dans la troïka du cousin Sacha et s'enveloppa dans les couvertures de fourrure avec un sourire béat.

– Bonsoir, prince, dit-il en agitant une main distraite, me voilà parti pour le pays des rêves sur le char de Diane... C'est la première fois que je n'ai plus de dettes.

– Veinard, dit Kolia d'une voix lugubre en se reculant prestement tandis que Sonia partait à fond de train, l'aspergeant une fois encore de neige et de boue glacée.

Il la regarda partir, béat d'admiration.

Tout en conduisant, Sonia dit à son frère par-dessus son épaule :

– Depuis que tu sers d'aide de camp à cet homme, tu es encore plus irresponsable, Kirsten. Pourquoi recherches-tu toujours la compagnie de gens qui ne font que ruiner ta vie et ta carrière?

– Il n'est pas fréquentable, tu trouves? marmonna-t-il dans un demi-sommeil.

– Oh! Kirsten!

– C'est peut-être parce que je ne suis pas heureux. J'ai des ennuis et Kolia est le seul à qui je puisse me confier.

– De quels ennuis veux-tu parler?

– Ça ne te regarde pas, petite sœur.

– Oh! cesse donc de me traiter en gamine!

Il ouvrit les yeux et, prenant appui sur ses coudes, dit d'une voix plus distincte :

– Qui donc es-tu, Sonia? (Il retomba avec un soupir pesant.) Petrouchka, on dirait que tu as grandi tout à coup.

– Je ne sais pas de quoi tu parles!

– Tu as impressionné Kolia, en tout cas. J'en suis sûr. Je ne l'avais encore jamais vu dans cet état – même pas chez Camilla.

– Et toi, qu'est-ce qui te met dans cet état, chez lui?

– Lui, comme tu dis, paye mes dettes et ne me refuse jamais un coup de main, quand j'en ai besoin.

– Et pourquoi le fait-il? Dis-moi la vérité, Kirsten. Pourquoi bois-tu et joues-tu avec lui jusqu'à perdre toute dignité?

– Et toi, pourquoi poses-tu toujours des questions idiotes?

– Kirsten, ne sois pas grossier. Le prince Nicolaï Doubrovka a très mauvaise réputation à Saint-Pétersbourg.

– Vraiment? Je ne le savais pas. (Il bâilla.) Il est très riche

61

et très bien placé. Il est membre de la famille impériale, tu sais.

– Et alors? Ce qui compte dans la vie, c'est ce qu'on devient, pas d'où l'on vient.

– Ma chère, tu n'es qu'une bas-bleu. Rien d'étonnant quand on a un Prat le Rat qui vous bouffe les entrailles à longueur de journée. Petrouchka, je suis toujours étonné de voir comme tu es bien informée, pour quelqu'un qui ne met jamais le nez dehors – exception faite de ce soir, bien entendu.

Sa prononciation était indistincte. Il lui faisait pitié. Mais Sonia garda ses réflexions pour elle. Admiratif, Kirsten poursuivit :

– Mais où donc as-tu appris à conduire les chevaux, Diane?

– A Novgorod, quand papa partait chasser toute la journée et qu'il ne pouvait rien dire. Et si cela t'intéresse, sache qu'il y a toujours de bonnes âmes qui se dévouent pour colporter les ragots jusqu'à notre porte, sans qu'il soit besoin d'aller s'informer à l'extérieur.

Agacée par les ronflements de son frère, Sonia cria à pleine voix pour couvrir le bruit que faisaient les sabots des chevaux sur la chaussée.

– Nous sommes arrivés, Kirsten! Tu vas me promettre quelque chose, maintenant.

Elle arrêta le traîneau devant la grille de la maison, en priant le Bon Dieu que son père soit parti en Sibérie.

– Quoi? bredouilla Kirsten, tout ébouriffé, émergeant à regret des fourrures du cousin Sacha.

– Si papa n'est pas à la maison – et il n'y est probablement pas, maintenant qu'il a jeté tout le monde dehors –, ne parle à personne de mon expédition en chemise de nuit dans les rues de Saint-Pétersbourg, d'accord?

Kirsten sourit mollement et dit :

– Entendu, si tu ne dis rien, je ne dis rien.

Après mûre réflexion, il s'assit, bâilla en s'étirant dans la nuit étoilée et marmonna :

– Sonia, ma douce, tu n'aurais pas quatre-vingt-quatre mille roubles cachés entre deux piles de sandwiches au foie cru, par hasard?

– Pourquoi? demanda-t-elle d'un air méfiant.

– Parce que sinon, je suis un homme mort.

4

I

Il était quatre heures du matin quand un craquement du parquet, à l'extérieur de sa chambre, tira Sonia du sommeil tourmenté dans lequel elle venait de sombrer. Elle pensa immédiatement à Kirsten et, saisissant son peignoir au pied du lit, se dirigea vers la porte sur la pointe des pieds.

Elle avait laissé Kirsten avec sa mère qui avait épanché tout son chagrin sur l'épaulette de son fils. Au soulagement général, le comte n'était pas rentré de la nuit. Après avoir jeté à la rue le cousin Sacha, dont la troïka avait disparu et qui avait dû trouver un autre moyen de regagner son domicile, leur père avait quitté la place Kirovski. Anna, quant à elle, était réapparue, après s'être cachée dans la vaste penderie de la comtesse, bien décidée à braver les fureurs du comte et à rester auprès de sa maîtresse.

Sonia entrouvrit imperceptiblement la porte. Personne. Elle alla sans bruit jusqu'au bout du corridor et se pencha par-dessus la rampe. Kirsten en uniforme, cheveux et moustache impeccables, descendait l'escalier de marbre, ses bottes à la main et son shako sous le bras.

– Tu es superbe ce matin, Kirsten, souffla-t-elle dans un éclat de rire contenu, une main sur la bouche, pour ne pas réveiller la comtesse.

Kirsten sursauta et faillit manquer une marche. Il leva la tête.

– Que fais-tu debout à cette heure-ci ? chuchota-t-il.

Dans sa tunique de parade bleue à brandebourgs dorés, il avait l'air d'un sapin de Noël. Sonia ne put réprimer un large sourire.

– Qu'est-ce qu'il y a de si drôle? demanda-t-il.

– Toi! On dirait une image d'Épinal – malgré les trous dans les chaussettes. Tu devrais les donner à Anna pour qu'elle les raccommode. Et on peut te demander où tu vas comme ça?

– A la caserne. Mais cela ne te regarde pas.

– Pourquoi? C'est la guerre?

Il eut un soupir exaspéré.

– Sonia, tu veux être gentille? Retourne te coucher.

– Arrête donc de me traiter en gamine.

– Sonia, si tu ne retournes pas te coucher immédiatement, je... je raconterai à papa ta petite escapade d'hier soir.

Il remonta de quelques pas pour pouvoir la regarder bien en face.

Sonia lui souriait avec un air malicieux. Ses boucles châtaines retombaient en cascade par-dessus la rampe, tandis qu'elle se penchait dangereusement dans le vide.

– Et moi, je lui dirai tout. Je lui dirai que tu as joué ta vie aux cartes, pour quatre-vingt-quatre mille roubles. Je lui dirai que tu as triché et que tu n'as pas d'autre recours que de te battre en duel. Je lui dirai que la princesse Irène, la femme de son meilleur ami, le ministre de l'Intérieur, est ta maîtresse. Et puis je lui dirai que pour de mystérieuses raisons le prince Nicolaï Doubrovka paye les cadeaux que tu fais à la grosse Irène, ainsi que toutes tes autres dettes. Le ferais-tu chanter, par hasard?

– *Merde*[1]! Tu n'es qu'une gourgandine! Qu'ai-je donc fait au Bon Dieu pour mériter une sœur pareille? ajouta-t-il en levant les yeux vers le dôme qui coiffait la cage d'escalier.

– Je ne fais que veiller à nos intérêts respectifs, Kirsten, dit-elle d'un ton suave.

– Dans ce cas, retourne te coucher, avant d'attraper la mort.

– La mort, je l'ai déjà attrapée, dit-elle avec une grimace affreuse. Regarde mes crocs! Je suis le spectre de la mort, le vampire qui se nourrit de foie cru et de porto. Mon sang est si riche qu'on pourrait en faire des barres de fer. Tu ne t'imagines pas à quel point la nourriture de vampire rend fort.

Il essayait de ne pas rire.

– Petrouchka, la plaisanterie a assez duré. Je ne sais pas qui t'a raconté cette histoire de quatre-vingt-quatre mille roubles, mais ce sont des ragots. A présent, je m'en vais.

1. En français dans le texte. *(N.d.T.)*

64

Il se remit en route.

– C'est toi-même qui me l'as dit, crétin. Et puis est-ce que tu sais seulement où tu dois te rendre? Moi oui. Tiens... (Elle ouvrit la main.) Un message du comte Ivan Ivanski, apporté tout à l'heure par un domestique, si c'est ce que tu attends. Je sais bien que tu ne regagnes pas tes quartiers. Comment pourrais-tu te battre en duel à la caserne alors que le tsar a interdit les duels? De même que la roulette russe, d'ailleurs. Tut, tut, Kirsten!

– En voilà assez, Sonia!

Mais elle ne le laissa pas poursuivre.

– C'est toi qui l'as défié, ou c'est lui?

– Ça ne te regarde pas... Donne-moi ce papier!

Il s'élança pour essayer de le lui arracher des mains.

– Non! (Elle brandit le papier au-dessus de sa tête.) Si tu es en retard au dîner, ce soir, Kirsten, je vais dire à maman que tu n'es pas à l'heure parce que tu t'es brûlé la cervelle. (Elle redevint grave.) Kirsten Vremia, si tu ne renonces pas à ce duel, il y aura deux enterrements, parce que maman ne survivra jamais à une telle épreuve! Tu sais comme elle t'aime... comme nous t'aimons tous. Ne fais pas l'idiot. Tu es le seul à pouvoir prendre notre défense quand papa pique ses colères. Fais porter immédiatement un message au comte Ivanski, pour ajourner le duel.

Kirsten grogna.

– Tu ne comprends rien aux choses de l'honneur, Sonia. Alors sois gentille et va dormir. Si tu étais un garçon, tu aurais pris une bonne dérouillée pour ton impudence. Maintenant, donne-moi ce message.

Il le lui arracha des mains. Son shako roula dans l'escalier. Elle eut une vision de son frère jouant à la roulette russe.

– Très bien, Kirsten, je ne vais pas m'apitoyer plus longtemps sur ton sort, ni sur celui d'Ivan Ivanski. Moi, je retourne me coucher, et vous, vous réglez vos affaires. Et ne t'inquiète pas! Je ne dirai rien à papa et maman – jusqu'à ce qu'on commence à allumer les cierges pour la veillée funèbre et ta sublime dépouille de héros. Tu n'es qu'un monstre d'égoïsme, et tu n'atteindras jamais la gloire à laquelle tu aspires tant. Mais tu es trop bête et trop vaniteux pour t'en rendre compte. Vassili t'attend dehors avec une voiture et des pistolets!

Puis, avec un haussement d'épaules, elle tourna les talons.

II

Par la fenêtre, Sonia regarda Kirsten monter en voiture. Il avait mis ses bottes et son shako, et ses éperons luisaient dans l'obscurité. Elle s'habilla à la hâte, passant plusieurs vêtements de corps bien chauds, une vilaine robe de laine grise, ainsi qu'un épais manteau gris. Elle ramena la capuche sur sa tête, enroula une longue écharpe autour de son cou et du bas de son visage, et glissa ses mains gantées dans un manchon de loup gris. Ainsi vêtue, elle quitta la maison silencieuse. Ce n'est qu'une fois dehors, sur le pavé glacé, qu'elle réalisa qu'elle avait gardé ses pantoufles. Elle ne voulait pas retourner chercher ses bottes fourrées, mais à chaque pas qu'elle faisait, les fines semelles de ses mules étaient comme transpercées par une lame de glace.

Des glaçons grands comme des branches pendaient des gouttières des imposantes demeures qui bordaient la Néva. La voiture de Kirsten avait longé la perspective Kirovski, pris à droite, en direction du port de marchandises, et disparu. Mais Sonia savait précisément où elle se rendait. Le message d'Ivan Ivanski n'était que trop explicite. Il y était question des colonnes rostrales, phares signalant le port aux bateaux en provenance de la Baltique. A côté, sur la même bande de terre surplombant le port, se trouvait un terrain vague planté d'arbres. C'est là que devait avoir lieu ce que Sonia considérait comme un meurtre rituel perpétré par deux jeunes oisifs à la recherche de sensations fortes.

Une fois traversé le parc et passé la forteresse, au nord de l'île Vassiliëvski, elle dut ralentir son allure. Sa respiration formait des rubans de givre dans l'air. L'endroit était désert, mais pour se livrer à leur jeu stupide, pensa-t-elle, il leur fallait aller le plus loin possible du palais d'Hiver et des quartiers militaires de Koutouzov. Elle marcha encore vingt minutes avant d'apercevoir trois ou quatre attelages à l'entrée d'un bosquet d'arbres dénudés, semblables à des squelettes dans des suaires de coton. Sonia avançait prudemment dans le petit jour. Sa silhouette grise se fondait dans le paysage entièrement recouvert d'un épais manteau de givre. Elle se posta derrière un sapin au tronc volumineux pour observer la scène. Au milieu d'un cercle de lampes tempête, on avait disposé deux tables pliantes. Sur chacune, une boîte.

Son frère et le comte Ivanski étaient assis l'un en face de

l'autre, chacun en bout de table. Sonia connaissait tous les hommes présents. Plusieurs, comme Kirsten, étaient attachés à la Garde impériale. Il y avait le prince Nicolaï Doubrovka, qu'elle avait rencontré la veille pour la première fois. Le valet d'Ivan Ivanski se tenait à côté de son maître et Vassili battait la semelle près de Kirsten. Sonia eut un choc en reconnaissant Anatole Pratikayit, présent lui aussi, aux côtés du prêtre. Prat le Rat n'était donc pas allé au diable. Le traître se tenait prêt à louer une dernière fois ses services à son maître, au cas où son fils recevrait la balle fatale.

– Yeux bandés? demanda Philippe Choulkovo à Kirsten.

Les voix sonnaient clair dans l'air froid du matin.

– Bien sûr. Je ne veux pas que l'on m'accuse une fois encore d'avoir triché.

Ivan regarda fixement Kirsten dans les yeux, jusqu'à ce qu'on eût bandé les siens. Kolia sortit deux revolvers identiques des deux boîtes. Il introduisit une seule balle dans le barillet de chacun et le fit tourner avant de remettre les armes à Kirsten et à Ivan.

Sonia se rongeait les ongles en se demandant si le prince Nicolaï avait reçu le message qu'elle lui avait fait porter par Anna, place Dvortsovaïa. Comment aurait-il pu remplacer les vraies balles par des balles à blanc, avec tous ces yeux braqués sur lui? D'ailleurs, était-il prêt à sauver des vies humaines, simplement parce qu'elle le lui demandait? Elle qui lui avait battu froid, la veille au soir, et qui avait manqué le renverser avec la troïka de Sacha, place de la Cathédrale-Saint-Isaac? Un geste inconsidéré qu'elle regrettait à présent. « Maudit Kirsten! » souffla-t-elle tout bas, tout en continuant de se ronger les ongles jusqu'au sang.

– Êtes-vous prêt à retirer vos accusations, comte Ivanski? demanda Youri Loubertski, qui lui scrvait de témoin.

– Non!

– Comte Vremia, êtes-vous prêt à renoncer au défi que vous avez lancé au comte Ivanski? demanda Philippe Choulkovo à Kirsten.

– Non.

– Comte Ivanski, acceptez-vous de faire la paix avec le comte Vremia?

– Non.

– L'un de vous a-t-il quelque chose à dire à son adversaire avant de commencer?

– Non, répondirent-ils à l'unisson.

Le prêtre s'approcha et leur donna l'absolution en les

bénissant d'un signe de croix, tandis que Sonia se demandait quel sens pouvait avoir ce geste pour deux hommes qui se haïssaient au point de vouloir la mort l'un de l'autre. Kolia eut le mot de la fin :

– Allons, messieurs, il est grand temps d'en finir, avec cette histoire. Il faut que je déguerpisse avant que le tsar ne me rattrape – et je vous conseille d'en faire autant, une fois que l'un de ces hommes sera tombé raide mort à vos pieds. A vous, comte Ivanski !

Ivan leva son revolver et le posa contre sa tempe. Sonia ferma les yeux tandis qu'Ivan pressait la détente. Il n'y eut qu'un petit claquement sec qui résonna dans le vide. Ivan était toujours là. Au tour de Kirsten, à présent.

Les vêtements de Sonia étaient humides, non pas tant à cause du froid et de la brume matinale que parce qu'elle était terriblement angoissée. Ses mains ruisselaient littéralement à l'intérieur de son manchon. Rester assise sans rien dire et sans bouger, alors que son frère s'apprêtait à se tuer, peut-être du premier coup, lui était insupportable. Était-il possible de compter sur l'aide du prince Nicolaï Doubrovka – même s'il avait reçu son message ? Kirsten leva le revolver jusqu'à sa tempe mais, au moment où son doigt se posait sur la détente, Sonia bondit comme une lionne hors de sa cachette et se jeta sur lui. Tous deux tombèrent à terre, entraînant pêle-mêle le tabouret, la table et la boîte à pistolets. Avant même que Kirsten ait le temps de relever le bandeau qu'il avait sur les yeux, elle s'empara du revolver et, le tenant à deux mains, le pointa sur le cœur d'Ivan Ivanski.

Dans la confusion générale, ce dernier avait, lui aussi, relevé son bandeau. Il la regardait, ahuri.

– Sonia... ne fais pas l'idiote, implora Kirsten, étendu, impuissant, sur le sol gelé.

– C'est moi qui vais tuer le comte Ivanski, si vous n'arrêtez pas immédiatement ce jeu stupide, déclara-t-elle au groupe d'hommes qui la regardait, frappé de stupeur.

Le comte Ivanski, résigné, haussa les épaules.

– Comtesse, j'ignorais que vous et moi avions aussi un différend. Vremia, il est clair qu'à deux contre un, je n'ai plus aucune chance de m'en sortir. Madame la chance – pour si jolie qu'elle soit, ce matin, avec un pistolet contre ma poitrine – ne me paraît guère souriante. Très bien, comtesse, je vous épouse sur-le-champ.

Comment pouvait-il avoir le cœur à plaisanter en un moment pareil, alors que lui-même était à l'origine de toute cette histoire ? Sonia n'arrivait pas à y croire.

– Donne-moi ce pistolet, Sonia... Sonia, non! implora Kirsten.

A présent, elle tenait le pistolet pointé contre sa propre tempe. Elle respirait par saccades et n'osait pas toucher la détente. Elle se tourna soudain vers le prince Nicolaï qui, déconcerté comme les autres, ne savait comment réagir.

– Merci d'avoir entendu mon message, prince, dit-elle, simplement.

– Quel message, comtesse? répondit-il, mal à l'aise.

– Vous savez? Celui qui vous demandait de mettre une balle à blanc dans les revolvers. Vous l'avez fait, n'est-ce pas, prince Nicolaï?

– Sonia... ce n'est pas vrai? Tu ne lui as pas demandé ça?

Kirsten se releva et tenta de saisir le pistolet, mais elle esquiva son geste.

– Si, je l'ai fait, Kirsten! Et ne t'approche pas ou je tire...

– Comment oses-tu, Sonia? Ceci est une affaire d'hommes, dit Kirsten, à qui les mots manquaient pour exprimer son dépit. Rends-moi ce pistolet immédiatement.

– Non! dit-elle sèchement, en appuyant le canon plus fort sur sa tempe. Si le prince Doubrovka n'a pas tenu compte de mon message, alors je jouerai à la roulette russe moi aussi. Allez, Ivan, on recommence! Vous le premier, ou les dames d'abord?

– Sonia, ne fais pas l'idiote.

Kirsten qui, comme les autres, redoutait de la pousser trop loin, ne savait que dire, ni que faire.

– Ne t'inquiète pas, Vremia, lança Kolia en s'approchant d'elle. Donnez-moi ce pistolet, comtesse. Il ne vous servira à rien... Voyez vous-même... donnez-le-moi, je vous prie. Le barillet est complètement vide.

Il lui prit tranquillement le pistolet des mains et tira plusieurs coups rapides en direction du sapin qui lui avait servi de cachette. Pas une balle ne sortit. L'arme était tout à fait inoffensive.

Kirsten était prostré. De dépit ou de soulagement? Personne n'aurait pu le dire, car au même moment, tandis qu'ils avaient le dos tourné, Ivan mettait en cause la probité de Kolia en se tirant une balle de revolver dans le pied.

III

Sonia avait passé la semaine entière à pleurer, accablée par les reproches qui fusaient de toutes parts. Par-dessus tout, le silence de Kirsten lui était insupportable. Il ne lui pardonnait pas de s'être immiscée dans ses affaires et d'avoir mis le prince Nicolaï dans une situation impossible en l'obligeant à choisir entre le frère et la sœur. Ni l'un ni l'autre des pistolets n'était chargé – le prince Nicolaï était aussi habile à manier les balles que son protégé à manier les cartes –, mais, tandis que l'attention générale était tournée vers Sonia, Ivan avait pris un autre pistolet dans la boîte, chargé celui-là, et s'était délibérément tiré une balle dans le pied. Sa réputation était sauve. En revanche, Kirsten et Kolia étaient déshonorés aux yeux de tous. Et tandis que les témoignages de sympathie affluaient au chevet d'Ivan, proclamé héros, Kirsten, une fois de plus, tenait le rôle du traître. En intervenant, Sonia avait fourni à Ivanski l'occasion de sortir la tête haute de cette affaire, tout en jetant le discrédit sur son frère et, pire encore, sur le prince Nicolaï. Elle était impardonnable. Kirsten ne lui adressait plus la parole. C'était la première fois qu'ils étaient en froid, mais ils l'étaient pour de bon.

– J'espère qu'Ivanski est en train de se tordre de douleur! déclara Sonia à sa mère. Ça lui apprendra à déshonorer les autres... et Kirsten en particulier.

Sa mère pleurait et se lamentait avec elle. Non seulement son fils adoré était tombé en disgrâce aux yeux du tsar, mais en plus, son époux avait refusé que sa fille fasse son entrée dans le monde avant que le scandale de son équipée nocturne dans les rues de Saint-Pétersbourg ne soit étouffé. Point de sorties et point de robes de bal pour Sonia. Ce qui signifiait point de réconfort pour la comtesse, qui avait trouvé refuge dans son lit et refusait d'en sortir. Même le cousin Sacha était proscrit de la maison. Décidément, place Kirovski, la vie était devenue insupportable.

– C'est incroyable! tonitruait son père. Une gamine comme toi! Comment as-tu osé intervenir dans une affaire d'hommes?

– Mais papa, Kirsten allait mourir...

– Silence! rugit le comte. Ça n'aurait peut-être pas été plus mal, tout compte fait... Regarde où toute cette affaire nous a menés. Et toi? Toi, si fragile – d'après ta mère, en tout cas –, te promener en jupon dans les rues de Saint-Pétersbourg, en plein hiver...

– En chemise de nuit, papa.

– Tais-toi! Tu n'es qu'une friponne sans pudeur. Je m'aperçois à présent que ça n'est pas ton corps, mais ton

70

esprit qu'il aurait fallu soigner, toutes ces années. Tout cet argent gaspillé pour engraisser ce ténia de Pratikayit. C'est fini, à présent! Et ne vous avisez pas de tomber malades, toi et ta mère, sans quoi je vous expédie au sanatorium pour le restant de vos jours. Maintenant, est-ce que tu as réfléchi à la demande en mariage du prince Nicolaï Doubrovka?

– Oui, père.

Une lueur glaciale traversa les yeux du comte.

– Parfait.

– Mais je ne veux pas l'épouser.

– Et pourquoi cela?

– Parce qu'il y a à peine une semaine que je l'ai vu pour la première fois.

– Mais lui s'est bien décidé, pourtant. Et son avis vaut largement celui d'une gamine effrontée et sans cervelle. De toute façon, il ne compte pas t'épouser avant que tu aies dix-sept ans – dans un an. Il est néanmoins d'accord pour nous verser une grosse somme d'argent si tu acceptes. Je pense, pour ma part, que l'homme doit être fou pour demander ta main après ta conduite de l'autre jour. Mais il l'a fait et c'est une chance inespérée pour une fille dont la réputation est gravement compromise.

– Non, père, je ne l'épouserai pas... Je ne peux pas.

– Et pourquoi donc?

Le comte se tenait devant la cheminée du salon, tournant le dos aux flammes. Sonia ne répondit pas, ce qui l'irrita encore davantage.

– Cesse de triturer ta jupe et réponds!

– Je ne l'aime pas, dit-elle, en levant vers lui des yeux remplis de larmes.

Il eut un ricanement de mépris.

– En voilà une réponse!

– C'est la vérité, papa.

– Un prince de la famille Romanov te demande en mariage, et tu déclines son offre sous prétexte que tu ne l'aimes pas! Ma pauvre fille, tu es aussi bête que ta mère, avec sa tête pleine de sottises sur l'amour et le mariage. Je lui ai donné le meilleur, toutes ces années durant. Et que m'a-t-elle donné en retour? La maladie, des enfants mort-nés et le cocufiage, sous prétexte qu'elle en aime un autre – un autre qui, entre parenthèses, ne l'a jamais demandée en mariage, lui! Et voilà qu'elle t'a farci la tête avec ses âneries. Alors, je t'en prie, ne me parle pas d'amour. Trouve des arguments plus solides si tu veux décliner l'offre de Kolia.

– Il a déjà été marié trois fois.

– Et alors? (Les sourcils du comte disparurent sous sa frange brune.) Ses femmes sont mortes. Il n'est pas bigame, que je sache.

– Ses petits-enfants ont le même âge que moi.

– Eh bien, au moins, tu auras de la compagnie pendant les longues soirées d'hiver. Tu te plains toujours de n'avoir personne à qui parler. Quand tu habiteras à Doubrovka-Dvaryets, tu ne te sentiras plus seule.

– Il est vieux. Je n'ai pas encore seize ans, il en a presque soixante-dix!

Tournant le dos, le comte s'empara de sa tabatière en or et malachite posée sur le dessus de la cheminée, en souleva le couvercle et saisit une pincée de poudre brune qu'il introduisit dans ses narines, l'une après l'autre, en reniflant bruyamment. Il reposa ensuite la boîte avant de lui répondre.

– C'est un homme dans la force de l'âge, un homme d'expérience, influent, sage et très riche – sans parler de son rang. Un homme que le tsar et la tsarine tiennent en très haute estime. Un homme plus jeune pourrait-il t'apporter tout cela? Un jeune homme comme ton cher frère, par exemple – Dieu nous garde! –, qui va finir en prison pour dettes ou pire encore? Un jeune imbécile qui perdrait sa vie au jeu? Un irresponsable qui, sur un coup de tête, laisserait derrière lui une veuve et un orphelin, parce que son existence trop facile lui serait devenue insupportable? Sacré nom d'une pipe! C'est donc ça, les enfants que ta mère m'a donnés? Le prince Doubrovka est un excellent parti.

– Je ne l'épouserai pas, père, dit-elle calmement, son mouchoir trempé étalé sur ses genoux, tandis qu'elle se tenait assise, droite comme un I, sur le sofa, impatiente d'être débarrassée de la présence dominatrice de son père.

Il lui jeta un regard perçant, par-dessous ses sourcils noirs.

– Tu as quelqu'un d'autre en vue? Plus rien ne m'étonnerait de ta part, depuis ta conduite scandaleuse de l'autre jour. Aurais-tu eu des rendez-vous secrets avec un jouvenceau?

– Non, père. Comment ferais-je, d'abord?

– Assez d'impertinence, mademoiselle! Bon. Tu vas épouser Kolia, un point c'est tout. Je me chargerai moi-même de lui donner ton consentement.

– Non, je ne l'épouserai pas. Je lui suis reconnaissante de m'avoir demandée en mariage et d'avoir évité la prison à

Kirsten et à ses imbéciles d'amis. Je lui suis reconnaissante d'avoir étouffé l'affaire auprès du tsar et de nous avoir sortis de l'embarras, mais je n'épouserai pas le prince Nicolaï Doubrovka.

Sonia se leva et se dirigea vers la porte à double battant du salon.

— Sonia, je te préviens! rugit le comte que la détermination de sa fille rendait enragé. Je te donne un mois pour changer d'avis, après quoi, si tu persistes dans ton obstination stupide, égoïste et outrageante, pour ton père et pour le prince Nicolaï, tu seras chassée de Saint-Pétersbourg. Je t'enfermerai à Novgorod, jusqu'à ce que tu sois revenue à la raison.

— Très bien, répondit Sonia sur le même ton. Je partirai pour Novgorod et j'y resterai jusqu'à ma mort.

Jamais elle ne céderait, jamais! Sa décision était irrévocable.

— Ah, c'est comme ça! hurla le comte, si fort que la comtesse l'entendit depuis son boudoir, à l'étage, et eut un pincement au cœur pour sa fille. Tu mérites le fouet! Hors de ma vue, avant qu'il ne soit trop tard. Ropa, Ropa! Où es-tu?

Son valet se précipita.

— Ropa! Ma canne, mon chapeau, mon journal, ma voiture! Et pour l'amour de Dieu, débarrasse-moi de cette famille d'ingrats! Je déjeune au club, aujourd'hui.

IV

Ivan Ivanski, l'air pimpant malgré sa vilaine blessure au pied, souriait de toutes ses dents, tandis qu'il se servait une bonne rasade de vodka. Confortablement étendu sur le sofa, enroulé dans une couverture de fourrure, car il ne portait qu'une chemise de soie et une robe de chambre de velours magenta qui jurait atrocement avec son teint rougeaud, il caressait sa moustache soigneusement lissée. Avec un clin d'œil, il leva son verre à l'intention de Youri Loubertski. Ce dernier était venu lui rendre visite au quartier général des officiers, en face du palais d'Hiver.

— Ne suis-je pas génial, Loubertski?

Youri était en train de se faire les ongles avec le polissoir en argent incrusté de pierres précieuses qui ne le quittait jamais. Il interrompit un instant sa besogne, se redressa sur sa chaise et jeta un coup d'œil admiratif à Ivan.

– Absolument génial, en effet, acquiesça-t-il sans réserve.

– J'ai fait bien mieux que d'une pierre deux coups, ricana Ivan, content de lui. J'ai réussi à me débarrasser de ce benêt de Vremia pour un bon bout de temps... et maintenant, cette chère Irène est toute à moi.

– Génial! murmura Youri avec un regard fasciné au velours bleu qui ornait le revers de son polissoir en forme de gondole.

– Quand j'ai su ce qu'on me réservait pour ma prochaine mission, j'aurais voulu tordre le cou du père de Vremia de mes propres mains. C'est lui qui avait tout arrangé pour que je parte à la place de son fils. Le ministère des Affaires étrangères ne marche qu'au piston.

– Tout à fait! s'empressa d'acquiescer Youri. Après tout, c'est Kirsten, l'aide de camp du prince Nicolaï, pas toi.

– Exactement. D'ailleurs, il faudrait être fou pour accepter de partir en garnison au Tibet. Et je ne le suis pas, comme le tsar a pu s'en rendre compte récemment. Pas question d'aller se geler le cul sur le Chang Tang, il fait déjà bien assez froid ici. C'est pour ça que le comte Vremia m'a inscrit pour faire partie de l'escorte de la légation. Il voulait épargner son cher, son unique héritier mâle. Le comte Ivanski a sept frères, lui. Il peut bien aller crever au bout du monde à la place de ce parasite de Vremia.

– Piston! murmura Youri, avant de recommencer à se polir les ongles.

Ivan cracha dans son verre de vodka en s'étranglant presque de rire.

– J'aurais voulu voir la tête des Vremia, père et fils, lorsque le tsar a ordonné que Kirsten parte à Lhassa à ma place. C'est l'exil, en quelque sorte! (Avec les doigts, Ivan jouait un air de tambour sur son épais bandage.) Bon sang! Je suis vraiment génial. Et brave, avec ça! Pas vrai, Youri?

– Si, si, tout à fait, murmura Youri. Moi, j'avoue que je n'aurais pas été capable de faire ce que tu as fait pour ne pas partir en mission.

– Le vrai plaisir de la chose, Youri, c'était la manipulation. Et Kirsten s'est laissé manipuler si facilement, c'était franchement comique. Mais il faut dire qu'il se laisse complètement mener par le bout du nez. Il est veule, ce Vremia. Et impulsif, aussi. Je sais bien qu'il n'a pas triché au yablon. C'est la chance qui lui a souri quand il y avait cinquante mille roubles dans le pot. Sacré veinard! Mais il est tombé à pieds joints dans le piège que je lui ai tendu, et maintenant il a tout perdu. Bien fait pour lui!

Ivan appela son domestique et redemanda de la vodka. Car, en une demi-heure de conversation, Youri et lui avaient fait un sort à la bouteille.

– Au fait, demanda Youri, tandis que le domestique remplissait son verre, qu'est-ce que c'est que cette expédition?

Ivan demanda sa boîte de cigares. Il en choisit un, puis le sortit délicatement de son enveloppe de papier.

– La mission Barakov à Lhassa, tu veux dire?

Il coupa le bout de son cigare avec soin.

– C'est une idée de Raspoutine, je crois. Le tsar et la tsarine sont complètement fascinés par tout ce qui a trait à l'occulte. En plus de ça, ils meurent d'envie de coloniser le Khang-Yul et ses moines. Ils veulent envoyer des vêtements sacerdotaux brodés par la grande-duchesse en personne au Dalaï-Lama, un autre moine réincarné, en échange de son pays.

Ivan faillit mettre le feu à sa moustache en allumant son cigare.

– C'est Dorjieff qui est chargé d'orchestrer toute l'affaire.

– Je croyais que c'était Barakov, dit Youri, relevant un instant la tête.

– Barakov est chargé d'escorter la légation. Dorjieff sert de truchement.

– Mais que vient faire le prince Nicolaï dans tout cela?

– Il est chargé de mener une étude topographique, mon cher Youri. Le comte Mikhaïl, qui se trouve être une des grosses légumes de la Société de géographie, lui a demandé de ramener le plus d'informations possible concernant l'intérieur du Tibet. Un endroit que personne ne connaît, pas même les Tibétains. Ils veulent prendre les Anglais de vitesse, et tout, et tout. Comme le comte Mikhaïl avait l'intention de m'envoyer là-bas comme aide de camp de Kolia à la place de son fils, j'ai été mis au courant de tous les détails de l'expédition. Rusé, ce comte Vremia, mais pas assez rusé pour moi.

– C'est pour ça que tu t'es tiré une balle dans le pied? demanda Youri, les yeux rivés sur son polissoir. Parce que tu ne voulais pas aller au Tibet, et non parce que tu en voulais à Kirsten?

– Oui. Beau stratagème, non? sourit Ivan au-dessus de son cigare.

– Mais comment pouvais-tu être sûr que le tsar allait envoyer Kirsten au Tibet à ta place? Et comment pouvais-tu savoir qu'il y aurait un duel?

– Je ne le savais pas, mais je pensais que le tsar serait fou furieux et qu'il expédierait Vremia, et son mentor, Kolia, au bout du monde. Sous ses dehors placides, Kolia est un redoutable calculateur. Je savais qu'il allait trafiquer les pistolets de façon qu'il n'y ait pas de mort, car il avait trop peur du scandale. L'estime du tsar compte par-dessus tout pour lui. C'est la raison pour laquelle je l'ai choisi pour s'occuper des formalités du duel. La nature humaine est sans grand mystère – même quand il s'agit d'un tsar. Dès l'instant que le duel était interdit, en particulier la roulette russe, il était clair que le tsar allait blâmer les Vremia, puisque c'était Kirsten qui m'avait provoqué, et pas le contraire. Et pour sa sœur, tu es au courant du scandale, j'imagine?

Ivan fronça les sourcils.

– Qui ne l'est pas! répondit Youri. Dans tout Saint-Pétersbourg on ne parle que de ses chemises de nuit. Vraiment, Ivan, Kolia a dû tomber sur la tête pour vouloir épouser une femme qui s'exhibe devant la terre entière. Encore que ce genre de garce doit plutôt lui convenir.

Ivan fit la grimace.

– Trop maigre à mon goût. J'admire son courage, cela dit. Tout le contraire de son frère. Quand je pense que ce blanc-bec tourne autour d'Irène dès que j'ai le dos tourné! Je n'allais quand même pas partir à Lhassa et le laisser grimper tranquillement dans son lit, pour la séduire et lui soutirer des faveurs.

Youri écarquilla les yeux avec une horreur feinte.

– Tu t'es bousillé le pied pour ne pas aller à Lhassa et rester auprès de la grosse Irène?

– Pas uniquement.

Ivan grimaça tandis qu'il changeait sa jambe blessée de position.

– J'ai pris des risques limités en me tirant une balle dans le gros orteil et pas dans la tête – même si ça fait un mal de chien. Mais, tu vois, Youri, tout a marché exactement comme prévu au bout du compte – et je finirai peut-être maréchal un de ces jours. Maintenant, cher ami, est-ce que tu restes pour le dîner? Moi, j'ai une faim de loup.

– Qu'est-ce que tu me proposes? demanda Youri en empochant son polissoir et en jetant un regard vague autour de lui.

– Pas grand-chose, avoua Ivan. La moitié d'une croquette que j'ai ramenée de l'hôpital, hier. Mais je peux envoyer Hubert chercher du caviar et des blinis.

– Merci Ivan. Voilà une idée tout à fait réjouissante.

Youri mit ses ongles nacrés devant sa bouche pour réprimer un bâillement.

– J'ai toujours pensé que Kirsten et toi, vous étiez les meilleurs amis du monde. Pourquoi ne lui as-tu pas tout simplement demandé de partir pour Lhassa à ta place, au lieu de te compliquer la vie avec un duel qui aurait pu mettre fin à tes jours ou du moins ruiner ta réputation?

– Bonne question, Youri. Je lui ai demandé, imagine-toi, mais il m'a ri au nez. J'ai voulu lui donner une bonne leçon, à ce sale gosse. Remarque, je n'ai rien contre Kirsten, au fond. J'ai bien rigolé, voilà tout – sauf quand le tsar a insisté pour que les quatre-vingt-quatre mille roubles soient versés aux bonnes œuvres pour les veuves et les orphelins.

5

I

La chapelle familiale se dressait, lugubre, en bordure du domaine de chasse paternel, à l'extérieur de Novgorod. Sonia, la tête recouverte d'une mantille de dentelle que sa grand-mère Lizaveta lui avait envoyée pour sa fête, alluma un cierge devant l'icône de la Sainte Vierge.

– Je ne veux pas l'épouser, je ne l'épouserais pas! marmonnait-elle dans la pénombre.

A l'écart, le prêtre hochait gravement la tête. Quelle obstination! Tout cela était contraire à la volonté de Dieu.

– Après tout, poursuivit Sonia sur le ton du défi, vous êtes plus proche de Dieu que le tsar, qui m'ordonne d'obéir à mes parents. Mais je ne peux pas leur obéir, je ne peux pas! Je suis sûre qu'ils se trompent. Ce mariage entre le prince Nicolaï et moi serait un désastre. Je vous en supplie, intervenez en ma faveur et je vous promets de consacrer ma vie à faire le bien. D'ailleurs je ne me marierai jamais, jamais!

D'un geste rageur, Sonia fit le signe de croix avant de se relever, et quitta la chapelle sans se retourner.

Même grand-mère Lizaveta l'avait trahie. Dans ses lettres, elle se réjouissait à l'idée qu'un prince ait demandé sa main. Un prince de la maison des Romanov!

Ce n'est pas pour ma main que je me fais du souci, avait écrit Sonia, furieuse contre sa grand-mère, *c'est pour le reste!*

Ma chère enfant, lui avait-elle répondu, *si porter les enfants d'un vieil homme te dérange, tu n'as qu'à fermer les yeux et penser à notre sainte Russie. Tu ne veux tout de même pas être la honte de ton sexe en finissant vieille fille. Ne t'obstine pas et épouse le prince Nicolaï Doubrovka, comme te le demandent tes parents. Ils savent ce qui est bon pour toi. Il fait nuit ici, tandis que je t'écris, petrouchka. Si tu lis ma lettre à la nuit tombante, emporte ma prière avec toi et va te coucher avec la bénédiction de Dieu pour te réveiller en bonne disposition au matin et exaucer le vœu qui nous tient tous à cœur. Ta grand-mère qui t'aime, Lizaveta. »*

Mais ce soir-là, comme chaque soir, Sonia n'emporta avec elle que son mouchoir trempé pour aller se coucher.

Elle était en exil depuis six mois à Novgorod quand son père vint lui rendre visite. Il apportait des cadeaux de la part du reste de sa famille qui n'était pas autorisé à venir la voir – même pas à l'occasion de son dix-septième anniversaire. L'été approchait et l'air était parfumé. Les nénuphars recouvraient entièrement le lac sous un ciel bleu limpide. Ce matin-là, Sonia avait fait une longue promenade jusqu'au village de Gorodiche, qui se trouvait plus près du domaine familial que Novgorod dont il avait fait partie jadis. A son retour, elle eut la suprise de trouver tous les domestiques de son père affairés dans la cour. Mais quelle ne fut pas sa déconvenue lorsqu'elle comprit que le comte était venu seul. Kirsten n'avait pas accompagné son père en signe de réconciliation, après l'horrible affaire Ivanski.

– Bonjour, papa, dit-elle, gênée, en embrassant son père sur la joue, avant de s'asseoir à la table du déjeuner où l'attendait le comte.

C'est lorsqu'elle déplia sa serviette que Sonia comprit à quel point la présence de son père la mettait mal à l'aise. Elle avait oublié de se laver les mains avant de passer à table et ses ongles étaient tout noirs. Les yeux baissés, elle s'efforçait de garder les mains sous la nappe. Elle n'avait plus aucun appétit, à présent, alors qu'une heure auparavant elle mourait de faim. Quelqu'un avait joliment disposé de petits présents tout autour de son assiette. Sonia se demanda si c'était Lala, la gouvernante, sa fille Grechen, ou son père. Mais elle ne tarda pas à comprendre que le comte n'y était pour rien, car sans préambule et sans même lui souhaiter un heureux anniversaire, il aborda brutalement le sujet du mariage avec Kolia.

– Le prince Nicolaï et ton frère partent pour Lhassa dans

six semaines. Le tsar a maintenu sa décision concernant Kirsten. Il devra partir avec la légation et je n'y peux rien changer – malgré les suppliques de ta mère. Quoi qu'il en soit, je ne vais pas m'humilier une fois de plus devant le tsar. Kirsten n'a que ce qu'il mérite. Ton frère voulait te voir avant son départ, mais je le lui ai strictement défendu – tu ne dois voir personne, jusqu'à nouvel ordre. Cela dit, si tu changes d'avis au sujet de Kolia, tu pourras revenir parmi nous et Kirsten sera autorisé à te parler.

Il marqua une pause interrogative, mais Sonia ne répondit rien. Avec un long soupir, le comte s'empara de sa fourchette et de son couteau et s'attaqua à la viande qui était dans son assiette.

– Ta mère t'envoie ses bons vœux.

– Merci. Je lui écrirai...

– Non! Tu n'as pas le droit de recevoir de lettres ou d'écrire à quiconque durant ton séjour ici. J'espère que les domestiques ne m'ont pas désobéi!

Le comte lui jeta un regard féroce par-dessous ses épais sourcils noirs.

– Non, père.

Sonia gardait les yeux rivés sur son assiette, incapable d'avaler une bouchée. Il eût été suicidaire d'avouer qu'elle interceptait le courrier à Gorodiche avant qu'il ne soit distribué. Même les lettres de grand-mère Lizaveta étaient une planche de salut pour elle.

– Sonia, continua le comte, en découpant la viande saignante avec un plaisir évident, Kolia m'a chargé de réitérer sa requête. Il veut toujours t'épouser – malgré tous les ennuis que tu lui as causés. Il accompagne sa nouvelle demande en mariage d'une offre encore plus intéressante. Si tu l'épouses, tu ne connaîtras jamais les soucis d'argent. Alors cesse cette obstination infantile. Je veux rentrer à Saint-Pétersbourg avec un consentement de ta part.

– Non, père.

Il fit la grimace, sans pour autant se désintéresser de son repas. Il se resservit une pleine assiette d'asperges. Il mâchait bruyamment et le beurre ruisselait sur son menton. Il s'essuya la bouche avec sa serviette et dit d'un air matois :

– Ma chère enfant, tu fais une grosse bêtise en t'obstinant. Kolia part bientôt pour le Tibet. C'est un pays dangereux dont personne ne sait s'il reviendra vivant. Tu aurais Doubrovka-Dvaryets pour toi toute seule, une immense fortune à ta disposition et pas de mari pour contrôler tes dépenses. Pas une fille de ton âge n'hésiterait devant une telle aubaine.

– Mais je ne suis pas n'importe qui, père, je suis Sonia Vremia!

La main du comte s'abattit si violemment sur la table que les couverts tremblèrent et que la sauce se répandit sur la nappe et les serviettes. Sonia contemplait ce désastre d'un œil grave. Tout comme la table du déjeuner, sa vie était devenue un véritable champ de bataille.

– Espèce de petite peste! Tant d'insolence, d'obstination et de... légèreté! Tu mériterais qu'on te donne le fouet!

Les joues en feu, Sonia leva les yeux sur son père et lui jeta un regard farouche. Jamais elle ne céderait.

– Père, comment se fait-il que le prince Nicolaï veuille m'épouser alors qu'il s'apprête à partir en expédition pour au moins deux ans? Que veut-il faire de moi, une veuve? Et si tel est le cas, quelles sont ses raisons?

Le comte eut un profond soupir d'abattement. Tous ces mois d'isolement n'avaient donc servi à rien? Sonia demeurait inflexible.

– Sonia, Sonia... dit-il en hochant la tête, reposant son couteau pour se servir un verre de bordeaux. Kolia est amoureux de toi, n'est-ce pas une raison suffisante?

– Il ne me connaît pas, père. Je ne vois pas comment il pourrait être amoureux de moi.

Sonia s'attendait à ce que son père frappe à nouveau du poing sur la table, ou qu'il la frappe, elle. Au lieu de quoi il eut une réaction tout à fait inattendue. Après un long silence de réflexion, il reposa son verre de vin et prit la main de sa fille dans la sienne. La marque rouge en forme de faucille qu'il portait sur la main gauche ressortait nettement sur sa peau très blanche.

– Ma chère petite, murmura-t-il, cessons cette dispute imbécile et faisons la paix... Je n'ai pas envie de me quereller avec toi. Fais plaisir à ton vieux papa, ma chérie, et dis-moi que tu consens à épouser Kolia. Tu nous ferais tellement plaisir et nous serions tellement fiers! Je suis sûr que Kolia fera tout pour te rendre heureuse. Dis oui, ma chérie, dans l'intérêt de tous, hum?

A quoi bon! pensa Sonia, qui se sentait tout à coup piégée. Elle n'était pas habituée à voir son père la supplier ainsi et n'était pas sûre de le préférer dans ce nouveau rôle. Elle retira sa main.

– Excuse-moi, papa, je ne me sens pas très bien. Il fait trop chaud. J'ai fait un long détour pour aller à l'église de Gorodiche ce matin. Je n'ai pas pris le bac pour traverser la rivière et je suis très fatiguée.

Sur ces paroles, elle prit congé du comte dont la présence lui était insupportable.

Elle s'enferma dans sa chambre et ne la quitta plus de la journée, pas même pour le thé. Quand la vieille Lala passa la tête par la porte entrebâillée et lui demanda ce qui la tourmentait, Sonia l'envoya promener.

– Très bien, mademoiselle, répondit la vieille femme, je me retire hors de votre vue. Mais quelle ingratitude! Une enfant que j'ai nourrie moi-même au sein! Joyeux anniversaire, comtesse!

Puis elle claqua la porte.

C'est seulement lorsqu'elle entendit résonner le pas des chevaux sur le pavé de la cour que Sonia réalisa que la journée s'était écoulée et que son père rentrait de la chasse. L'horloge de l'écurie sonna huit heures. Sonia sombra bientôt dans un sommeil agité.

Le bruit pesant de bottes dans l'escalier la tira en sursaut de son sommeil. Son père allait enfin se coucher! La pendule marquait deux heures. Le comte avait dû passer la soirée à s'enivrer avec ses amis chasseurs, à moins qu'il ne se soit contenté de quelques verres en compagnie de Ropa, son valet, comme il le faisait parfois. Le ciel bleu sombre étincelait d'étoiles et les bouleaux argentés, tels des spectres, chuchotaient dans la brise, comme s'ils se faisaient des confidences. Sonia eut un sourire apaisé. Mais ce sourire disparut bien vite lorsqu'une main indélicate ouvrit brutalement la porte de sa chambre et que son père entra en trombe, les bras remplis des cadeaux qu'elle n'avait pas ouverts.

– Sonia... petrouchka, tu dors? marmonna-t-il d'une voix empâtée par l'alcool.

Sonia fit mine de dormir. Mais il s'approcha d'elle et, posant les paquets par terre, alluma la lampe à pétrole sur la table de nuit, avant de se laisser tomber pesamment sur le bord du lit.

A travers ses paupières closes, Sonia sentait le regard de son père sur elle, son haleine avinée sur son visage.

– Petrouchka... ma chérie... tu es si jolie quand tu dors. (Il saisit sa main qui reposait sur la courtepointe et la porta jusqu'à ses lèvres.) Ma pauvre chérie, mais tu es gelée. Je vais fermer la fenêtre.

Sonia ouvrit aussitôt les yeux.

– Non! Je t'en prie, je ne peux pas respirer quand les fenêtres sont fermées.

– Comme tu voudras, dit-il, en écartant une mèche de cheveux qu'elle avait sur le front.

82

Sa main était moite. Il sourit.

— Ça n'a pas été un très joyeux anniversaire, pour toi, n'est-ce pas?

— Ça n'a pas d'importance, père.

— Tu me détestes donc tellement, mon enfant, que tu ne m'appelles plus jamais papa?

Sonia se mordit la lèvre, sentant les larmes dangereusement près.

— Ou bien est-ce parce que ma chère petite fille est devenue une femme à présent, hein, petrouchka?

Il la saisit par le menton, la forçant à le regarder dans les yeux.

— Pourquoi me fais-tu toutes ces misères, ma chérie?

— Mais c'est bien malgré moi... papa.

— Allons, dit-il en souriant, son visage couperosé presque violet à la lumière de la lampe à pétrole, voyons un peu ce qu'il y a dans ces paquets, d'accord? Celui-ci vient de Kolia – une bague de fiançailles en diamant et saphir, à ce qu'il me semble.

Il eut un petit rire content en sortant la bague de son écrin. Le bijou jetait mille feux à la lumière de la lampe.

Sonia détourna la tête, les larmes roulaient sur ses joues.

— Tu me rends malheureuse, papa. Comment pourrais-je jamais être heureuse avec un homme que je n'aime pas? En me forçant à épouser le prince Nicolaï Doubrovka, tu vas briser toute ma vie!

Sonia s'essuya aussitôt les yeux, honteuse de sa faiblesse. Les larmes des femmes avaient le don de mettre son père de très mauvaise humeur.

Pourtant, il n'était pas en colère, cette fois. D'un geste doux, presque tendre, il essuya les larmes de sa fille.

— Écoute, petrouchka. Tu es une femme à présent, c'est-à-dire sujette aux crises de nerfs et aux états d'âme. Tu ne serais pas une femme sinon. Ton comportement n'a rien d'étonnant. Tu es en train de devenir une femme. C'est une période difficile. Lorsqu'on t'a demandé en mariage, à seize ans, tu étais encore trop jeune pour comprendre et pour accepter. Mais six mois se sont écoulés depuis la proposition de mariage de Kolia. Tu as aujourd'hui dix-sept ans et le temps est venu de te comporter en adulte. Nous allons laisser Kolia de côté pendant un petit moment, d'accord?

Il la prit à nouveau par le menton et elle se sentit tout à coup soulagée. En rangeant la bague dans son écrin, il venait de lui ôter un fardeau qui pesait depuis de longs mois sur ses épaules. Son père avait enfin compris. Il avait abandonné l'idée de la marier au prince Doubrovka. Elle eut un sourire timide, son visage s'éclaircit à nouveau.

– Le grand air t'a fait du bien, petrouchka, tu t'es remplumée un peu. Tu es superbe. Tu as fait de grandes promenades, tous les jours?

Elle hocha la tête et détourna les yeux, tandis que ses doigts continuaient de caresser sa joue. Il n'était pas sobre, pas vraiment ivre non plus, mais d'une humeur étrange qu'elle n'arrivait pas à saisir.

– Si douce... si pure, continuait-il sur le ton de la confidence. Kolia a bien de la chance... tu ressembles à ta mère quand elle avait ton âge... elle aussi, avait de magnifiques cheveux et des yeux immenses tout emplis de son âme... comme les tiens, Sonia.

Sa voix tremblait d'émotion. Puis, n'y tenant plus, il s'abandonna, torturé par le désir, et attira Sonia tout contre sa poitrine. Il la serrait si fort qu'elle étouffait. D'abord surprise, elle eut soudain très peur, mais ne parvenait pas à crier. La bouche enfouie dans ses cheveux, son père chuchota :

– Sonia... ma petite Sonia, te voilà devenue une femme très désirable. Trop belle pour un homme, trop belle pour un prince... ma chérie, regarde-moi...

Puis, lui rejetant la tête en arrière, il plongea ses yeux dans les siens avec un regard de fauve.

– Papa!

– Oui... oui, ma chérie... tu es merveilleuse... merveilleuse!

Sa bouche était maintenant sur sa gorge et ses mains partaient à la recherche de ses seins, de ses hanches, de toutes les promesses de ce corps nubile qu'il assaillait sans pudeur. Brusquement, jetant les couvertures à bas du lit, il retroussa la chemise de nuit de Sonia jusqu'en haut de ses cuisses et s'allongea sur elle. Elle se mit à hurler :

– Papa, non... Papa, je t'en supplie... ne me touche pas, je t'en supplie...

– Petrouchka, petrouchka, ma chérie...

Sa bouche humide et visqueuse lui répugnait. Elle se débattait, elle étouffait. Dans un geste désespéré, elle le saisit par les cheveux et le tira de toutes ses forces en arrière. Il lâcha prise. Abasourdie, terrorisée et profondément humiliée, elle fondit en larmes. Elle ne parvint pas à dire autre chose que :

– S'il te plaît, oh non, s'il te plaît, c'est trop horrible! Je vais épouser le prince Nicolaï. Je ferai tout ce que tu veux, mais je t'en supplie, arrête. Ne me touche pas.

Brusquement, il sembla revenir à lui. Il se releva et, d'un geste à la fois absurde et pathétique, rabattit la chemise de nuit de sa fille sur ses cuisses. Puis il leva la tête, la regarda comme quelqu'un qui ne sait plus qui il est, ni ce qu'il est en train de faire et, dans un sanglot épouvanté, quitta la chambre.

Le lendemain matin il avait quitté Novgorod.

Lala informa Sonia que « le maître » avait été rappelé d'urgence à Saint-Pétersbourg.

– Tant mieux, avait ajouté la vieille femme qui était en train de confectionner des tartes à la cuisine, parce qu'il n'est vraiment pas commode.

Sonia alla se recueillir à la petite chapelle que Kirsten et elle croyaient hantée, à l'âge où l'innocence était aussi pure que l'or du soleil d'été jouant dans les blés mûrs et la vie aussi belle que la lune argentée dans le ciel de Novgorod. Tout lui paraissait sombre, à présent, comme par un jour d'orage. Elle s'agenouilla, le visage de marbre et les yeux vides. Les heures passèrent et le prêtre qui se tenait dans l'ombre commença à s'inquiéter.

– Mon enfant, murmura-t-il à la jeune fille qui se tenait à l'endroit précis où il l'avait baptisée, jadis, veux-tu que nous parlions de ce qui te tourmente?

Elle eut l'air de revenir d'un pays lointain. Puis, le regardant fixement, elle lui dit calmement :

– Non, mon père, je n'ai rien à dire, à personne.

Elle se leva, fit une génuflexion devant l'icône de la Sainte Vierge et sortit de la chapelle d'un pas ferme.

Non, elle ne le dirait jamais à personne. Jamais.

II

Grand-mère Lizaveta fit le voyage pour assister au mariage de sa petite-fille Sonia avec le prince Nicolaï Doubrovka, membre de la famille Romanov. La cérémonie fut célébrée, en grande pompe, dans la cathédrale Saint-Pierre-et-Saint-Paul. En cadeau de mariage, le couple bienheureux, mais bien mal assorti, reçut de la part du tsar et de la tsarine un œuf en or massif incrusté de diamants, de rubis et de saphirs réalisé par l'illustre orfèvre Fabergé. Ensuite, le couple regagna en train la résidence du prince Nicolaï à Toula, pour une lune de miel qui s'annonçait brève en raison du départ imminent du prince pour Lhassa.

Quand arriva la nuit de noces (trois jours après le mariage, car le train était resté bloqué dans une petite gare de campagne en raison de désordres causés par des révolutionnaires autour de Moscou), Sonia n'était nullement préparée aux assauts amoureux de Kolia. Si l'attitude de son père, l'autre soir, était un avant-goût de la chose, alors c'était bien pire que tout ce qu'elle avait pu imaginer en écoutant les bribes de conversations et les murmures qui circulaient derrière les éventails de ses aînées.

Kolia avait la langue visqueuse et froide et fort mauvaise haleine. Comme son père, il promenait ses mains sur tout son corps, la faisant se tordre de dégoût. Mais elle pensa soudain à sa mère, si fragile et si craintive. N'avait-elle pas dû, elle aussi, se soumettre à cet acte mystérieux de la procréation? Si elle l'avait fait, Sonia le pouvait! Elle serra les dents et attendit que Kolia en finisse – sans avoir la moindre idée de ce qu' « en finir » signifiait.

Kolia grognait, haletait et transpirait, tout en la serrant et en la malaxant. Parfois il s'excusait, ce qui la mettait hors d'elle. A le voir se tortiller ainsi sur elle, Sonia eut soudain envie de rire. Tout entortillés dans leurs chemises de nuit, on aurait dit un couple de momies. Le poids de Kolia l'empêchait de respirer librement, elle avait l'impression d'être la proie d'une pieuvre se démenant en tous sens. Au bout d'un moment, le bonnet de nuit de travers et les cheveux plaqués comme un casque par la transpiration, le prince laissa échapper un grognement :

– Sonia, je ne peux rien faire si tu serres les jambes comme un étau.

– Faire quoi? demanda-t-elle, en toute ingénuité.

– Oh! bon Dieu... laisse-moi entrer, à la fin.

– Où ça?

– Mon enfant! Mais ta mère ne t'a donc rien dit?

– Si, elle m'a dit que mon mari se chargerait de m'apprendre tout ce que je voulais savoir.

– Et que veux-tu savoir, Sonia?

– Ce que vous êtes en train de faire.

– J'essaye d'avoir une érection – c'est une question d'amour-propre. Ça ne m'était encore jamais arrivé. En fait, jusqu'ici, ça a toujours parfaitement fonctionné. Mais j'ai dû oublier comment c'était, une pucelle, depuis le temps. Je te prie de m'excuser, Sonia, j'ai une lettre à écrire avant de partir pour Lhassa.

Il se glissa hors du lit comme une couleuvre et ce fut la dernière fois qu'elle vit son époux dans sa chambre à coucher, avant son départ pour le Tibet.

Seule grand-mère Lizaveta eut droit au récit de la nuit de noces (à quelques détails près). Ne voyant que le côté comique de la chose, elle ne put s'empêcher de rire jusqu'à en avoir le souffle coupé. Sonia tendit de mauvaise grâce un verre d'eau à sa grand-mère, tout en regrettant de s'être confiée à elle. Elle avait un horrible sentiment d'échec et de honte! Elle était rentrée à Saint-Pétersbourg pour assister au départ de son mari et de son frère pour le Tibet. Après quoi ce fut au tour de grand-mère Lizaveta de s'en retourner chez elle. Son bateau, l'*Étoile de la Baltique*, devait regagner l'Angleterre en passant par le golfe de Finlande. Sonia était venue seule lui dire au revoir, ses parents n'ayant pu l'accompagner. Mais le départ avait été retardé en raison du brouillard, et sa grand-mère ayant évoqué l'espoir de devenir bientôt l'arrière-grand-mère d'une ribambelle de petits princes et princesses, Sonia avait fait allusion au désastre de sa nuit de noces.

– Pas avec un mari qui a les deux pieds dans la tombe, grand-mère.

Un récit circonstancié avait suivi.

– Oh! oh! petrouchka, s'était exclamée grand-mère Lizaveta, tu m'as bien fait rire, tu sais! Pauvre Kolia! Et toi, ma pauvre chérie, mariée depuis un mois et toujours « intacte », *niet*?

– Sans doute, avait répondu Sonia, naïvement.

Elle enfila ses gants blancs en chevreau et se tourna vers le hublot pour que son indiscrète aïeule ne voie pas le feu qui lui montait aux joues.

Grand-mère Lizaveta se pencha en avant et tapota gentiment le bras de sa petite-fille.

– Ce n'est pas grave, petrouchka. L'impuissance est une chose normale chez un homme de l'âge de Kolia. Dans un sens, c'est peut-être aussi bien pour toi, d'autant plus qu'il a... comment dire... un côté un peu « décadent ». (Elle éclata de rire.) En tout cas, impuissant ou pas, il t'a tout de même acheté une magnifique zibeline.

Elle passa un doigt connaisseur sur la manche de Sonia.

– Je vais te donner un bon conseil, ma chérie.

Sonia se tourna tristement vers sa grand-mère.

— Avec tout le respect que je te dois, grand-mère, je suis fatiguée de recevoir des conseils. J'aurais mieux fait de n'écouter personne. Dorénavant je ne me fierai plus qu'à mon propre jugement, si tu n'y vois pas d'inconvénient.

— Sonia, écoute quand même ce que j'ai à te dire. Ton mari est parti, à présent. Dieu sait quand il reviendra. Maintenant, si tu es assez fine – et discrète, bien sûre –, rien ne t'empêche de profiter de l'existence. Tu me suis?

Sous la voilette noire qui ornait son grand chapeau à plumes, les deux yeux violets de son aïeule semblaient l'interroger. Elle lui fit un clin d'œil et eut un petit sourire complice.

— Mais surtout, pas un mot à ta mère de notre conversation, elle en ferait un infarctus. Tu sais comme Maria peut être collet monté, parfois.

— Maman et moi ne nous parlons plus depuis quelque temps. Je ne lui ai toujours pas pardonné d'avoir donné raison à papa – et à toi non plus, grand-mère – pour l'histoire du mariage. Je ne l'aurais jamais épousé si vous ne m'aviez pas fait tout ce chantage affectif. De mon vivant, je jure que je ne mettrai jamais plus les pieds place Kirovski.

— Tut-tut! Voilà qui est infantile, Sonia. Mais si, tu y retourneras! En attendant, écoute mon conseil et profite de ta liberté. Tu as fait ce que tes parents attendaient de toi. L'honneur de la famille est sauf – et les finances aussi. A présent tu es riche, et tu n'as rien donné en échange, même pas ton pucelage! Désormais tu es une femme mariée et tu n'as plus de comptes à rendre à tes parents, n'est-ce pas, princesse Doubrovka?

— J'aurais préféré rester Sonia Vremia.

— Balivernes! Une jeune fille ne refuse pas un titre. Le monde est à tes pieds, profites-en. Mon seul regret est que Kolia ne soit pas plus homme et un peu moins laid – mais on ne peut pas tout avoir, dans la vie, même quand on est une princesse. Ne parlons plus de lui. Est-ce que tu te souviens de ce charmant jeune homme qui t'a sauvé la vie sur la Tamise, il y a quelques années?

— Non.

— Mais si, petrouchka. Eh bien, sais-tu qu'il m'écrit régulièrement des Indes? Son père et moi sommes devenus les meilleurs amis du monde. Nous avons une marotte en commun – plusieurs, même –, nous adorons les fleurs.

— C'est très bien, grand-mère.

— N'est-ce pas? Je ne m'étais jamais rendu compte à quel

point j'étais devenue anglaise après toutes ces années passées en Angleterre. La Russie, petrouchka, est très arriérée. Elle n'est plus rien pour les gens comme nous. (La vieille dame soupira, les deux mains posées sur le pommeau de sa canne.) J'ai le sentiment que ceci était ma dernière visite au pays de mon enfance.

– Mais non, grand-mère, tu sais bien que tu reviendras.

– Dans un cercueil, petrouchka. Mais ne commençons pas à broyer du noir. Je te parlais donc des Joyden. Je suis non seulement en excellents termes avec le père, avec qui j'échange des graines, des bulbes et des trucs de jardinage, mais aussi avec le fils, grâce à qui ma collection de timbres prolifère. J'ai cru un moment que Lewis Joyden était un être insipide et ennuyeux. Eh bien, vois-tu, il n'en est rien. Il est très cultivé, il a beaucoup voyagé, et ses lettres sont terriblement divertissantes.

– Grand-mère, dit Sonia, agacée, viens-en au fait. Le bateau va partir d'un moment à l'autre et il faut que je redescende à terre.

Elle sentait bien que sa grand-mère avait une idée derrière la tête.

– Eh bien, ma chérie, depuis toutes ces années que nous nous écrivons, lui et moi, je lui ai beaucoup parlé de toi et de Kirsten. Il s'intéresse beaucoup à notre famille – depuis le jour où sa barque nous a percutés, sur la Tamise. Il est très poli et très courtois. Rien ne l'obligeait à nous rendre visite la veille de son départ pour l'Inde, sais-tu? Ah, si seulement Kirsten était comme lui!

Elle eut un soupir affecté que Sonia, qui la connaissait bien, fit mine de ne pas entendre. Elle n'avait aucune envie de rentrer dans son jeu.

– Oh! grand-mère, je suis si heureuse pour toi! Tu essayes de me dire que le recteur de Sainte-Anne et toi allez vous marier, c'est ça?

Elle se pencha pour embrasser la joue de sa grand-mère, mais celle-ci la repoussa avec dédain.

– Ne sois pas sotte! Ce n'est pas le père qui m'intéresse, mais le fils. Tu vas écrire à Lewis Joyden à Dehra Dun, Sonia. Ça te changera les idées. Il sera enchanté d'avoir de tes nouvelles. Il ne doit pas s'amuser tous les jours, là-bas, dans ses montagnes.

– Grand-mère, grand-mère! Il n'en est pas question. Que va-t-on dire quand on apprendra que je corresponds avec un inconnu dès que mon mari a le dos tourné?

– Tu es beaucoup plus comme ta mère que je ne l'imaginais. Ce n'est pas un inconnu. Il t'a sauvé la vie, je te signale.

– C'est vrai, mais je suis une femme mariée à présent. Et peut-être est-il marié, lui aussi, avec une mégère, dans ses montagnes de Dehra Dun.

– Non, il n'est pas marié. Il me l'aurait dit. J'en suis absolument certaine. L'autre jour encore, son père me disait combien il aurait aimé avoir des petits-enfants.

– Grand-mère, si tu n'arrêtes pas immédiatement ces fadaises, je descends à terre!

– Non, ne pars pas encore, petrouchka. (Elle l'attrapa par la manche.) Le mariage t'a rendue irritable, ma chérie. Ne deviens pas comme ta mère, je t'en supplie. Tu sais comme je l'aime, mais c'est à toi que je tiens le plus au monde, petrouchka, et je veux te voir heureuse.

– Dans ce cas, pourquoi as-tu donné raison à papa et à maman pour le mariage avec Kolia?

– Parce que c'était une chance inespérée, Sonia. Ton père, ta mère et moi l'avons tout de suite compris. Maintenant c'est à toi de jouer et de tirer parti de tes privilèges. Tu as un nom, un rang, une fortune, une famille et des amis qui t'adorent. Tu es belle et intelligente. Je sais que tout cela ne te suffit pas. Tu es à la recherche de l'essentiel. L'amour entre un homme et une femme.

– Et tu crois que je vais le trouver en écrivant à un homme beaucoup plus âgé que moi? Merci, grand-mère, j'en ai assez des vieillards!

– C'était juste une suggestion, ma chérie, ne te fâche pas.

– Quel manque de tact, grand-mère!

– Si faire le premier pas te gêne, je peux arranger cela.

– Il n'en est pas question, grand-mère. Je t'interdis de nous mettre dans une situation embarrassante.

– Je suis sûre qu'il n'a jamais correspondu avec une vraie princesse, et de toute façon, ça ne lui ferait pas de mal de se changer un peu les idées et...

– Grand-mère Lizaveta, coupa Sonia d'un ton menaçant, si tu fais ça, je ne t'écrirai plus jamais de ma vie. Et si je reçois une lettre de lui par ton intermédiaire, je ne répondrai pas. Sans compter qu'une correspondance entre lui et moi ne nous mènerait nulle part. Tout nous sépare, nos modes de vie, nos cultures. Cette correspondance n'aurait aucun sens.

– Qui sait? murmura la vieille dame avec un petit sourire, tandis que la sirène de l'*Étoile de la Baltique* retentissait pour signaler aux visiteurs qu'on était prêt à appareiller... Qui sait, petrouchka?

6

I

Doubrovka-Dvaryets, la demeure ancestrale de Kolia, se trouvait à Peterhof, à trente kilomètres de Saint-Pétersbourg. Mais, bien qu'éloignée de la maison familiale, sa nouvelle demeure ne plaisait guère à Sonia. C'était une enfilade de salons immenses où s'affairait une myriade de domestiques en livrée, parlant à voix basse de peur de troubler le repos des défunts ancêtres. Dans leurs niches, les statues de marbre avaient un air rébarbatif. Qui était cette Sonia Vremia aux robes démodées, aux souliers usés et aux parents désargentés qui cherchaient à s'attirer les faveurs de gens plus fortunés? Comment osait-elle déambuler sous les portiques sacrés, là où les tsars de Russie avaient un jour posé le pied? « Mais je suis la princesse Nicolaï Doubrovka, pensait Sonia, en redressant la tête, châtelaine de ces lieux! » Puis, tristement, elle songeait à son époux, qu'elle n'aimait pas, mais qu'elle avait dû épouser pour une vétille, parce qu'un soir, à Saint-Pétersbourg, elle était sortie en chemise de nuit pour faire un tour en troïka...

Sonia, désemparée devant la nouvelle vie qui était la sienne, et devant la ribambelle de parents et rejetons de Kolia, s'efforçait de les éviter le plus possible, passant ainsi pour une excentrique. Elle avait tenu, dès le départ, à s'installer dans des appartements aussi éloignés que possible du cœur de la maison, pour ne pas avoir à supporter les cris des enfants, ni le radotage des vieilles duchesses. Mais cet isolement volontaire lui pesait, à présent. Elle soupirait, accoudée au petit secrétaire français que Kolia lui avait offert avant son départ, et contemplait d'un œil vague les jardins et les bois qui s'étendaient bien au-delà de Doubrovka-Dvaryets, jusqu'aux brumes du golfe de Finlande. Elle n'avait pas envie de se promener aujourd'hui. Il faisait trop froid, et trop gris. Elle saisit une lettre qui attendait réponse. « Comme c'est étrange d'écrire cette date sur le papier, pensa-t-elle, en plongeant sa plume dans l'encre : 2 février 1900 ! » On était au XXᵉ siècle, elle commençait tout juste à en prendre conscience. Qu'allait-on découvrir de nouveau dans les dix années à venir ? Que pouvait-on inventer qui n'existait déjà ? L'enregistrement électromagnétique, l'automobile, le télégraphe, et maintenant on parlait même de donner des ailes aux hommes pour qu'ils puissent voler comme des oiseaux ! Et tandis que Röntgen découvrait les rayons X et Marie Curie le radium, à dix-neuf ans, Sonia Doubrovka découvrait la solitude.

Elle relut la lettre de Lewis Joyden. Lorsqu'elle perdait contact avec le réel, ou lorsque sa vie de princesse ressemblait plus à un cauchemar qu'à un rêve, Lewis Joyden était là pour lui redonner le sens des réalités. Elle sourit en relisant l'histoire de cette femme de percepteur, « une pimbêche qui recouvre avec le drapeau britannique toutes les représentations érotiques indiennes qu'elle trouve sur son chemin », ou encore celle de ce radjah qui promenait un cobra au bout d'une laisse incrustée de pierres précieuses, dont la morsure le débarrassait de toute personne encombrante ! Lewis parlait ensuite des démangeaisons insupportables provoquées par la chaleur (et que rien n'apaise) et des moustiques qui prenaient un malin plaisir à tourmenter ces dames dans les montagnes de Dehra Dun et de Simla :

Elles portent des bottes militaires et des bandes molletières imbibées de paraffine sous leurs robes de soirée, pour éloigner les moustiques qui leur dévorent les jambes – tout dans ce pays semble prêt à vous dévorer. Tenez, par exemple, hier encore, j'ai participé à un gymkhana à dos d'éléphant. La pauvre bête, notre mascotte, n'a plus qu'un œil et une oreille, c'est un vétéran des mutineries indiennes appelé Lucknow.

Comment pouvez-vous penser un seul instant que votre vie est ennuyeuse ou routinière ? Ah, si seulement vous voyiez la vie que je mène à Doubrovka-Dvaryets, vous comprendriez ce qu'est l'ennui ! lui avait-elle écrit.

Comment la vie d'une princesse de l'empire de toutes les Russies peut-elle être ennuyeuse ? avait-il répondu un mois plus tard, provoquant une réponse immédiate de Sonia :

Ne vous moquez pas de moi, monsieur Joyden. Je n'ai pas choisi mon sort!

Non, en vérité! avait-il répondu, sur un ton très pince-sans-rire, *et je vous prie de m'excuser, madame. Je ne suis qu'un vulgaire philistin (comme vous vous en serez sans doute rendu compte) qui ne sait pas comment on s'adresse à une princesse – même s'il s'agit d'une princesse que j'ai repê-chée moi-même dans la Tamise, sans me douter à l'époque qu'elle occuperait un jour un rang aussi élevé! Princesse Dou-brovka, j'imagine que vous avez mieux à faire que de corres-pondre avec un rustre de mon espèce, c'est pourquoi je vous demande de m'excuser. Il va de soi que, si vous décidiez de cesser de correspondre avec moi en raison de mon insolence, je ne vous en tiendrais pas rigueur...*

Mais elle se garda bien d'en rien faire. Grâce à grand-mère Lizaveta, elle s'était fait un ami qui lui était plus cher que tout, sa fortune, son rang ou ses privilèges. Les lettres étaient de puissants révélateurs de la nature humaine. Elle avait le sentiment d'avoir appris l'essentiel concernant Lewis Joyden en correspondant avec lui. Elle savait tout sur son travail de bureaucrate à Dehra Dun, sur son caractère, ses goûts, sa personnalité, son humour, ses passe-temps, son mode de vie. Elle avait même décelé chez lui un côté nettement romantique, à partir des lectures qu'il lui avait recommandées. En même temps, elle craignait de livrer trop d'elle-même dans ses propres lettres et s'efforçait de garder un ton impersonnel lorsqu'elle parlait de sa famille ou de ses amis. Elle lui avait tout raconté sur ses nouveaux parents, sur la vie à la cour, à Saint-Pétersbourg et à Peterhof. Elle lui parlait des rencontres qu'elle faisait et des lettres qu'elle recevait de son mari et de son frère au Tibet. Elle lui décrivait leur vie là-bas, les endroits où ils allaient. Bref, elle rassemblait tous les détails qui, pensait-elle, pouvaient intéresser un passionné de voyages et un curieux de la nature humaine qui passait sa vie derrière un bureau, une table à dessin ou une carte de géographie.

Pourquoi parlez-vous toujours des autres et jamais de vous-même? lui avait-il demandé, une fois.

Parce qu'il ne m'arrive jamais rien, avait-elle répondu, et parce qu'une semaine entière de ma vie ne remplirait pas plus d'une demi-page!

II

Les deux dernières lettres que Sonia avait reçues de son mari et de son frère avaient été envoyées de Gartok, une ville située à la frontière du Tibet. Toutes deux étaient datées du 18 mars 1899, onze mois plus tôt. Tout absorbée qu'elle était à leur répondre, Sonia sursauta lorsqu'un valet portant une lettre sur un plateau s'approcha sur la pointe des pieds. Elle reconnut aussitôt l'écriture et le cachet de son père.

Ta mère est souffrante et sans doute sur le point de mourir, viens immédiatement, disait la note.

Depuis son mariage, Sonia n'avait pas remis les pieds chez son père. Après ce qui s'était passé à Novgorod, l'idée de le revoir lui était insupportable. Il fallait pourtant bien qu'elle se rende au chevet de sa mère mourante.

En descendant de voiture, place Kirovski, elle fut surprise par une averse soudaine. Sonia jeta un coup d'œil à la sombre demeure aux volets clos et sentit comme un étau de glace se resserrer sur son cœur. Sa mère mourante, était-ce possible? Une femme si jeune encore, mais très malheureuse il est vrai. Pouvait-on mourir d'un cœur brisé? Oui, sans aucun doute.

Le comte Mikhaïl attendait Sonia dans le salon, un homme abattu et triste, recroquevillé comme un vieillard, avec un front immense et pâle et des mèches de cheveux gras ramenées sur le haut de son crâne pour dissimuler une calvitie évidente. Cette décrépitude physique lui rappela Kolia. La haine envahit soudain le cœur de Sonia. Elle n'éprouvait pas la moindre sympathie pour son père en cette heure douloureuse. D'ailleurs, n'était-il pas responsable du malheur de sa mère? Une seconde son regard vide croisa le sien. Le comte détourna aussitôt la tête et dissimula ses mains tremblantes dans son dos. Elle pensa qu'il avait dû trop veiller – et trop boire. Nerveux et gêné, ne sachant comment s'adresser à sa fille, il dit d'une voix hésitante:
– Merci d'être venue si vite, princesse.
Voyant qu'il ne cherchait pas à s'approcher d'elle pour l'embrasser, Sonia se sentit soulagée. Gardant ses distances, elle dit:

– Père, que se passe-t-il avec maman?

– Je ne sais pas exactement. Nous avons un nouveau médecin depuis que Pratikayit a été renvoyé. C'est un Anglais qui n'habite pas chez nous et qui se fait tirer l'oreille pour se déplacer.

Le comte saisit sa tabatière sur la cheminée. Après avoir prisé, il eut l'air plus détendu.

– Ce médecin – qui porte un nom à coucher dehors – pense que ta mère souffre d'un épanchement de sang au niveau du cerveau. Cela s'appelle une embolie cérébrale.

– Oh, non! Mais pourquoi... comment? Je veux dire que c'est une maladie de personne âgée.

– Je te l'ai dit, le médecin lui-même n'en est pas absolument certain. Tous ces médecins sont des charlatans. Parce qu'ils savent deux ou trois bricoles, ils s'imaginent qu'ils peuvent demander des honoraires astronomiques. Mais laisse-moi t'expliquer ce qui s'est passé depuis le début. Cela s'est produit après que nous avons reçu de mauvaises nouvelles concernant Kirsten et Kolia. Car il n'y a pas que la maladie de ta mère, il s'est produit un drame au Tibet. Mais ôte d'abord ton manteau, il est trempé, tu vas attraper du mal.

Sonia s'exécuta. Obéir à son père était un réflexe conditionné, chez elle, de même que, chez le comte, le fait de se préoccuper de la santé de sa fille. Un échange de politesses, en somme. Elle écouta en silence tandis qu'il lui expliquait:

– Le tsar m'a convoqué pour me raconter lui-même les faits. La légation Barakov est arrivée à Lhassa sans encombre – si ce n'est les tracas qui jalonnent habituellement ce genre d'expédition lointaine: indisposition passagère, manque de vivres et perte de quelques bêtes. Arrivée à Lhassa, la légation a rencontré le Dalaï-Lama, et un traité avantageux a été signé entre nos deux pays. La légation Barakov est ensuite retournée en Russie par le même itinéraire qu'à l'aller, tandis que Kolia et ses hommes, chargés d'une étude topographique de la région, ont traversé le Chang Tang. Après quoi, on n'a plus jamais entendu parler d'eux.

Après un long silence, lourd d'interrogations et de sentiments mêlés, Sonia dit:

– Kirsten est mort... c'est pour cela que maman a eu une attaque?

Son père hocha la tête.

– Mais comment peux-tu être sûr que Kirsten est mort? demanda-t-elle.

– Les éclaireurs de la mission Barakov ont dit qu'ils avaient retrouvé les restes d'un campement russe et les traces d'un rite funéraire primitif dans les glaces du Chang Tang. Apparemment, nos hommes ont été attaqués par une tribu mongole. Ils auraient été assassinés, puis dépecés et jetés en pâture aux loups.

– Comment peuvent-ils être certains qu'il n'y a pas eu de survivants? Il n'est pas impossible qu'il y ait eu des survivants, même blessés.

Le comte Mikhaïl haussa les épaules.

– Il n'y a pas eu de survivants, blessés ou non. Aucun homme seul, sans nourriture ni médicaments, sans défense et probablement blessé, ne saurait survivre plus de quelques heures dans ce désert de glace.

– Mais les Mongols ont peut-être fait des prisonniers. Les éclaireurs se sont peut-être trompés dans leurs suppositions.

D'un geste saccadé, quasi automatique, le comte saisit à nouveau sa tabatière.

– Il y avait des Tibétains dans la région du Thok Daurakpa, là où Kolia avait dressé son campement. Ils ont confirmé les déclarations des éclaireurs de Barakov.

Sonia était perplexe... à moins que, comme sa mère, elle ne soit, elle aussi, en train de succomber sous le choc d'une nouvelle qui lui faisait horreur et qu'elle réfutait contre toute évidence. Comment un homme aussi beau, aussi jeune, aussi vigoureux que Kirsten avait-il pu être dépecé et jeté en pâture aux loups et aux vautours?

– Et que compte faire le tsar, à présent? demanda-t-elle.

Dans un geste de désespoir, son père s'effondra dans un fauteuil, les mains entre les genoux et le regard vague.

– Le tsar se trouve dans une situation délicate, car il est actuellement en pourparlers avec le Dalaï-Lama. La mission Barakov-Dorjieff a remporté un franc succès et le tsar ne veut surtout pas risquer de s'aliéner le soutien des Tibétains en portant contre eux des accusations hâtives qui mettraient en cause l'existence du traité.

– Mais il s'agit de vies humaines, père, et non de paperasse! Des hommes blessés ou faits prisonniers par des tribus hostiles, quelque part au Tibet ou en Chine. Et les déclarations succinctes ou inexactes d'éclaireurs, sans doute pressés de quitter le Chang Tang, suffisent pour que le tsar abandonne Kolia et ses hommes à leur triste sort, alors qu'il faudrait au contraire leur venir en aide!

Quand elle eut fini sa diatribe, son père leva les yeux sur elle.

– Chère enfant, je ressens la même chose que toi. Je voudrais moi aussi que le tsar dépêche sur-le-champ une autre mission pour tirer cette affaire au clair. Mais ça n'est pas possible – pas pour l'instant en tout cas. Il doit rencontrer Dorjieff et Barakov sous peu pour discuter de cette affaire. Ensuite, je suis convaincu qu'il prendra une décision, quelle qu'elle soit.

– Oui, à partir des déclarations erronées d'éclaireurs qui ne savent rien de ce qui s'est réellement passé! Père, vous savez bien que la glace finit toujours par ensevelir la vérité! ajouta-t-elle amèrement. Il est clair que le tsar ne veut pas intervenir parce que cette affaire ne l'intéresse pas. Il est bien trop occupé à faire des ronds de jambe avec une poignée de Tibétains et à conclure des traités pour repousser ses frontières le plus loin possible. Son peuple ne l'intéresse pas – rien que des nains sans importance. Je crois vraiment que M. Lénine a raison en ce qui concerne l'empereur! Nicolas est un faible, et comme tous les hommes faibles, il n'écoute qu'un seul son de cloche, le sien.

Sonia se leva et se dirigea vers la porte.

– Je monte voir maman. Vous avez autre chose à me dire?

– Non... je pense avoir tout dit. Le médecin t'expliquera plus en détail de quoi il retourne – dans la mesure où il en sait quelque chose lui-même. Il est arrivé il y a une heure environ, et m'a dit que son état était stationnaire. Je lui ai demandé de t'attendre.

– C'est arrivé quand?

– Voyons un peu... dit-il d'un ton vague en relevant la tête. Il y a trois jours... lorsque j'ai vu le tsar.

– Pourquoi ne m'avez-vous pas prévenue plus tôt?

– Je pensais, princesse, que vous ne vouliez plus nous voir.

Sonia, incapable de répondre quoi que ce soit, tourna les talons et monta chez sa mère. Elle y resta une heure, partagée entre la compassion et l'embarras. La vue de sa mère, autrefois si séduisante, et aujourd'hui vaincue par la vie, minuscule poisson perdu dans l'océan du lit, la désolait. Le médecin était non pas anglais, comme son père le croyait, mais écossais. Avec un accent à couper au couteau, il répondit à ses questions. Il était incapable de se prononcer.

– Merci, docteur MacDiarmid, dit Sonia, en regardant fixement le visage livide de sa mère, prématurément vieillie et bavant sur son oreiller.

Non, le cousin Sacha n'était pas là pour admirer sa chevelure auburn, son teint de pêche et son regard lumineux – car sa mère savait plaire, ô combien, quand il lui en prenait l'envie. Complètement démoralisée, Sonia décida de se retirer malgré les regards pleins de reproche d'Anna.

– Je reviendrai demain, dit Sonia à son père, une heure après le départ du docteur MacDiarmid.

Elle prit son manteau qu'elle avait mis à sécher sur le dos du sofa et le jeta sur ses épaules.

– Si l'état de maman changeait subitement, que ce soit en bien ou en mal, prévenez-moi. Il ne me faut guère plus d'une heure pour venir jusqu'ici.

Le comte hocha la tête. Les chevaux de Kolia étaient fougueux, en effet. Après un dernier regard à son père, de profil à la fenêtre du salon, l'esprit et le regard perdus dans le lointain, au-delà de la flèche d'or de la cathédrale Saint-Pierre-et-Saint-Paul, Sonia referma la porte sans bruit.

III

Avant de rentrer à Doubrovka-Dvaryets, Sonia fit quelques courses. Elle se rendit d'abord à la grande bibliothèque de la place Ostrovski, où se trouvait une collection fabuleuse de livres et de manuscrits traduits de toutes les langues. Sonia demanda à l'employé de lui apporter tous les ouvrages disponibles ayant trait à la géographie et à l'histoire du Tibet. Il se montra très serviable et, lorsqu'elle eut trouvé ce qu'elle cherchait, lui promit de le lui faire livrer à Doubrovka-Dvaryets l'après-midi même. Ensuite elle alla à l'institut des langues étrangères et s'inscrivit à des cours de tibétain et de sanscrit. Puis, pour essayer de se distraire de la tragédie qui s'était abattue sur sa famille, elle continua son périple jusqu'à l'institut d'études botaniques où elle s'inscrivit. Après quoi elle rentra chez elle.

Deux semaines plus tard, Sonia trouva l'homme qu'il lui fallait, Chao Sui Yuan, qui avait séjourné à Lhassa. Sans chercher à savoir ce qui l'avait poussé à chercher l'asile politique en Russie, Sonia l'engagea, car ses références étaient excellentes. Il lui proposa de lui enseigner tout ce qui n'était pas au programme de l'institut des langues de Saint-Pétersbourg, concernant le Tibet et la Chine.

Sonia aurait pu s'installer dans l'appartement de son mari, en face du palais d'Hiver, pendant le temps de ses études, mais elle préférait faire le voyage chaque jour jusqu'à Saint-Pétersbourg malgré la distance. Elle pouvait ainsi rendre visite à sa mère en semaine et garder ses week-ends et ses soirées pour apprendre le tibétain et le chinois avec Chao Sui Yuan.

Grand-mère Lizaveta lui écrivit :

Quelle bonne idée de t'inscrire à un cours de botanique, petrouchka! (Dans ses lettres à sa grand-mère et à Lewis Joyden, Sonia n'avait fait aucune allusion au Tibet.) *A présent, le révérend Joyden et moi-même saurons à qui nous adresser lorsque nous aurons besoin d'un avis autorisé sur les plantes! Je crois néanmoins que des leçons de musique t'auraient davantage intéressée. A moins que tu ne te sois mis en tête de découvrir une autre espèce rarissime de pavot bleu, quelque part du côté du Khang-Yul... Ah, ma chère enfant, je ne suis pas aussi sénile que j'en ai l'air. Je sais parfaitement que un plus un font deux. Mais ne t'inquiète pas, je ne dévoilerai pas à tes parents ce que cache ta passion pour les plantes et pour les encyclopédies. Mais, attention, surtout pas de folies! Je suis heureuse d'apprendre que ta mère va un peu mieux, et je prie pour elle nuit et jour. Je suis sûre que tes visites quotidiennes lui ont redonné courage. Sais-tu, petrouchka, que je ressens la même chose que toi concernant Kirsten? Je n'arrive pas à croire qu'il soit mort. Quand on est très lié à quelqu'un, on sait d'instinct si cette personne est vivante ou non. Il m'est arrivé la même chose avec ton grand-père. Il était en Afrique, quand il est mort – et moi j'étais ici, en Angleterre –, mais j'ai senti qu'il était mort à l'heure exacte où il a trépassé. Bien avant que le télégramme n'arrive.*

L'échange de lettres continuait entre Abingdon, Peterhof et Dehra Dun, des lettres qui faisaient à présent partie de la vie de Sonia au même titre que les lettres de l'alphabet et les chiffres tibétains que lui enseignait Chao Sui Yuan.

Deux années plus tard, presque jour pour jour après s'être effondrée en apprenant le sort tragique de Kirsten au Tibet, la comtesse Maria portait à nouveau elle-même une cuillère à sa bouche pour s'alimenter. Seule la parole intelligible lui manquait. Sonia pensait à la fille de Lala, Grechen, née muette, avec un vilain bec-de-lièvre qui avait fait d'elle la risée de tous. Sonia, qui ne supportait pas l'idée que sa mère puisse être l'objet de railleries en raison de sa prononciation défectueuse, lui faisait chaque jour répéter patiemment des syllabes et des phrases et l'encourageait à reprendre une vie normale.

Après une matinée entière d'étude à l'institut botanique, une heure pour déjeuner et une autre heure passée au chevet de sa mère, place Kirovski, Sonia eut tout juste le temps de faire un saut jusqu'à la cathédrale Saint-Pierre-et-Saint-Paul avant de reprendre les cours à l'institut des langues étrangères. En ces lieux où elle avait épousé le prince Nicolaï, et en compagnie du prêtre qui avait béni son union, elle tenta de clarifier sa situation au cours d'une discussion intense – intense de son point de vue à elle.

– Combien de temps dois-je attendre, mon père, avant de pouvoir considérer mon mariage comme nul?

– La vie entière, murmura-t-il, en regardant ses pieds qui dépassaient de sa soutane.

– Mais j'ai vu mon mari pour la dernière fois il y a trois ans! s'écria Sonia.

– La vie entière, répéta-t-il, en passant un doigt sous sa toque noire pour se gratter la tête, les yeux rivés sur l'énorme croix en or qui brillait au-dessus de l'autel.

– Mais s'il est réellement mort?

– La vie entière. A moins qu'on ne retrouve son corps et qu'on apporte la preuve qu'il s'agit bien du corps de votre époux.

Sonia, désespérée, évoqua une autre possibilité.

– Mais supposons que ce ne soit pas possible, que son corps ait été dévoré par les loups ou les vautours, comment pourrais-je apporter cette preuve?

Le prêtre examinait ses ongles impeccables.

– La vie entière, princesse Doubrovka.

– Mais ne puis-je obtenir une annulation de mon mariage pour abandon du domicile conjugal?

– Quel abandon? Votre mari est parti en mission, il ne vous a pas abandonnée.

– Mais combien de temps doit-il être parti en mission avant que sa femme soit de nouveau libre?

– Elle ne pourra jamais l'être.

– Et s'il s'agit d'un abandon?

– Jamais – aux yeux de notre sainte mère l'Église.

– Mais le tsar lui-même pense que le prince Doubrovka est mort.

– Les voies du Seigneur sont impénétrables, ma fille. L'Église vous a unis pour toujours. A moins, bien sûr, que l'on ne retrouve le corps. Ce qui laisserait à penser que c'est la main de Dieu qui vous a séparés. Les vœux prononcés devant l'autel du Seigneur sont sacrés.

– Et le divorce? demanda Sonia à bout de ressources.

– Le divorce est interdit par l'Église.

– Mais le mariage n'a jamais été consommé.

– Dans ce cas, répondit le prêtre en la regardant enfin, l'index levé, c'est très différent. Il s'agit d'un problème qui demande réflexion. Un mariage qui n'est pas consommé n'est pas un mariage aux yeux de l'Église, car s'il n'y a pas d'héritiers, c'est l'Église elle-même qui est en péril. Mais l'affaire devra être examinée avec soin et portée devant le Saint-Synode.

– Est-ce que ce sera long?

– Oui, assez. (Le prêtre examina à nouveau ses ongles.) Il est déjà arrivé que, dans un pareil cas, les deux époux trépassent avant que leur mariage ne soit annulé.

– Merci, mon père, dit Sonia dans un soupir d'exaspération tandis qu'elle se levait pour partir. Je ne peux pas attendre indéfiniment que l'Église se prononce sur mon sort. J'ai beaucoup de choses à faire.

7

I

Chao Sui Yuan était devenu le confident de Sonia – dans une certaine mesure. Les mains enfouies dans les manches de sa robe de satin noir, brodée de dragons d'argent, il se tenait respectueusement devant elle, tandis qu'elle lui demandait :

– Qu'en pensez-vous, Chao?

– Princesse meilleure élève de Chao. Beaucoup appris en deux ans. Maintenant princesse parle bien tibétain.

Il sourit de toutes ses dents, ce qui fit remonter les deux pointes de sa barbiche grise.

– Alors vous pensez que je maîtrise suffisamment la langue pour pouvoir tenir une conversation avec n'importe quel Tibétain? demanda Sonia, anxieuse d'avoir une opinion objective dénuée de toute flatterie.

– Oh, non! Pas avec n'importe quel Tibétain, princesse! Beaucoup Tibétains ignorants, dit le Chinois avec mépris. Princesse doit parler avec personnes nobles et instruites.

Sonia pensa que l'heure était venue de lui dévoiler ses intentions. Sans lever les yeux du livre de sanscrit dont elle était en train de traduire un passage, elle dit :

– Je vais faire un petit voyage, Chao. J'aimerais aller en Asie centrale pour faire un peu de botanique sur le terrain.

– Princesse ne doit pas travailler aux champs, comme paysanne, dit Chao le plus sérieusement du monde, ce qui fit rire Sonia.

– Mais, non, Chao! (Elle reposa sa plume pour dégourdir ses doigts fatigués.) Je n'ai pas l'intention d'aller travailler aux champs, comme une paysanne... encore que j'y serai peut-être obligée si l'argent vient à manquer. Mais j'espère que non. Je vais dans la vallée du Zeravchan pour rechercher des plantes inconnues. Qui sait, peut-être vais-je découvrir une variété de lis rarissime qui portera mon nom un jour? Quel honneur!

– J'ai compris, princesse, dit Chao avec un visage impassible. Vous princesse, femme très intelligente et remarquable. Très ambitieuse. Chao vous admire beaucoup.

– Merci, Chao, c'est très gentil, dit Sonia avant d'ajouter prudemment : Je ne sais pas encore combien de temps je vais être partie. Peut-être six mois, un an, ou même plus, cela dépendra des circonstances. Je vous dis tout cela pour que vous puissiez prendre vos dispositions et trouver un logement et un autre emploi. Vous recevrez, bien sûr, les trois mois de salaire qui vous sont encore dus étant donné que notre contrat n'a pas encore expiré. (Elle lui adressa un sourire charmant, creusé de fossettes.) Maintenant que j'ai fait de gros progrès en langues étrangères, il est bien naturel que je me consacre un peu à la botanique, n'est-ce pas? J'ai d'ailleurs l'intention de faire un doctorat, dit-elle en jouant avec sa règle. J'ai entendu dire que l'institut des langues asiatiques de Saint-Pétersbourg avait perdu un de ses enseignants de chinois. Si le poste vous intéresse, je peux vous faire une recommandation.

– Merci mille fois, princesse. (Chao s'inclina devant elle.) Je ferais tout pour mériter votre recommandation.

II

Sonia était à court d'argent liquide, car, bien que très confortable, la pension mensuelle que Kolia s'était engagé à lui verser était son unique source de revenus. A Doubrovka-Dvaryets, les dépenses du ménage étaient réglées directement par des secrétaires et un intendant qui servaient loyalement leurs maîtres depuis des générations. Sonia, qui n'était encore qu'une enfant en arrivant à Doubrovka-Dvaryets, n'aurait jamais eu l'audace de bouleverser les habitudes ancestrales de la maison. Mais voilà qu'à présent elle se demandait si elle arriverait à réunir les fonds nécessaires à son voyage. Tout son argent avait été englouti par les cours particuliers.

Elle parvint néanmoins à se défaire secrètement d'une

toile du Titien découverte dans le grenier, de trois icônes, d'une paire de vases de l'époque de la Grande Catherine, et de la zibeline que Kolia lui avait offerte en cadeau de fiançailles. Son pécule s'en trouva fortement grossi, et elle y ajouta le fruit de la vente de bijoux de moindre valeur. Les bijoux de famille, transmis de génération en génération chez les richissimes Doubrovka et chez les Vremia, moins nantis mais plus ambitieux, étaient gardés dans un coffre-fort qui ne pouvait être ouvert qu'en présence d'un tiers, ce qui les rendait inaccessibles. Mais avait-elle le choix ? Kolia n'étant pas là pour subvenir à ses besoins, elle était bien obligée de prendre les choses en main ! Grâce à ce raisonnement elle put, en toute bonne conscience, continuer la préparation de son voyage solitaire à travers la Russie.

Ce fut au printemps de cette même année 1902 que Sonia reçut son diplôme d'études tibétaines et chinoises, ainsi qu'un diplôme de botanique lui permettant de tenter le doctorat. Elle informa l'institut de son projet de voyage d'études, en promettant de soutenir sa thèse à son retour. A sa grande surprise, elle reçut une lettre de félicitations de la tsarine, qui l'invitait au palais d'Hiver pour faire un discours sur « le rôle de la femme dans la société du XXᵉ siècle » devant les membres de la Société des femmes russes. La tsarine espérait être présente (si son emploi du temps le lui permettait) en compagnie des grandes-duchesses.

En réponse, Sonia fit savoir à la tsarine qu'elle était très honorée de son invitation, mais qu'elle ne serait pas à Saint-Pétersbourg à la date fixée, en raison d'un voyage d'études qu'elle avait projeté dans la vallée du Zeravchan – avec l'espoir d'en ramener un échantillon du rarissime pavot bleu.

Quelques jours plus tard, Sonia reçut une seconde lettre du palais d'Hiver, de la main du tsar, cette fois. Son épouse l'avait informé de son ambitieux projet, et il tenait à la féliciter et à l'assurer de tout son soutien. Si elle avait besoin d'une lettre de recommandation, il était à sa disposition. Il regrettait qu'elle ne puisse pas parler devant « ces dames d'esprit », tout en espérant qu'elle accepterait de le faire à son retour de voyage. Enfin, il concluait en disant qu'il admirait « son courage et sa soif de connaissance ». Sonia eut un petit rire étouffé et dit à Chao sur le ton de la confidence :

– Je crois, en effet, que les lettres du tsar me seront d'une grande utilité.

Avec un sourire imperturbable, Chao dit :

– Partir chercher plantes et fleurs, princesse, pour rendre le monde plus parfumé. Très louable et très instructif. Chao espère que vous aurez grand succès.

– Espérons-le, Chao, espérons-le, murmura Sonia.

Elle voulait se mettre en route dès le mois de mai et n'avait révélé à personne le vrai motif de son voyage, pas même à grand-mère Lizaveta ou à Lewis Joyden. Car Sonia craignait qu'ils l'empêchent d'une manière ou d'une autre d'entreprendre seule un voyage aussi périlleux à travers des contrées où les anges eux-mêmes ne s'étaient jamais aventurés. Au reste, elle n'ignorait pas le danger mais s'apprêtait à l'affronter en toute connaissance de cause. Mais elle n'aurait pu se résoudre à ce que d'autres décident à sa place. Maintenant qu'elle avait la bénédiction du tsar et de la tsarine et des lettres de recommandation auprès de personnages haut placés, Sonia était prête à avertir ses parents de son voyage. Dès lors que la famille royale connaissait ses projets, il ne faudrait pas longtemps avant que ceux-ci n'arrivent aux oreilles de son père, lui-même membre de la cour impériale.

A son grand soulagement, son père n'était pas à la maison le jour où elle se rendit place Kirovski. Sonia pensa qu'il serait plus facile d'informer sa mère la première, puis de laisser un mot à son père. Elle se sentait lâche, mais ne pouvait se résigner à affronter son irascible père, et préférait être de retour à Peterhof lorsqu'il apprendrait qu'elle partait en solitaire à la recherche du pavot bleu.

– Maman, dit Sonia, en prenant la main blanche et froide de sa mère, je voudrais te dire quelque chose... quelque chose d'important.

Sonia se rendit compte à quel point il lui était pénible d'annoncer la nouvelle à sa mère, et se mit à chercher ses mots.

– Maman chérie, plus que tout au monde, tu voudrais revoir Kirsten, n'est-ce pas ?

La comtesse hocha la tête tandis que ses yeux bleus se remplissaient de larmes. Avec ses cheveux tressés en nattes qui tombaient sur ses frêles épaules, on aurait dit une enfant vieillissante. Sonia reprit :

– Maman, je veux retrouver Kirsten et Kolia. Je vais m'absenter quelque temps. Je pars au Tibet chercher des spécimens de plantes rares que je voudrais ramener à l'institut de botanique.

Anna s'était arrêtée de coudre. Dans la grande psyché

qu'on avait approchée du lit pour la toilette de la comtesse, Sonia surprit le regard stupéfait de la vieille paysanne, restée l'aiguille en l'air. Voyant qu'Anna l'observait, elle ajouta d'une voix mielleuse :

– Maman n'a pas encore retrouvé l'usage normal de la parole et ne dira par conséquent rien à mon père. Mais qu'Anna Andropova ne s'avise pas d'aller répéter quoi que ce soit à quiconque – et surtout pas au comte Mikhaïl – sans quoi, à mon retour, je lui ferai trancher la langue.

Avec un juron fielleux, Anna se pencha à nouveau sur son ouvrage, piquant furieusement son aiguille dans le tissu, son fichu glissant sur le dôme de son crâne parsemé de taches de son.

– Prends garde que ma langue ne t'empoisonne à ton retour, princesse, lorsqu'on te la servira en ragoût ! marmonna-t-elle.

Sonia rit intérieurement et se tourna vers sa mère – elle savait qu'Anna ne dirait rien. Elle lisait aussi dans le regard de sa mère que celle-ci l'approuvait, même si elle ne pouvait formuler une réponse cohérente.

– A présent, maman, donne-moi ta bénédiction. Je partirai le cœur plus léger si je sais que tu me fais confiance. Père, quant à lui, ne m'approuvera certainement pas, je ne veux donc pas qu'il apprenne mon départ avant que j'aie quitté Peterhof. Je vais donner une lettre à Ropa, avec ordre de ne la lui délivrer que plus tard – quand je serai à bord du train pour Moscou. Je vais retrouver Kirsten, je te le promets. Je suis persuadée – et grand-mère Lizaveta aussi – que ni lui ni Kolia ne sont morts. Je ne sais comment l'exprimer, mais j'ai la conviction qu'ils sont vivants, quelque part. Il faut que j'aille les chercher. Tu dois être courageuse, maman. Avant longtemps, Kirsten et moi serons de retour. Nous t'aimons tous deux si tendrement !

Elle parlait à sa mère comme on parle à un enfant. Les doigts glacés de la comtesse serrèrent les siens, puis des larmes jaillirent entre ses paupières.

– Ne pleure pas, maman, dit doucement Sonia en essuyant les larmes de sa mère, sans quoi je vais pleurer, moi aussi !

Au bout d'un moment, la comtesse rouvrit les yeux, inspira longuement et, avec un effort considérable, adressa à sa fille un sourire tremblant. Sonia se pencha vers elle et l'embrassa sur le front.

– Merci, maman. Tu ne peux pas savoir comme je suis

soulagée. (Puis elle se leva et pressa chaleureusement les mains de sa mère dans les siennes.) La prochaine fois que nous nous reverrons, je serai avec Kirsten. En attendant, fais bien tout ce qu'Anna te dit. Mange bien, prends tes médicaments, et surtout exerce-toi à marcher le plus possible autour du lit. Il faut que tu puisses jouer au croquet avec nous lorsque Kirsten et moi serons de retour – comme nous le faisions à Abingdon, quand Pratikayit avait le dos tourné, tu te souviens ?

Sa mère hocha la tête. Puis, dans un suprême effort, la comtesse attira Sonia contre elle et lui glissa tant bien que mal à l'oreille :

– Toi et Kirsten... mes enfants... vous comptez plus que tout... plus que ton père... Dieu te garde, ma chérie.

– Adieu, maman... je dois m'en aller à présent.

Sonia, terriblement émue, se tourna vers Anna, tandis que la comtesse, épuisée, retombait sur son oreiller et fermait les yeux.

– Prends bien soin d'elle, Anna, dit Sonia tout en espérant n'avoir pas donné de vains espoirs à sa mère concernant son frère.

Mais à présent la comtesse avait au moins quelque chose à quoi se raccrocher. Peut-être son fils était-il encore vivant et avait-elle une chance de le revoir avant de mourir. Sonia savait qu'avec Anna elle laissait sa mère en de bonnes mains. Elle remercia le ciel d'avoir pu approcher la comtesse dans un de ses moments de lucidité, de plus en plus fréquents d'ailleurs, ce qui semblait vouloir dire qu'elle était bel et bien sur la voie de la guérison.

Une fois réglées ses affaires personnelles – Ropa avait reçu la lettre qu'il devait transmettre au comte dès que Sonia serait à bord du train de Moscou –, il ne lui restait plus qu'à charger sa fidèle Grechen de poster plusieurs lettres à quelques jours d'intervalle.

– Écoute, Grechen, dit-elle à la muette disgracieuse mais chère à son cœur, en lui montrant son bureau. Dans ce casier-ci tu trouveras douze lettres à l'adresse de ma grand-mère, en Angleterre, et dans ce casier-là, il y en a douze autres adressées à M. Joyden, en Inde. Chaque vingt-cinq du mois, tu enverras une lettre à chacun. Chaque enveloppe est numérotée au crayon, sur un coin, pour que tu puisses les poster dans l'ordre en commençant par le numéro un. Ainsi tu posteras les deux premières ce mois-ci, le 25 mai, puis les deux suivantes le 25 juin, etc. Dans un an, toutes les lettres auront été expédiées. Tu as compris ?

Grechen hocha la tête. Malgré sa difformité physique, Grechen jouissait de toutes ses facultés mentales. Et Sonia avait en elle une confiance aveugle. Ah! si seulement la brave petite servante voulait bien sécher ses larmes!

– Grechen, j'ai besoin de toi, ici, à Doubrovka-Dvaryets! Si tu ne fais pas ce que je te demande, tous mes plans iront à vau-l'eau. Je t'en prie, cesse de pleurer, sans quoi je ne vais pas trouver la force de partir!

Grechen s'essuya les yeux et hocha à nouveau la tête.

Tout était remarquablement préparé, sans doute, mais Sonia savait que son père condamnerait son entreprise, qu'il jugerait sans doute hardie et infantile, comme l'équipée nocturne dans les rues de Saint-Pétersbourg qui avait tant fait parler d'elle. A coup sûr, il remuerait ciel et terre pour l'empêcher d'atteindre Moscou. Quant à Lhassa, inutile d'en parler. Le tsar lui-même, s'il avait su qu'elle voulait aller au-delà de Samarkand et du fleuve Zeravchan, s'y serait opposé, malgré ses lettres de recommandation auprès des gouverneurs de toutes les provinces qu'elle allait traverser. La première lettre adressée à grand-mère Lizaveta l'informait qu'elle partait étudier des spécimens végétaux rares dans la vallée du Zeravchan.

Je voudrais avoir une chaire de botanique après avoir obtenu mon doctorat, mais il faut d'abord que je fasse mes preuves. De toute façon je t'écrirai chaque mois, où que je me trouve. En revanche, tes lettres à toi ne me parviendront pas, puisque je serai toujours par monts et par vaux... Donc, si tu veux m'écrire pendant mon absence, écris à Peterhof. Je ferai de même et Grechen fera suivre le courrier jusqu'en Angleterre – on ne peut quand même pas demander à un Ouzbek ou à un Turkmène de lire l'anglais!

Sonia écrivit à peu près la même chose à Lewis Joyden, mais en ajoutant quelques détails plus palpitants:

Père pense que Kirsten et Kolia sont morts, depuis trois ans que nous sommes sans nouvelles, mais je reste persuadée du contraire, comme grand-mère Lizaveta du reste. Leurs corps n'ont jamais été identifiés et les ossements retrouvés auraient pu être ceux de n'importe qui – et même ceux d'un yak! Le tsar lui-même n'est, comme à son habitude, sûr de rien et n'est toujours pas décidé à tirer cette affaire au clair. Barakov et Dorjieff (cet imbécile a été moine bouddhiste à la lamaserie de Drepung autrefois) ne peuvent même pas se mettre d'accord sur ce qui est arrivé à mon époux et à son détache-

ment. Quant au Dalaï-Lama, il prétend ne rien savoir de toute cette affaire. Dorjieff – qui est rentré le premier en Russie en passant par l'Inde – a rencontré secrètement le tsar à Yalta pour lui parler de sa mission auprès du Dalaï-Lama et des traités négociés entre la Russie et le Tibet. N'est-ce pas passionnant? Je crois avoir déjà mentionné Dorjieff dans mes lettres antérieures. Apparemment, c'est lui qui se cache derrière le trône (celui du Dalaï-Lama, s'entend) et qui orchestre tout le ballet diplomatique entre Saint-Pétersbourg et Lhassa. Raspoutine et lui sont deux brigands, deux moines corrompus jusqu'à la moelle, à mon sens. Mon père était présent quand le tsar a rencontré la légation à son retour du Tibet. Le tsar voulait connaître tous les détails de l'expédition – un succès total, selon lui –, y compris la réaction du Dalaï-Lama en recevant les habits ecclésiastiques brodés de la main de la grande-duchesse! Je pense sincèrement que le tsar est en train de perdre son temps. Au lieu d'habiller le Dalaï-Lama – en moine orthodoxe, qui plus est! –, il ferait mieux de s'occuper de son peuple. Les paysans et les ouvriers sont prêts à le renverser (avec l'aide de M. Lénine qui a créé son propre parti socialiste révolutionnaire...).

Comme d'habitude dans ses lettres à Lewis Joyden, Sonia ne parlait pas d'elle, mais des autres. Ayant mis de l'ordre dans ses affaires, elle se leva très tôt le lendemain matin, ne laissant même pas à Grechen le soin de la réveiller pour attraper le train de Moscou, la première étape de son voyage vers l'inconnu.

8

Inde. Août 1902

A l'ombre des cèdres, vêtu d'un costume de Robin des Bois qui aurait dû être vert bouteille mais que son tailleur avait fait vert pomme, Lewis se tenait un peu à l'écart du bal que donnait Lady Curzon. Il était en train de se demander comment il allait pouvoir s'esquiver sans se faire remarquer, lorsque apparut Lady Curzon, déguisée en Élisabeth Ire d'Angleterre. S'abritant derrière son éventail en plumes d'autruche, elle lui glissa à l'oreille :

– George déteste Simla ! La vue est pourtant admirable, mais que voulez-vous ! Les femmes et les missionnaires sont ses bêtes noires. Dites-moi, Lewis, trouvez-vous que les habitants de Simla ont l'air de gros tas de gélatine ?

Lady Curzon ouvrait tout grands ses yeux de myope tandis que Lewis passait un doigt embarrassé dans le col de son costume vert pomme, en se demandant comment répondre à cette question. Lady Curzon reprit :

– Ah, si seulement il ne scribouillait pas à longueur de journée ! Parfois, j'ai l'impression de ne pas exister. Quand je lui parle c'est comme si je parlais aux ananas, sur les murs. Il est grand temps que je repense la décoration de cette maison.

Elle soupira longuement et changea de sujet :

– Mais vous connaissez les travers de mon mari aussi bien que moi. Je ne vais pas vous rebattre les oreilles avec ça. Au fait, félicitations pour la course au trésor d'hier ! On peut dire que Mlle Denton et vous vous êtes distingués. Vous avez l'intention de casser en deux la coupe de cristal que vous avez gagnée ou de vous mettre en ménage?

Elle lui donna un petit coup de coude.

Lewis se demandait une fois de plus comment il allait répondre à cette question embarrassante quand, par bonheur, un domestique en livrée, portant une lettre sur un plateau d'argent, s'approcha de Lady Curzon. Celle-ci jeta un coup d'œil rapide à l'enveloppe et la tendit à Lewis.

– C'est pour vous. De la part de George. Qu'est-ce que je vous disais? Non seulement il se tue au travail, mais il va en plus vous raser toute la soirée avec ses histoires de politique. Enfin, il vaut mieux que vous y alliez. Mais je vous conseille de vous changer. Je doute que George apprécie cette couleur... acidulée.

Lady Curzon s'éloigna dans un nuage de plumes d'autruche et de parfum céleste, tandis que Lewis, ravi, partait comme une flèche se changer dans sa chambre. Lady Curzon avait mille fois raison. On ne se présentait pas chez un haut fonctionnaire habillé de vert pomme, avec un arc et un carquois. Dix minutes plus tard, le secrétaire personnel du vice-roi introduisait Lewis par une porte à double battant, gardée par deux Chaprassis au gabarit impressionnant.

– J'espère que je n'ai pas gâché votre soirée en vous demandant de venir, Joyden? dit Lord Curzon en l'invitant à prendre place dans un fauteuil de cuir.

– Aucunement. J'étais sur le point de regagner ma chambre, répondit Lewis en s'asseyant, tout en ayant soin de pincer le pli de son nouveau pantalon pour éviter de le froisser.

– Mon Dieu! Comme le temps passe vite! murmura le vice-roi en jetant un coup d'œil à la pendule.

Son beau visage au front immense était pâle et moite. Ses grands yeux noirs, légèrement protubérants, semblaient avoir absorbé l'Inde tout entière. L'homme le plus puissant du royaume, après Sa Majesté. Lewis savait que rien n'échappait à l'œil exercé de Lord Curzon. D'un geste automatique sa main gauche redressa le nœud papillon fait à la hâte. Mais l'esprit du vice-roi était ailleurs, concentré sur le petit dossier ouvert sur son bureau. Le vice-roi le contempla en silence un moment puis, levant les yeux, il s'éclaircit la voix et dit:

– J'ignorais que vous faisiez une anthologie de poésie et que vous aviez publié vos propres poèmes.

– Oui... euh, il y a déjà un certain temps, chez Aedes Christi.

– Hum, un homme plein de talent à ce que je vois –
poète, historien, géographe, expert en chinois et en études
orientales... C'est d'ailleurs pour cette raison que je vous ai
fait venir ici ce soir.

D'un geste sec, il referma le petit dossier concernant
Lewis Haga Joyden et le mit de côté. Puis il en prit un autre,
énorme, portant la mention TIBET en lettres rouges.

– Vous quitterez Simla demain matin. Je dois vous informer de votre mission avant votre départ. Nous n'aurons pas
le temps d'avoir un entretien privé demain, car j'ai beau être
en vacances, je suis constamment dérangé par des fâcheux
venus me relancer des quatre coins de l'Inde. (Il leva les
yeux et dit d'un air grave :) Vous avez passé de bonnes
vacances, ou bien est-ce que ma femme vous a épuisé avec
ses soirées costumées ?

– Excellentes, Sir, merci. J'ai passé des vacances exquises,
grâce à Lady Curzon.

Un sourire fugace effleura les lèvres blêmes de Lord
Curzon :

– Vous mentez admirablement, mon cher. Mais revenons
à nos moutons. Mon prédécesseur ne tarissait pas d'éloges à
votre égard, concernant l'affaire mandchoue de 1895. La vie
du Dalaï-Lama a été sauvée *in extremis* grâce à l'intervention rapide de vos hommes.

– Oui, Sir.

Tout en écoutant, Lewis examinait la semelle de son soulier gauche, tellement usée qu'on voyait presque au travers.
Il fallait absolument qu'il s'achète une nouvelle paire de
chaussures.

– C'est une chance, en effet, que nous ayons réussi à
déjouer le complot organisé contre le Dalaï-Lama pendant
la cérémonie du Samyé. Le bouc émissaire – cet homme
incarnant le Roi de l'impureté et qui est censé débarrasser la
ville de toutes ses calamités – était en fait un agent chinois.
Il avait pour mission de poignarder Thoubten Guyatso.
L'Asie tout entière a frôlé la catastrophe.

– En effet.

Le vice-roi en vint finalement au sujet qui l'avait amené à
convoquer Lewis dans son bureau en pleine nuit. Le
complot déjoué de l'assassinat du Dalaï-Lama appartenait
au passé, mais la question tibétaine n'était pas résolue pour
autant. Il incombait à présent à Lord Curzon de prendre les
choses en main du mieux qu'il le pouvait.

– Eh bien, Joyden, vous qui êtes un expert des civilisations chinoise et tibétaine, donnez-moi donc votre avis sur cet article.

Il lui tendit un journal chinois.

Tandis que Lewis lisait, le vice-roi poursuivit :

– Vous avez rencontré l'empereur Kouang-siu, lors de votre séjour à Pékin, je crois?

– En effet, Sir.

– Quelle impression vous a-t-il faite?

– C'est un homme affable, instruit, et très bien disposé à l'égard de la politique que nous menons.

– Peut-on lui faire confiance?

– Non, Sir.

– C'est bien ce qui me semblait. De la journée, je n'ai cessé de penser à cet article. Il m'a été envoyé par Sir Ernest Satow, notre ministre à Pékin. Je suis en train de rassembler toutes les informations possibles concernant les intérêts russes au Tibet, et je voudrais avoir votre opinion sur la question. S'agit-il simplement de propagande de la part des Chinois ou bien est-ce la vérité?

Lewis lisait le journal. Seul le bourdonnement continu du ventilateur venait rompre le silence oppressant qui régnait dans la pièce. Il lut attentivement les douze clauses du prétendu traité signé entre la Russie et le Tibet, puis rendit le papier au vice-roi qui le remit aussitôt dans le dossier.

– La clause la plus importante, à mon sens, Sir, est celle concernant le rôle de la Chine. Celle-ci a régné sans partage sur le Tibet pendant des siècles, et voilà que subitement elle cède sa suzeraineté aux Russes, en contrepartie de quoi la Russie aiderait l'empire de Chine à maintenir sa cohésion. C'est pour le moins suspect. Qu'il s'agisse de propagande ou non, bon nombre de nos hommes postés à la frontière nord vont se sentir menacés en apprenant que la Russie est à ce point impliquée dans les affaires internes du Tibet. Si la Chine devient la partenaire de la Russie en matière d'industrie minière et ferroviaire, et que ses produits ne soient pas ou peu taxés, alors il faut nous attendre à du grabuge. Si nous optons pour la non-intervention, sous prétexte que ce traité entre la Russie et le Tibet n'est qu'une chimère, créée de toutes pièces par les Chinois, alors nous allons perdre la face.

– Je pense exactement comme vous, dit Lord Curzon. Nous ne pouvons tolérer que de telles tractations se fassent dans notre dos. Même si, dans l'immédiat, je ne crois pas que la Russie soit prête à envahir l'Inde – Saint-Pétersbourg est bien trop éloigné, ce ne serait pas réaliste –, nous ne pouvons pas accepter qu'il y ait des éléments hostiles, à nos frontières, dans l'Himalaya. Autre sujet d'inquiétude, les Russes essayent de poster des fonctionnaires au Tibet, alors que la Chine a le droit d'y poster ses consuls. Les rumeurs, même fausses, peuvent engendrer un climat d'agitation. Ce qui constituerait une menace grave pour la cohésion politique et géographique de l'Inde. Nous avons déjà bien assez à faire avec les Afghans, pour le moment! Ce que je voudrais savoir, poursuivit Lord Curzon, c'est si l'époux et le frère de cette princesse Doubrovka ont été envoyés au Tibet pour représenter le tsar ou non. Depuis le temps que vous suivez l'affaire, vous en savez certainement plus que nous tous réunis. Et ce Dorjieff, qui est-ce exactement? Peut-on se fier aux informations de la princesse Doubrovka?

Lewis ne savait pas à quelle question répondre en premier.

– Il n'y a aucune raison pour que la princesse Doubrovka ait menti, finit-il par dire sèchement. Elle écrit en toute ingénuité. Elle ignore que... euh... je transmets des informations. Sa grand-mère est, de ce point de vue, beaucoup moins fiable – ce qui n'a rien d'étonnant compte tenu de son âge. Mais Sonia Doubrovka est au cœur du problème, si je puis dire. Elle fréquente la cour de Russie et la haute société saint-pétersbourgeoise – son père est chargé de mission aux Affaires étrangères. La princesse Sonia est très bien renseignée, pour quelqu'un qui n'est pas directement impliqué dans les affaires d'État. Pourquoi irait-elle inventer des histoires? Ses lettres, comme celles de sa grand-mère, sont fondées sur l'amitié et la confiance.

Trahir la confiance et l'amitié de Sonia et de sa grand-mère ne l'amusait aucunement, mais Lewis s'efforçait de cacher ses sentiments. Après tout, ceux-ci lui appartenaient et il avait appris à n'en rien laisser paraître. Sans compter que, lorsqu'il s'agissait de la Russie, le vice-roi n'aurait pas toléré le moindre épanchement. Lewis connaissait son aversion farouche pour tout ce qui touchait à ce pays.

Le vice-roi gardait les yeux fixés sur les pales du ventilateur qui refroidissaient la pièce au point qu'on avait l'impression de se trouver dans une glacière – et on était à peu près sûr d'attraper un chaud et froid en retournant à la température tropicale du dehors.

– Excusez-moi de vous poser cette question, Joyden, mais c'est important. Cette jeune fille... femme, je veux dire, la princesse Doubrovka, quelle est la nature exacte de vos rapports avec elle?

– Je ne suis pas amoureux d'elle, si c'est ce que vous voulez savoir, Sir.

Le ton cassant de Lewis et son œil fixe auraient désarçonné un homme moins autoritaire que Lord Curzon.

– Je ne voulais pas vous offenser, mais j'ai besoin de connaître les faits, voilà tout. Et je préfère les découvrir par moi-même plutôt que de les lire dans un dossier. Vous devez comprendre, Joyden, que c'est la première fois que j'ai ce genre d'entretien avec vous, et qu'il ne faut pas que des considérations d'ordre personnel viennent brouiller mon jugement.

Ses yeux de pierre croisèrent les yeux noisette de Lewis. Les deux hommes s'observèrent mutuellement en silence.

– Et qu'en est-il de la princesse... est-elle amoureuse?

– Grands dieux, non! répondit Lewis avec véhémence. Sonia et moi sommes amis, rien de plus. D'ailleurs, je ne parviens pas à me la représenter autrement que sous les traits d'une... d'une écolière, une petite fille que j'ai rencontrée dans des circonstances assez peu romantiques.

– Mais elle a vingt et un ans, remarqua sèchement le vice-roi, il ne s'agit plus d'une écolière, sans compter qu'elle a failli noyer un de nos meilleurs agents!

Le vice-roi eut l'air de trouver l'idée plaisante. Ses lèvres blêmes sourirent à nouveau légèrement.

– Imaginez, quelle perte pour l'étude topographique de l'Inde, si un de nos meilleurs géographes avait été noyé par la sœur de l'ennemi, tandis qu'il essayait d'établir un contact!

Le vice-roi avait quand même de l'humour, au fond. Avec un sourire forcé, Lewis dit:

– En ce qui concerne la princesse Doubrovka et sa grand-mère, je n'ai qu'une chose à dire, Sir. Ce n'est que par amitié pure, et pour nul autre motif, qu'elles entretiennent cette correspondance avec moi. Si j'avais détecté le moindre penchant disons... romantique dans les lettres de la princesse, j'aurais moi-même mis un terme sur-le-champ à nos échanges épistolaires. Je vous rappelle que la princesse est une femme mariée.

Lord Curzon ne releva pas cette dernière remarque qu'il jugea très naïve. Les femmes mariées avaient, à son avis, des penchants romantiques encore plus accusés que les autres – ce qu'étrangement un homme d'expérience comme Lewis

Joyden ne semblait pas soupçonner. Le vice-roi changea de sujet.

– Je voudrais que vous me parliez de ce Dorjieff. Son passé et ses activités récentes.

– C'est un Mongol-Bouriate. Dans les années quatre-vingts, il a fait un pèlerinage à Lhassa, à la suite de quoi il est entré au monastère de Drepung pour se consacrer à la religion et à l'étude. C'est un métaphysicien distingué, je crois. Peu après, il a été le tuteur de Thoubten Guyatso. Et c'est durant cette période qu'il aurait repris contact avec la Russie, où il est retourné en 1898 afin de solliciter du tsar une aide financière et religieuse pour son monastère.

Lewis se grattait pensivement la nuque, tandis que le vice-roi l'écoutait attentivement.

– Je crois, continua Lewis, que c'est à cette même époque que Thoubten Guyatso est monté sur le trône. Les nombreux attentats perpétrés contre lui l'ont incité à exercer son autorité sévèrement sur le gouvernement, le *Kashag*. Celui-ci est composé de hauts dignitaires religieux, les grands lamas, dont l'influence au Tibet est immense. Le Dalaï-Lama a dépêché Dorjieff en Russie pour obtenir l'appui du tsar. Un de mes agents, H20, était chargé de suivre Dorjieff à la trace, à l'époque. Car chaque fois, Dorjieff essayait de nous faire un pied de nez en passant par l'Inde...

– Doux Jésus! (Le vice-roi avait l'air à la fois surpris et contrarié.) Comment a-t-il fait?

Lewis haussa les épaules.

– Je n'en sais rien, Sir. Cela ne relève pas de ma compétence.

– Celui qui a fourni les papiers nécessaires à Dorjieff pour qu'il puisse circuler librement en Inde ira en prison! Dieu seul sait à quel jeu d'espionnage il s'est livré en passant par ce pays. Bien, continuez, Joyden, dit le vice-roi en pointant un index menaçant en direction de Lewis.

– Selon les informations recueillies par H20, le tsar était attiré par le bouddhisme. Il avait promis au Dalaï-Lama de ne jamais s'attaquer au bouddhisme, et de ne jamais profaner les sanctuaires pour faire de la prospection minière ou ferroviaire. En retour, le Dalaï-Lama acceptait qu'un prince russe vienne représenter l'empire de Russie à Lhassa.

– Le prince Nikolaï Doubrovka! déclara aussitôt le vice-roi, dont les yeux généralement inexpressifs se mirent soudain à briller.

– Je ne pense pas, Sir, répliqua Lewis. Nous n'avons aucune preuve comme quoi le prince Doubrovka ou le comte Vremia auraient été envoyés à Lhassa pour y représenter le tsar. Aux dernières nouvelles, les deux hommes sont portés disparus, vraisemblablement morts.

– Dans ce cas, Joyden, c'est vous, notre agent secret le plus compétent, qui allez élucider cette affaire et rapporter la preuve de la mort ou non de ces deux hommes.

– Bien, Sir.

L'Inde tout entière tremblait quand Lord George Curzon élevait la voix, mais Lewis, lui, restait imperturbable. Le vice-roi, guère plus âgé qu'il ne l'était lui-même, avait une mentalité d'un autre siècle, et Lewis savait parfaitement que son arrogance l'avait fait haïr dans toute l'Inde – même l'indomptable Société de Simla le craignait, c'était tout dire! Lewis savait aussi avec quelle légèreté ce gros bonnet traitait les *pundits*, des hommes qui risquaient chaque jour leur vie en épousant la cause des Britanniques, et qui étaient bien mal payés en retour parce que leur peau n'était pas assez blanche. Lewis ne se faisait pas d'illusion : quand son tour serait venu, Lord Curzon ou son double n'hésiterait pas à l'envoyer au sacrifice. C'est pourquoi il était bien décidé à se protéger du vice-roi. Il ferait ce qu'il entendait, comme il l'entendait, et Curzon pouvait bien aller au diable!

– Ce moine, Raspoutine, a-t-il joué un rôle, dans tout cela? demanda le vice-roi.

– Oui, un rôle très important, Sir. Le tsar et la tsarine subissent fortement son influence. Dorjieff, quant à lui et en tant qu'ex-tuteur du Dalaï-Lama, exerce une influence tout aussi considérable au sein du Potala. A eux deux, ces deux moines manipulent allégrement la Russie et le Tibet!

– Et dans quel but, exactement?

Avec un mouvement rageur, le vice-roi repoussa son fauteuil et se leva pour aller à la fenêtre. La nuit illuminée d'étoiles et embaumée de cèdre et de pin le laissait de glace. Les rires et la musique qui arrivaient par petites bouffées l'exaspéraient.

– L'Inde... La Russie veut mettre le grappin sur l'Inde! Et pas en déclarant la guerre, non! Mais sournoisement, par infiltration. Par infiltration, Joyden, pas à pas. L'Afghanistan au nord-ouest, le Tibet au nord-est, puis ce sera le tour du Bhoutan, du Sikkim, du Népal. Et ensuite l'empire tout entier va y passer! Savez-vous à quelle vitesse la Russie repousse ses frontières, Joyden? Soixante-dix kilomètres par jour. Par jour, Joyden! Cette situation est intolérable! Nous devons en finir une bonne fois pour toutes!

Sur ces mots, il donna un grand coup de poing dans la paume de sa main. Lewis ne put réprimer un petit sourire devant une telle effusion de haine vis-à-vis de la Russie.

Le vice-roi se tourna vers lui et demanda d'un ton beaucoup plus posé :

– Que pensez-vous de Younghusband, Joyden?

La sonnette d'alarme retentit aussitôt dans la tête de Lewis – cette question demandait beaucoup de circonspection.

– Je crois, que... enfin, c'est un type bien. Mais je ne le connais pas assez pour en dire davantage. Lui et moi ne nous sommes rencontrés que très peu de fois, en Angleterre, dans des soirées. J'ai aussi assisté à une de ses conférences à la Société royale de géographie. Une conférence assez bonne, ma foi, même s'il ne m'a pas toujours semblé d'une très grande exactitude dans ses observations... qui étaient plus personnelles que véritablement scientifiques.

– Merci, Joyden, vos remarques sont tout à fait intéressantes. Quoi qu'il en soit... (le vice-roi se retourna à nouveau pour donner son verdict), j'ai l'intention de l'envoyer au Tibet, à la tête de notre mission diplomatique auprès du Dalaï-Lama. Si le Tibet tient à s'assurer le concours d'une grande puissance, faisons en sorte que ce soit la nôtre. J'ai déjà touché un mot de mon projet au major Younghusband, et il est d'accord pour être mon émissaire à Lhassa. Ce que j'attends de vous, Joyden, c'est que vous continuiez vos observations depuis Dehra Dun et que vos *pundits* transmettent à Younghusband toutes les informations qui pourront lui être utiles. Si tout va comme nous l'espérons, l'année prochaine nous aurons une station télégraphique au Tibet.

Il se tourna vers Lewis. Maintenant que sa décision était prise, il était plein d'énergie et pressé :

– Merci de votre coopération, Lewis. Vous mourez sans doute d'envie de regagner votre lit. Bonsoir.

Sans même s'excuser de l'avoir retenu aussi tard, le vice-roi lui serra la main. Lewis était déçu, même s'il s'efforçait de le cacher. Déçu, frustré et écœuré, parce qu'il avait cru un moment que Curzon allait lui proposer de partir pour le Tibet, comme il l'avait fait quelques années auparavant, lors de l'affaire des Mandchous. Mais voilà que Younghusband lui coupait l'herbe sous le pied! « Pourquoi lui et pas moi? »

songeait Lewis. Sans doute parce qu'il était allé à Clifton College et non pas à Harrow, un facteur décisif s'il en fût! Younghusband était un fringant jeune homme, d'accord, bien qu'un peu petit – et il servait dans les Dragons. Mais pourquoi fallait-il un militaire pour une mission comme celle-là? Il était clair que Curzon ne savait pas où il mettait les pieds en envoyant Younghusband à la tête d'une mission pacifique à Lhassa. Lewis contemplait les ananas qui ornaient le papier peint de sa chambre. Il était trois heures du matin.

« De toute façon, se dit-il pour se consoler, maintenant que les dés sont jetés, à quoi bon se lamenter? » Eh oui! Il allait devoir soutenir le « pion gagnant » sur l'échiquier du « Grand Jeu », et ravaler son orgueil pour servir au mieux Younghusband. Quant à Younghusband, il rentrerait un jour en Angleterre pour récolter les lauriers que Lewis allait semer pour lui. Lewis maudit son sort, sa langue trop déliée et son amitié pour Sonia Doubrovka qui venaient de lui faire rater la mission de sa vie!

II

Deux mois plus tard, vers la mi-octobre, Lewis avait repris son petit train-train de topographe. Ses deux semaines de vacances annuelles, passées sous les cèdres de Simla, n'étaient déjà plus qu'un souvenir lointain, quand un communiqué secret arriva qui fit bondir son cœur dans sa poitrine. Un de ses *pundits*, posté dans le massif du Karakoram, lui apprit qu'une caravane bouroucho, venue de la steppe hongroise, avait atteint Baltit avec l'intention d'y passer l'hiver. Une femme russe (escortée par un jeune guide manchot) qui s'était jointe à la caravane à Samarkand était, elle aussi, arrivée à Baltit. Une enquête avait permis d'établir que la femme russe en question était la princesse Nikolaï Doubrovka, de Saint-Pétersbourg. Ses papiers d'identité, visés à Samarkand, portaient en effet ce nom. Elle avait apparemment l'intention de se rendre au Ladakh.

Stupéfait, Lewis chercha la dernière lettre qu'il avait reçue de Sonia. Elle avait été postée de Peterhof le 25 septembre 1902. Comment diable Sonia s'était-elle rendue de Saint-Pétersbourg à Baltit en trois semaines? Impossible, pensat-il. Le *pundit* s'était-il trompé? Difficile à croire. Ses hommes étaient d'excellents professionnels. Mais alors...?

Lewis, tout excité, consulta aussitôt la carte de l'Asie sur le mur de son bureau en suivant la route avec son doigt – Saint-Pétersbourg, Moscou, Tachkent, Samarkand, le Karakoram... le Ladakh, et le Tibet? Et quoi, si sa prochaine étape était la ville frontalière de Roudok, au Tibet?

Lewis envoya aussitôt un message chiffré au vice-roi, à Calcutta :

Agent informe que contact russe déguisé se rend au Tibet. C'est Dieu qui nous l'envoie, ne devons pas rater cette occasion.

Une réponse chiffrée arriva presque aussitôt de Calcutta :

Avec ou sans l'aide de Dieu, chaque sujet de Sa Majesté doit accomplir son devoir, en son âme et conscience. Moi, je ferme les yeux. Bonne chance.

Souriant devant ce morceau de rhétorique typique de Curzon, Lewis détruisit le message secret du vice-roi. Le gros bonnet était malin, comme toujours. Lord George Curzon voulait être le gagnant incontesté du « Grand Jeu » entre la Russie et la Grande-Bretagne! Si tel était le cas, Younghusband pouvait bien aller au diable, pensa Lewis en rangeant son bureau. La course pour Lhassa venait de commencer, et que le meilleur gagne!

Deuxième partie

Les Tibétains

9

I

Suspendue une quinzaine de mètres au-dessus d'un torrent déchaîné, la passerelle de corde ondulait et se cabrait dans la bise glaciale soufflant des gorges de granit du Karakoram. Seuls de petits rondins de bois, certains complètement pourris et la plupart couverts de mousse et horriblement glissants, la séparaient du vide et de la mort certaine.

– Suivez-moi, princesse, mettez vos pieds là où je mets les miens, ordonna Joonu, le guide.

L'idée de tomber dans les eaux tumultueuses qui coulaient sous ses pieds terrorisait Sonia, qui luttait de toutes ses forces contre son appréhension tandis qu'elle ôtait tant bien que mal le sac à dos qui la gênait. Puis elle se tint de biais, paralysée par la peur, agrippée des deux mains à la corde qui servait de rampe.

– Je vous l'avais dit, railla Joonu, si vous portiez des pantalons comme les hommes et non pas des jupons comme mon arrière-grand-mère de Baltit, vous n'auriez pas peur d'avancer.

Ces paroles condescendantes, en cet instant crucial, irritèrent Sonia au plus haut point. Elle ferma les yeux et essaya de dominer sa peur.

– Je ne crois pas que ce soit le moment de parler chiffon, Joonu. Avance, et laisse-moi me débrouiller toute seule.

Les dents serrées, et toujours de côté, elle progressait centimètre par centimètre. Un paysan bouroucho avec un mouton récalcitrant dans les bras vint lui heurter le dos. Le pont se mit à faire des bonds frénétiques.

– Joonu... avance... ne reste pas planté là, tu bloques le passage, souffla tout bas Sonia, que le son de sa voix réverbéré par les montagnes effrayait.

Immobile, elle retenait son souffle. Avec beaucoup d'habileté, le paysan bouroucho la contourna en plaçant une jambe de part et d'autre de la jeune femme tandis que le mouton apeuré bêlait à fendre l'âme.

Sonia regrettait d'avoir été aussi téméraire. Elle aurait dû être plus raisonnable et prendre la route des montagnes avec les Hunzas. Mais Joonu le beau parleur l'avait embobinée en lui assurant que la route serait plus courte ainsi. Comme elle aurait voulu être à Saint-Pétersbourg! Mais, trop tard. D'ailleurs tout cela était sa faute.

Le paysan au mouton l'avait finalement dépassée, et filait d'un pas assuré sur les traces de Joonu. Aucun des deux hommes ne tenait la rampe. Un court instant, Sonia se souvint des trois petits boucs qui traversaient le pont, un conte que Kirsten et elle lisaient à la nurserie. Un seul faux pas, et hop! ils iraient tous valser dans les airs avant d'atterrir dans le lit caillouteux de la rivière. Tout cela était de la folie pure...

Joonu posa son sac à dos sur une petite plate-forme rocheuse et, tel Petit-Bouc, revint la chercher d'un pas sautillant qui fit tanguer dangereusement le pont.

– Non, Joonu, non... ne cours pas, marche. Marche doucement... je t'en supplie, implora Sonia, épouvantée.

– Je vais vous porter, comme le mouton, s'esclaffa Joonu, sans quoi nous allons y passer la nuit. Et dormir sur ce pont ne m'enchante pas.

– Je peux me débrouiller toute seule.

Elle serra les dents et reprit sa laborieuse marche de crabe.

– Dans ce cas, donnez-moi la main.

Joonu lui tendit son moignon gauche tout en saisissant la corde avec la main droite.

– Allons, princesse. N'ayez pas peur, il ne va pas vous mordre, ordonna-t-il, comme lui seul savait le faire, tout en agitant son moignon dans sa direction.

Elle était au bord de la crise de nerfs.

– Ouvrez les yeux, princesse. Regardez où vous mettez les pieds. Vous allez voir comme c'est facile quand on a deux yeux, deux mains et deux jambes... Après tout, vous êtes entière, tandis que moi je ne suis qu'une demi-portion, dit-il en riant.

Un autre paysan venait dans leur direction, sans mouton cette fois.

– Allez! l'encouragea-t-il en lui offrant son bras.

– Faites ce qu'il vous dit, prenez son bras. Moi je vais vous tenir par la ceinture et tous les trois nous allons faire comme les gens des montagnes, ajouta Joonu.

– Que dit-il? demanda Sonia, affolée.

– Il dit qu'une grand-mère avec les jambes arquées pourrait traverser ce pont mieux que vous qui êtes ma mère, traduisit Joonu.

Si elle voulait mettre fin à ce cauchemar, Sonia n'avait d'autre recours que d'avancer. Tous trois réussirent tant bien que mal à atteindre la plate-forme, le paysan la poussant par-derrière et Joonu la tirant de l'avant.

Sonia respirait par saccades et la transpiration ruisselait sur son corps glacé. De sa vie, elle ne voulait plus entendre parler de ponts suspendus. Lorsqu'ils furent enfin de l'autre côté du précipice, elle s'accroupit avec un soupir de soulagement et ôta le sac à dos qu'elle portait depuis quatre heures et dont les courroies lui avaient scié les épaules.

Les paysans se succédaient sur l'étroite plate-forme rocheuse, et prenaient le petit sentier qui menait au fond de la gorge, pour pouvoir ensuite remonter de l'autre côté. Joonu et elle décidèrent de camper à cet endroit. Joonu fit un feu et prépara le thé. Il lui tendit un bol de thé au beurre de yak et dit:

– Tenez, princesse, ceci devrait vous aider à retrouver votre calme.

– Mais je suis tout à fait calme, répondit-elle, tandis que le liquide brûlant débordait du bol en bois et se répandait sur ses genoux.

– Vous êtes ma mère, je vous dois le respect, non? dit-il avec un sourire plein de malice.

– Dans ce cas, montre-le. (Elle le foudroya du regard.) J'ai froid aux mains, voilà tout.

– Otez vos gants, ils sont trempés. Je vais les mettre à sécher près du feu.

Ses mains étaient tellement engourdies par le froid qu'il dut l'aider à ôter ses gants, un doigt après l'autre. Joonu était très habile de son unique main. Sonia souffla sur le thé brûlant dans son bol. La vapeur chaude sur sa peau desséchée par le vent aviva la sensation de brûlure. Mais le thé de Joonu était toujours délicieux, le meilleur des remontants après plusieurs heures de marche en montagne. Sonia se demandait ce qu'elle serait devenue sans ce Hunza qui lui avait servi de guide ces derniers mois. Joonu signifiait « le bien-aimé », un nom qui lui allait bien. Sonia repensa à leur première rencontre.

A Moscou, elle avait pris le Transsibérien jusqu'à Orenbourg. De là, le Transcaspien l'avait amenée jusqu'à Tachkent. Un voyage long et pénible : neuf jours, ponctués d'arrêts interminables. Mais les premières classes étaient propres et relativement confortables, même si la nourriture du wagon-restaurant laissait à désirer. Pour tuer l'ennui de ce long voyage, Sonia avait passé son temps à lire, à manger et à dormir, quand elle ne faisait pas la conversation avec d'autres passagers. Elle fut bien contente d'atteindre sa destination, même si Tachkent, reconstruite à la hâte après un tremblement de terre, lui sembla plutôt sinistre. Les vilaines maisons de torchis de cette ville désordonnée, vivant dans la crainte permanente d'un séisme, ne suscitèrent guère son enthousiasme. En revanche, elle avait aimé le va-et-vient incessant des caravanes bigarrées à la croisée des chemins d'Orient et d'Asie centrale. De là, une caravane de chameaux l'achemina jusqu'à Samarkand. Tachkent n'était plus qu'un lointain souvenir.

Au troisième jour de son séjour dans la somptueuse cité de Tamerlan, Sonia était partie à la découverte des trésors de l'Islam. En rentrant à l'hôtel elle s'arrêta à un étal du bazar pour acheter des oranges. Mais, lorsqu'elle plongea sa main dans son grand sac pour en extraire le portefeuille contenant son argent et tous ses papiers, Sonia constata avec horreur qu'il avait disparu. Désemparée, elle regardait autour d'elle, espérant voir surgir un policier. Mais ne sachant pas elle-même dans quelles circonstances on lui avait dérobé son portefeuille – car c'était très probablement ce qui c'était passé ! –, elle douta qu'il lui ait été d'un grand secours.

– Je suis désolée, dit-elle, en anglais, au marchand qui lui tendait les oranges, je n'ai pas d'argent... je crois qu'on a volé mon portefeuille.

Elle était très embarrassée. Le marchand la dévisagea sans vergogne des pieds à la tête et répondit en anglais – langage universel dont il avait quelques notions :

– Tant pis pour l'argent, donnez-moi votre bague à la place.

Sans demander son reste, Sonia s'empressa de tourner les talons.

– Gardez vos oranges.

Étant donné les circonstances, elle n'avait guère d'autre

choix que d'aller trouver le consul de Russie pour lui exposer son problème. Elle ouvrit son ombrelle et se mit en route, lorsqu'elle sentit un pincement au niveau du coude.

– Assez! dit-elle indignée, en se retournant vers son assaillant.

– Belle dame anglaise, voulez-vous un guide pour visiter la ville? demanda le jeune impudent aux yeux noirs et au sourire de nacre.

– Non, merci. J'en ai vu bien assez pour aujourd'hui.

– Belle dame, voulez-vous acheter des grenades, dans un autre marché moins cher?

– Non, merci.

Elle prit le temps de détailler le jeune homme qui portait le traditionnel *shalwar khameez :* pantalon rouge élimé et kaftan de laine chamarré mais usé, et petite toque rouge perchée sur sa longue chevelure noire. Sonia se demandait où il avait pu apprendre à parler aussi bien l'anglais.

– Vous n'êtes pas anglaise, mais vous parlez anglais, reprit le jeune homme au sourire désarmant.

Il essayait visiblement de lui être agréable, mais Sonia n'était pas d'humeur à bavarder.

– Je vous ai démasquée, ajouta-t-il gaiement, en pointant un doigt dans sa direction. Vous êtes russe, mais vous ne voulez pas le montrer. Vous êtes ici incognito?

– Absolument pas, rétorqua Sonia qui regretta aussitôt de s'être montrée trop engageante.

Le jeune garçon saisit l'occasion pour repartir à l'attaque :

– Ah, vous voyez que j'avais raison! (Ses yeux noirs la scrutaient sans répit.) Votre colère me dit que vous voulez cacher la vérité. Vous êtes russe, n'est-ce pas? Une princesse russe qui parle anglais, comme moi. Eh bien, maintenant nous allons pouvoir parler les deux langues.

– Certainement pas, dit-elle en reprenant son chemin. Je n'ai aucune envie de continuer cette conversation, en quelque langue que ce soit. Passe ton chemin.

– Je connais toutes les langues utiles, dit-il fièrement, tout en lui emboîtant le pas.

Sonia baissa son ombrelle et se retourna une fois encore vers le jeune homme qui virevoltait autour d'elle comme une grosse mouche importune.

– Vas-tu me laisser tranquille, à la fin? Sans quoi j'appelle les gardes.

Ses yeux tombèrent sur un vilain moignon qui dépassait de la manche gauche du jeune homme.

– Qu'est-il arrivé à ta main? demanda-t-elle, sans réfléchir.

– Je ne l'ai pas perdue au marché, comme votre portefeuille, princesse, railla-t-il gaiement en sortant de son vaste kaftan le portefeuille de Sonia.

Sonia le saisit aussitôt.

– C'était donc toi le voleur! Comment oses-tu? Je vais appeler la garde immédiatement.

– Mais il est tombé de votre sac. Je l'ai ramassé et à présent je vous le rends. Suis-je donc un voleur, princesse Doubrovka?

Furieuse, Sonia rugit:

– Comment sais-tu mon nom?

Il haussa les épaules.

– Je sais lire, dit-il en pointant son index vers le portefeuille qu'elle tenait fermement. Je voulais savoir à qui appartenait tout cet argent. Pour le rendre, bien sûr. Et j'ai trouvé plusieurs lettres importantes qui portaient votre nom et votre adresse. Ce n'est pas bien difficile d'être un détective. Vous ne pouvez pas m'en vouloir d'être honnête, princesse. Si vous me donnez un rouble, je vais vous acheter des oranges.

Complètement déconcertée, Sonia regardait le coupable avec un sentiment mêlé de rage et d'impuissance.

– Je t'ai demandé ce qu'il était arrivé à ta main, répéta-t-elle, sans trop savoir pourquoi.

– Les Turcs. Ils l'ont coupée – tchak! dit-il en faisant tomber sa main droite sur son moignon. Ils l'ont fait avec un couperet émoussé. Ça a fait très mal, longtemps. Après on cautérise avec du goudron brûlant et...

Mais elle ne le laissa pas poursuivre son récit répugnant.

– Merci, dit-elle, je ne veux pas connaître la suite.

Mais, malgré toutes ses bonnes résolutions, Sonia ne put s'empêcher d'ajouter:

– Pourquoi t'a-t-on coupé la main?

– Parce que j'avais emprunté le portefeuille d'un homme riche, pour le lui rendre plus tard – je ne savais pas que c'était le Grand Vizir.

Sonia eut soudain le sentiment qu'il se payait sa tête.

– Alors, comme ça, ils coupent la main des voleurs, quel manque d'égard!

Elle reprit son chemin, mais le jeune homme persista à la suivre.

– C'est mieux que d'aller croupir dans leurs geôles,

déclara-t-il en lui barrant la route. A présent, princesse, ouvrez votre portefeuille. Vous verrez que je ne suis pas un voleur. Je n'ai pas pris un seul kopeck.

Sonia déballa le contenu de son portefeuille. Tout avait l'air en ordre. Avec un soupir de soulagement, elle dit :

— Très bien, je te laisse le bénéfice du doute. Je ne te dénoncerai pas à la police. Pas pour le moment, du moins! Comment t'appelles-tu?

— Joonu, ça veux dire « le bien-aimé ».

— Eh bien, « le bien-aimé », si tu ne veux pas perdre ton autre main, tu n'as qu'à bien te tenir et passer ton chemin.

— Mais c'est mon métier, protesta Joonu. J'aime suivre les dames riches... surtout les princesses. Les princesses ont généralement de bonnes manières. Elles ne me donnent pas des coups sur la tête avec leurs ombrelles. Je déteste les paysans, peuh!

Il cracha son dépit sur le pavé.

Sonia continuait son chemin, espérant que Joonu « le bien-aimé » finirait par lâcher prise. Mais il ne la quittait pas d'une semelle.

— Joonu, dit-elle, à bout de patience après dix minutes, cesse de me suivre et rentre chez toi. Que cherches-tu? De la nourriture, de l'argent, tu veux des grenades?

— Je ne veux ni argent ni nourriture, répondit Joonu, tristement. Je veux votre amitié, princesse.

— Pourquoi cela?

— Parce que vous êtes très belle et que j'aimerais tomber amoureux de vous. Et puis, je crois que vous avez besoin d'un guide pour vous faire découvrir Samarkand. Je suis un très bon guide. Et pas cher du tout. Je vous montrerai les tombeaux de Tamerlan le Boiteux. Je lui ressemble assez, par certains côtés. Mon infirmité ne m'a rien ôté de ma joie de vivre.

— Combien de tombeaux a-t-il donc? A moins qu'il n'en ai fait faire un spécial pour sa jambe infirme. (Sonia essayait de garder son sérieux.) Et puis, ne change pas de sujet, Joonu. Je veux savoir pourquoi tu suis les dames riches et les princesses. Je voudrais aussi que tu me dises comment tu as fait pour ramasser un portefeuille que je suis certaine de n'avoir jamais laissé tomber. Une main coupée pour vol ne te suffit pas? Tu es donc si pressé de perdre la deuxième?

— Je ne suis pas un voleur, princesse. Je le jure. Je suis un honnête homme.

— Quel âge as-tu?

– Vingt et un ans.

– Tu veux dire douze.

– Mais non! Je suis majeur.

– Allons, Joonu, arrête de mentir, pour une fois.

– J'ai dix-neuf ans.

Sonia le regarda de près. Joonu capitula.

– Eh bien, à vrai dire, je n'ai que dix-huit ans.

– Quel que soit ton âge, Joonu, tu es un sans-cervelle. Quel âge avais-tu, quand ils t'ont coupé la main?

– Six ans.

– Je vois, un voleur en herbe.

– Je viens du pays hunza! répliqua-t-il fièrement, en rejetant ses maigres épaules en arrière et en la regardant droit dans les yeux. Je suis un Bouroucho du royaume hunza. Un peuple très respecté, princesse, et d'allure très jeune.

– C'est vraiment dommage qu'ils ne t'aient pas appris à te respecter toi-même. Tu n'aurais pas perdu ta main gauche, ajouta Sonia, en serrant son sac tout contre elle.

Il fallait qu'elle se procure une ceinture de voyage pour pouvoir cacher son argent sous sa robe, à un endroit où aucun Joonu au monde n'irait le chercher! Elle pressa le pas car il lui tardait de quitter cette partie mal famée de la ville. Fort heureusement, Joonu s'était enfin éclipsé.

Quelques minutes à peine s'étaient écoulées lorsque la voix devenue familière retentit à nouveau:

– Princesse, princesse... Attendez! Vous avez oublié vos oranges. Tenez.

Il arriva en courant derrière elle. Sonia soupira profondément.

– Garde-les. Je ne les ai pas payées et je n'ai aucune envie de perdre la main gauche.

– Mais si, je les ai payées, insista Joonu.

Il bondit devant elle en se frayant un chemin parmi les nombreux badauds qui se pressaient dans les venelles étroites et lui tendit le sac d'oranges.

– Tenez. Je ne suis pas un voleur, je suis un honnête Bouroucho. Ces oranges ont été achetées avec de la monnaie hunza. Une écharpe de laine tissée par mon arrière-grand-mère de Baltit.

Sonia, la gorge serrée, l'ignorait du mieux qu'elle pouvait.

– Dans ce cas, Joonu, elles sont à toi. Maintenant, va-t'en.

– Une princesse ne doit pas rester seule. Les hommes vont essayer d'abuser de vous, princesse. Ils vont essayer de

130

vous prendre tout ce que vous avez, y compris votre vertu. Regardez... ce vilain bonhomme, là-bas, qui vous observe. Il y en a des dizaines, comme lui, qui vous observent par en dessous, pendant que vous vous promenez en ville.

– C'est toi qu'ils observent, pas moi. Ils se demandent pourquoi tu as volé ces oranges, et mon argent par-dessus le marché, lança Sonia en pressant l'allure.

Elle se demanda si elle n'avait pas intérêt à appeler un policier, plutôt que de parler avec un criminel. Mais la vue de son moignon l'en empêchait – si toutefois l'histoire de la main coupée était vraie, car il lui semblait tout à fait capable d'inventer une telle histoire pour l'émouvoir.

– Joonu, dit-elle sèchement, où sont tes parents?

– Ils sont morts. Je n'ai pas de parents. Pas de frères et pas de sœurs. Pas d'oncles, pas de tantes et pas de cousins. Je suis seul au monde.

– Mais tu viens de me dire que ton arrière-grand-mère vivait à... Baltit, c'est bien ça?

– Baltit, c'est au pays hunza. La capitale du pays bouroucho.

– Si tu viens du Hunza, que fais-tu à Samarkand?

– L'été venu, nous menons nos troupeaux paître dans les steppes et nous ne rentrons chez nous qu'à l'hiver. Nous ramenons du sel, du beurre, du thé et de la farine en échange de nos couvertures de laine, de nos écharpes et de l'huile d'abricot que nous fabriquons dans les montagnes. C'est un bon système, non?

– Excellent, murmura Sonia sous son ombrelle.

Avec le dos de son gant de coton, elle essuya son visage où perlait la transpiration. La chaleur était accablante.

– Parle-moi donc de ton arrière-grand-mère.

– Elle a cent vingt ans, c'est la plus vieille femme de la ville. Une toute petite ville, à vrai dire. Mais mon peuple est un des plus étonnants de la terre, car on vit très vieux dans nos montagnes. Mon arrière-grand-mère – qui est peut-être mon arrière-arrière-grand-mère, d'ailleurs, car nous ne sommes pas très proches, elle et moi – travaille dur, elle aussi. Je vais être triste quand il va falloir rentrer à Baltit, chez mon arrière-grand-mère, qui passe son temps à pester contre Allah, parce qu'elle est très vieille et qu'il l'a abandonnée dans la montagne. Tous les siens sont morts, sauf moi. Il faut bien que je m'occupe d'elle. C'est moi qui lui écrase ses nouilles, par exemple. Ça me dégoûte, d'ailleurs, c'est comme écraser des ténias. Vous voulez voir la tombe de Bibi Khanum?

– Je l'ai déjà vue, merci.

– Alors vous savez sans doute que les belles femmes, comme vous, doivent porter le voile, hein? lui murmura-t-il à l'oreille. Les hommes vous dévisagent. Bibi Khanum était la favorite de Tamerlan. Il était infirme et elle était sa maîtresse chinoise. Elle fit construire un monument d'amour en son honneur lorsqu'il est parti à la guerre.

– Je connais l'histoire, Joonu, ne te fatigue pas à me la raconter, dit Sonia qui courait presque à présent, pour essayer de se débarrasser du jeune Bouroucho.

– Je suis comme l'architecte de Bibi Khanum, dit-il en se glissant sous l'ombrelle, je suis amoureux de vos yeux et je voudrais les embrasser, mais j'ai peur d'y laisser la marque de l'amour. C'est pour cela que Tamerlan obligeait ses femmes à porter le voile. Pour cacher les traces des baisers de l'architecte sur le visage de Bibi Khanum. A présent je vais vous montrer la tombe d'Ouloug-Bek. L'Anglais à qui vous écrivez, en Inde, c'est votre amoureux?

– Joonu!

Cette fois, la coupe était pleine. Dégageant son bras de dessous le sien, Sonia s'arrêta net. Joonu recula de quelques pas. Avec un regard farouche, elle pointa son ombrelle vers lui et dit:

– Joonu, comment oses-tu? Non, il n'est pas mon amoureux. Et maintenant, mêle-toi de ce qui te regarde. Si tu ne me laisses pas immédiatement, j'appelle un policier et je te fais mettre sous les verrous.

Sonia referma son ombrelle et tourna les talons. Arrivée au Reghistan, elle regagna son hôtel au pas de course. Elle était furieuse. A force de l'asticoter, ce Joonu avait fini par lui extorquer des détails la concernant qu'il n'aurait jamais dû savoir.

Le lendemain matin, Joonu était de retour, assis en tailleur à l'extérieur de sa suite.

– Oh, non! Non! cria-t-elle, en le voyant. Ne t'avais-je pas dit de me laisser tranquille?

Elle cherchait désespérément des yeux quelqu'un qui pourrait lui venir en aide, mais le couloir de l'hôtel était désert.

– Comment es-tu entré?

– Mais par la porte, princesse, évidemment. Le propriétaire de l'hôtel est un excellent ami à moi. Lorsque je ne mène pas les bêtes aux pâturages, je travaille pour lui. C'est moi qui repeins les balcons et qui arrose les plantes.

Sonia avança d'un pas résolu vers le frêle et néanmoins attachant jeune homme, bien décidée à le faire jeter dehors.

– Je vous ai apporté vos oranges, dit Joonu en jonglant avec trois d'entre elles d'une seule main. Je n'en ai pas mangé une seule. Et pourtant, je meurs de faim. Mais c'est mon cadeau.

Ne se sentant pas le cœur à lutter contre ce garnement, Sonia s'arrêta en haut des escaliers.

– Si tu avais aussi faim que tu le dis, tu aurais mangé les oranges, cadeau ou pas.

Il arrêta un instant de jongler et, le plus sérieusement du monde, déclara :

– Je n'aime pas les oranges, princesse.

– Qu'est-ce que tu aimes, alors?

– Les grenades.

– Très bien. Voici un rouble. Va t'acheter des grenades.

Elle lui lança une pièce et, avec un grand sourire, Joonu se releva d'un bond. Trébuchant sur les oranges trop mûres qui roulèrent à terre, il dit :

– Je savais que vous étiez une vraie princesse, dit-il joyeusement. (Puis, embrassant le rouble, il ajouta :) Pour ça, je vous suivrai jusqu'au bout du monde. Je serai votre serviteur.

– C'est inutile. Maintenant, va donc t'occuper ailleurs. J'ai moi-même beaucoup à faire.

– Je vais m'occuper de vous obtenir les papiers pour entrer au Tibet, comme ça vous ne perdrez pas votre temps à discuter avec des fonctionnaires stupides, s'empressa d'ajouter Joonu.

Sonia eut un mouvement de recul.

– Joonu, ton indiscrétion me dérange profondément. Je n'ai pas besoin de faux papiers, merci.

– Ne vous fâchez pas, princesse. Je suis un brave garçon, vous savez. Je veux vous servir parce que je sais que vous me payerez de bons gages.

– Qui est-ce qui te dit que je vais au Tibet? Je pourrais très bien aller en Inde... voir le jeune homme qui m'écrit des lettres.

Joonu eut un sourire malicieux.

– Je ne crois pas. Voilà trois jours que je vous observe, princesse. J'ai bien vu le genre de choses que vous avez acheté sur les marchés. A l'heure qu'il est, vous devez avoir un déguisement à peu près complet de veuve du Ladhak.

Sonia fit alors une chose qu'elle n'avait jamais faite de sa vie. Elle tapa du pied.

– Joonu, tu es insupportable! Je te promets qu'avant demain tu seras derrière les barreaux.

– Ne vous fâchez pas, princesse. Je veux simplement vous aider. L'idée de vous déguiser en veuve du Ladhak est une très bonne idée... pour aller au Ladhak. Mais il vous faudra un déguisement d'aristocrate tibétaine en pèlerinage si vous voulez traverser le Tibet. Je suis sûr de pouvoir vous être très utile, princesse. Je suis allé souvent au Tibet et je connais bien leurs coutumes.

– Je ne te crois pas.

Joonu haussa les épaules.

– Que vous me croyiez ou non, pour moi ça ne change rien. Mais pour vous, princesse, ça peut tout changer. Je sais beaucoup de choses sur vous, princesse. Votre portefeuille est très bavard. J'ai lu les lettres en russe et en anglais. Je sais, par exemple, que votre mari et votre frère ont pris cette même route, il y a quatre ans. Ils se rendaient à la Cité interdite. On a perdu leur trace depuis. Mais vous partez à leur recherche, parce que vous croyez qu'ils sont toujours vivants. C'est bien cela, n'est-ce pas?

Que pouvait-elle dire?

– Joonu, dit-elle enfin, je ne sais pas qui tu es, mais je sais que tu es une canaille qui passe son temps à m'espionner!

– Je suis amoureux de vous, ô Bibi Khanum. Oui, c'est vrai que je vous espionne. J'espionne tout et tout le monde, c'est comme cela que je gagne ma vie. Je le fais parce que j'aime l'aventure, même si ça ne me rapporte rien.

Exaspérée au plus haut point, Sonia ferma les yeux.

– Je croyais que tu étais un berger bouroucho, dit-elle en les rouvrant aussitôt pour le foudroyer du regard.

– Je suis aussi berger.

– Si tu es un espion, qui t'emploie? Qui t'a chargé de m'espionner?

– Personne. Je suis mon propre maître. A l'occasion je fournis des informations au Mir de Baltit, parce qu'il est très ami avec mon arrière-grand-mère. Mais il n'est pas riche et ne peut guère m'aider à faire carrière. J'aimerais bien travailler pour les Russes ou les Anglais, un jour. Mais ils ne veulent pas de moi, parce que je suis infirme. A Samarkand, les espions étrangers ne manquent pas. Les Russes et les Anglais appellent ça le « Grand Jeu »; ils devraient dire la « grosse blague », plutôt. Les Britanniques sont ici parce qu'ils veulent empêcher les Russes d'approcher, pour ne pas inquiéter ceux qui sont de l'autre côté de l'Himalaya. Quant

134

aux Russes, ils se moquent bien des Anglais. Ils ont trop à faire avec le Grand Khan blanc qui voudrait gouverner la terre entière, Anglais compris.

Joonu fit un grand sourire, tandis qu'il frottait son pied droit sur sa jambe gauche. Avec ses manches trop longues et ses pieds nus, Joonu offrait une bien piteuse image du grand espionnage, en vérité. Sonia éclata de rire.

– Bravo, Joonu! J'avais un frère comme toi, jadis. Un jour, il a eu beaucoup d'ennuis, et depuis on n'a plus jamais entendu parler de lui.

Elle changea soudain de sujet, sa colère brusquement envolée devant tant d'innocence. Elle venait de succomber au charme du jeune Bouroucho, malgré son épaisse couche de crasse.

– Très bien, Joonu. Tu es engagé, mais tu ne toucheras tes gages qu'une fois arrivé à Lhassa.

Sonia se tourna et commença à descendre l'escalier.

– C'est parfait comme ça, princesse. (Fou de joie il la suivit dans l'étroite allée qui bordait l'hôtel.) Mais je ne pense pas que le déguisement de veuve du Ladhak soit celui qui vous convienne le mieux, princesse.

– Pourquoi donc?

Elle ouvrit son ombrelle et, évitant une carriole, prit la direction du Reghistan.

– Il faut vous déguiser en princesse hunza – je vous dirai comment faire. Vous vous appellerez Shaim Khanum, comme la sœur de Bibi Khanum, qui ne savait pas qu'elle avait une sœur – comme Tamerlan, d'ailleurs, qui le regrettait car il aurait pu la séduire aussi. (Il sourit.) C'est un nom qui vous va bien et qui va bien à une princesse hunza. Nous sommes mahométans, vous savez. Personne ne saura que vous êtes une espionne russe.

– Mais je ne suis pas une espionne! (Elle lui lança un regard courroucé, par-dessous son ombrelle.) Je crois que toutes ces histoires d'espionnage te montent à la tête. Essaye de garder les pieds sur terre, Joonu, je t'en prie.

– D'accord, princesse, je vais garder les pieds sur terre. Nous dirons que vous êtes ma mère. Comme cela nous pourrons nous rendre au Tibet sans éveiller les soupçons des Anglais.

– Des Anglais?

– Ils sont postés partout, le long de la frontière. Ils espionnent et arrêtent tous ceux qui passent. Je n'aime pas les Britanniques. Ils se croient supérieurs. Je préfère les

Russes. Quand ils ont envie de rosser un chien, ils le font au grand jour. Les Britanniques font ça la nuit, quand personne ne les voit.

— J'ai du mal à imaginer que les Anglais vont croire que tu es mon fils, Joonu. Une princesse hunza dont le fils est un berger ?

— Je sais. Les Britanniques ne sont pas idiots. Ils envoient sans arrêt des espions à Baltit pour espionner mon arrière-grand-mère et le Mir. C'est tout juste si on ose se moucher, de peur qu'ils nous observent. Ils ont peur que nous, dans les montagnes, nous nous mettions du côté du Grand Khan blanc, ou des Afghans, ou des Turcs ou même des Tibétains ou des Chinois. Eh bien, nous ferons comme si nous étions deux humbles pèlerins en route pour Lhassa, où se trouve la tombe de mon noble père.

— Je doute que nous la trouvions. Les Tibétains n'enterrent pas leurs morts. Ce qui me fait penser qu'une fois de plus tu m'as menti en me disant que tu étais allé plusieurs fois au Tibet.

— J'aimerais que vous me fassiez confiance, princesse ! soupira-t-il avec emphase. Je suis souvent allé en pèlerinage au Tibet, où j'ai vu le ventre des diables étrangers ouvert et rempli de pierres par les grands lamas qui n'aiment pas les étrangers.

— Des musulmans qui prétendaient sans doute se convertir au bouddhisme.

— Ayez confiance, princesse, insista-t-il. Les Hunzas sont en train de retourner dans les montagnes – ils passent par Samarkand à la fin de l'été, en rentrant des steppes. Nous ramenons le bétail au pays pour l'hiver. Vous avez eu beaucoup de chance de m'avoir trouvé sur votre chemin. Une semaine de plus et je n'étais plus là pour vous servir de guide. Avant que les grands froids ne bloquent tous les passages, il faut que nous soyons de retour à Baltit. Nous logerons chez mon arrière-grand-mère. Et vous pourrez écraser ses nouilles à ma place et être malade à ma place quand elle les jettera sur le mur, comme un bébé. Ensuite, quand viendra le dégel, les Hunzas repasseront par ici, pour mener le bétail dans les grands pâturages du Ladakh et du Tibet. C'est avec eux que nous partirons.

Il semblait avoir déjà tout prévu.

— Et combien espères-tu recevoir pour tes services ? demanda Sonia. J'imagine que tu ne fais pas cela par pure philanthropie. Nous nous connaissons à peine.

– Princesse, dit-il avec un accent de sincérité cette fois, je voudrais être riche un jour, pour pouvoir épouser une femme noble, comme vous, et plus riche que moi. Je suis ce que l'on appelle un opportuniste. Et c'est pour cela que je vous aime bien. Vous allez me permettre d'aller loin. Je ne veux pas rester un petit berger toute ma vie.

– Ça ne risque pas, Joonu! Tu finiras ta vie soit dans un palais soit dans une prison, selon le nombre de bourses que tu auras réussi à faucher sans te faire prendre.

– Je vous aime beaucoup, princesse. C'est pour cela que je suis prêt à risquer ma vie pour vous, ajouta-t-il avec un sourire désarmant.

II

– Allons, dit Joonu en remballant les affaires avec son unique main en s'aidant de son moignon. Si vous vous êtes suffisamment reposée, nous pouvons repartir. Nous ne devons pas rester trop loin en arrière. La route est longue pour aller à Leh par la vallée de l'Indus.

Sonia était tout à fait d'accord. Elle rajusta son costume.

– Joonu, mon turban est-il bien en place? Suis-je présentable?

– Votre visage, princesse. Attendez...

Joonu frotta la paume de sa main sur un rocher, puis il lui enduisit le visage avec la boue ainsi recueillie, pour lui donner le reflet bleuté si particulier à la peau des Tibétains.

– Ça ira comme ça pour l'instant, dit-il, mais il faudra en remettre la prochaine fois que nous nous arrêterons. Car si vous avez des taches sur la figure, les Anglais vont vous repérer tout de suite. Parfois, ils envoient leurs fonctionnaires jusqu'ici, pour nous épier et pour voir si nous ne faisons pas de contrebande.

Malgré tous les bijoux de pacotille qu'elle avait achetés à Baltit, ses lourds jupons de laine, son large manteau et la toque brodée posée sur sa chevelure tressée recouverte d'un voile de mousseline, Sonia n'arrivait pas à se sentir dans la peau d'une princesse hunza. Anxieuse, elle demanda:

– Joonu, qu'allons-nous dire aux gardes-frontières? Nous ne sommes ni des pèlerins, ni des marchands. Nous n'avons même pas l'air de bergers hunzas. Je ne vois vraiment pas comment nous pouvons dire que nous sommes à la recherche de nouveaux pâturages.

– Ne vous en faites pas, répondit Joonu. Laissez-moi faire, princesse. Nous ne sommes pas encore à la frontière chinoise.

Sonia se garda de tout commentaire, tandis qu'ils rejoignaient la troupe de bergers en quête de nouveaux herbages. Si elle voulait atteindre Lhassa un jour, il fallait bien que tôt ou tard elle fasse confiance à son guide.

10

I

Ni les glaciers étincelants, ni les cimes enneigées, ni les cascades jaillissant entre les rochers, ni les parterres de gentianes et d'edelweiss sur les flancs verdoyants de la vallée, ni même les paysans bourouchos déjeunant de bon appétit au soleil, rien ne parvenait à apaiser Sonia. Soucieuse, elle regardait distraitement les chèvres et les yaks gambader gaiement au bord de la rivière, en dévorant tout ce qui se trouvait sur leur passage – y compris les tentes. Son esprit était ailleurs, loin, très loin.

– On remarque tout de suite quand vous êtes en colère, princesse, dit Joonu, allongé nonchalamment dans l'herbe humide, une branche de thym entre les dents. Vous vous raidissez, vos yeux jettent des éclairs, votre visage devient rouge comme la rose des montagnes et vous me faites très peur.

– Les bergers ont fini leur voyage. Je ne suis pas idiote, Joonu. Je sais très bien qu'ils s'arrêtent ici et qu'ils ne vont pas à Lhassa!

– Je n'ai jamais dit qu'ils allaient à Lhassa!

Sonia baissa son bol de thé avant de le lui jeter à la tête. Après quoi elle se leva et partit d'un pas décidé à travers la prairie. Joonu la rattrapa.

– Va-t'en, Joonu, dit Sonia, écœurée et déçue. J'aurais dû penser qu'au Tibet on n'est pas aussi accueillant qu'au Ladakh. Les Tibétains méprisent les diables étrangers – ce que sont pour eux les bergers bourouchos, contrairement à toutes tes affirmations – et leur interdisent l'accès à leurs pâturages.

– Mais quelle mouche vous a donc piquée, ce matin, princesse? dit Joonu, exaspéré. Ne vous ai-je pas loyalement servi, ces trois derniers mois? Ne me suis-je pas dévoué corps et âme pour vous mener jusqu'ici?

– Ici ou nulle part, Joonu, quelle différence? Je dois aller à Lhassa, et vite! Je n'ai pas l'intention de passer à nouveau l'hiver à Baltit, à écraser des nouilles pour ton arrière-grand-mère. Je dois retrouver mon frère et mon mari, comprends-tu?

– Suivez-moi, princesse.

Joonu se mit à gravir en courant le flanc abrupt de la colline. Il l'appela:

– Venez, je vais vous montrer quelque chose. Nous allons passer par là... Vous allez voir comme nous sommes près de la frontière. Je ne vous l'avais pas encore dit, parce que je voulais que vous vous reposiez un peu avant d'aller plus loin.

Tous deux haletaient en gravissant le sentier escarpé. Les oreilles de Sonia bourdonnaient. Était-il encore en train de rêver ou était-ce effectivement la frontière du Ladakh et du Tibet?

Ils débouchèrent tout à coup sur un virage d'où la vue était spectaculaire.

– Regardez, dit Joonu, triomphant, en désignant un point dans l'horizon bleuté. Voici la frontière du Tibet et du Ladakh et voilà la Route de la Soie qui mène de Khotan, au nord, à Demchok et Gartok, au sud. Vous voyez le Dogra Raja, sur le drapeau de Jammu [1], au-dessus du poste frontière? Les Cachemiris sont là. C'est un peu plus bas, au poste frontière de Roudok, que les Chinois et les Tibétains vont nous interroger – les grands lamas aiment s'assurer que vous êtes bien entré chez eux avant de vous torturer.

Et sur ces paroles pour le moins déconcertantes, Joonu commença à dévaler la pente, faisant rouler pierres et gravillons sur ses pieds.

– Je suis navrée. J'ai été un peu trop hâtive dans mes conclusions. Pardonne-moi, Joonu.

Sonia ne savait jamais sur quel pied danser avec Joonu qui mélangeait allègrement mensonge et vérité au gré de sa fantaisie. Elle finissait toujours par lui pardonner, aussi vite qu'il oubliait lui-même ses griefs.

– Joonu, que vais-je devenir avec toi... et sans toi?

1. Autre nom (indien) du Cachemire. (N.d.T.)

Il se retourna et sourit, et c'était comme le soleil qui brille après l'orage.

— Vous pouvez m'embrasser, mère, et laisser sur moi les marques de Shaim Khanum.

— Il n'en est pas question, dit Sonia qui commençait à se détendre. En tout cas, dès que nous serons de retour au campement, tu vas te procurer autant de nourriture que possible. Fais ce que tu veux : vole, pille, quémande, emprunte. Mais il nous faut coûte que coûte partir avec des sacs pleins. Quelque chose me dit que nous allons connaître des jours difficiles sur le chemin de Lhassa.

Elle ne lui faisait toujours pas confiance!

II

Trois jours plus tard, c'est tout juste si les gardes-frontières cachemiris ne tamponnèrent pas leurs laissez-passer les yeux fermés.

Sonia, qui craignait d'être changée en statue de sel si elle s'était retournée, se hâtait, les yeux rivés sur la Route de la Soie qui s'ouvrait devant elle. Ce n'est que lorsqu'ils furent à une centaine de mètres du poste frontière qu'elle dit d'une voix cassée :

— Je n'en reviens pas, Joonu. C'était si facile!

— Oui, c'était facile, dit Joonu en la rattrapant, mais nous n'avons pas encore passé le poste frontière tibétain. Cette baraque là-bas, à cinquante pas environ. Attendez d'être de l'autre côté de la frontière, princesse. Ensuite vous pourrez me renvoyer.

L'enthousiasme de Sonia était retombé lorsqu'elle se présenta à la frontière tibétaine, le cœur battant si fort qu'elle avait l'impression que tout le monde pouvait l'entendre. Il s'y pressait beaucoup plus de monde qu'à la frontière du Ladakh. Marchands, pèlerins, colporteurs, soldats, paysans, bétail, tout ce petit monde se piétinait allégrement. Sonia et Joonu n'étaient pas de reste.

— Vous venez de Hunza, demanda nonchalamment le garde-frontière chinois, en jetant un regard oblique à Sonia.

Il s'était adressé à elle en tibétain. Sonia, incapable de se souvenir d'un traître mot de tibétain appris avec Chao à Saint-Pétersbourg, priait le ciel pour que Joonu se charge des réponses. Mais lui aussi semblait avoir perdu sa langue. Le Chinois, impatient, répéta sa question.

– Oui, dit enfin Sonia, dans une espèce de grognement inarticulé.

– On parle tibétain à Hunza? demanda le Chinois dédaigneux, l'œil inquisiteur.

– Oui.

– Non, souffla Joonu en bouroucho à l'oreille de Sonia.

Elle se tourna vers lui sans comprendre, mais il lui donna un coup dans le dos, en lui jetant un regard suppliant.

Sonia se tourna vers le garde-frontière et lui sourit :

– Je vous prie de l'excuser, mon fils est un peu simple d'esprit... non, nous ne parlons pas tibétain à Hunza, dit-elle en tibétain.

– Mais que parlez-vous, à Hunza?

– Eh bien, heu... le bouroucho...

– Quelle est votre religion?

– Ortho... mulsumane, dit-elle en avalant sa salive pour essayer de reprendre ses esprits. Bou... bouddhiste.

– Mais si vous ne parlez pas tibétain à Hunza, comment se fait-il que vous le parliez ici?

– Je... je parle tibétain... mon mari était un noble tibétain.

Sonia avait le vertige. Pourquoi diable Joonu ne venait-il pas à la rescousse?

– De quelle province? poursuivit le Chinois, le regard tranchant comme une lame de silex.

– De... de Po Yul...

– Tsang! souffla Joonu entre ses dents.

– Tsang!

Sonia ployant sous son bagage, regarda le Chinois droit dans les yeux avec un air ingénu.

– Il faudrait savoir, dit-il sèchement. Pourquoi voulez-vous aller à Lhassa?

– Pour rendre hommage à Sa Sainteté, le Dieu-Roi, dit Sonia, qui avait retrouvé sa langue. Et pour faire un pèlerinage au *chorten* de mon défunt mari, mort à Lhassa, lorsqu'il était au service du *Kashag*. C'était un homme très respecté. Après sa mort, je suis retournée à Hunza. Je vis à Balbit, la capitale. Mon fils et moi nous rendons au Tibet en pèlerinage.

Elle lui sourit à nouveau, avec un regard doux et implorant.

– Vous avez quelque chose à déclarer? demanda l'officier qui s'impatientait, le tampon à la main, juste au-dessus des laissez-passer.

Sonia, qui secouait la tête, retint son souffle lorsque le

Chinois détourna les yeux. Un groupe de grands lamas de la secte des Bonnets Jaunes était entré dans la baraque des douanes et s'affairait dans un coin, éventrant les sacs et défonçant les couvercles des caisses de bois.

– Ce sont les pires, dit Joonu à voix basse, tandis que l'attention générale était attirée par le remue-ménage. Prions le ciel qu'ils ne nous demandent rien. Que veulent-ils à ce pauvre vieux?

Ils avaient saisi un vieux paysan par le col. Le vieillard, en haillons, était voûté et tout couvert de plaies. Ils l'avaient forcé à s'agenouiller dans un coin, les mains sur la tête, pour pouvoir le fouiller. Mais ne trouvant que haillons, plaies et poux, ils s'acharnèrent sur son sacs de navets, qu'ils éventrèrent malgré quelques timides protestations.

Le tampon du douanier chinois s'abattit enfin sur les laissez-passer. Sonia et Joonu pouvaient entrer au Tibet. Ils furent aussitôt poussés par le groupe de voyageurs suivant qui s'impatientait. Trop heureux de fausser compagnie aux douaniers et aux grands lamas de la secte des Bonnets Jaunes, ils ne surent jamais ce qu'il advint de l'infortuné paysan.

Le Tibet, enfin! Obéissant à une vieille superstition, Sonia ramassa une poignée de terre et la mit dans sa poche pour qu'elle lui porte bonheur. Ensuite Joonu et elle prirent la Route de la Soie en direction de Demchok, à cent cinquante kilomètres de là.

– Joonu, dit Sonia sèchement, lorsqu'ils eurent retrouvé l'anonymat de la foule bigarrée des marchands, pèlerins, bêtes de somme et autres curiosités. Pourquoi diable n'as-tu rien dit pour me tirer d'affaire devant le garde-frontière chinois?

Mais, sans prendre le temps de lui répondre, Joonu la saisit soudain par le bras et l'entraîna hors de la route.

– Vite, cachons-nous!

Il sauta dans le fossé et se tapit derrière un taillis.

– Venez, princesse. Ne restez pas plantée là, bouche bée. Les soldats arrivent. Des Tibétains cette fois, pas des Chinois comme à la douane. Ils sont à cheval et portent des clochettes. C'est à cela qu'on les reconnaît. On les entend venir de loin, pas besoin de les voir. Et c'est aussi bien, princesse. Car ce sont les pires, après les grands lamas. Ils sillonnent le pays et savent tout sur tout le monde. Ils sont capables de flairer un diable étranger à des kilomètres à la ronde. Je n'ai nullement l'intention de me retrouver avec des cailloux dans l'estomac, des fois qu'ils nous amèneraient devant le *ponpo*.

— Le *ponpo*, c'est quoi le *ponpo*? demanda Sonia, tout en ayant soin de rester cachée derrière les buissons, comme Joonu.

— Un gouverneur de province. Un magistrat. Le *ponpo* est très puissant. Il pourrait nous torturer s'il lui en prenait l'envie... chut! Les voilà, ne dites rien.

Accroupie au milieu des épines, Sonia se demandait comment elle en était arrivée là. Peut-être était-ce sa naïveté et sa volonté de ne pas penser au lendemain qui avaient fait d'elle la victime des caprices de Joonu et l'avaient amenée jusqu'à ce col de montagne, à la frontière du Tibet.

— Joonu, dit-elle, quand les soldats furent passés et qu'ils eurent gravi la côte qui menait à la route de montagne. J'ai parfois le sentiment que c'est le destin qui t'a mis sur mon chemin, à Samarkand.

Il sourit.

— Princesse, vous auriez dû être musulmane.

III

Cette nuit-là, craignant les questions indiscrètes et ne voulant pas camper trop près des autres voyageurs, ils se séparèrent du groupe, prétextant qu'ils avaient une longue route à faire et qu'ils voulaient profiter du clair de lune pour continuer leur marche. Les rapports étant ce qu'ils sont entre pèlerins, il était nécessaire de trouver une excuse pour ne pas éveiller les soupçons. Car il existe une certaine camaraderie sur la Route de la Soie. Tout cela rappelait à Sonia une histoire écrite par un Anglais du nom de Chaucer, les *Contes de Cantorbéry*, qu'elle avait lus un été à Fairmaster Manor.

Il y avait de très nombreux campements tout au long de la route qui était jonchée çà et là de restes de foyers ou de détritus laissés par d'autres voyageurs.

— Nous allons camper dans ces rochers, là-haut, dit Joonu en montrant une vague forme noire à l'horizon. Je suis fatigué, j'ai besoin de me reposer. Ce rocher est trop éloigné et trop difficile d'accès. Qui voudrait y grimper alors qu'il y a quantité d'endroits confortables au bord de la route?

Joonu semblait très sûr de lui. Sonia, épuisée elle aussi, se laissa docilement guider par Joonu sous le ciel rempli d'étoiles qui semblait les inviter à un repos bien mérité. Les gourdes étaient pleines. Ils les avaient remplies une heure plus tôt à un torrent et n'avaient donc pas besoin de camper près d'un cours d'eau comme ils le faisaient d'ordinaire. Lorsqu'ils eurent atteint le promontoire, Sonia vit que l'endroit était en effet d'un accès beaucoup trop malcommode pour un voyageur épuisé, avec l'estomac dans les talons.

Joonu fit un feu entre les rochers qui paraissaient blancs dans le clair de lune. Quelques instants plus tard ils avalaient leur bol de thé au beurre de yak additionné de sel et de *tsampa*. Après quoi, bien à l'abri entre les parois rocheuses, ils s'allongèrent et s'assoupirent aussitôt. Sonia passa une nuit comme elle n'en avait pas passé depuis des semaines.

Elle s'éveilla, fraîche comme une rose, dès les premières lueurs du jour. Joonu était déjà debout. Le feu flambait et le thé était prêt. Accroupi au milieu d'un assortiment d'effets soigneusement étalés sur l'herbe, il avait l'air d'un marchand arabe dans une échoppe de bazar.

– Que fais-tu donc, Joonu? demanda Sonia en émergeant tant bien que mal de sa couverture.

– Le déjeuner, répondit-il, laconique.

– Mais qu'est-ce que c'est que tous ces vêtements?

– Des vêtements.

– Allons, Joonu, tu es encore en train de nous mijoter quelque chose. Où as-tu trouvé ces haillons?

– Sur la route.

– Mais ils sont dégoûtants. Tu vas t'en débarrasser immédiatement.

Elle commença à replier sa couverture.

– Vraiment, Joonu, parfois je me demande ce que tu as dans le crâne.

– Vous ne sentez pas une odeur, sur ces vêtements, princesse? dit-il en roulant les yeux avec un sourire espiègle. C'est l'odeur des défunts.

– Mais de quoi parles-tu?

– Buvez votre thé, princesse, il va refroidir.

Sonia jeta un regard circulaire autour d'elle. L'air mystérieux de son compagnon ne lui plaisait guère.

– Où sommes-nous? demanda-t-elle, remarquant des petits drapeaux de prière qui flottaient au vent en haut des parois.

Puis, observant plus attentivement l'endroit, elle remarqua avec effroi de petites niches contenant des figurines d'argile au visage de papier. Ces murs étaient faits non pas de pierre mais d'ossements humains!

– Joonu, nous avons dormi dans un cimetière, rugit-elle.

– Calmez-vous princesse, répondit-il gaiement. Nous n'avons pas dérangé les esprits, hier soir.

– Est-ce que tu savais que nous étions dans un sanctuaire?

– Oh! bien sûr! On trouve des quantités de sanctuaires comme celui-ci dans les montagnes. J'ai vu les moines ramasser les os des morts, après qu'ils ont été nettoyés par les vautours, et les broyer avec de la cendre et de la salive pour en faire ensuite des figurines à l'effigie des morts. Mais ne vous inquiétez pas, princesse, ils sont inoffensifs. Allons, finissez votre thé, il est temps de partir. Et veuillez passer ces vieux vêtements.

– Ils sont dégoûtants. Il est hors de question que je mette des hardes ramassées sur le bord de la route.

– Je les ai empruntées à un groupe de colporteurs qui se plaignait des taxes sur le sel et le thé, à la douane de Roudok, dit Joonu avec un gros soupir. A présent nous sommes des Tibétains de la province du Tsang, princesse. Alors mettez cette coiffe et ces socques, je vous en supplie.

– Joonu, pourquoi ne puis-je pas garder mon costume de femme hunza? Tout s'est très bien passé, jusqu'ici.

– Oui, parce qu'il ressemble beaucoup au costume de femmes tibétaines et que jusqu'ici nous avons eu affaire à des paysans ignorants, dit-il, en crachant avec mépris. Mais quand nous allons avoir affaire à des gens de qualité, ils vont se méfier et poser toutes sortes de questions. Il faut être prudents, princesse. Je n'ai pas envie d'avaler des cailloux. A présent, nous allons faire la route avec les *Arjopas*, les pèlerins tibétains. Ce sera beaucoup plus simple et beaucoup plus rapide.

Tout en parlant, Joonu s'était habillé. Il avait passé une longue robe brune par-dessus une vilaine chemise jaune à manches longues. Puis, ayant ôté et rangé sa toque dans son sac, il avait sorti son canif et s'était coupé grossièrement les cheveux en touffes irrégulières. Pour finir, il s'enduisit les parties visibles du corps avec du beurre de yak. Envolé le berger hunza, à sa place se tenait un jeune Tibétain au visage graisseux et noir. Joonu allait tenter le diable en se présentant comme un moine novice allant rejoindre sa lamaserie.

A contrecœur, Sonia endossa le costume crasseux que Joonu avait « emprunté » pour elle, à la frontière de Roudok. La robe tibétaine était pourvue sur le devant d'une très vaste poche, fort pratique. Sur sa tête, elle posa une lourde coiffe faite de bambou et de perles, que Joonu avait, une fois encore, réussi à « emprunter ». Pour finir, il l'aida à glisser ses pieds meurtris dans des socques de bois. Mais lorsqu'ils furent de nouveau sur la route, les socques allèrent rejoindre son sac à dos et elle remit ses bottes en peau de mouton achetées à Baltit pendant l'hiver.

– Ce costume vous va très bien, déclara Joonu en hochant la tête. On dirait une sorcière tout droit sortie de la province de Kham.

– Je croyais que nous étions censés venir du Tsang! grogna Sonia qui n'y comprenait plus rien.

– C'est exact. Mais nous devons dire que nous venons de plus loin – le plus loin possible de l'endroit où nous nous trouvons. Quand nous serons dans le Tsang, nous dirons que nous venons de l'Amdo, et quand nous serons au Po Yul, nous dirons que nous venons du Tsang, vous comprenez?

– Non.

– Réfléchissez, princesse. Il faut que nous passions pour ce que nous ne sommes pas. Il faut aussi que nous semions la confusion dans l'esprit de nos compagnons de route en leur disant que nous venons de régions qu'ils ne connaissent pas. L'ignorance sera notre meilleur bouclier.

Sonia soupira, exaspérée. Vérité ou mensonge, Joonu ne faisait jamais la différence. A quoi bon essayer de le comprendre? Puisqu'ils devaient faire ensemble la longue et périlleuse route qui mène à Lhassa, mieux valait essayer de le prendre comme il était.

– Joonu, dit-elle sèchement, ne t'avise plus jamais de me faire dormir dans un cimetière, sans quoi c'est mon esprit à moi qui va te tourmenter.

Joonu sourit de toutes ses dents.

– Il y a un proverbe chez nous qui dit : « Si tu offenses le noble ou le yak, il te piétinera! » Je n'ai pas envie de me faire piétiner par vous, princesse. Je vais essayer de ne pas vous offenser.

11

I

Il fallut dix jours à Sonia et Joonu pour atteindre Demchok, puis trois autres semaines pour rejoindre les faubourgs
de Gartok, un grand comptoir commercial sur la route de
Lhassa. Ils tombèrent d'accord pour ne pas s'attarder à Gartok, de crainte d'avoir à se frotter à l'administration sous ses
diverses formes, chose que Sonia voulait éviter à tout prix.
Il fut donc décidé qu'ils ne renouvelleraient leur stock de
vivres qu'une fois passée cette ville.

La Route de la Soie s'étirait devant eux, tel un ruban enla-
çant les montagnes. Comme le jour avançait et qu'ils ne
trouvaient personne pour leur échanger de la *tsampa* et du
beurre de yak contre une poignée de leurs noix et une cuillère en bois, ils quittèrent la route principale pour emprunter un chemin de traverse. Ils espéraient ainsi trouver une
ferme où se procurer de la nourriture. Sonia était prête à
sacrifier un *tranka* d'argent en échange de denrées indispen-
sables comme la farine, le beurre de yak et le thé, mais
Joonu finit par l'en dissuader.

– Libre à vous de jeter votre argent par les fenêtres, mais
ne m'oubliez pas, princesse. Je n'ai encore pas reçu un seul
sou de vous depuis bientôt un an que je suis à votre service.

Tout à coup, Joonu sauta hors de l'étroit sentier qu'ils
avaient suivi jusque-là, et courut se réfugier dans un bosquet
de frênes, en criant par-dessus son épaule : « Vite, princesse,
cachez-vous ! » avant de disparaître parmi les arbres.

– Mais Joonu...

– Chhhut ! fit-il, un doigt sur ses lèvres. Voilà les Bonnets

Rouges... ils suivent le même chemin que nous. Attendez-moi ici. Je vais voir ce qu'ils mijotent.

Joonu jeta son sac à terre et grimpa au frêne sous lequel ils s'étaient tapis. Quelques minutes plus tard il se laissa prestement glisser le long du tronc jusqu'à terre.

– Il y a un *chorten,* sur le versant de la colline. C'est une procession funéraire, je crois. Ils sont plusieurs centaines sur le sentier qui mène à la vallée. Ils seraient bien capables de venir jusqu'ici et de nous capturer si l'envie leur en prenait.

– N'y a-t-il pas d'autre chemin qui mène à la grand-route? demanda Sonia anxieuse.

– Je n'en ai pas vu. Mais je n'ai pas vraiment pris le temps d'examiner les alentours... chhhut! J'entends craquer des brindilles, il y en a d'autres qui arrivent par ici. Savez-vous grimper aux arbres, princesse? C'est notre seule chance de salut!

Joonu dissimula son sac sous l'épais feuillage. Sonia fit de même et répondit d'une voix ferme :

– Si tu peux le faire, toi qui n'as qu'un bras, alors je dois pouvoir le faire aussi, moi qui en ai deux. Monte d'abord, je te suis.

– Mettez vos pieds là où je mets les miens, il y a de nombreuses branches auxquelles s'accrocher.

Sonia le suivait de près. Haletante, elle atteignit la cime. La vue y était excellente. On apercevait très distinctement la vallée et ses alentours.

– Je suis sûr que les moines viennent de la lamaserie, là-bas.

Joonu plissait les paupières. La lumière était si vive qu'il était obligé de mettre sa main en visière pour pouvoir regarder la montagne. Il pointa un doigt en direction des rangées bien ordonnées de bâtisses carrées, de l'autre côté de la vallée.

– Ils ne veulent pas être dérangés par les esprits des morts. Ils préfèrent apporter les cadavres ici, pour que les paysans soient tourmentés à leur place.

Sonia sourit.

– Je crois que tu as raison, Joonu. J'espère que nous n'allons pas rester ici trop longtemps. C'est très inconfortable... et dangereux... oooooh!

Elle faillit perdre l'équilibre, tant elle et Joonu étaient occupés à observer les Bonnets Rouges et se rattrapa de justesse.

– Le village et ses habitants doivent appartenir à la lamaserie, dit Joonu, pensif. Il va nous falloir être extrêmement prudents lorsque nous allons le traverser. Nous ne devons pas éveiller les soupçons des moines. Dommage que nous ne puissions y faire une halte pour nous ravitailler. L'endroit a l'air prospère. Que font-ils à présent ?

Joonu manqua tomber de l'arbre en essayant de mieux voir le *chorten*.

La procession funéraire s'était arrêtée sur un terre-plein, juste au-dessous du bosquet. La mélopée plaintive des moines récitant les mantras montait jusqu'à Sonia et Joonu. Soudain, les lamas et les moines se prosternèrent comme un seul homme sur le sol empierré du *chorten*. Sonia vit avec horreur un énorme chaudron posé sur un bûcher, dans lequel des moines-servants versaient un liquide jaunâtre. Dans le chaudron se trouvait un être humain.

Soudain prise de vertiges, Sonia s'accrocha du mieux qu'elle put à la branche sur laquelle elle était assise, révulsée jusqu'à la moelle. Joonu, à ses côtés, étouffa un ricanement et dit :

– Ne vous en faites pas, princesse. Je crois qu'il est déjà mort.

Le lama qui se trouvait dans le chaudron avait l'air bien éveillé pour être mort. Sonia n'arrivait pas à y croire. Comment un rite aussi monstrueux pouvait-il exister ? Incrédule, elle continua d'observer, malgré elle.

Vêtu de la robe sacrée et coiffé du bonnet rouge aux bords relevés qui distinguait ceux de sa secte, le lama était assis bien droit dans le chaudron, les bras pendant nonchalamment à l'extérieur. Une torche à la main, un moine-servant vêtu d'une robe brune s'approcha du bûcher et l'alluma. Les flammes bondirent aussitôt dans les airs, prêtes à dévorer la chair sacrée.

Une fumée noire, suffocante, montait jusqu'au bosquet de frênes, voilant la clarté de midi. Sonia et Joonu, mis à mal par l'épaisse fumée âcre, toussaient et crachaient tant et plus. La mélopée lancinante des mantras, l'air enfumé, le crépitement du bois mort et les flammes avivées par la graisse débordant du chaudron dans lequel on faisait cuire de la chair humaine, c'était plus que Joonu ne pouvait supporter. Il partit d'un éclat de rire hystérique. Le sublime était en train de tourner au ridicule.

– Arrête, Joonu ! supplia Sonia qui pleurait à chaudes larmes à cause de la fumée. Ils vont nous entendre, si tu continues. Il faut partir immédiatement... viens...

Elle fit un mouvement et Joonu qui, à vrai dire, ne contrôlait plus grand-chose, alla s'écraser six mètres plus bas, au pied du frêne.

– Oh! mon Dieu! Joonu, tu t'es fait mal?

Sonia se laissa glisser à toute allure le long de l'arbre et tomba presque sur Joonu, dans les broussailles qui avaient amorti sa chute. Celui-ci redoubla d'hilarité.

– Je n'ai rien, dit-il pour la rassurer, malgré une vilaine écorchure au front qu'il frottait avec sa main. Ce n'est rien, juste un peu de sang. Reposons-nous ici. Puisqu'il faut attendre que les moines aient fini de faire revenir leur camarade dans le beurre de yak. Plus tard, quand ils se disperseront, nous irons au village. En attendant, je meurs de faim!

Il ouvrit son sac et en sortit une poignée de noix. Tout ce qu'il leur restait pour tromper la faim.

Soulagée de voir que son compagnon était sain et sauf, Sonia s'assit dans l'herbe, à ses côtés. Mais elle ne mangea pas de noix. Elle n'avait pas faim – pas après ce qu'elle venait de voir dans le *chorten*.

Elle fouilla dans son sac à la recherche de coton et de lanoline.

– Maintenant, tiens-toi tranquille, Joonu, je vais te panser la tête.

Plusieurs heures s'écoulèrent. Le soir tombait et l'air commençait à fraîchir. Sonia et Joonu quittèrent leur retraite et prirent le chemin à nouveau désert. Les Bonnets Rouges étaient enfin rentrés à la lamaserie. Du lama qui avait cuit dans le chaudron, il ne restait plus que les os, éparpillés sur le flanc de la montagne. Au village, Sonia et Joonu croisèrent plusieurs moines en robe brune, appartenant à une secte moins importante que celle des Bonnets Rouges. Aidés par des moines-servants de la lamaserie, ils étaient en train de charger de gros sacs sur le dos de mules et d'ânes.

– De deux choses l'une, ou bien c'est le jour de l'impôt, ou bien c'est une fête en l'honneur du grand homme qui a bouilli dans le chaudron, dit Joonu, goguenard. En tout cas, nous allons devoir nous passer de farine d'orge et de beurre de yak.

– Tant pis! Pas question d'acheter notre beurre ici! s'exclama Sonia. Dieu sait ce qu'ils font du beurre qui reste dans leurs chaudrons de crémation. Ciel! Je pensais que tous les Bonnets Rouges étaient rentrés au bercail, mais apparemment, celui-ci ne sera pas rendu avant la nuit!

Ils se tapirent derrière l'auvent déchiré d'une échoppe tandis que le moine retardataire se prosternait dans la poussière. Il était en train d'exécuter le *kyado,* un rituel que Chao avait décrit à Sonia. *Om mani padme hum! Om mani padme hum!* Le Bonnet Rouge se releva et se prosterna à nouveau sur la terre souillée, puis il recommença son laborieux exercice, encore et encore. Un moine-servant marchait solennellement derrière lui, portant le moulin à prières de son maître, son trident et son rosaire.

— Les os du moine qui ont été éparpillés tout à l'heure serviront de reliques à la lamaserie. A en juger par tous les honneurs qui lui sont faits, il s'agissait certainement d'une très grande réincarnation, murmura Joonu.

Le Bonnet Rouge se tenait à dix pas à peine de l'ombre pourpre dans laquelle ils avaient trouvé refuge. Loqueteux, sale et dégoulinant de sueur, Joonu avait bel et bien rejoint la confrérie des *Arjopas.* Après lui avoir jeté un rapide coup d'œil en biais, Sonia se demanda si elle était aussi repoussante que lui. D'un autre côté, elle savait qu'il lui fallait rentrer complètement dans la peau de son personnage si elle ne voulait pas s'attirer d'ennuis. Il ne leur restait plus qu'à traverser le village sans se faire remarquer, comme deux pèlerins qui demandent l'aumône et un toit, en échange de leur bénédiction. Sonia avait hâte de voir s'éloigner le Bonnet Rouge, pour que Joonu et elle puissent continuer leur chemin. Mais la chance n'était pas de leur côté.

— *Oghaï, oghaï!*

Une voix profonde retentit derrière eux, qui les fit sursauter. Un grand Tibétain bien bâti, le torse nu et la mine joviale, leur tirait la langue en signe de salut.

— Vous avez traversé bien des épreuves, déclara-t-il, comme il était d'usage lorsqu'on abordait des inconnus.

Ils lui rendirent la politesse en lui tirant la langue à leur tour et Joonu fit une remarque à voix basse, tandis que Sonia répondait avec la formule consacrée :

— Nous n'avons pas souffert autant que vous.

La journée avait été chaude. L'homme était bras nus. Il ne portait qu'un paletot en peau de yak qui laissait entrevoir son torse bronzé, une jupe raide qui lui tombait aux genoux et une paire de bottes lacées, en peau de yak. Il allait tête nue, ses épais cheveux noirs retombant en tresses graisseuses sur ses épaules.

— Vous êtes des *Arjopas*? demanda le marchand.

Sonia et Joonu hochèrent la tête en silence.

– Vous venez de loin ? demanda-t-il en jetant des regards obliques à la coiffe de Sonia, comme s'il l'avait trouvée menaçante.

Ils acquiescèrent à nouveau en silence. Deux paires d'yeux affolés, une sombre et l'autre claire, écarquillées sur le beau marchand. Mais l'homme était affable et accueillant.

– Entrez, dit-il, en écartant la toile grossière qui fermait l'entrée de sa boutique. Il est trop tard pour continuer votre route. Vous allez vous reposer ici. Ce soir ma fille se marie, vous êtes les bienvenus aux festivités. C'est un grand jour, pour nous, ici. Car un grand lama a été réincarné, nous devons rendre grâce aux esprits qui protègent notre village. Suivez-moi, sainte mère, dit-il en s'inclinant devant Sonia.

Le Tibétain les mena à travers l'obscur rez-de-chaussée. D'un côté de l'étroit corridor se trouvait la boutique où l'on vendait de tout, aussi bien de la nourriture que du combustible, et de l'autre un grenier à grain et une étable dont la puanteur les frappa au passage. Derrière la petite maison de pierre et d'argile s'étendait un jardinet. Il fit un pas de côté pour laisser Sonia passer et gravir la première un escalier extérieur qui menait au toit plat sur lequel on festoyait. Des drapeaux de prières et des couronnes de fleurs donnaient un air joyeux à la scène. On leur offrit un bol d'alcool d'orge. Sonia prit aussitôt celui de Joonu et le reposa à terre, hors d'atteinte de celui-ci.

– Vous êtes une rabat-joie, mère ! protesta Joonu.

– Peut-être, mais je n'ai pas envie de te porter, demain, sur la route.

La mère de la mariée leur servit ensuite un plein bol de soupe aux navets – puis un autre, et encore un autre.

– Cette soupe aux navets me sort par les narines, princesse, souffla Joonu, écœuré.

Dans un coin, les hautbois et les chants pleurnichards d'un petit groupe de musiciens créaient un fond sonore tout à fait dissonnant.

– Ils auraient pu choisir quelque chose de plus gai pour la circonstance !

– Chut ! Joonu. Tu devrais déjà être bien content d'avoir quelque chose à te mettre sous la dent.

– Je le suis. Content jusqu'à vomir.

Il tendit la main pour saisir le bol d'eau-de-vie.

– Et ne me regardez pas comme cela, princesse... vous devriez savoir que je ne suis pas un bon musulman, depuis le temps, dit-il avec un grand sourire.

Après la soupe aux navets vinrent des gâteaux au miel, frits dans du beurre de yak. Sonia essaya de ne pas penser à la crémation du lama, sur la colline. La mariée, flanquée du marié et d'autres hommes qui avaient l'air d'être ses frères, était assise en tailleur sur un coussin placé à même le sol jonché de détritus. Avec un sourire timide, elle tendit un deuxième gâteau au miel à Sonia, après quoi s'ensuivirent les inévitables questions : « De quelle province venez-vous ? » « Quelle sorte de pèlerinage faites-vous ? » « C'est votre fils qui vous accompagne, ou votre mari ? » « Quels beaux bijoux ! Où avez-vous acheté votre collier et vos boucles d'oreilles ? » « D'où vient votre bracelet ? » « Pourquoi votre fils ne parle-t-il pas ? » « Est-il muet ? » « Qu'est-il arrivé à sa main ? » « Comment trouvez-vous la robe de la mariée ? » « N'est-elle pas superbe ? » « Ses maris ne sont-ils pas charmants ? »

– Ses maris ?

Stupéfaite, Sonia se mit à observer plus attentivement la compagnie.

– Combien de maris a-t-elle donc, Joonu ?

Mais avant même qu'il ait le temps de lui répondre, une chose tout à fait incroyable se produisit. Le marchand, souriant de toutes ses dents noires et ébréchées, reparut, accompagné du Bonnet Rouge qui s'était prosterné dans la rue. Son moine-servant se tenait en haut de l'escalier, bouchant la seule issue possible.

– J'ai invité le saint père à se joindre à nous, annonça le marchand, rayonnant. Chassez les mauvais esprits qui pourraient rôder par ici, saint père, et puisse ma fille ne pas recevoir inutilement la semence de ses maris ce soir.

Prenant sa tête dans ses mains et s'adressant à ses pieds, Joonu gémit tout bas :

– La vie ne cessera jamais de m'étonner, princesse.

– Oh, oh ! Voilà une sorcière, si je ne m'abuse ! dit le lama en haussant ses épais sourcils blancs sous son bonnet rouge. Seule l'ignorance ou la foi suprême autorisent le port d'une telle coiffe.

Le lama toussota légèrement dans sa main, visiblement troublé par la coiffe de Sonia, comme l'avaient été avant lui le marchand et le reste de la compagnie. Brusquement le ton de sa voix changea.

– Je vous ai observé, tous deux, dit-il, en gratifiant Joonu d'un coup de pied. Vous étiez tapis dans l'ombre. Quel est le vrai motif de votre pèlerinage ? Vos vêtements vous trahissent, vous êtes des *philang* et non de vrais *Arjopas*.

– Je me rends en pèlerinage au crématorium de mon défunt mari, ensuite je vais recevoir la bénédiction de Sa Sainteté le Dieu-Roi.

Sonia était terriblement intimidée par le vieillard hargneux. Joonu avait raison de dire que les religieux étaient les plus méfiants de tous. Elle se tourna vers lui, mais ce dernier se contentait de baver et de pleurnicher sur les pieds du lama, jouant les idiots jusqu'au bout.

– Qui est ce crétin? demanda le Bonnet Rouge en s'asseyant sur un coussin derrière eux.

– C'est mon fils.

Sonia était profondément troublée par le vieux moine. Elle n'arrivait pas à comprendre à quel moment Joonu et elle s'étaient trahis. C'était comme si le vieux bossu les avait attendus pour les capturer. Tout cela semblait d'autant plus ridicule que leurs costumes les avaient parfaitement servis jusque-là. Mais le vieillard était une vraie teigne.

– Dans ce cas, je vous plains, maugréa-t-il en prenant le bol de *chang* que lui offrait le maître de maison. Il est trop grand pour être votre fils, et vous êtes bien trop jeune pour être sa mère, à moins, bien entendu, que dans votre province les femmes n'enfantent quand elles sont elles-mêmes encore au berceau.

Il souleva un sourcil blanc dans sa direction et Sonia, mal à l'aise, demeurait bouche cousue de crainte de se trahir encore davantage. Le vieux lama lui inspirait un sentiment étrange qu'elle avait du mal à cerner. Cherchait-il à la provoquer délibérément pour voir comment elle réagissait? Maintenant qu'elle était à sa merci, il semblait bien décidé à ne pas lâcher prise. Sonia esquiva son regard inquisiteur. Il tourna les yeux vers l'eau-de-vie en ricanant. Après quoi il procéda à la bénédiction nuptiale.

– Aaah! fit le Bonnet Rouge.

L'alcool dégoulinait sur son menton mal rasé. Il se racla la gorge et cracha.

– L'alcool de notre marchand est fort et sa fille va être comblée, ce soir, avec ses quatre maris, pas vrai, sœur sorcière? Une pour tous et tous pour une!

Le grossier personnage pinça Sonia à la taille qui esquissa un sourire forcé, se gardant bien de répondre.

– Maître, dit soudain le moine-servant qui attendait dans l'ombre, il se fait tard. Je crois qu'il est temps de rentrer à la lamaserie.

– Pense ce qu'il te plaira, Geyog, mais c'est moi qui

commande, ici, grogna le Bonnet Rouge. Va te coucher, homme, et laisse-moi m'occuper de ces *philang* – car je suis certain que ce sont des *philang*. Geyog est impitoyable avec moi, marmonna le vieux moine dont le visage couvert de verrues touchait presque celui de Sonia.

Celle-ci se raidit en sentant l'odeur infecte que dégageaient ses effets. Son visage, ses mains et ses pieds étaient enduits de beurre de yak rance. L'homme était absolument répugnant.

– La polyandrie – vous connaissez ça, dans votre province? demanda-t-il à Sonia, les yeux rivés sur le fond de son bol vide. Hoïï! Marchand, apporte-m'en d'autre.

– Je... heu... je, bégaya-t-elle.

– Allons, femme, parle! La polyandrie, grogna-t-il impatient. Combien de maris une femme peut-elle avoir dans le nord?

– Un seul.

– Un seul? (Le Bonnet Rouge se mit à rire en se frappant la cuisse sans aucune retenue.) Pas étonnant que vous vous rendiez au *chorten* de votre mari! Mort d'épuisement, sans doute, le pauvre homme. Avec quatre maris, en revanche, comme notre jolie mariée, ici présente, qui a dû épouser les quatre frères d'un coup, le travail est mieux réparti – surtout le travail de nuit. Pas vrai, sœur sorcière?

A grands traits bruyants, il dégustait le bol de *chang* que l'on venait de lui resservir.

– Princesse, chuchota Joonu à l'oreille de Sonia tandis que le Bonnet Rouge était occupé à boire, ne faites pas cette tête-là. Vous allez vous trahir. Au Tibet, un prêtre saoul n'a rien d'étrange – non plus qu'une femme qui a plusieurs maris.

Sonia se leva brusquement.

– Où vas-tu? demanda le moine en s'essuyant la bouche du revers de la main, les yeux rivés sur elle.

Un court instant, Sonia eut l'impression que le visage du vieillard avait changé.

– En bas... dans le jardin, répondit-elle d'une voix blanche.

– Assis! (Il la tirait par le bas de sa jupe.) Vous ne connaissez donc pas les bonnes manières dans ton pays? Reste et écoute-moi. Il y a deux ou trois choses qu'il faut que tu saches. Par exemple, ce qu'il advient de ceux qui enfreignent les lois de mon pays. Où vas-tu faire ton pèlerinage?

– A Lhassa.

– Pourquoi?

– Je vais rendre hommage à mon défunt époux et à Sa Majesté le Dieu-Roi.

– Et pour quelle autre raison?

– Il n'y a pas d'autre raison.

– C'est la raison de notre déclin... marmonna le lama à demi assoupi.

Sonia retint son souffle. Avec un peu de chance, le deuxième bol de *chang* allait plonger le vieillard dans un sommeil profond dont il n'émergerait qu'au matin – d'ici là, Joonu et elle seraient déjà loin. Joonu s'était endormi à côté du moine-servant. Avec mille précautions, Sonia s'approcha de lui et le toucha du doigt pour l'éveiller. Celui-ci se retourna sur le dos, croisa les bras sur sa poitrine et se rendormit aussitôt.

– Joonu, réveille-toi, lui chuchota-t-elle à l'oreille, tout en gardant un œil sur le lama assoupi. Joonu, pour l'amour du ciel, debout!

– J'ai étudié la question! s'écria le lama en se redressant brutalement.

Il posa sur elle un œil vague. Tous, sauf lui, avaient sombré dans la torpeur qui survient à la fin d'un repas copieux et bien arrosé.

– Viens là, femme! ordonna-t-il, en attrapant le bas de sa jupe. Ouvre grandes tes oreilles. Je fais partie des élus – des lettrés. Le grand lama de mon monastère m'a demandé de mener une enquête sur la polyandrie au Tibet. C'est moi qu'il a choisi, moi!

Il rit bruyamment.

– Il y a trop... trop d'hommes et pas assez de femmes. Il y a aussi trop d'hommes qui ont choisi le célibat, tu comprends? Les naissances sont rares et trop espacées... deux décennies et parfois... plus. Cette coutume est absurde, cette poly... poly... moi-même... je n'ai jamais fait vœu de célibat... c'est du gâchis.

Tout à coup, l'étrange lama se recroquevilla comme une chenille et sombra dans le sommeil.

– Vite, Joonu! (Sonia poussa Joonu tout ensommeillé jusqu'à l'escalier, en traînant leurs bagages derrière elle.) Debout, Joonu, sans quoi je te jure que je te laisse là!

La menace fit son effet. Avec un suprême effort, Joonu reprit ses esprits et son sac et la suivit dans l'escalier.

En bas, ils rencontrèrent le marchand toujours souriant et

parfaitement éveillé. Une lampe au beurre de yak à la main, il dit :

– Venez, sainte mère. J'ai préparé un coin où vous pourrez vous reposer, vous et votre fils. Par ici, je vous prie.

Il les fit entrer dans l'étable, tenant la lampe bien haut pour donner plus de lumière. Puis il s'inclina, posa la lampe sur le sol et referma la porte derrière lui.

Décidée à accepter les étranges coutumes régissant ce pays, Sonia dit à Joonu :

– Dès qu'il n'y aura plus de bruit dans la maison, nous filerons. Tôt ou tard, notre marchand finira bien par s'endormir.

– Pourquoi ne lui avez-vous pas dit que nous ne voulions pas coucher avec ses cochons et ses chèvres ? grogna Joonu. Je ne peux même pas poser mon sac à terre, tant le sol est souillé d'urine et d'immondices. Quelle puanteur !

Il fronça les narines de dégoût. Les bras croisés, Joonu restait debout, son gros sac pendu à l'épaule.

– Ça ne va pas être très long, Joonu. Il faut prendre ton mal en patience. Tu sais bien que les pèlerins sont considérés comme des gens impurs. Il ne peut pas nous offrir de coucher dans son grenier. C'est une pièce sacrée – j'imagine qu'il va le proposer au lama et à son servant. Si nous faisons des manières, tous vont se mettre à nous soupçonner – et pas seulement le Bonnet Rouge – efforce-toi plutôt d'être modeste, comme l'*Arjopa* que tu es censé être.

– Modeste, oui. Insulté, non. C'est insultant de se retrouver nez à nez avec des cochons qui vous montrent leurs derrières. Des animaux impurs et rejetés par ma religion. Je pars, princesse. Que vous le vouliez ou non. Sans quoi je sens que je vais être malade.

Joonu alla vers la porte, souleva la gâche, tira, poussa et pour finir donna un grand coup de pied.

– Le comble ! Dites-moi un peu si ça n'est pas insultant. Il nous a enfermés comme des bêtes !

– Ne sois pas stupide, Joonu !

Sonia essaya à son tour de dégager la gâche.

– Elle est peut-être grippée.

Joonu, dont l'ébriété commençait à faire place à sa mauvaise humeur, dit rageusement :

– Peut-être faudrait-il la faire mijoter dans du beurre de yak pour la dégripper. Moi, je vous dis qu'elle est fermée à clef. *Allah Akbar*, princesse !

Et sur ces paroles il s'effondra sur le sol boueux avec son sac.

Quatre heures plus tard, la porte de la soue à cochons s'ouvrit et le Bonnet Rouge, son serviteur et le marchand toujours souriant apparurent.

– Allons, dit le Bonnet Rouge, il est temps de partir.

– Où ça? demanda Sonia avec quelque agitation.

– Chez le *ponpo,* bien sûr, *philang,* dit le Bonnet Rouge. Tendez les mains. Nous allons vous attacher... non, réflexion faite, le crétin n'a qu'une main. Attache-les plutôt par la taille, Geyog.

Une fois dans la rue, le lama monta sur la mule du marchand.

– Tu es un bon et loyal serviteur, homme – pas comme Geyog. Holà, Geyog, donne donc une pièce d'argent à notre ami, pour ses services.

Le marchand s'inclina profondément.

– Je n'ai fait que mon devoir, maître. C'est un hasard si les *philang* ont frappé à ma porte au moment où vous faisiez le *kayapdo.* Sans quoi ils n'auraient pas été pris. J'ai bien senti qu'Yeux-Blancs n'était pas une vraie sainte femme, mon père. Et vous avez confirmé ma mauvaise impression.

Joonu renifla de dépit. C'en était trop. Incapable de tenir sa langue plus longtemps, il se répandit en injures:

– Fils de chiens galeux, que Dieu vous fasse tomber de vos mules et vous brise le cou!

– Ha! fit le Bonnet Rouge, triomphant. C'est bien ce que je pensais. Ce sont des étrangers, sans aucun doute. Seuls les étrangers sont assez stupides pour dormir sur le dos, la bouche ouverte, prêts à gober les mouches. Allons, nous avons perdu assez de temps. En avant!

Il donna un coup de talon à la mule pour la faire avancer. Derrière, Sonia et Joonu suivaient péniblement, attachés à une corde que le Bonnet Rouge tenait entre ses doigts parcheminés.

Les bras passés dans sa vaste *amphag,* ployant sous son lourd bagage, Sonia se laissait tirer tant bien que mal le long du chemin tortueux. Elle avait perdu tout sens de l'orientation et avançait dans un état semi-comateux, vaincue par la fatigue, la faim et le manque d'oxygène. Ses jambes semblaient ne plus vouloir la porter, elle respirait par saccades et ses tympans lui faisaient mal. Joonu la suivait cahin-caha, et le moine-servant fermait la marche. Au bout de cette corde, chaque pas était un supplice, mais Sonia était bien décidée à ne pas capituler. Le Bonnet Rouge aurait été trop content de pouvoir la traiter de faible femme.

Dans son *amphag,* ses bras étaient gourds à force de scier la grosse corde avec son canif. Ils étaient arrivés à mi-chemin du sommet, lorsque la corde céda tout à coup.

– Cours, cours, Joonu !

Sonia donna une grande claque sur la fesse de la mule et coupa la corde. Le moine-servant s'élança à toutes jambes sur la pente pour leur barrer la route, mais d'un coup de canif elle lui entailla la main gauche. Joonu, complètement ahuri, ne réagissait pas. Elle entendit le lama tomber de sa mule avec fracas parmi les éboulis et le moine-servant hurler pour dissuader Joonu de s'enfuir. Mais Sonia fonçait droit devant elle sans demander son reste et sans regarder en arrière.

12

I

Sonia atteignit un croisement. Les chemins qui sillonnaient la crête montagneuse étaient nombreux, certains larges et très fréquentés, d'autres d'étroites sentes de chevriers. Elle ne prit pas le temps de réfléchir, son unique préoccupation étant de mettre le plus de distance possible entre elle et le Bonnet Rouge. Le sort de Joonu était le cadet de ses soucis à présent. Elle lui avait donné une chance de s'enfuir. Il n'avait pas su la saisir? Tant pis pour lui. En hésitant, Joonu avait renoncé à la liberté – ce qui ne laissait pas d'étonner Sonia qui restait songeuse en descendant le chemin tortueux. Tout à coup, elle se rendit compte qu'elle était perdue.

Elle sortit une carte et une boussole de son sac et, avec un doigt, suivit la Route de la Soie en essayant d'évaluer les distances et de situer au jugé les villes importantes. Il était midi au soleil et, à en croire la boussole, elle se dirigeait vers le sud et non vers l'est. Autrement dit, elle était en train de s'enfoncer plus avant dans la montagne. Au loin, les crêtes uniformes se déployaient l'une après l'autre comme les plis d'un éventail.

Sonia se remit en route. Une autre chose l'intriguait : pourquoi le Bonnet Rouge les avait-ils conduits, Joonu et elle, dans la direction opposée à la lamaserie? S'il avait effectivement l'intention de les mener devant le grand lama de son monastère, puis chez le *ponpo* de la province – comme il le leur avait laissé entendre en chemin –, alors, il faisait fausse route. A dessein ou par hasard? Encore une question qui tourmentait Sonia. Décidément, trop de détails insolites entouraient les deux moines rencontrés devant la boutique du village. Quoi qu'il en soit, Sonia comprit qu'à moins de se rendre au Bonnet Rouge, elle ne reverrait sans doute jamais Joonu. Sauf si ce dernier avait recouvré ses esprits et réussi à échapper aux griffes des deux lamas. Auquel cas, tôt ou tard, il la rejoindrait sur la Route de la Soie.

A sa gauche, la montagne descendait en terrasses jusqu'à la vallée verdoyante. A sa droite, une paroi abrupte bordait le petit sentier sur lequel elle cheminait. Tandis qu'elle atteignait un virage, elle aperçut des animaux en train de paître, tout au fond, dans la vallée. Son cœur se mit à battre. Là où il y avait des chèvres et des yaks il y avait forcément un berger. Le *dokpa* pourrait peut-être la renseigner et lui dire comment faire pour rejoindre la Route de la Soie.

Elle descendit l'étroit sentier en lacet qui entaillait à peine la haute paroi. La route était longue et les courroies de son sac sciaient de plus en plus profondément ses épaules meurtries. Et, comble de malchance, un caillou pointu était entré dans son soulier droit. Le sentier ne formait plus qu'une corniche à peine large d'une coudée. Mais il lui fallait absolument ôter ce maudit caillou. Elle se tenait sur un seul pied parmi les éboulis quand, soudain, le poids de son sac lui fit perdre l'équilibre. Ses jambes se dérobèrent sous elle et elle partit la tête la première dans le précipice.

Les épines et les broussailles la griffaient à qui mieux mieux. Les courroies de son sac à dos cédèrent et celui-ci se détacha. Sonia continua sa chute sur le ventre, suivie par son bagage, tentant vainement d'agripper quelque chose au passage pour freiner sa chute. Puis son pied droit alla percuter un rocher et elle perdit connaissance.

II

Deux heures s'écoulèrent avant qu'elle ne revienne à elle. Le soleil déclinait derrière la montagne quand elle recouvra ses esprits. Quelqu'un – non, quelque chose lui lavait la figure...

Elle ouvrit les yeux et tourna tout doucement la tête, avec une grimace de douleur. Son corps tout entier la faisait souffrir.

Des chèvres à tête noire faisaient courir leurs museaux

humides et leurs barbiches sur son visage. Sonia essaya de se relever pour repousser les intruses. Il lui manquait une botte. Son pied droit faisait trois fois sa taille normale. Lorsqu'elle voulut remuer les orteils, la douleur fut si vive qu'elle fut prise de vertiges et de sueurs froides. C'est alors qu'elle comprit qu'elle s'était peut-être cassé la cheville. « Oh! non! » gémit-elle intérieurement. Si tel était le cas, il allait lui falloir des mois avant de pouvoir marcher à nouveau. Tout espoir d'atteindre Lhassa était désormais perdu.

– *Oghaï, oghaï!*

L'homme qui rassemblait son troupeau pour la nuit surgit derrière elle, immense et rébarbatif. Sonia crut défaillir. Puis il ouvrit la bouche sur un large sourire dévoilant des chicots noirs, et la regarda avec commisération.

– Vous avez traversé bien des épreuves?

Il lui tira la langue en guise de salut.

– Oui, énormément, répondit Sonia, incapable de dire autre chose.

Repoussant les chèvres envahissantes, elle tenta une nouvelle fois de se mettre debout. En vain. Des tisons brûlants traversaient son pied meurtri. Elle jeta un coup d'œil autour d'elle pour voir si elle apercevait son sac. Peut-être trouverait-elle quelque chose pour calmer la douleur dans sa trousse à pharmacie?

– Vous êtes une *Arjopa*? s'enquit le berger.

– Oui... une nonne magicienne.

Mieux valait continuer de se faire passer pour cet impressionnant personnage, même si, dans sa chute, sa coiffe s'était égarée.

Voyant son air abattu, le *dokpa* vint à la rescousse.

– N'ayez crainte, sainte mère, j'ai retrouvé votre sac et votre coiffe et bien d'autres choses encore qui s'étaient éparpillées dans la prairie. Je les ai mises en sécurité avec mon yak. Car je savais que j'allais retrouver leur propriétaire tôt ou tard. Vous avez très mal?

Le paysan contemplait d'un œil dubitatif le visage écorché de Sonia, ses vêtements déchirés et son pied enflé, énorme.

– Je ne sais pas... je crois que je ne peux pas marcher.

Elle dut retirer une à une les épines plantées dans le creux de ses mains avant de pouvoir prendre appui sur le sol pour essayer de se relever. Elle retomba aussitôt.

– De quelle province venez-vous? demanda le *dokpa*.

– Du Tsang, dit-elle distraitement.

Tsang, Amdo, Po Yul, quelle différence maintenant qu'elle ne pouvait plus marcher?

– C'est une noble province... Mais vous êtes blessée et gravement choquée, sainte mère. Il faut que vous vous reposiez avant de reprendre le chemin du Tsang. Ma maison est modeste, mais ma femme et mes enfants vous accueilleront de bon cœur. Attendez-moi ici. Je vais chercher mon yak.

Il partit en courant à travers la prairie. C'est alors que Sonia eut une pensée peu charitable : le *dokpa* allait-il disparaître avec toutes ses affaires et l'abandonner, infirme, au pied de la montagne ? Vue d'ici, la montagne semblait moins abrupte que du petit sentier qu'elle avait pris pour descendre dans la vallée. Fleurs, ajoncs et acacias – ceux-là mêmes qui l'avaient si cruellement griffée – parsemaient ce versant de la colline. Ce n'était donc pas tant la hauteur de sa chute que les rochers et les pierres qui se trouvaient sur son chemin qui avaient causé tant de dégâts.

Sonia contemplait avec effroi et quelque dégoût la grosse bête poilue et cornue qui était censée la transporter. Se souvenant des paroles de Joonu concernant les yaks et les nobles, elle se laissa docilement mettre en selle par le *dokpa*. Avec un geste peu élégant, il l'attrapa par le fond de la culotte pour la hisser de biais sur le yak dont la toison grouillait de poux et de puces. Les mains de Sonia s'agrippèrent tant bien que mal au poil de la bête, sans se soucier de la vermine. Elle ne voulait qu'une chose, s'allonger et dormir pour oublier la douleur.

III

La maison du *dokpa* consistait en quatre murs de pierre grossiers au-dessus desquels était tendue une peau de yak faisant office de toiture. Le jour filtrait à travers les murs et le toit et Sonia se demandait comment, l'hiver venu, ces gens arrivaient à survivre. Elle fut néanmoins soulagée de voir que le berger ne lui avait pas menti et qu'il avait effectivement une épouse charmante et six enfants très turbulents. De plus, si l'habitat était fruste, l'hospitalité n'en demeurait pas moins civilisée. Complètement anéantie par les événements survenus depuis la rencontre avec le Bonnet Rouge, Sonia s'en remettait à présent entièrement à son hôte, Phagpa, et à Sera, sa femme, qui s'efforçaient de lui rendre la vie agréable.

Sera enduisit le pied de Sonia d'un onguent brun à l'odeur forte, puis elle la banda soigneusement avec des lanières en peau de yak, le tout avec un : « Que Dieu vous garde, sainte mère! » venu du fond du cœur. En l'absence d'un avis médical, Sonia ne savait toujours pas s'il s'agissait ou non d'une fracture. Elle avait néanmoins le sentiment que son pied était cassé. Sera lui donna une feuille à mâcher « pour calmer la douleur ». Sonia, sceptique quant à l'efficacité du remède, mâcha quand même la feuille, ne voulant pas contrarier son hôtesse. Elle ne tarda pas à sombrer dans un sommeil paisible et curieusement, à son réveil, la douleur s'était nettement estompée. Elle demanda à Sera le nom de la plante magique, mais la bonne femme ne le connaissait pas, elle savait seulement où la trouver.

Les jours passaient. Et tandis que Sonia se remettait tout doucement de ses blessures, elle se reprit à penser à Joonu. L'automne approchant, l'espoir de gagner Lhassa avant les grands froids s'était évanoui.

Un soir, en rentrant, Phagpa trouva Sonia agenouillée devant le feu, à l'extérieur de la maison, en train de préparer la soupe. Son pied droit allait beaucoup mieux et à présent elle se déplaçait en sautillant avec l'aide d'une béquille.

– Où est ma femme? demanda-t-il en s'asseyant à côté d'elle dans l'herbe.

– Elle est partie soigner une chèvre malade, dans les champs.

Sonia goûta la soupe aux navets et y ajouta du sel.

– Vous avez faim, Phagpa? demanda-t-elle avec un sourire.

Il lui rendit son sourire, exhibant largement ses horribles dents noires.

– L'homme des montagnes a toujours faim, sainte mère.

– Ce sera bientôt prêt, le rassura-t-elle. (Puis elle ajouta :) Merci d'avoir réparé ma coiffe, Phagpa.

– En aidant la sainte mère, je m'attire la bienveillance des esprits.

Des propos qu'elle avait déjà entendus quelque part. Comme elle avait aussi appris à ses dépens que l'hospitalité tibétaine se transformait rapidement en hostilité sitôt qu'il était question de *philang*.

– Nous sommes écrasés d'impôts en ce moment, enchaîna Phagpa, le plus naturellement du monde.

Après quoi, il sortit son bol en bois de l'*amphag* de sa courte tunique de cuir, nouée à la taille. Il le lui tendit et ajouta :

– Hier, le *ponpo* de notre province est venu au village

réclamer un lourd tribut. L'argent servira à lever une armée pour combattre l'ennemi qui réside de l'autre côté de notre frontière de l'Himalaya.

A ces mots, Sonia tendit soudain l'oreille.

– Vous voulez parler des Anglais?

– Oui, dit Phagpa en aspirant bruyamment sa soupe.

Au fil des jours, Sonia s'était rendu compte que Phagpa et les siens n'étaient pas aussi isolés du reste du monde qu'on aurait pu le penser. Cet homme solitaire en savait bien plus sur les affaires courantes que la plupart des pèlerins qui sillonnaient le pays. Mais d'où diable tenait-il toutes ces informations?

– Comment se fait-il que vous sachiez tant de choses, Phagpa, vous qui menez une existence si paisible dans les montagnes? Vous n'avez ni journaux ni livres, pas de voisins l'été, et pourtant, vous savez plus de choses que le pèlerin sur la route.

Phagpa haussa les épaules et tendit à nouveau son bol à Sonia pour qu'elle le remplisse de bouillon clair.

– Nous avons un bien précieux, *Naljorma*, des oreilles pour recevoir les confidences de tous, où que nous soyons. Mon réseau de communication est cent fois supérieur à tous ces fils avec lesquels les *Urusso* veulent décorer notre pays. Vous dites que je suis isolé? N'en croyez rien. Chaque jour je rencontre quelqu'un dans les montagnes – comme vous-même, par exemple. J'ai beaucoup d'amis pèlerins qui font la même route chaque année. Et je compte des amis au village, qui montent jusqu'ici pour m'annoncer les nouvelles importantes. Hier, justement, j'ai appris qu'un nouvel impôt allait être levé et que la guerre était imminente.

Il se cura les dents avec recueillement.

– Il nous faut combattre les forces du mal! Les hommes pieux empêcheront les païens de nous envahir.

Il se racla soigneusement la gorge, avant de cracher dans l'herbe.

Sonia inspira profondément. Puisque Phagpa était d'humeur loquace, il fallait en profiter.

– Sur la route, les rumeurs courent que les *Urusso* cherchent l'appui du Dieu-Roi. Qu'ils ne veulent pas seulement apporter leurs étranges outils de communication, mais le chemin de fer, les wagons, et bien d'autres choses encore. Il y a quatre ans, les *Urusso* blancs ont envoyé une délégation auprès du Dieu-Roi et de son *Kashag* pour discuter de toutes ces choses. On dit que de nombreux *Urusso* sont morts sur le Chang Tang, pendant le chemin du retour.

Phagpa hocha la tête.

– Moi aussi, je l'ai entendu dire.

Il jeta quelques bouses de yak séchées dans le feu pour le raviver.

Le retour inopiné de cinq des enfants de Phagpa, crottés des pieds à la tête et poussant des cris d'orfraie en se pourchassant autour du feu, contraria Sonia. La bruyante progéniture risquait de distraire son hôte et de mettre un terme à leur conversation. Sans attendre elle leur servit la soupe dans les bols en bois, nettoyés à coups de langue au dernier repas, comme il est d'usage au Tibet.

– Phagpa (les tempes de Sonia commençaient à battre), savez-vous s'il y a eu des survivants?

Phagpa torcha son bol avant de le rattacher à sa tunique. Puis il s'étira, en mâchant une feuille de tabac, résigné à attendre le retour de sa femme.

– Des survivants? (Il réfléchit.) Oui, il y en a eu. Depuis bientôt quatre ans, le bruit court qu'un des survivants *Urusso* est devenu le serf du noble seigneur Kuma Sidheong.

Sonia sentit le feu lui monter aux joues.

– Kuma Sidheong?

Les enfants avaient recommencé à crier et à se chamailler. Maintenant qu'elle tenait le bon bout, il ne fallait surtout pas que Phagpa se laisse distraire par les garnements. Ne sachant que faire pour les calmer, elle leur tendit sa montre – objet qui avait suscité un grand intérêt la première fois qu'ils l'avaient vue. Aussi fruste soit-il, Phagpa n'était pas un sot. Pour ne pas éveiller sa suspicion, elle avait raconté qu'un riche marchand la lui avait donnée en échange d'incantations prononcées pour sauver sa fille malade. Il l'avait crue. Puisse le Ciel lui pardonner tous les mensonges qu'elle était obligée d'inventer pour survivre!

– Kuma Sidheong est un grand lama-commandant au service du Dalaï-Lama, reprit Phagpa, une fois le calme revenu parmi les enfants fascinés par le tic-tac et le mouvement des aiguilles.

– Vit-il près d'ici, Phagpa?

– Il vit dans le Tsang, la noble province.

– Cette histoire de serf... de... Kuma Sidheong, c'est une légende?

– C'est le serf lui-même qu'il l'a inventée quand il était au service de Kuma.

– Alors... alors les *Urusso* n'ont pas été exterminés par les hordes mongoles?

– Je ne l'ai jamais entendu dire, sainte mère, moi je vous raconte ce que je sais. Le lama-commandant était de retour de manœuvres dans le nord du Khang-Yul, quand il trouva des hommes du Grand Khan blanc égarés dans la plaine glacée. Il voulut leur porter secours – ils étaient, paraît-il, fort mal en point – et les escorter un bout de chemin, mais ils se retournèrent contre lui avec des armes à feu. Kuma Sidheong perdit des hommes dans la bataille, mais ses forces restaient supérieures à celles des *Urusso*, une poignée de survivants qui s'en retournaient chez eux par la même route que celle que vous suiviez pour vous rendre à Lhassa.

Phagpa saisit une brindille et la planta dans la terre comme un poignard.

– Et la légende, Phagpa ?

Il était de mauvaise humeur, mais Sonia n'aurait pour rien au monde renoncé à connaître l'histoire de Kuma Sidheong. Phagpa se redressa péniblement et fouilla dans son *amphag* à la recherche de tabac.

– Il est tard. Sera et mon fils aîné ne devraient plus tarder... Remettez donc de la soupe à cuire, sainte mère.

– Phagpa, parlez-moi d'abord de la légende.

Son insistance risquait d'éveiller ses soupçons, mais elle était prête à tout.

– Je ne peux rien vous dire de plus, grogna-t-il à demi assoupi, puis se souvenant qu'il s'adressait à une nonne, magicienne de surcroît, et capable de jeter des sorts et d'appeler les démons, il se reprit et ajouta : Le chef des *Urusso* blancs fut fait prisonnier et emmené par Kuma Sidheong. Il lui servit de serf pendant un certain temps. Mais le serf avait de grands pouvoirs et très vite les saints hommes comprirent qu'il était la réincarnation d'un être supérieur. Aujourd'hui c'est un grand *tulku*, et on raconte quantité de légendes sur lui.

– Vous... vous connaissez son nom, Phagpa ?

– *Tulku*... je viens de vous le dire, sainte mère.

– Il vit dans la province du Tsang, lui aussi ?

– Oui.

– Dans quelle ville, Phagpa ? Je vous demande cela car j'aimerais bien rencontrer un *tulku* aussi puissant et aussi honoré des lamas. Peut-être pourra-t-il m'enseigner son art pour que je puisse l'enseigner à mon tour à d'autres saintes femmes.

– A Thug Phul. Près de Gyantsé. Je suis étonné que vous n'en ayez jamais entendu parler, sainte mère, vous qui êtes originaire du Tsang. Il fut un temps où on ne parlait que de ça. Thug Phul est devenue célèbre depuis que l'*Urusso* blanc aux pouvoirs surnaturels y habite. C'est aujourd'hui un lieu de pèlerinage.

– Mais, oui, bien sûr! Où donc avais-je la tête? s'empressa d'ajouter Sonia avec un grand sourire. Ma mémoire me trahit, parfois. J'ai bien peur de vous avoir assommé avec toutes mes questions. A présent je vais aller faire de la soupe pour tout le monde.

Sur ces mots elle saisit la montre des mains des enfants avant qu'ils ne la cassent et, pivotant sur ses genoux, car elle ne pouvait toujours pas se tenir sur ses jambes, elle dit à Phagpa :

– Ce soir je vais écrire de nombreux drapeaux de prières pour que vous les mettiez sur les murs de votre logis. Des prières pour éloigner les mauvais esprits.

– Merci, sainte mère, vous répandez la sagesse et la bénédiction sur mon humble demeure.

Phagpa pénétra dans la maison, se mit en boule, remonta une couverture sur sa tête et s'endormit.

Dix minutes à peine s'écoulèrent. Le soleil sombrait derrière la montagne, laissant des traînées pourpres et grises dans le ciel. La vallée tout entière se couvrait de rosée. Tout à coup, Sera déboula, à bout de souffle.

– *Nepo, Nepo*! cria-t-elle à son mari. Nous avons des invités... trois *trapas*... un *gelong* et ses deux serviteurs... l'un d'eux est manchot. Dépêche-toi, je t'en prie, viens leur souhaiter la bienvenue. Il ne faut pas offenser les esprits.

IV

Sonia, pétrifiée, regardait approcher Sera et son fils. Puis, se relevant avec un cri de douleur, elle se hâta en clopinant vers la cahute. Phagpa, recroquevillé sous sa couverture, ronflait comme un sonneur en poussant de petits grognements. Sans perdre une minute, oubliant un instant son pied blessé, Sonia jeta son sac à dos par-dessus le mur au fond de la masure. Elle l'escalada ensuite elle-même pour redescendre de l'autre côté.

La mule boiteuse de Phagpa était attachée à un anneau de fer, scellé dans le mur de la hutte. Sonia détacha l'animal et lui passa la corde autour du cou en guise de rênes. Après quoi, les larmes aux yeux tant la douleur était vive, elle hissa

169

son bagage, puis se hissa à son tour sur le dos de l'animal. La sueur perlait à son front. Claquant la langue et talonnant sans relâche la bête du pied gauche, elle prit la direction opposée à celle des hôtes de Sera. A présent, les enfants avaient rejoint leur mère devant la maison, impatients d'accueillir les nouveaux venus. Sonia parvint sans se faire remarquer à gagner l'autre côté de la prairie, baigné par l'obscurité. Dans le jour finissant, se faufilant parmi les ombres projetées par la montagne, Sonia prit un sentier ascendant. Il allait faire froid cette nuit. Il lui fallait absolument trouver une grotte ou un refuge quelconque. Ensuite elle aviserait.

13

I

Lorsque Joonu aperçut Sonia qui fuyait la hutte du *dokpa* il comprit immédiatement que le Bonnet Rouge et son serviteur l'avaient vue, eux aussi.

– Cette fois-ci, nous la tenons! s'exclama le Bonnet Rouge, triomphant, tout en suivant des yeux la frêle silhouette et sa monture s'évanouissant dans l'ombre du crépuscule. Elle va vers le sommet, mais tout ce qui monte redescend un jour. Il n'y a qu'une route sur cette montagne, la route du *dokpa*! Nous la tenons, c'est certain. Nous allons passer la nuit ici. Je suis las de la poursuivre depuis bientôt quatre heures.

Il ordonna à Sera de leur servir la soupe, le pain et le thé. Après quoi, elle leur montra leurs couches.

Chaque soir depuis sa capture, Joonu était attaché au Bonnet Rouge. Après s'être battu griffes et ongles avec Joonu, dans une dégringolade farouche le long du sentier, Geyog avait finalement eu le dessus. Le Bonnet Rouge ôta l'écharpe rouge qu'il portait en bandoulière par-dessus son *shamtab* ocre. Il y fit un nœud coulant qu'il passa autour du cou de son prisonnier, en ayant soin de garder l'extrémité du cordon à la main. Une arme efficace, en vérité, pour le dissuader de s'élancer sur les traces de Sonia. Joonu avait passé de nombreuses heures à méditer, entravé ainsi par le *gomthag*, tandis que le moine-servant dormait à poings fermés. Car Geyog semblait pouvoir dormir n'importe où et n'importe quand. Même cette nuit-là, malgré l'orage fracassant, il dormait comme un chérubin. Phagpa, Sera et les enfants, quant à eux, réveillés par les éclairs et les grondements du tonnerre, ne fermèrent par l'œil de la nuit. Les deux moines, en revanche, étaient dans un autre monde, l'un perdu dans sa méditation et l'autre dans ses rêves.

– C'est le changement de saison, grommela Phagpa, ensommeillé, tandis qu'il s'efforçait de garder les deux moines au sec sous la peau de yak tendue au-dessus de leurs têtes.

Aidé de sa femme et de ses enfants, il donnait de vigoureux coups de poing et de bâton dans la toiture pour la vider des poches d'eau qui s'y formaient à toute allure sous les assauts furieux de la pluie.

– L'hiver s'annonce précoce, cette année, dans les montagnes... la magicienne ferait bien de prier très fort cette nuit.

– Chhhhut, *Nepo*, fit Sera anxieuse, en jetant un coup d'œil éloquent en direction des visiteurs et de Joonu, en particulier, qui avait les yeux grands ouverts. Pourvu que le toit ne lâche pas. Nous ne voulons pas fâcher davantage le lama.

Aux premières lueurs de l'aurore, tandis que les derniers roulements du tonnerre s'éloignaient par-dessus la montagne, le moine-servant s'éveilla. Il s'assit, bâilla, s'étira et dit à Phagpa et Sera :

– J'ai fait un rêve cette nuit. J'ai rêvé que la magicienne se trouvait dans l'estomac d'une baleine. Nous allons la retrouver aujourd'hui, car elle est souffrante. Elle est dans le ventre d'une grotte obscure, dévorée par la fièvre causée par la tourmente de cette nuit.

Il sourit poliment à ses hôtes et ajouta :

– Vous n'avez pas dormi de la nuit. Mais n'ayez crainte, vos bêtes n'ont pas souffert et votre maison est intacte. Les mauvais esprits ont fui. Vous et votre famille serez protégés si vous écoutez les conseils de mon maître et les miens. N'aidez pas le *philang* qui est avec nous. Faites-moi cadeau de votre mule, celle que la magicienne a emmenée avec elle, et en échange je prierai pour vous et j'écarterai l'esprit du mal qui s'est abattu sur vous depuis que vous avez hébergé la *Mig Kar*, la femme aux yeux blancs.

Phagpa et Sera se prosternèrent face contre terre devant le moine-servant et Phagpa dit :

– Il existe en effet une grande caverne dans la montage, à mi-chemin avant d'arriver au sommet. La *Mig Kar* l'a certainement trouvée hier, en cherchant refuge. Garde la mule, ô saint homme, car tu en as plus grand besoin que nous.

II

– Va-t-elle mourir? demanda Joonu, en regardant par-dessus l'épaule du moine-servant tandis que celui-ci exami-nait le pied de Sonia.

– Non, mais elle est épuisée. Je lui ai administré l'essence du pavot bleu qui pousse dans la plaine et qui possède des vertus curatives et calmantes. Dans quelques jours, elle pourra gambader comme un mouton. (Joonu fronça les narines avec dégoût lorsque le moine défit les bandages de peau de yak dont Sera avait enveloppé le pied de Sonia.) Quel gâchis! murmura Geyog. Cette bonne femme igno-rante lui a enduit le pied de bouse de yak, ce qui a provoqué l'infection.

– Est-ce grave? s'enquit Joonu, inquiet.

– Oui, lorsqu'il y a une plaie ouverte et c'est le cas. Sans quoi, la bouse est un bon remède pour réduire l'inflamma-tion. A présent le pied est infecté, c'est ce qui a déclenché la fièvre. Sans compter qu'elle a dû prendre froid, hier au soir, avec l'orage. Mais la fièvre finira par s'éteindre d'elle-même.

– Comment le savez-vous?

– J'ai étudié la médecine au monastère.

– Mais pourquoi n'êtes-vous qu'un serviteur, vous qui êtes mille fois plus instruit que votre maître le Bonnet Rouge?

– C'est ainsi. Ces choses-là ne se discutent pas. Sa famille est plus riche et beaucoup plus influente que la mienne. J'ai dû étudier pour devenir ce que je suis. Mon maître, en revanche, a hérité de sa position.

– Mais il est grossier et sale, et vous êtes tellement plus distingué que lui.

– Ainsi va la vie, jeune homme. Il n'en est pas moins mon maître, car il est infiniment plus puissant que moi.

– Dans ce cas vous devriez le pousser au bas de la mon-tagne et vous seriez débarrassé de lui, rétorqua Joonu tout feu tout flamme, ce qui fit sourire le moine.

– Tu n'es qu'un enfant, dit-il gravement, tu as encore beaucoup à apprendre avant d'être un homme et de pouvoir donner ton avis.

– Mon opinion, qu'elle soit celle d'un homme ou pas, est que le Bonnet Rouge devrait tomber dans un précipice. Le monde serait bien débarrassé. Pourquoi veut-il absolument nous conduire devant le *ponpo*?

– Parce que vous êtes des diables étrangers, et que vous n'avez pas le droit de pénétrer dans ce pays pour vous rendre en pèlerinage à Lhassa.

– Et pourquoi cela?

– C'est interdit, répondit calmement le moine.

– Pourquoi?

– Parce que nos frontières sont fermées aux étrangers.

– Mais pourquoi? s'entêtait Joonu.

Le Tibétain, serein, lui sourit patiemment et dit:

– Tu n'es qu'un enfant. Et comme tous les enfants tu es curieux des choses de la vie. Je vais essayer de répondre honnêtement à tes questions. Le Tibet est une toute petite nation bouddhiste. En tant que telle, elle craint d'être envahie par d'autres cultures et d'autres religions.

– Il ne faut pas avoir grande foi en sa religion ou sa culture pour parler ainsi, rétorqua Joonu.

Le moine hocha sa tête rasée et dit:

– C'est possible. Mais telle est la loi dans mon pays. Décrétée par le Dalaï-Lama et son ombre, le Panchen-Lama. Le Tibet doit préserver son identité s'il veut survivre... la femme est en train de revenir à elle. Passe-moi la gourde, je vais lui donner à boire.

III

Sonia ouvrit les yeux. Il faisait nuit tout autour d'elle, à part un minuscule point lumineux tout au bout de quelque chose qui lui fit penser à un tunnel. Quelqu'un lui donnait de l'eau, qu'elle buvait avidement tout en essayant désespérément de se redresser pour ne pas en perdre une seule goutte. Lorsque ses yeux se furent enfin habitués à l'obscurité, elle distingua, à la maigre flamme d'une lampe à beurre posée à côté d'elle, une cicatrice noire sur la main gauche de l'homme qui tenait la gourde. En reconnaissant le serviteur du Bonnet Rouge, Sonia eut un pincement au cœur.

– Où suis-je? demanda-t-elle en russe, ne cherchant même plus à cacher sa véritable identité.

– Dans une grotte, princesse.

L'ombre de Joonu s'étirait, immense, au-dessus d'elle.

Infiniment soulagée de savoir Joonu à ses côtés, même si elle venait de retomber entre les griffes de l'ignoble lama, Sonia ferma les yeux et sombra dans un sommeil profond et réparateur. Lorsqu'elle s'éveilla, le lendemain matin, la fièvre était tombée.

– Elle est sauvée, dit le moine-servant.

Après quoi il laissa Joonu et Sonia seuls dans la caverne.

Quatre heures plus tard, ils étaient toujours seuls et Sonia, beaucoup plus gaillarde, savourait un thé au beurre comme Joonu seul savait le préparer.

– Mais où sont donc passés le Bonnet Rouge et son serviteur? demanda-t-elle.

– Ne vous réjouissez pas trop vite, princesse, nous sommes toujours leurs prisonniers. Ils sont tout près d'ici. Le moine-servant est posté à l'entrée de la grotte et son maître est parti en haut de la montagne, pratiquer le *thumo reskiang*, dans la neige. C'est du moins ce que prétend Geyog.

– Qu'est-ce que le *thumo reskiang*?

– Notre ami, le moine-servant, dit que c'est l'art de régénérer la chaleur du corps par la méditation, pour ne pas sentir le froid. Le vieillard pratique régulièrement cet art qu'il tient d'un gourou réincarné de l'Himalaya. Il monte au sommet d'une montagne, se dévêt entièrement et médite de longues heures... parfois des jours entiers, assis dans la neige et la glace.

– Entièrement nu... le Bonnet Rouge? s'exclama Sonia que la vitalité du vieux lama ne laissait pas de surprendre.

– Oui, c'est l'usage chez les mystiques.

– Dans la neige et la glace?

– C'est ce que dit Geyog.

– C'est incroyable! Il faut que je le voie de mes propres yeux pour le croire.

– Je vous le déconseille, princesse. Le Bonnet Rouge est sans doute encore plus répugnant nu qu'habillé.

Après un court silence, elle demanda :

– Comment arrivez-vous à avoir des discussions aussi élaborées, le moine et toi, puisque ni lui ni toi ne parlez la même langue?

– Nous nous servons de la langue universelle, princesse. Nous parlons l'anglais.

– Geyog parle anglais? dit Sonia stupéfaite, en posant son bol.

– Oui. Il l'a appris dans son monastère, à Drepung, près de Lhassa. C'est là qu'il retourne, à présent. Car il a terminé son pèlerinage à travers le Tibet en quête de dons et de faveurs pour sa lamaserie.

– Et le Bonnet Rouge? Nous savons qu'il vient de la lamaserie du village de Tsu, là où nous avons participé à la maudite noce.

– C'est là qu'il a l'intention de nous emmener pour nous faire comparaître devant le grand lama, puis devant le *ponpo* de Gartok. Geyog doit nous escorter là-bas, car il est entré au service du Bonnet Rouge lorsqu'ils se sont rencontrés à Demchok. Ensuite, Geyog continuera son chemin jusqu'à Lhassa. Il m'a dit qu'une fois à Gartok, nous devions solliciter la protection du mandarin chinois qui est plus puissant que le *ponpo* tibétain. Il dit que le mandarin est ami avec toutes les nations hormis le Tibet, qui lui donne trop de fil à retordre. Il dit aussi que nous serons mieux traités par le mandarin. Car, selon lui, le grand lama ou le *ponpo* n'hésiteraient pas à nous remplir l'estomac de cailloux plutôt que de payer une escorte pour nous raccompagner à la frontière.

– Geyog t'a dit tout cela? s'étonna Sonia qui, encore une fois, ne croyait qu'à demi les dires de son compagnon.

– Promis juré, princesse, sur la tombe de ma noble mère, à Baltit.

– Joonu, ajouta-t-elle, pensive, mes impressions sont... mitigées, concernant le Bonnet Rouge. Je ne suis pas sûre qu'il soit ce qu'il prétend être.

Joonu railla :

– Ah ça, non, princesse! Il est bien pire encore, croyez-moi. Il ne serait sûrement pas contre nous remplir lui-même le ventre de cailloux, plutôt que de laisser ce plaisir au *ponpo*.

Sonia changea de sujet.

– Joonu, qui m'a déshabillée?

Elle commençait à se sentir très dévêtue sous la couverture du lama.

– Geyog et moi. Mais ne vous inquiétez pas, princesse, nous sommes tous deux des hommes d'expérience. Nous n'avons rien vu que nous n'ayons vu auparavant. Vos vêtements devraient être secs, à présent. Nous les avons mis à sécher devant le feu. Vous avez dû errer longtemps avant de trouver cette grotte.

– C'est la mule qui l'a trouvée. La preuve que les mules sont moins bêtes qu'on ne le prétend. Mais je ne me souviens pas de grand-chose, à dire vrai.

– *Allah Akbar*, princesse, répondit Joonu. C'est aussi bien comme cela, sans quoi vous seriez peut-être morte de la migraine.

176

A midi, le Bonnet Rouge reparut, plein d'appétit.

– Aha! s'exclama-t-il bruyamment. Un trio silencieux, il y a de la conspiration dans l'air! Yeux-Blancs est revenue à elle, parfait. Nous allons pouvoir retourner à Gartok. Voilà une semaine que vous me menez par monts et par vaux, *Mig Kar*, et j'ai hâte de retrouver ma lamaserie. Allons, mangeons vite et ne nous attardons pas dans cet endroit désert. Tu as fait du beau travail, Geyog, le pied de la *phi-lang* est rétabli. Ce soir nous allons célébrer l'événement en dormant plus près du *ponpo*!

Joonu fit la grimace en servant à la ronde le potage insi-pide – un tout petit peu de thé additionné de sel et de beurre de yak. Sonia eut soudain une vision de la table de son père ployant sous les victuailles, place Kirovski et à Novgorod. Mais à quoi bon se mettre l'eau à la bouche inutilement? Maintenant qu'elle était guérie elle avait retrouvé un appétit féroce. Mais elle était une *Arjopa* et il lui fallait se contrôler et économiser ses forces pour atteindre Lhassa. En vraie *Arjopa* elle sourit à Joonu et l'invita à remplir à nouveau le bol du Bonnet Rouge.

Une demi-heure plus tard ils étaient en marche vers la vallée. Le Bonnet Rouge qui allait à dos de mule ne voulait pas que son serviteur en fasse autant.

– C'est la *Mig Kar* qui aura la mule, dit-il en brandissant le bâton qui lui servait de cravache. Attache-la bien pour qu'elle ne puisse pas s'échapper à nouveau. Elle ira derrière moi, et toi et le crétin fermerez la marche. Mais cette fois, Geyog, ouvre l'œil. Ne les quitte pas des yeux, ni l'un ni l'autre, et cesse de rêvasser à tes livres de prières!

Joonu avançait péniblement, les bras dans le dos, attachés par plusieurs longueurs de corde de chanvre passées deux fois autour de la taille et des mains de Sonia. Le Bonnet Rouge gardait les yeux fixés sur eux. A l'autre bout, la corde de chanvre était passée deux fois autour du cou de la mule du lama.

– Espèce de fils de porc pestiféré, s'était exclamé Joonu, furieux, au moment du départ. Que cette corde puisse te pendre!

Puis, sur un coup d'œil de Sonia, il s'était tu.

Ce soir-là ils atteignirent la maison du *dokpa* mais, au grand soulagement de Sonia, le Bonnet Rouge décida de continuer la route jusqu'au village voisin, la hutte du berger n'étant pas un lieu assez sûr pour garder les prisonniers. Sonia n'osa pas lever les yeux sur Phagpa et Sera lorsqu'elle passa devant la maison. Tous deux avaient l'air affligé en voyant leur bien, leur unique mule, s'en aller ainsi. L'idée qu'elle ait pu leur faire du tort, alors qu'ils s'étaient montrés si charitables et hospitaliers, lui était insupportable. Prostrée, elle ne releva la tête que pour descendre de sa mule, lorsqu'ils firent une halte pour la nuit. Le Bonnet Rouge avait finalement décidé de ne pas passer la nuit au village pour ne pas éveiller la curiosité. Ils installèrent leur campement en pleine nature tout près d'une cascade qui tambourinait au fond d'une gorge étroite. La lune s'éleva au-dessus des montagnes, jetant une clarté surnaturelle sur ce paysage d'été finissant.

– Il va pleuvoir au matin, dit le moine-servant, la lune est éblouissante.

« On ne peut pas en dire autant de ton maître ! » pensa Sonia.

Il plut cette nuit-là, un vrai déluge qui faillit presque emporter Sonia et sa tente de fortune en peau de yak. Le Bonnet Rouge et son serviteur, en revanche, accroupis devant la porte comme des oiseaux de mauvais augure, montaient la garde, indifférents aux éléments déchaînés. Mais comme aucun d'eux ne parvint à fermer l'œil cette nuit-là, le Bonnet Rouge résolut de se remettre en route dès que les premières lueurs eurent nimbé de gris la campagne embrumée. Le torrent qui coulait plus bas avait crû de plusieurs centimètres pendant la nuit.

Tandis qu'ils avançaient dans la demi-clarté, Joonu, trempé jusqu'aux os, les cheveux plaqués sur le crâne, eut un sourire et murmura :

– Avec un peu de chance, princesse, nous allons dormir au coin d'un bon feu, ce soir. Quelque chose me dit que ce Bonnet Rouge aime bien avoir son confort !

14

Ils atteignirent une autre vallée. La brume de la journée s'était dissipée, laissant place à un chaud crépuscule diaphane et apaisant. Des rhododendrons hauts de plusieurs mètres poussaient dans la prairie ondoyante où coulait une rivière dont les reflets étaient rose argenté dans la lumière du soir. L'endroit semblait irréel, tel un jardin secret soudain surgi au pied des cimes enneigées, plein de poiriers enlacés par des rosiers jaunes, de camélias et de pivoines larges comme des assiettes, de fougères et de conifères. Les trilles d'un oiseau retentirent au-dessus de leurs têtes dans les branches d'un érable sous lequel ils avaient fait halte.

– C'est le chant du *djolmo*, le rossignol tibétain, murmura Geyog à l'oreille de Sonia.

– Vous êtes déjà venu ici, Geyog? demanda Sonia sur le même ton de confidence.

– Oui, une fois, un hiver où le col de la montagne était fermé, tandis que je regagnais ma lamaserie. Je me souviens de ce joli petit village...

Ils furent grossièrement interrompus par le Bonnet Rouge.

– Allons, dit-il en brandissant son bâton, nous allons essayer cette maison, là-bas!

Tous les quatre descendirent le sentier escarpé et atteignirent une petite construction d'argile à l'entrée de la vallée, isolée de la poignée de maisons qui formait le hameau, trop éloigné et trop peuplé au goût du Bonnet Rouge.

Au fond de la vallée où la rivière creusait son lit avec fracas, Sonia aperçut une autre maison isolée, parmi les champs et les vergers, une demeure bien plus imposante et cossue que le Bonnet Rouge choisit d'ignorer car on ne pouvait y accéder qu'en traversant l'impétueuse rivière.

La maison du muletier local consistait en une pièce unique et un appentis au toit de chaume, au bout d'un minuscule jardin. L'homme vint à leur rencontre les mains en l'air pour leur souhaiter la bienvenue et leur montrer qu'il ne portait pas d'arme en présence de religieux. Il portait une longue tunique remontée jusqu'aux genoux à la mode tibétaine. A sa ceinture étaient pendus son bol, sa trique de muletier, son tabac et une poche de cuir contenant la *tsampa*. Il était torse nu, le haut de sa tunique défait retombant sur ses reins. L'homme était sale, malodorant et couvert de plaies. Quand il leur eut souhaité le bonjour, il leur fit les honneurs de la maison tout en grattant énergiquement sa poitrine encroûtée de boue. Une toile grossière séparait la pièce en deux et Sonia tressaillit en voyant un gros rat bien nourri déambuler paisiblement parmi les détritus.

— Il faudrait me payer très cher pour que je dorme ici, déclara Joonu en anglais, ajoutant en russe : Je ne laisserais pas cet homme toucher mes ânes, même avec une perche de six pieds de long.

— Ce sont des mules, Joonu. Les mules et les ânes sont deux espèces différentes, dit Sonia, s'efforçant de faire diversion devant cet affligeant spectacle.

— En tout cas, muletiers et Bonnets Rouges, c'est bien la même espèce pour pouvoir dormir dans un pareil dépotoir!

Joonu cracha de dégoût en voyant le muletier se gratter les aisselles.

A la vue du gros rat, le Bonnet Rouge changea lui aussi d'avis.

— Y a-t-il une auberge par ici, homme? rugit-il à l'adresse du muletier.

— Il n'y a pas d'auberge, maître. J'en suis absolument certain, intervint Geyog. Je suis venu ici, il y a quelques années, et je doute qu'ils aient construit une auberge depuis.

— Dans ce même trou à rats? interrogea le Bonnet Rouge, le regard farouche.

— Non, maître. Dans la ferme, de l'autre côté de la rivière. Ce qui signifie qu'il faut la traverser, mais il y a des passeurs. Le fermier a quatre filles... aucune n'était mariée la première fois que je suis venu dans ce village. Le fermier s'occupe bien de ses filles, en l'absence de leur mère – qui a quitté Rika, c'est le nom du fermier, pour aller vivre avec un autre homme, car la ferme de Rika lui donnait trop de travail. Mais les filles sont charmantes et l'aînée est bonne cuisinière. La maison est bien tenue, maître... et beaucoup plus spacieuse que celle-ci.

Geyog jeta un regard myope et inoffensif autour de lui.

– Dans ces conditions, lança le Bonnet Rouge, nous allons chez Rika. Laissons ce porc à sa porcherie! Tu n'auras pas ma bénédiction, homme! Car tu n'es qu'une insulte à la face de l'humanité, fustigea le lama en quittant la masure comme un ouragan.

– Il vous faudra attendre longtemps avant que les passeurs ne vous voient et vous fassent traverser la rivière, lança le muletier depuis le seuil de sa porte.

– Eh bien, nous attendrons, dit le Bonnet Rouge en enfourchant sa mule. Nous n'aurions pas dû détacher ces deux-là. Rattache-les, Geyog! Des fois qu'ils aient l'idée de s'enfuir en chemin.

– Les lanières ne sont pas sûres... le passeur ne les graisse pas assez, il est avare de son beurre de yak, cria au loin le muletier, tout en les suivant sur le sentier escarpé, dépité de n'avoir pas obtenu la bénédiction et les prières du saint homme en échange de son hospitalité.

– Geyog n'est pas aussi bête qu'il veut s'en donner l'air, glissa Joonu à l'oreille de Sonia, tandis qu'ils approchaient de la rive. Sa réflexion sur les filles du fermier... vous avez vu comme les yeux du vieux bouc – je veux parler du Bonnet Rouge, princesse – se sont mis à briller?

– Chuuut, Joonu! Ça n'est pas le moment d'éveiller les soupçons du Bonnet Rouge. Il va finir par sentir la complicité entre nous trois. Je suis sûre que Geyog a un plan, une fois passée la rivière, quand nous serons dans la maison du fermier – sinon, pourquoi aurait-il été si persuasif? Il espère sans doute nous aider à nous échapper.

– Certainement, princesse. En chevauchant la croupe argentée de la lune, jusqu'au paradis.

La rivière n'était pas large, guère plus de quelques mètres. Mais elle était si encaissée et le courant était si fort qu'il était impensable de la traverser en barque, pensait Sonia qui était à mille lieues de se douter de l'épreuve qui l'attendait pour pouvoir passer de l'autre côté. Pas une embarcation en vue, pas même un canot en peau de yak. Elle aperçut deux cordes suspendues mollement au-dessus de la rivière. Deux hommes se tenaient à proximité, pour actionner l'engin, un sur chaque rive. Un demi-rondin de bois, large d'un pied et muni d'encoches où étaient passées des brides de cuir servant de poignées, reposait sur l'une des cordes tendues au-dessus de l'eau, la partie concave du rondin étant graissée de façon à glisser plus facilement. En voyant les mules se débattre dans les airs tandis qu'on les faisait passer de l'autre côté au moyen de cet abominable engin, Sonia résolut de ne pas les suivre.

– Très bien, dit le Bonnet Rouge, dans ce cas nous allons faire la traversée ensemble et Geyog se chargera du crétin. Passeur, attache-nous ensemble ! Donne-moi les brides que l'on passe sous les fesses. Je vais m'asseoir et la femme ira suspendue par les bras, comme ça elle ne pourra pas trancher la corde à coups de griffes.

Il eût été tout à fait déplacé de se débattre dans les bras de son ravisseur en poussant des cris d'orfraie. Sonia prit donc le parti de rester de glace tandis que son aversion pour le moine atteignait son paroxysme. Suspendue dans le vide avec des lanières de cuir qui lui cisaillaient le dessous des bras, ses mains cherchaient désespérément à agripper la corde au-dessus de sa tête.

– Ne touchez pas à la corde ! prévint le passeur, sans quoi vous aurez les mains à vif avant même d'arriver de l'autre côté.

Elle lâcha aussitôt la corde et se contenta de tenir les poignées de cuir suspendues au rondin de bois lubrifié. Le Bonnet Rouge s'installa, son *shamtab* remonté sur ses cuisses dévoilant des mollets étonnamment blancs et glabres – des mollets de jeune homme comparés à ses mains. On passa une bride double sous ses fesses pour supporter son poids. Puis le passeur cria : « Allez ! »

Sonia hurla malgré elle, tandis qu'ils fendaient les airs au-dessus de la rivière. Ce n'est que lorsque la corde s'affaissa, une fois atteinte l'autre rive, et qu'ils posèrent le pied sur la terre ferme que Sonia poussa un immense soupir de soulagement.

II

La ferme avait un aspect chaleureux et accueillant. Des lampes à beurre en cuivre étaient posées sur le rebord des fenêtres du rez-de-chaussée pour éclairer la cour. Tout comme le marchand de Tsu, le fermier semblait avoir un train de vie un peu supérieur à la moyenne des Tibétains. A la seule pensée du muletier et de sa vermine Sonia remerciait le ciel d'avoir eu le courage de traverser la rivière malgré l'étreinte un peu serrée du Bonnet Rouge et son haleine épaisse dans son cou. Il continuait d'éveiller en elle des sentiments étranges qu'elle ne parvenait toujours pas à cerner, comme s'il émettait des vibrations destinées à semer le trouble dans son esprit. D'une certaine façon elle sentait qu'il jouait la comédie, même si, au fond, une telle pensée lui paraissait ridicule. C'était comme s'il avait été à l'affût du moindre faux pas. Elle avait le sentiment que la vigilance et la vindicte quasi maladives du lama n'étaient pas uniquement motivées par le fait que Joonu et elle étaient des diables étrangers. Absurde? Peut-être, mais il n'en demeurait pas moins que le vieillard dans sa tunique rapiécée présentait quelques points faibles : d'abord son visage étrangement mobile, baigné de sueur, ensuite ses mains anormalement calleuses et ses mollets blancs et musclés, et par-dessus tout ses manières qui évoquaient comme de lointains souvenirs enfouis dans le passé. Sonia se secoua pour chasser toutes ces pensées confuses. D'abord le gentil Geyog au regard innocent qui s'était servi de sa main gauche pour lui rappeler quelqu'un, et maintenant le Bonnet Rouge! Absurde! Décidément l'air du Tibet ne lui réussissait pas! Sonia décida de se reprendre et de se concentrer sur le présent.

Joonu et le moine mendiant arrivèrent portant les quatre sacs. Une fois échangées les politesses d'usage, Rika, le fermier, qui avait commencé sa nuit, s'en retourna au lit, laissant à ses filles le soin de s'occuper des voyageurs.

– Veuillez m'excuser, saint père, déclara-t-il, mais je me couche à la nuit tombée car je me lève à l'aube. Ma fille aînée, qui a pris la place de ma femme, va vous servir votre souper.

– Et celle-ci va prendre la place de ma femme. Alors installez-nous un lit pour deux de l'autre côté de l'âtre. Comme ça elle ne m'échappera pas une seconde fois, dit le Bonnet Rouge d'un ton résolu.

– Que veut-il dire, princesse? demanda Joonu, en alerte.

– Je pense qu'il veut que je couche avec lui ce soir en échange de notre liberté... du moins c'est ce qu'il m'a fait comprendre quand nous étions en chemin.

Joonu ouvrit des yeux comme des soucoupes.

– Princesse, vous n'allez quand même pas vendre votre corps à ce vieux bouc lubrique?

– Tu me fais confiance, Joonu?

– A vous, oui, princesse, mais à lui! bredouilla-t-il. J'ai bien vu comme il vous enlaçait, lorsque vous avez traversé la rivière. Et ça n'était pas seulement parce qu'il avait peur de tomber. Je vous jure que je le tuerai si...

– Joonu, de grâce! s'impatienta Sonia. Ne sois donc pas si bête. Je ne lui ai jamais promis quoi que ce soit. Mais lui le croit. Il voulait me parler, ou plus exactement, conclure un marché avec moi, mais ne t'inquiète pas... j'ai un plan. Alors fais-moi confiance.

Après le souper, les filles du fermier commencèrent à se dévêtir pour se mettre au lit, sous l'œil hardi de Joonu et du Bonnet Rouge. Sans gêne aucune, les jeunes adolescentes ôtèrent les blouses amples qu'elles portaient sur leurs grosses jupes de toile, sans le moindre sous-vêtement, exhibant leur poitrine naissante.

– Joonu, tu es en train de renverser ta soupe – et moi qui croyais que tu étais un gentleman, gourmanda Sonia. Pourquoi ne te retournes-tu pas? Essaye plutôt de dormir... Mais où est donc passé Geyog?

Elle venait de s'apercevoir que le moine n'était pas avec eux autour de l'âtre fumant et se demandait depuis combien de temps il leur avait faussé compagnie.

– Il est sûrement en train de prier...

Joonu, bouche bée, avait marmonné cette vague réponse sans quitter des yeux les filles de Rika, tandis que le Bonnet Rouge continuait d'avaler bruyamment sa soupe sans perdre, lui non plus, une miette du spectacle qui s'offrait à eux. Sonia se leva et passa dans la pièce voisine qui servait de grenier à blé et qui menait dans la cour. Geyog était assis sur le seuil de la porte d'entrée, un livre de prières sur les genoux.

– Geyog, il fait trop noir pour lire sans s'abîmer les yeux. Ne voulez-vous pas souper? demanda Sonia.

– Je n'ai pas faim, madame. Et je n'ai pas besoin de lumière pour lire. Je connais le livre par cœur. Nous vivons une époque de folie, où tous les talents trouvent acquéreur. On commence par être de bonne foi, puis on perd son emploi et on trouve toujours à survivre grâce à l'imposture.

Le sang de Sonia se glaça dans ses veines.

– Que dites-vous? Que... que... voulez-vous dire par imposture? J'ai déjà entendu ces paroles – vous venez de citer le *Don Juan*, de Byron.

– Oui, madame, je sais, murmura-t-il doucement.

– Qui êtes-vous, Geyog? chuchota-t-elle, soudain angoissée.

– Je suis un moine, serviteur du Bonnet Rouge, et je viens du monastère de Drepung.

– Je ne vous crois pas. Je suis certaine... que... que...

Sa voix s'évanouit.

– De quoi êtes-vous certaine, madame?

Il gardait la tête baissée, si bien qu'elle ne voyait rien d'autre que la courbe blanche de sa nuque dans le clair de lune. Les grappes de seringa tout autour de la porte exhalaient un parfum entêtant.

Sonia prit une longue respiration. S'il voulait jouer, eh bien, elle était prête.

– Je suis sûre que vous n'êtes pas ce que vous dites. Je sais que vous connaissez ma véritable identité. Oui, je suis une princesse russe partie à la recherche de son mari et de son frère perdus quelque part au Tibet. C'est la seule et unique raison de ma présence ici. J'ai besoin de votre aide, Geyog... Geyog! (Elle sourit.) Maintenant que nous sommes seuls, nous allons pouvoir éclaircir ce mystère. Vous parlez un anglais impeccable... même si vous prenez un accent étranger. Je serais curieuse de connaître votre nationalité, Geyog.

– Je suis tibétain, je vous l'ai dit.

– Je n'en crois rien. Vous êtes anglais.

– C'est à moitié vrai, avoua Geyog presque honteux. Ma mère était anglaise. Elle était missionnaire en Chine quand mon père l'a rencontrée et épousée. Mon père était un noble tibétain de la province de Kham. Je suis donc moi-même tibétain puisque je suis né dans la province de mon père.

– Ne jouez pas à cela avec moi, je vous en conjure! supplia-t-elle dans un murmure. Je sais qui vous êtes et pourtant je ne puis en être certaine! Je voudrais le croire, mais je n'y arrive pas. Je ne sais pas comment ni pourquoi vous êtes ici, mais j'ai un sentiment étrange à propos de vous... de vous et de votre compagnon, le Bonnet Rouge. Qui êtes-vous, tous les deux? Et pourquoi me poursuivez-vous? Oui, je suis Sonia Doubrovka, malgré mon déguisement grotesque... la fille que vous avez sauvée des eaux de la Tamise... vous êtes bien Lewis, n'est-ce pas? Vous lui ressemblez tant... Même taille, même corpulence, mêmes yeux, mêmes mains, vous êtes Lewis Joyden, n'est-ce pas?

– Madame, madame, dit le moine en se tournant vers elle avec un sourire aimable, vous me parlez par énigmes.

– Oh! ne le niez pas! répliqua-t-elle en se tordant les mains de désespoir. Malgré votre admirable déguisement et toutes vos manières tibétaines, je sais que vous et le Bonnet Rouge avez quelque chose à cacher. Lui aussi est déguisé et n'est pas ce qu'il prétend être. Je le sais, j'ai vu ses jambes lorsque nous avons traversé la rivière et ce n'étaient pas les jambes d'un vieillard avachi. J'ai bien vu que vous jouiez un jeu tous les deux. Regardez votre main gauche, celle que j'ai blessée... tous les hommes intelligents sont gauchers, je me souviens parfaitement vous l'avoir dit chez ma grand-mère, à Abingdon. Et vous avez cité *Don Juan*. Je n'aurais jamais entendu parler de *Don Juan* si vous ne m'aviez initiée aux poèmes de Byron. Comment avez-vous su que je me rendais au Tibet, Lewis ? N'avez-vous pas reçu mes lettres de Peterhof ? Est-ce ma grand-mère qui a fini par comprendre et par vous mettre au courant ? Oh ! Lewis, pourquoi ? Êtes-vous des espions britanniques au Tibet, le Bonnet Rouge et vous ?

Il lui prit la main pour la faire taire.

– Parlez bas... et écoutez-moi. Quoi que vous fassiez, le Bonnet Rouge ne doit pas le savoir...

– Au nom du ciel et de tous les saints ! Que faites-vous ainsi, tous deux main dans la main ?

Sonia et Geyog étaient tellement absorbés par leur conversation qu'ils n'avaient pas entendu approcher le Bonnet Rouge. Celui-ci sépara violemment les mains de son serviteur et de Sonia.

– As-tu perdu l'esprit, Geyog ? Que t'a donc fait cette femme pour te faire oublier tes vœux ? Sois sans crainte, le grand lama de Drepung sera tenu au courant de cette affaire, et tu seras déshonoré publiquement. Quant à toi, *philang*, dit-il en aboyant presque, voudrais-tu aussi mon serviteur comme amant, *Mig Kar* ? Un homme ne te suffit donc pas, voilà que tu fais des promesses à deux ? Viens ! Je vais te montrer qui est le plus hommes des deux, mon puceau de serviteur ou moi-même !

– Lewis... empêchez-le ! cria Sonia tandis que le Bonnet Rouge l'entraînait de force dans le jardin.

Puis, comme si elle avait observé la scène depuis une grotte obscure et pleine d'embûches, Sonia vit le moine-servant lever le bras droit et assener un grand coup sur la nuque du Bonnet Rouge qui tomba comme une pierre dans la boue.

Sonia n'en éprouva aucun soulagement. Sans vraiment comprendre pourquoi ni comment, elle avait le sentiment d'avoir trahi Lewis Joyden.

Elle courut jusqu'à la cuisine malodorante et obscure. Le fermier dormait profondément, ses trois cadettes aux bras blancs et satinés étaient enlacées et paisiblement assoupies, le sourire aux lèvres. Joonu et la fille aînée, Dorjee, se livraient à un exercice qui fit fuir Sonia vers la pièce voisine, puis dans la cour.

Il n'y avait plus trace du Bonnet Rouge ni de son serviteur. Une des mules manquait. Sonia, debout sur le seuil, s'efforçait de sonder l'obscurité. C'était comme si une main moite et glacée l'étreignait tout entière, jusqu'à l'asphyxie, jusqu'à la mort.

Meurtrier ou pas, quoi qu'il arrive, l'homme que Sonia soupçonnait d'être Lewis Joyden était désormais perdu par sa faute. Si le Bonnet Rouge recouvrait ses esprits, les conséquences seraient dramatiques pour son agresseur. Et si le Bonnet Rouge avait succombé sous les coups de son serviteur, Geyog, *alias* Lewis Joyden, l'assassin du lama, serait traqué – puni et cruellement humilié s'il se faisait prendre. Si le jeune homme était mis à mort par le Bonnet Rouge lui-même, Sonia ne se pardonnerait jamais d'avoir été la cause de cette querelle fatale entre les deux hommes.

III

Le jour pointait presque lorsque Sonia releva la tête. Son corps tout entier engourdi par le froid, elle parvint péniblement à se remettre sur ses jambes pour rentrer dans la maison. L'étrange scène de la veille au soir assaillit à nouveau ses pensées et, pour la énième fois, elle se demanda ce que Lewis Joyden pouvait bien faire au Tibet alors qu'il était censé être à Dehra Dun. Cette question et mille autres tourbillonnaient dans sa tête tandis qu'à pas feutrés elle regagnait la douce chaleur de la cuisine. Elle avait espéré ne pas se faire remarquer, mais le fermier était déjà levé, ravivant le feu, tandis que sa fille aînée, ayant quitté l'étreinte de Joonu, préparait le déjeuner.

– *Oghaï!* lança Rika dans un bâillement. Vous êtes bien matinale, sainte mère.

– Oui, mais j'ai bien dormi, le rassura Sonia qui avait hâte de le voir s'en aller avec ses filles pour pouvoir parler seul à seul avec Joonu.

– Venez, sainte mère, nous allons boire le thé et dire les prières. Réveille tes sœurs, Dorjee, la sainte mère va nous donner la bénédiction.

Tandis que Joonu dormait d'un sommeil de plomb dont rien n'aurait pu le tirer, Sonia, à l'instar des moines qu'elle avait vu officier, mit sa coiffe sur sa tête, jeta du maïs dans le feu et disposa du lait et du gâteau aux quatre coins de la pièce pour éloigner les mauvais esprits qui auraient pu se trouver dans la maison. Après quoi elle griffonna quelques drapeaux de prières qu'elle distribua aux membres de la famille. Rika semblait satisfait. Souriant de toute sa mâchoire édentée, il avala bruyamment le reste de son thé, attacha son bol à sa ceinture puis, d'un pas pesant, prit la direction des champs en compagnie de ses trois cadettes. Sans s'inquiéter de la présence de Dorjee affairée au-dessus de la marmite, Sonia secoua sans ménagement l'épaule de Joonu.

– Que se passe-t-il, princesse? dit Joonu en se redressant, affolé.

– Joonu, il y a eu une dispute, hier au soir, dans la cour entre le Bonnet Rouge et son serviteur. Geyog a frappé le lama qui est tombé à terre, inconscient. Je ne les ai plus revus depuis.

Joonu avait pâli.

– Que faisais-je donc quand c'est arrivé? demanda-t-il, l'air ahuri, tout en roulant sa couverture et en rassemblant précipitamment ses effets.

– Tu montrais une partie de toi que je ne connaissais pas encore.

Il la regarda furtivement par-dessus son épaule.

– Vous n'êtes pas fâchée à cause de Dorjee, n'est-ce pas, princesse?

– Si. Car tu n'étais pas là quand j'ai eu besoin de toi, Joonu. A présent, ce pauvre Geyog est devenu un criminel, tout simplement parce qu'il a cherché à me défendre.

Joonu la regarda avec compassion, prêt à dire quelque chose, mais il se ravisa. En silence, il boucla les bretelles de son sac à dos, laissant les affaires du Bonnet Rouge et de Geyog dans le coin de la cuisine où elles avaient été déposées la veille.

Dorjee leur tendit une poignée d'abricots et de noix.

– *Kale pheb*, dit-elle tristement à l'adresse de Joonu qui ne sembla pas l'entendre tandis qu'il se dirigeait d'un pas décidé vers la rivière, Sonia courant presque derrière lui pour le rattraper.

Le soleil commençait tout juste à naître à l'est, au-dessus de la montagne, nimbant la vallée embrumée d'un halo d'or pâle. Au-dessus de la porte, le seringa blanc, enveloppé d'un cocon de cristal tissé à l'aube par les araignées, avait cessé d'exhaler son parfum nocturne.

– Joonu, s'inquiéta Sonia, où crois-tu que le Bonnet Rouge et Geyog aient pu aller?

Il ne répondit pas. Son visage d'ordinaire jovial avait fait place à un masque livide et impénétrable, d'autant plus alarmant que Sonia ne lui avait jamais vu une telle expression.

– Joonu, où allons-nous? dit-elle en saisissant sa manche.

– A la rivière, princesse. Où voulez-vous que nous allions? Il faut partir d'ici aussi vite que possible.

– Nous ne pouvons pas partir. Geyog a peut-être besoin de nous.

De nouveau Joonu sembla sur le point de dire quelque chose, mais il garda le silence et reprit son chemin, absorbé par des pensées qu'il ne semblait pas désireux de partager. Un groupe de gens s'affairait déjà sur l'estacade de bois tandis que d'autres accouraient, les empêchant de voir le rivage.

– Il y a du monde ce matin, commenta Joonu, avec une grimace. Attendez-moi ici. Je vais voir combien de temps nous devons attendre.

Il partit en courant vers la rivière. Soudain il s'arrêta net, se retourna et fit signe à Sonia de se cacher dans les fourrés. Sonia courut se mettre à l'abri des regards derrière une touffe d'aulnes qui bordaient le fleuve et, impatiente, attendit que Joonu vienne la rejoindre. Dix minutes s'écoulèrent avant que Joonu ne reparaisse, hors d'haleine.

– Prin... prin...

Incapable d'articuler, il était plié en deux comme sous l'effet d'une vive douleur.

– Qu'y a-t-il? demanda Sonia en émoi.

– L'un des deux hommes est tombé à l'eau, un poignard dans le dos... le passeur et Rika sont en train de le repêcher... je ne sais pas lequel...

– Geyog, c'est Geyog, n'est-ce pas? Le Bonnet Rouge a sans doute repris connaissance et rendu à Geyog la monnaie de sa pièce.

Elle revit soudain cette scène qu'elle n'avait jamais oubliée: un homme et une jeune fille se noyant ensemble. Ce même homme qui, par deux fois, avait risqué sa vie pour elle venait de succomber par un élément qu'elle avait redouté toute sa vie: l'eau vive. Sonia n'entendait plus Joonu, ne le voyait plus. Son cœur était comme pris dans un bloc de glace.

15

I

Toute l'eau de la terre n'aurait pas suffi pour effacer l'empreinte rouge du meurtre. Geyog flottait, face en bas, dans la rivière, sa tunique déchirée révélant un poignard planté dans son dos – un poignard au manche incrusté de pierres d'imitation que Joonu avait acheté à Samarkand et qu'il croyait avoir égaré lors de sa lutte avec Geyog sur la route de Tsu. Voilà qui n'était pas fait pour arranger les choses. Le corps de Geyog fut hissé hors de l'eau par le muletier et le fermier, tandis que les villageois, éplorés, se lamentaient tout haut, craignant de voir s'abattre la malédiction sur eux parce qu'un saint homme avait été assassiné dans l'eau qui pourvoyait à leurs besoins quotidiens.

On dénuda le corps de Geyog afin qu'il puisse être vu de tous, ses yeux opaques fixant le ciel d'azur limpide, sa bouche figée par la mort dans un rictus de douleur.

Seule la main rassurante de Joonu sur son épaule parvint à calmer Sonia. Il eut des paroles étranges :

– Princesse, quoi qu'il arrive à présent, nous devons nous en remettre au Bonnet Rouge, qui n'est pas si mauvais bougre après tout. Geyog, lui, ne m'a jamais inspiré confiance.

– Que veux-tu dire ?

Sonia regardait Joonu sans comprendre.

– Geyog était bien trop doux pour être digne de foi. Il s'arrangeait toujours pour vous mettre en confiance et vous soutirer des informations sans en avoir l'air.

D'un geste rageur, Sonia écarta la main de Joonu.

190

– Comment peux-tu dire une chose pareille, Joonu! Es-tu seulement capable de reconnaître ce qui est vrai de ce qui ne l'est pas? Toi qui ne sais pas voir la loyauté quand elle existe. Il se trouve que Geyog était un ami à moi.

Et sans ajouter un mot elle tourna les talons et s'enfuit en courant – pour aller se jeter tout droit dans la gueule du loup.

Monté sur la mule du marchand, le Bonnet Rouge arrivait en compagnie du *ponpo* du district qui chevauchait un poney bien dodu, tout harnaché de clochettes d'argent, escorté par des soldats en armes. Pour Sonia, il ne faisait aucun doute qu'il était allé lui-même chercher le *ponpo*.

Soupçonnés d'être des diables étrangers, Joonu et elle furent aussitôt appréhendés par les soldats et les villageois, et enchaînés dans la cour de Rika, sur les ordres du *ponpo*.

Debout sur le seuil de la maison, Dorjee pleurait à chaudes larmes.

Joonu, le visage défait, trop impressionné pour articuler un son, jeta à Sonia un regard implorant, sur lequel elle se méprit.

– Joonu... tout va s'arranger, ne fais pas cette tête-là, lui dit-elle tandis que les soldats du *ponpo* les entraînaient sans ménagements. Ils ne pourront jamais te faire endosser le meurtre de Geyog, quoi qu'ils fassent. Tu étais avec Dorjee, cette nuit. Tu n'as pas quitté la cuisine un seul instant. Le fermier et ses filles pourront témoigner.

– Ils dormaient tous à poings fermés, princesse, vous le savez bien.

– Sans doute, mais Dorjee, elle, ne dormait pas.

– Mais le poignard, princesse...

– Joonu, ne comprends-tu donc rien? Le Bonnet Rouge s'est servi de ton poignard pour tuer Geyog et pour te faire endosser le crime. Il veut que nous quittions le Tibet, et il est prêt à tout pour cela. Même au meurtre. Mais il ne s'en tirera pas comme ça.

– Essayez donc de convaincre le *ponpo*, princesse. Pour moi, c'est comme si j'étais déjà un homme mort.

Joonu se tut. Abasourdie par cette série d'événements précipités, Sonia n'eut pas le temps de réaliser ce qui se passait autour d'elle. Le Bonnet Rouge avait pris place aux côtés du *ponpo* sur des tapis et des coussins disposés dans la cour par les filles du fermier. Puis on procéda à une parodie de jugement, où se succédèrent accusations mensongères et faux témoignages. Rika, ses filles, le muletier et le passeur, jurèrent l'un après l'autre qu'ils avaient vu Joonu et le moine-mendiant se battre dans la rivière pour le poignard orné de pierreries. Joonu l'avait dérobé à un homme de bien auquel le moine voulait le rendre! Chacun déclara avoir vu les deux pèlerins – qu'ils avaient aussitôt soupçonnés d'être des diables étrangers et non d'authentiques *Arjopas* – entrer dans le village pour voler et duper ses habitants. La sorcière elle-même s'était livrée à des rites diaboliques destinés à attirer les démons.

La justice tibétaine était pour le moins expéditive. Le *ponpo* et le Bonnet Rouge, à la fois juges et jurés, prononcèrent le verdict : le vol, les coups de poignard et la noyade d'un homme de religion étaient punis de mort par flagellation et mutilation.

– Non! hurla Sonia, trop choquée pour y croire, tandis que Joonu tombait à genoux avec un cri déchirant, et se prosternait face contre terre devant le *ponpo* et le Bonnet Rouge. Comment osez-vous! rugit-elle en se redressant, bravant la foule en colère. Comment osez-vous nous juger et nous condamner d'une manière aussi barbare? Puisque nous allons mourir, nous avons droit à un procès équitable, à Lhassa et non dans cette arrière-cour! Je suis une princesse russe. Si jamais le Dalaï-Lama, qui est l'ami du Grand Khan blanc, mon tsar, avait vent de telles atrocités, vous tomberiez tous en disgrâce et vos biens et vos terres seraient confisqués. Si jamais vous exécutiez mon serviteur ou moi-même en ce lieu, le Grand Khan blanc s'allierait aux forces britanniques déjà postées sur vos frontières pour vous faire la guerre. Contre une telle force le Tibet ne peut rien, il perdrait la guerre. Vous seriez tous faits prisonniers, et ceux parmi vous qui auraient pris part à ce procès grotesque seraient emprisonnés et condamnés à mort. Réfléchissez-y bien, car j'ai le pouvoir d'attirer encore bien d'autres malédictions sur vous.

Ils avaient écouté en silence cette princesse russe qui ne tremblait ni devant le magistrat, ni devant le Bonnet Rouge. Il y eut un frémissement dans la foule, tandis que les yeux se posaient à la dérobée sur la coiffe de la sorcière aux grands pouvoirs. Le *ponpo* lui-même sembla hésiter. Il demanda d'un ton rogue :

– Et quels pouvoirs as-tu donc, toi qui prétends être une princesse au pays du Khan blanc, mais qui n'est rien d'autre qu'une *philang* en ce pays-ci?

– J'ai une lettre de la main du Grand Khan blanc, adressée à Sa Sainteté le Dalaï-Lama. Si le Dieu-Roi ne la reçoit pas en temps voulu, il va s'inquiéter et lancer ses hommes à ma recherche. Le Dieu-Roi est la seule personne en ce pays, la seule, qui ait le droit de nous juger, moi et mon serviteur. Il a donné sa parole au Grand Khan blanc, il y a quelques années, lors de la signature d'un traité entre les *Urusso* et les Tibétains. Le Dalaï-Lama serait fâché d'apprendre que ses sujets prennent des initiatives à sa place, ce qui le fait apparaître inférieur au Grand Khan blanc.

— Où est cette lettre disant que tu es une princesse russe et l'émissaire du Khan blanc? demanda le Bonnet Rouge en frottant son menton mal rasé, mais avec un regard qui sembla moins hostile à Sonia.

Maintenant que la sentence avait été prononcée, elle crut voir comme de la sympathie dans ses yeux cernés, injectés de sang.

— Dans mon *amphag*.

Le Bonnet Rouge ordonna à Dorjee d'aller la chercher, mais ce fut le *ponpo* qui, d'un geste brusque, saisit la lettre le premier. Il l'examina, incapable d'en déchiffrer un seul caractère, hormis l'impressionnante effigie des Romanov surmontée d'un couple d'aigles noirs. Le *ponpo* tendit la lettre au Bonnet Rouge qui déclara :

— Je parie que la *philang* a d'autres lettres dans son *amphag*. Va les chercher.

Dorjee s'exécuta aussitôt.

— Elles sont écrites en anglais, expliqua Sonia, vous ne les comprendrez pas davantage que la première, qui est en russe.

— De quel genre de lettres s'agit-il? demanda le *ponpo* en regardant par-dessus l'épaule du lama.

— De lettres d'amour, j'imagine, dit le Bonnet Rouge avec un sourire narquois. (Puis il ajouta :) Vous les avez amenées de Russie avec vous?

— Cela ne vous regarde pas.

— Lorsqu'il est question de *philang*, tout nous regarde. Il faut que vous soyez très amoureuse de cet homme pour porter avec vous des lettres écrites en anglais, n'est-ce pas, *Mig Kar*?

— Ce sont les lettres d'un homme mort.

Sonia regarda le Bonnet Rouge dans les yeux. Plus rien ne pouvait l'atteindre à présent. Il évita son regard et à ce moment-là, Sonia eut la certitude qu'il était l'assassin.

Le Bonnet Rouge chuchota quelques mots à l'oreille du *ponpo*, qui les regarda.

– Le saint homme implore ma clémence. C'est entendu en ce qui concerne la femme. Deux coups de fouet, après quoi elle sera escortée à la frontière par des soldats. Pour ce qui est du jeune garçon, la peine de mort par flagellation et mutilation est maintenue.

– Vous ne toucherez pas à un seul de ses cheveux! rugit Sonia, hors d'elle. Je ne le permettrai pas!

– Le garçon sera exécuté, rétorqua le *ponpo* obèse et richement vêtu. Ne serait-ce que pour l'exemple! Les lois de mon pays doivent être respectées, et c'est mon devoir de magistrat de faire respecter la loi. Allons! aidez-moi à me relever, dit-il en tendant ses grosses mains sales aux soldats qui se tenaient à ses côtés.

Ils aidèrent le gros homme vêtu de fourrures à se mettre debout. On aida aussi le Bonnet Rouge, qui était assis dans la position du lotus, à se relever, puis les deux hommes allèrent dans la cuisine de Rika pour se rafraîchir.

Sonia n'avait pas la moindre idée du temps qu'elle et Joonu passèrent dans la cour fangeuse de la ferme, tandis qu'autour d'eux on semblait s'apprêter à faire la fête. Un petit feu avait été allumé dans un coin et on avait ouvert des sacs de *tsampa* et de tabac. On fit du thé et on mâcha du tabac tranquillement en attendant que le *ponpo* et le Bonnet Rouge sortent de la maison. Deux heures s'écoulèrent avant qu'ils ne reparaissent, la mine rouge, l'air jovial et l'œil vague.

– Que l'on commence la flagellation sur-le-champ, ordonna le *ponpo*. Ne traîne pas, muletier! J'ai fort à faire et n'ai pas de temps à perdre. Si le garçon ne meurt pas aujourd'hui, alors ce sera demain. Nous allons fouetter la femme d'abord. Attachez-la à un arbre.

Il brandit sa cravache en direction d'un bouleau qui se trouvait là et qui, en cet instant, rappela cruellement Novgorod à Sonia.

C'est seulement lorsqu'elle eut les bras ligotés autour du tronc argenté du bouleau, et que le muletier eut déchiré le dos de sa robe de ses mains dégoûtantes, qu'elle saisit toute l'horreur de la situation. Épouvantée, elle ferma les yeux, bien décidée à ne pas crier. Elle n'allait pas implorer pitié, et encore moins se mettre à trembler devant ces brutes de paysans. Elle devait survivre, ne serait-ce que pour venger Joonu si ce dernier succombait aux mains de ses bourreaux, et s'assurer qu'ils soient tous châtiés, en particulier le Bonnet Rouge! Elle rassembla donc toutes ses forces pour

194

affronter les coups de fouet du muletier dont les bêtes portaient la marque cruelle. Elle entendit le sifflement des lanières de cuir fendant l'air, puis, soudain, le cri perçant de Joonu qui, malgré les bras qui tentaient de le retenir, s'était jeté sur elle et avait reçu le coup qui lui était destiné. Sanglotant comme un enfant, il s'accrochait à elle malgré les bourrades et les injonctions des soldats qui ne parvenaient pas à lui faire lâcher prise.

Le muletier leva à nouveau le bras et demanda s'il devait continuer malgré le garçon.

– Ne la touchez pas! Fouettez-moi à sa place, implorait Joonu.

– Non, Joonu, non! criait Sonia, partagée entre la tristesse et la fureur. Ne sois pas stupide, Joonu, je t'en supplie, ne les laisse pas te battre à mort.

Elle pleurait à présent, le visage contre l'écorce rugueuse du bouleau, n'entendant plus que la rumeur apaisante du vent dans les arbres de Novgorod, la voix profonde et rassurante d'un homme à travers le murmure de l'eau...

Les larmes de Joonu coulaient sur son dos nu et l'intervention du Bonnet Rouge la rappela à l'effroyable réalité.

– Assez! dit celui-ci, voyant que la foule commençait à s'agiter.

Il ne connaissait que trop bien la foule. Elle réagissait toujours de la même façon. Il suffisait d'un rien pour qu'elle se transforme en un monstre à cent têtes et à mille bras qui se faisait lui-même justice en déchiquetant sa proie. Il fallait l'éviter à tout prix.

– Détachez la femme *urusso*. Ce serait un crime d'écorcher un si joli dos. Le garçon veut être fouetté à sa place. Soit! Je vais raccompagner moi-même la *Mig Kar* à Roudok, avec une escorte de soldats.

Il y eut un grondement dans la foule – de pitié ou de frustration, Sonia n'aurait pu le dire, mais que lui importait à présent? Elle n'avait d'yeux que pour Joonu que l'on était en train de ligoter à sa place au tronc de l'arbre.

II

Jamais Sonia n'oublierait les coups cinglants du muletier sur le dos de Joonu. Incapable de trouver le sommeil ou d'avaler quoi que ce soit, elle demeurait prostrée devant l'âtre de Rika, en pensant à tous ceux qui les avaient trahis, y compris Dorjee. Joonu avait été cruellement fouetté. Au septième coup, la chair délicate de son dos avait éclaté, mettant les muscles à vif. Il avait perdu connaissance. Puis le *ponpo* et le Bonnet Rouge s'étaient entretenus quelques minutes. Une discussion houleuse s'était ensuivie, au terme de laquelle le *ponpo* résigné avait haussé les épaules et déclaré :

– Une fois encore le saint homme a réussi à me convaincre. Cela suffit pour aujourd'hui. A quoi bon fouetter un cheval mort ? Il ne sent plus rien. Demain, lorsque le coupable aura recouvré ses sens, qu'il pourra voir à nouveau ses crimes en face et sentir la douleur, nous reprendrons le châtiment. Muletier, tu peux ranger ton fouet pour aujourd'hui. Rentre chez toi affûter ta hache. Nous commencerons par couper la main qui reste au *philang*. Puis nous lui couperons les pieds. Comme cela il ne pourra plus jamais fouler le sol du Tibet pour assassiner nos saints hommes. La *Mig Kar* assistera au châtiment de son serviteur. Cela lui ôtera à jamais l'envie de revenir chez nous. Voilà le genre de punition que nous réservons aux diables étrangers, aux assassins et aux voleurs qui cherchent à corrompre cette terre sacrée. Le *gelong* sera vengé !

Sur ces mots le *ponpo* fit faire demi-tour à son cheval et s'en alla. On détacha Joonu et on l'amena dans la maison du fermier. Allongé sur le ventre devant le feu de la cuisine, il avait été déposé sur la natte où il avait si joyeusement passé la nuit dans les bras de Dorjee. A présent elle ne s'approchait plus de lui. Comme Rika et les autres, elle était devenue froide et distante. Sonia se mit à panser les plaies de Joonu. « Comme les êtres sont prompts à changer, pensa Sonia, légers comme le vent, traîtres comme l'eau qui dort, et dangereux comme le typhon sur la mer. » Lewis Joyden était mort, pourquoi ? Joonu était sur le point de mourir, pourquoi ? Par quel sortilège son paisible voyage à travers le Tibet s'était-il transformé en un tourbillon infernal ?

– Je voudrais de l'onguent de pavot bleu, comme celui que Geyog transportait dans son sac, pour enduire le dos de Joonu, dit-elle au Bonnet Rouge qui sommeillait devant le feu.

Perdu dans ses méditations, le lama haussa les épaules.

– Quelle récompense pour mon serviteur, qui a péri sous les coups du vôtre ! marmonna-t-il à demi assoupi.

D'un geste distrait il fit un signe en direction du sac de Geyog resté dans un coin de la cuisine.

– Faites comme vous voulez.

L'indignation de Sonia était à son comble.

– Comment un religieux peut-il être aussi cruel? Comment pouvez-vous mentir, tricher, tuer et vous délecter dans des actes de barbarie, comme vous l'avez fait aujourd'hui? Vous connaissez comme moi le véritable assassin de Geyog, et vous laissez Joonu payer à votre place. Je ne comprendrai jamais!

– Il y a beaucoup de choses que vous ne pouvez pas comprendre, *Mig Kar*. Mais je n'ai pas à vous enseigner les principes sacrés de ma culture. Vous n'êtes qu'un diable étranger et n'avez rien à faire ici. On comprend bien mieux le sens de la vie dans ce pays-ci que chez vous. Qu'est-ce qu'un peu de souffrance face à la gloire éternelle et à la sérénité de l'au-delà? Ne vous inquiétez pas pour votre petit compagnon et serviteur, car même s'il meurt aujourd'hui, demain il se réincarnera. Il jouira d'un sort meilleur et d'une position supérieure à celle qui est la sienne aujourd'hui... Peut-être sera-t-il le maître, et vous l'esclave... Quant à moi, je sers ma conscience, mon pays et ma *gompa*. Vous en savez assez, à présent. Car vous n'êtes qu'une femme et une ingrate, qui plus est, incapable de la moindre reconnaissance envers moi qui vous ai épargné des coups de fouet!

Le Bonnet Rouge entra en méditation. Il ne prit ni nourriture ni boisson jusqu'au soir, mais semblait dormir, assis bien droit dans la position du lotus dans un coin de la cuisine, tandis que les hommes du *ponpo* montaient la garde au-dehors et que Joonu dormait pour oublier la douleur.

Sonia vida le sac de Geyog et trouva l'onguent de pavot bleu qui faisait des prodiges. Elle en enduisit le dos de Joonu, tout lacéré de plaies noires où le sang séché avait formé une croûte. Il tressaillit, recouvrant peu à peu ses sens endoloris, avant de sombrer à nouveau dans le sommeil. Sonia le laissa dormir le plus longtemps possible, tandis qu'elle raccommodait sa robe déchirée. A l'aube le Bonnet Rouge ouvrit un œil, cracha, puis, d'une voix tonitruante, ordonna à Dorjee de préparer le pain et le thé. La jeune fille, terrorisée, se mit aussitôt à la tâche dans un fracas de casseroles qui eut pour effet de réveiller Rika, ses filles, et bientôt tous les soldats qui les rejoignirent dans la cuisine en effervescence.

– Il est temps de partir, dit le Bonnet Rouge en sirotant son thé avec délectation et en jetant un coup d'œil perçant à Sonia par-dessous ses sourcils en bataille. Allons, *Mig Kar*, dépêchez-vous de manger, la route est longue jusqu'à la frontière.

– Je n'irai nulle part avec vous, répondit-elle, calmement mais fermement, tout en passant de l'onguent sur le dos de Joonu. Est-ce là la vie d'un saint homme ? Un homme qui passe son temps à se délecter des souffrances d'autrui ? Retournez donc à votre monastère. Pour ma part, je reste ici avec mon serviteur, et tant pis si nous mourons ensemble.

– Vos paroles sont courageuses, ô noble femme, mais ne vous serviront à rien. La loi doit être respectée. Quiconque enfreint la loi doit être puni.

– J'espère que vous vous en souviendrez lorsque vous aurez regagné votre *gompa* sur la montagne, dit Sonia amèrement. Vous qui avez tué Geyog.

– Ce genre de révélation ne vous mènera nulle part, *Mig Kar*, dit le Bonnet Rouge en rajustant son bonnet dont les côtés formaient deux pointes qui rappelaient à Sonia les cornes du diable.

– Je reste ici.

– Emmenez-la ! ordonna le lama, qui voulait en finir avec cette femme entêtée.

Deux soldats accoururent aussitôt pour l'entraîner de force, tandis que Rika et ses filles se réfugiaient à l'autre bout de la pièce pour observer la scène sans risquer de prendre un mauvais coup.

– Vous ! Vous m'accompagnerez à Roudok. C'est vous qui escorterez la *philang*, dit le Bonnet Rouge en désignant deux soldats.

Puis, sans même lui accorder un regard, le lama enjamba le malheureux Joonu qui gisait à terre, et gagna la sortie.

Une larme coula sur la joue de Joonu qui releva un instant sa tête qu'il protégeait avec son moignon et ouvrit ses yeux gonflés avant de retomber sur la natte avec un soupir déchirant.

Sonia s'agenouilla à côté de lui, sans se soucier des menaces des soldats armés de mousquets. Les lèvres de Joonu frémirent. Sonia se baissa davantage.

– Princesse, chuchota-t-il en russe, le visage tendu par l'effort. N'en veuillez pas au Bonnet Rouge. Comme vous l'aviez deviné, il n'est pas ce qu'il prétend être. Il ne fait que son devoir. Faites-lui confiance et obéissez-lui. Tout ira bien. Il sait ce qu'il fait. Je ne puis pas vous en dire plus. En tout cas, je n'ai pas l'intention de mourir, je vous le promets... Partez avec lui avant qu'il ne soit trop tard.

III

Trois jours durant Sonia voyagea aux côtés du Bonnet Rouge. Elle se sentait comme hypnotisée. Une seule chose effleurait sa conscience : ils montaient de plus en plus haut dans la montagne. Le troisième jour le temps changea. Les bourrasques de neige qui entravaient leur marche firent place à une véritable tempête à mesure que le jour touchait à sa fin. Mais le Bonnet Rouge les exhortait impitoyablement à la marche, fouettant la mule du marchand de Tsu et, à l'occasion, les soldats qui allaient à pied.

– Il faut arriver avant que la neige ne bloque le col de la montagne.

Le lama respirait bruyamment, le rouge de sa face virant au violet sous l'effort. Il avançait sans faiblir tandis que Sonia, flanquée des deux soldats courts sur pattes, suivait tant bien que mal, montée sur la mule toujours plus boiteuse de Phagpa. Elle eut le vague sentiment qu'ils étaient perdus, car depuis le temps qu'ils étaient en route ils auraient déjà dû rejoindre le monastère du lama, sur le piton rocheux de Gartok. Soudain, sa monture épuisée s'effondra et il fallut l'abandonner.

– Elle ne va pas tarder à se faire dévorer, grommela le Bonnet Rouge en donnant un petit coup de pied à l'animal. Je m'en ferais bien un ragoût moi-même, mais le temps presse.

Le pauvre *dokpa* ne retrouverait jamais plus son bien, pensait Sonia, en avançant tête baissée contre le vent glacé qui lui cinglait la figure. Phagpa et Sera ne seraient jamais récompensés par l'odieux moine qui avait ruiné sa vie. Pourquoi, se demandait-elle, les braves doivent-ils mourir jeunes, alors que les méchants restent en vie pour perpétrer leurs méfaits? Mais que voulait dire Joonu en l'exhortant à suivre le Bonnet Rouge, « qui n'était pas ce qu'il prétendait être »? Joonu avait probablement déliré. Le contrecoup de ses souffrances et l'effet hallucinatoire du pavot bleu, sans doute. Quoi qu'il en soit, l'attitude du Bonnet Rouge n'en restait pas moins énigmatique! Sonia essayait en vain de chasser la pensée de Lewis Joyden de son esprit. Elle se jura d'aller trouver l'ambassadeur de Grande-Bretagne dès qu'elle serait de retour en Russie pour lui raconter les circonstances de la disparition d'un sujet britannique au Tibet. Lewis et Joonu seraient vengés, même si elle devait déclarer elle-même la guerre au Tibet!

Comme l'après-midi touchait à sa fin, la visibilité devint quasiment nulle. Le jour déclinait rapidement et un épais manteau de neige recouvrait le sentier.

– Il y a une *mi-deussa* un peu plus loin... Je connais bien la route, je l'ai prise plusieurs fois pour me rendre à ma *gompa*. Nous allons faire une halte à la *mi-deussa* et attendre la fin de la tempête, annonça le Bonnet Rouge. Quand la lune se lèvera, nous reprendrons la route. Avec la neige, il y fera bien assez clair pour marcher de nuit.

Mais le refuge était déjà plein. Chaque centimètre de la petite bâtisse à claire-voie était occupé par des pèlerins qui se pressaient autour du feu de bouses de yak séchées, allumé au centre sous une peau de yak qui le protégeait de la neige.

– *Oï*, place, place!

Le Bonnet Rouge descendit de sa mule et fendit la foule. Il s'installa à la meilleure place devant la flamme rougeoyante, entraînant Sonia avec lui pour la faire asseoir à ses côtés, puis il ordonna aux soldats de s'occuper de sa mule et de monter la tente en peau de yak où Sonia passerait la nuit sous bonne garde.

Sonia, engourdie, s'assit auprès du feu, indifférente à ce qui l'entourait, l'esprit toujours absorbé par la pensée de Joonu et de Geyog. L'étrange moine-servant demeurerait à jamais une énigme. Était-ce vraiment Lewis Joyden? Ou bien lui avait-elle prêté les traits imaginaires de l'homme avec qui elle avait correspondu toutes ces années et qu'elle avait idéalisé? Mais si c'était bien lui, comment se faisait-il qu'il était au Tibet déguisé en moine? Pourquoi le Bonnet Rouge s'en était-il débarrassé d'une manière aussi brutale – si toutefois le Bonnet Rouge était bien le meurtrier? Car comment en être certaine? Cela aurait très bien pu être le muletier, Rika ou le passeur... quiconque ayant eu un différend avec lui. N'avait-il pas dit avoir séjourné au village plusieurs années auparavant? Tout cela était beaucoup trop compliqué. Elle n'avait qu'une envie, dormir et ne plus penser à Lewis et à Joonu, qui, à l'heure qu'il était, avait sans doute déjà succombé à ses blessures.

– Allons, mangez! ordonna le Bonnet Rouge en voyant son regard perdu dans l'espace. Voilà trois jours que vous n'avez rien pris. Je ne veux pas que vous mouriez de faim, vous m'avez suffisamment causé d'embarras comme ça.

– Je n'ai pas faim.

Le fumet qui se dégageait du chaudron suspendu à un tré-pied au-dessus du feu aurait coupé l'appétit à plus d'un.

Sonia s'éloigna du feu et du lama, et alla s'accroupir contre le mur de pierre. Une vieille mégère qui ne cessait de marmonner, un châle rapiécé sur la tête, grattait la terre gelée avec ses ongles à côté de Sonia. Au début, Sonia ne fit pas attention à elle, mais petit à petit, les longues griffes de la vieille creusant la neige à petits coups rapides et incessants finirent par capter son attention. Soudain, la vieille eut un grognement jubilatoire et dégagea un paquet de viscères gelés du trou qu'elle avait creusé à la main. Elle tira et sépara un à un les abats rouges et brillants : le cœur, les poumons, le foie, les boyaux et l'estomac. Sonia ne s'en serait pas autrement formalisée si la mégère n'avait ensuite rassemblé son répugnant trésor pour se diriger vers le feu et jeter le tout dans la marmite. Cinq minutes plus tard, un des soldats présenta un bol de bouillon fumant à Sonia, recroquevillée dans son coin. Il lui mit le bol sous le nez et dit :

– Le lama vous offre son bol et vous demande de manger pour ne pas mourir.

Il n'y avait pas que l'odeur, le contenu du bol souleva le cœur de Sonia. D'un geste brusque elle renversa le bol qu'on lui offrait.

– Qu'il aille au diable, et qu'il emporte son brouet de malheur avec lui! Au diable, vous tous! cria-t-elle en se relevant maladroitement, les joues inondées de larmes.

En un éclair le Bonnet Rouge était à ses côtés.

– Assis! Va, homme, et remplis le bol à nouveau!

Saisissant fermement Sonia par le bras il lui rugit dans la figure :

– De gré ou de force, vous allez manger ce que ces pauvres gens ont la bonté de nous offrir.

– Je ne peux pas... je vais vomir...

– Eh bien, vomissez, mais mangez d'abord... voici...

Le soldat était de retour avec le bol plein. Le Bonnet Rouge le saisit tout en forçant Sonia à s'asseoir.

– Il fait si froid que si vous restez un jour de plus sans manger vous mourrez.

– Je préfère mourir, plutôt que de manger ça... Mon Dieu! (A ce moment ses nerfs lâchèrent. La tête entre les mains, elle se mit à sangloter frénétiquement.) Je ne peux pas manger ça... je ne suis pas cannibale. Des viscères humains déterrés par cette vieille sorcière... des viscères humains! Je l'ai vue. Ensuite elle a tout jeté dans le chaudron, et vous voudriez me faire avaler ça! Je préfère mourir.

– Vous ne mourrez pas. Vous allez manger d'abord, *phi-*

lang, et vous mourrez ensuite, sur la route de la frontière et pas dans cette *mi-deussa* pour y laisser votre esprit maléfique. Tenez-la, soldat, nous allons forcer l'ingrate *philang* à boire sa soupe...

Dans un cri de rage Sonia se dégagea de l'étreinte du soldat et du lama avant qu'ils n'aient le temps de réagir. S'emparant d'un mousquet qui gisait à terre, elle en assena un grand coup sur le chaudron qui tomba dans le feu et l'éteignit en déversant son contenu sur les flammes dans un nuage de vapeur. Brandissant ensuite le mousquet en direction du Bonnet Rouge et des soldats, elle les tint en respect, tandis que les *Arjopas*, terrorisés, la regardaient comme s'il s'était agi du démon en personne.

– Elle est habitée des démons! chuchotaient-ils, épouvantés.

– Joonu était innocent et vous le savez! vociféra Sonia en se tournant vers le Bonnet Rouge. Vous le savez, car vous avez assassiné un homme blanc! Geyog n'était pas un moine tibétain, c'était un Anglais déguisé... un homme dont vous avez gardé les lettres, ainsi que celles du tsar Nicolas. Pourquoi l'avez-vous assassiné? Pourquoi? Ne me dites pas que c'est parce qu'il voulait me protéger de votre impudeur! Vous êtes un être immonde et cynique, mais vous pouvez être sûr que le Dalaï-Lama et ses humbles sujets sauront quel genre de moine se cache dans les monastères. Je vais rentrer en Russie et dire au monde entier comment les moines tibétains assassinent des innocents et s'enrichissent sur le dos de pauvres pèlerins ignorants.

– En vérité, elle est habitée des démons! rugit le Bonnet Rouge pour couvrir les cris de Sonia. Regardez-la, elle s'est transformée en *pamo*! Attrapez-la, vous tous, et plaquez-la au sol pour que les démons qui la possèdent puissent quitter son corps. A présent je vais vous expliquer ce qui lui arrive.

Obéissant aux injonctions du Bonnet Rouge malgré la terreur que leur inspirait Sonia, les *Arjopas* la forcèrent à s'agenouiller tandis que le lama leur racontait ceci:

– Le démon qui parle par la bouche de cette femme est l'esprit maléfique de son serviteur, mort il y a trois jours pour avoir commis un crime atroce. Il avait assassiné mon propre serviteur, un humble et brave moine-mendiant qui n'aurait pas fait de mal à une mouche – et tout ça pour un *phurba* de pacotille! A présent, l'esprit démoniaque du garçon, serviteur de cette *philang*, cherche à se venger sur moi et sur tous ceux qui sont présents ici. Mais je ne laisserai pas faire les démons. Allez chercher l'eau bénite qui est dans mon sac, apportez-moi mon trident et mon moulin à prières. Nous allons exorciser cette femme avec des prières et des offrandes.

Sur ces paroles le Bonnet Rouge entama un rituel compliqué pour exorciser Sonia, au moyen de son moulin à prières et de drapeaux de prières qu'il vendait aux *Arjopas*, trop contents de recevoir la bénédiction d'un saint homme et de se débarrasser du mauvais œil qui hantait le refuge.

– Le lait de yak va protéger ces murs, grommelait le Bonnet Rouge en aspergeant de lait les parois de la *mi-deussa* et en touchant de la pointe de son trident d'argent les quatre coins de la bâtisse. Les odeurs du démon ne nous dérangeront plus ce soir... regardez comme la femme s'est calmée. Il n'y a plus d'écume au coin de sa bouche. Emmenez-la dans sa tente, soldats, et surveillez-la. Ramassez votre chaudron et faites-y fondre de la neige. Vous pouvez ramasser votre viande aussi, elle a été purifiée et peut être consommée. Rallumez le feu et mangez. Je vais dans la montagne parler avec les dieux et leur demander de veiller sur vous tant que la *philang* est parmi nous.

Le Bonnet Rouge prit son bol en bois, le glissa dans son *amphag* et, se dirigeant vers la petite tente sous laquelle Sonia était assise, grelottante, passa sa tête empourprée et mal rasée par l'ouverture. D'une voix douce que Sonia aurait reconnue entre mille pour l'avoir entendue à Abingdon (si bien qu'elle se demanda comment elle avait pu un seul instant confondre Geyog et Lewis Joyden), il lui dit en anglais :

– Le moins qu'on puisse dire, c'est que le yak est un animal remarquable. Il nous donne tout, depuis le chasse-mouches jusqu'au beurre, et sans jamais protester – vous devriez suivre son exemple, ma belle, et avaler le prochain bol de soupe de yak qu'on va vous servir, sans quoi il vous en cuira, croyez-moi! Vous avez failli tout flanquer par terre!

Puis il quitta la tente, laissant Sonia complètement abasourdie.

16

I

Sonia, assise à l'entrée de sa tente, contemplait le glacis
d'étoiles sur la crête des montagnes. Il ne neigeait plus et la
nuit était claire et lumineuse. Le dernier quartier de lune
montait au firmament juste devant elle, ce qui ne laissait
pas de la surprendre, car la lune aurait dû théoriquement
venir de l'est, juste avant le soleil, et non de l'ouest où se
trouvait Gartok et la Route de la Soie. Hier, déjà, elle avait
eu l'impression qu'ils s'étaient perdus. Mais le Bonnet
Rouge n'aurait jamais admis qu'il faisait fausse route. Tant
pis pour lui! Qu'il aille donc se perdre dans ces maudites
montagnes si cela lui chantait! Sonia réalisa que tous les
Arjopas étaient assoupis, ainsi que les deux soldats qui
étaient censés monter la garde. Partout autour de sa tente,
des corps étaient vautrés pêle-mêle à même le sol, emmitou-
flés dans de lourdes jupes de toile grossière, des couvertures
de laine remontées sur la tête, comme un troupeau de noirs
moutons dont elle eût été la bergère. Ses mains et ses pieds
étaient encore ligotés. A côté d'elle, la flamme d'une minuscule lampe à beurre de yak vacillait faiblement, n'éclairant
rien tant la lumière de la lune était vive. Mais si petite soit-
elle il y avait une flamme et Sonia, fermement résolue, tendit ses poignets au-dessus de la lampe en priant le ciel pour
qu'elle ne s'éteigne pas avant d'avoir brûlé ses liens.

Une demi-heure plus tard elle avait les mains libres et les
poignets en feu. Elle défit la corde autour de ses chevilles. Le
campement dormait toujours à poings fermés. Elle ne craignait plus les soldats tibétains, maintenant qu'elle avait vu

leurs vieux mousquets tout rouillés. Le temps qu'ils mettent en joue et qu'ils actionnent la pierre à fusil, elle serait déjà loin.

Il ne lui fut pas difficile de retrouver la trace du Bonnet Rouge, car il n'avait guère neigé depuis qu'il avait annoncé son intention d'aller converser avec les dieux. Seule une poudre légère avait recouvert ses empreintes. Debout sur un névé étincelant, à mi-chemin de la crête, sa silhouette noire se découpait dans le clair de lune, tel un roc, les bras tendus vers le ciel étoilé. Dans cette atmosphère raréfiée, Sonia respirait bruyamment. Le son de sa respiration haletante vint interrompre la méditation solitaire du lama qui se tourna vers elle, la dominant de toute sa hauteur. Il était nu comme un ver. Son *shamtab*, ses sandales et son bonnet jonchaient le sentier, à côté des pieds de Sonia. Il avait un corps vigoureux et ferme.

– *Mig Kar!* dit-il, aussi surpris qu'elle. Ne prenez pas cet air effarouché! Vous, une femme mariée – vous avez déjà vu un homme nu, j'espère!

Elle tourna aussitôt les talons pour fuir ce grossier personnage, mais il la rappela.

– Attendez, ne partez pas!

Elle hésita, puis sa voix retentit claire et vibrante comme l'air de la nuit:

– Qui êtes-vous donc, Lewis Joyden, pour vous moquer aussi impunément de la vie et des sentiments d'autrui?

Il se laissa glisser le long du névé et s'approcha d'elle, entièrement nu et le crâne rasé, sans éprouver la moindre gêne. Il se baissa pour ramasser sa tunique mouillée par la neige.

– Oui, *je* suis Lewis Joyden, Sonia, ce n'était pas Geyog – désolé. Il m'a fallu jouer cette mascarade absurde pour des raisons que vous n'êtes sans doute pas prête à entendre. Laissez-moi vous expliquer...

Désespérée, Sonia détourna la tête, le souffle court, une douleur dans la poitrine. Elle aurait voulu le frapper pour tout ce qu'il lui avait fait endurer.

Puis elle se tourna à nouveau vers lui quand il eut remis sa tunique capitonnée de façon à simuler l'embonpoint. Voûté, le visage rougeaud et buriné, le grotesque personnage du Bonnet Rouge se tenait à nouveau devant elle.

– Je crois que je suis en train de devenir folle, dit-elle.

– Mais non...

Il tendit la main vers elle, mais elle le repoussa violemment et dit:

– Je ne vous crois pas, vous n'êtes pas...

Sa voix s'évanouit. Elle se souvenait avoir dit exactement la même chose à Geyog. A la pensée de Geyog et de Joonu, l'image du beau jeune homme chevaleresque qu'elle avait forgée dans sa tête explosa comme une bulle empoisonnée, et avec elle toutes ses illusions concernant Lewis Joyden.

– Je n'arrive pas à le croire... Je ne veux pas... (Elle secoua la tête, les larmes prêtes à jaillir.) Geyog... assassiné, et Joonu...

– Faites-moi confiance, Sonia.

– Vous faire confiance!... Oh!... après... après ce que vous avez fait? Après avoir laissé fouetter Joonu aussi sauvagement... oh! non, Lewis Joyden n'aurait jamais laissé faire une chose pareille! C'était un homme d'honneur... n'est-ce pas?

Sa voix se brisa pitoyablement. Elle ne savait plus si elle parlait à un vieux lama ou à un jeune Anglais.

L'homme qui se tenait devant elle se redressa et, levant les mains, commença à décoller les bords de son visage. Une substance de caoutchouc recouvrait entièrement sa figure depuis la naissance du cou jusqu'à la racine des cheveux.

– Il me faut deux heures pour refaire un maquillage de Tibétain comme celui-ci... c'est pour cela que je ne le quitte pour ainsi dire jamais.

Il eut un petit rire amusé.

Le visage qui commençait à apparaître lui semblait vaguement familier. Sonia se demanda comment elle avait pu croire un seul instant que Geyog était Lewis Joyden, tandis que ce dernier surgissait sous ses yeux. C'était le même visage, exactement, que celui qu'elle avait gardé au fond de sa mémoire pendant toutes ces années, depuis le jour où, chez sa grand-mère, il l'avait regardée de derrière les rhododendrons, avec ce même sourire moqueur au coin des lèvres. Une image unique, à jamais gravée dans son cœur, comme une icône contemplée à travers un brouillard d'encens, parfois proche, parfois lointaine, mais toujours pieusement révérée. Sonia restait pétrifiée devant l'apparition de cet être soudain si cher en ce lieu étrange. Avec un cri d'enfant abandonnée, déchirée par un violent conflit intérieur, Sonia se jeta dans ses bras.

– Pourquoi, Lewis... pourquoi? sanglotait-elle sur son épaule.

– Il est encore trop tôt pour poser des questions, Sonia.

Au bout d'un moment elle se ressaisit. Reculant de quelques pas, les larmes aux yeux, elle dit en secouant la tête :

– Je ne vais pas me laisser embobiner par vous, pas après ce que vous m'avez fait endurer.

Elle scruta le visage de Lewis Joyden, l'homme au crâne rasé, le bourreau de l'humanité.

– Vous m'avez menée en enfer, et je ne vous le pardonnerai jamais.

– Et où croyez-vous que vous m'ayez mené, vous-même? demanda-t-il tristement. Je n'ai jamais souhaité que les choses prennent cette tournure... D'ailleurs tout cela ne serait pas arrivé si vous ne vous étiez pas confiée à Geyog.

– Je... quand me suis-je confiée à Geyog?

– Le soir où vous et lui étiez assis au clair de lune, sous les fleurs d'oranger, vous vous êtes laissé abuser par ses propos mielleux. Geyog était dangereux. Il vous soutirait des informations sans en avoir l'air. Mais c'est une longue histoire. Ce n'est ni l'endroit ni le moment de la raconter. Je suis gelé. (Il eut un vague sourire, un petit sourire en coin qui rappela l'Angleterre à Sonia.) La technique du *thumo reskiang* est efficace à condition de ne pas se laisser distraire par une femme. Je suis désolé pour Joonu. Je sais combien il comptait pour vous. Je vous expliquerai tout cela plus tard. Mais pour l'instant, je vous demande d'essayer de me faire confiance. Il faut que je continue à jouer mon rôle d'exécrable Bonnet Rouge, pour me faire craindre et faire fuir les gens que je rencontre. Je n'ai pas le choix si je veux mener à bien ma mission. Je vais vous demander de retourner à la *mi-deussa* pour y chercher nos sacs, ainsi que mon trident et mon moulin à prières... le moulin à prières est très important. Ensuite, vous reviendrez ici le plus vite possible. J'aurais préféré y aller moi-même, mais ce serait trop risqué sans mon maquillage et je n'ai pas le temps de le refaire.

– Mais si quelqu'un s'éveillait et me surprenait en train de prendre vos affaires?

– Eh bien, improvisez quelque chose. Une grande sorcière comme vous a plus d'un tour dans son sac, j'imagine. Si vous ne trouvez vraiment pas le moyen de revenir, j'attendrai deux heures environ, après quoi je retournerai au campement avec un nouveau maquillage – j'en ai toujours une boîte sur moi, dans mon *amphag*, au cas où je perdrais mon sac. Bon, assez parlé. A présent, filez, fillette!

– Ne me traitez pas comme une gamine, Lewis, et ne m'appelez pas fillette. Quoi que vous puissiez dire ou faire à présent, je n'oublierai jamais ce qui est arrivé à Joonu...

– Sonia, je vous jure que je vous tuerai aussi si vous me trahissez maintenant!

Ses doigts puissants se refermèrent sur son bras comme un étau.

– Oh! ne vous inquiétez pas, Lewis Joyden, ça ne sera pas nécessaire! lança-t-elle, le regard chargé de haine. Je suis toujours votre prisonnière. Maintenant, lâchez-moi, je vous prie. Je vais faire de mon mieux pour suivre vos instructions. Et n'ayez crainte, je reviendrai. Je n'ai nullement l'intention de vous trahir. Ne serait-ce que parce que je veux savoir exactement la part de responsabilité que vous avez eue dans le meurtre de Geyog. Et je vous jure que, si vous êtes responsable de ce qui est arrivé à Joonu, je vous dénoncerai au *ponpo* le plus proche et vous ferai fouetter comme il l'a été.

II

Les *Arjopas* et les soldats dormaient toujours à poings fermés dans la nuit glaciale, ensevelis sous leurs couvertures dans d'étranges attitudes. Sonia prit les bagages, sans oublier le moulin à prières et le trident, mais dut abandonner la précieuse tente en peau de yak. Elle quitta la *mi-deussa* sans encombre. Lewis l'attendait au même endroit. Il avait remis son étonnant bonnet rouge sur son crâne rasé, si bien que lorsqu'il vint à sa rencontre, arborant son visage d'Anglais souriant, elle n'arrivait pas à croire qu'il s'agissait de l'homme avec qui elle avait voyagé depuis un nombre de jours qui lui semblait déjà incalculable.

– Parfait! A présent, il nous faut mettre autant de distance que possible entre les soldats du *ponpo* et nous. Dieu merci, il ne neige plus. (Il endossa son sac à dos et passa devant Sonia.) Suivez-moi, ne ralentissez pas et ne me posez pas une seule question jusqu'à la prochaine halte. Vous allez avoir besoin de tout votre souffle pour affronter ces montagnes.

C'était le Bonnet Rouge dans toute sa rudesse qui venait de parler. Sonia, encore perplexe et pleine de rancœur, ravala une réflexion désagréable. Le temps viendrait... en attendant, il lui fallait rassembler toute son énergie pour marcher sans faiblir derrière cet homme qui semblait connaître la montagne comme le fond de sa poche.

– Vous n'aviez pas l'intention de me ramener à Gartok, Lewis, n'est-ce pas? Mais que vouliez-vous faire, alors? demanda Sonia, profitant d'un moment où ils cheminaient côte à côte sur un étroit sentier encaissé entre deux immenses parois rocheuses.

– Je voulais vous balader le plus longtemps possible, *Mig Kar.*

– Dans quelle direction?

– Lhassa.

– Traitée comme je l'étais par l'odieux Bonnet Rouge, je n'aurais jamais survécu au voyage.

– Et maintenant?

Il leva un noir sourcil interrogateur dans sa direction.

– Je ne crois pas que je survivrai non plus.

– Il le faudra... mais ne vous y trompez pas, Sonia, le Bonnet Rouge reparaîtra dès que nous aurons quitté ces régions solitaires.

– Cette montagne ne me semble pas si déserte que cela. Nous venons de quitter une *mi-deussa* pleine à craquer.

– Les refuges sont toujours occupés, ils sont là pour ça. Et nous ne sommes pas encore très haut – ce ne sont que les contreforts de l'Himalaya. Mais nous allons suivre un itinéraire que la plupart des gens ne connaissent pas... Je l'ai découvert lors d'une de mes précédentes expéditions au Tibet. En suivant cette brèche, nous allons ressortir de l'autre côté du lac Manasarovar, entre le Népal et le Tibet, et de là nous allons rejoindre la Route de la Soie jusqu'à Lhatsé, puis Gyantsé.

– Vous êtes très sûr de vous, n'est-ce pas, Lewis?

– Il le faut, sans quoi je serais un homme mort.

Ils n'échangèrent plus une parole jusqu'à ce que Lewis déclare qu'il existait un *jong* abandonné, un peu plus bas, où ils pourraient faire une halte.

– Qu'est-ce qu'un *jong*? demanda Sonia.

– Un fort. Il se trouve à la croisée de deux cols qui débouchent en Inde. Seulement il est en ruine depuis que les Chinois l'ont abandonné, il y a quelques années.

– Comment savez-vous tout cela?

– Parce que c'est moi qui ai tracé la frontière à cet endroit, mademoiselle.

– Ah, je vois! Est-ce une coïncidence que nous nous soyons rencontrés au Tibet, ou bien y a-t-il quelque chose qui m'échappe?

– Il n'y a aucune coïncidence – je suis sur vos traces depuis Roudok.

– Roudok? répéta-t-elle ahurie.

– Oui, Roudok. Vous et Joonu ne seriez jamais entrés au

Tibet si je n'avais été là pour faire diversion quand les Bonnets Jaunes sont intervenus.

– Vous? Comment cela?

Elle le regardait sans comprendre. Il eut un petit rire.

– C'était moi, le vieux bougre de paysan dont les sacs de navets pourris ont été éventrés par les Bonnets Jaunes qui cherchaient de l'opium.

– Le vieux plein de plaies?

– Lui-même.

– Ciel, vous êtes vraiment un as du déguisement! Et ce masque si ressemblant que vous mettez deux heures à confectionner, de quoi est-il fait?

– Un nouvel amalgame résineux dérivé du caoutchouc malais. Il prend l'aspect d'une peau ridée quand on le mélange à d'autres substances... mais c'est un secret... que je ne vous révélerai pas, de peur que vous ne mettiez en danger la vie d'autres *pundits*!

– Je n'ai jamais eu l'intention de mettre la vie de quiconque en danger – que ce soit Geyog ou Joonu.

– Geyog n'était pas un *pundit*.

– Je ne suis pas sûre de savoir ce qu'est un *pundit*, Lewis. Mais vous, je me demande bien ce que vous faites au Tibet, car quelque chose me dit que ça n'a rien à voir avec la géographie.

– Je suis un espion, Sonia. Un agent britannique. Et cela a tout à voir avec la géographie.

– Espion! Voilà donc la clef du mystère qui entoure Lewis Joyden!

– Il n'y a aucun mystère, seulement du danger... pour vous comme pour moi.

– Pourquoi pour moi?

– Parce que vous êtes ce que vous êtes et que votre mari et votre frère sont impliqués dans des activités que le gouvernement britannique voit d'un très mauvais œil.

– Mais de quoi diable voulez-vous parler? (Elle s'arrêta et le regarda, stupéfaite.) Qu'est-ce que mon frère et mon mari ont à voir avec tout cela?

– Tout. Mais ne restons pas là, nous allons geler sur place. Nous parlerons de tout cela quand nous aurons atteint le *jong*.

– Je veux que nous parlions maintenant, Lewis!

– Très bien, dans ce cas vous parlerez toute seule.

Il repartit d'un pas décidé, laissant Sonia trop déconcertée pour dire quoi que ce soit.

Une fois atteint le *jong* qui exhalait une forte odeur d'urine et de bouse de yak, Lewis alluma un feu à même le sol de pierre humide de la pièce principale.

– Une chose qu'il faut accorder aux Tibétains (il eut un sourire au-dessus de la flamme vacillante de l'allumette), c'est qu'ils pensent toujours aux autres voyageurs. La vieille femme de la *mi-deussa* creusait la terre pour déterrer la viande de yak qu'un groupe de pèlerins avait enfouie dans la glace pour le groupe suivant. Il reste encore de la bouse de yak séchée dans ce coin, là-bas, voulez-vous avoir la gentillesse d'aller en chercher?

– Lewis, je voudrais savoir ce que vous avez insinué concernant mon frère et mon mari, dit Sonia qui était en train de réaliser à quel point elle avait déliré dans la *mi-deussa*, en croyant que les Tibétains mangeaient de la chair humaine!

Elle s'assit devant la maigre flamme.

– Chaque chose en son temps, Sonia. Savez-vous faire le thé tibétain?

– Non.

– Bon, je vais donc être obligé de le faire moi-même.

De son sac il sortit un bloc de thé compact qu'il coupa à l'aide d'un couteau avant d'en jeter un morceau dans un petit chaudron de cuivre qui avait appartenu à Geyog.

– Maintenant, il va falloir attendre que l'eau atteigne quatre-vingt-cinq degrés centigrades, avant qu'elle se mette à bouillir, étant donné que nous nous trouvons approximativement à quatre mille mètres d'altitude.

– Y a-t-il une chose que vous ne sachiez pas, Lewis Joyden? ironisa Sonia, sans l'atteindre le moins du monde.

Il leva ses yeux brun-vert et dit gaiement:

– J'ignore une foule de choses, *Mig Kar*. Par exemple, je ne sais pas ce que vous faites au Tibet.

– Cela ne vous regarde pas, Lewis.

– Si, *Mig Kar*.

– Et ne m'appelez pas *Mig Kar*. Je m'appelle Sonia.

– Pas au Tibet. Lorsque je vous appelle Sonia, c'est que je fais un lapsus, et je n'en ai fait que trop depuis que je suis en votre compagnie. Après tout, je suis humain et je ne suis pas insensible à un joli minois – et Dieu sait s'ils sont rares dans les environs! Quoi qu'il en soit, le laisser-aller est une mauvaise habitude dans mon métier.

– Le métier d'assassin?

– Le métier d'agent du gouvernement, *Mig Kar*. Que savez-vous de Dorjieff?

– Lewis, est-ce encore une de vos plaisanteries bizarres? demanda-t-elle irritée.

– Je vous assure, *Mig Kar*, que je n'ai pas le moins du monde le cœur à plaisanter... ahh! L'eau bout, enfin... donnez-moi la passoire en bambou, je vous prie. Merci. Maintenant, où en étais-je? (Il remua vigoureusement le thé.) Ah, oui, Dorjieff! Parlez-moi donc de Dorjieff. Où, quand et comment l'avez-vous rencontré à Saint-Pétersbourg? Dites-moi aussi pourquoi votre mari et votre frère font du trafic d'armes, et quel est votre rôle dans tout cela?

Sonia le regardait verser le thé dans la passoire de bambou tressé dans laquelle il avait mis un morceau de beurre de yak. Le liquide chaud fit fondre le beurre, après quoi Lewis ôta le petit panier dans lequel se trouvaient les feuilles de thé et ajouta une pincée de sel au breuvage qu'il se mit à battre longtemps et vigoureusement à l'aide d'un disque de bois au bout d'un long manche. Le beurre moussa et pétilla comme du champagne.

– J'ai rencontré Dorjieff une seule fois, dit-elle, sans quitter des yeux les mains expertes de Lewis. Pas à Saint-Pétersbourg, mais secrètement... à Toula, dans la maison de campagne de mon époux. Pendant notre lune de miel. Je ne sais pas ce qui s'est dit entre Dorjieff et mon mari. Tout ce que je sais, c'est que peu de temps après nous étions de retour à Saint-Pétersbourg. Quelques semaines plus tard, Kolia partait pour Lhassa.

– Avec Dorjieff?

– Non, Barakov.

– Savez-vous de quoi ils ont parlé?

– Je n'en ai pas la moindre idée.

– Quand cette entrevue secrète a-t-elle eu lieu?

– L'été de mes dix-sept ans, dit-elle, le regard lointain. Il y a cinq ans, si vous voulez tout savoir.

– Oui, je veux tout savoir, Sonia. C'est important. (Il lui tendit son bol de thé au beurre.) Du thé comme Joonu n'en a jamais fait, dit-il d'une voix douce, réalisant qu'il venait de faire une gaffe lorsqu'il vit Sonia baisser le nez sur son bol de thé et se raidir comme un pantin de bois. Je suis navré...

Elle releva la tête, le regarda et dit d'une voix étouffée :

– Pourquoi Joonu? Ne pouviez-vous l'épargner dans votre « Grand Jeu » d'espionnage?

– Dans le « Grand Jeu », Sonia, il arrive qu'un pion soit sacrifié pour pouvoir sauver plusieurs vies humaines.

Elle le regarda, outrée.

– Non, je n'arrive pas à croire que vous puissiez dire une chose pareille! Est-ce la raison pour laquelle vous avez tué Geyog?

– Geyog était dangereux. C'était un agent double. Il faisait semblant de travailler pour les Anglais, mais en fait, il travaillait pour les vôtres – les gens comme Dorjieff.

– Les miens! C'est donc ainsi que vous voyez les choses, Lewis?

– Sonia!

Elle se leva pour fuir sa présence.

Avisant un vieil escalier de pierre en ruine, elle y grimpa jusqu'à un étroit palier d'où on apercevait la vallée enneigée, éclairée par la lune et encerclée de montagnes. Des montagnes, des montagnes, partout des montagnes. Tangibles et intangibles et toutes insurmontables. Lewis arrivait derrière elle.

– Sonia, dit-il, le ton durci. Un jour sans doute, je serai à même de vous expliquer les raisons de ma présence au Tibet. Mais pour le moment c'est impossible, les enjeux sont trop importants. Essayez de comprendre.

– Oh! j'ai parfaitement compris! J'ai compris que vous avez sacrifié deux braves garçons au nom de votre prétendu devoir!

– Sonia, vous devez me croire quand je vous dis que j'ai tué Geyog en légitime défense. Il m'avait repéré peu après l'épisode de Roudok. Il savait qui j'étais, mais n'avait aucun moyen de le prouver. Alors nous nous sommes lancés dans un interminable jeu de cache-cache, lui et moi. Essayez de comprendre. Le soir où vous lui avez parlé si librement, vous lui avez révélé beaucoup de choses à votre insu. Geyog n'était pas un imbécile – loin de là, c'était un espion hors pair. Il avait été éduqué à Drepung, comme Dorjieff. Son père était un Chukpo-Kudak, un riche aristocrate qui avait épousé une missionnaire anglaise. Geyog a été formé tour à tour par les Britanniques, les Tibétains et les Russes. Ce sont eux qu'il a finalement choisi de servir, comme son homologue, Dorjieff. Geyog s'est lancé sur mes traces avec mission de découvrir ce que je faisais au Tibet. Le moment venu, il était chargé de me supprimer pour m'empêcher d'atteindre Lhassa. Il parlait couramment l'anglais et savait tout de moi car il avait été formé pour cela – il avait même appris à se servir de sa main gauche! C'est pour cela qu'il vous susurrait du Byron, il connaissait ses classiques! Il vous a séduite avec ses manières douces et sa gentillesse, surtout après le traitement que je vous avais infligé... une grave erreur de ma part, d'ailleurs. Je n'ai jamais su comment traiter les femmes dans le travail. Vous lui avez pratiquement révélé qui j'étais. A partir de ce moment-là, c'était lui ou moi. Nous nous sommes battus dans la rivière... et il a perdu. Voilà toute l'histoire, Sonia, libre à vous de me croire ou non.

– Et Joonu? Pourquoi fallait-il que ce pauvre Joonu vous serve de bouc émissaire?

– Je n'ai jamais eu l'intention de...

Elle fit volte-face.

– Jamais eu l'intention? Dites-moi un peu, Lewis Joyden, quelles étaient vos intentions lorsque vous êtes allé chercher le *ponpo* pour qu'il nous juge, Joonu et moi-même, pour un meurtre que vous aviez commis?

– Vous croyez que c'est moi qui suis allé trouver le *ponpo*? dit-il, surpris.

– Ce n'est pas vous, Lewis?

– Non, Sonia, ce n'est pas moi. Le muletier est allé chercher le *ponpo*. Il nous avait vus nous battre dans la rivière, Geyog et moi, et il voulait se venger parce que j'avais décliné son hospitalité et lui avais refusé ma bénédiction. C'est lui qui a amené le *ponpo* au village. J'allais m'en retourner pour vous mettre au courant, lorsque je me suis retrouvé nez à nez avec le *ponpo*.

– Cette histoire est invraisemblable. Pourquoi avez-vous décidé de vous battre alors que vous saviez que le muletier pouvait vous voir?

Il soupira, excédé.

– Je n'ai pas décidé de me battre. Après m'avoir assommé, Geyog m'a conduit à dos de mule à la rivière. C'est à ce moment-là que j'ai commencé à recouvrer mes esprits. Geyog avait dérobé le couteau de Joonu avec l'intention de m'assassiner. Il se trouve qu'entre autres choses j'ai appris à me battre, au cours de mon séjour en Inde.

– Autrement dit, vous avez supprimé Geyog dans le cadre de votre mission.

– Oui, Sonia, puisque vous tenez absolument à voir les choses sous cet angle.

– Je ne veux pas les voir sous cet angle, Lewis. C'est vous qui m'y obligez. Chaque fois qu'il est question de Joonu, vous prenez la tangente. Parce que vous avez des remords? Parce que Joonu était le pion qu'il fallait sacrifier? Je veux des réponses, Lewis, sinon comment voulez-vous que je croie ce que vous me racontez?

– Oui, Sonia, Joonu était le pion qu'il fallait sacrifier!

Il se passa un long moment avant qu'elle puisse lui parler ou le regarder à nouveau. Les yeux perdus dans la nuit, contemplant la vallée qui s'étirait, solitaire, par-delà le parapet du vieux fort, elle murmura:

– Nous sommes ennemis, vous et moi, Lewis Joyden.

– Non, Sonia. Je ne le crois pas. Nos pays ne s'aiment guère, c'est vrai, mais nous nous comprenons l'un l'autre.

– Vraiment? Je ne le crois pas.

Elle se leva, descendit l'escalier pour retourner dans la pièce où était allumé le feu, et se rassit, tendant ses mains gelées vers la flamme. Elle était glacée des pieds à la tête, son cœur même était comme un bloc de glace qu'aucune bonne parole n'aurait pu faire fondre. Sonia déplia sa couverture et s'enroula dedans.

Lewis s'assit dans un coin de la pièce et fit mine de méditer.

– Aimez-vous votre mari? demanda-t-il soudain dans l'ombre.

– Non, Lewis.

Sonia remonta sa couverture jusqu'à son menton.

– Il est vivant, ici, quelque part au Tibet. Voulez-vous savoir où lui et votre frère se cachent... ou le savez-vous déjà?

– Non, je ne le sais pas. Je suis venue au Tibet pour les chercher.

– Kirsten vit près de Gyantsé, dans un endroit qui se nomme Thug Phul. Quant à votre mari, il se trouve à Lhassa, à l'intérieur du Potala, pour être exact.

– Je ne vous demanderai pas d'où vous tenez ces informations. Vous êtes un espion. En dehors de cela, plus rien vous concernant ne m'intéresse, monsieur Joyden.

– Très bien. Je sais que je ne vous ai pas ménagée, mais au moins croyez-moi lorsque je vous dis que je ne suis pour rien dans les coups de fouet du muletier. Si cela peut vous consoler, cela m'a fait terriblement mal de vous voir souffrir ainsi. Mais je ne pouvais rien faire, sinon je me serais trahi. Lorsque le *ponpo* et moi-même sommes entrés dans la maison de Rika, je l'ai fait boire pour obtenir sa clémence. Sans quoi, je vous garantis que le muletier n'aurait pas hésité à vous mettre le dos à vif au premier coup de fouet. Pour ce qui concerne Joonu, c'est une autre histoire... mais je lui suis reconnaissant de vous avoir épargné deux coups de fouet en s'interposant juste au bon moment...

– *Juste au bon moment?* (Sonia releva la tête et le foudroya du regard.) C'est tout ce que vous trouvez à dire? Dieu du ciel, Lewis Joyden, n'avez-vous donc aucun sens moral? J'allais être flagellée, peut-être marquée et blessée à vie, et Joonu, lui, a été brutalement battu, peut-être mutilé à cause d'un crime que VOUS avez commis, et tout ce que vous trouvez à dire c'est : *juste au bon moment!*

– Écoutez, Sonia, si je n'avais pas acheté le *ponpo* et le muletier, et si je ne les avais pas amadoués en les faisant boire deux heures durant dans la cuisine de Rika, votre sort aurait été bien plus terrible. Sans mon intervention, le *ponpo* n'aurait eu aucun scrupule à vous faire battre comme plâtre par le muletier. Le courage et le dévouement de Joonu vous ont épargné les deux coups de fouet qui vous étaient destinés. Mais si j'étais intervenu davantage en votre faveur ou en celle de Joonu, c'est moi qu'on aurait soupçonné et on aurait eu tôt fait de démasquer l'agent britannique que je suis. C'était un risque que je ne pouvais pas prendre.

– Quelle aubaine pour vous qu'un jeune garçon inculte et innocent ait eu le geste chevaleresque dont vous étiez incapable! Et combien cela vous a-t-il coûté au juste de soudoyer le *ponpo*, trente pièces d'argent?

– Sonia, je...

– Au nom du ciel, ne m'appelez pas Sonia. Je suis la princesse Doubrovka, en ce qui vous concerne, monsieur Joyden.

– Vous auriez préféré la compagnie de ce fourbe de Geyog plutôt que la mienne, c'est cela? Vous auriez préféré être sa prisonnière à lui?

– Et pourquoi m'aurait-il gardée prisonnière? Vous m'avez dit qu'il travaillait pour les Russes. Il m'aurait aidée, au contraire, à retrouver mon frère et mon mari.

– Vous croyez? J'en doute. Geyog n'était pas le genre d'agent à s'embarrasser de la compagnie d'une femme. Il n'aurait pas hésité à vous éliminer à la première occasion, comme il a cherché à m'éliminer moi-même. Les hommes comme Dorjieff ou Geyog n'obéissent qu'à eux-mêmes en fin de compte. Partout au Tibet, on forme des gens comme eux dans les monastères, dans le but de sortir le pays de son retard technologique tout en préservant la tradition culturelle et religieuse. Le Dalaï-Lama préfère l'innovation à la russe plutôt que le laminage pur et simple à la chinoise. Il encourage les cerveaux de son pays à épouser la doctrine russe. Geyog a étudié à la fois le mysticisme et les humanités au monastère de Drepung. C'est l'ambivalence même de son éducation qui a fait de lui un dangereux extrémiste.

– Ainsi, les hommes comme Dorjieff et Geyog, qui font pour le Tibet ce que Lénine fait pour la Russie, doivent être éliminés par les Anglais comme vous, sous prétexte que ce sont de dangereux extrémistes? C'est bien ce que vous êtes en train de dire?

– Tout ce que j'essaye de vous dire, *Mig Kar,* c'est que, dans ce « Grand Jeu » des nations, les choses ne vont pas à sens unique. La politique du Tibet coïncide avec les vues de la Russie et non avec celles des Britanniques. Mais Geyog, lui, avait des raisons personnelles de haïr la Grande-Bretagne. Sa mère était anglaise et, lorsque Geyog avait environ quatre ans, son père, un aristocrate tibétain, est mort. La mère de Geyog, qui ne voulait pas s'embarrasser d'un gamin, l'a fait entrer au monastère, puis elle est repartie convertir les païens en Chine. Geyog n'a jamais revu sa mère. C'était un homme inflexible et dangereux, qui n'aurait pas hésité à vous poignarder dans le dos dès l'instant qu'il aurait obtenu toutes les informations qu'il désirait – sur vous, sur moi, sur votre frère ou votre mari, bref, sur n'importe qui.

– C'est votre version à vous. Geyog n'est plus là pour vous contredire... puisqu'il est mort poignardé dans le dos, par vous.

– En légitime défense, *Mig Kar.* Vous me reprochez d'être toujours en vie?

– Qu'avez-vous fait pour sauver la vie de mon pauvre Joonu, monsieur Joyden? Et qu'allez-vous faire de moi? M'assassiner, moi aussi, parce que je fais partie du camp adverse?

– Ne jouez pas les mégères, *Mig Kar,* ça ne vous va pas. Vous n'êtes pas du tout ce genre de femme.

– Et comment savez-vous quel genre de femme je suis?

– Vous seriez étonnée comme, au fil des ans, vos lettres m'ont appris à vous connaître et à vous respecter infiniment. Vous êtes une femme intelligente et courageuse. Vous êtes loyale et chaleureuse. Vous êtes généreuse et sensible. Sinon pourquoi diable seriez-vous venue jusqu'au Tibet rechercher votre bon à rien de frère et votre balourd de mari, au péril de votre vie? A moins qu'il n'y ait une autre raison. Laquelle, *Mig Kar*? Serait-ce parce que vous aimez votre mari, malgré tout, et que vous ne pouvez vivre sans lui?

– Oui, monsieur Joyden.

– Je ne vous crois pas, princesse Doubrovka. Sonia, Joonu ne mourra pas – j'espère. J'ai aussi soudoyé Rika et ses filles pour qu'ils l'aident à s'échapper dès que j'aurais le dos tourné.

Soudain, un courant d'air glacial venu de la porte d'entrée coupa court à la conversation. Deux silhouettes emmitouflées dans des peaux de bêtes en lambeaux pénétrèrent dans le *jong*.

– *Oghaï, oghaï!* dit un jeune homme en ôtant les hardes qui dissimulaient son visage rougeaud et son large sourire. Vous avez beaucoup souffert!

– Pas autant que vous, grogna Lewis, redevenu le Bonnet Rouge et se retirant dans l'ombre pour réciter un mantra d'une voix puissante, au-dessus de son rosaire.

Le Tibétain tira la langue en signe de bonjour et rejoignit Sonia à côté du feu. C'est seulement à ce moment-là qu'il avisa sa compagne restée à la porte dans la bise glacée.

– Entre, femme! gronda-t-il. La sainte mère et le lama ne vont pas croquer le bébé! (Il se tourna vers Sonia tandis que sa femme fermait la porte.) Ma femme est peureuse. Elle ne voulait pas venir avec moi. Voyez-vous, sainte mère, elle a accouché de notre fils il y a huit jours. Mais ma mère, qui habite dans l'autre vallée, est mourante et elle a demandé à voir son petit-fils. Je suis son fils unique, et c'est son premier petit-fils. Vous voyez, ma femme n'avait pas le choix, elle était obligée de venir. Maintenant, il faut espérer que nous allons arriver à temps et que le temps ne va pas empirer.

Sonia regarda le jeune époux, horrifiée.

– Vous avez emmené le nouveau-né et votre femme qui relève à peine de couches avec vous? Dans ces montagnes, et avec ce temps épouvantable? Êtes-vous fou? Vous auriez dû vous rendre seul au chevet de votre mère mourante.

– C'est ce que je lui ai dit, intervint la jeune épouse en tombant à genoux à côté de Sonia, mais il n'a rien voulu savoir... seule sa mère compte pour lui. Je ne peux pas nourrir mon bébé, car je n'ai plus de lait, et mon époux est en colère parce que je suis fatiguée et que j'avance lentement, tandis que le bébé ne cesse de pleurer parce qu'il a faim. (La femme déballa le petit fardeau braillard serré contre son sein et tendit l'enfant à Sonia.) Que puis-je faire, sainte mère, mon lait s'est tari et je suis épuisée...

218

– Donnez-lui du lait de yak, lança le Bonnet Rouge depuis les ténèbres.

– Mais qui m'en donnera, saint père ?

– Le yak... donnez-lui un peu de notre lait, sainte mère, dit-il à Sonia.

– Nous avons épuisé notre réserve, *Tsawaï-Lama*, lui rappela Sonia tout en berçant le bébé dans ses bras. Nous avons donné ce qui restait de lait pour éloigner les démons qui habitaient la *pamo* dans la *mi-deussa*.

– En vérité, sainte mère ! Eh bien, donnez-lui du thé au beurre, c'est excellent pour la digestion. Il y en a encore, n'est-ce pas ? De toute évidence, cet enfant a un rot qui le gêne.

Un sourire illumina le visage des jeunes parents qui se prosternèrent jusqu'à terre en signe de reconnaissance. Tandis que le père faisait les préparatifs du coucher en s'enveloppant dans sa longue robe de toile, ses peaux de renne et sa couverture de laine, la femme supplia Sonia :

– S'il vous plaît, sainte mère, donnez à manger au bébé. Le jour se lève déjà et je suis si fatiguée ! Il faut que je dorme avant de reprendre la route qui conduit chez ma belle-mère, qui sera fâchée si le bébé a faim.

Sonia, elle-même épuisée, n'eut d'autre recours que de hocher la tête. Elle ne se sentait pas le cœur à refuser d'aider la jeune mère exténuée qui n'atteindrait jamais la prochaine vallée si elle ne se reposait pas. La femme s'allongea donc à côté de son mari et Sonia, furieuse, demanda à Lewis :

– Comment voulez-vous que je nourrisse un nouveau-né qui ne sait pas encore boire dans un bol !

– Trempez votre petit doigt dans le thé, puis mettez-le-lui dans la bouche. Assurez-vous simplement que le thé n'est pas trop chaud, sans quoi vous lui brûleriez la langue.

Sonia ravala une réflexion et entreprit d'apaiser la faim du nourrisson qui suçait avidement son petit doigt. Chaque fois qu'elle lui ôtait le doigt de la bouche, il vagissait faiblement, si bien qu'au bout d'une heure elle commença à perdre patience.

– Et quoi, à présent ? demanda-t-elle. Il n'a plus faim, il a déjà bu la moitié d'un bol et son estomac est bien plein.

– Appuyez-le contre votre épaule et tapotez-lui le dos.

– Vous êtes sûr ? demanda Sonia, perplexe, tout en mettant le bébé contre son épaule.

Curieusement, le bébé s'assoupit et Sonia, l'ayant allongé sur ses genoux, se mit elle aussi à piquer du nez, incapable de garder les yeux ouverts. Elle se redressa brusquement.

– Dois-je rendre le bébé à sa mère?

– Non, pas encore. Gardez-le encore un peu, il risquerait de se réveiller et de se remettre à brailler. D'ici là j'aurai fini mon maquillage de lama et je serai plus à l'aise quand ces deux-là me dévisageront au grand jour.

Deux heures plus tard, Sonia émergea de son sommeil haché. Lewis Joyden avait disparu, faisant place une fois de plus au Bonnet Rouge à la face ridée, aux yeux bridés et à la bouche amère. Un nouveau masque, pas absolument identique au premier, mais suffisamment réaliste pour faire tressaillir Sonia lorsqu'il se pencha par-dessus son épaule :

– Rendez le bébé à sa mère, *Mig Kar,* et prenez un peu de repos à votre tour, souffla-t-il. Tous les trois dorment à poings fermés et ne vont sans doute pas se réveiller avant ce soir. Alors dormez, vous aussi. Vous allez en avoir besoin si vous voulez aller jusqu'à Thug Phul.

Elle le regarda, étonnée.

– Vous m'emmenez à Thug-Phul?

– Pourquoi pas? C'est sur la route de Lhassa. Vous êtes bien venue au Tibet pour retrouver votre frère adoré, n'est-ce pas?

Sonia resta sans voix. Elle saisit le bébé pour le mettre à côté de sa mère lorsqu'un détail attira son attention. Une marque pourpre tout autour des lèvres blanches de l'enfant la fit légèrement sursauter. Elle lui toucha une joue, puis l'autre, puis le front et les lèvres, et se mit à desserrer précipitamment ses langes.

– Lewis! appela-t-elle, le regard épouvanté. Il ne bouge plus!

– Comment ça, il ne bouge plus?

– Je ne sais pas ce qui se passe, mais il ne réagit plus.

– Secouez-le.

– C'est ce que j'ai fait... mais il ne respire même plus.

– Secouez-le à nouveau... non, attendez... (Il s'approcha d'elle et toucha le bébé.) Mon Dieu, Sonia, il est mort! Vite, mettez-le à côté de sa mère... non, non, pas dans ses bras, à côté. Elle va se réveiller et penser qu'il est mort de froid... Quant à nous, nous allons décamper d'ici à toutes jambes.

Il se mit à piétiner le feu pour l'éteindre, ramassant pêle-mêle le chaudron de cuivre et les ustensiles de cuisine, ainsi que tout ce qui leur appartenait. Puis, avec un dernier regard pour s'assurer qu'ils n'avaient rien laissé derrière eux, il entrouvrit doucement la porte et entraîna Sonia dans la lumière éclatante et glacée du matin.

220

Sonia, encore sous le choc, prise de vertige, le cœur martelant ses tympans, se laissait tirer par la main.

– Lewis, haleta-t-elle, sentant un terrible point de côté, allez moins vite, je ne peux plus avancer.

Depuis deux heures qu'ils marchaient dans la neige, elle pensait qu'ils avaient mis suffisamment de distance entre eux et le jeune couple de Tibétains au bébé mort. Mais Lewis était inflexible.

– Nous allons nous arrêter juste le temps qu'il faut pour que vous retrouviez votre souffle, mais nous repartirons aussitôt. Il faut absolument que nous trouvions un abri pour la nuit, sans quoi vous allez mourir de froid.

– Et vous?

– Moi je me sens bien, je suis habitué à l'altitude et à la neige.

C'est à ce moment-là que Sonia, dont seul le bout de nez rose pointait sous plusieurs épaisseurs de laine, réalisa que Lewis ne portait qu'une paire de sandales de corde. Écarquillant ses grands yeux lumineux elle dit :

– Vous n'avez pas froid?

– Regardez! dit-il en posant un pied dans la neige vierge qui, lorsqu'il le releva, s'était cristallisée comme si on y avait versé de l'eau bouillante.

N'en croyant pas ses yeux, Sonia dit :

– Encore un de vos trucs!

Il rit.

– Oui, et un sacré truc, *Mig Kar,* qu'un gourou himalayen m'a enseigné. C'était un mystique qui pouvait vivre sur les plus hauts sommets sans rien porter d'autre qu'une fine chemise de coton. Il lui arrivait même de ne rien porter du tout. Et quand je dis les plus hauts sommets, je pèse mes mots, l'Everest ou le Kangchenjunga! Des montagnes si hautes que les hommes ne peuvent y grimper tant l'atmosphère y est raréfiée. Ils ne pourraient pas respirer. C'est ce qui est arrivé au bébé dans le *jong,* conclut-il gravement.

– C'est ce qui s'est passé avec le bébé, Lewis? Le manque d'oxygène?

– Je ne suis pas Dieu, Sonia, je ne peux pas en être absolument certain. Mais je pense que ça a un rapport avec l'altitude, trop élevée pour les poumons d'un nouveau-né. Quoi qu'il en soit, ses parents n'iront pas chercher si loin. Ils vont s'imaginer que c'est notre faute et vont crier sur tous les toits qu'ils ont vu une *nagspa* portant une coiffe de sorcier mâle en ossements humains. Et on va nous arrêter et nous juger.

– Mais de quoi voulez-vous parler?

– De vous, *Mig Kar*. Les vrais *nagspas* sont des sorciers très puissants et très redoutés, capables d'invoquer les démons, et qui portent une coiffe comme la vôtre.

– Des... des ossements humains?

– Absolument.

– Mais... mais Joonu m'avait dit que c'était du bambou.

– Eh bien, Joonu s'est trompé. La coiffe que vous avez sur la tête comporte très exactement cent huit petits ossements humains. Dont certains ont appartenu à des bébés...

Avec un cri de dégoût, Sonia arracha et jeta violemment sa coiffe, qui fendit les airs comme un vilain oiseau avant d'atterrir au loin.

– Maintenant vous allez prendre froid à la tête, rit Lewis.

Sonia se couvrit de son châle et le regarda droit dans les yeux.

– Et si le bébé était mort à cause de votre thé au beurre et non de l'altitude?

– Impossible, à moins que votre petit doigt ne soit empoisonné. Allons, *Mig Kar*, n'y pensez plus. Ce qui est arrivé est arrivé. Maintenant il va nous falloir redoubler de prudence tant que nous n'aurons pas quitté cette région.

– Mais comment a-t-il pu mourir si brutalement et si vite? Il avait faim, sans aucun doute, mais il n'avait pas l'air en mauvaise santé.

– Je n'en ai pas la moindre idée, *Mig Kar*. J'ignore pourquoi certains bébés meurent en altitude et d'autres pas. J'ignore pourquoi certains bébés survivent dans des régions désertiques où d'autres meurent de faim. Tout cela doit avoir un rapport avec les lois de l'évolution et la sélection naturelle : les forts survivent et les faibles succombent – vous savez? La fameuse polémique déclenchée par Darwin, à l'époque. Mais vous n'étiez pas née, j'imagine. Dans ce cas, changeons de sujet et en route pour Gyantsé!

– Quand y arriverons-nous?

– L'année prochaine – j'espère.

Sonia le fusilla du regard entre les bords de son châle couvert de givre.

– J'ai eu largement ma dose de votre humour de Bonnet Rouge, monsieur Joyden, suffisamment, en tout cas, jusqu'à l'année prochaine.

Il s'approcha du rocher où elle s'était assise et, mettant ses mains sur ses épaules, il plongea ses yeux dans les siens. Si elle n'avait pas su qu'un visage plus humain se cachait derrière ce masque, elle aurait sans doute défailli. Mais à présent elle regardait le Bonnet Rouge sans s'émouvoir lorsqu'il dit :

– Mettons les pendules à l'heure, voulez-vous ? Puisque nous allons faire la route ensemble pendant quelques mois encore, il faut que la femme du Bonnet Rouge soit une épouse au-dessus de tout soupçon. Dorénavant, vous n'êtes plus une sorcière, une *philang* ou autre *Mig Kar*. Vous êtes ma *Jetsunma,* ma vénérable épouse. Et cessez de m'appeler monsieur Joyden, d'accord ? Vous devez m'appeler *Tsawaï-Lama* en toute occasion, compris, *Jetsunma* ?

– Compris, *Tsawaï-Lama.* Mais quel dommage, en vérité, que la vénérable *Jetsunma* doive se rendre à Lhassa en compagnie d'un époux qui n'est pas au-dessus de tout soupçon, *lui* ! Sur ces mots elle quitta le rocher sur lequel elle s'était assise, prit son sac et le jeta sur ses épaules avant de reprendre la route, marchant devant – une petite silhouette à l'allure décidée, dans ce paysage de neige tibétain, suivie d'un *Tsawaï-Lama* au sourire approbateur.

Troisième partie

Les Anglais

17

I

– Comme les jours passent vite quand l'œil ne contemple que le bon côté des choses, déclara Sonia, un matin qu'elle cueillait des baies sauvages, les jetant au fur et à mesure dans un chaudron.

– Qui a dit cela? demanda Lewis.

– Comment ça, *qui a dit cela*? Moi-même, à l'instant, soupira-t-elle, agacée. (Puis saisissant la cuillère de bois qui servait à remuer la soupe, elle goûta.) Cela manque de sel, *Tsawaï Lama*... Tant pis. Nous sommes presque à la mi-octobre, voilà des mois que nous sommes sur la route ensemble et je suis toujours aussi éloignée de mon but. Pourquoi l'eau ne bout-elle pas, Lewis?

– *Tsawaï-Lama*, vénérable épouse.

Perdu dans ses méditations, il mordillait la pointe de son crayon, les sourcils froncés, enroulé bien au chaud dans sa couverture. Il appuya sa tête plus confortablement sur son sac à dos et reprit ses notes.

– Nous ne sommes plus à cinq mille mètres, pas même à quatre mille. Nous sommes dans la vallée ondoyante du Manasarovar où flamboie l'automne majestueux que les neiges traîtresses n'ont pas encore chassé. Alors pourquoi diable l'eau ne bout-elle pas?

– Et si vous essayiez d'allumer le feu, *Mig Kar?*

Elle donna un coup sur son bonnet rouge avec sa cuillère en bois.

– Vous aviez promis de ne plus m'appeler *Mig Kar*. Oh! et puis je suis fatiguée des neiges éternelles et de la cuisine en plein air! J'ai hâte de rejoindre Thug Phul et de revoir mon frère. J'ai envie d'un vrai lit et d'un bon repas à une vraie table. Nous avons passé tant d'auberges sur le chemin, pourquoi ne pouvons-nous pas nous y arrêter pour une fois?

– Trop dangereux. Soyez patiente, vénérable épouse, bientôt vous pourrez passer Noël à la table de votre noble frère.

– Noël! Mais ce n'est pas avant deux mois! Je ne survivrai jamais jusque-là... pas avec mes habits en lambeaux, mes mains et mes pieds couverts d'engelures, ma langue gonflée par les baies vénéneuses et la morsure du thé glacé... et nulle part où prendre un vrai bain...

La voix de Sonia s'éteignit sur une petite note plaintive. Lewis leva les yeux et la regarda intensément.

– Qu'y a-t-il, Sonia?

– Rien.

– Quelque chose d'inhabituel dans le son de votre voix me dit que vous n'allez pas bien. Je veux savoir pourquoi.

– Pourquoi ne pouvez-vous jamais être précis? Pourquoi ne pouvez-vous pas me dire exactement où nous allons, quand nous arriverons, et la raison pour laquelle vous êtes au Tibet? Je veux juste la vérité, Lewis! Mais vous vous en tirez toujours avec une pirouette, des réponses vagues: l'année prochaine, à Noël, un jour ou l'autre, jamais! Pourquoi n'êtes-vous pas sincère avec moi?

– Parce que je ne peux laisser transpirer aucune information en présence d'un sujet russe – surtout quand il s'agit d'une séduisante aristocrate aux mains gercées. Dans mon travail on appelle cela des confidences sur l'oreiller... (Il rit et se baissa soudain, les mains sur le crâne, pour esquiver la cuillère en bois qu'elle lui jeta à la tête.) D'accord, ne me frappez plus, je vais tout avouer. Voulez-vous entendre ce que je viens d'écrire pour vous?

– Non.

– Très bien, dans ce cas venez vous asseoir ici, à côté de moi. J'oublierai mon poème à condition que vous oubliiez votre satanée soupe... J'ai un remède bien plus efficace, dit-il en sortant une flasque d'alcool de son *amphag*. « Comme la pêche succulente accrochée tout en haut du pêcher et que l'on contemple, l'eau à la bouche, sans pouvoir l'atteindre, je contemple la noble dame, charmante et pleine de vie... Noble dame, toi pour qui mon cœur bat, seras-tu jamais mienne, dis-moi?» Quoi qu'on en dise, Tsang Yang Guyatso était un vieux Dalaï-Lama romantique. Tenez, madame, du brandy pour vous réchauffer le cœur. Venez près de moi, et dites-moi ce qui vous fait souffrir, hormis le mal des montagnes.

– Je hais votre visage, *Tsawaï-Lama*, dit Sonia sans pouvoir réprimer un sourire.

– Il fallait le dire plus tôt! (Sans perdre une minute, il entreprit de décoller le masque qui lui recouvrait la figure.) Vous êtes la seule personne pour qui je ferais cela, princesse Doubrovka, dit-il, tandis que le véritable visage de Lewis Joyden commençait à apparaître. Nous sommes encore très loin de la civilisation, et puis la barbe me pique et j'en ai assez de transpirer sous ce masque. Voilà! Satisfaite? (Il eut un sourire désarmant.) En cette paisible soirée d'automne, blottis, loin des hommes, au cœur de notre vallée secrète, pourquoi ne pas nous asseoir côte à côte et écouter le chant du *djolmo*? (Il tapota sa couverture d'un geste engageant.) Seras-tu jamais mienne, dis-moi? soupira-t-il.

– Lewis, est-ce que vous n'auriez pas déjà bu de cette chose, par hasard? demanda Sonia, suspicieuse.

– Moi? Grands dieux, non! Jamais pendant le service – sauf si j'y suis obligé. Vous êtes mélancolique, ce soir. Je veux savoir pourquoi. Je reconnais que je ne suis pas le compagnon de voyage idéal. Je suis laid à faire peur et ma conversation n'est guère distrayante pour une dame de qualité. Mais je vous assure que je fais de mon mieux. (Il tendit la main et enlaça les doigts de Sonia dans les siens.) Voilà des mois que nous sommes ensemble nuit et jour, et nous ne sommes pas fatigués l'un de l'autre. N'est-ce pas une révélation en soi? Et ce n'est pas tout, vous et moi avons correspondu pendant des années, sans jamais avoir eu envie d'arrêter...

– Vous oubliez Joonu.

– Vous étiez amoureuse de lui?

Il se rapprocha davantage et la regarda jusqu'au fond des yeux, d'une manière infiniment troublante. Le cœur de Sonia se mit à battre plus fort. Incapable de soutenir son regard, elle sentit sa gorge se nouer.

– Ne soyez pas idiot, dit-elle en colère.

– Il était amoureux de vous, alors?

– Joonu était mon loyal serviteur.

– Ça n'aurait pas été le premier à tomber amoureux fou de sa maîtresse.

– Je n'aime pas vos insinuations!

Elle retira sa main.

– Pour quelle autre raison un loyal serviteur aurait-il donné sa vie pour sa maîtresse, si ce n'est parce qu'il l'aimait à la folie? insista Lewis, mi-moqueur, mi-sérieux, sur un ton que Sonia ne lui connaissait pas et qu'elle eût pris pour de l'insouciance, n'eût-elle su qui était Lewis Joyden. (Il l'attira à lui avec fermeté et, passant ses mains autour de sa taille, l'obligea à s'allonger à côté de lui.) Vous êtes gelée, dit-il, déployant sa couverture et se reculant pour lui faire de la place. Il fait froid là-bas, dans le vaste monde. Alors laissons le vaste monde de côté, voulez-vous? Et faisons connaissance.

Oubliant tous les principes de la bienséance, ne sachant plus ce qui était correct et ce qui ne l'était pas, Sonia se sentait attirée par son compagnon, dans cet univers mystique de montagnes, de magie et de danger. Lorsqu'elle fut allongée à ses côtés, la couverture remontée jusqu'au menton et sa main dans la sienne, il dit :

– Écoutez le *djolmo*, le rossignol tibétain. Est-ce que vous avez jamais entendu chanter le rossignol, la nuit, chez votre grand-mère, à Abingdon? Eh bien, écoutez celui-ci, c'est la voix du rossignol anglais dans la gorge du *djolmo* tibétain. C'est la musique de Chopin, de Liszt et de Wagner tout à la fois, réunie dans le chant de la terre.

Le visage enfoui contre l'épaule de Lewis pour cacher ses larmes, elle dit d'une voix étouffée :

– Oh! Lewis, Lewis, je crois que je vous aime... Je crois que je vous aime depuis toujours.

– Sonia, taisez-vous.

– Non, je ne peux pas... Il faut que je dise ce que je ressens. Je ne suis pas anglaise, je n'ai pas l'habitude de cacher mes sentiments. Je suis née russe et j'ai été éduquée en Russie, même si j'avais un grand-père anglais. Je dois être honnête avec moi-même... et avec vous, Lewis. Depuis ce jour où vous m'avez repêchée dans la Tamise et que vous étiez furieux contre moi parce que j'avais fait semblant de me noyer, je suis amoureuse de vous. J'ai tout de suite aimé votre visage, et je l'aime encore... même maintenant, lorsque je vous demande de ne pas me regarder avec cet air malheureux. Je n'ai jamais cherché à ce que cela arrive. Et je n'arrive toujours pas à le croire. Nous sommes ici, tous les deux au Tibet, réunis par le destin...

– Réunis par mon gouvernement et le vôtre, Sonia.

– Mais cela n'empêche que nous sommes les instruments du destin, du fatum, de la providence, appelez cela comme vous voudrez! dit-elle en levant une main vers le ciel, avec un geste théâtral.

Il sourit.

– Rien de tel, Sonia. Je ne crois pas à ces choses-là. Seul l'aspect terre à terre de nos vies m'intéresse. Vous êtes venue au Tibet à la recherche de votre frère et de votre époux, parce que vous aimez l'un et que vous voulez divorcer de l'autre. Moi, je suis en mission ici pour découvrir ce que vous, votre frère et votre mari êtes en train de comploter – tout comme j'étais en mission, à l'époque, pour découvrir ce que vous et vos proches faisiez en Angleterre. Ce n'est pas le destin, le fatum ou la providence, qui sont responsables de mon plongeon dans la Tamise, mais le Foreign Office de Sa Majesté, à Whitehall. Il fallait que je trouve un moyen d'entrer en contact avec votre père ou votre frère. J'y suis arrivé grâce à une corde d'amarrage vermoulue, par un bel après-midi d'été, et parce que je savais que votre famille se promenait en bateau sur la Tamise le dimanche. J'ai donc imaginé un plan pour entrer en contact avec vous – ou tout au moins avec votre père et votre frère. Car ma rencontre avec vous était tout à fait fortuite et a manqué tout faire échouer.

– Fais-je toujours partie de vos plans à titre fortuit? demanda-t-elle le regard interrogateur, un petit sourire au coin des lèvres. Ou bien mon beguin d'écolière a-t-il tout gâché?

– Je ne peux pas répondre à ce genre de question, dit-il en lui rendant son sourire espiègle.

– Je sais, Lewis, je sais. (Elle lui tapota l'épaule d'un geste protecteur et, repoussant la couverture, se releva.) Je suis vraiment trop injuste avec vous. Vous êtes ici pour raison d'État – vous avez pour mission d'éliminer mon frère et mon mari, de façon à empêcher la vente d'armes russes au Tibet et permettre ainsi aux Britanniques de franchir sans encombre la vallée de Chumbi jusqu'à Lhassa. Et voilà que je vous mets des bâtons dans les roues en me trouvant là. Je suis vraiment navrée d'être tombée amoureuse de vous, et d'avoir gâché votre souper qui plus est. Il n'y a plus une goutte d'eau dans la marmite. Voyez ce qu'il reste des baies de génévrier et du canard que vous aviez réussi à attraper sur les rives du Manasarovar : une forte odeur d'os calcinés – toute l'odeur du Tibet, en somme!

– Sonia... venez ici, ne partez pas, je vous en prie. (Il l'attira de nouveau à lui.) Ne m'en veuillez pas. Je sais qu'il m'arrive d'être balourd, parfois, mais vous comptez plus pour moi que je ne puis le dire. Je veux que vous sachiez que je n'ai jamais rencontré aucune femme comme vous et je veux que vous sachiez combien je vous admire et je vous respecte. Mais ce n'est ni l'endroit ni le moment de nous attacher l'un à l'autre. Ce serait commettre une lourde imprudence. Nous courons de gros risques, vous et moi. Je ne veux pas qu'il vous arrive quoi que ce soit avant que vous ayez regagné la Russie... ou que nous puissions nous retrouver en Angleterre et faire des projets rationnels, en sachant que nous pourrons les mener à bien.

– Des projets, Lewis? Quels projets?

– Faites-moi confiance, Sonia, c'est tout ce que je vous demande.

– Je ne fais confiance à personne. Tous ceux en qui je croyais m'ont trahie, un jour ou l'autre. Je n'ai confiance qu'en moi-même.

Elle détourna la tête, mais pas assez vite. Lewis vit les larmes perler à ses paupières, des larmes qui l'accusaient de trahison. Il lui prit le menton et l'obligea à lui faire face. Ses yeux croisèrent les siens et Lewis y vit ce qu'il espérait y voir, en même temps qu'il se sentit troublé par la gravité de ses sentiments.

– Lewis, Kolia et moi ne sommes pas vraiment mari et femme. Notre mariage n'a jamais été consommé. Je ne sais pas ce que c'est que l'amour physique. Mais je ressens quelque chose en moi qui n'a rien à voir avec l'admiration ou le respect – comme un désir intangible qui me force à vous imaginer à la place de Kolia.

– Bon sang, Sonia, dit-il en retombant sur le dos et en claquant son front avec sa main, que puis-je répondre à cela?

Les branches du pêcher au-dessus de leurs têtes commençaient à s'estomper dans l'ombre.

– Il n'y a rien à dire. Je n'aime pas Kolia. Je me moque bien de le revoir jamais. Je suis venue au Tibet chercher Kirsten à cause de ma mère, et pour savoir si Kolia était mort. Mon mariage n'a de mariage que le nom. Mais comme Kolia et moi sommes toujours unis devant l'Église, je ne serai libre que si j'apporte la preuve de son décès. Je sais pertinemment que je ne serai jamais heureuse avec lui. S'il est toujours en vie et qu'il souhaite demeurer ici, au Tibet, alors j'ai parfaitement le droit de lui demander le divorce pour pouvoir refaire ma vie.

– Mais imaginez qu'il refuse?

232

– Dans ce cas, j'aurai au moins essayé. Et quoi qu'il arrive ensuite, ce ne sera jamais entièrement ma faute.

– Mais pourquoi avez-vous accepté de l'épouser?

– Oh! Lewis... il y avait des raisons, beaucoup trop pour pouvoir en parler ici, maintenant. Tout ce que je sais, c'est qu'il n'y a jamais eu qu'un seul homme pour moi – et voilà que mon destin me fait un pied de nez en vous replaçant sur mon chemin après toutes ces années. Si la part de bonheur qui me revient, je dois la trouver ici, au Tibet, eh bien, je suis prête à la prendre, si petite soit-elle, car vous êtes l'homme que j'aime, que j'ai toujours aimé – même lorsque j'étais une enfant qui ne connaissait rien à l'amour.

Il l'attira contre son épaule, tout en contemplant le lacis des branches au-dessus de leurs têtes.

– Est-ce bien vous, l'adolescente maigrichonne et effrontée que j'ai sauvée des eaux de la Tamise, il y a si longtemps? s'émerveilla-t-il.

– En personne.

Il se pencha vers elle et traça le contour de sa bouche avec son doigt.

– Comme la nature est surprenante! Je me demande à quoi vous ressemblez sans tout cet accoutrement tibétain et les cheveux défaits.

– Devinez!

– *Samsâra*, murmura-t-il avant de commencer à défaire ses lourdes tresses.

– Lewis, dit Sonia en riant, cherchant à retenir ses mains tandis que ses yeux la trahissaient, il va me falloir toute la nuit pour refaire mes tresses.

– Cela ne fait rien. Je n'ai rien de spécial à faire, ce soir. (Avec la main délicate d'un amant, il délia la ceinture de corde de son *amphag*.) Le destin se moque de nous, en effet. Même le lotus se met à frissonner. (Ses lèvres touchaient presque les siennes.) Faut-il que votre mari soit un idiot!

II

En décembre ils atteignirent Gyantsé. Lhassa n'était plus qu'à deux cents kilomètres. Depuis qu'elle avait quitté Saint-Pétersbourg, il avait fallu dix-neuf mois à Sonia pour rejoindre les faubourgs de la ville fortifiée de Gyantsé qui, avec Chigatsé, était la seule ville de quelque importance du Tibet, en dehors de Lhassa. Thug Phul, où son frère était censé résider, se trouvait non loin de Gyantsé. Au dire de Lewis, le hameau était placé sous l'autorité d'un noble militaire lamaïste du nom de Kuma Sidheong. L'impatience de Sonia était à son comble. Elle avait hâte de rejoindre Thug Phul, mais Lewis insista pour qu'ils séjournent quelques jours dans l'enceinte de la ville de Gyantsé.

– *Jetsunma*, dit-il, tandis qu'en route vers la ville ils traversaient un pont suspendu, tout hérissé de drapeaux de prières claquant au vent, je suis désolé, mais nos routes se séparent ici, pour quelques jours, du moins. Il ne faut pas que l'on nous voie trop ensemble. Ça aurait l'air suspect. Il y a trop de gens ici.

– Mais je suis censée être ta femme, non? protesta-t-elle, terrifiée à l'idée de se retrouver toute seule dans une ville de cette importance. Qu'y a-t-il de si étrange à ce que mari et femme soient ensemble?

– Sur la route, il était plus sûr de voyager ensemble, mais ici, en ville, mieux vaut nous séparer. Nous sommes trop proches l'un de l'autre à présent. Deux *philang* ensemble en ville risquent de se trahir tôt ou tard. Je t'en supplie, *Jetsunma*, ne me rends pas la tâche plus difficile qu'elle ne l'est déjà. Tu sais combien tu comptes pour moi. Et tu sais comme moi que l'épouse du Bonnet Rouge ne passe pas la nuit au monastère avec son mari. Il faut se conformer aux coutumes tibétaines.

– Dans ce cas, pourquoi n'allons-nous pas à l'auberge?

– Parce que ça n'est pas possible – un point c'est tout! (Sa voix implacable était celle du Bonnet Rouge, dont le masque ridé la rendait folle.) Allons, vénérable épouse, rien ne sert de bouder. Nous ne serons pas séparés bien longtemps.

– Mais pourquoi devons-nous nous arrêter à Gyantsé? Pourquoi ne pas continuer directement sur Thug Phul, ce soir?

– J'ai... à faire en ville. Maintenant, assez discuté. En avant! Je vais t'accompagner chez les nonnes où je viendrai te rechercher quand l'heure sera venue de nous rendre à Thug Phul.

– Mais suppose que les nonnes découvrent que je ne suis pas la vénérable épouse d'un Bonnet Rouge. Suppose qu'une fois cloîtrée dans un de ces grotesques couvents tibétains, on découvre la supercherie. Sois franc. Es-tu fatigué de moi, maintenant que tu as obtenu ce que tu voulais?

– Sonia... *Jetsunma*, ce que tu dis est stupide et tu le sais!

234

maugréa-t-il. Je ne t'aurais jamais crue capable de dire de telles sottises. Si une nonne tibétaine ignorante et bornée découvre que tu es une *philang*, alors ce sera ta faute et non pas la mienne.

– M'aimes-tu, Lewis?

– Tu le sais très bien.

– Non, je ne le sais pas! Tu ne me l'as jamais dit..

Il se mit à la secouer violemment par les épaules.

– Assez de bêtises. Tu commences à m'ennuyer pour de bon! N'ai-je donc pas fait tout ce qu'il faut, ces dernières semaines, pour te prouver combien je t'aime?

– Sous les couvertures, sans aucun doute... oh! pardonne-moi! Je ne voulais pas dire cela. (Furieuse et confuse, Sonia vit à son expression qu'elle l'avait humilié. Elle s'en voulait de l'avoir blessé et de s'être abaissée dans son estime.) Je te demande pardon, je suis épuisée et à bout de nerfs. Allons, emmène-moi au couvent où je vais tâcher d'attendre dignement mon époux.

– Voilà, ma Sonia!

Il tourna les talons et reprit sa route le long du pont, en traînant les pieds comme le vieux moine décati qu'il avait cessé d'être depuis plusieurs semaines, passées avec elle dans l'intimité et la solitude.

Sonia, qui marchait derrière lui, demanda d'une voix timide:

– *Tsawaï-Lama*, ne vas-tu pas m'embrasser avant de me quitter?

– Si. A condition que tu fasses le premier pas et que tu arrêtes de te conduire comme si j'allais demander le divorce.

Il s'arrêta et l'attendit. De meilleure humeur et marchant d'un pas alerte à ses côtés pour cacher son appréhension, Sonia dit:

– Je t'en prie, pardonne-moi, *Tsawaï-Lama*. Me voilà redevenue, une fois encore, ton obéissante et fidèle épouse, qui t'attendra jusqu'à la mort, fût-ce à la porte du couvent.

– Content de te l'entendre dire, grommela-t-il en la saisissant fermement par le coude pour l'entraîner, mais avec un regard plein de tendresse.

III

Trois jours durant, Sonia supporta sans broncher les simagrées de la mère supérieure qui s'affairait dans l'atmosphère étouffante et malodorante de la cuisine du couvent où elles prenaient leurs repas, après quoi elle se rebiffa. Lewis n'avait donné aucun signe de vie et Sonia commençait à ronger son frein.

– Je voudrais sortir du couvent, vénérée mère, dit-elle un matin à la robuste nonne.

La mère supérieure enfourna vivement le pain qu'elle venait de pétrir dans son poêle à charbon rudimentaire et, sans prendre la peine d'essuyer ses mains noires de suie, se mit à caresser avec envie le beau châle bariolé que l'arrière-grand-mère de Joonu avait tissé pour la *Jetsunma*.

– Pourquoi cela, *Jetsunma*? N'êtes-vous pas heureuse, ici, avec nous? demanda la Tibétaine avec un regard oblique, tandis qu'elle se mouchait dans l'ourlet de sa jupe.

– Si, si. Mais je voudrais sortir prendre un peu l'air. J'aimerais me promener en ville. Avez-vous besoin de provisions pour le couvent?

– *Jetsunma*, je ne veux qu'une chose : votre châle... il est si beau!

– C'est impossible. C'est le cadeau d'un ami très cher. Sa grand-mère l'a tissé exprès pour moi, dit Sonia d'un air grandiloquent.

La mère supérieure se mit à bouder, comme elle le faisait chaque fois qu'elle était contrariée.

– Je vais informer le *Tsawaï-Lama* que vous voulez quitter notre protection. Il m'a donné beaucoup d'argent pour que je m'occupe de vous jusqu'à son retour. Je ne peux pas vous autoriser à quitter nos murs sans lui.

Sonia ôta son châle.

– Tenez, prenez-le, avec ma bénédiction. Maintenant je m'en vais. Si le *Tsawaï-Lama* venait pendant mon absence, dites-lui que je suis allée en ville faire des courses pour vous.

Avec un air triomphant la mère supérieure prit l'ample châle aux couleurs vives et le jeta sur ses épaules voûtées.

– Nous n'avons plus de lait pour chasser les odeurs des démons. Peut-être pourriez-vous aller en chercher en ville, *Jetsunma*? Car nos yaks ne donnent pas assez de lait pour suffire à nos besoins.

Gardant ses réflexions et sa colère pour elle-même, Sonia sortit du petit couvent qui servait de refuge aux pèlerins de passage, et s'engagea sur la route qui menait à la ville, située un kilomètre plus loin. Évitant les étroites venelles fangeuses, Sonia ne quitta pas la route principale. Elle errait depuis une bonne heure quand elle avisa une silhouette qui entrait dans une auberge. Ell avait appris à reconnaître la démarche et les manières de Lewis au premier coup d'œil. Sûre que le Bonnet Rouge qui était entré dans l'auberge n'était autre que lui, elle lui emboîta le pas.

A l'intérieur régnait une odeur infecte. L'inquiétante gargote était pleine à craquer de marchands, de soldats et de pèlerins qui buvaient et crachaient joyeusement et qui, par bonheur, ne firent aucune attention à elle. Dans un coin de la pièce il y avait un combat de coqs et les plumes volaient un peu partout. Lewis n'était pas parmi les joyeux Tibétains. Pourtant, elle en aurait mis sa main au feu, le Bonnet Rouge qu'elle avait vu entrer était bien Lewis. Elle s'approcha de l'aubergiste qui se démenait derrière son comptoir et, prenant son courage à deux mains, lui dit :

– Où est donc passé le saint homme qui est entré ici, il y a un instant ?

L'aubergiste gratta ses lourdes tresses en la dévisageant.

– *Jetsunma*, il y a beaucoup de saints hommes, ici. Lequel cherchez-vous ?

– Le vieux Bonnet Rouge. C'est mon époux négligent à qui je viens demander plus d'argent, car le couvent où je demeure ne me traite pas avec les égards auxquels je suis habituée.

– Dans ce cas, *Jetsunma*, il est ici. (L'aubergiste fit un signe de tête en direction d'un rideau de grosse toile tendu derrière le comptoir.) Mais il ne doit pas être dérangé, ce sont les ordres que j'ai reçus. Il est en conférence avec d'autres saints hommes. Ils sont en train de faire des plans pour que notre ville ne tombe pas aux mains des Anglais. Les grands lamas se sont réunis sur les ordres de Kuma Sidheong lui-même, qui défendra Gyantsé avec son armée. Vous voyez, *Jetsunma*, nous devons laisser les grands hommes à leur grande tâche, car eux seuls savent ce qu'il faut faire. (Avec un gros soupir, l'aubergiste passa un torchon crasseux sur son comptoir. Secouant ses lourdes tresses, il se mit à se lamenter sur le sort de Gyantsé.) Les *trapas*, les soldats et les saints hommes eux-mêmes viennent trouver refuge dans mon humble auberge, car les vallées sont remplies de nations belliqueuses et plus personne ne se sent en sécurité. Mais Gyantsé ne tombera pas aux mains des *philang*, j'en suis sûr. Et si Gyantsé ne tombe pas, Lhassa ne tombera pas non plus, car il leur faudra traverser cette vallée avant d'atteindre la citadelle sacrée du Dieu-Roi. A présent, *Jetsunma*, que puis-je vous offrir ? Voulez-vous un bol de lait en attendant que votre saint époux ait fini sa réunion secrète pour sauver notre ville?

– Non... non, merci.

Sonia se trouvait face à un dilemme. Lewis était engagé dans une manœuvre qui n'augurait rien de bon pour l'aubergiste de Gyantsé et les Tibétains innocents qui se trouvaient chez lui. Mais que pouvait-elle faire ou dire, quand son cœur tout entier allait à l'ennemi? Si elle le dénonçait, elle se perdait elle-même, car elle était incapable de vivre sans lui. Elle hésita un moment avant de dire à l'aubergiste :

– Lorsque le *Tsawaï-Lama* qui se sert de sa main gauche pour boire son thé au beurre sortira, dites-lui que je suis allée à Thug Phul, chez un parent que j'ai là-bas.

– Mais certainement, sainte mère, répondit l'aubergiste en hochant la tête avec déférence avant de repartir servir ses clients. Et avec toutes mes bénédictions pour votre sainte famille, *Jetsunma*.

– Et pour la vôtre aussi, murmura-t-elle avant de tourner les talons.

Sonia, qui ne voulait pas retourner au couvent, résolut de se mettre en route pour Thug Phul sans son sac. Le moment venu, elle enverrait un des domestiques de Kirsten le chercher à sa place – encore fallait-il que Lewis ne lui ait pas menti et que Kirsten habite bien à Thug Phul. Elle demanda son chemin et s'engagea sur un petit pont de bois orné de drapeaux de prières portant l'inscription : *Sarva Mangalam* – « joie à ceux qui n'ont pas d'âme ». C'est avec cette pensée que Sonia sortit de la ville, se demandant ce qui l'attendait à Thug Phul.

18

I

Repoussant son fauteuil doré, Kuma Sidheong s'essuya la bouche du revers de sa manche de brocart et rota. Frottant sa panse distendue, il adressa un sourire satisfait à son beau-fils, le *tulku* autrefois appelé Kirsten Mikhaïl André Vremia, et lança gaiement :

– Fameuses cuisinières que les femmes de ta maison, *Kudak*. A présent je dois m'en retourner chez moi où m'attendent d'importantes affaires militaires. Es-tu sûr que les armes vont bientôt arriver ?

– Sûr, répondit Kirsten, laconique, tout en remplissant de vin son gobelet d'argent, avant de claquer les doigts pour appeler le domestique qui se tenait à la porte et de s'assurer que le cheval de Kuma était prêt.

Une fois sur le seuil, Kuma se retourna et, d'une voix incertaine, aborda un autre sujet qui lui tenait à cœur :

– J'espère que ma chère fille se porte bien. Est-elle enfin grosse ? Je te demande cela parce que je vais bientôt partir à la guerre et que, comme tous les pères qui sentent l'imminence de la mort, j'ai besoin de savoir si ma postérité sera assurée.

– N'ayez crainte, père, vous ne mourrez pas. Vous êtes un guerrier bien trop féroce. (Kirsten reposa la bouteille.) Quant à Dolma, ajouta-t-il, après avoir vidé d'un seul trait son gobelet qu'il remplit à nouveau, vous savez comme moi qu'elle est stérile et qu'elle ne peut pas avoir d'enfant. Pour quelle autre raison ses précédents maris l'auraient-ils répudiée ?

Il jeta un coup d'œil goguenard à son beau-père. Kuma, gêné, lissa sa tunique sur son gros ventre.

– Bien, je dois partir...

– Mais ne vous en faites pas, père, je n'ai de cesse de la travailler au corps, s'esclaffa Kirsten en vidant son gobelet d'argent. N'oubliez pas que je suis un *tulku*, et que je possède des pouvoirs magiques pouvant défier les dieux eux-mêmes. Qui sait si un de ces jours je ne vais pas engendrer un petit Kuma qui sauvera le Khang-Yul de l'envahisseur *philang*, hein?

– Ne te moque pas de moi, *Kudak*, maugréa Kuma. Je n'aime pas te voir dans cet état. Tu as trop bu – cela devient une habitude, ce qui ne laisse pas de m'étonner, car elle rend les hommes impuissants. Assure-toi que les Russes livrent les fusils à temps, si tu ne veux pas redevenir un serf.

Kuma tourna les talons et prit congé de son beau-fils.

Dès que son père fut parti, Dolma apparut sur le seuil.

– Que lui as-tu dit? Tu l'as encore mis en colère. Je l'ai entendu jurer et taper du pied. Tu te moques toujours de lui, et tu sais très bien que ça le met hors de lui. Mon père n'a pas le sens de la plaisanterie, mais tu ne peux pas t'empêcher de le taquiner. Avez-vous conclu un autre marché, toi et lui – un marché me concernant?

– Tais-toi, Dolma chérie, et va te coucher. Ce qui se dit entre ton père et moi ne te regarde pas. Occupe-toi de poser ta jolie petite croupe dans mon lit et laisse-moi faire le reste... et maintenant, que veut cette vieille chouette?

La vieille nourrice de Dolma passa la tête par l'entre-bâillement de la porte et chuchota quelque chose à l'oreille de sa maîtresse.

– Elle dit qu'il y a une *Jetsunma* à la porte qui demande à voir le *Rishi* aux pouvoirs surnaturels qui est mon mari.

– Chère Dolma, j'adore la façon incroyablement compliquée que tu as de dire les choses les plus simples, lui dit Kirsten avant d'ajouter : Dis à la vénérée mère de passer son chemin. Je n'accorde plus d'audiences ce soir. Dis-lui que je suis en communication avec mon *yidam*.

– Mais elle vient de très loin, mon seigneur et maître. Voilà des heures qu'elle tourne dans la ville à votre recherche.

– Tant pis pour elle.

– Nous ne pouvons pas la laisser s'en retourner sans lui offrir le gîte et le couvert.

– Nous ne pouvons pas, mais moi je le peux. Je vais me coucher.

Kirsten bâilla, se leva de table et pénétra en titubant dans le hall d'entrée de sa vaste demeure où une femme en haillons, à l'air exténué, l'attendait.

– Kirsten, est-ce bien toi? demanda-t-elle, incrédule. Est-ce toi avec ce visage peint et ce costume grotesque?

– Sonia... *Mon Dieu* [1]! C'est impossible, et pourtant c'est bien la voix de ma sœur... (S'approchant d'elle, il posa ses mains sur ses épaules et scruta le visage renfrogné et barbouillé de crasse sans pouvoir y croire.) *Jetsunma...* vénérée mère, au nom du ciel, que fais-tu ici, Sonia?

– Je pourrais te poser la même question, Kirsten Vremia, répondit-elle du tac au tac. Voilà une heure que j'attends dans ce vestibule dont on cherche à me chasser à tout prix pendant que tu t'empiffres. Quel est donc l'homme qui m'a si grossièrement bousculée? Dois-je te rappeler que, dans la maison de notre père, les serviteurs connaissaient leur place?

Il grommela tout en l'entraînant loin de Dolma et de sa nourrice qui les regardaient en écarquillant des yeux comme des soucoupes.

– C'est toi... Mon Dieu! Sais-tu que nous serons pendus, noyés et dépecés si jamais Kuma apprend que tu es ici?... Viens par là. Et vous, allez au lit. Allez vous coucher, sans quoi je vais prononcer le *dragpoï-dubthab* sur vos têtes, glapit-il à l'adresse de sa femme et de la vieille nourrice qui disparurent sans demander leur reste.

– De quoi les as-tu menacées, pour qu'elles filent aussi vite? demanda Sonia avec un petit sourire tandis qu'elle s'écroulait dans le fauteuil de son frère et contemplait les restes de son souper.

Kirsten, soudain dégrisé, ferma la porte et se resservit une rasade de vin.

– C'est un rite magique censé attirer la maladie et la mort... Et maintenant, puis-je t'offrir un verre de vin avant que tu ne me racontes par quel sortilège tu es arrivée jusqu'ici?

– Volontiers, dit-elle en tendant avidement le gobelet d'argent. Je me suis perdue. Je n'aurais pas cru qu'il était si difficile de trouver ta maison. C'est vraiment le diable Vauvert, ici. Mais pourquoi te caches-tu, Kirsten?

– Sonia, pour l'amour du ciel, qu'es-tu venue faire au Tibet? l'interrompit-il, exaspéré au plus haut point.

– Je suis venue te chercher. J'ai toujours su que tu n'étais

---

1. En français dans le texte. *(N.d.T.)*

pas mort. Je le sentais. Quand nous étions enfants, nous nous étions juré de rester proches, même après la mort, malgré les fureurs paternelles et les humeurs maternelles. Maman est malade, peut-être mourante, Kirsten, et elle voudrait que tu reviennes à la maison.

Il frappa son front enduit de blanc avec sa main.

– Je suis fou. Tout cela est un rêve. Ma sœur a fait trois mille kilomètres pour me dire ça! Sonia, ma vie m'appartient. Tu n'as pas le droit de venir me relancer jusqu'ici, sur un simple coup de tête...

– Oh! mais ce n'est pas un coup de tête, Kirsten, je t'assure! J'ai passé deux ans à étudier le tibétain et le chinois, et la civilisation de ce pays. J'ai passé deux autres années à voyager et à m'initier aux coutumes de la vie tibétaine. Tu as des ennuis, Kirsten, je le sens. Je veux t'aider, c'est pour cela que je suis ici.

– La seule façon de m'aider, c'est de t'en retourner sans attendre!

– Les Tibétains te retiennent-ils prisonnier? Te font-ils chanter? Raconte-moi ce qui s'est passé après que Barakov vous a envoyés en mission sur le Chang Tang, Kolia et toi. As-tu été fait prisonnier? T'a-t-on torturé, ou menacé de mort? Pourquoi fais-tu cela? Pense à maman et à moi, Kirsten.

– Non, non, et non! gémit-il, fermant les paupières et se laissant choir sur le fauteuil doré laissé vacant par Kuma Sidheong. Non, non, non, je n'arrive pas à le croire! Me voilà victime de mes pouvoirs surnaturels! Combien de fois n'ai-je pas rêvé de maman et de toi, claquemurées place Kirovski, tissant la morne toile de vos vies de recluses? Et voilà qu'à présent je me retrouve nez à nez avec l'incarnation de mes propres fantasmes. Je veux être libre, Sonia... entends-tu? (Il se tourna brusquement vers elle, ses yeux gris si semblables aux siens à demi fermés, remplis de haine et de fureur.) Je veux être libre de tous les pièges de notre civilisation. Je veux m'appartenir!

– En étant le prisonnier d'un autre homme, d'un chef de horde à qui tu sers de monnaie d'échange?

– Tu ne comprends pas. Je ne suis le prisonnier de personne. Pour la première fois, je suis mon propre maître. Je n'appartiens à personne, ni à père, ni à mère, ni à toi, ni à Kolia, ni même au tsar. Je suis moi-même, Kirsten Vremia, et je suis heureux dans ma peau de *tulku*, dans un pays arriéré, peut-être, mais dont les ressources sont colossales.

– Tu as toujours été un excellent comédien, Kirsten, dit Sonia, dépitée, en reposant le gobelet sur la table. Quoi qu'il en soit, je ne crois pas un mot de ce que tu m'as raconté. Je veux connaître les vraies raisons de cette grotesque mascarade. La raison pour laquelle tu as abandonné ton pays et les tiens. Tu ne peux pas être ce que tu n'es pas! Tu n'es pas tibétain, tu n'es pas un *tulku*, ni même un homme digne de respect, car tu agis comme un pantin et tu as fait une peine immense à ceux qui tenaient le plus à toi. Nous te croyions tous mort – même la princesse Irène, la maîtresse que tu avais à Saint-Pétersbourg. Tu te souviens d'elle?

– Pourquoi es-tu là, Sonia? Pour me mettre plus bas que terre en me traitant comme un cloporte? Tu l'as déjà fait une fois, en intervenant dans l'affaire d'Ivan Ivanski. Et je ne t'ai jamais pardonné. Ne recommence pas, Sonia. Retourne à Saint-Pétersbourg.

– Non, Kirsten. Pas tant que je n'aurai pas acquis la certitude que tu es heureux ainsi. Je sais que tu es engagé dans un commerce périlleux – le trafic d'armes, pour être précise. Tu fournis des fusils russes aux Tibétains pour qu'ils puissent barrer la route aux Britanniques qui cherchent à envahir Lhassa...

– Comment sais-tu cela?

– Peu importe. Je l'ai appris en chemin, tandis que je sillonnais le Tibet.

– Est-ce vraiment si terrible? Au nom du ciel, Sonia, de quel côté es-tu?

– Je sens que tout cela ne nous mènera nulle part, conclut Sonia qui tombait littéralement de fatigue. Je propose que nous reprenions cette discussion – qui est en train de tourner au vinaigre – demain matin.

– Quelle bonne idée! railla-t-il. Et que vais-je dire à ma femme et à son père pour expliquer ta présence ici?

Sonia sourit.

– Je suis une sainte femme, une *Jetsunma*, et ta femme est obligée de me vénérer. Je vais lui demander un lit pour la nuit.

– Entendu. Mais si tu dis un seul mot sur ta véritable identité, tu te retrouveras à Roudok en moins de temps qu'il ne faut pour le dire, Sonia Vremia!

– Sonia, princesse Doubrovka, lui rappela-t-elle.

– Ah oui! Justement. Tout le temps que tu étais là à mettre ton nez dans mes affaires, tu ne m'as pas une seule fois demandé des nouvelles de ton mari, le prince Nicolaï

Doubrovka! Parfois je ne te comprends vraiment pas, Sonia.

– Tu me parleras de Kolia demain matin, car je suis à bout de forces, ce soir. Je t'en prie, demande à Dolma où je puis dormir – et, Kirsten, ne crois surtout pas que je suis venue fourrer mon nez dans ta vie privée. Je suis trop heureuse de te trouver en vie, en bonne santé et heureux. Je voulais simplement en avoir la certitude, mon frère chéri. (Se levant de sa chaise, Sonia s'approcha de Kirsten et lui donna un baiser sur le front.) Kirsten, je sais que tu ne m'as jamais pardonné pour ce qui s'est passé avec Ivan. C'est pour cela que j'ai fait trois mille kilomètres, pour te demander pardon.

– Je ne te crois pas. Tu es une petite menteuse et tu es en train de me faire du chantage, dit-il en se renfrognant, tout en serrant sa main dans la sienne. Tu as toujours été toi-même, Sonia, et je t'ai toujours enviée pour cela. Tu es capable de passer l'éponge et de repartir de zéro sans aucune rancœur. C'est ce que j'essaye de faire moi-même ici, dans un nouveau pays. Oui, nous reparlerons demain matin, Sonia, car je suis fatigué, moi aussi, et je n'ai plus les idées très claires. Et Sonia... (il l'attira à lui, un court instant), je suis content que tu sois là, ma sœur chérie.

Puis avec un geste chevaleresque et tendre, il lui baisa la main avant de la confier aux bons soins de Dolma.

II

La voix du *tulku* à la face blanche qui entrait en transes, assis dans son fauteuil doré, retentissait, étrange et gutturale, aux oreilles de Dolma terrorisée. Il avait fait voler des objets à travers la pièce et jeté un sort sur un serviteur impertinent dont les yeux et la gorge avaient soudain gonflé, et dont l'aine s'était mise à le faire cruellement souffrir. Déjà, tôt le matin, Dolma s'était empressée de disposer des soucoupes de lait partout dans la maison pour éloigner les mauvais esprits. Entrant par inadvertance dans la pièce principale de la maison, elle avait vu le *tulku* quitter son fauteuil pour s'élancer dans les airs comme un grand oiseau écarlate déployant ses ailes, prêt à s'envoler au plafond et à fondre sur elle pour la dévorer de son bec rouge et la dépecer de ses serres peintes avec le sang des morts. Avec un cri perçant, Dolma tomba à genoux, le front plaqué au sol, pour ne pas voir le rite magique du *tulku*, car elle ne voulait pas perdre la vue – comme le lui avait promis le *tulku*.

– Je suis le grand *Rishi-Kudak*, le noble sage d'Ozymandias doté de pouvoirs surnaturels. Voyez mon œuvre, ô hommes de peu de foi, et tremblez... ce soir, Dolma chérie, ici même, assise à ma droite, ma petite sœur sera parmi nous, réincarnée du *bardo*. Je vais accomplir ce prodige, car, en vérité, je suis le grand *Rishi-Kudak* que les hommes accourus de toutes parts viennent consulter pour que je leur enseigne la magie. Mais aucun ne m'égale. Car moi seul suis capable de rappeler les morts et de les rendre à la vie, car, en vérité, je suis mi-dieu, mi-homme. Tu l'accueilleras, n'est-ce pas, ma chère épouse? Tu veilleras à ce qu'elle ne manque de rien, n'est-ce pas, mon trésor? Tu ne croiras pas un mot de ce qu'elle te dira sur moi, n'est-ce pas, Dolma, ma douce? Et surtout, surtout, tu n'en souffleras mot à ton père, n'est-ce pas, très chère?

Dolma, toujours agenouillée devant son mari, les bras autour de la tête pour se protéger, hochait et secouait alternativement sa coiffe d'argent ornée de pierres précieuses en réponse aux requêtes de Kirsten. Les bras croisés sous son vêtement richement brodé, il la dominait de toute sa hauteur, amusé par son affolement. Il marcha trois fois autour d'elle et dit:

– Te voilà dans une position intéressante, ma chérie. Je crois que je vais te prendre ici même, sur le sol. Mais laisse-moi le temps d'accrocher mes bottes à la porte, pour que tes paysans de compatriotes sachent qui est en train de prendre leur noble maîtresse.

Plus tard ce jour-là, Sonia fut agréablement surprise et touchée par la gentillesse et les attentions de Dolma à son égard. On lui donna une petite chambre pour elle seule, au lieu de la paillasse sur laquelle elle avait dormi la veille, à même le sol, dans la pièce où dormait la nourrice. En signe de considération, Dolma avait placé un bouquet de thym sur son oreiller pour le parfumer. Quand ce fut l'heure du souper, elle, Kirsten et Dolma s'assirent tous trois en rond autour de la table recouverte d'une nappe bien blanche sur laquelle étaient disposés des bols et des gobelets d'argent. Avec une indifférence feinte, Kirsten dit:

– Dolma chérie, vois-tu ce que je peux faire avec mes pouvoirs magiques? Vois-tu comme je suis puissant? Ne t'avais-je pas dit, ma toute belle, que ce soir la *Jetsunma* deviendrait ma noble sœur, rappelée du *bardo* où résident les morts? Allons, Sonia, dis quelque chose à mon épouse. Dis-lui ce que tu es vraiment et d'où tu viens. Oh! mais ne crains rien, ma chère, Dolma n'en soufflera mot à quiconque, n'est-ce pas, mon trésor?

Il pinça affectueusement la joue bien ronde de sa femme qui se mit à rougir.

Sonia, soudain mal à l'aise et très embarrassée par l'attitude de son frère vis-à-vis de sa docile épouse, les regardait tour à tour sans savoir où poser les yeux. Kirsten, toujours insouciant, arborait un large sourire et continuait à jouer les grands seigneurs.

– Eh bien, Sonia, te voilà réincarnée aux yeux de Dolma. Tu es redevenue ma sœur chérie d'un seul coup de baguette magique. Dolma croit tout ce que je dis et fais – ce qui est normal de la part d'une épouse obéissante. Le seul ennui c'est qu'elle est stérile, et plus tout à fait dans la fleur de l'âge. Elle a eu trois nobles maris avant moi. Ils l'ont tous trois jetée aux orties en voyant qu'elle ne pouvait pas avoir d'enfant. Lorsque Kuma m'a fait prisonnier et qu'il a appris que j'étais un aristocrate, son attitude à mon égard a changé radicalement. Du jour au lendemain il m'a retiré de la soue à cochons pour me mettre dans le lit de sa fille en me suppliant de lui faire un petit Kuma. Il voulait partir combattre les Anglais l'esprit tranquille, sachant que, s'il devait périr dans la bataille, la postérité de sa noble maison était assurée. Le seul problème, c'est que nous n'avons toujours rien réussi à produire, Dolma et moi.

– Kirsten, je n'ai pas envie d'écouter tout ceci, interrompit Sonia, contrariée. C'est terriblement gênant pour Dolma comme pour moi.

– Je croyais que tu voulais savoir ce qui s'était passé depuis la mission Barakov? répondit Kirsten, l'air penaud, en remplissant son gobelet de vin.

– Sans doute, mais tes problèmes de couple ne regardent que toi.

– Je n'ai pas de problèmes de couple, ma chère sœur. Ne sois donc pas si prude. Dolma ne l'est pas, elle. Elle irait avec n'importe qui pour faire plaisir à son père. Et lui m'admire tant qu'il m'a fait cadeau de ce vilain canard en me suppliant de le rendre fertile. Très bien, ne parlons plus de ma femme. Parlons de moi, le grand *Rishi-Kudak* pour ces ignares de Tibétains.

Sonia sentit quelque chose de désespéré dans la façon de

boire et de parler de son frère et résolut de ne pas le laisser seul à s'enivrer en s'apitoyant sur son propre sort et en insultant sa femme pour passer ses nerfs.

– Si je dois te raconter ce qu'est ma vie ici, alors autant le faire en russe – que j'ai presque oublié depuis toutes ses années passées à grogner dans cette langue de sauvage. Je suis ravi de pouvoir m'exprimer dans ma langue maternelle. Oh! ne t'inquiète pas pour Dolma, elle va ouvrir des yeux grands comme ça en nous entendant parler le langage du *bardo* sans en comprendre un traître mot, et va redoubler d'admiration devant nos pouvoirs magiques, railla Kirsten avant d'entamer son récit. Tout s'est passé sans encombre, jusqu'au moment du retour. Ton mari et Barakov n'arrivaient pas à se mettre d'accord. Kolia pensait que les hommes de la légation devaient faire le voyage du retour tous ensemble, pour plus de sécurité. Il faut dire que tout n'allait pas pour le mieux : la maladie, la mort, le manque de vivres et de bêtes de somme... Car peut-être as-tu eu l'occasion de te rendre compte que l'enfer n'était pas dans les entrailles de la terre, mais bien ici, dans ce cube de glace que l'on nomme Tibet. Mais ne nous égarons pas. Kolia avait reçu l'ordre de mener l'expédition d'experts géographes en ligne droite, de Lhassa à Khotan en traversant le Chang Tang. Un voyage d'un bon millier de kilomètres qui devait permettre de dresser la carte de la région pour la Société russe de géographie dont père est le président, comme tu le sais. Mais Barakov s'était montré peu coopérant et ne nous avait octroyé qu'un minimum de vivres et d'hommes. Notre expédition ne comptait qu'une vingtaine d'hommes et trente mulets, dont les trois quarts périrent avant d'atteindre le Thok Daurkopa. Nous étions en train de lécher nos blessures quand les hommes de Kuma nous ont interceptés. Ils ne voulurent pas croire que nous étions des envoyés officiels du tsar auprès du Dalaï-Lama, et ouvrirent le feu sur nous avec leurs vieux mousquets rouillés. Aucun de nous ne fut sérieusement blessé, mais nous battre à cinq contre soixante eût été suicidaire. Nous nous rendîmes donc – ce dont Kuma n'était pas peu fier. Il nous emmena à Lhassa, prisonniers. Le temps d'arriver là-bas, les autorités tibétaines avaient retourné leur veste, comme elles le font chaque fois qu'elles se sentent menacées par les Chinois ou les Britanniques. Elles dénoncèrent le traité signé avec la Russie quelques mois plus tôt et nous fûmes traités comme des espions, et pire encore. Pour nous montrer qu'ils ne plaisantaient pas, les Tibétains enfermèrent deux d'entre nous dans le cachot aux scorpions du Potala, un troisième mourut de la fièvre, tandis que Kolia restait aux mains des grands lamas qui lui firent subir un lavage de cerveau et le persuadèrent qu'il était la réincarnation de Tchenrézig. Kolia a toujours eu un côté irrationnel. (Kirsten poussa un long soupir et se resservit du vin.) Quant à moi je fus amené ici par Kuma pour être son serf – une coutume tibétaine appelée capture de guerre. (Il sourit placidement à Dolma.) Tu en as de la chance, pas vrai, ma charmante ? dit-il en lui serrant la main – trop fort sans doute, à voir l'expression de son visage.

Sonia s'éclaircit la voix et dit :

– C'est une histoire tout à fait extraordinaire, Kirsten.

– Et ça n'est pas fini. Veux-tu entendre la suite ?

– Bien sûr.

– Eh bien, après un certain temps passé à la ferme de Kuma à me faire battre comme plâtre et à gratter treize heures par jour la fiente de porc et de yak, avant de pouvoir dormir en compagnie des rats et de la vermine, il fut décidé que j'allais servir d'étalon à Dolma, ici présente... non pas que je m'en plaignais le moins du monde, *mon Dieu* [1], non ! Mais ce fut un choc pour moi de quitter du jour au lendemain les flancs du yak pour ceux d'une femme voluptueuse, même si celle-ci sentait le camembert bien fait. Je me demandais donc quel pouvait bien être le dessein de Kuma. A présent je le sais. Tant que je chevauche sa fille, il me traite avec déférence. Car, vois-tu, Kuma vit dans l'espoir.

– Excuse-moi, Kirsten, mais je n'arrive pas à te suivre. Comment en es-tu venu à pratiquer cette magie absurde, à te faire une réputation de grand *tulku* dans tout le pays, tout en te lançant dans le trafic d'armes ?

Il haussa les épaules.

– Élémentaire. Simple question de survie. Après une année passée dans le lit de Dolma sans avoir réussi à lui donner un héritier, il devenait urgent de trouver autre chose, sous peine d'être renvoyé à mes cochons. Le Tibet est un pays de superstition et de magie. A force d'observation et de pratique, j'ai appris à manier l'illusion comme personne, au point qu'il m'arrive de me prendre à mon propre jeu. Tout ceci n'est que supercherie, bien sûr. Je le sais, mais eux non. L'homme que tu as vu ce matin, le cou et les parties enflés, souffre d'une maladie contagieuse appelée parotidite qui s'est transformée en orchite – des termes médicaux qui ne

1. En français dans le texte. *(N.d.T.)*

veulent peut-être pas dire grand-chose pour toi, chère sœur. A la caserne on appelait ça les oreillons et l'inflammation des testicules. Moi, je n'ai rien à voir là-dedans. C'est la main de Dieu. Mais j'exploite l'ignorance et la superstition de ces gens. Et je dois dire que cela m'a fort bien réussi ces dernières années.

» Kuma Sidheong me respecte et me craint, du moins je l'espère – jusqu'à un certain point. Je me sers de cela aussi. Mon costume et mon maquillage impressionnent les gens. Ils viennent de très loin pour me consulter, lorsqu'ils veulent se débarrasser d'un voisin, par exemple, ou que leurs yaks donnent du lait tourné. Tout est dans la tête, Sonia.

– Oui, murmura-t-elle en pensant à Lewis Joyden dont le corps nu irradiait de la lumière sur le névé, à minuit. Je connais quelqu'un qui fait des choses semblables. Le Tibet est un pays bien étrange, en vérité. Mais comment t'es-tu lancé dans le trafic d'armes avec la Russie?

– Ah! C'est le coup le plus habile de toute la partie. Dorjieff m'a fait une offre. Nous faisons venir des armes de Russie via l'Afghanistan, Dorjieff et moi recevons une partie des bénéfices et Kuma Sidheong reçoit de vieux fusils obsolètes. Le plus drôle, dans tout cela, c'est que nous passons les armes au nez et à la barbe des Britanniques, tandis que Kuma est persuadé de recevoir du matériel dernier cri, qui lui permettrait de stopper n'importe quelle attaque des Anglais. Bien des dents vont grincer quand on va découvrir le pot aux roses. Mais je ne serai pas inquiété grâce à ma réputation et à l'immense fortune que j'aurai amassée.

Sonia garda pour elle ses réflexions et ses craintes.

– Kolia est-il toujours en vie, Kirsten?

Il haussa les épaules.

– Oui, je pense. La dernière fois que j'ai eu de ses nouvelles par Kuma, il vivait comme un ascète, emmuré – volontairement au dire de Kuma – dans une cellule ne disposant que d'une toute petite ouverture par laquelle on lui passe de la nourriture et de l'eau. C'est ce que font les lamas très pieux pour mériter leur espèce de paradis – certains vivent ainsi enfermés pendant quarante ans sans jamais voir la lumière du jour. En tout cas, même si Kolia est devenu fou à lier, sa pénitence ne devrait pas durer quarante ans, étant donné qu'il a déjà cent dix ans!

Sonia frissonna tandis que Kirsten vidait son gobelet. Dolma les observait tour à tour avec ses yeux charbonneux et souriait chaque fois que son regard croisait le leur.

– Si vous voulez bien m'excuser, dit Sonia en se levant de table, je vais aller me coucher. Kirsten, pourrais-tu envoyer un domestique au couvent de Gyantsé où j'ai laissé mes affaires? Si je séjourne quelque temps avec toi et Dolma, il faut que je puisse me changer – même si je n'ai que très peu de vêtements de rechange.

– Dolma te prêtera des affaires, maintenant qu'elle sait qui tu es. Après tout, n'a-t-elle pas un époux fortuné qui peut lui acheter tout ce dont elle a envie? Je suis plus riche que je ne l'ai jamais été en Russie. Non seulement je reçois de l'argent des Tibétains, des Chinois et des Russes, mais j'en reçois également des paysans et des *trapa* lorsque je guéris un yak constipé ou que je vends des bâtons d'encens magiques. Et tout cela grâce à mon imagination et mon habileté! Faut-il que je sois un grand *Rishi* pour amasser ainsi l'or, l'argent et les pierres précieuses qui vont me permettrent de quitter ce trou un jour. J'aurai dû être médecin, comme Pratikayit. Je serais devenu encore plus riche dans ce misérable trou où tout le monde prend des vessies pour des lanternes.

Laissant son frère à ses pensées sordides, Sonia regagna son lit. Elle n'avait pas la moindre idée de l'heure qu'il était, si ce n'est qu'il faisait nuit noire et que toute la maisonnée dormait sur ses deux oreilles, lorsque Dolma vint la réveiller.

– Madame-sœur, madame-sœur, un saint homme vous demande. Il dit qu'il était votre compagnon de route et qu'il veut s'assurer que vous allez bien. Que dois-je faire?

En un éclair Sonia était complètement réveillée.

– Dolma, faites-le entrer ici. Mais que mon frère n'en sache rien, promis?

Dolma hocha la tête vigoureusement, faisant sauter ses lourdes tresses comme deux grosses cordes.

– Et personne d'autre non plus, d'ailleurs! souffla Sonia.

Dolma fit entrer le Bonnet Rouge au dos voûté et au pas traînant. Aussitôt la porte refermée il bondit:

– Sonia! A quoi diable joues-tu?

Sonia, couverte d'une simple chemise légère, les genoux et la couverture remontés sous le menton, était trop soulagée pour cacher sa joie de revoir l'homme qui venait de s'asseoir à l'autre bout du lit. Son visage étant resté dans l'ombre, elle ne voyait pas le masque tibétain, seule la silhouette de l'Anglais lui apparaissait.

– J'ai cru que tu ne viendrais jamais, murmura-t-elle.

250

– Je t'avais dit de m'attendre au couvent! Tu ne devais pas en bouger jusqu'à ce que je vienne te chercher. Comment as-tu fait pour arriver jusqu'ici toute seule?

– Ça n'a pas été facile.

– Pourquoi es-tu partie, Sonia?

– Parce que tu n'es pas venu au couvent et que j'ai cru que tu m'avais abandonnée. Alors j'ai décidé de venir ici.

– Tu es complètement folle. (Sa voix résonnait, grave, tandis qu'il cherchait à saisir sa main dans l'obscurité.) J'étais fou d'inquiétude. Je ne savais pas où tu étais passée. Si l'aubergiste ne m'avait pas dit que tu me cherchais, j'aurais mis plusieurs jours à m'apercevoir que tu avais quitté le couvent. Tu n'as pas parlé de moi à ton frère, n'est-ce pas?

– Pour qui me prends-tu, Lewis? demanda-t-elle froidement.

Juste au même moment la porte de la chambre s'ouvrit et Kirsten apparut sur le seuil, une lampe de cuivre à la main.

– J'ai entendu du bruit, dit-il tandis que Lewis semblait se recroqueviller dans l'ombre et que Sonia, bouche bée, incapable d'articuler un son, regardait son frère goguenard.

– Que se passe-t-il ici? Qui est cet homme?

– Je... Je... c'est... c'est quelqu'un que j'ai rencontré sur la route. Nous... nous étions très proches. Il a veillé sur moi, pendant le voyage, Kirsten, balbutia Sonia, désespérément à court d'idées.

– Je m'appelle Geyog. Je viens de Drepung où je retourne, à présent que j'ai collecté les aumônes pour mon monastère, coupa Lewis avec une grande présence d'esprit. (Il parlait d'une voix forte et claire que ne lui connaissait pas Sonia, tout en gardant la tête basse et en donnant l'impression qu'il n'avait d'yeux que pour la femme couchée dans le lit.) Je suis passé au couvent où la *Jetsunma* a séjourné, et on m'a dit qu'elle avait oublié son bagage. Je le lui ai ramené, car elle va en avoir besoin. Pardonne-moi, *Rishi-Kudak*, mais je sais qui tu es, car ta réputation est très grande. Ne te fâche pas, cette femme et moi ne sommes rien de plus que des compagnons. Je ne voulais pas déranger ta demeure à cette heure tardive, c'est pourquoi je suis venu sur la pointe des pieds. Mais je ne suis pas un voleur, je ne suis qu'un lama aux intentions respectables et dont le cœur a été éprouvé par les dieux. A présent je m'en vais.

Il s'apprêtait à se lever quand Kirsten dit, d'un air amusé qui n'échappa pas à Sonia:

– Pas la peine de t'en faire, *Rimpoché*. J'ai le sentiment que ma sœur et toi avez beaucoup de choses à vous dire qui ne regardent que vous. Il est temps que quelqu'un lui apprenne les choses de la vie... elle a toujours eu un faible pour les vieux messieurs. Qu'il reste donc, si tu es d'accord, *Jetsunma*. Dolma sera contente de recevoir sa bénédiction demain matin. Quant à moi, je ne serai pas là, car je m'en vais à l'aube. Je dois aller à la rencontre d'un convoi de yaks transportant de la quincaillerie, à quinze kilomètres de Gyantsé. Je vous dis *adieu* [1], maintenant.

Il sortit en ricanant et referma la porte.

Ils attendirent cinq minutes, après quoi Lewis se leva et cala une chaise sous la poignée de la porte.

– Il est parti, Dieu soit loué.

– Il t'a appelé *Rimpoché*, Lewis. Pourquoi t'appelle-t-il « Grand Précieux » ? Crois-tu qu'il se doute de quelque chose ?

Lewis haussa les épaules.

– C'est tout simplement une manière polie de s'adresser à un lama que l'on ne connaît pas.

– Mais il se moquait de nous – il riait. Je ne savais pas que Kirsten pouvait être aussi sarcastique... que fais-tu ?

Lewis s'était approché de la fenêtre ouverte et observait la porte d'entrée, sa main gauche mystérieusement cachée dans son *amphag*. Avec un cri de terreur étouffé, Sonia se précipita sur lui. Surpris, Lewis vacilla dans l'obscurité et sa tête alla cogner contre le cadre de la fenêtre.

– Mais qu'est-ce qui te prend ? (Respirant bruyamment, sa main sur la bouche de Sonia et ses lèvres effleurant presque son oreille, il dit d'une voix rauque) : Pour l'amour du ciel, Sonia, qu'est-ce qui te prend ?

Elle marmonna quelque chose dans la paume de sa main et il desserra son étreinte.

– Je... j'ai cru que tu voulais lui tirer dessus au moment où il allait sortir de la maison... c'est pour cela que tu es venu, n'est-ce pas ? Pour l'éliminer, c'est le mot que tu emploies dans ces cas-là ! lui souffla-t-elle en plein visage.

– Ne sois pas idiote ! Allons, retourne te coucher, tu trembles, tu es complètement bouleversée.

Elle le saisit violemment par les poignets.

– Si tu assassines mon frère, je te jure que je te dénoncerai comme espion britannique !

Il la prit dans ses bras et la porta sur le lit.

---

1. En français dans le texte. *(N.d.T.)*

252

– Je suis venu ici pour une raison et une seule. Toi! Toi, espèce de petite Russe idiote! Tu me crois vraiment fou au point de tout fiche en l'air en abattant ton frère de dos, et dans sa propre maison, de surcroît? Avec tous les Tibétains qui rôdent dans les parages? Par pitié, Sonia, fais-moi crédit d'un peu plus de bon sens. Si jamais je devais « éliminer » ton cher frère, tu peux être sûre que je n'irais pas le faire sous ton nez. Et je ne crois franchement pas que j'aurai jamais affaire à lui, qui n'est qu'un tout petit pion vaniteux et stupide dans le « Grand Jeu » des nations. Ce serait une perte de temps.

La tête enfouie dans l'oreiller, elle pleurait en silence, tandis qu'agenouillé près du lit il chuchotait furieusement :

– Je sais parfaitement quel genre de quincaillerie ton frère est parti chercher de l'autre côté de Gyantsé. Malheureusement, à l'heure qu'il est, de ce convoi de fusils russes transportés à dos de yak, il ne reste plus que des miettes gisant dans la neige, au fond d'un précipice. Maintenant, tu peux aller le lui dire avant qu'il ne quitte la maison. Tu peux choisir, Sonia, c'est lui ou moi.

Il se passa une bonne heure avant qu'elle ne lui adresse à nouveau la parole. Il était assis par terre, à côté du lit. Lorsqu'elle fut certaine que Kirsten avait quitté la maison avec quelques serviteurs, elle renifla dans son mouchoir :

– Je te hais!

– Non, ce n'est pas vrai.

Il se leva, alla à la fenêtre et la ferma. Ensuite il ôta son masque de lama et sa tunique et vint s'allonger près d'elle.

– Tu m'aimes, Sonia, et j'ai envie de toi. Pour quelle autre raison serais-je venu ici, ce soir, au péril de ma vie? Et puis nous avons tout le temps devant nous. Il ne sera pas de retour avant trois jours, et d'ici là nous serons en route pour Lhassa, toi et moi.

Sentant ce corps froid et ferme à ses côtés, Sonia s'efforçait d'apaiser la violence des sentiments qui l'habitaient.

– Je n'ai pas l'intention d'aller à Lhassa avec toi.

Elle détourna son visage trempé de pleurs tandis qu'il essayait de l'embrasser.

– Oh! que si! Trop de choses nous unissent à présent, toi et moi, pour que nous puissions renoncer l'un à l'autre. Embrasse-moi, vilaine, sinon, je te plante là une bonne fois pour toutes!

Docilement, elle fit ce qu'il lui dit, sachant pourquoi elle le faisait.

– Lewis... je...

Il la fit taire avec un baiser obstiné. Et pour préserver ce court instant que leur offrait la vie, Sonia ne pouvait que le rejoindre dans l'amour charnel qui avait illuminé les deux derniers mois de leur relation. Il lui avait ouvert des horizons qu'elle ne soupçonnait pas, mais la route qu'elle arpentait d'un pied léger à ses côtés s'était mise à raccourcir de façon intolérable. Elle n'avait plus envie d'aller nulle part à présent. Elle ne voulait que sa tendresse, capturée dans cette bulle délicate et harmonieuse des moments d'intimité passés seule avec lui. Les sens enfin apaisés, il s'endormit, allongé tout contre elle, la tête enfouie dans le creux de sa gorge. Deux vies enlacées tandis que s'enfuyait le temps et que le jour naissant jetait des ombres au plafond.

Dolma appela doucement à travers la porte close.

– Madame-sœur, dormez-vous? Il y a deux autres saints hommes venus de la même lamaserie que celui qui est arrivé cette nuit. Ils veulent lui parler de toute urgence. Ils savent qu'il est avec vous, car ils ont surveillé la maison.

Au bout d'un petit moment, Sonia trouva le courage de dire :

– Faites-les attendre, Dolma, il dort encore. Lorsqu'il s'éveillera, il les rejoindra.

Puis elle referma les yeux et continua de dormir avec lui.

19

I

Dans la pièce principale, au rez-de-chaussée de la maison de Kirsten, deux hommes au crâne rasé, deux humbles moines appartenant à un ordre subalterne, attendaient patiemment le *Tsawaï-Lama*. On leur avait offert du thé, du fromage de chèvre et des gâteaux au miel et, de temps en temps, ils échangeaient en silence un regard furtif et embarrassé.

Sonia fut troublée par le flegme avec lequel Lewis accueillit la nouvelle lorsqu'elle lui annonça que deux étrangers l'attendaient en bas.

– Peut-être sont-ils venus pour te tuer, Lewis!

– Peut-être – mais d'un autre côté, ils auraient eu tout le temps de me poignarder ou de me tirer dans le dos pendant que je dormais, ici, avec toi.

Lavé, habillé, son visage de lama refait à neuf, il s'approcha de Sonia qui était assise dans le lit, une couverture jetée sur les épaules. Il lui sourit et effleura sa joue d'un petit baiser rapide.

– Mieux vaut ne pas les faire attendre plus longtemps. Tu aurais dû me reveiller lorsque Dolma est venue t'avertir qu'ils étaient là – d'un autre côté, je suis content que tu ne l'aies pas fait.

– Lewis... dit Sonia, en lui tendant les bras alors qu'il s'apprêtait à sortir. N'y va pas, c'est peut-être un piège. Tu pourrais sauter dans la cour, par la fenêtre. Ce n'est pas très haut, et tu pourrais t'échapper sans qu'ils te voient...

– Mais, Sonia chérie, pourquoi ferais-je une chose pareille? Pour me casser une jambe?

– Tu sais qui sont ces deux hommes, n'est-ce pas? dit-elle en colère. Et tu oses les faire venir ici-même, dans la maison de mon frère, pendant qu'il a le dos tourné! C'est vraiment le comble!

Il eut un petit rire et s'assit à côté d'elle.

– Sonia, Sonia... si tu te fais tellement de souci pour moi, pourquoi ne m'as-tu pas réveillé plus tôt? A l'heure qu'il est, j'aurais déjà mis quatre heures de marche entre eux et moi.

Elle se mordit la lèvre.

– Je... j'avais peur. Et puis j'ai pensé qu'ils allaient peut-être hésiter à tenter quoi que ce soit contre toi ici, dans la maison du puissant *tulku*, et qu'ils allaient s'en retourner. Tu sais aussi bien que moi que les Tibétains redoutent de provoquer des « odeurs néfastes », comme ils les appellent. Et j'ai donc pensé qu'il ne pourrait rien t'arriver tant que tu serais dans cette chambre. J'espérais simplement que, lassés d'attendre, ils finiraient par s'en aller. Et puis je ne voulais pas.... pas...

Sa voix s'évanouit, ses yeux brûlant de la même flamme qui avait dévoré leurs corps quelques instants auparavant.

– Pas quoi, Sonia?

– Peu importe.

Il lui prit le menton et l'obligea à le regarder.

– Tu rougis. Pourquoi donc?

– Sais-tu quel jour nous sommes, Lewis? demanda-t-elle presque en larmes.

– Oui. C'est Noël, aujourd'hui. C'est pourquoi je suis arriver hier au soir, comme le bon roi Wenceslas, pour t'apporter ton cadeau. J'espère qu'il t'a fait plaisir.

Son visage s'empourpra davantage. Elle le repoussa, contrariée.

– Va-t'en!

Souriant de toutes ses dents sous son masque, il passa une main furtive sur sa poitrine nue et l'embrassa.

– Le mien m'a fait très plaisir, en tout cas. Et ça n'est pas fini. Attends-moi ici, je vais revenir tout à l'heure.

Il se leva et quitta la chambre.

Sonia bondit aussitôt hors du lit, s'habilla à toute vitesse et se précipita pieds nus au rez-de-chaussée. Dolma, qui arrivait derrière elle, l'attrapa par le bras.

– Non, non... on ne peut pas écouter aux portes. Le *tulku*, mon mari, a pris ses précautions. Venez avec moi.

Sonia, coupable à l'idée d'espionner Lewis, réalisa que, ne serait-ce que pour la sécurité de Kirsten, il lui fallait tirer au

256

clair ce qui se tramait sous son toit. Dolma la ramena à l'étage et la fit entrer dans un petit cabinet. Elle lui montra un petit orifice tout près du sol.

– Nous sommes juste au-dessus de la pièce où les saints hommes sont en conférence. D'ici on entend tout ce qui se dit en bas et si vous voulez voir, vous n'avez qu'à regarder par la fente. Je viens ici, lorsque je veux savoir ce que mon mari me cache – n'est-ce pas le droit de toute épouse, madame-sœur?

Ses grosses boucles d'oreilles en argent tintèrent agréablement, tandis qu'avec un sourire entendu Dolma refermait la porte sur Sonia, la laissant dans l'obscurité la plus totale. Celle-ci pouvait apercevoir deux crânes rasés, ainsi que les ailes du bonnet rouge de Lewis, autour d'une table. Les voix lui parvenaient aussi clairement que si elle s'était trouvée dans la pièce avec eux, mais, à sa grande déception, ils se mirent à parler dans une langue qu'elle ne comprenait pas. Maudissant Lewis Joyden, Sonia s'assit par terre en se rongeant les ongles.

II

Lewis, furieux bien que parlant d'une voix contenue, s'adressait en hindi aux deux *pundits* déguisés en moines népalais.

– *Qui* vous a envoyés, nom d'un chien, qui? Vous étiez censés me contacter à l'auberge de Gyantsé!

– Pardonnez-nous, mais nous vous avons attendu. Ensuite nous avons appris que vous étiez ici...

– Comment l'avez-vous su? glapit Lewis. Suis-je à ce point négligent?

Les deux petits moines népalais échangèrent un regard embarrassé. Lewis donna un coup de poing sur la table qui les fit sursauter.

– Nous vous avons suivi. Nous vous avons reconnu grâce à la photo que le colonel-*sahib* nous a montré.

– Savez-vous combien de temps il m'a fallu pour mettre au point ce déguisement? grinça Lewis. Et me voilà démasqué!

– Pardonnez-nous, mais il fallait que nous vous contactions toutes affaires cessantes. Nous sommes venus de Tuna, sur les ordres du colonel-*sahib*. Il veut savoir « à quoi vous jouez » – selon ses propres paroles, pardonnez-moi.

– Dans ce cas vous pouvez vous en retourner à Tuna, dire à Younghusband que je ne suis pas un de ses petits soldats de plomb et qu'il sait parfaitement à quoi je joue. Et pendant que vous y êtes, dites-lui que je reçois mes ordres de quelqu'un de beaucoup plus haut placé de lui, et que je suis chargé de faire le relevé topographique de Gyantsé à Lhassa avec le convoi de sa prétendue expédition pacifique. Et maintenant je voudrais bien savoir pourquoi ces plans auraient été changés.

– Il semblerait qu'il ne soit plus possible aux Britanniques de mener une expédition pacifique en raison des agressions de la part des Tibétains. Le colonel-*sahib* a maintenant traversé le Thanglha avec les Sikhs, car des rumeurs courent que les Tibétains sont en train de se masser dans la vallée de Chumbi pour barrer la route au colonel Younghusband et l'empêcher d'atteindre Gyantsé...

– Je sais déjà tout cela, grogna Lewis. C'est moi qui lui ai fait parvenir l'information, par le truchement d'un de mes hommes, H20. Alors dites-moi plutôt ce qu'il y a de nouveau. Pourquoi mes ordres ont-ils été contrés par Younghusband?

– Il n'a pas été très clair à ce sujet, il a simplement dit : « Contactez-le et ramenez-le à Tuna, avec son foutu moulin à prières, avant qu'il ne nous sabote le boulot et que Lhassa nous passe sous le nez. »

Le moine népalais, terriblement gêné d'avoir répété les mots de son supérieur, rougit jusqu'aux oreilles.

– Il a dit ça? demanda Lewis, stupéfait.

– Oui, monsieur.

– Et qu'adviendra-t-il si je refuse de retourner à Tuna avec vous?

Les deux moines échangèrent à nouveau un regard embarrassé.

– Eh bien, enchaîna le plus téméraire des deux, nous avons ordre de vous arrêter, et si vous refusez d'obtempérer, de vous éliminer sur-le-champ.

– Je vois, je vois, le colonel Younghusband est un homme vraiment attentionné. Dois-je comprendre que vous devez retourner à Tuna avec ma boussole, mon sextant, mon moulin à prières, mon rosaire et mon trident, et abandonner mon cadavre, pour faire croire à une agression tibétaine?

Mal à l'aise, les deux moines se tortillaient sans rien dire. Lewis se leva. Les deux moines bondirent aussitôt, alarmés et indécis.

– Oh! n'ayez crainte! Je n'ai pas l'intention de fausser compagnie aussi grossièrement au colonel-*sahib*. Je ne vais pas vous obliger à m'exécuter pour refus d'obéissance. Je sais que le colonel-*sahib* veut se débarrasser de moi pour des raisons toutes personnelles. Je vais donc retourner à Tuna avec vous, lui mettre mon poing dans la figure, et reprendre la route de Lhassa comme prévu. Et maintenant, si vous voulez bien m'excuser, messieurs, je vais monter chercher mes affaires – dont mon moulin à prières, que personne à part moi n'est autorisé à toucher –, tout en me félicitant que le maître de céans soit allé prendre l'air de l'autre côté de Gyantsé.

Lewis remonta dans la chambre où Sonia l'attendait. Elle comprit à son expression que quelque chose n'allait pas, mais se garda bien de laisser paraître son désarroi.

– Sonia, quelque chose d'imprévu vient de me tomber dessus. Il faut que je parte immédiatement. Mais ne t'inquiète pas, je serai bientôt de retour. Dans deux semaines au plus. Reste ici, comme ça je saurai où te trouver.

Il commença à rassembler ses affaires.

– Ne peux-tu rien me dire, Lewis? demanda-t-elle doucement.

– Non, c'est impossible. Moins tu en sauras sur moi et mieux ce sera. Car si jamais on t'interroge, tu pourras répondre en toute bonne foi que tu ne sais rien. A présent embrasse-moi et laisse-moi m'en aller avant que je renonce à mettre mon poing dans la figure de quelqu'un.

Courageusement, Sonia le regarda partir en compagnie des deux drôles de moines qui, comme elle l'avait su dès le départ, n'étaient que des oiseaux de mauvais augure.

III

Dans la plaine glacée, quatre mille mètres au-dessus du niveau de la mer, quatre compagnies de Pionniers, de Gurkhas, d'Infanterie montée et de Sapeurs de Madras avaient péri gelées. Le froid était si intense que la graisse se solidifiait dans les fusils et grippait toutes les pièces mobiles. La nuit, il fallait démonter la culasse des mitrailleuses Maxim pour les empêcher de geler, et détacher les étuis de cuir de la selle des chevaux pour pouvoir utiliser les carabines le lendemain. Ni les pèlerines, ni les bottes fourrées, ni les épais sous-vêtements n'arrêtaient le froid mortel. Les hommes tombaient comme des mouches, décimés par le gel, la pneumonie ou le désespoir. Moins de quinze kilomètres plus loin, et parfaitement visible, l'armée tibétaine, forte de plusieurs milliers d'hommes, tenait tête à la force expéditionnaire britannique.

Le jour où Lewis pénétra dans le quartier général du colonel Younghusband, à Tuna, à quelque cent kilomètres de Gyantsé, une violente tempête faisait rage dans la plaine.

– Mais vous êtes complètement fou! furent les premiers mots du colonel, stupéfait, en voyant Lewis tout blanc de givre se présenter devant lui sans son masque et vêtu d'un simple *shamtab*, d'un bonnet rouge et de sandales, alors que lui-même était emmitouflé de pied en cap dans de chauds vêtements d'hiver. (Puis avec un mauvais sourire, conforté dans l'idée qu'il se faisait de l'homme qu'il avait envoyé chercher, il dit :) Il doit y avoir du vrai dans l'adage qui prétend que les fous sont insensibles. Et c'est précisément pour cela que je vous ai rappelé, Joyden.

– Personne ne me rappelle, monsieur, à part le vice-roi, répondit Lewis du tac au tac. Je ne fais pas partie de votre armée, colonel.

En ce qui le concernait, Lewis n'avait aucun ordre à recevoir de ce major temporairement promu au rang de colonel!

– Vous faites partie de mon expédition, que vous le vouliez ou non. Et puisque c'est moi qui commande, je vous signale que vous faites partie de l'armée le temps que durera cette expédition! glapit le colonel Younghusband, un petit homme d'un mètre soixante-cinq, en foudroyant Lewis du regard. (Il venait de comprendre pourquoi il le haïssait à ce point. Ce Lewis Joyden n'écoutait que lui-même.) Une expédition aussi importante que celle-ci ne peut avoir qu'un chef, *moi*! Alors je vous saurai gré de ne pas en faire qu'à votre tête et de ne pas saboter nos chances d'atteindre Lhassa.

– Que voulez-vous dire? demanda Lewis, en regardant le colonel sans comprendre. N'ai-je pas fait mon travail en vous faisant parvenir absolument toutes les informations que j'ai pu recueillir?

– Non! Je n'ai pas reçu une seule miette d'information concernant Gyantsé! J'imagine que c'est parce que vous étiez trop occupé à fraterniser avec l'ennemi.

Lewis prit une longue inspiration en s'efforçant de garder son calme.

260

– Vous permettez que je m'asseye? Je commence à avoir très chaud et je préférerais m'asseoir pour pouvoir parler de tout ceci plus calmement. (Il prit un pliant et, regardant le colonel droit dans les yeux, demanda :) Que voulez-vous dire, au juste, colonel?

– Au juste, Joyden, je veux dire ceci. La Commission chargée de la frontière tibétaine vous considère peut-être comme la huitième merveille du monde, mais pas moi! Que penserait le Foreign Office de Sa Majesté s'il venait à apprendre, par le biais d'un rapport officiel dans le Livre bleu [1], que vous avez entretenu des relations avec une certaine femme dont le mari est un agent russe opérant à Lhassa même? Savez-vous que je pourrais vous traduire devant la cour martiale?

Sans même le vouloir, Lewis Joyden arrivait à en imposer au colonel Younghusband, qui, chaque fois qu'il était confronté à des hommes plus grands et plus brillants que lui, cherchait à avoir le dessus en brandissant le code de conduite militaire et le Livre bleu.

Lewis, qui se souvenait tout à coup que cet homme avait la fâcheuse habitude d'ouvrir sa grande gueule d'abord pour réfléchir ensuite, lui dit :

– Vous m'accusez de trahison?

– Je vous accuse de légèreté, Joyden, et je n'apprécie guère la légèreté.

– Dans ce cas, monsieur, laissez-moi vous rappeler ceci. Je suis un civil attaché à l'expertise topographique de l'Inde. Toutes les informations concernant mes activités au sein de la Commission chargée de la frontière tibétaine, du Foreign Office ou de tout autre organisme officiel seront vivement démenties, y compris par Sa Majesté elle-même. Et sachez que, si vous faites un rapport sur moi dans votre Livre bleu, il scra automatiquement détruit, en accord avec la politique officielle de la Grande-Bretagne. En conséquence, il vous est impossible de me traduire en cour martiale. Et pour ce qui est de fraterniser avec l'ennemi, comment, bon Dieu, vous imaginez-vous que l'on procède pour soutirer des informations à cet ennemi?

Pris de court, le colonel Younghusband dit :

– Donc, la princesse Sonia Doubrovka ne signifie rien pour vous?

– Exactement.

1. Le Livre bleu est le nom traditionnellement donné au recueil des documents diplomatiques officiels pour le domaine britannique. (*N.d.T.*)

– Vous seriez prêt à en faire la déclaration officielle?

– Certainement – d'ailleurs je vois que votre sténographe ne perd pas de temps et qu'il est déjà en train de consigner toutes mes paroles dans son Livre bleu. Lord Curzon est déjà au courant de la situation. Et s'il n'avait pas confiance en moi, je doute qu'il m'aurait confié cette mission. J'agis sur ordre du vice-roi en personne, colonel – même s'il me laisse toute latitude dans le choix de mes méthodes d'approche, dit Lewis avec un sourire sans joie.

» À présent, si l'unique raison pour laquelle vous m'avez fait venir jusqu'ici était de savoir avec qui je me tenais au chaud, je vais reprendre le chemin de Lhassa et voir ce que je peux faire pour vous faciliter la route.

Il se leva. Le colonel Younghusband s'éclaircit la voix.

– J'avoue avoir été très contrarié quand les *pundits* m'ont rapporté votre liaison avec la princesse. Je craignais que cela ne compromette nos positions. Si cette femme ne signifie effectivement rien pour vous en dehors du fait qu'elle est une source d'informations précieuse concernant les activités de son frère et de son époux, soit. Je suis prêt à vous croire sur parole, et l'affaire est close. Toutefois, maintenant que vous êtes ici, je vais avoir besoin de vos services. Il y a plusieurs choses que je voudrais que vous fassiez pour moi, et tout d'abord me communiquer les informations que vous avez recueillies concernant Gyantsé.

Lewis prit son moulin à prières et en ôta le pourtour en argent pour extraire un petit rouleau de papier qui se trouvait à l'intérieur de la partie mobile. Celui-ci contenait non pas des inscriptions religieuses, mais un graphique.

– Voici les altitudes que vous rencontrerez sur votre route. De Kala Tso vous allez descendre jusqu'au plateau de Tuna et Guru, à cinq mille mètres. Puis vous atteindrez Kangma à quatre mille mètres, et enfin la vallée de Gyantsé à trois mille mètres, où la portée et la vitesse maximales de vos balles devraient être légèrement inférieures à celles que vous obtenez ici; cela dit, la trajectoire devrait être plus précise.

– Bon, c'est toujours ça, déclara Younghusband. En ce moment, mes hommes sont obligés de tirer très haut. Comment est le terrain après Gyantsé?

– A Ralung, l'altitude remonte à six mille mètres, et sept mille à Karo La. Il va falloir que vos hommes réajustent leur tir s'ils veulent atteindre l'ennemi. Gyantsé proprement dit est comme le rocher de Gibraltar. En haut du rocher dominent le fort et le monastère. Ça n'est pas très haut quand on arrive par le sud, ce qui sera votre cas. Mais pour donner l'assaut ce sera une autre paire de manches, car le fort est construit à même le roc et la face nord est très escarpée. Au-dessous, dans la plaine, se trouve la ville, un véritable labyrinthe de ruelles plus sales les unes que les autres. Prévenez vos hommes. En revanche, la plaine, traversée par le fleuve Nyang Chu, est étonnamment verte et agréable.

– Très bien, Joyden, beau boulot, dit le colonel.

– Je n'ai fait que mon travail, colonel, mais merci quand même. La reconnaissance est une chose appréciable, surtout quand on pense à tout ce que les Tibétains auraient pu me faire s'ils avaient découvert ces documents. Ah, j'oubliais, pendant que j'étais à Gyantsé, en train de servir la patrie... (le colonel se mit à rougir), j'ai eu l'occasion de visiter le fort. A l'intérieur il y a une pièce remplie de crânes d'hommes, de femmes et d'enfants – torturés par les Tibétains. J'ai pensé qu'il était important que vous sachiez ce qui risquait de vous arriver, dussiez-vous tomber aux mains de l'ennemi. Ils sont sans pitié aucune, croyez-moi. Bien, une fois rédigé mon rapport officiel, que vous voudrez bien faire parvenir au vice-roi par estafette, je reprendrai la route, si vous n'y voyez pas d'inconvénient.

– Pas question, coupa Younghusband avec autorité. Vous ne pouvez pas partir dans l'immédiat. Demain matin, vous quitterez cet accoutrement et vous mettrez un uniforme. Nous allons rencontrer l'état-major tibétain à Guru et vous allez me servir d'interprète.

– Grands dieux, monsieur, mais vous n'allez quand même pas vous jeter dans la gueule du loup!

– Et pourquoi pas? Ils nous envoient bien une délégation tous les deux jours, eux, répliqua Younghusband d'un air suffisant, sa moustache parfaitement taillée agitée d'un tic nerveux. Je ne fais que leur retourner le compliment, en somme. Je veux juste un entretien pacifique avec leur général, pour faire la paix, et le convaincre de céder Guru sans en faire une maladie. Vous passerez donc la nuit au camp, ce soir, compris, Joyden? Sans quoi mes sentinelles auront ordre de tirer à vue.

Lewis n'eut aucun mal à le croire.

20

I

C'est bien malgré lui qu'investi du titre temporaire d'officier d'état-major du régiment des Pionniers et revêtu de l'uniforme d'hiver ad hoc (comprenant une paire de bottes fourrées) Lewis accompagna le colonel Younghusband et deux autres officiers jusque dans le camp ennemi, à moins de quinze kilomètres de Guru. Une expédition vouée à l'échec et même suicidaire, quoi qu'en pensât Younghusband qui, lorsqu'il avait une idée en tête, n'était pas homme à supporter la contradiction.

Guru était une petite bourgade insignifiante, tapie au pied d'une colline. On les fit entrer dans la maison principale, dans une pièce enfumée où brûlait un feu de bouses de yak séchées autour duquel étaient assis plusieurs grands lamas de Lhassa, le général tibétain et quelques officiers, ainsi que l'*amban* chinois. On servit le thé au beurre et, tandis que Younghusband et ses hommes, essoufflés par leur randonnée à travers la plaine gelée, commençaient à se réchauffer, l'atmosphère autour d'eux devenait de plus en plus glaciale.

Le colonel Younghusband ouvrit les entretiens en expliquant aux Tibétains qu'il était venu sans escorte, que ses intentions étaient pacifiques et qu'il souhaitait régler à l'amiable ce petit différend de façon à pouvoir continuer paisiblement sa route jusqu'à Gyantsé.

Lewis, qui servait d'interprète, transmit à Younghusband la réponse du général tibétain :

– Il dit que, si vous souhaitez un règlement à l'amiable, vous devez retourner à Yatung pour renégocier.

264

Passant outre la réponse du Tibétain, le colonel reprit :

– Demandez-lui pourquoi le Tibet est hostile à la Grande-Bretagne, alors qu'il entretient de bonnes relations avec la Russie.

– Ils disent qu'ils n'ont aucune relation avec la Russie.

– Dans ce cas, pourquoi le Dalaï-Lama envoie-t-il des lettres au tsar par l'intermédiaire de Dorjieff et d'autres Russes, alors qu'il refuse les lettres du vice-roi des Indes ?

– Ils n'aiment pas plus les Russes qu'ils n'aiment les Britanniques. Ils n'entretiennent aucune relation. Et il n'y a pas de sujets russes à Lhassa. Quant à Dorjieff, c'est un Mongol-Bouriate et non un Russe.

– Dites-leur que je n'en crois rien, Joyden. Dites-leur que notre mission à Gyantsé est une mission pacifique. Que nous sommes venus pour clarifier une bonne fois pour toutes nos relations commerciales avec le Tibet. Que les Tibétains ont ignoré notre bonne volonté et nos traités commerciaux et qu'ils ont violé nos frontières.

– Les Britanniques n'ont aucune bonne volonté vis-à-vis du Tibet, dont ils veulent déstabiliser l'ordre religieux.

– Si tel était le cas, demandez donc à ce lama comment il se fait que les Britanniques n'ont jamais cherché à modifier les innombrables structures religieuses de l'Inde.

– Je crois, colonel, que vous devriez modérer vos propos. Ils commencent à s'impatienter et ils sont beaucoup plus nombreux que nous.

– Vous êtes ici en qualité d'interprète, Joyden, pas de conseiller.

– Très bien. Ils disent que nous avons violé la loi et que nous n'aurions pas dû entrer au Tibet. Ils nous demandent de repartir avant qu'il ne soit trop tard.

Tout à coup, un des officiers de Gyantsé, Kuma Sidheong, se leva et quitta brusquement la pièce.

– Je crois qu'il faut garder le sourire, colonel.

– Dans ce cas, dites-leur que je ne fais que suivre les ordres de mon gouvernement et que nous ne sommes pas venus ici pour semer la pagaille.

La bouche figée dans un rictus poli, le colonel Younghusband leva sa tasse de thé et se mit à boire à petites gorgées avec une nonchalance extrême, tandis que ses hommes l'imitaient.

Lewis, dont les poils des bras commençaient à se hérisser, avait le sentiment pénible qu'au train où allaient les choses, aucun d'eux ne reverrait jamais Tuna.

– Joyden, je veux qu'ils comprennent que je respecte leur point de vue, et que, tout comme eux, je suis obligé d'obéir aux ordres de mon gouvernement. Dites-leur que j'ai une femme et des enfants qui m'attendent à Darjeeling et que je préférerais être là-bas qu'ici. Dites-leur que je vais transmettre leurs souhaits au vice-roi, et que, si ce dernier m'ordonne de retourner en Inde, je serai ravi de lui obéir.

– Le général dit qu'un messager va nous escorter jusqu'à Tuna et qu'il attendra sur place la réponse du vice-roi. Les lamas veulent savoir quand vous avez l'intention de quitter Tuna.

– Il m'est impossible de répondre dans l'immédiat.

Sentant que l'heure était venue de battre rapidement mais dignement en retraite avant que les choses ne se gâtent, Younghusband se leva pour serrer la main du général qui, ignorant sa main tendue, lui tira la langue selon la coutume tibétaine. Les grands lamas, continuant de les battre froid, ne daignèrent même pas se lever pour saluer les officiers britanniques. Raccompagné à la porte où, une fois de plus, l'air glacé de la plaine vint le mordre au visage, le colonel Younghusband, pâle mais content de lui, dit :

– Ouf ! j'ai eu chaud ! Allons, messieurs, remontez en selle calmement et continuez à sourire. Ce Kuma Sidheong et ses hommes ne m'inspirent aucune confiance.

Avec un sourire forcé, les Anglais remontèrent à cheval et d'un pas mesuré se dirigèrent vers la sortie du camp de Guru, où les soldats tibétains étaient occupés à ramasser des bouses de yak séchées pour le feu. Mais, une fois dehors, ils partirent à fond de train, sans se retourner une seule fois jusqu'à Tuna.

II

Absorbé par ses pensées moroses, le colonel Younghusband, qui faisait les cent pas, fut très contrarié par l'intrusion inopinée de Lewis.

– Si vous n'avez plus besoin de mes services, colonel, je vais reprendre ma route vers Lhassa.

– Qui a dit que je n'avais plus besoin de vos services ? Dois-je vous rappeler que, jusqu'à nouvel ordre, vous êtes incorporé au bataillon des Pionniers et que je ne peux pas me passer de vous, Joyden? Et pour commencer, je n'apprécie guère de devoir ronger mon frein ici, sous prétexte que les Tibétains ne se sont pas montrés coopérants à Guru. Si nous voulons atteindre Gyantsé, il nous faut impérativement franchir le goulot d'étranglement qu'est la garnison de Guru. Et c'est précisément pour cela que vous m'êtes précieux. Vous allez me servir d'éclaireur.

– Mais, colonel, il faut attendre le printemps pour que le gros de l'armée puisse atteindre Gyantsé. Sans quoi ce serait un véritable suicide. Si je pars maintenant, je serai de retour avec toutes les informations nécessaires bien avant que vous ne vous mettiez en route pour Gyantsé.

– Mais pourquoi diable êtes-vous si pressé, Joyden? demanda Younghusband, avec un regard oblique. Auriez-vous hâte de retrouver les bras de la princesse Sonia Doubrovka pour tirer... je veux dire, pour lui tirer les vers du nez?

– Il n'existe pour ainsi dire pas de relevés de la route de Lhassa, rétorqua Lewis froidement, sans prendre la peine de cacher son antipathie. De plus, j'ai une mission à accomplir à Lhassa même, dans un délai bien précis. Il s'agit d'un ordre émanant de la plus haute autorité. Mes contacts sur place ne peuvent pas poireauter indéfiniment. Et si je n'arrive pas à transmettre mes informations en temps voulu, c'est vous qui allez vous retrouver en fâcheuse posture, au beau milieu d'un plateau sauvage et inhospitalier, nez à nez avec des hordes de Tibétains armés jusqu'aux dents par les Russes.

– Sans doute, Joyden. Mais à quelle sorte d'armement russe faites-vous allusion? Des mousquets, des sabres ou des triques de bambou, comme ce que nous avons vu à Guru? Pas une seule pièce d'artillerie moderne, en tout cas.

– Grâce à l'intervention de mes contacts autochtones, colonel! Et rien ne permet d'affirmer que l'ennemi ne s'en procurera pas d'ici le printemps. Chaque semaine, les armes affluent par convois entiers à dos de yak et de chameau depuis l'Afghanistan. Et nous avons un mal de chien à les intercepter. Il faut me laisser faire mon travail si vous voulez mener vos hommes jusqu'à Lhassa avec un minimum de pertes – compte tenu qu'il s'agit d'une armée d'envahisseurs, bien entendu.

– Nous ne sommes pas des envahisseurs, Joyden. Jusqu'à preuve du contraire, il s'agit d'une expédition pacifique, en route pour Gyantsé, dont le but est la négociation diplomatique de traités commerciaux entre la Grande-Bretagne et le Tibet.

– Avec tout le respect que je vous dois, colonel, les Tibétains ne voient pas les choses sous cet angle, dit Lewis en s'efforçant de garder son calme. (Il ajouta:) Dois-je comprendre que je suis votre prisonnier pour d'obscures raisons auxquelles je ne comprends strictement rien?

Le colonel Younghusband eut un court instant l'air déconcerté.

– Bien sûr que non, voyons! Mais en mon âme et conscience, je suis convaincu que vous serez plus utile ici que n'importe où ailleurs. Pour l'instant, je n'ai pas l'intention de marcher sur Gyantsé avant le printemps. Comme vous l'avez très justement dit, ce serait suicidaire. Vous vous êtes certainement aperçu que mon commandant en second et moi-même ne voyons pas toujours les choses du même œil et que... heu... nous sommes plutôt en froid lui et moi. Pour tout dire, il envisage de renoncer complètement au projet. C'est un véritable dilemme pour moi – je compte sur votre discrétion, bien sûr. Je ne peux pas battre en retraite sans perdre la face vis-à-vis des Tibétains, et je ne peux pas non plus avancer sans risquer de déclencher les hostilités. De plus nous nous trouvons actuellement à la frontière du Bhoutan et, comme vous le savez sans doute, les Bhoutanais sont pro-tibétains et extrêmement susceptibles. Je n'ai pas envie de les voir se joindre aux forces tibétaines contre nous. Résultat, je suis contraint d'attendre. Il faut que d'une façon ou d'une autre nous parvenions à neutraliser le Bhoutan. C'est pour cela que j'ai besoin de votre concours. Je veux que vous me serviez d'interprète et d'agent de liaison auprès du *penlop* [1] de Tongsa et du capitaine Jit Bahadar, représentant du Népal dans ces négociations.

– Colonel, je ne reçois d'ordres que du vice-roi en personne. Ma mission est au Tibet, pas au Bhoutan.

Younghusband feignit de ne pas l'avoir entendu.

– Jusqu'à ce que je reçoive une réponse, quelle qu'elle soit, du gouvernement de Sa Majesté, je suis bloqué ici. Si jamais vous vous faisiez prendre à Lhassa pendant que vous travaillez pour nous, c'est toute la mission qui tom-

1. Les *penlops* étaient les plus importants « barons » du Bhoutan. En 1907, une royauté héréditaire sera créée au bénéfice du *penlop* de Tongsa. (*N.d.T.*)

berait à l'eau avant même que j'aie reçu la réponse de Londres. Que d'argent et de prestige gaspillés – sans parler des pertes humaines, et des souffrances que mes hommes ont déjà endurées pour arriver jusqu'ici! Et puis les Tibétains ne nous feront plus jamais confiance.

– Je vois, dit Lewis en inspirant tout doucement par le nez pour essayer de se contrôler. En d'autres termes, je suis au chômage parce que mes supérieurs craignent que je vende la mèche si les Tibétains me démasquent, c'est cela?

– Parce que vous ne vendriez pas la mèche? (Le colonel se retourna et planta un œil noir et inquisiteur dans celui de Lewis.) Personne ne vous en blâmerait, vous savez.

– Et qu'en est-il des *pundits* qui « vendraient la mèche » si on les torturait? Quelles directives ont-ils reçues?

– Vous savez aussi bien que moi, glapit Younghusband, un doigt pointé vers Lewis, que votre mission au Tibet est tout à fait exceptionnelle. Il n'est pas dans les habitudes du gouvernement britannique de faire effectuer à un Anglais ce qu'un *pundit* pourrait accomplir à sa place. Car si vous étiez pris, les implications politiques seraient absolument catastrophiques pour tout le monde.

– Autrement dit, un homme qui a la peau foncée est quantité négligeable, tandis qu'un Blanc doit garder la face. C'est sans doute pour la même raison que les officiers ont droit à des bottes fourrées alors que les homme du rang se retrouvent avec les pieds gelés car ils ne sont pas autorisés à en porter! Merci bien, colonel, dit Lewis, écœuré, avant de quitter la tente.

III

Comme s'il était soudain habité par tous les démons de la terre, Kirsten se mit à courir dans toute la maison, un matin, en appelant sa sœur.

– Sonia, Sonia! Où es-tu... ah, te voilà! J'ai de grandes nouvelles pour toi. (Tout rouge et exalté, il la saisit par le bras, l'entraîna dans la pièce principale et claqua la porte derrière eux.) Assieds-toi... écoute, tiens, bois un coup. Moi je vais en boire un aussi.

– Kirsten, pour l'amour du ciel, que se passe-t-il?

Intriguée par le comportement de son frère, Sonia était persuadée qu'il allait lui parler du Bonnet Rouge dont elle n'avait plus de nouvelles depuis Noël, huit semaines plus tôt. Car pas un instant Lewis n'avait quitté ses pensées, même s'il ne l'avait pas recontactée, peut-être pour ne pas mettre ses jours en danger. Tout au fond d'elle-même une voix l'encourageait à garder espoir... tandis qu'une autre lui disait que l'homme qu'elle aimait n'était peut-être qu'un mercenaire incapable d'amour, de sincérité ou de tout autre vrai sentiment.

– La Russie a déclaré la guerre au Japon, s'exaltait Kirsten.

– Ah, ne n'est que cela!

Déçue, Sonia laissa retomber ses mains sur ses genoux.

– Mais, tu ne comprends pas! Je dois retourner en Russie, rejoindre mon régiment et donner une bonne correction aux Japonais pour les faire sortir de Vladivostok.

– Reprends-toi, Kirsten. Essaye de raisonner calmement. Tu ne peux pas rentrer en Russie pour le moment. Dolma a besoin de toi tant que son père est sur le champ de bataille. Moi aussi, j'ai besoin de toi.

– Mais tu vas rentrer en Russie avec moi, idiote! Plus rien ne nous retient, à présent. Kuma est quelque part du côté de la vallée de Chumbi et j'ai assez d'argent pour nos frais de voyage à tous les deux. Dolma peut venir avec nous, si elle le souhaite – mais j'aimerais mieux qu'elle reste.

– Non, Kirsten, ça n'est pas réaliste. Pas pour le moment, en tout cas. Les choses sont tellement incertaines. A tout moment les Britanniques risquent de marcher sur Gyantsé...

– C'est précisément pour cela qu'il faut plier bagage, Sonia! S'ils nous trouvent, les Anglais ne nous feront pas de cadeau. Ils me jetteront en prison, à moins qu'ils ne me passent par les armes en tant qu'espion russe. Tu ne me souhaites pas cela, n'est-ce pas?

Sonia se mordit la lèvre.

– Non, je ne veux pas qu'il t'arrive quoi que ce soit. Mais je ne peux pas encore quitter le Tibet, Kirsten. Je dois aller à Lhassa pour retrouver Kolia et lui demander le divorce.

– Il ne saura même pas ce qu'est un divorce. Il est complètement fou, à ce qu'on dit.

– Je dois m'en assurer.

– Le divorce est une mauvaise chose, Sonia. Attends plutôt qu'il soit mort – d'ailleurs il l'est peut-être déjà.

270

Mais si tu divorces, plus personne ne voudra te fréquenter quand tu rentreras à Saint-Pétersbourg, et pas un homme correct ne voudra t'épouser.

– Dans ce cas, je tenterai ma chance avec les hommes incorrects, cher frère, dit-elle, faussement enjouée avant d'ajouter : Kirsten, si tu veux rentrer en Russie et que Kuma Sidheong ne s'y oppose pas, alors vas-y. Ça n'est pas moi qui vais t'en empêcher.

Kirsten mit sa main vigoureuse sur la petite main pâle de sa sœur.

– Je ne pourrais jamais m'en aller sans toi.

– Mais je suis bien venue jusqu'ici toute seule, non? Et puis je ne vais pas rester ici après ton départ, je vais me rendre à Lhassa.

– Sans ton *Rimpoché*? la taquina-t-il. C'est pour lui que tu veux aller à Lhassa, n'est-ce pas? Pas pour Kolia. Qu'avez-vous donc mijoté, lui et toi? Tu dois le retrouver au monastère de Drepung, hein, coquine? Tu n'es plus la même depuis qu'il est parti. C'est donc lui, l'homme de tes pensées, Sonia? Dis-le-moi. (Il cligna un œil par-dessus son gobelet d'argent.) Je ne l'ai pas bien vu, dans le clair de lune. Comment est-il? Beau, riche, fidèle?

– Il est un peu tôt pour boire du vin, Kirsten, tu ne penses pas?

– Non, ma chère sœur! Je ne touche jamais à l'eau... à cause de la typhoïde. Ah, voilà ma charmante épouse avec le fromage blanc et les gâteaux au miel qu'elle s'empresse d'apporter dès que quelqu'un s'assied à cette table. Pas étonnant que ma sœur réincarnée ait grossi, Dolma. Qu'essayes-tu de faire, de l'engraisser comme toi qui n'as rien d'autre à faire qu'à manger et faire l'amour toute la sainte journée? (Il la pinça tandis qu'elle posait le plateau sur la table.) Dolma, raconte un peu à ma sœur quel genre d'effrontés portent la soutane dans ce pays. Je crois que ma sœur est tombée amoureuse d'un *Rimpoché* et vice versa, et maintenant elle s'est mis en tête de divorcer à cause de lui. Dolma chérie, que dirais-tu si nous divorcions pour que je retourne dans mon pays pour battre les Japonais?

Avec un cri perçant Dolma se tourna vers lui en écarquillant des yeux épouvantés.

– D'un autre côté, rien ne m'oblige à passer par toutes ces tracasseries, puisque tu n'es ma femme que selon la loi coutumière, n'est-ce pas, ma jolie?

Il lui pinça la joue et, les larmes aux yeux, elle quitta précipitamment la pièce.

– Tu ne devrais pas la traiter aussi durement, Kirsten. Ça ne te ressemble pas. A Saint-Pétersbourg tu te conduisais en gentleman, tu étais toujours courtois avec les femmes, gronda Sonia.

– A Saint-Pétersbourg on ne me battait pas comme un chien, on ne me traitait pas comme un chien et on ne me forçait pas à copuler comme un chien, lança-t-il avant de quitter la table. Et j'ai bien l'intention d'y retourner avec toi dès que l'occasion se présentera et que j'aurai pu organiser notre départ. Nous ne resterons pas une minute de trop dans ce trou infect et plein de barbares.

21

I

La rigueur extrême de l'hiver avait dénudé tous les arbres de la plaine de Tuna, ne laissant çà et là que quelques chicots, recueillis précieusement pour faire du bois de chauffage. Finalement neutralisé, le Bhoutan avait promis de ne pas intervenir tant que la marche des Britanniques sur Gyantsé demeurerait pacifique. Lorsque, au printemps, l'ordre fut donné à la mission de poursuivre sa route, Lewis, retardé par Younghusband et l'affaire du Bhoutan, accueillit la nouvelle avec un soupir de soulagement. Il avait hâte de partir de son côté pour rejoindre Lhassa. Et tant pis si Younghusband et ses hommes étaient contraints de faire demi-tour une fois arrivés à Gyantsé et de s'en retourner en Inde.

Respirant à pleins poumons l'air frais et parfumé de ce matin de printemps, Lewis retrouvait sur sa langue le goût des bonbons acidulés de son enfance : boules d'anis, berlingots, pastilles de menthe, tels qu'il les contemplait, penny en poche, dans la vitrine du confiseur de Sainte-Anne. Il avait toujours eu un faible pour les bonbons acidulés. A l'est s'élevaient les montagnes baignées de rose pâle dont le sommet nimbé d'un blanc halo rappelait la tête d'un moine. Le ciel était du même bleu intense que les bleuets du presbytère. Tantôt douces, tantôt amères, les saveurs de l'Angleterre lui revenaient. Il se revoyait à dix-sept ans, assis aux côtés de Beddoes, le cocher, dévalant une pente raide, tandis que Beddoes lui arrachait les rênes des mains et tentait de maîtriser les chevaux emballés. Il revoyait sa mère et sa sœur jumelle gisant, mortes, dans le fossé, et la charrette roues en l'air. Il entendait la voix de son père :

– Je t'avais dit de ne pas prendre les rênes. Mais non, tu n'as pas pu t'empêcher de désobéir. Pour prouver que tu étais un homme, n'est-ce pas ? Et maintenant, regarde ce qu'il va nous en coûter, à toi et à moi...

Lewis secoua la tête pour chasser les pensées lugubres qui le hantaient et qui lui faisaient oublier la saveur des bonbons acidulés...

Depuis ce temps-là, la compagnie des chevaux, le bruit des harnais, le crissement de la selle, le hennissement des poneys d'une armée taciturne partant en campagne le mettaient mal à l'aise. Mais comme les autres hommes, il était heureux d'en avoir fini avec une période d'inactivité qui n'avait que trop duré. Le gros du corps expéditionnaire était arrivé de l'autre côté du Tanglha avec encore plus de yaks, d'ânes, de mulets et de moutons, de bagages et d'armement. Les convois médicaux, religieux et les unités d'intendance qui les avaient rejoints s'étiraient sur plus de un kilomètre, donnant à la mission britannique un air peu pacifique.

Cinq kilomètres au sud de Guru s'élevait un petit massif rocheux au pied duquel dormait un lac marécageux encore pris par les glaces. Avec les restes d'une maison abandonnée, un peu en retrait du lac, les Tibétains avaient construit un mur et plusieurs *sangar*, des abris en pierre, pour stopper la marche de Younghusband le long de l'ancienne route des caravanes de Gyantsé. Un fortin plus symbolique que réellement dissuasif. Le général de Lhassa avait à plusieurs reprises envoyé ses émissaires à Younghusband pour lui demander de faire demi-tour et de retourner négocier à Yatung. Les Tibétains ne voulaient pas se battre : les Anglais non plus, avait affirmé Younghusband qui avait, lui aussi, envoyé des émissaires pour rassurer le général.

Tout commença le plus amicalement du monde. Le flanc des collines était parsemé d'officiers tibétains de Lhassa, Gyantsé et Chigatsé, vêtus de jaune et de vert printaniers, montés sur des chevaux aux harnais d'argent, arborant des surfaix aux couleurs chatoyantes. Les fusils et les sabres incrustés de pierres précieuses, les casques étincelants, le pourpre et le bleu de la soie, les bannières flottant au vent et les drapeaux de prières aux cinq couleurs sacrées, rouge, bleu, vert, jaune et blanc, conféraient à l'armée des lamas la splendeur des armées médiévales. Un spectacle admirable, comme si tout à coup une symphonie de fleurs d'été avait envahi le versant des collines, évinçant la clarté éblouissante du printemps, jusqu'à ce que le vent d'hiver glacé venu de la plaine n'emporte toutes les fleurs dans un tourbillon de poussière kaki.

– Dégagez la route! Vous avez un quart d'heure!

Il n'y eut aucune réaction de la part des Tibétains, de l'autre côté du mur. Le ciel commençait à s'assombrir, passant du bleu au gris.

– Très bien. En avant, marche! Baissez la garde et ne tirez pas tant qu'ils n'auront pas fait feu les premiers.

– C'est de la folie! lança Lewis qui chevauchait aux côtés de Younghusband, le visage cisaillé par les traits glacés du vent. Vous ne croyez quand même pas qu'ils vont franchir ces barricades aussi facilement que s'ils se rendaient à un pique-nique?

Le colonel eut un sourire mauvais.

– Du bluff, Joyden, rien que du bluff! Il ne va rien se passer. Les Tibétains savent qu'ils sont battus.

– Mais, colonel, ils sont à sept contre un!

– Ils n'ont pas de mitrailleuses Maxim ni de fusils Lee-Metford. Si vous n'avez pas assez de cran, Joyden, décampez!

– Je crois que c'est ce que je vais faire! Et je crois bien que je vais faire un rapport dans le Livre bleu par la même occasion, sur les pourparlers de Guru, le jour où vous vous êtes pris pour Dieu!

Tirant sur la bride de son cheval, Lewis lui fit faire demi-tour et s'en alla vers l'arrière du convoi. Il prit place sur un petit promontoire rocheux d'où il pouvait observer la scène en restant en retrait.

A présent les Pionniers se tenaient devant le mur, leurs armes braquées à bout portant sur les Tibétains qui, au grand soulagement de Lewis, sautèrent par-dessus la muraille pour venir au-devant des forces britanniques avec un sourire timide. D'un côté comme de l'autre l'humeur était à la franche camaraderie. On se tapa sur l'épaule, on se serra la main, les Tibétains tirant la langue selon leur étonnante coutume, les Britanniques faisant la tournée des *sangar* en prenant des photos. Une fois encore, Lewis, étonné, était bien obligé de reconnaître que Younghusband avait gagné son pari. Il vit l'estafette du colonel passer au galop, sans doute pour rejoindre le poste télégraphique le plus proche et porter la bonne nouvelle d'une victoire totale et sans effusion de sang sur les Tibétains. Le général de Lhassa, assis au pied du mur, faisait, quant à lui, fort grise mine.

Les fusils-mitrailleurs des Britanniques étaient restés braqués sur le mur, et les soldats tibétains, intrigués par cet armement qu'ils n'avaient jamais vu, se pressaient tout autour, grimpaient dessus, inspectant les culasses, examinant toutes les pièces de l'équipement apporté par les Anglais. Au bout d'un moment, las de tout ce remue-ménage, le général de Lhassa remonta en selle, tandis que les Cipayes commençaient à désarmer les soldats tibétains en les faisant s'aligner le long du fortin, ce qui donna lieu à la plus grande confusion. Lewis comprit pourquoi. Les mousquets et les sabres n'appartenaient pas à l'armée, mais étaient la propriété personnelle de chaque soldat tibétain qui s'en servait comme arme de chasse ou de défense personnelle. Obligés à rendre les armes qui leur appartenaient les soldats se rebiffèrent. On échangea des coups.

Monté sur son cheval, le général de Lhassa voulut intervenir mais fut intercepté par un soldat sikh qui saisit la bride de son cheval. Le général lui tira un coup de feu en pleine figure. Aussitôt les fusils crépitèrent. Un coup de sabre faucha un officier anglais au pied du mur. Pris entre le mur et les pierres que leur lançaient les Tibétains furieux, les Britanniques n'en menaient pas large. Alors, rafale après rafale, les balles des Sikhs criblèrent la muraille, les mitrailleuses Maxim se mirent à cracher la mitraille vengeresse et les fusils Lee-Metford à tirer à bout portant sur les lignes ennemies. Les obus explosaient en l'air comme des feux d'artifice. Les Tibétains commencèrent à se disperser. Tournant le dos au fortin, ils partirent, sans hâte, comme s'ils avaient cru que leurs dieux allaient les protéger de la grêle de balles qui s'abattait sur eux.

– *Om mani padme hum!* dit Lewis, sans même se rendre compte qu'il parlait à voix haute, tant il était choqué et révolté, comme il observait les Tibétains qui tentaient de quitter ce champ de bataille à peine grand d'un arpent.

Il frissonna. C'était horrible, insoutenable – et dire qu'il s'était cru vacciné contre l'horreur! En moins de deux minutes tout était terminé. Sept cents Tibétains, y compris le général de Lhassa, gisaient morts dans les marécages de Guru. Cent soixante-huit étaient blessés. Du côté anglais on comptait six blessés. Contemplant la scène aux côtés de Lewis, l'officier Hadow, du régiment de Norfolk, murmura :

– J'espère bien ne plus jamais avoir à abattre des hommes qui me tournent le dos.

– *Amen!* dit Lewis, écœuré jusqu'à la nausée.

Il partit à la recherche du colonel et jeta trois fusils tibétains à ses pieds.

– *Voici* la fin du cauchemar du vice-roi : l'influence des Russes au Tibet ! Trois fusils portant la marque de la manufacture impériale de Toula – la ville où la princesse Sonia Doubrovka a passé sa lune de miel ! J'imagine que lui et vous allez vous réjouir, à présent. Je m'en vais. Essayez seulement de me retenir et je vous promets que le *Daily Mail* sera au courant de toute cette affaire, et croyez-moi, c'est autre chose que le Livre bleu, colonel.

Tout en haut d'une colline, une poignée d'officiers tibétains et de grands lamas, ayant échappé au massacre, regardaient la silhouette solitaire enveloppée d'une chaude pelisse qui chevauchait à bride abattue sur la route de Gyantsé.

– Je veux cet homme, déclara Kuma Sidheong, le visage impassible. Je vais leur montrer moi, à ces anglais, ce que nous savons faire. *Il me faut cet homme !*

II

Enfin, la terre gelée commençait à s'amollir. Dans les champs autour de Thug Phul, serfs et paysans attachés à Kuma Sidheong, le seigneur de la guerre de la province de Gyantsé, labouraient la terre au moyen d'antiques araires, creusant d'interminables sillons pour semer l'orge et le haricot. Un peu plus bas dans la vallée, Sonia pouvait apercevoir la maison de Kuma. Une grande bâtisse blanche au toit plat, comme un dessin d'écolier maladroit – mais plus grande et imposante, derrière sa haie de noirs peupliers, que le vilain clapier de pierre grise que Kuma avait donné à Dolma et à Kirsten. Sonia aimait se promener ainsi le matin, dans la campagne, en suivant le sentier herbeux qui bordait la propriété du seigneur. Tout en regardant travailler les paysans tibétains elle pensait à Lewis, se demandant ce qu'il était devenu depuis maintenant trois mois qu'ils ne s'étaient pas vus. Pourquoi sa tête cherchait-elle à convaincre son cœur qu'une seule chose comptait pour Lewis : sa mission ? Elle portait le costume des nobles tibétaines, les habits et les bijoux que lui prêtait Dolma. Plusieurs épaisseurs de jupes brodées et une ample tunique à manches longues, une coiffe imposante, de lourds pendants d'oreilles et des bracelets d'argent. Étant la compagne de la fille du seigneur, elle inspirait crainte et respect, mais fort peu de curiosité. Ramenant autour d'elle l'épais manteau qui la protégeait de l'air froid, levant la tête pour sentir la chaleur du soleil sur son visage, elle passa devant une rangée de vieux bâtiments qui servaient de magasins à fourrage et à grain. Le sentier bordé de peupliers et de bouleaux lui rappelait le domaine de son père, à Novgorod. Soudain, par ce qui lui sembla être un jeu de lumière, elle crut voir une silhouette se reculer dans l'ombre d'une grange dont la porte était restée entrebâillée – Kirsten? Avec un petit rire elle pressa le pas et appela gaiement :

– Kirsten! A quoi joues-tu? A un de tes stupides jeux de *tulku*? Sors donc de là et viens me raconter ce que tu as fait à Gyantsé, ces trois derniers jours.

Bien décidée à l'attraper avant qu'il ne bondisse sur elle pour lui faire peur, elle se précipita dans la grange. Il l'attrapa par-derrière, lui mit une main sur la bouche et d'un coup de pied referma la porte vermoulue. Mais la voix qui chuchotait à son oreille n'était pas celle de Kirsten.

– Ne dis rien surtout, Sonia, c'est moi, Lewis.

Il ôta sa main.

– Lewis! Oh! Lewis...

Il s'était reculé dans l'ombre, elle le voyait à peine. Tous ses sens en émoi, elle le contemplait, folle de joie, incapable de proférer une seule parole en ce moment tant attendu.

– Sonia, je vais avoir besoin de ton aide. Je ne peux plus continuer à me servir de mon déguisement de lama. Il faut que tu me trouves quelques vieilles hardes, une ou deux casseroles, du fil et des aiguilles pour que je puisse continuer ma route vers Lhassa déguisé en colporteur. Tu vas venir avec moi, tu seras la femme du colporteur.

Il souriait de toutes ses dents dans l'obscurité.

Elle le regardait fixement, sans joie, consternée à la vue de sa pelisse et de son uniforme.

– Je ne savais pas que tu étais dans l'armée.

– Je ne le suis pas... Je t'expliquerai plus tard. Est-ce que tu peux faire ce que je t'ai demandé?

– Bien sûr. Mais je n'irai pas à Lhassa avec toi.

– Au nom du ciel, Sonia, pourquoi? demanda-t-il dans un murmure exaspéré.

– Kirsten...

– Kirsten, Kirsten, mais tu n'as donc que ce mot-là à la bouche! J'ai risqué ma vie pour venir jusqu'ici prévenir ton frère adoré de quitter Thug Phul avant l'arrivée des Britanniques – sans quoi il risque fort de se retrouver dans une geôle indienne.

– Je t'en prie, Lewis, que se passe-t-il?

– Sonia, j'arrive de Guru. Il m'a fallu trois nuits pour venir – je ne pouvais pas prendre le risque de voyager de jour. Il y a eu une bataille à Guru, dont j'aimerais mieux ne pas parler. Les Britanniques étaient censés aller à Gyantsé pour négocier un traité de paix et passer des accords commerciaux. Après quoi, ils devaient repartir. Mais après ce qui s'est passé à Guru, les événements ont pris une tout autre tournure. Les Tibétains sont en train de se mobiliser pour venger leurs morts. Quant aux Britanniques, ils ne sont guère contents d'avoir trouvé des fusils russes sur le champ de bataille. J'ai découvert que ton mari avait des parts dans la manufacture impériale de Toula, chose pour laquelle tu ne seras sans doute pas inquiétée, mais il n'en va pas de même pour ton frère! Si les Anglais vous trouvent ici, toi et lui, ils vous interrogeront. Car, que tu le veuilles ou non, tu es impliquée dans cette affaire en tant qu'épouse du prince Nicolaï Doubrovka, agent russe, travaillant depuis l'intérieur du Potala! Je ne veux pas qu'ils te jettent en prison avec ton frère, c'est pour cela que tu dois venir à Lhassa avec moi.

– Lewis, Kirsten est déjà en train de préparer son retour en Russie. Cela va prendre encore un certain temps car il est le prisonnier virtuel de Kuma Sidheong. Il est surveillé dans ses moindres mouvements par les gardes de Gyantsé et la seule façon pour lui de quitter Gyantsé est d'acheter les hommes de Kuma sans éveiller ses soupçons. Il voulait que je parte avec lui, mais j'ai refusé. Il faut que j'aille à Lhassa chercher mon mari. Mais j'attends les beaux jours, car la route est moins rude l'été.

– Il sera trop tard, à ce moment-là. Les Britanniques devraient être à Gyantsé dans un mois.

Elle se détourna.

– Laisse-moi partir. Je vais aller chercher ton nouveau déguisement...

– Reste encore un peu. (Il lui saisit la main et l'entraîna dans l'ombre.) Tu ne sais pas combien tu m'as manqué.

Il voulut se pencher vers elle, mais elle se recula.

– Lewis, tu sais comme c'est dangereux de t'attarder ici. Allons, ça ne sera pas long...

– Est-ce ma barbe de trois jours qui te gêne? Ou bien est-ce parce que tu n'es plus amoureuse de moi que tu ne veux pas m'embrasser? dit-il, avec un beau sourire.

– Non... ça n'a rien à voir... Lewis, je t'en prie, non!

Il avait passé ses bras autour d'elle et la maintenait serrée tout contre lui, ignorant ses protestations. Brusquement, il relâcha son étreinte et fit un pas en arrière. D'un geste prompt il écarta le manteau de Sonia et se mit à la regarder attentivement.

– Alors c'était ça, la raison pour laquelle tu ne voulais pas venir à Lhassa avec moi! Pourquoi ne voulais-tu pas me le dire, Sonia?

Elle se mordit la lèvre, incapable de soutenir son regard accusateur.

– Ça n'aurait pas été juste pour toi.

– Quand? demanda-t-il, l'air soudain effaré.

– Quand c'est arrivé ou quand est-ce qu'il va naître? C'est arrivé la première fois que nous avons fait l'amour, Lewis, dans les montagnes... pendant notre lune de miel, bercés par le chant du *djolmo*.

– Oh! Sonia, dit-il après un instant, je suis désolé!

– Pourquoi? Moi je suis ravie, et tu devrais l'être aussi.

– Viens ici, il faut que nous parlions...

Il l'entraîna dans un coin, vers le tas de foin moelleux où il avait passé la nuit, et tous deux s'abandonnèrent à une intimité champêtre. Il lui prit la main, tandis que de l'autre il caressait son ventre légèrement arrondi.

– Pourquoi ne m'as-tu rien dit à Noël, Sonia?

– Je n'en étais pas certaine et puis je ne voulais pas te causer davantage de tracas. Enfin, maintenant tu comprends pourquoi il m'est difficile d'aller à Lhassa demander le divorce à mon mari sous prétexte de non-consommation de mariage – mon seul et unique alibi.

– Et voilà que j'arrive et que j'aggrave encore les choses.

– Non, c'est aussi ma faute à moi, tu sais. (Elle sourit et passa une main dans ses cheveux noirs qui avaient poussé depuis qu'il était parti et qui lui donnaient un air de petit garçon négligé.) Tu as l'air fatigué, dit-elle. Pourquoi ne dors-tu pas un peu? Lorsque les serfs quitteront les champs pour aller déjeuner, je sortirai et j'irai te chercher des habits.

– Excellente idée, chuchota-t-il avant de se blottir contre elle et de fermer les yeux.

Lorsqu'à midi Sonia fut certaine que les paysans étaient partis déjeuner, elle se dégagea délicatement de l'étreinte de Lewis qui dormait paisiblement, la tête sur sa poitrine. Il murmura quelque chose dans son sommeil, se retourna et se blottit à nouveau, comme un fœtus géant, au sein de la paille. Elle le couvrit avec sa pelisse fourrée.

Sonia poussa tout doucement la porte de la grange pour ne pas le réveiller. Puis, tout aussi délicatement, elle la referma derrière elle. Au même instant, des ombres tapies parmi les peupliers surgirent. Elle n'eut pas le temps de crier! Elle sentit ses bras tirés en arrière, un sabre se posa en travers de sa gorge... D'instinct, réveillé par un petit gémissement étouffé, Lewis bondit vers la porte.

– Sonia!

L'air siffla, et comme un serpent qui s'élance sur sa proie, une lanière de cuir s'enroula autour de son cou, l'étranglant presque. Des Tibétains le saisirent. La voix du lama, assis sur son cheval sous les arbres, résonnait comme le glas :

– Bonjour, Britisher, vous avez bien dormi? Notre noble seigneur, Kuma Sidheong, regrette de ne pouvoir venir vous saluer personnellement – comme vous et le colonel Younghusband l'avez fait si aimablement à Guru. Il a toutefois insisté pour que vous soyez son hôte, au *jong* de Gyantsé. Il souhaite que tous les *philang* qui s'aventureront à passer le pont de fer de la gorge de l'Idole Rouge soient accueillis par votre aimable sourire.

Sonia sentit le sang lui monter à la tête. Avec un soubresaut, l'enfant qu'elle portait en elle se retourna, la forçant à s'agenouiller devant les sabots nerveux de la monture du lama qui, par bonheur, l'épargnèrent. Puis elle sombra dans un puits noir, emportant avec elle l'image de Lewis, à jamais perdu par amour pour elle.

III

Dolma baignait le visage de Sonia avec de l'eau glacée. Lorsque cette dernière ouvrit les yeux, la nuit commençait à tomber. Sur le moment elle ne se souvint de rien, se demandant ce qui lui était arrivé – Dolma était en train de lui laver le visage et l'eau ruisselait partout, ses habits étaient trempés de sueur, ses mains et ses pieds étaient glacés. Puis le terrible souvenir de la capture de Lewis revint dangereusement à la charge – la flagellation, les mutilations, les tortures abominables et enfin la mort qui venait comme un réconfort. Puis elle se souvint de ce que Joonu avait enduré pour elle et son apathie s'évanouit soudain. Repoussant les couvertures, elle dit :

– Lewis... mon Lewis... ne me retiens pas, Dolma... il faut que je le voie... il le faut...

Dolma, qui ne comprenait pas tout ce qu'elle disait, s'efforçait de la retenir.

— Il faut rester au lit, madame-sœur. Cet après-midi, j'ai envoyé chercher la sainte mère du couvent. Elle connaît l'art des sages-femmes et je suis souvent allée la voir pour qu'elle me conseille. Elle m'a dit qu'elle te connaissait et qu'une fois, tu lui as donné un beau châle. Maintenant elle voudrait te payer de retour pour ta gentillesse. Elle dit qu'il faut que tu restes au lit encore quelques jours, sinon tu risquerais de perdre l'enfant béni du *Tsawaï-Lama*. Pour l'instant il n'y a rien de grave, simplement l'enfant est très bas. Quand l'été refleurira, l'enfant sera prêt à naître. Mais si tu te lèves maintenant, tu le tueras.

— Oh! non...

Sonia retomba sur l'oreiller, incapable de contrôler le tremblement de ses mains. Renoncer au seul lien qui l'unissait à Lewis, c'était renoncer à tout. Elle lutta pour recouvrer son calme. S'effondrer maintenant ne changerait rien, ni pour Lewis, ni pour elle. Elle se concentra de toutes ses forces, puis dit :

— Dolma, où est Kirsten ?

Dolma la regardait, les yeux écarquillés.

— Non... évidemment, tu ne sais pas qui est Kirsten. Je veux dire ton mari, le *Rishi-Kudak*, Dolma, où est-il ?

— A Gyantsé, répondit Dolma, l'air renfrogné. Il n'est pas rentré tous ces jours-ci. Il préfère aller jouer à Gyantsé et rendre visite aux filles de joie...

— Va le chercher... je t'en supplie. (Sonia saisit fiévreusement le poignet délicat de Dolma.) Je t'en supplie, Dolma, aide-moi !

Dolma semblait déroutée.

— Madame-sœur, je ne peux pas aller le chercher là où il se trouve, c'est un lieu indigne de la fille du noble seigneur Kuma Sidheong...

— Ton père s'apprête à assassiner l'homme que j'aime ! Va le trouver et implore sa clémence, fais-le pour moi ! Sinon, va chercher mon frère et demande-lui de le faire. Peut-être qu'à vous deux vous parviendrez à sauver Lew... l'Anglais que j'aime.

— Rien ne pourrait sauver un Anglais, madame-sœur. Il est maudit pour tout ce qui est arrivé à mon peuple à Guru.

— Oh! mon Dieu... Dolma, écoute-moi, tu aimes mon frère, n'est-ce pas ?

— Bien sûr, madame-sœur. Si je ne l'aimais pas, mon père

l'aurait tué dès le premier jour. C'est grâce à moi qu'il n'a pas enduré ce que ton bien-aimé va endurer.

– Tu es cruelle, Dolma, cruelle comme le reste de ton peuple. Je vais aller à Gyantsé moi-même! Car chaque minute que je passe à discuter avec toi est une minute perdue pour l'homme que j'aime. (Décidée, elle se leva à nouveau, cherchant à tâtons ses bottes sous le lit.) Mais retiens bien ceci, Dolma. S'il meurt je demanderai à mon frère le grand *Rishi-Kudak* de jeter la malédiction sur toi et sur ta famille. N'oublie pas, je suis une réincarnation aux pouvoirs immenses! Demain matin tous les yaks, toutes les mules et tout le bétail de la ferme de ton père seront morts. Toutes ses cultures crèveront sur pied. Il perdra ses biens et son prestige. Le mois prochain il sera décapité par le Dalaï-Lama, lorsqu'il perdra la bataille de Gyantsé. Quant à toi, tu seras recouverte de plaies si hideuses qu'aucun homme ne voudra plus t'approcher lorsque mon frère ne t'aimera plus... Car tu vas perdre son amour à jamais s'il arrive quoi que ce soit à mon bien-aimé. Nous sommes très proches, le grand *Rishi-Kudak* et moi.

Sonia avait fait mouche. Dolma se tortilla, l'air embarrassé, et finalement accepta.

– Très bien, madame-sœur, je vais faire ce que tu me demandes. Mais je ne peux y aller moi-même, je vais envoyer un serviteur.

– Dis au serviteur de prévenir mon frère que je suis en train de mourir parce que l'enfant est prématuré. Oh! et puis, Dolma, dès que mon frère sera ici, à mes côtés, je retirerai toutes les malédictions qui pèsent sur ta tête, alors n'aie crainte!

Avec un sourire contrit, Dolma quitta la chambre. Quand elle eut refermé la porte derrière elle, Sonia, qui se sentait l'âme d'une prophétesse biblique, retomba sur l'oreiller, ferma les yeux et poussa un soupir de soulagement. « Merci, mon Dieu! Merci d'avoir créer des barbares simples d'esprit... »

Deux heures plus tard, Kirsten était à ses côtés. Il se pencha pour scruter son visage.

– Sonia, es-tu vraiment en train de mourir?

– Kirsten, oh! Kirsten! sanglota-t-elle en se redressant d'un bond, comme si elle avait seulement gardé les paupières fermées pour ne pas voir l'atroce réalité de la vie.

Prenant ses mains dans les siennes, elle dit:

– Kirsten, il faut que tu m'aides.

– Tout ce que tu voudras, petite sœur, mais dis-moi d'abord si tu es réellement en train de mourir.

– Oui, oui, chaque seconde, chaque minute... Écoute, Kirsten. Cet après-midi un Anglais a été amené au fort de Gyantsé. On va le décapiter pour donner une leçon aux Anglais...

– Il n'a que ce qu'il mérite. A Gyantsé la nouvelle est sur toutes les lèvres. Mais c'est un supplice relativement peu pénible.

– Honte sur toi, Kirsten!

Elle lui donna un violent coup de poing sur l'épaule. A demi agonisante elle-même, les propos cyniques de son ivrogne de frère lui étaient intolérables.

– Je suis désolé... Je ne devrais pas plaisanter à un moment pareil. Mais pourquoi prendre tout cela tant à cœur, Sonia chérie? Que t'importe cet Anglais?

– Il est le père de mon enfant.

– *Mon Dieu*[1]! (Après un lourd silence, Kirsten, s'efforçant de mettre un peu d'ordre dans son esprit confus, ajouta:) Je croyais que tu aimais le moine tibétain?

– Le Bonnet Rouge et l'Anglais sont une seule et même personne.

A nouveau s'installa un épais silence, tandis que Kirsten essayait de faire la part de la réalité et de la fiction.

– Je crois qu'il faut que tu m'expliques tout depuis le début, marmonna-t-il en s'asseyant au bord du lit.

– Kirsten, l'homme que les Tibétains ont amené au fort de Gyantsé est un Anglais que nous connaissons. Il s'appelle Lewis Joyden...

– Sonia! Dois-je comprendre que tu as complètement perdu la raison?

– Non, non, écoute-moi, Kirsten, je t'en supplie! C'est un agent britannique, un espion. Il sait tout de ton trafic d'armes avec Dorjieff, absolument tout. Tu te souviens, je t'avais parlé dans une de mes lettres d'un mystérieux visiteur que Kolia avait reçu à Toula, là où nous avons passé notre lune de miel? Lewis est même au courant de ça. A l'époque, j'ignorais totalement ce que manigançaient Dorjieff et Kolia. Je croyais que Dorjieff était venu nous rendre une simple visite de politesse parce qu'il se trouvait à Toula à ce moment-là. Lewis Joyden sait que Kolia a des parts dans la manufacture d'armement de Toula, et il était venu nous prévenir de quitter Thug Phul avant l'arrivée des Bri-

1. En français dans le texte. *(N.d.T.)*

tanniques, sans quoi tu risquais de te retrouver dans une geôle indienne. Il faut que tu l'aides, Kirsten, fais-le pour moi.

Sonia prenant sa main dans les siennes, appuya sa tête sur son épaule avec un air suppliant.

Après un moment, Kirsten dit :

– Pourquoi t'es-tu laissé séduire par un espion anglais, Sonia, un ennemi?

– Parce que je l'aime.

– Tu ne le connais pas.

– Si, je le connais, je le connais! Je l'ai aimé depuis le premier jour où je l'ai rencontré. Et je n'ai jamais cessé de l'aimer depuis, pendant toutes ces années où j'ai correspondu avec lui. Et je l'aime assez pour te supplier de nous aider.

Kirsten prit une longue inspiration. Les bras croisés, un doigt sur la bouche, il réfléchit longuement.

– Comment? Comment suis-je censé l'aider? demanda-t-il enfin.

– Tu le peux, tu le peux, Kirsten! Tu es le grand *Rishi-Kudak*, le tout-puissant *tulku*. Kuma Sidheong t'écoutera. Tu sais comme les Tibétains sont superstitieux. Tu peux leur dire que toutes sortes de malédictions vont s'abattre sur eux s'ils touchent à Lewis...

Il ricana.

– Sonia, petite sœur, il est temps de grandir! Ne vois-tu pas que je ne suis qu'un mortel comme les autres? Un peu de bon sens, voyons. Si Lewis Joyden doit mourir parce qu'il a fait un faux pas, je ne peux rien pour lui. Le fort de Gyantsé est un labyrinthe de scélératesse. Je ne pourrais jamais le retrouver, et encore moins le faire évader sous le nez du *jongpen* et de ses hommes.

– Dans ce cas, va trouver Kuma. Vas-y avec Dolma et implorez-le d'épargner Lewis, je t'en supplie!

– Kuma ne tolérera pas que nous intervenions dans une affaire militaire, il nous enverra promener. Depuis le massacre de Guru, les Tibétains sont littéralement déchaînés. Ils sont plus que jamais décidés à faire payer les Anglais. Je suis désolé que leur vengeance soit tombée sur ton bien-aimé.

Les larmes jaillirent entre les paupières de Sonia qui était retombée sur son oreiller. Elle renifla bruyamment puis, essuyant son nez du revers de la main, bien décidée à ne pas s'avouer vaincue, elle dit d'une voix cassée par les sanglots :

– Par amour pour toi, j'ai risqué ma vie pour te retrouver, Kirsten. Et je m'imaginais que tu en aurais fait autant pour moi, au lieu de m'abandonner au moment où j'ai le plus besoin de toi.

— Sonia (il lui prit la main), je suis ton frère, pas Jésus-Christ.

— S'il te plaît, sois Jésus-Christ, juste une fois, Kirsten. Fais quelque chose, n'importe quoi, mais sauve Lewis.

Kirsten regardait sa sœur étendue, frêle et désespérée, perdue dans cette chambre presque vide aux murs chaulés de blanc : un lit étroit, une chaise, un vieux coffre à habits rongé aux vers, une lampe. Il revit tout à coup Doubrovka-Dvaryets, l'opulente splendeur de sa demeure conjugale, et se demanda comment il était possible qu'elle ait tout abandonné. Était-ce seulement à cause de lui et de Kolia ? Ou bien Lewis Joyden y était-il pour quelque chose ? Ne portait-elle pas son enfant, après tout, cette petite idiote ? Serrant sa main dans la sienne, Kirsten finit par dire :

— Très bien, je vais voir ce que je peux faire. Mais je ne te promets rien, compris ? Quand il est question de justice, Kuma n'est pas à prendre avec des pincettes.

— Merci, Kirsten, murmura-t-elle, tandis qu'il emportait la lampe à beurre, la laissant dans l'obscurité totale.

22

I

Implorer la clémence de Kuma Sidheong pour un espion anglais vraisemblablement responsable de la mort de centaines de Tibétains n'aboutirait à rien sinon à sa propre décapitation. Kirsten se trouvait devant un dilemme. Il voulait aider sa sœur, mais comment?

Dans la petite cave qui lui était strictement réservée et où Dolma et le reste de sa maisonnée n'étaient pas autorisés à pénétrer, il se plongea la tête dans une bassine d'eau froide et se frotta ensuite vigoureusement le visage avec une serviette, pour tenter de dissiper les vapeurs d'alcool qui lui encombraient la tête.

Son œil vague se posa sur sa cape de *tulku* accrochée à un clou planté au hasard dans la muraille. Si somptueuse avec ses reflets rouge et or, si extravagante avec sa myriade de minuscules pierres précieuses, elle jetait mille feux qui blessaient la vue. Un *tulku* novice lui en aurait sûrement donné un bon prix. De quoi arrondir encore la petite fortune qu'il avait déjà amassée et qu'il tenait cachée sous une pierre, dans cette même pièce. Une fortune qui allait bientôt lui permettre de sortir de ce trou.

Kirsten s'assit dans un vieux fauteuil en rotin usé jusqu'à la corde et dont le siège défoncé ployait sous lui. Saisissant un miroir dont le pourtour était piqué, la vue de sa propre image le fit tressaillir. Les yeux injectés de sang, le visage bouffi et strié de veines violettes, des poches sous les yeux et des rides qui n'étaient pas là une année auparavant. Irène ne l'aurait jamais reconnu sans sa superbe moustache. Lentement, il saisit le pot de crème blanche posé sur la table devant lui et s'en barbouilla le visage. Ensuite il se passa le contour des yeux au khôl. Les yeux qui le regardaient à présent étaient encore plus rouges – de vrais yeux de *tulku*! Il se peignit les lèvres en écarlate, et suça de la cochenille pour se rougir la langue. Pour terminer il se peignit les ongles en rouge cramoisi. Il avait l'air terrifiant, il se sentait terrifiant.

Il quitta ses habits de noble tibétain pour passer sa robe de *tulku* et revêtir sa cape resplendissante avec un soin infini. Il mit sa coiffe aux cent huit ossements humains et, pour finir, saisit son bâton de *tulku* orné d'un crâne de singe grimaçant. Après quoi il sortit sur la pointe des pieds et prit à l'écurie son cheval le plus rapide.

Une demi-heure plus tard, le fort de Gyantsé se dressait devant lui, blafard dans le clair de lune, tel le bastion des Templiers perché sur l'ultime montagne du monde. Il leva les yeux sur le *jong* immense et magnifique avec un sentiment de tragédie grandiose. Oui, bien sûr! Il était le croisé partant en campagne pour rencontrer le seigneur de la guerre et le faire capituler. Il allait faire l'Histoire! Il était Charlemagne, Roland à Roncevaux, Pierre le Grand, Richard Cœur de Lion, Hamlet, prince de Danemark, il était tout cela en un seul, un tout-puissant *tulku* tibétain, mi-dieu, mi-homme! Il était le sauveur de l'humanité, des espions, des nations... Et Kirsten, qui, chaque fois qu'il était confronté à une tragédie, ne pouvait s'empêcher de tenir le premier rôle, comprit soudain ce qu'il devait faire.

Talonnant sans répit son cheval, il lui fit grimper la pente raide. Arrivé à l'entrée du *jong*, il fut interpellé par les sentinelles.

– Ne savez-vous pas qui je suis? rugit-il en sautant de cheval et en mettant les rênes dans les mains d'un garde abasourdi.

– Si, maître, bredouillèrent les gardes intimidés.

– Qui suis-je, donc?

– Le grand *Rishi-Kudak*, le *tulku*, gendre du grand seigneur Kuma Sidheong.

– Bien. Ouvrez la porte! J'arrive avec un message du grand Kuma en personne pour le *jongpen*. Où est-il?

– Il dort, *jowa*.

– Menez-moi à lui et réveillez-le!

Sans se faire prier, ils le conduisirent chez le chef du fort. Le vieil homme assoupi se redressa dans son lit, mécontent d'être dérangé à une heure pareille. Mais, voyant le *tulku*, il cessa aussitôt de grommeler.

– Que me vaut votre visite à cette heure si tardive, *Rishi-Kudak*? Y a-t-il encore du vilain? demanda humblement le vieillard à la moustache blanche.

– Oui, il y a du vilain dans l'air, *jongpen*. Je l'ai vu. Depuis combien d'années me connais-tu?

– Beaucoup. Depuis la toute première fois que tu es venu dans ce fort. Tu étais prisonnier *urusso*, alors. C'était avant qu'on ne fasse de toi un serf et qu'on t'emmène à Thug Phul, dans la maison du noble seigneur Kuma Sidheong.

– Exact. Et j'arrive à l'instant de la maison de Kuma. Il craint pour ses jours. Une grande bataille va bientôt avoir lieu à Gyantsé. Tu es au courant de ce qui s'est passé à Guru, n'est-ce pas?

L'inoffensif vieillard hocha la tête avec crainte.

– Je suis trop vieux pour me battre. Je ne peux que garder les clefs de la citadelle.

– C'est précisément pour cela que je viens te déranger à cette heure indue, *jongpen*. Kuma m'a demandé d'exercer mes pouvoirs sur l'Anglais qui est enfermé ici. Tu sais que je pratique le *dragpoï-dubthab*, n'est-ce pas?

Le vieil homme hochait la tête, terrifié par le masque hideux du *tulku* et ses yeux diaboliques.

– Épargne-moi, *Rishi-Kudak*, je me suis loyalement acquitté de ma tâche. L'Anglais a été enterré selon les instructions de Kuma.

– Je ne te veux pas de mal, *jongpen*, je suis venu pour faire avouer le prisonnier anglais. Je veux connaître la vérité qui sauvera la vie de Kuma à la prochaine bataille. L'Anglais est-il mort?

– Oh, non! Kuma n'avait pas l'intention de le faire mourir tout de suite. Il veut d'abord le faire souffrir.

En disant cela, le *jongpen* avait l'air de le regretter.

– C'est pour cela que Kuma m'a envoyé ici. Il veut que j'écoute et que je rapporte les choses qu'il va confesser, dit Kirsten en espérant qu'il n'allait pas se faire prendre à mentir. Avant qu'il ne meure, Kuma voudrait qu'il avoue le plus de choses possibles. Parfois l'idée même de la torture suffit pour délier la langue du plus rebelle.

– Il ne parlera pas. Même après plusieurs heures passées dans la glace, au point que sa peau part en lambeaux, il reste muet.

– Mais je saurai le faire parler, moi, *jongpen*. C'est pour cela que je suis venu. Veux-tu que Kuma Sidheong périsse dans la bataille de Gyantsé – car les Anglais sont de redoutables guerriers?

– Oh, non! Sans Kuma, nous n'aurions plus de chef, et sans chef nous sommes perdus.

– C'est pour cela qu'il faut absolument sauver la vie de Kuma. Je dois voir l'Anglais avant qu'il ne meure. Non... ne viens pas, c'est inutile. Tu es un vieil homme et le gardien de la citadelle. Tu dois te reposer le plus possible avant que le *jong* ne se remplisse à nouveau de prisonniers anglais – car nous allons gagner la bataille, *jongpen*. Nous allons gagner la bataille si tu m'aides. Mais ta présence aux côtés du prisonnier ne ferait que brouiller les vibrations de mon rituel magique. Si tu n'as pas confiance, tu peux dire à tes hommes de monter la garde à la porte de la cellule, pendant que je me livre à mon art magique sur l'Anglais afin de le faire parler.

– Je te fais confiance, *Rishi-Kudak*. Comme tu l'as dit, tu vis avec nous depuis des années. Tu nous as procuré des fusils pour combattre l'envahisseur *philang*. Tu as guéri nos animaux et nos enfants. Tu as contenté la fille du noble Kuma...

– Et bientôt un noble rejeton verra le jour dans la maison de Kuma. J'ai réussi là où les autres hommes ont échoué. J'ai réincarné un fils de Tchenrézig lui-même! Il naîtra cet été, déclara Kirsten en levant un doigt majestueux.

– Alors tu es vraiment le grand *tulku* et tu as toute ma confiance. (Le vieil homme s'inclina respectueusement devant cet impressionnant personnage.) Prends les clefs, *Rishi-Kudak*, dit-il en fouillant sous sa couverture. Prends-les, et fais trembler le *philang*.

Après avoir donné des instructions aux gardes, le *jongpen* se recoucha et se rendormit.

Kirsten fut conduit à la cellule de Lewis à travers un dédale de passages obscurs et nauséabonds, au plus profond des entrailles de la citadelle. Tout seul, il n'aurait sans doute jamais trouvé son chemin. Les gardes s'assirent à l'extérieur de la lourde porte de fer que Kirsten leur claqua au nez. Une fois à l'intérieur, il prit une longue inspiration. Bien que formé chez les hussards, il était très sensible et espérait que les Tibétains n'avaient pas trop charcuté Lewis Joyden.

Un brasero de fer, récemment rempli de charbon, rendait l'atmosphère irrespirable. Aucun air, aucune lumière ne pénétrait la cellule infecte. Pendu par les pouces, le bout des pieds effleurant à peine le sol, Lewis, la tête en arrière et le corps à vif, était en train de rôtir à petit feu devant le brasero après avoir passé plusieurs heures enterré dans la glace. Un lapin écorché, pensa Kirsten en le voyant. Il coupa ses liens et Lewis tomba comme une masse sur le sol de terre battue. Il lui souleva la tête. Il était livide. Kirsten, ne pouvant frictionner ses membres écorchés vifs pour activer la circulation, plaça une flasque de brandy sur ses lèvres.

Lewis s'étrangla puis recracha le liquide ambré qui éclaboussa son menton et sa poitrine. La brûlure de l'alcool sur sa chair vive lui arracha une grimace.

– Désolé, vieux frère, vraiment désolé, dit Kirsten dans une langue qu'il n'avait pas parlée depuis son séjour à Radley, tout en réparant délicatement les dégâts avec son mouchoir. C'est quand vous allez retrouver toute votre sensibilité que vous allez déguster. Mais le brandy va vous faire du bien. (Comme, dans l'immédiat, il n'y avait guère autre chose à faire que verser goutte à goutte le brandy dans la bouche du prisonnier, Kirsten se mit à lui parler un langage plus familier.) A la caserne, à Koutouzov, on aimait bien se rouler dans la neige après un bon bain bien chaud, surtout avec un verre de vodka et une jolie fille. Navré de ne pouvoir vous offrir que du brandy, quant à la jolie fille, elle est à Thug Phul. Demain vous auriez eu droit à l'épreuve de la poutre glissante au-dessus d'un puits de scorpions, tandis qu'ils vous auraient lacéré le corps avec des épées chauffées à blanc. Le jour d'après vous auriez dû monter deux chevaux à la fois, chacun tirant dans une direction opposée. Comme vous avez pu vous en rendre compte, l'imagination des Tibétains ne connaît pas de limites, si bien qu'à la fin de la semaine vous auriez sans doute été soulagé de voir votre tête pendue à l'entrée de la gorge de l'Idole Rouge.

Dix minutes plus tard, les lèvres de Lewis frémirent. Au grand soulagement de Kirsten, le cerveau recommençait à fonctionner – suffisamment en tout cas pour saisir toute l'absurdité de la situation.

– Que faites-vous là ? murmura Lewis avec une grimace et des larmes au coin des yeux, tandis qu'il s'efforçait de lutter contre l'insupportable douleur qui le submergeait tout entier.

– Ça s'appelle recouvrer ses sens, vieux frère, le sang est plus épais que l'eau... Le Dalaï-Lama a promulgué un décret interdisant, paraît-il, toute forme de torture et de mutilation et autres gentillesses que les Tibétains infligent à leurs ennemis depuis des siècles. Mais apparemment, nombreux sont les salopards à passer outre dans les provinces reculées du pays. Et maintenant, est-ce que vous sentez quelque chose ?

– Que suis-je censé ressentir, *tulku* ? Hormis une immense joie de vous voir ici.

Il essaya de se relever tout doucement, mais retomba lourdement avec un gémissement lorsqu'il sentit le feu envahir ses articulations.

Kirsten recouvrit Lewis avec sa cape de *tulku* lorsque celui-ci fut pris de spasmes de douleur, secouant ses membres et sa tête et le faisant claquer des dents.

– Ça va passer. C'est le sang qui se remet à circuler, dit Kirsten qui commençait à transpirer devant le brasero.

– Mmmmaudddits... sssoient-ils... tous...

Après un moment, Kirsten dit :

– Je ne veux pas vous bousculer, vieux, mais nous autres *tulku* devons regagner nos cercueils au point du jour. Si vous voulez arriver à Lhassa avant Kuma, je vous conseille de ne pas traîner. (Sur ces mots, Kirsten jeta un paquet de vêtements à Lewis.) Sonia dit que vous vouliez vous déguiser en colporteur. Voilà votre costume. Désolé, je n'ai pas pu amener les casseroles.

– Sonia... (Lewis s'efforçait de ne pas claquer des dents. Avec une grimace de douleur il parvint à s'asseoir. Lentement il ramassa les vêtements.) Comment va-t-elle ?

– Mieux que vous. Ma sœur est solide comme un roc, pendant des années elle n'a mangé que du foie cru et n'a bu que du porto. Elle va nous faire un bébé de cinq kilos, c'est sûr – le vôtre. Je me demande ce que dirait ma mère si elle savait. Place Kirovski, il ne se passait jamais rien.

– Où sont donc passés les gardes ? demanda Lewis, raide, s'habillant tant bien que mal avec les hardes grossières qui lui écorchaient la peau.

Il se souvenait des enseignements du yogi, dans la montagne – l'esprit domine le corps –, un art qui lui avait miraculeusement sauvé la vie, tandis qu'il gisait enterré tout entier dans la glace.

– Je les ai menacés du *dragpoï-dubthab* s'ils nous dérangeaient, expliqua Kirsten. Pouvez-vous vous mettre debout ?

– J'espère...

– Bon, allez-y doucement. Pas la peine de se précipiter pour vous effondrer comme une masse une fois arrivé à la porte. Sinon on serait tous les deux bons pour le billot. Encore un peu de brandy... emportez-le avec vous, monsieur Joyden, vous en avez plus besoin que moi dans l'immédiat.

– Kirsten... avez-vous pensé à la manière dont nous allons tous les deux sortir de là ? demanda Lewis en se levant avec l'aide du jeune homme.

Il se tint un moment devant les charbons ardents qui auraient sans doute servi à le torturer davantage le lendemain, puis avança vers la porte à laquelle il s'adossa, haletant.

– Vous allez sortir le premier, l'Anglais. Je sortirai plus tard, dit Kirsten. Tenez, étalez ce truc blanc sur votre visage. Je l'ai amené exprès. Ça sent mauvais mais ça vaut la peine. Maintenant mettez ma cape sur vos épaules et prenez ma coiffe. A présent vous êtes un *tulku*, ne vendez pas la mèche! J'ai déjà préparé le terrain. Ils ne vous poseront pas de questions car ils croiront que vous êtes moi. Mais au cas où ils le feraient, roulez des yeux comme des billes, vociférez, et récitez tête baissée n'importe quel charabia qui vous traverse l'esprit. Ils adorent ça. Suivez votre instinct et vous serez bientôt dehors.

– J'ai déjà visité ce fort, lors d'une précédente mission, dit Lewis. Je pense avoir une assez bonne idée de l'agencement. J'espère seulement que je vais tenir le coup. Pour l'instant j'ai les jambes comme deux plants de riz dans la tourmente.

– Quelle poisse, monsieur l'espion! murmura Kirsten. On peut dire que vous avez eu votre compte, ces jours-ci. Mais vous voilà presque au bout de vos peines. Dehors il y a un cheval qui vous attend. Vous pouvez l'emmener avec vous jusqu'à Lhassa. Vous serez un colporteur prospère en quelque sorte.

Kirsten jouait les fanfarons, bien décidé à prendre les choses à la légère. Sans doute une manière pour lui de rehausser son prestige de *tulku* aux yeux des Tibétains. Et dans un sens Lewis lui était reconnaissant de détendre l'atmosphère. Car il était malaisé de devoir la vie à un ennemi, situation inconfortable que tous deux feignaient d'ignorer.

Avec un immense effort il se redressa et lui tendit la main.

– Je vous dirai toute ma gratitude un autre jour...

Ignorant la main de Lewis, Kirsten posa la sienne sur son épaule.

– L'héroïsme finit toujours par devenir lassant – comme l'a dit Emerson à propos des Britanniques. (Kirsten sourit, le visage tendu, sans joie.) Vous voyez, monsieur Joyden, j'ai quand même appris quelque chose à Radley. Dites simplement à Sonia qu'elle n'oublie pas de m'inviter au baptême. Allez, il faut partir maintenant, sans quoi Kuma risque d'arriver avec son gros sabre et de fiche par terre tout mon boulot.

Il commença à se dévêtir et à enrouler les cordes autour de ses pouces. Avec un clin d'œil au fuyard, il laissa tomber sa tête en arrière, en une attitude très réaliste, tandis que Lewis s'esquivait déguisé en *tulku*.

II

Kuma Sidheong avait passé une bonne nuit. A midi, il se rendit de fort bonne humeur à Gyantsé, avec son escorte. La victoire était dans l'air, il la sentait toute proche. A l'entrée du fort, un garde lui donna le manteau du *tulku* et dit :

– Un aveugle me l'a donné, *jowa*. C'est le *tulku* lui-même qui le lui a jeté sur les épaules parce qu'il faisait froid, ce matin tôt. Le mendiant a reconnu le vêtement du *Rishi-Kudak* parce qu'il l'avait déjà touché auparavant. Il a remercié le *Rishi-Kudak*, gendre du noble seigneur Kuma Sidheong, mais comme il a peur de ses propriétés magiques il a préféré le rendre...

– Bon, bon, ça suffit, dit Kuma que la générosité de son beau-fils n'intéressait pas et qui était impatient de savoir comment le Britisher avait supporté son traitement. Donne-le-moi, je le rendrai moi-même au *tulku*. (Méfiant à l'égard de ses serviteurs, il jeta la précieuse cape sur sa propre épaule. Après quoi il talonna sa bête jusqu'à la grille du fort et aboya à l'adresse des gardes :) Prévenez le *jongpen* que je suis là. Je vais de ce pas à la cellule de l'Anglais. Je veux juger par moi-même comment mes ordres ont été exécutés.

Kuma savait que le vieux *jongpen* était une âme sensible et il voulait s'assurer qu'il ne s'était pas montré trop bienveillant à l'égard du prisonnier. Jamais Kuma n'avait eu un otage aussi prestigieux en son pouvoir. Une monnaie d'échange inestimable ! Un authentique agent britannique en uniforme, et qui allait leur livrer des secrets inappréciables une fois sa langue suffisamment déliée ! Avec une telle prise, le Dalaï-Lama ne pourrait lui refuser la canonisation. Kuma Sidheong réincarné en dieu !

Kuma Sidheong découvrit son beau-fils dans la cellule du Britisher. Assis par terre, devant le brasero, Kirsten était tranquillement en train de consulter un jeu de tarots étalé devant lui, à côté des clefs de la cellule. Kuma entra dans une rage folle, les veines de son cou saillant comme des cordes. Les yeux exorbités, il essaya de parler mais ne parvint qu'à croasser :

– Que... qu'as-tu fait du prisonnier ? Où est-il ?

– Bonjour, père. Avez-vous passé une bonne nuit ? Moi, oui, même s'il fait un peu chaud ici et que l'odeur n'est guère plaisante. Vous avez l'air hors de vous. Que se passe-t-il donc ? (Kirsten leva son visage peint vers Kuma, l'air innocent.) Ah, je vois que vous avez retrouvé ma cape. Bien joué, comme disent les Anglais. Je l'ai égarée la nuit dernière dans une maison close de Gyantsé.

Il se tourna à nouveau vers ses cartes.

Kuma ne pouvait pas frapper un *tulku*. Pourtant ça n'était pas l'envie qui lui manquait. Pris au piège de la magie et craignant d'offenser les dieux et les démons du *bardo*, il fut contraint de ravaler sa rage.

– Où est le Britisher?

– Mort, dit Kirsten.

– Mort? (Consterné jusqu'au tréfonds de lui-même, Kuma sentit une douleur aiguë lui traverser la poitrine comme un coup de *phurba*. Avec un œil circonspect il demanda à son gendre :) Qu'as-tu fait, *Urusso*?

– Je suis le grand *Rishi-Kudak*, le tout-puissant *tulku*. Ne m'appelle plus *Urusso*, père. Je suis une réincarnation, dit Kirsten, lui aussi sur ses gardes, sentant qu'il ne pouvait pas jouer indéfiniment avec la patience de Kuma. Les cartes me disent qu'il va y avoir une grande bataille. Un fleuve de sang va se répandre dans la gorge de l'Idole Rouge... à moins que ce ne soit le Nyang Chu... je n'arrive pas à voir très clair ce matin.

Au même moment, le *jongpen*, alarmé, apparut à la porte de la cellule en compagnie d'autres gardes ameutés par les vociférations de Kuma. Celui-ci fondit comme l'ouragan sur le gardien du fort.

– Qui l'a laissé entrer? demanda-t-il en pointant un doigt accusateur, avant de lancer rageusement les clefs à la tête du *jongpen*.

– Personne ne m'a laissé entrer, père, dit Kirsten calmement avant que le *jongpen* abasourdi n'ait le temps d'intervenir. Je suis entré tout seul. Ne suis-je pas le grand *Rishi-Kudak*, réincarnation d'une grande et mystérieuse déité, capable de se transformer en pur esprit?

Le *jongpen* et les gardes s'empressèrent d'acquiescer avec un vigoureux hochement de tête, en contemplant les cordes sectionnées qui avaient servi à suspendre le Britisher comme un *rolang*, un cadavre debout, à présent disparu.

– As-tu pratiqué le *dragpoï-dubthab* sur le Britisher, *Urusso*? demanda Kuma, bien décidé à tirer les choses au clair et à confondre son gendre une bonne fois pour toutes. (Dolma ne pouvait plus rien pour lui, à présent, car *tulku* ou pas, il allait le mettre en pièces, cet impertinent de Russe.) As-tu pratiqué le rite magique qui attire la souffrance et la mort sur mon prisonnier avant que j'aie le temps de l'interroger?

– Oui, père, je l'ai fait.

Kuma lança sa cape à la tête de Kirsten.

– Sans ta cape magique, hein, *Urusso*? Un garde l'a trouvée sur le dos d'un aveugle. Je commence à croire que tu n'es pas un vrai *Rishi*, que tu n'es même pas un *dubchen* mais un scélérat qui me fait livrer des armes inutilisables qui ne pourraient même pas servir pour combattre les *Urusso* eux-mêmes! Tu te nourris de ma bonne volonté comme le *tisa* dévore la chair brûlée. Mais tu ne te moqueras plus jamais de moi. Tu vas prendre la place du Britisher...

Il dégaina son sabre, mais Kirsten avait déjà bondi sur ses pieds, son sceptre à tête de singe d'une main, tandis que de l'autre il faisait tournoyer sa cape comme un torero dans l'arène. Avec un éclat de rire, il brandit le sceptre et esquiva le sabre de Kuma. S'il y avait une chose que Kirsten savait manier, pour avoir été à rude école à Koutouzov, c'était bien l'épée. Avec un cri terrifiant il s'élança hors de la cellule, en assenant des coups de sceptre aux gardiens, puis disparut dans le corridor obscur et nauséabond avec des hurlements qui résonnaient comme des cris de guerre tibétains.

Les gardes se lancèrent à sa poursuite sous les harcèlements de Kuma parti en tête, sabre au poing. En haut, en bas, dans les souterrains, à travers les corridors, grimpant les escaliers, tout autour des créneaux, dans les échauguettes, dévalant les marches, puis remontant à nouveau, le long des courtines et des mâchicoulis, sur les remparts où ils le rattrapèrent enfin, et s'arrêtèrent net, n'osant croire à ce qu'ils voyaient et n'osant surtout pas approcher.

Kirsten se tenait debout sur le bord du parapet, sa cape resplendissante flottant au vent, tel un immense oiseau aux ailes déployées.

– Je suis le grand *Rishi-Kudak*, le mage d'Ozymandias sur le point de se réincarner en *Towo*, la divinité maléfique qui apportera la destruction sur vos têtes. Regardez-moi prendre mon envol et me transformer en *Lu*, le très prospère dieu-serpent qui habite les eaux du Nyang Chu... *Lha Gyalo!* Les dieux sont victorieux...

Et sur ce dernier cri de triomphe il se précipita dans les airs.

Ils le virent s'envoler, flottant gracieusement dans le ciel comme un immense oiseau aux ailes d'or, avant de se poser, tout en bas. Un tout petit oiseau disloqué, ailes déployées dans une mare écarlate.

23

I

A Gyantsé, les Tibétains prirent leurs positions dans la gorge de l'Idole Rouge. Rouge et ocre, le bouddha souriant, sculpté à même la falaise, surplombait les anglais postés en contrebas. Les moines s'affairaient à la distribution des armes aux soldats-paysans : quelques vieilles carabines russes et de nombreux mousquets qui prenaient un temps fou à charger. Au prix d'immenses efforts on hissa d'antiques bombardes au sommet d'un piton rocheux qui dominait la gorge profonde de presque mille mètres, où passait la route bordant la rive du Nyang Chu. Les Britanniques devaient d'abord enlever cette périlleuse position s'ils voulaient marcher sur la forteresse de Gyantsé. Les Gurkhas, engourdis par la neige et le froid, partirent à l'assaut de la falaise de l'Idole Rouge, tandis que les mitrailleuses Maxim, les fusils Lee-Metford et les mortiers du 7e Mountain Battery crachaient sans relâche un torrent de feu et de destruction sur les positions tibétaines.

Ni les effroyables cris de guerre des Tibétains, ni leurs encombrantes bombardes, ni la position stratégique qu'ils avaient adoptée ne leur permirent de venir à bout de la supériorité des armes britanniques et du corps à corps redoutable des Gurkhas. Battus à plate couture, les Tibétains firent demi-tour et prirent leurs jambes à leurs cous. Deux cents de leurs hommes étaient morts contre trois Cipayes blessés du côté anglais.

Kuma Sidheong, mortellement blessé, était appuyé contre une de ses bombardes. Les balles qui s'étaient logées dans sa poitrine le faisaient suffoquer, tandis qu'une écume rouge jaillissait de sa bouche. L'officier de santé de l'armée britannique voulait le faire transporter à l'hôpital de campagne sur un brancard, mais Kuma refusa. Il savait qu'il n'avait plus longtemps à vivre. Plus rien n'avait d'importance, à présent. Pas même la disparition de l'espion anglais qui avait réussi à s'évader du *jong* de Gyantsé avec la complicité d'un Russe fou qui se prenait pour un *tulku* et qui s'imaginait connaître le *lungom*, l'art de voler. Quoi qu'il en soit, le Dalaï-Lama ne pourrait plus le décapiter pour avoir perdu la bataille de Gyantsé, lui, le grand Kuma Sidheong, seigneur de la guerre – cette fois, des dieux plus puissants avaient gagné.

Le regard de Kuma se voilait. Il ne voulait pas voir ses propres troupes pactiser avec l'ennemi, l'aider à nettoyer le champ de bataille, à ramasser du bois de chauffage, et se montrer empressées vis-à-vis du vainqueur... lentement sa tête tomba sur sa poitrine, et sa tunique jaune et verte se tacha de sang.

Le lendemain, 11 avril, la mission britannique campa sur les rives du Nyang Chu, à Chang Lo, un petit hameau jouxtant la propriété de Kuma Sidheong. De là ils pouvaient voir le grand *jong* de Gyantsé, invincible forteresse sur son pic rocheux. Le colonel Younghusband envoya quérir le gardien du fort. Le vieux *jongpen* encore vigoureux se rendit à Chang Lo à cheval, accompagné de l'*amban* chinois et de quelques dignitaires de la ville.

– Je ne peux pas capituler, insistait-il, sans quoi le Dalaï-Lama me fera décapiter. Retournez d'où vous venez.

– Très bien, nous allons bombarder le *jong* à coups de canon, telle fut la réponse immédiate du colonel.

Le *jongpen* mordit sa vieille lèvre tombante, puis confessa, au bout d'un moment :

– Nous ne pourrons jamais résister à une telle attaque. Tous mes soldats ont fui. Il n'y en a plus un seul au fort.

Le colonel Younghusband et ses officiers firent donc une entrée triomphale dans le *jong* où ils hissèrent le drapeau britannique, en prenant soin d'inspecter l'endroit de fond en comble et de faire main basse sur la réserve d'orge avant de ressortir. Il fut décidé que la mission resterait à Chang Lo, le fort étant un endroit abominable, n'ayant pas l'eau courante, hormis celle qui dégoulinait le long de ses parois verdâtres.

Quelques jours plus tard, le commandant en second changea d'avis et décida de ne plus abandonner la mission comme il l'avait laissé entendre après les événements de Guru. Emmenant avec lui une compagnie entière, il partit en reconnaissance sur la route de Lhassa pour décourager les éventuelles agressions des Tibétains, laissant derrière lui la garnison de Chang Lo sérieusement démunie.

II

Sonia était en train de préparer le trousseau du bébé quand elle entendit un bruit dans la cour. Posant son ouvrage elle se leva pour aller voir ce qui se passait et fut très désagréablement surprise de tomber nez à nez avec deux soldats indiens en train de pourchasser la volaille, les chèvres et les cochons, bref, tout ce qui leur tombait sous la main. La plupart des paysans et des serfs attachés à la maison du seigneur avaient fui en apprenant la mort de celui-ci. Sonia et Dolma y demeuraient donc seules, sans personne pour les protéger.

— Que faites-vous ici? demanda-t-elle en tibétain.

Les hommes s'arrêtèrent et, incapables de la comprendre, lui jetèrent un œil noir et provocant. Soudain, un officier sortit d'un poulailler et, voyant qu'elle ne ressemblait pas aux autres Tibétaines qu'il avait rencontrées, lui dit en anglais, sans réfléchir (et sans penser un instant qu'elle pouvait le comprendre) :

— Désolée, m'dame, nous avons des ordres.

— Quel est votre grade? répondit-elle en anglais.

Un large sourire éclaira la face rougeâtre de l'officier.

— Sergent Dilks, m'dame. Ça fait bigrement plaisir de rencontrer quelqu'un qui parle la langue de chez nous. Désolé, m'dame, je sais que nous sommes sur la propriété d'un seigneur, mais comme il est mort, on nous a dit d'emporter toute la volaille. Nos hommes ne crachent pas sur un œuf au plat, le matin, au petit déjeuner.

L'homme avait l'air embarrassé.

— Je ne savais pas que Kuma Sidheong avait une femme, m'dame.

— Les Tibétains sont des gens qui se marient comme les autres, sergent. Mais vous avez raison, la femme de Kuma est morte. C'est sa fille qui vit ici, à présent, et je vous demanderai de vous en aller immédiatement.

— Pouvons-nous avoir un mot avec sa fille, m'dame?

Sonia hésita.

– Non. Elle ne parle pas l'anglais et elle est un peu souffrante. La double perte de son père et de son époux l'a grandement affectée. Elle ne doit pas être dérangée. Mais je suis sa belle-sœur, et je vous demanderai de nous laisser tranquilles.

– Les ordres sont les ordres, m'dame, désolé. Et il faut bien que nos hommes se nourrissent.

– Dans ce cas allez voir ailleurs.

– Écoutez, laissez-nous prendre juste un ou deux poulets et un sac d'orge, m'dame, et vous n'entendrez plus parler de nous.

– Entendu, mais rien de plus.

Sonia les regarda emporter les deux plus belles poules, un sac de grain et quelques légumes, soulagée de s'être débarrassée d'eux à bon compte malgré tout.

Les jours passant, Sonia remarqua que le bétail et les provisions de grains commençaient à manquer. Il était clair que les Britanniques faisaient leurs razzias la nuit. Incapables de les en empêcher, Dolma et elle durent se serrer la ceinture quand arriva le mois de mai, sous peine de voir leurs provisions disparaître à jamais. La ville de Gyantsé fut assiégée par des Tibétains récalcitrants qui voulaient empêcher la mission britannique d'atteindre Lhassa, ce qui provoqua la disette et fit grimper les prix en flèche. Le fort de Gyantsé, délaissé par les Britanniques pour manque de confort, fut bientôt réoccupé par des soldats tibétains armés par Lhassa et mieux entraînés que leurs prédécesseurs. Jour après jour, Chang Lo et Thug Phul étaient bombardés par les boulets de pierre et de plomb destinés à la mission britannique qui campait à proximité. Lorsqu'ils furent épuisés, les boulets de canon furent remplacés par des projectiles de cuivre rouge qui fendaient les airs, comme de petits météores, en direction des cultures dans lesquelles ils faisaient des cratères et fauchaient les jeunes pousses d'orge et de haricot.

Le siège dura sept semaines.

Sonia était terriblement tentée d'aller trouver le commandant des forces britanniques pour lui demander des nouvelles de Lewis. Elle n'avait rien reçu de lui, pas le moindre message codé, et ne savait même pas s'il avait réussi à atteindre Lhassa depuis le jour funeste où Kirsten avait sacrifié sa vie pour le sauver. Sonia, dévorée par le remords et la culpabilité, s'efforçait d'y penser le moins possible. Elle s'en voulait d'avoir été la cause de toute cette tragédie. Kuma Sidheong ne s'était jamais étonné de la soudaine apparition de Sonia dans la maison de Dolma. Trop content que sa fille ait trouvé une compagne digne d'elle, il ne l'avait jamais soupçonnée. Mais Kirsten, lui, était mort à cause d'elle. Et Dolma ne le lui avait jamais pardonné. Elle était devenue revêche et renfermée. Elle avait même menacé d'aller tout raconter à son père, y compris la liaison de Sonia avec l'agent anglais. Sonia avait dû déployer des trésors d'imagination pour convaincre Dolma de se taire. Elle l'avait menacée de toutes sortes de malédictions, si bien que Dolma ne savait que faire. Finalement, Dolma prit l'habitude d'aller errer sur les rives du Nyang Chu, pour parler à *Lu*, le dieu-serpent qui vivait dans les rivières et les océans. Lorsqu'elle revenait de ses promenades, Dolma était moins renfrognée, plus communicative, si bien que Sonia ne fit jamais rien pour la décourager de croire en la nouvelle réincarnation de Kirsten. Mais, à la mort de son père, Dolma se renferma davantage et son comportement devint étrange. Elle passait des heures à regarder Sonia avec un œil farouche et accusateur. Troublée par le comportement irrationnel de Dolma qui voyait en elle la responsable de la mort des deux êtres qu'elle aimait le plus au monde, Sonia essayait de passer outre. Ainsi donc s'écoulaient les jours, dans une terrible léthargie, un découragement total, dans la suspicion, l'espoir et la peur, tandis que Sonia se concentrait de toutes ses forces sur une seule chose, son bébé à naître.

Si les vivres se faisaient rares, les nouvelles, en revanche, étaient une chose dont Dolma et elle ne manquaient jamais. Les Britanniques continuaient de marcher sur Lhassa en installant au fur et à mesure une ligne télégraphique qui les reliait à l'Inde. De Karo La, la nouvelle arriva qu'une énorme bataille avait eu lieu à six mille mètres d'altitude, dans le col que les Tibétains avaient occupé par représailles. Ils avaient attaqué la garnison britannique par surprise à Chang Lo, avant d'être finalement repoussés, mais non sans avoir donné une sérieuse frousse à l'adversaire. Le *jongpen* fut emmené en otage, pour dissuader les Tibétains qui occupaient le fort de Gyantsé de réitérer leur attaque.

Sonia se demandait dans quelle mesure Lewis était impliqué dans tout cela, s'il parvenait à faire passer ses messages à Chang Lo, s'il mettait ses jours en danger pour dresser une carte du Tibet, permettant ainsi aux Anglais d'aller de l'avant sans s'égarer et de battre les Tibétains le plus efficacement possible.

Incapable de supporter plus longtemps ce silence et cette

incertitude, Sonia se mit en route pour le campement britannique de Chang Lo. Elle fut poliment informée que le commandant, engagé dans des pourparlers avec les autorités tibétaines, n'était pas là, mais que, si sa requête était importante, elle pourrait le rencontrer la semaine suivante.

Déçue, Sonia laissa passer une quinzaine de jours. Mais, n'y tenant plus et sans savoir si elle faisait bien, elle partit une fois de plus bravement en direction de Chang Lo, sous les boulets de canon tibétains. Ceux-ci, fort heureusement, signalaient bruyamment leur approche. Ratant immanquablement leurs cibles, Thug Phul et Chang Lo, ils ne causaient que peu de dégâts, si ce n'est dans les cultures. Dès qu'elle entendait le sifflement d'un boulet de canon et des cris de guerre en provenance du *jong* de Gyantsé, elle se mettait à couvert, dans un fossé ou derrière un gros tronc d'arbre. Malgré tous ses efforts pour atteindre le camp de Chang Lo, il lui fut répondu une fois de plus que le colonel Younghusband était absent et qu'elle devrait revenir un autre jour. Elle s'apprêtait à s'en retourner, complètement désemparée, lorsque l'officier d'état-major lui demanda gentiment :

– Madame, peut-être y a-t-il quelque chose que je puis faire pour vous sans déranger le colonel dont le temps est très précieux ?

Sonia hésitait. Pour la mettre à l'aise l'officier lui dit :

– Votre anglais est excellent, madame. Où l'avez-vous appris ?

– Heu... avec une Anglaise, une missionnaire qui vivait à Gyantsé. Mon père l'a payée pour qu'elle m'apprenne l'anglais. Mais j'ai beaucoup oublié, je ne le parle plus très bien.

Elle sourit en croisant les doigts derrière son dos pour ce gros mensonge.

– Ah, bon.

– Vous pouvez peut-être m'aider... (Et, sans hésiter davantage, Sonia prit une grande inspiration et dit :) Lewis Joyden... je cherche un officier britannique répondant au nom de Lewis Joyden.

L'officier fronça les sourcils, l'air pensif.

– Je ne me souviens pas d'avoir entendu ce nom-là, madame. Un officier, dites-vous ?

– Oui.

– Excusez-moi, mais je connais tous les officiers de la compagnie et aucun ne porte ce nom, madame. Vous êtes sûre que c'est un gradé ?

– Comment cela?

– Ne serait-ce pas un homme du rang?

– Ah, je vois... non, non. Il était dans les Pionniers...
(Confuse et embarrassée, elle s'empressa d'ajouter :) Ça ne
fait rien. Je parlerai au colonel quand il reviendra.

– Très bien, madame... Euh, pourquoi n'allez-vous pas
jusqu'à la grande maison? Les administratifs connaissent le
régiment mieux que personne.

– Merci.

A la porte de la maison de Kuma, réquisitionnée par la
mission, Sonia fut stoppée par un Jemadar indien à l'air
féroce. Tenant son fusil à deux mains, il barrait résolument
l'entrée. Avant que Sonia n'ait le temps d'ouvrir la bouche,
un officier britannique qui arrivait à cheval mit pied à terre
et, s'adressant au Jemadar, lui dit en anglais :

– Oh! non, pas encore une autre Tibétaine qui vient
pleurnicher à cause du rationnement! Holà, Jemadar!
Occupe-toi de mon cheval, il est en nage. Je vais m'occuper
de la femme, de toute façon tu ne comprendrais pas un
traître mot de son charabia. Hep, toi... apporte ces gélinottes
à la cuisine – pour le dîner des officiers, ce soir. Ça nous
changera de l'horrible ragougnasse de ces derniers jours. (Le
visage empourpré et dégoulinant de sueur, l'officier en uniforme kaki sortit les oiseaux de sa sacoche.) Bon sang! Je
n'aurais jamais cru qu'il pouvait faire si chaud au mois de
mai au Tibet! A présent, femme, suis-moi, lança-t-il brusquement en tibétain par-dessus son épaule, tandis qu'il
pénétrait dans la maison de Kuma Sidheong.

Elle aurait volontiers tourné les talons sans demander son
reste, mais le Jemadar lui barrait la sortie à présent avec le
cheval de l'officier.

Le capitaine la fit entrer dans son bureau et se mit à
aboyer en tibétain :

– Que veux-tu, femme? Dépêche-toi, je n'ai pas de temps
à perdre, et j'ai assez vu de Tibétains geignards pour
aujourd'hui.

– Colonel Younghusband...

– Je ne suis pas le colonel Younghusband. Je suis le capitaine Rice-Smythe, un de ses officiers. C'est à cause du
rationnement de l'orge que...

– Absolument pas! interrompit brusquement Sonia en
tibétain. (Elle se redressa et regarda l'arrogant capitaine de
toute sa hauteur.) Je suis venue pour parler au colonel
Younghusband en personne.

303

– Dans ce cas, vous n'avez pas fini de l'attendre. Il n'est pas ici et ne sera pas de retour avant un bon moment.

Célibataire, Rice-Smythe ne savait pas parler aux femmes. Sa brusquerie envers Sonia n'était nullement l'effet d'un calcul mais plutôt celui de sa maladresse et de sa nervosité.

– Très bien. Je garderai pour moi mes informations.

Sonia fit demi-tour.

– Quelles informations?

Soudain soupçonneux, Rice-Smythe semblait intéressé. Sa moustache blonde se mit à frémir et ses yeux à cligner.

– Au sujet d'un Anglais qui était caché dans cette ferme lorsqu'il a été capturé et emmené au *jong* de Gyantsé. Bonjour, capitaine.

– Un instant... ne partez pas, asseyez-vous. J'en ai pour deux minutes.

Il quitta la pièce précipitamment et Sonia s'assit.

A travers la porte entrouverte, communiquant avec le bureau voisin, lui parvenait le bourdonnement des voix du capitaine et de deux secrétaires. Au début, Sonia ne fit pas attention à leur conversation. Mais au bout d'un moment elle ne put s'empêcher d'écouter ce qu'ils étaient en train de se dire sans se douter qu'elle comprenait leur langue.

– Bon sang... ça n'a pas l'air d'être dans ce chapitre-ci. Ces agents secrets, ils n'en font qu'à leur tête. D'abord la Russe, et maintenant celle-là. Remarquez, il faut pousser le bouchon un peu loin pour coucher avec une Tibétaine sous prétexte de la faire parler – elle m'a tout l'air d'avoir un polichinelle dans le tiroir, en plus, capitaine. Ah... nous y voilà, la conversation de Guru...

Il y eut un bruit de pages qu'on tournait, puis :

– « Agent : Vous m'accusez de trahison? Younghusband : Je vous accuse de légèreté... et je n'apprécie guère la légèreté. Agent : Dans ce cas, monsieur, laissez-moi vous rappeler ceci. Je suis un civil attaché à l'expertise topographique de l'Inde. Toutes les informations concernant mes activités au sein de la Commission chargée de la frontière tibétaine, du Foreign Office ou de tout autre organisme officiel seront vivement démenties, y compris par Sa Majesté elle-même... » Ça continue comme cela encore un petit moment, capitaine. Puis l'agent dit : « ... Il vous est impossible de me traduire en cour martiale. Et pour ce qui est de fraterniser avec l'ennemi, comment, bon Dieu, vous imaginez-vous que l'on procède pour soutirer des informations à cet ennemi? Younghusband : Donc, la princesse Sonia Doubrovka ne signifie rien pour vous? Agent : Exactement. Younghusband : Vous seriez prêts à en faire la déclaration officielle? Agent : Certainement... bla, bla, bla... Lord Curzon est déjà au courant de la situation... s'il n'avait pas confiance en moi, je doute qu'il m'aurait confié cette mission. J'agis sur ordre du vice-roi en personne... même s'il me laisse toute latitude dans le choix de mes méthodes d'approche. » Ensuite le colonel lui dit : « J'avoue avoir été très contrarié quand les *pundits* m'ont rapporté votre liaison avec la princesse. Je craignais que cela ne compromette nos positions. Si cette femme ne signifie effectivement rien pour vous en dehors du fait qu'elle est une source d'informations précieuse concernant les activités de son frère et de son époux, soit. Je suis prêt à vous croire sur parole, et l'affaire est close... » Voilà en gros leur conversation, capitaine. L'agent – dont l'identité doit être gardée secrète – a été rappelé de Gyantsé pour expliquer ses faits et gestes. Cette Tibétaine, que veut-elle, de l'argent en échange de ses informations?

– Pas sûr... apparemment ce type ne s'intéresse qu'aux femmes riches. Donc celle-ci n'est sans doute pas motivée par l'argent. En fait d'information, je crois plutôt qu'elle cherche tout simplement une reconnaissance de paternité. Quoi qu'il en soit, je demanderai au colonel de prendre personnellement cette affaire en main. Ça n'est pas mon problème. Tout ce que je sais, c'est qu'il y en a un qui va se faire rudement sonner les cloches. Je doute fort que notre étalon – quel qu'il soit – retrouve de sitôt une mission pour aller faire le joli cœur auprès de ces dames. Espérons pour lui qu'il saura se racheter en faisant suivre des informations correctes jusqu'à Lhassa, au lieu de courir le jupon.

Lorsque le capitaine Rice-Smythe revint dans son bureau, Sonia était toujours là, assise toute raide, ses mains posées délicatement sur ses genoux, son visage légèrement dissimulé par sa haute coiffe et son voile. Lorsqu'il s'adressa à nouveau à elle, le capitaine eut l'impression qu'elle ne l'entendait pas.

– Quand le colonel Younghusband sera de retour, madame, je lui ferai part de votre visite. Je pense qu'il vous convoquera personnellement.

Sans un mot, l'air hagard, bien que le capitaine ne s'en rendît pas compte, Sonia se leva et quitta le bureau, incapable de réagir. Lewis l'avait donc trahie, il l'avait utilisée! Non, cette idée était trop insupportable. A présent plus rien ne comptait, pas même de savoir s'il avait réussi à gagner Lhassa sans encombre.

Quelques jours plus tard elle reçut une convocation du colonel Younghusband, rédigée en tibétain, la priant de se rendre à Chang Lo. Elle refusa d'y aller.

— Mais, madame, insistait l'aide de camp exaspéré, qui était venu accompagné du Jemadar, le capitaine Rice-Smythe a dit que vous aviez des informations à nous communiquer au sujet d'un Anglais qui a été emprisonné au fort de Gyantsé.

— Je ne parle pas l'anglais, répondit-elle hautaine, en tibétain, sans même prendre la peine de les regarder.

Furieux, l'aide de camp du colonel haussa les épaules et fit demi-tour. Il était sur le point de partir lorsque Sonia lui jeta deux billets. L'homme les emporta. L'un contenait un message en tibétain, l'autre était écrit en anglais. Le message en tibétain était adressé au colonel Younghusband qui, incapable de le déchiffrer, comprit seulement qu'il était signé Dorjee. Rice-Smythe le lui traduirait quand il rentrerait.

Sonia avait écrit :

L'information que j'ai à vous communiquer est contenue dans le billet ci-joint, rédigé par l'Anglais avant sa détention... il m'a demandé de vous le faire parvenir. Il parlait tibétain.

Le petit billet déchiré avait été écrit par Sonia elle-même qui avait soigneusement imité l'écriture de Lewis à partir d'une de ses lettres. Voici ce qu'il contenait :

La femme Doubrovka est retournée en Russie, et les autres Russes de Gyantsé sont inoffensifs. Tout a marché comme prévu.

Le colonel Younghusband eut un petit ricanement dédaigneux.

— C'est tout ?

— Oui, capitaine, répondit son aide de camp. Elle ne parle pas l'anglais, elle n'a fait que nous communiquer le petit billet rédigé en anglais que l'autre personne lui avait donné.

— Bon, dans la mesure où il ne s'agit que d'informations périmées, je ne pense pas que nous ayons manqué grand-chose. Inutile de perdre mon temps à la recevoir.

Le colonel Younghusband avait comme une vague idée de la véritable identité de la Tibétaine ainsi que de celle de son informateur. L'officier d'état-major et le sergent Dilks lui avaient rapporté qu'une noble Tibétaine, parlant anglais, vivait chez la fille de Kuma Sidheong. Celle-ci avait fait mention d'un certain Lewis Joyden. Le colonel était-il au courant de cette affaire? Oh! que oui! Il était même prêt à parier que la noble Tibétaine et la princesse Doubrovka n'étaient qu'une seule et même personne. Malheureusement, il ne pouvait rien entreprendre dans l'immédiat – on ne pouvait pas emprisonner une femme enceinte, et il était hors de question de la transférer en Inde dans son état. Il attendrait donc son heure. Elle n'était pas loin d'accoucher. Bientôt il serait à Lhassa et il mettrait la main non seulement sur Lewis Joyden, mais sur Sonia Doubrovka! Et quand le vice-roi et le Foreign Office apprendraient qu'un de leurs soi-disant meilleurs agents s'était acoquiné avec l'ennemi, qu'il avait émis des informations erronées dans le but de tromper son propre camp, et que de surcroît il n'avait pas su cacher sa véritable identité, Lewis Joyden et tous les rapports du Livre bleu le concernant seraient à jamais rayés de la surface de la terre.

Younghusband, le perfectionniste, l'homme au sens du devoir illimité, était las, son visage d'ascète aux traits délicats tendu par la fatigue. Avec un long soupir, il se tourna vers le travail qui l'attendait sur son bureau. Pourquoi lui, commandant en chef et homme clef d'une mission décisive, devait-il s'abaisser à s'occuper de problèmes matériels? Deux sacs contenant la solde des hommes avaient disparu et on n'avait toujours pas arrêté les coupables. Son armée manquait de souliers et de vêtements chauds, et Lewis Joyden, l'agent britannique sur lequel il comptait pour faciliter leur entrée à Lhassa, n'avait rien trouvé de mieux que de faire un gosse à l'ennemi! Le colonel soupira. Les aléas de cette mission que lui avait confiée le vice-roi étaient, pour le moins, extrêmement déplaisants. Et dire que depuis tout jeune soldat il n'avait jamais supporté la guerre! Sa femme lui avait envoyé une lettre éplorée lui disant combien il manquait à leur petite fille et à elle-même et lui demandant quand il espérait rentrer. Lui aussi s'ennuyait d'elles et il serait volontiers rentré à Calcutta si on lui en avait donné la possibilité. Ah, si seulement c'était possible! A présent, toute négociation de paix avec les Tibétains était devenue impossible, ni les Népalais, ni les Bouthanais, ni même les Chinois n'étaient parvenus à les rappeler au bon sens. Quoi qu'il en soit, il était clair qu'on n'aboutirait à rien à Gyantsé en essayant de dialoguer avec des sous-fifres. Il fallait aller à

Lhassa et parler face à face avec le Dieu-Roi assis sur son Potala!

– Envoyez ce télégramme immédiatement à Londres! Il me faut une réponse au plus tard à la fin du mois. Assez de tergiversations! glapit Younghusband à son aide de camp, tandis qu'un boulet de canon tiré du *jong* de Gyantsé venait percuter le mur extérieur de son bureau, mettant à rude épreuve les nerfs du colonel. Et dites au commandant en second que je pars pour Kangma demain matin. Plus tôt nous arriverons à Lhassa et mieux ce sera pour tout le monde.

24

I

Sur la place, dans l'ombre immense du Potala au toit doré, un colporteur malpropre et déguenillé, le visage encroûté de boue et de beurre de yak, descendit de son cheval harassé et mal tenu. L'œil vif, le geste prompt, il déballait sa marchandise en sifflotant gaiement.

Des ménagères, jeunes et moins jeunes, accourues de leurs taudis avec leurs enfants, saluaient le colporteur, inspectant, tâtant les cuivres bien astiqués, les bobines de fil de soie multicolores, les aiguilles d'acier, les balais et les plumeaux, les cuillères et les bols en bois et, merveille des merveilles, les odorantes épices de l'Inde et les parfums enivrants de l'Arabie qui, assurait le colporteur, rendaient les maris amoureux. Mais pour la plupart de ces femmes qui n'avaient même pas de quoi acheter la farine d'orge la plus ordinaire et le beurre de yak rance qui leur auraient permis de survivre, les marchandises du colporteur, sans parler de ses élixirs d'amour, étaient inaccessibles. Si bien que, sans malice aucune mais avec le plus grand intérêt, elles s'assirent à même le sol boueux, au milieu des casseroles, attendant que le marchand ambulant leur propose quelque chose à leur portée – quelque commérage ou des nouvelles du vaste monde.

Tout alentour cochons et cabots montaient la garde, repoussant les gros corbeaux et les enfants, petits bouts d'humanité faméliques souvent aveugles, portant de vilaines plaies autour de la bouche du fait qu'ils buvaient la même eau et partageaient la même pitance que les charognards. La chaleur et la puanteur devenaient insupportables à mesure que le soleil de juin dardait ses rayons sur la ville. A plusieurs reprises, le colporteur, venu de la province d'Amdo, renifla le parfum épicé de l'orange hérissée de clous de girofle, pendue à son cou par une ficelle. La seule façon de chasser de ses narines la pestilence environnante...

Soudain, un grand tapage à l'autre bout de la place détourna l'attention. Toutes les têtes se tournèrent pour voir ce qui ressemblait à la procession d'une exécution capitale. Le marchand, tout aussi curieux que les autres, cessa ses boniments pour regarder le long cortège affluer par les ruelles étroites qui bordaient la place. Un robuste Tibétain, pieds et mains enchaînés et vêtu d'un simple pagne, se tenait debout dans une charrette de rotin. Armés de fouets en queues de yak, les gardes de la ville le frappaient sans relâche. Son corps tout entier n'était qu'une plaie béante dont jaillissait le sang. La charrette s'arrêta sur la place, à quelques mètres seulement de l'éventaire du colporteur, et celui-ci remarqua que, malgré la souffrance évidente et l'humiliation qui lui étaient infligées, le condamné ne bronchait pas, mais gardait au contraire un œil sombre et farouche.

– Qui est-ce? Qu'a-t-il fait? demandaient les femmes assises autour du marchand à ceux qui suivaient la charrette, hommes, femmes et enfants, jetant des pierres et injuriant le prisonnier, tandis que les gardes continuaient à manier le fouet.

A côté du condamné chevauchaient Bonnets Jaunes et dignitaires chinois chargés de superviser l'exécution.

– C'est un des fuyards du *jong* de Gyantsé. Il s'est enfui lors de la dernière attaque des *philang,* informèrent ceux qui avaient suivi la charrette à travers la ville et qui connaissaient toute l'affaire. Les *philang* ont escaladé le fort avec des cordes... ils ont orienté leurs canons vers le *jong* et l'ont bombardé depuis la vallée de Chigatsé... il fallait les en empêcher. Il n'y avait qu'à leur jeter de l'huile bouillante pendant qu'ils étaient sur leurs cordes... mais non, celui-là a fui, avec tous les autres. Et maintenant la route de Lhassa est ouverte aux *philang.* Le *Shap-és* et le Dalaï-Lama ont ordonné que tous les fuyards soient exécutés en public, comme celui-ci. Ils vont lui couper la tête.

Le désordre s'amplifia. Les femmes épouvantées, pleurant, criant, geignant, rassemblaient leurs enfants autour d'elles.

310

– On dit que les *philang* sont de terribles guerriers... et qu'ils dominent le monde entier parce qu'ils violent et pillent. Qu'allons-nous faire? Où irons-nous?

Les traitant d'imbéciles, les lamas leur dirent de se taire. La Cité interdite serait protégée contre l'envahisseur *philang*. Personne jamais ne pourrait assaillir la maison du Dieu-Roi, pas même les *philang* venus de l'autre côté de l'Himalaya!

On fit descendre le condamné de la charrette et on le traîna sur la place. La foule avait cessé de lui jeter des pierres, attendant la suite des événements. On força l'homme à s'agenouiller aux pieds d'un *ro-gyapa*, un boucher-fossoyeur d'animaux et d'êtres humains. A ce moment-là et pour la première fois, l'homme sembla comprendre ce qui allait advenir de lui. Avec un cri féroce il se débattit. Puis, roulant des yeux épouvantés, la voix étranglée par la terreur et la bouche écumante, il se mit à donner des coups de pied furieux en tous sens. Il était robuste et musclé et il fallut un certain temps pour le mater. Les coups de fouet et les coups de pied redoublèrent. Finalement, on réussit à le plaquer au sol et à l'y maintenir au moyen de cordes fixées à des pieux. Il gisait, haletant comme un animal, tandis qu'on sectionnait ses mains et ses pieds. Ensuite, l'homme sanguinolent, toujours vivant et pris de convulsions, fut remis à genoux et le garde saisit sa tresse pour lui redresser la tête. Après plusieurs coups infructueux, le *rogyapa* réussit à séparer la tête du corps. Alors, saisissant la tête par la natte, le boucher la brandit devant la foule surexcitée et vociférante.

Un dignitaire chinois s'approcha du marchand qui n'avait pas regardé le sanglant rituel, et dit avec un sourire qui fit disparaître ses yeux bridés dans sa large face blanche:

– Tu ne supportes pas la vue de ces choses, monsieur le marchand?

– J'en ai trop vu, maître, répondit le marchand en astiquant vigoureusement le fond d'une de ses casseroles de cuivre. Au bout d'un moment on n'y prête plus attention. C'est comme faire l'amour toute la journée avec une jolie femme, au bout d'un moment l'excitation s'estompe. Rien ne vaut la première fois.

– Alors tu choisis mal tes femmes, marchand, repartit le Chinois dont le sourire s'élargit davantage. (Puis il ajouta :) Sa Sainteté, le Bonnet Jaune, là-bas, aimerait savoir où tu as volé un si joli cheval. Les gueux de ton espèce ne possèdent pas de pur-sang, à moins de les avoir volés.

– Dites à Sa Sainteté que je lui fais toutes mes excuses pour posséder une bête plus belle que la sienne. Mais je ne l'ai pas volée. C'est un présent que m'a fait un seigneur encore plus puissant que lui, répondit le marchand en crachant sur sa casserole pour l'astiquer de plus belle.

Le Chinois retourna vers le Bonnet Jaune monté dans toute sa sainte gloire sur le dos d'une mule, et lui répéta les paroles du marchand. Le lama s'approcha du colporteur, l'air menaçant.

– Tu as la langue bien agile, cloporte, mais je te conseille de la tenir si tu ne veux pas qu'on te la coupe. Il n'y a pas de seigneur au-dessus d'un Bonnet Jaune, hormis Sa Majesté le Dieu-Roi. Qui, dis-tu, t'a donné cette bête?

– Kuma Sidheong, le grand seigneur de la guerre de Gyantsé qui, dit-on, est mort le corps transpercé de balles à la gorge de l'Idole Rouge, il y a deux mois. Il m'avait fait cadeau de ce cheval parce que je lui avais rendu un grand service.

– Quel service, espèce de menteur?

– Je lui ai livré un espion *philang* qui connaissait d'innombrables secrets. Et dire qu'il l'a laissé filer parce qu'il a écouté un fou, un *Urusso* qui avait plus d'un tour dans son sac!

– Oui, j'ai entendu parler de cette histoire, dit le Bonnet Jaune en regardant fixement le colporteur. Mais, toi, marchand, me céderas-tu ta bête, pour que je puisse faire mon pèlerinage plus confortablement? Tu en seras récompensé. Tu iras au Gyalwa Pal Ri, ce qui n'est pas donné à tous ceux qui quittent cette terre.

– Oui, mais j'en demande un prix, *Rimpoché*. Je serai ravi de demeurer sur la Montagne du Lotus Sacré, mais dans l'immédiat... ici-bas, vendre des aiguilles aux ménagères ne nourrit pas son homme.

– Quel est ton prix, gueux?

– Je vous demande de placer cette orange parfumée sur les genoux du Bouddha à la lamaserie de votre prochain pèlerinage.

Le marchand prit l'orange piquée de clous de girofle pendue autour de son cou et la tendit au Bonnet Jaune en même temps que la bride du fougueux Timor.

– Voilà une tâche aisée, marchand, répondit le lama qui renifla l'orange en connaisseur et flatta le cheval. Espérons qu'elle éloignera les odeurs néfastes qui nous envahissent de toutes parts, ces derniers temps.

– Espérons, *Rimpoché*, murmura le colporteur.

Le bébé de Sonia naquit la première semaine de juillet, avec quinze jours d'avance. Dolma était allée quérir la mère supérieure du couvent de Gyantsé pour l'accouchement, qui se passa sans encombre et sans que la mère soit déchirée.

Alors qu'elle était en train de nettoyer les mucosités blanchâtres qui avaient enveloppé le bébé pendant qu'il était dans le ventre de sa mère, la mère supérieure remarqua une envie à l'intérieur du poignet gauche de l'enfant et prévint aussitôt la maîtresse des lieux. Dolma, elle aussi, était stupéfaite.

– Qu'y a-t-il? Que se passe-t-il avec mon bébé? Est-il malformé? demanda Sonia d'une voix faible, voyant Dolma et la nonne examiner l'enfant de près et chuchoter entre elles. (Inquiète, elle s'assit tant bien que mal dans le lit.) Apportez-le-moi... donnez-le-moi tout de suite!

Dolma emmaillota le bébé dans ses langes et, de mauvaise grâce, rendit le bébé à Sonia.

– Pourquoi chuchotiez-vous, toutes les deux? se fâcha celle-ci.

– Voyez... voyez, vénérée mère, dit la nonne en bondissant aux côtés de Sonia et en lui montrant le bras du bébé. Vous avez donné naissance à un enfant sacré. Voilà la marque de Tchenrézig! *Jetsunma*, regardez, la marque en forme de conque sur son poignet, le signe de la réincarnation d'un futur Dieu-Roi!

– Pffeu! fit Sonia, que la théorie de la mère supérieure n'impressionnait pas le moins du monde. Ce n'est qu'une envie. Ma mère appelle cela des taches de vin. C'est héréditaire, dans ma famille – ce sont des vaisseaux sanguins éclatés, rien d'autre. (Elle se souvenait des explications de Pratikayit – il expliquait toujours tout.) Maintenant allez-vous-en et laissez-moi m'occuper de mon enfant en paix.

Lorsqu'elles furent parties, Sonia ne put s'empêcher de regarder à nouveau la marque sur le poignet gauche de son fils. C'était pourtant vrai qu'elle avait la forme d'un coquillage. A quoi ressemblait une conque? C'était creux, bombé, en demi-lune? En forme d'oreille? Celle-ci ressemblait à tout cela à la fois, selon la manière dont on la regardait.

Mais ça n'était qu'une envie qui s'estomperait avec le temps. De cela elle était sûre. La théorie de la réincarnation de Tchenrézig ne l'intéressait pas, car si ce bébé était la réincarnation de quelqu'un, c'était bien celle de Lewis Joyden !

Tout en donnant le sein à son bébé, Sonia ne pouvait s'empêcher de penser à Lewis. Elle avait finalement réussi à surmonter le choc consécutif à la conversation qu'elle avait entendue à travers la porte – et s'était souvenue que celui qui écoute aux portes n'est jamais bon juge. Quelle mouche, l'avait donc piquée d'aller trouver le colonel britannique ? Elle traversait probablement une mauvaise passe à l'époque, sans quoi elle ne serait jamais allée frapper à la porte de cet Anglais glacial. Peut-être était-ce le choc causé par la mort de Kirsten et son incertitude concernant Lewis, plus le fait qu'elle était enceinte ? Tout cela à la fois avait contribué à la déséquilibrer. Mais maintenant, avec le recul, il lui semblait évident que Lewis, rappelé à Guru par le colonel Younghusband, n'avait pu faire autrement que de jouer les hypocrites. Il n'allait tout de même pas avouer qu'il avait une liaison sentimentale avec une femme considérée comme l'ennemie par les Britanniques ! A présent elle y voyait plus clair. Elle avait surmonté l'humiliation qu'elle avait ressentie lorsque, à partir des déclarations de Lewis, certaines personnes s'étaient permises de la juger. Elle avait compris dès le départ qu'elle était impliquée dans un jeu dangereux – si tant est qu'on puisse parler de jeu lorsqu'il était question d'espionnage. S'il avait renié sa relation avec elle, c'était pour la protéger, elle autant que lui. A présent, elle allait devoir redoubler de prudence car, dans l'intérêt même de Lewis, personne ne devait savoir qu'il avait eu un enfant avec une femme russe. Mais il l'aimait toujours – non ? Même s'il ne le lui avait jamais dit (il lui disait toujours « je te veux » et non « je t'aime »). Peut-être était-il tout simplement réticent parce que, étant anglais et d'un naturel réservé, parler d'amour le mettait mal à l'aise (au contraire des tempéraments passionnés qu'elle avait connus en Russie, les hommes comme son père, Pratikayit, Sacha, le bouillonnant cousin de sa mère, Ivanski et bien sûr Kirsten). Mais les actes étaient plus forts que les paroles. Elle était trop émotive. Il ne fallait pas qu'elle recommence à échafauder des chimères. Lewis savait qu'elle était enceinte de lui, il l'aimait sans avoir besoin de le lui dire et il se manifesterait ou viendrait la chercher dès que l'occasion se présenterait.

Mais alors, pourquoi ne la contactait-il pas ? Pourquoi ne

lui prouvait-il pas son amour en brisant cet affreux silence ? S'il le faisait pour d'autres, pourquoi ne le faisait-il pas pour elle, sa bien-aimée ? Le démon du doute continuait de lui ronger le cœur...

La naissance du petit fut une bénédiction pour Dolma. Elle avait trouvé une nouvelle raison de vivre et s'était transformée en nounou attentive et irréprochable pour le bambin que Sonia avait officieusement baptisé Lewis Haga Joonu. Des noms que Lewis et elle avaient choisis le jour où ils s'étaient revus, dans la grange, et où il avait appris qu'elle attendait un enfant. Ce même jour où il avait été fait prisonnier et emmené au *jong* de Gyantsé. Le bébé fut surnommé Luey. Dolma le dorlotait et lui chantait des berceuses à longueur de journée.

— Luey est en train de perdre des cheveux, dit-elle un jour, en caressant les cheveux bruns de l'enfant. Tous ses cheveux tombent, il ne lui restera bientôt plus que du duvet sur le crâne, comme un caneton.

— Voyons, dit Sonia qui examina la tête de Luey. Tout a l'air parfaitement normal. Peut-être que tous les bébés perdent leurs cheveux après la naissance. En tout cas, je ne pense pas qu'il sera chauve pour le restant de ses jours... du moins je l'espère.

— Nombreuses sont les réincarnations de Tchenrézig qui n'ont pas de cheveux, dit Dolma en serrant le bébé tout contre elle, comme une mère possessive, et en lui chatouillant les joues et les lèvres pour le faire sourire dans son sommeil. S'il n'a pas de cheveux, cela veut dire qu'il est noble. Seuls les *philang*, qui sont comme les animaux, ont beaucoup de poils sur le visage et sur le corps. Je les ai vus se déshabiller et mettre leur peau blanche au soleil, sur les rives du Nyang Chu, quand je suis allée parler à *Lu*, le dieu-serpent de toutes les eaux.

Sonia regrettait à présent d'avoir laissé Dolma surnommer son fils Luey.

— Dolma, s'il te plaît, appelle-le Lewis, pas Lu ou Luey ! Et ne retourne pas au Nyang Chu !

— *Lu* m'a parlé et mère supérieure aussi, dit Dolma. (Sonia ne comprit pas tout de suite où elle voulait en venir. Puis le regard de Dolma se fit plus intense et plus agité, comme après la mort de Kirsten.) Cet enfant doit être amené au monastère pour que les lamas disent quelle est sa réincarnation. Le sceau de Tchenrézig ne disparaît pas. (Elle montra le petit bras, tournant le poignet gauche pour exhiber la marque rouge.) Il est de plus en plus rouge, c'est le signe de Tchenrézig qui nous indique ce qu'il faut faire. C'est un péché de garder un enfant lorsqu'il est né sacré. Les grands lamas seront contents de le voir. Ils l'élèveront pour qu'il devienne le prochain Dalaï-Lama et nous serons mille fois bénies pour l'avoir fait entrer au service des hommes saints.

– Dolma, je t'en prie, arrête immédiatement. Ce bébé est mon fils, un point c'est tout. Assez de balivernes! hurla Sonia en reprenant brusquement son bébé des bras de Dolma.

Elle venait de se rendre compte que Dolma se comportait comme si l'enfant était le sien. Les fantasmes de cette femme stérile commençaient à inquiéter Sonia. D'abord elle avait cru que Kirsten était *Lu*, le dieu-serpent de toutes les eaux, et à présent elle semblait persuadée que Lewis junior était la réincarnation du Dalaï-Lama. Qu'allait-elle inventer demain?

– Laisse-le à présent et va-t'en. C'est l'heure de sa tétée, ordonna Sonia brusquement.

A partir de ce jour-là, Sonia fut sur ses gardes et ne laissa plus jamais Dolma seule avec le petit.

III

Le message du gouvernement des Indes tant attendu par le colonel Younghusband arriva enfin :

Vous devez poursuivre votre marche sur Lhassa coûte que coûte.

Le 14 juillet, la mission britannique quittait donc Gyantsé pour se rendre à Lhassa, à moins de deux cents kilomètres de là, ne laissant derrière elle qu'une petite garnison. Les troupes suivirent l'ancienne route des caravanes en direction de Karo La, cheminant à quatre mille cinq cents mètres d'altitude, foulant au pied les champs de moutarde jaune d'or qui brillaient comme des taches de soleil sous la pluie, et l'orge tendre, prête à être fauchée. Les Gurkhas prirent d'assaut une autre place forte aussi escarpée que la gorge de l'Idole Rouge et mirent les Tibétains en déroute. La route était à nouveau libre, et plus bas s'étirait le pittoresque Yamdok Tso, le lac Turquoise, dans son écrin de montagnes escarpées dont le pied verdoyant était jonché de fleurs alpestres aux couleurs éclatantes. Les oiseaux aquatiques, oies, sarcelles et colverts, s'ébattaient sur ses vastes rives sablonneuses à la beauté austère tandis que résonnait la plainte mélancolique de la bécasse. Une fois le fort et le monastère tombés aux mains des Britanniques, le Ta-Lama et le *Yutok Shap-és* rencontrèrent à nouveau le colonel Younghusband pour entamer des pourparlers, qui, une fois encore, échouèrent.

Après sept heures de discussion stérile avec l'*Amban* chinois et le Secrétaire et le Conseiller d'État du gouvernement tibétain, le colonel Younghusband se retrouvait une fois de plus devant une situation bloquée. Les Tibétains refusaient de modifier leur position. Les Britanniques ne rentreraient pas dans Lhassa et ne verraient pas le Dalaï-Lama. S'ils s'obstinaient, ils rencontreraient une formidable résistance et toute future négociation de paix ou autre serait impossible.

Ce soir-là, dans le mess des officiers à Nagartsé sur les rives du lac Turquoise, le colonel Younghusband fut assailli de questions par son état-major.

– Colonel, pourquoi diable avons-nous fait tout ce chemin, si au bout du compte nous ne pouvons pas avoir un représentant officiel permanent à Lhassa?

– Capitaine, répondit Younghusband à Rice-Smythe, je suis tout à fait de votre avis. Mais tout cela est lié à l'affaire Cavagnari, en 1879. Souvenez-vous, le major Cavagnari avait été nommé représentant officiel de la Grande-Bretagne en Afghanistan. Peu après son arrivée à Kaboul, lui et son escorte furent massacrés par les Afghans qui, l'année d'avant, avaient accueilli les Russes à bras ouverts. Cette affaire nous a coûté une guerre sanglante et difficile. Les gouvernements britannique et indien ne veulent pas renouveler cette expérience désastreuse. C'est la raison pour laquelle il n'y aura pas de représentant britannique en poste à Lhassa... Qu'est-ce que c'est? demanda Younghusband au Jemadar qui lui avait mis une corbeille de fruits sous le nez. Est-ce tout ce que nous recevons d'Inde ces jours-ci?

Dépité, il prit une orange piquée de clous de girofle qui se trouvait sur le dessus du panier.

Les officiers se rapprochèrent de la table du mess et le capitaine Rice-Smythe dit:

– C'est un *je ne sais quoi* [1], colonel!

– Celle-ci est très spéciale, colonel, dit le Jemadar, l'air grave. Elle arrive tout droit de Lhassa.

1. En français dans le texte. *(N.d.T.)*

– Excusez-moi, messieurs, dit le colonel en quittant le mess, l'orange à la main.

– Ça sent son *pundit* à plein nez, dit Rice-Smythe avec un clin d'œil. Est-ce un saint ou est-ce un singe? Un laquais ou un simplet?

Puis, profitant de la sortie précipitée du colonel, il se mit aussitôt à organiser une partie de chasse pour le lendemain. Des centaines d'oiseaux aquatiques attendaient d'être tirés sur les rives du premier lac d'eau douce qu'ils avaient rencontré sur leur chemin. Les bouddhistes tibétains ne s'adonnaient pas à ce genre de tuerie.

A la lumière d'une lampe tempête, l'air résigné, le colonel Younghusband examinait l'orange racornie, forcé de reconnaître l'ingéniosité du stratagème. Si elle lui était envoyée par qui il pensait, alors mieux valait pour Lewis Joyden que l'information qu'elle contenait soit à la hauteur de ses espérances. Le colonel se mit à retirer les clous de girofle plantés dans l'écorce aussi gaiement que s'il avait dû épouiller un chien. Lorsque le dernier clou fut enfin retiré, la peau de l'orange se défit toute seule et tomba sur la table en une seule pièce. La peau blanche de l'intérieur semblait trop épaisse pour une orange desséchée comme celle-là. Après un examen minutieux, il découvrit l'endroit où la peau blanche avait été recollée sur l'intérieur de l'écorce. Avec un soin infini, il parvint à en séparer la fine feuille de papier. Tout en rapprochant la lanterne, le colonel Younghusband se demanda combien de temps il fallait pour éplucher une orange de cette façon. La petite feuille de papier était vierge. Un truc d'écolier : de l'encre sympathique, de l'acide ascorbique comme le jus de citron, par exemple, simple, peu original, mais efficace. Le colonel approcha le papier de la paroi de verre de la lampe tempête. A la chaleur de la lampe l'écriture commença à apparaître, de fines pattes de mouche, difficiles à déchiffrer, mais le jeu en valait la chandelle :

Kamba La, dernier col avant Lhassa, corriger altitude précédemment communiquée en ajoutant cent vingt mètres – ajuster tir en conséquence. Fleuve Tsangpo, barrière naturelle de Lhassa, cours supérieur du Brahmapoutre. Pas aussi large que précédente estimation pundits *– cent cinquante mètres, pas mille! Difficile à franchir, courant sept nœuds, rapide, remous, couleur jaune, épais dépôt limon. Vallée du Tsangpo, très verte, nombreux pâturages et fourrage. Gué au village de Chaksam – pas fiable. Passerelle suspendue (4 chaînes) rouillée et croulante (400 ans!), utiliser canots* *peau de yak cachées plus haut sur rivage – plus sûres que radeaux. Arsenal Lhassa dirigé par Dorjieff et prince N.D. – pas inquiétant, pratiquement pas d'armes russes – fabrique des pièces d'argent pas des canons! Machinerie en bois et manuelle, plus tours de précision fabrication anglaise. Ville défendue par nombreux Tibétains venus autres provinces. Allemands et Français objecteraient venue Britanniques au Tibet – Dalaï-Lama inquiet. Reste en contact. Samsâra!*

Il était donc arrivé le premier dans la cité interdite!

Le colonel ne parvenait pas à contenir sa terrible déception... d'un autre côté, cela pourrait très bien ne jamais se savoir...

Sans perdre une minute, le colonel prit sa plume pour écrire au Dalaï-Lama.

25

I

L'enfant avait maintenant trois semaines. C'était un bébé robuste, respirant la santé, et qui prenait une bonne livre par semaine. De trois kilos à la naissance il était déjà passé à cinq kilos. Sonia sentait que l'heure était venue pour elle de quitter la maison de Dolma. Elle ne pouvait rester cachée plus longtemps à Thug Phul avec le bébé. Elle avait attendu que Lewis se manifeste, mais puisqu'il avait choisi d'ignorer son existence, il fallait qu'elle prenne elle-même les choses en main. Plus elle y pensait et plus elle était convaincue que Lewis l'avait lâchement abandonnée. Et elle s'en voulait de s'être laissé abuser par cet homme qui avait prétendu être amoureux d'elle. Elle repensait à Geyog et à Joonu, les « pions sacrifiés » avec une incroyable indifférence par Lewis pour qui seule comptait la poursuite d'une gloire imbécile. Elle avait repoussé les questions et les doutes depuis qu'elle avait fait l'amour avec lui, mais tous ces conflits intérieurs refaisaient surface. N'était-elle donc, elle aussi, qu'un pion de plus à sacrifier ? Si tel était le cas, Lewis devait bien se moquer de ce petit intermède sentimental à l'heure qu'il était !

Sonia s'efforça de ne plus y penser. Maintenant elle devait songer à recoller les morceaux de sa vie brisée et à repartir de zéro avec son fils. Et pour y parvenir il fallait qu'elle aille à Lhassa, retrouver son mari, Nicolaï Doubrovka. Il n'y avait pas de temps à perdre car, dès l'instant que la capitale tibétaine tomberait aux mains des Britanniques, sa propre vie serait en danger. Pour le moment, n'étant pas chez eux,

320

ils ne pouvaient rien faire contre les suspects étrangers. Mais si jamais leurs projets se réalisaient et qu'ils parvenaient à entrer dans Lhassa, alors les Russes comme elle seraient les premiers à être inquiétés et emprisonnés. Devant les protestations des autres nations et la résistance tibétaine, Sonia avait cru, comme tous les habitants de Thug Phul et de Gyantsé, que les Anglais allaient renoncer à poursuivre leur marche sur la Cité interdite. Mais le plus gros des troupes stationnées à Chang Lo s'était remis en marche. Et lorsque le bruit se mit à courir que la mission avait reçu le feu vert du gouvernement des Indes pour continuer sa route et entrer dans Lhassa, quoi qu'il en coûte, Sonia comprit qu'il lui fallait gagner Lhassa avant l'arrivée du colonel Younghusband ou alors attendre la fin des hostilités. Puisqu'il n'était pas possible qu'une femme seule aille plus vite qu'une armée en campagne, elle se résigna à prendre son mal en patience, à observer la situation et à s'organiser en conséquence. Et puis, qui sait (elle gardait malgré elle un petit fond d'espoir), une fois les dés jetés, Lewis se manifesterait peut-être ?

Mais tandis que Sonia pesait et soupesait la situation en rongeant son frein à Thug Phul, les événements se précipitèrent de façon dramatique.

Dolma et le bébé disparurent.

Sonia, depuis qu'elle avait constaté le comportement anormal de Dolma, ne laissait jamais une seconde le bébé sans surveillance, au point de le garder dans ses bras la nuit. Elle se réveilla un matin avec une sensation de lourdeur dans la tête et de nausée. Le bébé n'était plus dans le lit avec elle. Elle pensa aussitôt au lait que Dolma lui avait servi la veille au soir et qui avait un arrière-goût d'amande amère. Lorsqu'elle avait su que Sonia allait avoir un enfant, Dolma, hôtesse irréprochable, avait pris l'habitude de lui porter un bol de lait de yak le soir au coucher. Rituel qui s'était poursuivi pendant la période d'allaitement. Sonia n'avait jamais douté un seul instant des bonnes intentions de sa belle-sœur. Mais voilà ! Le bol vide posé sur la table à côté du lit présentait un résidu bleuâtre. Sonia le renifla. Il n'y avait pas de doute, sa belle-sœur lui avait administré un puissant soporifique. Prise de panique, tremblante, Sonia s'habilla et alla à l'écurie prendre ce qu'elle y trouva : une vieille mule acariâtre et à demi aveugle – ce qui était toujours mieux que rien.

Devinant où Dolma avait pu emmener le bébé, elle prit

aussitôt la direction du monastère de Gyantsé. Mais les moines ne purent rien lui dire. Aucune noble femme ne s'était présentée chez eux avec un nourrisson, et ils ne pouvaient rien pour elle.

Sonia ne savait que faire. Les moines lui avaient-ils menti? Cela ne l'aurait guère surprise. Peut-être croyaient-ils, eux aussi, que l'enfant était une réincarnation de Tchenrézig, auquel cas ils n'auraient pas hésité à mentir.

Folle d'angoisse, Sonia alla frapper à la porte du couvent, avec l'espoir que la mère supérieure saurait peut-être quelque chose que les moines ignoraient. Mais, là non plus, on ne savait rien. La mère supérieure se montra affable et pleine de sollicitude, mais elle n'avait vu ni Dolma ni le bébé. Elle proposa à Sonia d'envoyer quelques nonnes aux nouvelles, en ville, et Sonia la remercia pour ce petit geste. A la nuit tombée, les nonnes revinrent au couvent sans nouvelle aucune. Personne n'avait vu Dolma et le bébé. Deux d'entre elles étaient même passées de l'autre côté des lignes ennemies, à Chang Lo, pour inspecter les rives du Nyang Chu, là où *Nemo* Dolma avait l'habitude de converser avec le dieu *Lu*.

Sonia sentait ses seins devenir lourds et douloureux. C'était l'heure de la tétée. Le bébé allait avoir faim et Dolma serait incapable de le nourrir. Finalement, Sonia retourna à Thug Phul avec le sentiment qu'elle était en train de devenir folle. Elle ne pourrait jamais passer toute une nuit à se demander où était son bébé. Elle avait interrogé tous les domestiques, une poignée de serfs restés à Thug Phul pour s'occuper des cultures et de l'entretien de la maison, mais aucun ne savait où était la maîtresse. Sonia, accompagnée du gardien de yaks de Kuma Sidheong, un robuste garçon de dix ans, retourna à Gyantsé pour interroger les vigiles. Aucun d'eux n'avait vu la noble *Nemo* de Thug Phul. Si Dolma avait quitté Gyantsé la veille, pensa Sonia, un des gardiens l'aurait sûrement aperçue.

Sa persévérance fut récompensée.

La vieille sentinelle du pont de fer avait laissé passer une femme aux premières heures du jour.

– La *neskorma* a pris la route de Chigatsé, déclara-t-il.

Ce qui signifiait au moins que Dolma n'avait pas l'intention d'emmener le bébé à Lhassa. Sonia espérait de tout son cœur que le vieil homme ne se trompait pas.

– La femme avait-elle un bébé? demanda-t-elle aussitôt.

Le vieillard haussa les épaules.

– Peut-être qu'elle en avait un dans son *amphag.* Je ne saurais pas dire, il faisait nuit, je ne pouvais pas voir.

– Était-elle seule?

– Oui, toute seule.

– Elle était à pied ou à cheval?

– A pied, madame. C'était une pauvre et humble *neskorma* qui n'avait même pas un sac avec elle.

– Merci de votre aide.

Sonia lui donna un *tranka* d'argent.

Si Dolma était à pied, en route vers le monastère de Chigatsé, la rattraper serait un jeu d'enfant. A condition d'avoir une monture plus rapide et plus docile que cette vieille mule.

Elle demanda au garçon qui l'accompagnait :

– Yul, où puis-je trouver un bon cheval?

– Nulle part, madame. Même avec de l'argent – ils sont très chers. Il n'y en a plus un seul à Gyantsé car les soldats les réquisitionnent tous.

– Mais il m'en faut un à tout prix.

Le garçon restait silencieux. Il était en train de réfléchir. Soudain il demanda :

– Vous voulez rentrer à Thug Phul maintenant, ou continuer sur Chigatsé?

– Oh! je veux continuer ma route! dit Sonia. Il faut que je retrouve mon bébé avant que Dolma n'atteigne Chigatsé.

Le garçon secoua la tête.

– Dans ce cas c'est impossible. Dans deux heures, oui, mais tout de suite, c'est impossible. Et puis c'est très dangereux d'aller toute seule à Chigatsé en pleine nuit. En ne partant qu'au petit matin, vous aurez tout de même le temps de rattraper la *Nemo* avant qu'elle n'arrive à Chigatsé. Et d'ici là je vous aurai trouvé un cheval.

– Combien cela va-t-il me coûter?

– Pas cher, moins que ce que vous paieriez en temps normal. Je connais quelqu'un qui est prêt à échanger un cheval contre une paire de socques d'argent.

Il en voulait cinquante taëls, mais Sonia, qui n'avait pas la moindre idée de ce que coûtait un cheval, n'osait pas marchander.

– D'accord, dit-elle à contrecœur, tu auras l'argent quand tu me ramèneras la bête.

Le garçon partit en courant et Sonia retourna l'attendre à Thug Phul.

II

Quatre heures plus tard, Yul revint à la maison avec un fringant pur-sang qui semblait capable de couvrir n'importe quelle distance. Sonia était ravie et lui paya ses cinquante taëls sans regret aucun. Elle prépara quelques provisions de bouche ainsi que des vêtements chauds pour le bébé, se demandant si le bébé pourrait survivre vingt-quatre heures ou plus sans manger. Il fallait l'espérer, sans quoi Dolma devrait emporter un bien triste fardeau jusqu'à Chigatsé.

Sonia partit au galot et chevaucha longtemps. A mi-chemin sur la route de Chigatsé, elle s'aperçut que le harnais, la selle et les rênes de la bête portaient l'effigie d'un régiment irlandais. Yul l'avait donc volée à Chang Lo – peut-être même était-ce le cheval du courrier, auquel cas le garnement avait à sa façon aidé la cause des Tibétains! Sonia décida de se défaire de l'animal dès que possible.

Malgré la rapidité de son cheval, Sonia ne parvint pas à rattraper Dolma. Il était minuit bien sonné lorsqu'elle entra dans Chigatsé, le cheveu en bataille, complètement abattue, et triste de ne pas avoir Lewis à ses côtés – car lui aurait su que faire. Elle s'assit au bord du chemin, anéantie, désemparée et, loin des regards indiscrets, se laissa aller au réconfort des larmes. Après quoi, l'esprit plus clair et le cœur moins lourd, elle prit son courage à deux mains et, bien décidée à ne pas se laisser abattre, prit la direction de la *gompa*. Accrochée tout en haut d'une falaise, comme le grand monastère de Gyantsé, la *gompa* baignait dans l'obscurité, enveloppée de l'étrange odeur du mysticisme. Plusieurs milliers de moines vivaient dans ces rangées de bâtiments uniformes, taillés dans le roc, où, jour après jour, ils se consacraient à la contemplation et à la prière. C'était un endroit effrayant, surnaturel, comme tous les lieux sacrés du Tibet.

Comme il faisait nuit, Sonia ne fut pas autorisée à pénétrer dans le monastère. Elle se présenta comme étant une prêtresse, car elle savait qu'avec un peu de prestige – et de l'argent – on obtenait ce qu'on voulait, même auprès des moines. Pour la même raison, elle décida de garder son cheval. Tandis qu'elle actionnait à toute volée la cloche du portail, un moine vint lui ouvrir en grommelant, une lanterne à la main. Il n'avait entendu parler d'aucun bébé mâle amené la veille au monastère, et conseilla à Sonia de revenir au matin si elle voulait parler au grand lama personnellement.

– Je viens de Gyantsé, je ne connais pas cette ville, insista Sonia. Ne pouvez-vous m'aider? Allez réveiller le grand lama, je dois lui parler immédiatement.

Le moine secoua la tête vigoureusement.

– C'est impossible. Nous sommes un ordre religieux très strict. Allez chez les nonnes si vous voulez un lit pour la nuit.

Sonia n'eut d'autre recours que d'aller frapper à la porte du couvent.

Malheureusement, le lendemain matin, le grand lama ne fut pas plus à même de la renseigner que le simple moine de la veille. Aucun bébé ne lui avait été amené. Il ne pouvait pas l'aider. Si elle était inquiète du sort de l'enfant, qu'elle aille trouver le *ponpo*. Lui seul pouvait intervenir. Sonia le remercia et quitta le monastère bredouille, une fois de plus. Son espoir de retrouver le bébé s'amenuisait. Mais qu'était-il donc arrivé à Dolma et au bébé? Quelqu'un devait les avoir vus. S'était-il passé quelque chose sur la route de Chigatsé? Non, il ne fallait pas qu'elle imagine une chose pareille! Il ne le fallait surtout pas...

Sonia retourna au couvent de Chigatsé pour reprendre ses affaires. La mère supérieure l'envoya chercher aussitôt. Au contraire de la mère supérieure du couvent de Gyantsé, celle-ci, issue de la noblesse de Lhassa, était une femme instruite et sensible qui se montra compatissante vis-à-vis de Sonia.

– Madame, dit-elle poliment, deux nonnes sont arrivées ce matin au couvent lorsque vous étiez chez le grand lama de la *gompa* de Chigatsé. Ces deux nonnes venaient par la route de Lhassa quand, au col de Karo La, elles ont croisé une femme qui portait un bébé sur son dos. La femme leur a dit qu'elle était une pauvre *neskorma* en pèlerinage à Lhassa, mais les nonnes ont vu à ses mains fines et blanches qu'elle était de bonne famille. La femme était potelée et avait environ trente ans. Sa compagne était beaucoup plus jeune, la nourrice de l'enfant, selon les dires de la *neskorma*. Pensez-vous, d'après cette description, qu'il puisse s'agir de votre belle-sœur?

– C'est bien possible... répondit Sonia, abasourdie. Le col de Karo La, dites-vous?

– Oui, madame.

Sonia, consternée, se perdait en conjectures. Le vigile de Gyantsé s'était-il trompé? La femme qu'il avait vue n'était peut-être pas Dolma, après tout. Dolma aurait donc pris la route de Lhassa en sortant de Gyantsé, pour gagner le col de Karo La, ce qui était beaucoup plus direct que de passer par Chigatsé pour se rendre dans la capitale. Où, ailleurs qu'à Lhassa, pouvait-on emmener un futur Dalaï-Lama ?

– Je crois que je perds mon temps et que je vous ai fait perdre le vôtre, madame, dit-elle, accablée, à la mère supérieure.

– Vous n'avez aucunement perdu votre temps, madame, rassura la mère supérieure. Karo La est un passage difficile et tortueux. Si vous suivez la route le long du Tsangpo, vous devriez pouvoir rattraper la femme qui a volé votre enfant à la croisée de Chaksam.

– Merci, dit Sonia. Je crois que je vais faire cela. Je n'ai guère le choix étant donné les circonstances.

– Voulez-vous que j'envoie deux de mes nonnes pour vous escorter ?

– Non... je vous remercie. Elles n'arriveraient pas à suivre. Je me débrouillerai toute seule.

– Comme vous voudrez, dit la mère supérieure, sans insister davantage.

III

L'armée tibétaine en déroute avait mis à sac le village de Chaksam, sur les rives du Tsangpo, oubliant cependant derrière elle les deux barges du village. Une aubaine pour les Britanniques qui, arrivant à Chaksam, mirent aussitôt la main sur ces deux belles embarcations de quatre mètres sur douze, à la proue sculptée d'une surprenante tête de cheval. Grâce à leurs propres Berthon, aux canots en peau de yak qu'ils trouvèrent un peu plus haut sur la rive et aux deux bateaux tibétains, les Anglais, leurs animaux et leurs armes parvinrent à franchir la rivière en cinq jours et demi, avec seulement trois noyés.

Le gros de la mission étant parti devant sur la route de Lhassa, le capitaine Rice-Smythe et une poignée de sapeurs et de fusiliers irlandais étaient restés à Chaksam afin de détacher les câbles d'acier tendus en travers de la rivière pour faciliter la traversée et empêcher les barques de partir à la dérive pendant le transport des troupes. Quand ils se furent assurés que le calme régnait dans le village, Rice-Smythe et ses hommes, qui ne devaient lever le camp que le lendemain, décidèrent de célébrer leur victoire à l'auberge

326

locale où l'on servait le *chang*, une bière peu fermentée dont ils ignoraient les effets potentiels. A l'extérieur de l'auberge, à l'anneau fixé dans le mur où on attachait généralement les mules, les yaks, les ânes ou les chameaux, se trouvait un fin destrier.

– Nom d'un petit bonhomme! s'exclama le capitaine légèrement myope mais qui par coquetterie refusait de porter des lunettes. Un gaillard s'est amusé à descendre à cheval cette falaise de malheur qui a donné tant de fil à retordre à nos bêtes!

Il fit le tour de l'animal en connaisseur, mais celui-ci attirait son regard pour une autre raison.

– On dirait le frère jumeau de celui qu'on nous a fauché sous le nez, la semaine dernière, dit le fusilier Mullen, reprenant à son compte les doutes du capitaine. Mais dites donc, capitaine, ça serait pas, par hasard, Phineas's Fairing, le vainqueur du match de polo de Chang Lo?

Phineas's Fairing, *alias* Fanny, la robe poudreuse et maculée de sueur, poussa un hennissement de joie à l'idée qu'on l'avait reconnue. Il n'y avait pas de doute. La jument était bien un des pur-sang que le capitaine Rice-Smythe, de la compagnie des Fusiliers irlandais, avait fait venir à grands frais des Indes pour pouvoir tromper l'ennui de la vie militaire. L'animal avait bel et bien été volé à Chang Lo, à cent cinquante kilomètres de là.

– Et boiteuse avec ça, capitaine! lança O'Neal en se relevant après avoir examiné les sabots de la jument.

– Boiteuse, boiteuse! vagit Rice-Smythe, en brandissant sa cravache. Le sale petit voleur qui a estropié ma Fanny va me le payer cher! Je vais lui botter les fesses d'ici jusqu'en Hindoustan! (Sa superbe petite moustache blonde agitée de tics nerveux, il entra dans l'auberge en hurlant en tibétain quelque chose du genre :) Où est la face de singe qui a volé ma Fanny à Chang Lo? Allez, montre-toi, sale paysan bouddhiste! Sinon je vous arrête tous, bande de filous! (Il fusillait de son œil bleu tous les occupants de la pièce enfumée, lorsque soudain il avisa une femme distinguée assise parmi la populace.) Vous! hurla-t-il en avançant sur elle, prêt à la réduire en chair à pâté. Je vous reconnais! Que diable faites-vous ici? N'est-ce pas vous qui êtes venue vous plaindre du rationnement de l'orge à Thug Phul?

Sonia répondit en tibétain de derrière son voile :

– Capitaine Rice-Smythe, je vous prierais de ne pas me cracher dans la figure.

Décontenancé, il recula d'un pas, puis, s'approchant à nouveau, se pencha vers elle pour la voir de plus près. Le visage soudain pourpre, il explosa :

– Au nom du ciel, madame, c'est *vous* qui avez volé ma Fanny !

– Je ne l'ai pas volée, capitaine, elle m'a été vendue pour cinquante taëls. Si vous me rendez mes cinquante taëls, je vous rends votre cheval, car il ne me sera pas utile pour traverser le Tsangpo.

– Cinquante taëls... cinq... madame, vous avez estropié ma plus belle jument de polo ! (Ivre de rage et à bout d'arguments, il se tourna vers ses hommes qui, la mine réjouie, assistaient sans comprendre à la confrontation cocasse de leur capitaine avec la femme tibétaine.) Et vous, bande d'abrutis, qu'y a-t-il de si drôle ? aboya Rice-Smythe en ajoutant avec une évidente satisfaction : Arrêtez cette femme ! Je veux savoir exactement qui elle est et la raison pour laquelle elle a volé ma jument. Fouillez-la !

Les soldats hésitèrent.

– J'ai dit : Fouillez-la, grinça-t-il entre ses dents.

Lentement, les fusiliers levèrent leurs armes, sans savoir au juste dans quelle direction pointer. L'atmosphère de l'auberge, paisible et détendue jusqu'à l'arrivée des soldats britanniques, devint tout à coup explosive. Un lourd silence planait dans la pièce tandis que les Tibétains, sombres et impassibles, épiaient chaque geste des soldats.

Sonia sut garder la tête froide. D'une voix étonnamment claire et sonore, elle dit en anglais :

– Dites à vos hommes de baisser la garde, capitaine Rice-Smythe. Chaque homme ici présent est capable de lancer un poignard en moins de temps qu'il n'en faut pour tirer une balle.

De tout le petit groupe de soldats, étonnés par l'élégance et la perfection de l'anglais qui sortait de cette bouche avec seulement une toute petite trace d'accent, le capitaine Rice-Smythe ne fut pas le moins surpris. Visiblement soulagés que cette femme parfaitement maîtresse d'elle-même prenne en main la situation pour tenter de calmer le jeu, les hommes obéirent et baissèrent docilement la garde, tandis que le capitaine réitérait sur un ton accusateur :

– Vous parlez anglais ? Qui êtes-vous ? Que faites-vous ici ?

– Je ne suis qu'une Tibétaine peu instruite, capitaine, mais de noble famille. Je parle un peu l'anglais, ce qui est parfois utile – comme en ce moment, par exemple, lorsque je ne veux pas que les paysans ici présents sachent de quoi nous parlons, vous et moi. Vous voulez m'arrêter, très bien, mais faites-le dehors, sans quoi ils vont vous réduire en pièces.

Sonia se leva sans se presser et paya son bol de lait à l'aubergiste. Laissant son sac là où il se trouvait, par terre, à côté de sa chaise, elle sortit de la taverne la tête haute.

Elle savait qu'aucun des Tibétains attablés à l'intérieur n'aurait levé la main sur une femme, noble de surcroît, car la plupart étaient bouddhistes, mais elle n'aurait juré de rien en ce qui concernait Rice-Smythe.

Le plus tranquillement du monde elle se tourna vers lui et dit :

– Je n'ai nulle part où dormir ce soir, si ce n'est ici à l'auberge, à même le sol, en compagnie de femmes sales et pleines de poux. Si vous m'arrêtez, un ou même deux de vos soldats vont devoir rester avec moi. Je doute que vous ayez beaucoup de volontaires, capitaine. Alors pourquoi ne me laissez-vous pas plutôt tout vous expliquer ? Mon bébé m'a été volé – « kidnappé » est, je crois, le mot que vous autres Anglais utilisez pour ce genre de choses. Je connais la femme qui l'a kidnappé... tout au moins je suis pratiquement certaine que c'est elle. Et j'ai des raisons de croire qu'elle emmène mon fils à Lhassa. Vous ne l'auriez pas vue traverser le Tsangpo, par hasard ?

Elle regarda le capitaine sans ciller.

– Non, madame, je ne l'ai pas vue.

– Merci, capitaine, je suis sûre que vous me l'auriez dit si vous l'aviez vue. A l'heure qu'il est, elle doit déjà avoir fait un bon bout de chemin – il faut donc que je m'y rende moi-même. Voici ce que je vous propose, capitaine. Si vous insistez pour arrêter une pauvre mère éplorée à la recherche de son enfant, vous n'avez qu'à poster un homme à l'entrée de l'auberge, et je vous donne ma parole que je ne chercherai pas à m'enfuir. Pour ce qui est de votre cheval, je l'ai acheté cinquante taëls à un pauvre gueux, car il me fallait une monture rapide et sûre. Je ne vous demande rien. Reprenez votre Fanny, tant pis pour l'argent.

– Hummmpf ! renifla le capitaine embarrassé en tortillant le coin de sa moustache. (La femme était venue de son propre chef lui raconter ses mésaventures – si toutefois on pouvait la croire ! Mais la galanterie exigeait qu'on lui accordât le bénéfice du doute. Il dit, un peu à contrecœur :)

Madame, je... heu... j'ai peut-être été un peu vif... je n'avais pas en main tous les éléments. Je suis navré que votre enfant ait été kidnappé. Il s'agit d'un délit très grave. Si on trouve le coupable, je signalerai que vous réclamez l'enfant.

Il y eut un ricanement dans les rangs. Le capitaine Rice-Smythe jeta un œil glacial derrière lui pour décourager les fortes têtes. Puis, se tournant vers Sonia, il dit :

– Très bien, madame, vous pourrez dormir à l'auberge cette nuit, et nous tirerons un trait sur Fanny.

– Merci capitaine, c'est très généreux à vous... Je... je me demandais si vous accepteriez de m'aider à traverser la rivière, demain matin ? J'ai affreusement peur de l'eau – j'ai failli me noyer, une fois, et depuis...

– Mais bien entendu, madame, bien entendu.

Considérablement radouci par la délicatesse de Sonia et la tragédie qu'elle était en train de vivre, le capitaine Rice-Smythe n'était jamais aussi content que lorsqu'il pouvait prendre une faible femme sous son aile protectrice. Il venait de succomber au charme de la princesse Sonia Doubrovka, sans se douter un seul instant de sa véritable identité.

– Sacré nom d'un petit bonhomme, dit le soldat Lismoyle, et moi qui croyais qu'elle ne parlait presque pas l'anglais ! Faut-il que l'homme soit bête pour se laisser berner à ce point !

26

I

Le colporteur d'Amdo s'était installé au beau milieu du chemin, au pied de la rampe de pierre glissante comme le verglas qui menait directement à l'œil, l'oreille et la bouche du Potala : la salle d'audience du Dalaï-Lama. C'était amusant de s'asseoir et d'observer les passants monter et descendre la rampe abrupte, usée par des siècles de ferventes allées et venues. La demeure du Dieu-Roi comprenait la montagne elle-même et la vallée en contrebas, dominée, dévorée par son ombre. L'or des toits brûlait la pupille. Derrière les murs blancs striés de rouge écarlate, la couleur sacrée, se trouvaient les appartements privés de l'incarnation de Tchenrézig. Sur la façade, des rideaux en poils de yak avaient été tendus, tels des cils destinés à protéger les moines et les lamas des regards indiscrets, tandis qu'à l'intérieur, coude à coude, hauts dignitaires et religieux avaient pris place autour du saint des saints, le Dieu-Roi. Le Potala, une ville dans la ville, et sous la ville se cachaient les scorpions...

Le colporteur se gratta la figure mais ne sentit rien tant celle-ci était encroûtée de boue. Rien d'inhabituel à Lhassa, les Tibétains ne se lavaient jamais. Peuple à la peau claire, il était pourtant rare d'en croiser un qui n'ait le visage noir et si profondément encrassé que rien, hormis le vitriol, n'eût pu lui rendre sa couleur d'origine. Le colporteur se grattait l'aisselle en regardant les chiens galeux mordre les enfants faméliques que lui-même n'approchait pas de peur d'attraper leurs plaies scrofuleuses. Pesamment, il fit un pas de côté pour laisser passer une femme en haillons portant un fardeau sur la poitrine, qui manqua le faire trébucher et renverser son plateau. Au faible miaulement qui s'échappait de ses guenilles, le marchand comprit que la femme portait un bébé. Il espérait pour elle et pour l'enfant que les moines des cuisines leur donneraient quelque nourriture. En la regardant s'éloigner il pensa soudain que sa silhouette ne lui était pas inconnue. Mais quoi d'étonnant, lui qui croisait tant de vagabonds sur son chemin? Sans doute l'avait-il déjà rencontrée au hasard de la route. Quoi qu'il en soit, il avait d'autres chats plus importants à fouetter et la femme disparut bien vite de ses pensées.

La patience du marchand fut bientôt récompensée.

Un moine-serviteur du Potala dévalait la rampe suicidaire à une allure vertigineuse. Bossu, vêtu d'une vilaine robe brune, les bras enfouis dans ses larges manches, l'homme n'en était pas moins étonnamment agile. Avec la grâce d'une ballerine, il s'arrêta pile devant le colporteur. La mâchoire édentée, il parlait en zézayant :

– Mes maîtres t'autorisent à vendre tes marchandises aux habitants du Potala, à condition de ne pas pénétrer dans les appartements du Dieu-Roi. Qu'est-ce que c'est? demanda le serviteur en saisissant un objet de verre circulaire muni d'un manche sur le plateau du marchand.

Celui-ci lui donna une tape sur la main.

– On ne touche pas si on n'achète pas! C'est une loupe qui est restée trop longtemps au soleil et qui te brûlera le nez. A présent mène-moi à mes clients. J'ai attendu assez longtemps que tes maîtres et leurs femmes se décident à raccommoder leurs affaires... Tu m'as l'air d'avoir besoin d'un bon raccommodage, toi aussi, *geyok*, ta robe est en lambeaux.

Par-dessus son épaule, le serviteur tira la langue au colporteur qui, mal à l'aise dans ses sabots de bois, s'efforçait de gravir la pente raide sans renverser son plateau de marchandises.

– Homme d'Amdo, je te conseille de ne pas essayer de leur vendre de la camelote, sans quoi c'est avec les scorpions qu'il te faudra parler affaires.

Le marchand grommela.

– Vas-tu me suivre ainsi partout?

– Je ne suis pas un *geyok* pour rien! C'est ainsi que je gagne ma pitance. Pour faire de moi un moine mes parents m'ont fait entrer au service des lamas, avec l'espoir que leur sainteté déteigne sur moi – et vois l'état de mes habits!

– La seule chose qui déteint sur toi, c'est la bave du crapaud, déclara le marchand en suivant le *geyok* dans le dédale de couloirs obscurs menant droit au cœur du Potala embrumé de fumée d'encens et illuminé d'autels à la gloire du Bouddha.

Là où il avait accès, le faste religieux des pièces aux couleurs sacrées, écarlate et or, combinées au bleu, au jaune et au blanc plus sobres des statues, des cierges et des icônes n'impressionna guère le marchand. L'après-midi, le *geyok* le mena dans une autre partie de l'immense bâtisse. Son plateau de marchandises à trois étages était maintenant pratiquement vide. Les affaires avaient bien marché ce matin, tous les résidents du Potala semblaient avoir besoin de quelque chose venu du monde extérieur.

– Voici les appartements des hôtes de marque étrangers, dit le *geyok*. Ils viennent du monde entier, des ambassadeurs, des émissaires, des scientifiques – même des musiciens et des médecins. Je doute que tu puisses leur vendre quelque chose qu'ils ne possèdent déjà.

– Ce qui n'est pas plus mal, car il ne me reste guère de quoi les divertir, à part un conte ou deux, dit le marchand en scrutant attentivement une plaque de cuivre maladroitement clouée sur une porte laquée de rouge. Pourquoi ne vas-tu pas me chercher à manger ? demanda-t-il en bougonnant. Je ne vais quand même pas rester le ventre creux toute la sainte journée ! Et puis rapporte-moi à boire... et pendant que tu y es, tu devrais manger un morceau toi aussi, j'en ai assez d'entendre gargouiller ton estomac. Tu sais où me trouver, je ne vais pas m'enfuir.

Le *geyok* avait l'air dubitatif.

– Tu me promets que tu n'iras pas dans les appartements de Sa Sainteté le Dieu-Roi ?

– Tu me prends pour un imbécile ? demanda le colporteur irrité. Puisque tu as peur que je déambule seul dans le palais je vais entrer ici, chez le prince russe. En espérant qu'il voudra bien acheter ma loupe, personne n'en veut.

Le serviteur, qui avait lui-même l'estomac dans les talons, ne se fit pas prier davantage. Le marchand frappa à la porte du prince Nicolaï Doubrovka. Une petite voix frêle et plaintive comme une pousse de roseau lui dit d'entrer, et la porte s'ouvrit.

Un homme tout ratatiné et entièrement chauve, vêtu d'une veste de brocart jaune d'une saleté extrême, était allongé sur une estrade recouverte de coussins, un livre à la main. Ses jambes maigrelettes, emmaillotées dans un pantalon noir, étaient étendues devant lui comme deux piquets terminés par deux gros bulbes rouges en forme de pantoufles. L'homme ôta ses lunettes en demi-lune cerclées d'or et regarda le marchand avec curiosité.

« C'est donc là le prince Nicolaï Doubrovka », pensa notre colporteur avec un petit rire intérieur.

Il n'y avait vraiment pas de quoi s'en faire. Un bouffon grotesque et qui n'avait pas moins de quatre-vingts ans! Quelle mouche l'avait donc piquée d'épouser un pareil individu?

Avant que le prince n'ait le temps de réagir, le marchand avait verrouillé la porte à double tour et posé son encombrant plateau à terre.

– Que... que? (Le prince fit une tentative pour se relever mais, trop bien installé, il retomba impuissant sur les coussins. Tout à coup inquiet, il l'interpella :) Hep... hep, vous. Que faites-vous ici? Qui êtes-vous? Que me voulez-vous? Je jouis de l'immunité diplomatique... Je suis sous la protection du Tibet et de la Chine. On va enfoncer la porte si je sonne le gong...

Il avança la main vers le marteau de bois pour frapper le gong d'argent qui se trouvait à côté de lui, mais celui-ci était juste un poil trop loin et le colporteur le saisit avant lui.

– N'appelez pas, prince, pas avant que nous ayons parlé, vous et moi. Je suis un agent des services secrets britanniques. Cela vous dira sans doute pourquoi je suis ici.

La pomme d'Adam du prince n'arrêtait pas de monter et de descendre dans sa gorge déplumée. Il regardait le marchand avec suspicion.

– Vous ne ressemblez pas à un agent britannique. Comment êtes-vous entré? (Il jetait des petits coups d'œil furtifs en direction de la porte, avec l'espoir de voir entrer quelqu'un – mais personne ne venait jamais le voir, ces temps-ci.) J'ai le cœur malade, dit-il en mettant la main sur sa poitrine. Il ne faut pas me donner de chocs trop violents, c'est très mauvais dans mon état.

Lewis lisait ses pensées. Le vieillard lui faisait pitié. Tapotant la paume de sa main droite avec le petit marteau sculpté, Lewis dit :

– Je suis entré ici le plus facilement du monde, et je compte bien en sortir tout aussi facilement. Mais auparavant, je voudrais vous faire part de deux ou trois choses. Votre femme est au Tibet, dans un village nommé Thug Phul...

– Thug Phul, c'est là où cet imbécile de Kirsten est installé. Il s'est marié avec une fille de la noblesse tibétaine, la fille d'un seigneur de la guerre, et il se prend pour un magicien. Sacré Kirsten! dit le prince en riant dans sa barbe.

– Kirsten Vremia est mort, dit Lewis sèchement.

Le prince leva ses yeux rougis sur le colporteur, avant de se moucher dans l'ourlet de sa veste.

– Vous êtes bien audacieux d'être entré ici comme cela. S'ils vous attrapent ils vous jetteront dans le puits aux scorpions, ou même pire.

– Ils ne m'attraperont pas. Voulez-vous des nouvelles de votre épouse? demanda Lewis exaspéré.

La chose n'allait pas être aisée, le vieillard était complètement gâteux.

– Quelle épouse? J'en ai eu plusieurs. Je perds un peu la mémoire, ces temps-ci – surtout que j'ai pas mal jeûné dernièrement. En vérité, rien de tel pour les intestins que de boire de l'eau, enfermé dans un cabinet noir. Les Tibétains ne sont pas des idiots, savez-vous? Ah... J'y suis, vous voulez parler de Sonia! Oui, c'est elle ma dernière épouse. Ravissante petite chose, mais trop pudibonde. Je n'aime pas quand les femmes sont trop chastes.

– Elle va avoir un enfant.

– Le mien?

– Non, le mien.

– Dieu du ciel! s'exclama le prince incrédule en regardant longuement et fixement le marchand pouilleux. Qu'est-ce que c'est que cette plaisanterie de mauvais goût? L'auriez-vous prise de force? Oh! non, je sais, c'est mon anniversaire, je l'avais oublié! C'est une farce que mes amis les Bonnets Jaunes ont imaginée avec le Dalaï-Lama! Non? Alors c'est Dorjieff... non, ça n'est pas possible. Ni lui ni le Dalaï-Lama ne sont ici en ce moment. Ils ont quitté Lhassa. A l'heure qu'il est ils sont certainement en route pour la Mongolie. Les Anglais arrivent, voyez-vous, et il ne fallait pas que le Dalaï-Lama se fasse prendre. Dorjieff n'avait pas non plus envie de se faire prendre et de se faire trancher la gorge. Lorsqu'ils entreront dans Lhassa, ils ne trouveront que le Régent... et moi, bien sûr. Mais je suis incapable de leur dire quoi que ce soit. Je n'ai rien fait de mal. Je n'ai fait que servir mon pays du mieux que j'ai pu. Et si les Tibétains et les Chinois n'y trouvaient rien à redire, pourquoi les Britanniques y verraient-ils une objection?

Lewis se détourna. « Mon Dieu, Sonia! Comment ont-ils

pu te faire ça? » Il leva les yeux vers le plafond laqué de rouge et décoré à la feuille d'or. Avec un soupir il se demanda quoi faire.

– Sonia voudrait divorcer, dit Lewis en se tournant à nouveau vers le vieillard. Elle est venue spécialement au Tibet pour vous demander le divorce.

– Quelle petite sotte! Elle sait comme moi que c'est impossible. L'Église ne le permettra pas. (Le prince, suspicieux, se mordit le pouce, incapable de quitter des yeux le colporteur qui n'avait rien, à son sens, d'un agent britannique.) Est-ce pour cela que vous êtes ici? Pour me tuer de façon à pouvoir épouser Sonia et à reconnaître votre bâtard?

– Non, je suis ici pour vous tuer parce que mon gouvernement me l'a ordonné.

– Pourquoi? Qu'ai-je fait?

– Rien, c'est ce que je commence à comprendre.

Comment aurait-il pu dire à cet homme qu'il n'était qu'un pantin grotesque entre les mains du puissant Dorjieff? Celui-là même qui s'était enfui avec le Dalaï-Lama, en abandonnant le prince pour qu'il affronte seul les Anglais. Un vieux pantin sénile, qui n'avait aucun secret d'importance à leur révéler. On ne pouvait l'accuser que d'une chose : avoir monté un arsenal vétuste qui fabriquait des pièces d'or au lieu de pièces d'artillerie! Qu'allait-il révéler à Curzon, à Younghusband, au Foreign Office? Qu'il avait des troubles intestinaux et qu'il n'avait pas réussi à repousser l'ennemi parce qu'il n'avait pas l'énergie suffisante? Et qu'allait-il advenir de Sonia qui demeurerait l'épouse de ce cadavre ambulant et chauve? Lewis ramassa son plateau de marchandises par terre et passa la courroie autour de son cou.

– Si j'étais vous, je ne resterais pas à Lhassa, dit-il au prince. La mission britannique n'est plus qu'à quelques kilomètres, à présent.

– Alors pourquoi ne me faites-vous pas sauter la cervelle, puisque votre gouvernement vous l'ordonne? demanda le prince Nicolaï qui savait rester digne malgré sa déchéance.

– Je le devrais, mais je ne peux pas, grommela Lewis qui était en train de réaliser à quel point toute cette affaire d'espion russe prétendument dangereux était grotesque.

C'était aux trousses de Dorjieff qu'il aurait dû se lancer, mais l'oiseau était bien trop malin. Il s'était déjà envolé. Il était arrivé trop tard, juste un peu trop tard.

– Ne craignez-vous pas que je sonne le gong et que j'alerte tout le Potala? demanda le prince, étonné.

– Allez-y, ça n'a plus aucune importance, à présent. (Lewis ramassa le marteau du gong et le lui jeta.) Qu'on m'arrête ou non, la mission britannique entrera dans Lhassa. Il ne s'agit pas d'un petit jeu, prince. Que peuvent deux misérables petits individus comme vous et moi contre les énormes machines de guerre qui veulent régir le monde? La Grande-Bretagne, la Russie, la France, l'Allemagne sont parties à la conquête du monde sans se soucier des fourmis qu'elles écrasent sur leur passage. J'ai fait ce que j'ai pu pour servir mon pays, et vous avez fait de même. Tenons-nous-en là.

Lewis ouvrit le verrou de la porte rouge savamment sculptée, tandis que le prince Nicolaï faisait avec succès une deuxième tentative pour se lever.

Haletant, poussif, il rejoignit Lewis qui, à cet instant, ne put s'empêcher de penser que les vieillards se comportent comme des enfants. L'homme lui arrivait tout juste à l'épaule. Il le regarda dans les yeux, avec un air sincère, et dans un cliquetis de fausses dents lui demanda, sans malice aucune :

– Aimez-vous ma femme, monsieur l'Anglais?

– Oui.

Le prince mit un doigt sur sa bouche et chuchota :

– Dans ce cas, je ne dirai rien si vous ne dites rien non plus. (Il lui tendit sa vieille main jaune toute racornie.) Je suis un vieil homme et j'ai le cœur malade. Je ne peux pas retourner en Russie car mon cœur ne tiendrait pas le coup. Je suis prisonnier de mon propre corps. Prenez Sonia et rendez-la heureuse, si c'est ce que vous voulez l'un et l'autre. Elle a toujours été bien trop décidée et trop sérieuse pour moi... (Il ricana à nouveau.) Mais elle sait conduire une troïka comme personne! A présent, partez avant qu'ils ne se doutent de quelque chose... Oh! et donnez-moi cette loupe, ajouta-t-il en scrutant le plateau presque vide. Mes yeux ne sont plus très bons et il est impossible de se procurer des lunettes convenables ici. Celles-ci sont trop faibles et j'aime tellement lire.

Il retourna à ses coussins et à son livre, ravi d'avoir une loupe qui ne lui avait rien coûté.

II

Le colonel Younghusband n'en croyait pas ses oreilles.

– Vous avez quoi? Vous l'avez laissée filer! Mais ne saviez-vous donc pas qui c'était?

– Comment l'aurais-je su, colonel? répliqua le capitaine Rice-Smythe à son corps défendant.

– Vous ne lisez donc jamais les rapports, capitaine?

– Si, colonel, mais avec tout le respect qui vous est dû, je n'ai pas accès aux informations confidentielles.

– Le régiment tout entier, capitaine Rice-Smythe, sait que Sonia Doubrovka est une espionne russe!

– Oui, colonel. Mais comment pouvais-je savoir que la Tibétaine de Thug Phul et la princesse russe étaient la même personne?

– Et vous n'avez même pas cherché à le savoir? Pourquoi n'avez-vous pas télégraphié pour me dire que vous aviez arrêté une femme au comportement suspect à Chaksam?

– Je ne m'étais pas rendu compte que son comportement était suspect, colonel. Et puis, si je peux me permettre, vous progressiez trop rapidement, la ligne télégraphique n'arrivait pas à suivre, plaida le capitaine.

– Capitaine, c'est la mission tout entière qui est mise en péril à cause de vous! Nous ne sommes plus qu'à une dizaine de kilomètres de Lhassa. J'imagine aisément qu'à l'heure qu'il est, la princesse Doubrovka a trouvé refuge au sein même du Potala et qu'elle est en train de communiquer des informations à son mari, qui lui-même va avertir les Tibétains et les Chinois de notre incompétence notoire! Et maintenant je vais devoir affronter les huit mille moines du monastère de Drepung à l'ombre duquel, dois-je vous le rappeler, nous sommes en train de camper, tandis que toute l'armée tibétaine et l'arsenal russe nous attendent à l'intérieur de Lhassa! Et pourquoi? Pour nous empêcher de signer un traité de paix avec le Dalaï-Lama, parce que cette femme russe va divulguer de fausses informations! Nous ne sommes pas une armée venue écraser les Tibétains, mais une délégation pacifique chargée de négocier la paix. Les pertes tibétaines, survenues au cours des altercations que nous avons eues avec eux, sont entièrement leur responsabilité. Ils n'avaient qu'à se montrer raisonnables et accepter de dialoguer calmement. Nous ne pouvons pas nous lancer dans une bataille de grande envergure en ce moment, et risquer de compromettre à jamais des négociations déjà difficiles... (Il s'interrompit lorsque son aide de camp pénétra dans la tente.) Qu'y a-t-il? demanda-t-il sur un ton bourru.

– Il y a un marchand ambulant qui demande à vous voir de toute urgence, colonel.

– Un marchand ambulant? Et que veut-il, nom d'un chien? Bon... c'est peut-être important.

Il se tourna vers le capitaine Rice-Smythe qui était au garde-à-vous, rouge commme une pivoine, et le congédia sans façons.

– Ne vous y trompez pas, capitaine, l'affaire de Chaksam fera l'objet d'un rapport dans le Livre bleu.

Le capitaine sortit, la tête basse, tandis qu'on faisait entrer le colporteur.

Le colonel Younghusband dévisagea un instant le Tibétain qui avait fini par se redresser, après avoir posé son plateau de marchandises sur le sol boueux. L'identité de l'homme ne faisait aucun doute. Sans préambule aucun et avant que le marchand ait pu faire un geste, le colonel dégaina le revolver qu'il portait à sa ceinture et dit :

– Joyden, je vous arrête.

– Quoi?

– Jemadar, va chercher la garde! Dis-leur de présenter armes devant la tente!

Lewis, complètement ahuri, regardait le colonel.

– Êtes-vous devenu fou?

– Non, Joyden, mais vous oui, apparemment. Avant que vous ne soyez renvoyé en Inde sous escorte, il m'a été demandé de vous destituer de vos fonctions d'agent secret du gouvernement britannique dans l'opération Samsâra.

– Sous quelle autorité?

– Celles du roi d'Angleterre, du vice-roi des Indes et du Foreign Office.

– Allez au diable... pour quelle raison? (Lewis s'effondra sur la première chaise de toile qui lui tomba sous la main. Baissant les bras, l'air résigné, il dit :) Très bien, mais avant d'être rapatrié et déshonoré, puis-je au moins vous dire pourquoi je suis ici?

– Je sais pourquoi. Mais votre maîtresse, la princesse Sonia Doubrovka, n'est pas là.

– Au nom du ciel, colonel, dit Lewis en se relevant sans faire cas du pistolet qui tremblait dans la main du colonel. Vous n'allez pas me tirer dessus, alors cessez de jouer les héros – ça ne vaut vraiment pas la peine de fiche en l'air votre carrière. Je suis venu vous avertir que l'oiseau s'était envolé... les deux oiseaux, pour être exact, et vous ne trouvez rien de mieux à faire que de porter de fausses acc..

Il s'interrompit lorsque le Jemadar et deux autres soldats apparurent à l'entrée de la tente, baïonnette au poing. Le colonel Younghusband les congédia sèchement et leur dit d'attendre à l'extérieur.

– Quels oiseaux? demanda-t-il, l'œil perçant.

– Le Dalaï-Lama et Dorjieff. Ils sont en route pour la Mongolie. Les Tibétains ne voulaient prendre aucun risque.

– Comment le savez-vous?

– Je suis payé pour cela, grâce à votre aimable intermédiaire... Quoi qu'il en soit, j'ai pu entrer dans le Potala, où j'ai eu un entretien avec le prince Nicolaï Doubrovka, et d'autres personnages haut placés. Le Dalaï-Lama n'y est pas. Et Dorjieff non plus. Vous ne rencontrez donc que l'*Amban* chinois, le Tashi-Lama ou le Régent. A vous de choisir le sceau que vous voulez faire figurer sur votre traité de paix qui, de toute façon, ne vaudra pas tripette!

Sans un mot, le colonel posa lourdement son pistolet sur son bureau.

– Une résistance passive, colonel, c'est tout ce qu'ils peuvent vous opposer, continua Lewis. Il n'y a pas de grande armée tibétaine, juste un conglomérat de moines, de paysans et de miséreux désorientés. Il n'y a pas de spectre russe caché au sein du Potala, si ce n'est le prince Doubrovka qui a pour ainsi dire les deux pieds dans la tombe. Son épouse... ma maîtresse, comme vous vous êtes donné la peine de me le rappeler, n'est pas une espionne, mais une femme inoffensive partie à la recherche de son mari pour lui demander le divorce.

Le colonel laissa échapper un petit rire sans joie.

– Êtes-vous en train de me dire qu'elle a fait tout ce chemin simplement pour demander le divorce? Me croyez-vous tombé de la dernière pluie?

– Vous pouvez croire ce que vous voulez, colonel, mais c'est la stricte vérité.

– Dans ce cas, pourquoi m'avez-vous fait parvenir des informations erronées lorsque vous étiez à Thug Phul?

Lewis tombait des nues.

– Quelles informations erronées?

– Ce message... tenez, le voilà.

Le colonel saisit le bout de papier que Sonia Doubrovka lui avait fait parvenir par l'entremise de son aide de camp.

Lewis lut :

La princesse Doubrovka est retournée en Russie et les autres Russes de la région de Gyantsé sont inoffensifs. Tout s'est passé comme prévu.

Puis il leva les yeux.

– Je n'ai jamais écrit cela.

– C'est votre écriture, pourtant.

– Non ! Une bonne contrefaçon, certes, mais je n'écris jamais ce genre de messages. Les seules informations que je consigne sur du papier sont mes calculs et observations topographiques, et je les garde toujours dans mon moulin à prières. Tout le reste est communiqué oralement par les *pundits*, de façon à ne jamais laisser de traces écrites... et surtout pas quelque chose d'aussi énorme... que ce message-ci, en tout cas !

D'une chiquenaude, Lewis balaya le morceau de papier.

– Dans ce cas, pourquoi la princesse Doubrovka a-t-elle contrefait votre écriture et transmis un message erroné ?

Lewis haussa les épaules.

– Pourquoi ne le lui avez-vous pas demandé pendant qu'elle était à votre porte, à Chang Lo ?

– En vérité, Joyden, pourquoi ?

– Oui, pourquoi ? rétorqua Lewis dont la patience commençait à s'émousser. Puisque vous êtes absolument persuadé que cette femme est une espionne russe et ma maîtresse, alors pourquoi ne le lui demandez-vous pas, à elle ?

– N'est-elle pas... votre maîtresse, et la mère de votre enfant ? Comment croyez-vous qu'ils vont accueillir la nouvelle, au Foreign Office ?

Les deux hommes se regardaient fixement. Ce fut le colonel Younghusband qui rompit le premier le silence chargé de haine.

– Ne vous y trompez pas, Joyden, je l'interrogerai personnellement dès mon arrivée à Lhassa.

– A Lhassa, de quoi parlez-vous ? Elle est à Thug Phul.

– Elle est à Lhassa. Je n'ai pas pu intervenir à Thug Phul en raison de sa... heu, condition. Mais elle a eu son enfant depuis... votre enfant, ce qui, dois-je vous le rappeler, n'est pas une mince affaire, compte tenu des très lourdes responsabilités afférant à votre mission et du nombre de vies humaines qui en dépendent. Vous êtes ici pour éliminer les éléments dangereux qui tenteraient de nous empêcher de mener à bien notre mission et de signer des traités avantageux pour notre pays. Mais au lieu de ça, vous vous amusez à compter fleurette derrière une meule de foin tibétain! Sonia Doubrovka s'est rendue à Lhassa pour paraît-il retrouver son enfant enlevé par une femme déséquilibrée de la maison de Sidheong. Encore une qui me croit tombé de la dernière pluie!

Lewis hochait la tête, essayant de ne pas se laisser démonter par les accusations fielleuses du colonel et de s'en tenir aux faits.

– Enlevé?

– Oui, enlevé! glapit le colonel, comme un chien qui ne veut pas lâcher son os. Mais son histoire est cousue de fil blanc, je n'en crois pas un mot... Si elle est venue à Lhassa, c'est pour vous contacter. Demandez à Rice-Smythe, il lui a parlé, à Chaksam, sans avoir la moindre idée de qui elle était sous son déguisement de Tibétaine. Et il l'a même escortée jusqu'aux abords de ce camp-ci, où ils se sont séparés. Ensuite elle a continué seule sur la route de Lhassa...

– Quand? demanda Lewis, soudain cassant comme le verre, à deux pas à peine du colonel.

– Ce matin...

Le colonel eut un petit haut-le-corps en voyant le poignard sortir de la manche du colporteur.

– Pas un mot, colonel, murmura Lewis en tenant la lame sous le menton du colonel, sans quoi la mission tout entière va tomber à l'eau et le cours de l'histoire anglo-tibétaine sera à jamais entaché d'un événement fâcheux et peu glorieux. Pas de rapport dans le Livre bleu, cette fois, colonel. Vous allez m'accompagner le plus tranquillement du monde à l'extérieur du camp. Et gardez le sourire, comme vous l'avez si bien fait à Guru.

– Joyden, ne faites pas cela... elle n'en vaut pas la peine...

– Qu'est-ce que vous en savez?

– Il y a des gardes et des sentinelles absolument partout.

– Je n'en ai jamais douté un seul instant. Mais il ne vous arrivera rien s'ils ne me touchent pas. L'*amban* chinois attend votre entrée triomphale dans Lhassa, vous n'allez quand même pas le décevoir, colonel.

– Vous êtes complètement malade! grinça le colonel entre ses dents. C'est un délit de haute trahison!

– Possible... Allons, gardez le sourire et sortons d'ici, sinon le marais de Lhassa sera l'unique coup d'œil que vous aurez jamais de la Cité interdite.

– Allez au diable, Joyden!... Quel dommage que les Tibétains ne vous aient pas fait la peau à Gyantsé! Depuis que je suis ici vous n'avez cessé de me causer des ennuis.

– Et vous ne seriez pas ici si je ne vous y avais pas aidé, colonel.

– Vous ne vous en tirerez pas comme ça...

– Possible, mais ça n'aura pas été faute d'avoir essayé.

Lewis, juste derrière le colonel, pressa un peu plus la pointe de son poignard contre les côtes de celui-ci.

Les sentinelles ne comprenaient pas bien pourquoi le Tibétain se tenait si près de leur chef mais, voyant ce dernier leur sourire et leur souhaiter aimablement le bonjour, ils mirent sa bonne humeur sur le compte du Potala resplendissant à l'horizon et lui rendirent son salut.

Le capitaine Rice-Smythe, de dos, en bras de chemise et une brosse à la main, était en train de superviser personnellement le bouchonnage de Fanny, ramenée au camp ce matin-là. Il ne vit pas approcher le colonel.

– Capitaine Rice-Smythe, dit le colonel avec un large sourire, mais sur un ton qui ressemblait plus à un ordre qu'à une requête, pourriez-vous prêter une monture à cet homme qui doit se rendre à Lhassa? Celle-ci conviendra.

– Je m'excuse, colonel, mais Fanny n'est pas en état d'être montée. Elle a beaucoup marché et elle boite!

Blessé dans son amour-propre et humilié quelques minutes auparavant par le colonel qui, à présent, lui souriait de toutes ses dents, le capitaine, qui n'avait pas la mémoire aussi courte que son supérieur, lui jeta un coup d'œil arrogant.

– C'est un ordre, capitaine! Donnez-lui ce cheval! réitéra Younghusband qui semblait au bord d'exploser.

– Dans ce cas il devra monter à cru! rétorqua Rice-Smythe prêt à mordre.

Lewis, qui avait assez perdu de temps et qui n'avait pas l'intention de monter à cru, fit brusquement volte-face en voyant un Sikh qui passait à cheval. Sans cacher plus longtemps le couteau qu'il avait à la main, il tira le cavalier à bas de sa monture et s'empara prestement des rênes avant que le soldat ait pu réagir. La manœuvre aurait sans doute réussi si son fichu plateau n'avait pas entravé ses mouvements, et si le revolver de Rice-Smythe ne s'était pas trouvé à portée de main du colonel Younghusband. Ce dernier saisit l'arme dans le holster du capitaine ahuri et le pointa entre les épaules de Lewis.

– Bien joué, marchand, mais je vous avais dit que vous

ne vous en tireriez pas à si bon compte. (Le colonel hocha la tête tristement.) Quel dommage que vous vous soyez entêté! Vous auriez dû accepter de conclure l'opération Samsâra dans la dignité, il y a cinq minutes, au lieu d'aggraver encore votre cas. Maintenant, je ne peux plus répondre de votre avenir dans les geôles de Chumbi.

Lewis, un pied pris maladroitement dans l'étrier, se retourna. Il rendit le cheval du Sikh à Rice-Smythe, et lança le couteau sur lequel il venait de parier sa vie et sa carrière. Celui-ci décrivit une volute argentée avant de se planter dans l'herbe aux pieds du Sikh. Les mains en l'air, dans un geste de défaite et de regret, il sourit tristement et dit dans un murmure :

— Si les désirs étaient des chevaux, colonel, même les colporteurs iraient à cheval!

27

I

Sonia n'était pas mécontente de la manière dont elle avait manœuvré l'officier britannique rencontré à Chaksam. Tout s'était arrangé pour le mieux, en fin de compte. Elle avait parcouru les soixante derniers kilomètres en compagnie du capitaine Rice-Smythe et de ses hommes, non pas sur l'illustre Phineas's Fairing, mais sur une mule docile et courageuse dont le pas tranquille lui convenait mieux. Harassée et courbatue en arrivant dans les faubourgs de Lhassa, Sonia fut autorisée à continuer seule jusqu'à la ville tandis que le capitaine et ses hommes partaient de leur côté rejoindre leur campement à Drepung.

Son entrée dans la Cité interdite ne fut pas aussi joyeuse ni aussi exaltante qu'elle l'avait espéré. Le Potala avait beau briller de tous ses feux dans son écrin de cimes enneigées, Sonia était trop préoccupée par son bébé disparu et par Lewis. Dans les murs de la ville régnaient le chaos et la confusion. Des centaines de gens étaient accourus à Lhassa depuis les villages voisins pour chercher protection ou pour prêter main-forte à leur Dieu-Roi contre l'envahisseur *phi-lang*. Car, en dehors des quelques rares intimes du Dalaï-Lama, personne ne savait qu'il avait quitté secrètement le Potala la veille au soir pour échapper aux Britanniques. Ses loyaux sujets avaient sorti toute l'artillerie dont ils disposaient : de vieux canons chinois qu'ils avaient installés en ligne au pied du Potala pour empêcher l'ennemi d'avancer. Les rues grouillaient d'une populace crasseuse et déguenillée et l'atmosphère était irrespirable. Les égouts dégorgeaient leurs immondices et les enfants recouverts de plaies purulentes regardaient Sonia d'un œil vague. Les chiens couverts de vermine, boiteux et hargneux, se battaient dans les détritus. Sonia pensait à son bébé. Elle croyait apercevoir Dolma à chaque coin de rue, et chaque fois qu'elle croisait un colporteur elle s'arrêtait pour lui acheter une babiole et l'interroger, persuadée d'avoir affaire à Lewis. Elle passa la journée à chercher et à interroger jusqu'à ce que épuisée, elle s'écroule de sommeil sur une marche du Potala, la tête sur les genoux, avec une multitude d'autres gens qui comme elle n'avaient pas trouvé à se loger.

Le lendemain matin – le 4 août 1904, date mémorable s'il en fut, son fils avait tout juste un mois –, les paupières collées par la fatigue et la poussière, elle releva péniblement la tête et vit le soleil surgir à l'est au-dessus de la crête des montagnes et nimber toute chose d'un rose lumineux. Des flammes d'or rougi jaillirent des toits du Potala pour se fondre aux rayons du soleil qui avaient embrasé Lhassa comme une boule de feu. Elle n'avait jamais rien vu d'aussi beau ni d'aussi majestueux.

Mais la vision magique éclata tout à coup, et la boule de feu commença à dégorger son pus, ses mendiants et ses bêtes galeuses parmi les rognures que les femmes et les enfants triaient, soit pour les manger, soit pour les revendre. Une femme enveloppée d'un châle et un enfant étaient en train de se battre pour une vieille croûte de pain rassis, comme deux chiens pour un os. Sonia était trop consternée pour réagir.

Le châle de la femme tomba, révélant son visage noir de crasse.

– Dolma! cria Sonia en dévalant les escaliers, trébuchant au passage sur les corps endormis au pied du sublime Potala. Dolma! Dolma!

La femme lâcha le morceau de pain et s'enfuit en courant. Sonia se lança à sa poursuite à travers les ruelles tortueuses.

– Dolma! Attends, attends!

Sanglotant, titubant, elle courait derrière la femme, convaincue qu'elle avait enfin retrouvé Dolma.

Poursuivant la femme au-delà des limites de la ville, Sonia n'avait qu'une idée en tête : la rattraper avant de la perdre de vue. Elle n'avait pas la moindre idée de l'endroit où elle se trouvait, elle savait simplement qu'elle était sortie des murs de la ville et qu'elle marchait dans la campagne. Sonia eut tout à coup un haut-le-cœur. L'atmosphère était

devenue irrespirable. On se serait cru dans un abattoir...
c'était un abattoir. « Oh! mon Dieu, pensa-t-elle... faites
qu'elle n'ait pas emmené mon bébé dans cet endroit pes-
tilentiel, il en serait mort... » Les yeux désespérément rivés
sur la femme qui courait devant elle, Sonia priait le ciel pour
que ce ne soit pas Dolma, en même temps qu'elle priait pour
que ce soit elle...

Elle la suivait toujours à travers le dédale de venelles,
parmi les ossements animaux et humains, foulant aux pieds
les excréments, la chair et le sang du ruisseau. Des visages
endurcis sortaient d'espèces de caves pour la regarder passer. Toutes races confondues, les habitants de ces lieux
n'étaient pas des bouddhistes mais des intouchables : les
bouchers-fossoyeurs de Lhassa, les *ro-gyapa*, qui n'enter-
raient pas les morts mais qui les dépeçaient pour les jeter
ensuite en pâture aux vautours. Sonia n'arrivait pas à croire
que Dolma ait pu amener le petit Luey dans cette pourri-
ture.

La femme affolée se précipita dans une des caves faites
d'ossements et Sonia l'y suivit en rampant. A quatre pattes,
son voile devant sa bouche et son nez pour ne pas vomir
dans cette atmosphère putride, Sonia aurait pu tuer Dolma
pour avoir amené son bébé dans ce charnier...

La femme terrorisée, les mains devant son visage pour se
protéger de la lumière crue qui filtrait à travers le soupirail,
s'était tapie dans un coin obscur. On la distinguait à peine.
Elle gémissait comme un animal blessé. La prenant par les
épaules, Sonia se mit à la secouer.

– Dolma... Je savais que c'était toi! Oh! mon Dieu... mais
que fais-tu ici? Et qu'as-tu fait de mon bébé? Réponds,
Dolma... réponds... je t'en supplie! (Mais Dolma restait
muette. Sonia se mit à regarder autour d'elle frénétiquement, mais il n'y avait pas de bébé, vivant ou mort. Elle se
remit à la secouer, violemment cette fois. La tête de Dolma
dodelinait sur ses épaules.) Qu'as-tu fait de mon bébé?

Dolma poussa un petit gémissement.

– Quoi...? demanda Sonia en approchant son oreille de la
bouche de Dolma. (Ses lèvres remuaient, mais aucun son ne
sortait. Elle regardait Sonia avec des yeux de folle. Sonia
réalisa alors avec horreur qu'elle ne la reconnaissait pas.)
Oh! Dolma, que t'est-il arrivé? demanda Sonia dans un
murmure désespéré. (Elle lui lâcha les épaules puis,
s'asseyant sur ses talons, l'observa en silence. Au bout d'un
moment, elle lui dit d'une voix radoucie :) Tu dois venir

avec moi. Tu ne peux pas rester ici. Nous allons rentrer à Thug Phul. Tes serviteurs s'occuperont de toi, là-bas. Mais d'abord, il faut que tu me dises ce qu'est devenu mon petit Luey. Est-il mort, Dolma ? Est-ce pour cela que tu ne veux rien me dire ?

Dolma ne disait toujours rien et, en cet instant atroce, Sonia comprit qu'elle avait perdu la parole. Rien n'émanait plus d'elle, sinon le désespoir contenu dans son regard vague.

Une ombre vint obscurcir l'entrée de la cave. Un homme accroupi, portant un turban, passa la tête par le soupirail. Le visage grêlé et sale, ses mains et ses habits couverts de sang, l'homme était musulman, mais il parlait tibétain.

– Qui êtes-vous ? Que faites-vous avec cette femme ? Elle est à moi.

Sonia se tourna vers lui.

– Non... non, elle n'est pas à vous. C'est la fille d'une noble famille de Thug Phul, elle n'a rien à faire ici. Elle est malade, très malade dans sa tête. Elle a volé mon bébé et je suis venue lui demander où il était. Savez-vous ce qui lui est arrivé ?

L'homme secoua la tête.

– Non, je n'ai jamais entendu parler de bébé. Cette femme est venue ici de son propre gré. Elle n'a rien apporté avec elle, pas de bébé en tout cas. Je ne peux rien pour vous. Allez-vous-en.

– Écoutez... j'ai de l'argent... (Sonia s'empara nerveusement de la bourse attachée à sa ceinture. Elle jeta la bourse de cuir pleine de *tranka* d'argent à l'homme.) C'est tout ce qu'il me reste. Prenez-la, prenez tout. Achetez à manger pour elle... et pour vous aussi. Prenez soin d'elle. Je reviendrai.

Elle rampa hors de la cave, laissant seuls Dolma et le musulman. Il y avait une chance pour que Dolma ait amené le petit au monastère de Drepung, ou même directement au Potala, avant d'aller se perdre parmi les *ro-gyapa*. Sonia se rendrait donc au Potala d'abord et à Drepung ensuite, si ses recherches s'avéraient infructueuses. Elle demanderait une audience au Dalaï-Lama. Après tout, son mari le prince Nicolaï Doubrovka, ne travaillait-il pas pour les Tibétains ? N'avait-elle pas le droit de savoir ce qu'il devenait ? Ensuite, elle tâcherait de savoir si le bébé avait été amené au Potala. Sûrement ils auraient entendu parler d'une réincarnation possible de Tchenrézig.

Elle chercha dans son sac la lettre de recommandation du tsar Nicolas que Lewis, *alias* le Bonnet Rouge, lui avait rendue après l'épisode de la ferme de Rika. La lettre y était toujours, un peu écornée, certes, mais bien là. Elle la rangea à nouveau et s'en fut chercher la mule qu'elle avait attachée à l'extérieur des remparts la veille au soir. La mule avait disparu. Si jamais elle était obligée de se rendre à Drepung, il lui faudrait faire les dix kilomètres à pied.

Sonia se demanda ce qui se passait en ville. La foule était si dense qu'il lui fut difficile de s'approcher du Potala. La chaleur et l'odeur nauséabonde rendaient l'air irrespirable. Partout des lamas en robes de soie jaune, à pied ou à cheval, agitaient de petits fanions aux couleurs du Tibet, exhortant la foule en délire que des soldats chinois armés de piques et des sentinelles armées de fouets en queues de yak s'efforçaient en vain de contenir.

– Que se passe-t-il? demanda Sonia à l'un d'eux.

– Les Britanniques arrivent. L'*amban* chinois a fait une annonce publique pour dire que les Anglais allaient entrer dans la ville et qu'il allait y avoir une grande bataille. Les Chinois ont déjà installé les canons.

Sonia, sur la pointe des pieds, n'arrivait pas à voir par-dessus les têtes qui l'entouraient. Haletante, elle entreprit de se tailler un chemin à travers la foule qui se pressait au bas des marches du Potala. Elle atteignit enfin la salle d'audience du Dalaï-Lama, mais moines et soldats lui barrèrent la route.

– Vous ne pouvez pas aller plus loin. L'endroit est fermé, aujourd'hui. Il va y avoir un grand défilé.

– Quel défilé?

– L'*amban* chinois doit accueillir personnellement la mission britannique qui doit venir en ville signer un traité de paix.

Soulagée d'apprendre qu'il n'allait pas y avoir de bataille, Sonia monta sur un mur avec d'autres qui voulaient avoir un bon point de vue sur le défilé. Peut-être pourrait-elle apercevoir Lewis en uniforme, comme elle l'avait vu le jour où il était venu la rejoindre à Thug Phul. Pourquoi continuerait-il de se déguiser maintenant que ses compatriotes étaient sur le point d'annexer Lhassa? La veille, Sonia avait vu les canons anglais disposés bien en évidence tout autour de la ville, la gueule pointée en direction du Potala. A présent que Sonia voyait les petits canons tout rouillés des Chinois, il était clair que la bataille était gagnée d'avance pour les Anglais, qui n'auraient pas besoin de tirer un seul coup de feu. Le soleil était chaud et Sonia ôta son voile d'étamine, faisant cliqueter ses lourds pendants d'oreilles en argent dans son cou. Harassée par la chaleur et la foule, Sonia s'apprêtait à s'en aller lorsqu'une clameur lointaine monta des murs de la ville.

Au sommet de la rampe, les trompes tibétaines entamèrent une marche de bienvenue qui mourut presque aussitôt dans un trémolo plaintif. De toutes parts fusaient les cris de joie, les vociférations, l'indignation et les injures dans une cacophonie totale lorsque, baïonnettes au poing, marchant le long de la voie principale menant au Potala, la mission britannique fit son entrée, protégée par une haie de soldats chinois armés de piques. Un petit homme insignifiant, monté sur un cheval fringant, marchait devant, son épée de cérémonie passée à la ceinture de son uniforme kaki. « Ce doit être le fameux colonel Younghusband », pensa Sonia. Un petit groupe d'hommes également en kaki suivaient derrière, le drapeau britannique flottant dans la brise tiède. La mission britannique ne semblait pas invulnérable, malgré quelques fusils-mitrailleurs relégués en queue de cortège au cas où les Tibétains choisiraient de se montrer hostiles. Mais Sonia savait que ce n'était qu'un avant-goût de la menace beaucoup plus importante qui pesait sur Lhassa : le gros des troupes, stationné dans la plaine alentour.

L'*amban* chinois était descendu de son palanquin et dominait majestueusement la rampe, entouré du comité d'accueil tibétain. Vêtu d'un manteau jaune capitonné, de souliers brodés, coiffé d'un bonnet écarlate orné de rubans, les mains cachées dans ses manches évasées, son visage et son allure étaient étrangement inexpressifs. Ses petits yeux bridés, profondément enchâssés dans sa face bouffie, semblaient impénétrables. Seule la moustache grise et tombante de l'*amban* conférait à son visage une quelconque expression, celle de la prostration devant cet incroyable dénouement.

Malgré l'abominable épisode qu'elle venait de vivre avec Dolma chez les *ro-gyapa*, malgré l'anxiété qui la dévorait concernant le bébé et Lewis, malgré la fatigue, la chaleur étouffante et la puanteur, Sonia sentit tout à coup qu'elle allait assister à un moment historique. Grimpés pêle-mêle sur les murs et les marches du Potala, *Shap-és*, lamas, moines, dignitaires et serviteurs étaient présents pour voir les Britanniques, première représentation étrangère officielle, entrer dans Lhassa, bannière au vent. Son cœur s'emballa soudain. Les poings serrés, elle tendait le cou pour essayer d'apercevoir la seule, l'unique personne qui comptait pour elle. Était-il là ? « Oh ! oui, mon Dieu, faites qu'il soit là... »

Ricanements et quolibets, fous rires et beuglements fusaient, tandis que les soldats, infiniment grotesques aux yeux des Tibétains, s'efforçaient de gravir dignement la rampe traîtresse dans leurs gros souliers cloutés. Seul l'*amban* chinois n'avait pas le sourire. Autour de lui se tenaient le *penlop* de Tangsa, couronné d'or, venu du Bhoutan, le capitaine Jit Bahadar, représentant le Népal, et les grands lamas de toutes les lamaseries importantes. Ce n'est que beaucoup plus tard, en lisant *la Gazette de Saint-Pétersbourg*, que Sonia découvrit qui étaient ces importants personnages venus accueillir les Anglais au sommet du Potala. Assise sur le mur de la rampe, écrasée par les Tibétains en liesse en train d'agiter des fanions, elle avait cru, à l'époque, que l'homme à la couronne était le Dieu-Roi et qu'à côté de lui se tenait le Régent.

Le petit cortège kaki continuait d'avancer sous les encouragements hilares des Tibétains, lorsque Sonia vit tout à coup le seul homme qu'elle voulait voir.

– Lewis... Lewis...

Sonia cherchait désespérément à sortir de la foule surexcitée qui cherchait à la retenir pour qu'elle ne leur cache pas la vue. Lewis...

Elle sauta du mur sans prendre garde à l'inclinaison de la rampe et atterrit maladroitement sur sa cheville blessée. Tandis que les silhouettes kaki disparaissaient à l'intérieur du Potala, une bagarre éclata entre soldats tibétains et chinois, pour savoir qui allait tirer les coups de canon en l'honneur des Britanniques. Sonia assistait impuissante aux échanges de coups de pied et de coups de poing qui pleuvaient autour d'elle. Bientôt les femmes et les enfants se joignirent à l'empoignade, tandis que moines et sentinelles s'efforçaient de ramener l'ordre.

Le souffle coupé par la douleur et par l'effort, Sonia réussit tant bien que mal à se remettre debout. Elle boitait, désespérée à l'idée que son infirmité allait l'empêcher de retrouver Lewis. Elle était certaine de l'avoir vu. Elle l'aurait reconnu entre mille – comme elle avait reconnu Dolma dans le ruisseau, ce matin. Au sommet de la rampe, l'officier en uniforme de Pionnier regardait dans sa direction, comme s'il l'avait reconnue lui aussi. Il était grand, brun... c'était Lewis.

– Lewis... Oh! Lewis! hurla-t-elle de toutes ses forces, en essayant de le rejoindre malgré les coups de trique et de fouet qui tentaient de calmer l'émeute. (Sonia se protégea la face avec ses bras et se mit à sangloter :) C'est moi, Sonia... Lewis... c'est Sonia...

Brutalement repoussée contre le mur, elle fut immobilisée par un moine bossu vêtu d'une robe brune qui lui mit la main sur la bouche.

– Princesse, chuchota le visage noir et édenté du moine-servant, cet homme n'est pas Lewis. Ne pleurez pas. Lewis n'est pas là. Je vais tout vous expliquer.

Il ôta sa main de devant sa bouche.

– Expliquer, expliquer quoi? dit-elle en se débattant pour repousser le vilain *geyok*.

Mais il la tenait fermement de ses deux bras. C'est à ce moment qu'elle remarqua le moignon au bout de son bras gauche et la manche qui pendait, vide, au-dessus du poignet. Elle arrêta de se débattre.

– Ce n'est pas possible... c'est absurde... dit-elle en secouant la tête, incrédule. (Puis elle se mit à scruter attentivement le visage de l'inconnu.) Joonu?

La main droite du moine se posa aussitôt sur sa bouche.

– Chhhhut! Pas la peine de le crier sur les toits, princesse. Bien sûr que c'est moi, Joonu.

Elle se sentait le jouet d'un cauchemar inextricable. Tout concourait à l'anéantir. Un épanchement soudain lui fit comprendre qu'elle avait des saignements – quoi d'étonnant? A peine relevée de couches elle avait chevauché de longues heures. Et puis il y avait la fatigue, l'anxiété, la faim, et les événements terrifiants du matin chez les *ro-gyapa*. Tout à coup le monde autour d'elle se mit à vaciller et à se brouiller. Terrorisée, elle sentit qu'elle allait se trouver mal.

– Princesse... hé, princesse! (Joonu lui donna une gifle.) Vous n'allez pas vous évanouir, au moins?

– Non... bien sûr... non... Je me sens juste un peu mal... voilà tout...

– Respirez profondément.

Elle inspira longuement, plusieurs fois de suite.

– Je... ça va mieux maintenant... vraiment. (Elle ouvrit les yeux et le regarda fixement.) Joonu, dit-elle sans savoir s'il fallait rire ou pleurer, avant de finalement faire les deux. Je... pensais que tu étais mort.

– Princesse, il ne faut pas penser, c'est dangereux. Il vaut mieux ne jamais penser à rien, et prendre la vie comme elle vient, comme ça on n'est jamais déçu.

Ils se regardèrent tous deux gravement un instant, puis éclatèrent de rire en tombant dans les bras l'un de l'autre.

– Dis-moi... dis-moi que je ne rêve pas. Raconte-moi ce qui s'est passé chez Rika après que je suis partie. Et dis-moi un peu ce que tu fais ici. Est-ce que tu as des nouvelles de Lewis?

– Une question à la fois, princesse, s'il vous plaît. Mais pas ici, il y a trop de monde...

– Joonu (elle l'attrapa par le devant de sa robe), Joonu, je cherche un bébé... un bébé très spécial, le mien et celui de Lewis. Il est né il y a un mois et il a été amené à Lhassa par une femme déséquilibrée qui voulait le montrer aux lamas parce que, disait-elle, le bébé était une réincarnation du Dalaï-Lama...

– Holà, holà, princesse! dit Joonu en l'obligeant à lâcher prise et en lui prenant la main. Venez avec moi, nous allons discuter de cela à tête reposée. Nous avons trop de choses à nous dire. Allons, ne restons pas au milieu de cette cohue.

Joonu l'entraîna à travers la foule, poussant, frappant et vitupérant comme lui seul savait le faire, menaçant de faire intervenir ses maîtres les Bonnets Jaunes si tout ne rentrait pas dans l'ordre.

– Où m'emmènes-tu?

– Où croyez-vous, princesse? Chez moi, bien sûr. Pour le moment, en tout cas.

– A l'intérieur du Potala? demanda Sonia qui n'en revenait pas.

– Temporairement, princesse, temporairement. Je me suis arrangé pour entrer comme *geyok* au service d'un Bonnet Jaune. C'est un brave vieillard, pas du tout comme les autres. Il est instruit et bien éduqué, riche, et surtout assez modeste pour voir le bon côté d'autrui. Je suis entré à son service après m'être enfui de chez Rika...

– Tu t'es enfui?

– Évidemment. Sinon comment serais-je ici, maintenant, pour vous raconter toute l'histoire?

– Mais comment as-tu fait?

– Cela, princesse, vous ne l'entendrez qu'une fois arrivée dans les appartements de mon maître. Venez, il ne devrait pas y être pour le moment. Il doit être avec les autres, dans la salle d'audience, en train d'écouter les serments que se font deux nations qui se soucient l'une de l'autre comme d'une guigne.

Sonia regarda Joonu de plus près – avec l'étrange impression qu'un certain individu était à nouveau en train de la manipuler.

– C'est drôle, quand tu as dit cela j'ai eu l'impression d'entendre parler quelqu'un d'autre.

– Qui ça, princesse?

– Lewis Joyden... le Bonnet Rouge qui n'était pas un Bonnet Rouge mais un agent anglais en mission au Tibet sur ordre de son gouvernement.

Joonu éclata de rire.

– Je crois que le soleil vous a sérieusement tapé sur la tête, princesse. Je ne vois pas de quoi vous voulez parler.

II

Une fois dans les appartements du Bonnet Jaune, Sonia écouta l'étonnant récit de Joonu.

– Après avoir été fouetté par le muletier, je me suis évanoui. Et quand je suis revenu à moi...

Sonia l'interrompit :

– Probablement lorsque le Bonnet Rouge... Lewis m'a emmenée avec lui, de force, dans la montagne.

– C'est cela, princesse. Mais n'ayez crainte, tout avait été convenu à l'avance.

– Convenu à l'avance... que veux-tu dire?

– C'est comme cela, princesse. Mon maître le Bonnet Jaune, par exemple, n'est pas réellement mon maître, mais il est... disons... de mon côté.

– De quel côté, Joonu?

– Britannique, évidemment. C'est le côté le plus sûr pour les cinquante années à venir. Après cela, j'en suis moins sûr. D'autres nations voudront entrer dans le « Grand Jeu »... la vôtre peut-être, et qui sait, l'Amérique.

Sonia mit une main sur son front.

– Attends, Joonu, ralentis un peu, je suis perdue. Il s'est passé tellement de choses dernièrement, je ne sais plus où j'en suis. Qui es-tu vraiment, hormis un maître de la supercherie comme le Bonnet Rouge?

– Je suis étudiant en histoire, princesse. Et je suis un opportuniste. Je loue mes services à qui paie le mieux. Je vous l'ai déjà dit une fois, princesse. J'ai l'intention de devenir riche, un jour.

– Joonu, je ne te crois plus. Si tu voulais vraiment t'enrichir, tu ne ferais pas ce que tu fais – même si je ne sais pas très bien ce que tu fais, je sais que tu le fais par plaisir. Et les choses que l'on fait par plaisir ne sont jamais lucratives.

– Voilà des paroles d'une grande sagesse, princesse. Je vais donc vous dire pourquoi je ne suis toujours pas un homme riche. J'espère que vous êtes toujours la femme que je respecte et en qui j'ai confiance, même si vous êtes russe. Je suis un Hunza. Et je suis aussi un *pundit*...

– Un *pundit*... comme Lewis... comme le Bonnet Rouge, je veux dire?

– Ne vous en faites pas, princesse, je sais qui est le Bonnet Rouge. Nous sommes du même côté, lui et moi.

Les grands yeux gris de Sonia s'écarquillèrent soudain. La lumière venait de jaillir et toutes les pièces du puzzle commençaient à se mettre en place. Mais Sonia n'était guère réjouie par ce qu'elle venait de découvrir. C'était donc cela, le « Grand Jeu », un réseau d'espions quadrillant le monde entier?

– Tu veux dire que Lewis... t'a laissé fouetter chez Rika, parce que vous êtes tous les deux du même côté? Je ne... je n'arrive pas à croire que ce genre de choses soit possible.

– Ce sont des choses qui arrivent, princesse, dit Joonu tristement, parce que d'autres personnes veulent que cela arrive. Et aussi parce que les hommes comme Lewis ou moi sont des aventuriers qui n'aiment pas la routine. Pour des raisons complexes qu'un individu ordinaire ne peut pas comprendre. Pour le plaisir de vivre sa vie jusqu'au bout. Et pour beaucoup d'autres raisons encore.

– Tout cela me semble bien superficiel. Et Lewis et toi n'êtes pas des individus superficiels. Je crois plutôt que c'est par dévouement, par dévouement pour le pays qui vous a faits ce que vous êtes. Mais dis-moi, Joonu, comment t'es-tu échappé après avoir été fouetté?

– Le *ponpo* a été acheté. On peut acheter n'importe qui, il suffit d'y mettre le prix... ça, c'est le Bonnet Rouge qui me l'a appris. Je ne devais recevoir que sept coups de fouet en tout – deux pour vous et cinq pour moi. Lewis a menacé le *ponpo* de le traduire en justice si la sanction était trop sévère, ou s'il y avait mutilation. Voyez-vous, princesse, la mutilation a été abolie par le Dalaï-Lama il y a cinq ans. Tout était de la faute de Geyog. S'il n'avait pas décidé de tuer Lewis ce soir-là, rien ne serait arrivé. Mais c'est arrivé, et il a bien fallu que nous continuions à jouer nos jeux res-

355

pectifs. Le plus triste dans tout cela, c'est que nous ne pouvions rien vous dire et que vous aviez une piètre opinion de mon maître. Mais il a été blessé sévèrement lui aussi, car Geyog lui a donné un vilain coup de poignard à l'estomac...

— Il ne m'en a jamais rien dit. Il s'est comporté normalement — pour un Bonnet Rouge, je veux dire.

— Oh! ça n'était pas très grave! Une éraflure, il me l'a dit ensuite, qu'il a recouverte avec la résine qu'il utilise pour faire ses masques. Le lendemain de la flagellation, le *ponpo* n'est pas revenu pour faire appliquer le reste de la sentence. Les filles de Rika m'ont soigné pendant quelques jours, jusqu'à ce que je sois capable de me remettre en route pour Lhassa où je devais retrouver Lewis... Princesse... je l'appelle Lewis uniquement parce que c'est vous. Mais normalement je ne devrais pas.

— Comment dois-tu l'appeler?

— Top secret, princesse. Lorsque nous sommes en mission, lui et moi, nous nous appelons par nos noms de code.

— Tu as déjà travaillé avec lui, avant?

— Très souvent.

— Si je te demande où, tu vas me répondre « top secret », j'imagine?

— Oui, princesse.

— Comment as-tu perdu ta main, Joonu? En mission? Tu t'es laissé couper la main pour que Lewis puisse accomplir sa propre mission? Dis-moi, Joonu.

Joonu détourna les yeux.

— Je vous ai déjà raconté comment c'est arrivé, princesse.

— Très bien, Joonu, je ne veux pas intervenir dans des affaires qui ne concernent que Lewis et toi. Vous êtes tous les deux très habiles dans votre travail, mais je ne comprends toujours pas pourquoi vous y prenez tant de plaisir. Je sais que tu es un *pundit*. Je sais aussi que Lewis est un excellent agent secret britannique. Maintenant je sais que vous travaillez ensemble et j'ai aussi compris que ça n'est pas le destin qui t'a placé sur mon chemin à Samarkand. On t'a demandé de me suivre, c'est cela, Joonu?

— Oui, princesse.

— Qui? Lewis ou ton cher gouvernement britannique?

— Pour moi, c'est une seule et même chose, princesse.

— Joonu, regarde-moi!

A contrecœur, il tourna vers elle son regard sombre et grave.

— Princesse, vous n'êtes pas mon ennemie, et vous ne

356

l'avez jamais été. Je vous aime. Comme une amie, et comme une femme que j'admire plus que toute autre. Que votre époux soit l'ennemi russe installé au sein du Potala n'y changera rien. J'ai fait ce que j'avais à faire, un point c'est tout. Voyez-vous, Lewis savait que vous étiez en route pour Samarkand, parce que vous lui aviez écrit quelque chose à ce sujet dans une de vos lettres. Il savait que vous vous rendiez au Tibet – soit en tant qu'espionne du gouvernement russe, soit pour rechercher votre frère et votre mari, il ne connaissait pas encore la vraie raison à l'époque. Et c'est comme cela que j'ai été chargé d'aller attendre votre arrivée à Samarkand et de ne pas vous lâcher d'une semelle. Ensuite Lewis est entré dans la danse, à cause de la mission qui lui a été confiée à Lhassa – la suite, vous la connaissez. Mais vous avez gagné, princesse. Vous avez gagné parce que vous aimez et que vous ne savez pas haïr. Vous nous avez conquis, mon maître et moi, aussi sûrement que si vous aviez eu une épée à la main. Nous sommes l'ennemi prosterné à vos pieds par la force de l'amour.

Elle sourit.

– Simplement parce que je suis une femme, Joonu. Si j'étais un homme, je ne crois pas que Lewis et toi seriez prosternés à mes pieds à l'heure qu'il est. Je crois plutôt que ce serait le contraire. Comme les Tibétains, dehors, qui pavoisent toute la ville de drapeaux britanniques. Le monde est absurde, Joonu. Et il faut que je retrouve mon bébé... et Lewis. (Elle lui lança un coup d'œil suspicieux.) Tu ne saurais pas où il se trouve, par hasard?

– Il était ici, il y a trois jours.

– En tant que colporteur?

Joonu hocha la tête.

– Il a parlé longuement avec votre mari.

– Mon mari? Lewis l'a rencontré?

– Princesse... (Joonu, qui était assis en tailleur, se leva et prit une longue inspiration.) Princesse, je ne devrais pas vous dire cela, mais je sais que mon maître et vous êtes très épris l'un de l'autre, et je sais aussi que les circonstances ne concourent guère à vous rendre heureux. C'est pourquoi je me sens libre de vous parler en ami et en conseiller. J'aime mon maître et je vous aime – je suis à votre service à tous les deux. Je suis ici pour espionner... comme votre mari, le prince russe, que votre nation a envoyé ici même, au sein du Potala, en faisant croire aux Tibétains qu'il travaillait pour leur cause. Aujourd'hui, plus rien ne compte pour lui. Il se moque bien de savoir de quel côté il est. Votre pays n'a plus besoin de ses services, et les Tibétains non plus. Il n'est pour eux qu'un fardeau, car il est vieux et malade. Ça, c'est une chose. A présent, en ce qui concerne Lewis, je n'ai aucune nouvelle depuis trois jours, et je commence à me faire du souci, car nous restons toujours en contact, lui et moi. Mon petit doigt me dit qu'il lui est arrivé quelque chose... mais il ne faut pas vous angoisser pour autant, ce n'est peut-être pas grave. Peut-être suis-je tout simplement en train de devenir trop vieux pour ce genre de jeu. Lewis était ici il y a trois jours pour une raison bien précise : se débarrasser du prince Nicolaï Doubrovka, d'une manière ou d'une autre.

– Tu veux dire qu'il devait assassiner mon mari de sang-froid ?

– Le tuer, le liquider, l'expédier en Russie, l'enterrer au plus profond des glaces du Chang Tang, se débarrasser coûte que coûte de l'ennemi, princesse. (Joonu haussa les épaules.) D'une manière ou d'une autre, il avait pour mission de faire sortir le prince Doubrovka et Dorjieff du Potala.

– Et que s'est-il passé ?

– Il n'a pas réussi à exécuter les ordres. Et ça, princesse, ça n'est pas bon pour Lewis.

– Alors... alors ce n'est pas lui, l'homme que j'ai vu... en haut de la rampe, à côté du colonel Younghusband ?

– Je ne sais pas qui vous avez vu, princesse, mais mon maître ne porte pas d'uniforme.

– Mais je l'ai vu une fois en uniforme, Joonu.

– C'était un déguisement, alors. Ce n'est pas un militaire. Il travaille seul. Mais nous sommes en train de nous égarer. Je veux dire que, s'il n'a pas réussi à exécuter les ordres, cela risque de mal tourner pour lui.

– Mais encore ?

– Je ne sais pas, princesse. Nous ne sommes que des pions sur l'échiquier du « Grand Jeu ».

Sonia se leva.

– Alors on sacrifie un homme parce qu'il est amoureux ?

– Dans ce jeu-ci, oui, princesse, c'est la règle, répondit Joonu tristement.

– Un *jeu* ? Lui aussi appelait cela un *jeu* ! Mais moi je ne trouve vraiment pas ça drôle. Il s'agit de la vie d'êtres humains, Joonu ! Est-ce un jeu ? Parce qu'il m'aime et qu'il ne peut pas tuer le vieil homme qui se trouve être mon époux, il doit être éliminé ?

– Non... pas parce qu'il vous aime, princesse. Mais parce

qu'il était peut-être trop pressé de vous rejoindre et qu'il n'a pas été assez vigilant.

– Autrement dit, tu penses que Lewis est peut-être mort à l'heure qu'il est?

Joonu ne répondit rien.

Sonia eut un petit claquement de langue exaspéré. Elle n'arrivait pas à croire qu'il était mort.

– Oh! j'en ai assez de tourner en rond et de me faire embobiner par toutes tes belles paroles d'espion! Tu aurais fait un fameux orateur, au pays hunza, Joonu! Moi, j'ai une autre explication quant à la disparition soudaine de Lewis. Est-ce que tu peux arranger une entrevue entre le colonel Younghusband et moi?

– C'est impossible, princesse. Le colonel ne sait pas que j'existe. Il ne connaît que... Lewis. Ils se sont rencontrés à plusieurs reprises en Angleterre et en Inde. Le vice-roi a certainement mis le colonel au courant de la mission de Lewis, puisqu'il était censé préparer le terrain pour la venue de la mission britannique à Lhassa. Mais nous autres, les *pundits*, nous ne sommes que des obscurs, des sans-grades. Nous n'existons que dans les annales de l'Étude topographique de l'Inde. En revanche je vais vous dire ce que je peux faire, princesse. Le Bonnet Jaune qui m'emploie est bien avec tout le monde, car il n'a pris parti pour personne. Je vais m'arranger pour que vous le rencontriez. Vous pourrez lui parler de la disparition de votre enfant... Moi, je n'ai entendu parler d'aucun enfant, ici. Il est plus à même de vous aider que moi. Il pourra vous présenter au Régent et s'occuper de vous faire rencontrer votre mari.

– Merci, Joonu. C'est plus que je n'en attendais. Pendant ce temps-là, peux-tu, de ton côté, essayer de savoir ce qu'est devenu Lewis?

– Princesse, c'est une chose que vous n'avez pas besoin de me demander. Je donnerais ma vie pour lui autant de fois qu'il a risqué la sienne pour moi.

28

I

De prime abord, le Bonnet Jaune, un homme grand et distingué au teint légèrement hâlé et aux yeux très clairs, était quelqu'un d'assez imposant, même si Sonia était bien décidée à ne pas se laisser intimider. Il n'avait pas le type tibétain et, au cours de la conversation Sonia apprit qu'il était cachemiri et que son allure austère et fière cachait une nature intelligente et sensible. Il l'écouta avec commisération, mais témoigna d'une certaine réserve lorsqu'on aborda le sujet du bébé amené au Potala comme candidat possible à l'office de Dalaï-Lama. Le lama dévia brusquement la conversation en offrant une tasse de thé à Sonia dans un service en vermeil. Cette digression volontaire rendit espoir à Sonia. Sans doute l'homme en savait-il beaucoup plus sur la question du bébé qu'il ne voulait l'admettre. Quoi qu'il en soit, le Bonnet Jaune proposa de lui obtenir une audience auprès du Régent, le Dalaï-Lama n'étant pas à Lhassa. Déçue de ne pouvoir rencontrer le Dieu-Roi en personne après un aussi long voyage, Sonia n'avait d'autre choix que d'accepter de rencontrer son substitut.

— Mais, ajouta le Bonnet Jaune, l'entrevue ne pourra pas se faire avant demain ou après-demain car, aujourd'hui, le Régent reçoit officiellement la mission britannique stationnée à Lhassa. Je vous ferai savoir quand l'audience pourra avoir lieu. Où demeurez-vous?

Sonia hésita un instant, puis décida de prendre le taureau par les cornes.

— Il n'y a pas une seule chambre de libre dans tout

Lhassa. (Elle lui décocha un de ses sourires irrésistibles.) La nuit passée j'ai dormi sur les marches du Potala. J'avais espéré rejoindre mon mari, qui est un hôte de marque de ce palais.

– Cela devrait pouvoir se faire. Une femme ne doit pas dormir dans la rue. (Ses yeux pâles la fixaient sans ciller.) Vous allez le trouver en excellente forme physique et morale – c'est un homme étonnant pour son âge.

Sonia tendit la main au lama.

– Merci mille fois pour votre gentillesse. Il me tarde de voir mon mari, à présent.

Il inclina la tête.

– Je vous envoie mon serviteur immédiatement. Il va vous conduire aux appartements du prince. Et j'espère que vous retrouverez votre enfant. Au revoir, princesse Doubrovka.

Sonia trouva en effet son mari d'humeur loquace et joviale.

– Regarde, ma chère, dit-il en brandissant sa loupe, tandis que Joonu leur servait le thé, n'est-elle pas superbe? C'est le jour et la nuit pour mes yeux. Elle est très puissante et le manche est en argent. Le colporteur a dû s'apercevoir que ma vue était mauvaise, le petit malin – même s'il ne me l'a pas fait payer. Il était bien trop pressé de sortir d'ici. Je me demande bien pourquoi, d'ailleurs! (Le prince Nicolaï riait gaiement. Il prit sa main dans la sienne et Sonia tressaillit.) Comme tu es pâle, et comme tu as l'air triste, mon enfant! Tu ne dis rien. Tu n'aurais pas dû venir me chercher jusqu'ici. Le voyage t'aura épuisée. Mais te voilà à présent. Et je suis très heureux de te revoir, très! dit-il dans un effroyable cliquetis de fausses dents. (Il broya à nouveau sa main dans la sienne.) Je me sens très bien, j'ai décidé de rentrer en Russie avec toi. Puisque les Tibétains n'ont plus besoin de moi, nous allons rentrer à Doubrovka-Dvaryets et je vais t'acheter une robe plus seyante pour le voyage. Je ne raffole pas de celle-ci. Allons, fillette, haut les cœurs!

II

Sonia rencontra le Régent deux jours plus tard. On l'introduisit dans une salle dont l'opulence contrastait fortement avec le dépouillement du sanctuaire du Bonnet Jaune. D'épais tapis de Chine, d'exquises tapisseries et des cadres, des lampes en argent et en cuivre, d'énormes coffres de bois de santal incrustés d'argent, des meubles laqués, à la fois délicats et solides : ce luxe correspondait mieux à ce qu'elle avait imaginé trouver dans un palais.

Le *Tri Rimpoché* de Ganden, régent désigné par le Dalaï-Lama lors de sa fuite hors des murs de Lhassa, était un vieux moine érudit, au caractère décidé et autoritaire, et qui ne semblait pas prêt à s'en laisser conter. La veille, il était venu à bout de l'entêtement britannique et avait obtenu que la mission quitte Lhassa dans les deux mois, en échange de la signature de traités commerciaux. Il était cependant mécontent de l'indemnité de cinquante mille livres que lui réclamaient les Anglais! Étant un homme très occupé, il alla droit au but.

– Je n'ai guère de temps à vous accorder, princesse Doubrovka. Les Britanniques campent sous mes fenêtres – un peuple obstiné et sans imagination, d'après ce que j'ai vu. J'ai déjà pris des renseignements concernant votre petit garçon. Un bébé a bien été amené ici, il y a quelques jours. Et la mère l'a ensuite amené à Drepung. Le grand lama de Drepung m'a fait savoir que le petit était toujours au monastère, car il porte bien la marque de Tchenrézig. Il est pour le moment soumis à une série de tests...

– Quels tests? interrompit aussitôt Sonia, alarmée.

– Rien de bien méchant, rassurez-vous. Pour pouvoir déterminer si le bébé est bien une réincarnation de Thoubten Guyatso, treizième Dalaï-Lama, on a placé autour de lui des objets et des vêtements ayant appartenus au Dalaï-Lama enfant. S'il manifeste une attirance particulière pour l'un de ces objets, disons une tasse, une cuillère, un livre, ou même un jouet, alors il sera admis que le bébé est effectivement une réincarnation du Dieu-Roi.

– Mais que se passera-t-il si mon fils saisit une tasse, une cuillère, un hochet ou un habit de Thoubten Guyatso? demanda Sonia. Les bébés s'emparent très souvent d'objets comme ceux-là, c'est une réaction physiologique normale!

Le Régent haussa les épaules.

– C'est pourquoi le bébé est gardé en observation au monastère. Lorsqu'il grandira les lamas verront s'il y a d'autres signes permettant de dire s'il est ou non une réincarnation de Tchenrézig, premier Dalaï-Lama. Ils ne se trompent jamais, princesse, je vous assure.

– Tout cela est très bien, *Rimpoché*, et normal lorsqu'il s'agit de bébés tibétains. La femme originaire de Thug Phul qui a volé mon fils ne peut pas avoir d'enfants. Elle s'appelle Dolma, elle est la fille du seigneur Kuma Sidheong tué dans la bataille de Gyantsé. Tout le monde à Thug Phul et à Gyantsé vous dira que Dolma est stérile – par exemple la mère supérieure du couvent de Gyantsé qui m'a accouchée. Je suis russe. Le père de mon enfant est... n'est pas tibétain. Dans ces conditions, je ne vois pas comment mon bébé pourrait être une incarnation, réincarnation ou n'importe quoi d'autre ayant à voir avec le Dalaï-Lama?

– C'est vrai. Mais le grand lama de Drepung le dira. Allez le voir et racontez-lui votre histoire...

– Mais ce n'est pas une histoire! Il s'agit d'un fait! Je veux mon enfant, rendez-moi mon enfant! Le prince Nicolaï et moi devons quitter le Tibet incessamment, et nous voulons ramener notre enfant en Russie, avec nous. Nous ne pouvons pas attendre indéfiniment pour savoir s'il est, oui ou non, l'authentique réincarnation de Tchenrézig. *Rimpoché*, mon enfant n'est pas tibétain! Et si vous tenez absolument à savoir la vérité, sachez que le père de mon enfant est britannique! (Cette révélation arriva comme un coup de canon. Le Régent fut pris de doutes. Sonia fit un geste vague de la main.) Disons que j'ai été séduite par un Anglais pendant mon voyage au Tibet alors que j'étais à la recherche de mon mari. Mon enfant est né à Thug Phul à l'époque où les Britanniques avaient leurs quartiers à Chang Lo – vous savez quelle sorte d'hommes sont les Anglais, *Rimpoché*, ils ne veulent pas seulement conquérir le monde entier, ils veulent conquérir toutes les femmes, aussi. Mais, peu importe. Une fois rentrée en Russie je vais annoncer publiquement que mon fils a été enlevé pour devenir le Dalaï-Lama et vous serez la risée du monde entier lorsqu'on va découvrir que le Dieu-Roi est en fait le rejeton d'une liaison illégitime entre une princesse russe et un Anglais sans scrupules. A moins qu'on ne me rende mon enfant immédiatement, auquel cas l'incident sera clos.

Le Régent se gratta le menton.

– Je vais faire porter un message au grand lama de Drepung. Évidemment, il est impératif que le Dalaï-Lama soit un authentique Tibétain bouddhiste. Mais c'est tout de même curieux que votre enfant soit né avec cette marque, dit-il en se grattant à nouveau le menton.

– Ce n'est qu'une envie, dit Sonia qui commençait à perdre patience, une marque héréditaire qui va s'estomper avec le temps, comme la mienne... tenez... regardez vous-même, et ne soyez pas gêné. (Sonia défit son bas et montra au Régent stupéfait la petite marque rose pâle en forme de faucille qu'elle portait au-dessus du genou gauche.) Mon père porte exactement la même sur la main gauche et mon fils en a hérité. C'est une caractéristique familiale, rien d'autre.

– Bien sûr, mais la femme qui nous a amené l'enfant n'est peut-être pas dame Dolma de Thug Phul. Rien ne me prouve que cet enfant est le vôtre. Peut-être est-ce celui d'une pauvre Tibétaine, né avec la marque de Tchenrézig, ajouta le Régent, apparemment têtu comme un Anglais lui aussi.

– Si c'était le cas, *Rimpoché*, la mère serait à Drepung avec son fils. Car je doute qu'elle renonce à partager la gloire et les privilèges de son fils au sein du Potala. De plus, un enfant d'un mois doit être nourri au sein, ce que les moines sont incapables de faire. Je sais que Dolma avait engagé une nourrice pour mon fils. Si la fille est toujours avec lui elle pourra témoigner. Elle est sûrement trop modeste pour oser dire autre chose que la vérité.

Un large sourire vint éclairer tout doucement la face ronde du Régent.

– Quel dommage que vous n'ayez pas été parmi nous, hier, pendant les pourparlers, princesse Doubrovka! Je suis sûr que vous auriez gagné notre cause auprès des Britishers. Que diriez-vous d'un poste de conseillère au *Kashag*?

Sonia lui rendit son sourire et dit :

– Je suis flattée, *Rimpoché*, mais non, je vous remercie. J'ai fait tout ce que j'avais à faire ici, au Tibet. J'ai retrouvé mon époux. Nous allons bientôt quitter Lhassa – avec l'enfant.

– Dans ce cas je vous fais mes adieux maintenant. Car je dois m'assurer que les Anglais ne pillent pas tous nos sanctuaires et n'emportent pas tous les objets précieux qui s'y trouvent. Ils sont comme les Chinois – même s'ils ne veulent pas l'admettre.

Plus tard ce jour-là, une nonne tibétaine fut introduite dans les appartements du prince Nicolaï Doubrovka. Elle portait un bébé dont le poignet était émaillé d'une marque rose pâle. L'enfant avait le teint clair et velouté, et des yeux gris-bleu. Une fossette creusait le coin de sa petite bouche fraîche comme un bouton de rose, et un petit duvet doré avait remplacé les cheveux bruns qu'il avait à la naissance. Il agitait ses deux petites mains potelées en criant famine.

Sonia se pencha sur lui avec amour. C'était bien son fils. Il n'y avait aucun doute. L'enfant était arrivé accompagné d'une lettre du grand lama du monastère de Drepung, rédigée en tibétain d'une main minutieuse :

Il a été décidé que cet enfant n'est pas une authentique réincarnation de Sa Sainteté, Thoubten Guyatso, treizième Dalaï-Lama. Il a rejeté tous les objets ayant appartenu au Dieu-Roi et ne lui est en aucune façon apparenté. Il n'est pas non plus doté du tempérament précoce du jeune Thoubten Guyatso, qui était un enfant docile et intelligent.

Sonia riait de bonheur.

– Et alors ! dit-elle à son bébé, installé royalement au milieu des coussins de Kolia, tandis qu'ils étaient en train de jouer avec lui. Tu as été recalé par les plus hauts dignitaires du Tibet parce que tu n'es qu'un petit bébé pleurnichard et ordinaire. Mais moi je suis ravie !

– Hé... hé, petit, dit Kolia, affolé. Sonia... il a pris ma loupe, c'est incroyable ! Empêche-le de la mettre à sa bouche, on ne sait pas où ce diable de marchand l'a ramassée.

Les liens entre le père et le fils étant à présent fermement établis, Sonia prit la loupe des mains du bébé en souriant intérieurement. Elle la rendit au prince Nicolaï.

– Ah, mais c'est qu'il est malin, mon fils ! dit-elle en chatouillant ses petits pieds.

Un coup à la porte vint interrompre les effusions. C'était Joonu.

– Puis-je vous parler seul à seul, princesse ?

– Kolia, s'il te plaît, occupe-toi de Luey.

Sans fermer tout à fait la porte, elle la tira au maximum derrière elle de façon que Kolia ne puisse entendre leur conversation, même si, pensait-elle, ce qu'ils se disaient ne l'intéressait pas. Car Kolia semblait avoir tout oublié de son entrevue avec son bien-aimé le colporteur et n'y faisait jamais allusion. Elle s'accommodait pour sa part fort bien de cet accord tacite et se réjouissait de la réaction inattendue de Kolia qui se conduisait en père adoptif vis-à-vis de ce bébé tombé du ciel pour déranger le paisible train-train de sa vie de vieillard !

– Joonu, as-tu découvert quelque chose ? chuchota-t-elle dans le couloir obscur et vide qui résonnait de façon désagréable.

– Non, princesse, rien ! J'ai enquêté pendant des heures.

J'ai interrogé des tas de gens. Mais personne n'a pu me dire quoi que ce soit. Soit ils ne savent rien, soit ils ne veulent pas parler. Lewis aurait dû me contacter depuis le temps. La seule chose que j'ai réussi à savoir, c'est que Lewis s'est rendu à Drepung, dans le camp des Anglais, pour faire son rapport au colonel Younghusband – le jour où il a rencontré votre mari. Aucun autre marchand ambulant n'a été vu dans le camp depuis ce jour-là. C'est très étrange. C'est comme s'ils essayaient de cacher quelque chose. Je suis très triste.

– Aurait-il pu retourner en Inde, maintenant que sa mission à Lhassa est terminée?

– Non, pas sans m'avoir prévenu, princesse. Nous travaillons à l'unisson, lui et moi. Nous ne faisons jamais rien l'un sans l'autre. Il faut donc que nous sachions ce que fait l'autre et où il se trouve. Autrement ce serait trop dangereux.

– Tu sais que le prince Nicolaï et moi rentrons en Russie dans quelques jours?

Joonu hocha tristement la tête.

– Vous allez me manquer, princesse.

– Toi aussi, Joonu... tu vas me manquer. Mais je t'en supplie, si tu apprends du nouveau dans les deux jours qui viennent, préviens-moi. Ne nous disons pas encore adieu... Oh! Joonu, il y a encore une chose que je voudrais te demander! Va chez les *ro-gyapa*... non, non, attends, ne t'affole pas, laisse-moi finir. Il y a une femme appelée Dolma qui est avec eux mais qui ne devrait pas y être. C'est une noble dame de Thug Phul, celle qui a volé mon enfant. Je lui avais promis de retourner la voir, mais je crois que je ne pourrai jamais retourner dans un endroit pareil. Veille à ce qu'elle rentre à Thug Phul, ses domestiques pourront s'occuper d'elle. Elle est malade et n'a pas d'argent. Mais je me chargerai de ses frais de voyage. Tout ce que je te demande c'est de la faire sortir de cet endroit. Engage qui tu veux pour t'aider. Peux-tu faire cela pour moi?

Il hocha à nouveau la tête et, pour un court instant, redevint le Joonu espiègle qu'elle avait connu à Samarkand.

– Pour vous, princesse, je donnerais mon bras gauche. Mais comment vais-je reconnaître cette femme?

– Elle vit dans une espèce de cave en ossements avec un musulman. Il a le visage grêlé et porte un turban.

– Mais ils ont tous le visage grêlé et ils portent tous un turban, princesse. Bon, je vais la retrouver et m'assurer qu'elle rentre bien chez elle. Ne vous inquiétez pas.

III

Les Tibétains leur fournirent une escorte. Une fois les bagages chargés sur le dos des yaks, des mules et des chevaux, Kolia et le bébé prirent place dans le palanquin porté par quatre robustes Tibétains. Les appartements défraîchis qu'avait habités Kolia cinq ans durant étaient à présent vides. Tous ses effets avaient été empaquetés ou vendus, et la nudité des murs emplissait Sonia d'une émotion puissante. Cette pièce était son dernier lien avec le Tibet et Lewis Joyden. Il avait touché la poignée de la porte, marché sur ce même sol, respiré ce même air confiné, chargé des miasmes d'un vieillard...

C'est à cet endroit que Joonu la trouva, seule, vêtue d'un lourd manteau de voyage.

Avant même qu'il ait ouvert la bouche, Sonia savait que les nouvelles n'étaient pas bonnes. Elle s'adossa à la paroi, son corps tout à coup sans vie.

– Tu es venu me dire qu'il est mort.

– Princesse, j'ai été rappelé.

Elle ouvrit les yeux et sentit peu à peu la vie courir à nouveau dans ses veines.

– Par qui? Par Lewis?

Joonu secoua son crâne rasé.

– Non, par mon service. Je retourne en Inde avec une nouvelle mission. Je suis content, parce que je n'ai plus rien à faire ici. Lhassa est une ville ouverte à présent, et je n'aime pas son odeur. Au fait, votre amie Dolma est en route pour Thug Phul.

Il sourit sans joie, sentant que leur voyage touchait à sa fin et qu'il allait falloir continuer la route chacun de son côté.

– Et Lewis? Tu n'as pas de nouvelles? demanda Sonia, qui voulait retarder le plus possible le moment des adieux.

– Non, toujours rien. Mais je vais me renseigner en rentrant en Inde. Je vous tiendrai au courant, princesse, c'est promis. D'une façon ou d'une autre, vous aurez des nouvelles.

– Oh... Joonu... (Elle s'agrippa à lui.) Joonu, tu me promets, tu me promets? Tu connais notre itinéraire. Tu... tu n'as qu'à me faire parvenir toutes les nouvelles que tu auras, toutes. Je m'arrêterai à chaque bureau de poste pour voir s'il y a du courrier. Et puis tu as mon adresse à Saint-

Pétersbourg, n'est-ce pas? Mais où puis-je te contacter? demanda-t-elle. Il faut que je puisse te contacter.

– A Baltit. Je vais voir mon arrière-grand-mère chaque fois que je passe en pays hunza. Si vous séjournez là-bas, cet hiver, demandez-lui de vous tisser un châle.

– Oh! Joonu... mon cher Joonu! Je t'en supplie, retrouve Lewis. Fais-le pour moi. Je ne peux pas vivre sans savoir où il est.

– Je vais faire de mon mieux, princesse. Il faut que vous nous envoyiez des photos de votre fils, à grand-mère et à moi. Allons, partez à présent, sans quoi je sens que je vais pleurer.

Elle l'embrassa une dernière fois puis passa une main furtive sur ses yeux en reniflant.

– Joonu, qu'est-il arrivé à tes dents?

– Oh! je suis un homme-puzzle, princesse! Quand je ne veux pas ressembler à mon arrière-grand-mère, je les remets.

– Et ta main, filou?

– Ça c'est autre chose, je l'ai laissée à Samarkand pour toujours, avec mon cœur. Bon voyage, princesse.

Il partit en courant, se faufilant comme une ombre agile dans les entrailles mystérieuses du Potala.

29

Constantinople - 1905

Pour la cinquième fois ce jour-là, le muezzin appelait l'Islam à la prière du haut de son minaret doré. Dans le quartier Bayazid d'Istanbul, un *hojo* musulman et son logeur arménien causaient paisiblement au-dessus d'un verre de café turc, comme ils le faisaient chaque soir depuis que le *hojo* était arrivé à Istanbul pour enseigner le message du Coran aux petits enfants. L'étroite maison de l'Arménien était sombre et délabrée, et le prix qu'il demandait pour ses chambres exhorbitant.

– Je ne sais pas ce qu'ils font tous les soirs, mais j'ai l'impression d'avoir l'armée turque tout entière au-dessus de la tête, se plaignait l'Arménien en levant un œil courroucé vers le plafond.

De la main gauche le *hojo* saisit la cafetière posée sur la petite table bancale et se resservit. Il aimait son café bien chaud et bien sucré, comme son thé. Le maître approuva la réflexion de l'Arménien dans un murmure. Il avait un tic nerveux et clignait sans cesse des yeux lorsqu'il retirait ses grosses lunettes cerclées d'or, achetées à Pera. Il pensa soudain au prix astronomique que le chrétien du pont de Galata lui en avait demandé et les essuya soigneusement.

– C'est curieux que ces jeunes gens de bonne famille louent une chambre ici alors qu'ils ont une maison tout à fait confortable à deux pas... Qui sont-ils?

– Qui croyez-vous? L'élite de l'école militaire, bien sûr,

répondit l'Arménien en se curant le nez avec l'ongle de son petit doigt. (Il se pencha, et dit furtivement entre ses grosses lèvres épaisses et humides :) J'ai écouté derrière la porte ce qu'ils disaient. Ils dénigrent le sultan et veulent instaurer leur propre régime, un régime militaire! Ils feraient mieux de se taire, on pourrait les dénoncer à la police secrète et le sultan n'hésiterait pas à les faire arrêter et à les faire écarteler dans la prison de Yildiz, dont les murs sont épais d'un mètre, dit-on. Abdul Hamid n'est pas homme à se laisser dénigrer, c'est un despote!

Le *hojo* annonça qu'il allait se coucher.

– Il faut que je me réveille de bonne heure, demain matin, et que j'aie la tête claire pour pouvoir répondre aux questions stupides de mes élèves! Ils me prennent pour un âne et s'imaginent que mon cerveau est aussi épais que mes lunettes. Ils croient pouvoir me piéger avec leurs questions idiotes. Il faut que je sois plus malin que ces garnements. Bonsoir.

Avant de partir, le *hojo* jeta sur la table quelques pièces que l'Arménien empocha avidement. Il mit l'argent dans la bourse attachée solidement à la ceinture de corde de son kaftan miteux.

– Bonsoir, *hojo* – vous, au moins, vous êtes un bon client. Pas comme ces jeunes Turcs qui ne paient jamais à temps!

Dans le petit couloir obscur, le *hojo* croisa les jeunes gens du premier qui s'apprêtaient à sortir. Ils sentaient le raki à plein nez. C'était de jeunes officiers d'état-major, frais émoulus de l'école militaire de Harbiye, et pleins d'arrogance.

– Hohé, toi, *hojo*! interpella l'un d'eux joyeusement. Quoi, ne me dis pas que cette nuit encore tu vas te coucher avec les poules!

– Je suis fatigué, jeune homme. J'ai enseigné toute la journée les joies du Coran aux enfants.

– Dans ce cas tu as mérité ta propre part des joies du Coran... Viens donc avec nous, nous allons au café où nous avons un rendez-vous galant.

Le beau jeune homme qui parlait ainsi était différent de ses camarades. Tout dans son allure distinguée, sa blondeur, son assurance tranquille, le désignait comme leur chef. Ses yeux bleus extraordinairement vifs et perçants regardaient attentivement le musulman ventripotent derrière ses grosses lunettes cerclées d'or, vêtu d'une tunique blanche très raide et d'un *shalwar*. Le jeune Turc sourit nonchalamment.

Le musulman avait l'air choqué.

– Non, non, en vérité! Excusez-moi, jeune homme, mais je n'ai plus l'âge de courir la prétentaine.

– Ah, non? Mais ça ne t'empêche pas de te faufiler derrière nous en catimini, le soir. Pas vrai, *hojo*? déclara le jeune officier blond.

Le musulman fut pris d'un tic nerveux.

– Je ne vois pas ce que vous voulez dire, jeune homme. Je me couche tous les soirs de bonne heure.

L'officier se mit à rire.

– Tu entends, ça, Ali? Quelle canaille! Allez, *hojo*, viens! Viens, nous savons ce que tu cherches, et nous cherchons la même chose. Les Arméniennes et les chrétiennes qui se montrent la nuit, comme des étoiles, et qui font tourner la tête des hommes. Et quelle honte y a-t-il à satisfaire nos instincts masculins? Emmène-le, Ali, il pourra peut-être nous donner quelques leçons.

Le jeune homme blond partit devant en riant comme les autres, tandis que l'audacieux Ali Fouad, aidé par un capitaine, soulevait le *hojo* et l'entraînait de force. Le musulman agitait ses pieds dans le vide en protestant vigoureusement contre les jeunes farceurs.

– Donnons-lui du raki, dit Ali Fouad, ça va lui délier la langue. Peut-être qu'il va se souvenir où il va, la nuit.

– Je ne bois pas d'alcool – ma religion me l'interdit.

Kemal, le blond, partit d'un nouvel éclat de rire.

– La religion, mon ami, est la source de tous les maux.

II

Le café où ils emmenèrent le *hojo* était un endroit de mauvaise réputation. Celui-ci se sentait mal à l'aise dans son habit religieux, parmi tous ces fringants jeunes gens en uniforme. Au bout d'un moment ils oublièrent complètement leur compagnon, tout occupés qu'ils étaient à discuter entre eux et à attendre l'ami qui avait organisé le rendez-vous galant. Le *hojo* ne cessait de jeter des regards furtifs autour de lui. Il s'apprêtait à s'esquiver sur la pointe des pieds quand leur table fut encerclée par des hommes très bruns, d'allure peu engageante. L'un d'eux sortit un revolver et le pointa sur la poitrine de Kemal.

– Toi et tes petits camarades, je vous arrête, dit le gendarme.

Le *hojo* reconnut aussitôt les hommes de la police secrète du sultan et, sans une hésitation, s'élança vers la porte restée ouverte. Un coup de feu partit qui résonna dans tout le café, et le musulman tomba à terre, une balle dans le genou. Kemal et ses amis se rendirent sans broncher. Contre les hommes du sultan, toute tentative de rébellion était suicidaire, ils le savaient.

– Trahis! déclara Ali Fouad en crachant son dégoût. Par cette petite ordure de cadet qui a été expulsé d'Harbiye... tu n'aurais jamais dû le laisser partager notre logement, Kemal... C'est lui qui nous a trahi, en faisant semblant d'être des nôtres – c'est pour ça qu'il n'est pas là! Il nous a fait venir ici exprès pour nous tendre un piège... Si jamais je le retrouve, je le tue.

Le maître musulman n'avait vraiment pas eu de chance : il se trouvait avec les officiers quand ceux-ci furent arrêtés et il fut jeté en prison comme les autres. Quelques jours de plus et il aurait réuni toutes les informations qu'il était venu chercher à Istanbul, et serait reparti aussi discrètement qu'il était arrivé, en passant par l'Afghanistan. Ils furent interrogés un à un. Les méthodes de la police secrète du sultan Ahmed Hamid étaient pour le moins barbares. Seul Ali Fouad revint à la cellule intact.

Kemal, le visage tuméfié et en sang, ouvrit un œil poché et lui demanda :

– Comment as-tu fait?

Ali Fouad sourit largement.

– Je leur ai dit que je portais l'uniforme de la garde du sultan et qu'à ce titre, aucun homme en dessous du sultan lui-même ne pouvait lever la main sur moi sans déshonorer l'uniforme.

– Ça alors, pourquoi n'y ai-je pas pensé? murmura Kemal avec un sourire laborieux. Ils interrogent le musulman depuis un bon moment... je me demande pourquoi.

III

La police secrète d'Abdul Hamid avait finalement découvert que le *hojo* était en fait un agent secret britannique opérant à Istanbul. Il était venu espionner le programme d'occidentalisation du sultan, et tenter de découvrir à qui celui-ci s'était adressé pour obtenir des fonds, destinés en particulier à moderniser et à consolider la machine de guerre turque...

Cette fois, Lewis Joyden touchait le fond.

Lorsqu'on le jeta dans une cellule isolée, il avait perdu connaissance. La police turque ne l'avait pas ménagé pendant l'interrogatoire, et il avait perdu beaucoup de sang à cause de sa blessure au genou dont la balle n'avait toujours pas été délogée.

– Je crois que tu avais raison, Kemal, dit Ali Fouad en hochant tristement la tête. Le musulman n'était pas ce qu'il prétendait être. Et lorsqu'ils nous sépareront, il faudra que nous nous apprêtions à mourir tous les quatre.

Mais Lewis Joyden était un dur à cuire – comme les officiers turcs ne tardèrent pas à le découvrir. Lorsqu'il revint à lui, la première chose qu'il fit fut de déchirer son *shalwar* en bandelettes pour se confectionner un garrot. Le grabat sur lequel il était allongé était souillé d'urine, d'excréments et de vomissures laissés par ses prédécesseurs. Il comprit qu'il avait été le jouet de manipulations de la part de ses supérieurs. D'abord interné dans la geôle de Chumbi, puis à Calcutta, il avait entamé son interminable spirale descendante – tout cela à cause de la liaison qu'il avait eue avec la princesse Sonia Doubrovka pendant l'opération Samsâra. Mais au lieu de le passer par les armes pour refus d'obéissance et trahison – selon les termes du rapport laissé par Younghusband dans son abominable Livre bleu ! –, le vice-roi l'avait envoyé en Turquie, où d'autres pourraient se charger du sale boulot à sa place – c'était la diplomatie à son niveau le plus élevé, Ponce Pilate se lavant les mains ! Mais il n'était pas prêt à mourir, il était bien décidé à les battre à leur propre jeu. Le « Grand Jeu ». Il perdit à nouveau connaissance.

Quelques jours plus tard il fut à nouveau interrogé et, lorsqu'il revint à lui, il découvrit que Kemal et Ali Fouad étaient chacun dans une des petites cellules putrides qui jouxtaient la sienne.

IV

Ils croupirent ainsi de nombreux mois en prison, avant que le sultan ne décide de quelle façon ils seraient mis à mort. La police turque ayant constaté que l'Anglais résistait à toutes les formes de torture possibles et imaginables, on espaça de plus en plus les interrogatoires.

Un jour, Lewis, qui se tenait péniblement aux barreaux de sa cellule, dit à Kemal :

– Kemal, pourquoi ne me prêtes-tu pas un de tes livres défendus?

La voix de Kemal trahit l'étonnement.

– Comment sais-tu que j'ai des livres défendus, l'Anglais?

– Je suis un espion, non? grommela Lewis.

Kemal et Ali partirent d'un éclat de rire en entendant l'Anglais grommeler dans un turc impeccable, mais aucun garde n'intervint. Du moment que les trois prisonniers étaient bien à l'abri sous les verrous, ils se moquaient éperdument de ce qu'ils pouvaient se raconter.

– J'aime ta poésie, Lewis Joyden, j'accepte donc de te prêter mes livres interdits – à condition que ton prochain poème soit écrit en anglais et non en turc! Un jour, j'aimerais aller en Angleterre, la patrie de tant de grands hommes! Et je voudrais voir Oxford. Un jour j'abolirai le fez, dans ce pays. C'est une mode barbare. Je lancerai la mode des chapeaux à l'occidentale, car il est plus difficile de mettre son front à terre pour prier Allah quand on a un chapeau à rebord. Je ferai des tas de réformes concernant la religion, l'éducation et le gouvernement. Je le ferai, l'Anglais, c'est décidé.

Il parlait lentement, avec une conviction inébranlable. Et Lewis ne doutait pas un seul instant qu'à moins d'être mis à mort par le sultan, ce jeune officier de vingt-quatre ans deviendrait un jour un grand leader de la nation turque.

Et les jours s'écoulaient ainsi en discussions sur la poésie, la philosophie, la littérature et la religion, qui faisaient oublier la douleur et l'ennui. Jusqu'à ce qu'un jour Kemal, Ali Fouad et les deux autres officiers qui avaient été arrêtés avec eux au café quittent leurs cellules pour entendre le verdict du sultan.

Lorsqu'ils revinrent au sous-sol pour reprendre leurs affaires, les soldats étaient tout exaltés.

– Le sultan ne nous a pas condamnés à mort! Nous sommes graciés car il a besoin de nous dans l'armée! lança Kemal en s'efforçant de contenir sa joie. Ali Fouad et moi allons rejoindre le 5e bataillon stationné à Damas. Je suis prêt à aller dans le désert pour y fonder un nouvel État!

Lewis était d'humeur maussade. Son sort à lui n'était guère réjouissant. Au bout d'un moment, il dit:

– Kemal...

– Je suis encore là, l'Anglais, mais pas pour longtemps.

– Peux-tu faire quelque chose pour moi?

– Je ferais tout pour un homme que j'estime.

– J'ai certaines... heu... choses, ici, que je voudrais que tu remettes à ceux dont je vais te donner l'adresse.

Kemal ne posa aucune question. Lewis, derrière la lourde porte de sa cellule, défit ce qu'il restait de son pantalon et fit quelque chose qui aurait fait rire Kemal et Ali Fouad aux larmes s'ils avaient pu le voir. Il se mit à décoller des lambeaux de résine, la même que celle qu'il avait utilisée au Tibet, qui parsemaient son corps. En dessous se trouvait de petits morceaux de papier.

– Des adresses... et des poèmes que j'ai écrits ici, expliqua-t-il à Kemal à travers les barreaux. Les gardiens ne les ont pas trouvés... et je ne veux pas qu'ils les trouvent maintenant que je recommence à espérer. Il y a une certaine adresse en Russie.

– J'ai compris, l'Anglais, dit Kemal, inutile de m'expliquer. Je ne saurai jamais comment te remercier d'avoir adouci mon séjour dans cet enfer, grâce à nos conversations passionnantes. Quand je serai à Damas, je m'occuperai de te faire libérer. Je connais un moyen. Le sultan souhaite le retour d'un haut diplomate turc tombé aux mains des Anglais. Peut-être pourrions-nous entamer des négociations? Lewis Joyden, d'Oxford, Mustafa Kemal Atatürk, à votre service!

Épilogue

I

Saint-Pétersbourg – Hiver 1905

Prisonnier de l'étreinte du givre, suspendu dans le temps et dans l'espace, l'ange doré de la cathédrale Saint-Pierre-et-Saint-Paul était condamné à rester immobile jusqu'à la fonte des neiges et au retour du printemps. La Néva était de cristal, la flotte de la Baltique était allée jeter l'ancre dans des eaux plus clémentes. Le port, une fois encore, servait de patinoire aux habitants de la ville qui glissaient de pont en pont sur ses eaux gelées de novembre à avril.

Rien ne semblait avoir changé ces cinq dernières années, et pourtant plus rien n'était comme avant...

Dans le salon Rastrelli du palais d'Hiver, la princesse Sonia Doubrovka faisait le récit de son étonnant voyage au Tibet devant la tsarine, les grandes-duchesses et ces dames de la cour de Saint-Pétersbourg. Élégamment habillée par Worth, elle portait une veste brodée gris-bleu, agrémentée d'un col de renard argenté, sur un costume de marin superbe qui mettait en valeur sa taille de guêpe. Une toque d'astrakan gris parée d'une plume d'autruche rehaussait admirablement son épais chignon soyeux.

– Et je conclurai en disant ceci : il y a beaucoup à faire pour nous dans le vaste monde qui s'étend par-delà nos salons douillets. Nous sommes cette nouvelle génération de femmes qui doit contribuer à changer le monde dans lequel nous vivons. Les femmes du XXe siècle ! Nous voici à l'aube d'une ère nouvelle, l'ère de la science, de la technologie, de la médecine moderne et de la recherche. Nous ne devons pas rester en deçà de notre époque, témoins passifs du monde des hommes. Nous devons obtenir la place qui nous revient, devenir des individus à part entière, et exiger la même chose que les suffragettes de Grande-Bretagne : le droit d'exprimer nos propres désirs et nos propres opinions, et non pas celles de nos maris, de nos pères ou de nos grands-pères. C'est vrai, nous sommes des épouses, des mères, des grand-mères avant toute chose, et nous le resterons – mais ne tenons-nous pas les rênes invisibles du pouvoir ?... Et je ne pense pas que notre tsarine va s'offusquer quand je dirai qu'elle n'est pas seule à détenir cette prérogative, car elle sait très bien que chaque femme est reine en son château.

La tsarine sourit et hocha la tête lorsque ses yeux rencontrèrent ceux de la princesse.

– Le Tibet, continua Sonia, est un pays magnifique, aux ressources considérables, mais la misère y est effroyable. Il faut faire quelque chose. Et pas seulement au Tibet, mais aussi en Inde, en Afrique, en Europe... et ici même, en Russie. Notre charité, notre temps, notre influence doivent nous aider à soulager la misère des classes défavorisées. Mais, surtout, surtout, nous devons trouver la volonté d'agir ! Tandis que les hommes se font la guerre sans se soucier du sang ni des larmes des innocents, nous devons, nous aussi, mener notre propre combat, contre la faim, la misère, la maladie et les injustices. Nous devons sécher le sang et les larmes des malheureux, et pas seulement ici, en Russie, mais partout où cela est nécessaire. Et nous pouvons commencer dès maintenant, ici même, à venir en aide aux déshérités, en faisant nos dons à la fondation de notre tsarine pour Lhassa.

On applaudit longtemps et fort. La tsarine se leva.

– Merci, princesse Doubrovka, pour cette conférence passionnante non seulement sur le Tibet mais aussi sur le rôle de la femme au XXe siècle. Je ne pense pas me tromper en affirmant qu'aucune des dames ici présentes n'a trouvé le sujet ennuyeux. Mesdames, dit-elle en se tournant vers l'élégant public, la Fondation Lhassa a été créée pour réunir les fonds nécessaires à la construction d'un hôpital pour enfants dans les murs de la ville, mais nous avons aussi besoin de vêtements en bon état, de livres d'images, de jouets et de cadeaux, et de volontaires pour aider notre fondation à mener à bien son projet. Celles d'entre vous qui souhaitent participer à notre œuvre sont priées de donner leur nom à ma fille, la grande-duchesse Olga, la première de la liste de trois volontaires (la tsarine esquissa un sourire en direction de ses autres filles), pour aider la princesse Doubrovka et moi-même à faire démarrer notre fondation – ou devrais-je dire, à en poser la première pierre! A présent, mesdames, nous allons prendre le thé.

Dans l'antichambre du salon Rastrelli, une petite table ronde avait été dressée pour le goûter. Sur la nappe d'une blancheur immaculée, l'argenterie et la porcelaine scintillaient parmi les bouquets de gardénias et de roses thé qui égayaient d'une note de couleur cette triste fin d'après-midi. La tsarine et Sonia causèrent un petit moment en tête à tête.

– J'ai été navrée d'apprendre la disparition du prince, votre époux, le mois dernier, dit la tsarine avec une note de commisération dans la voix.

Sonia, dont la pensée errait encore dans les montagnes du Tibet, s'efforça de mettre un peu d'ordre dans ses pensées.

– C'était une délivrance, à vrai dire. Kolia était malade depuis longtemps. Je ne sais pas comment il a survécu au voyage. Nous avons mis plus d'un an pour rentrer, car son état de santé nous a obligés à faire de nombreuses haltes. Mais il avait comme une sorte de force intérieure qui le poussait à aller de l'avant, et le bébé a été d'un grand réconfort pour lui – il était très attaché à son fils adop... à Luey.

– Mais il aura au moins eu la consolation de mourir dans son propre lit, à Doubrovka-Dvaryets! Comme vous avez été courageuse, Sonia, de faire ce que vous avez fait! L'avoir ramené toute seule au pays! Je ne crois pas que j'aurais pu le faire.

– Je crois que n'importe quelle femme l'aurait fait – il suffit de le vouloir de toutes ses forces et de ne pas se laisser intimider par le monde extérieur et les hommes en général. Et puis il ne faut pas devenir l'esclave de ses propres limites biologiques. Vous, Majesté, auriez pu en faire tout autant.

La tsarine sourit.

– Comment va votre fils?

– Luey se porte à merveille. Il est de plus en plus espiègle.

– Combien de temps serez-vous partie? Pas trop longtemps, j'espère, vous allez beaucoup nous manquer.

– Merci, Majesté. Mais je ne sais pas encore combien de temps je vais rester en Grande-Bretagne. Ma grand-mère Lizaveta m'a légué sa maison d'Abingdon, et il va falloir que je mette de l'ordre dans ses affaires – qu'elle a très certainement beaucoup négligées! Il y a tant de choses que je voudrais faire! (Elle rendit son sourire à la tsarine.) Je n'ai même pas le temps de chercher une autre maison. Comme vous le savez sans doute, Doubrovka-Dvaryets revient au fils aîné de Kolia, le prince Paul, qu'il a eu en premières noces. Me voilà donc réduite à chercher demeure.

– Et pourquoi n'allez-vous pas place Kirovski? Le comte Mikhaïl serait sans doute ravi d'avoir sa fille et son petit-fils avec lui.

A n'en pas douter, la tsarine essayait de lui tirer les vers du nez. Elle sourit, intérieurement cette fois, en saisissant sa tasse. Puis elle offrit à la tsarine ce qu'elle attendait : un petit cancan domestique.

– Oui, il m'a proposé à plusieurs reprises d'aller vivre avec lui, mais, à vrai dire, je n'ai guère d'affinités avec la nouvelle épouse de mon père. Je suis sûre que la vie serait impossible pour Luey et moi. Et puis, place Kirovski, il y a trop de choses qui me rappelleraient ma chère maman, morte pendant que j'étais au Tibet – même si la femme de mon père s'est débarrassée des affaires de ma mère sans me consulter. Non, je préfère être indépendante. Je vais certainement trouver à me loger très bientôt.

La tsarine reposa sa tasse, et, au lieu de se servir de la serviette brodée à ses initiales posée sur la table, elle s'essuya les lèvres avec un mouchoir de dentelle qu'elle tira de la manche de sa robe de velours et de chantilly beige.

– Quoi qu'il en soit, je vous engage à profiter pleinement de votre séjour en Angleterre, ma chère. Et ne vous épuisez pas à mettre de l'ordre dans les affaires de votre grand-mère! A présent je vais aller rejoindre mon Nicolas. Il se tue à la tâche, ces derniers temps – les ouvriers qui se mettent en grève d'un côté, la Douma qui exige l'extension de ses pouvoirs de l'autre, et les révolutionnaires qui cherchent à attenter à ses jours! (Elle poussa un profond soupir et sourit sans joie.) Mais, grâce au ciel, ce Stolypine purge admirablement le pays de tous ses éléments perturbateurs. Au revoir, ma chère Sonia.

Elle lui effleura les deux joues du bout des lèvres avant de s'en retourner à ses devoirs d'impératrice.

Sonia s'approcha de la grande-duchesse qui était en train de prendre les noms de toutes ces dames qui voulaient participer aux bonnes œuvres de la Fondation Lhassa. Elle se demanda combien de temps l'euphorie tibétaine allait durer, alors qu'ici même, aux portes du palais d'Hiver, la colère grondait en ce premier anniversaire des élections libres – et second anniversaire du dimanche sanglant de Saint-Pétersbourg.

II

Presbytère de Sainte-Anne, Angleterre. Été 1907

Une tiède brise faisait frissonner la haute rangée de marguerites qui bordait le sentier et soulevait le voile de tulle noir de Sonia qui serrait la main potelée de son petit garçon de trois ans. Elle ne voulait pas voir qui gisait là, sous terre, et pourtant, une terrible envie de connaître la vérité l'obligea à lire les noms gravés dans la pierre.

MARGARET JANE JOYDEN
Épouse regrettée de
Desmond Lewis Haga Joyden
Recteur de Sainte-Anne, Nuneham
1848-1887

ET

JENNIFER JANE JOYDEN
Enfant bien-aimée de
Margaret et Desmond Joyden
1870-1887

LE SEIGNEUR DONNE ET LE SEIGNEUR PREND

Une sourde appréhension l'envahit tout entière, tandis que ses yeux erraient sur le triste petit enclos à la recherche de l'unique nom qui signifiait quelque chose pour elle...
Les deux dernières lettres que lui avait envoyées Joonu l'avaient littéralement bouleversée. Elles racontaient que Lewis, après avoir été accusé de négligence et de trahison au cours de l'opération Samsâra, avait été acquitté, puis envoyé en mission en Turquie. Sans lui fournir davantage de détails, Joonu disait ensuite que Lewis avait été arrêté par les Turcs et que le Bureau d'études géographiques de l'Inde avait conclu qu' « en l'absence de toute preuve tangible, Lewis Joyden était vraisemblablement décédé des suites des tortures qu'il aurait subies en prison à Istanbul ». Dans sa deuxième lettre, Joonu avait placé un petit morceau de papier maculé de sang, trouvé sur Lewis par les Turcs lors

de son arrestation. Le petit morceau de papier ainsi que quelques affaires personnelles avaient été envoyés en Inde par un homme du nom de Mustafa Kemal Atatürk. Joonu lui avait envoyé le papier à elle plutôt qu'au révérend Joyden parce que, pensait-il, ce papier la concernait davantage. Son adresse à Saint-Pétersbourg y figurait. Sonia reconnut sa propre écriture de fillette, et la page de cahier qu'elle avait déchirée pour la donner à Lewis lorsqu'il était venu chez sa grand-mère à Abingdon, le lendemain du jour où il l'avait sauvée de la Tamise. Il y avait si longtemps déjà, tout ce qui lui était arrivé depuis lui semblait irréel...

– Je suis si content que vous ayez pu venir.

Une voix chaleureuse retentit derrière elle et la fit sursauter.

Elle se retourna et vit un homme grand et mince, à l'air paisible et aux cheveux grisonnants, qui fumait sa pipe en plissant les paupières. Il portait un cardigan marron complètement élimé et rapiécé, et un pantalon de flanelle maculé par la terre qu'il venait de mettre en pot dans la serre. Sortant la main de la poche déformée de son vieux cardigan, il la lui tendit en signe de bienvenue.

– J'avais si peur que vous n'acceptiez pas mon invitation à dîner, ce soir. Alors voilà donc le faux Thoubten Guyatso! (Ôtant sa pipe de sa bouche, le révérend Joyden s'agenouilla près de son petit-fils.) Eh bien, jeune homme, tu ne ressembles pas du tout à ta photo... tu es beaucoup plus beau. Il faut que nous t'inscrivions sans tarder à Aedes Christi – à moins que tu ne préfères conduire une locomotive, plus tard.

– Je crains qu'il ne comprenne pas encore très bien l'anglais, dit Sonia en s'excusant, tandis que son fils intimidé cherchait refuge dans ses jupes de soie noire.

– Non, non, bien sûr. (Le révérend Joyden se remit péniblement sur ses pieds, en se tenant instinctivement les reins. Puis, avec un sourire, il ajouta :) C'est très gentil à vous d'avoir accepté de souper avec moi le premier soir de votre arrivée à Abingdon. Maud, ma gouvernante, a préparé un pâté en croûte et j'ai réussi à nous dégoter une bonne bouteille à la cave. Mais tout d'abord nous allons visiter le jardin. Je vais vous montrer ma pergola.

Sonia le suivit sur un élégant pont de bois qui enjambait une petite rivière dont la rive moussue était piquetée de minuscules fleurs bleu azur. Puis ils longèrent une allée bordée de thym qui menait à un jardin d'aspect plus gai, séparé du petit cimetière par un muret de brique couvert de rosiers grimpants. Le révérend n'était pas du tout l'homme terrifiant qu'elle avait imaginé. A dire vrai, elle ne savait plus très bien ce qu'elle avait imaginé, ne sachant quels traits de caractère lui prêter. Mais la façon informelle dont il l'avait reçue l'avait immédiatement mise à l'aise et avait dissipé toutes ses inquiétudes. Par-dessus tout, elle lui était reconnaissante de l'avoir arrachée à ses tristes pensées dans le petit cimetière familial.

Arrivé à la pergola, où il faisait bon s'attarder par une belle soirée d'été à l'ombre du chèvrefeuille, des roses et des clématites, il hésita un instant.

– Sonia, dit-il, j'ai invité quelqu'un d'autre à souper.

– Joonu? Il est en Angleterre? Je lui ai écrit pour lui dire que je venais.

Son regard s'anima soudain, scrutant le visage du recteur à la recherche d'un indice. Elle ne pouvait pas croire que Lewis était mort. A cause de cette phrase dans la lettre de Joonu : « en l'absence de toute preuve tangible », elle avait gardé une lueur d'espoir tout au fond du cœur, ainsi que les mots d'un poète anglais auquel Lewis l'avait initiée : « L'espoir est tissé de rayons de soleil que pas une ombre ne saurait ternir. »

– Joonu a des nouvelles de Lewis?

– Allez le lui demander vous-même.

Sous l'effet des jeux de l'ombre et de la lumière dans ce jardin extraordinaire, elle se sentit soudain transportée dans le temps et dans l'espace. Elle revoyait les peupliers dans la campagne de Thug Phul. Son cœur tressaillit, le temps s'était arrêté. Sonia cria :

– Lewis! Non... c'est impossible... mais si!

Les ombres se dissipèrent et elle se sentit soulevée de terre par deux bras puissants tandis que le recteur entraînait le petit garçon un peu plus loin pour lui montrer un escargot caché sous un pot de fleurs.

Elle avait relevé sa voilette de deuil et Lewis, les yeux embués, l'embrassait et essuyait les larmes qui coulaient sur ses joues. Des larmes et des rires qui balayaient les caprices de la politique, du temps et des circonstances, et de maintes et maintes choses qui les avaient si longtemps tenus éloignés l'un de l'autre. A présent qu'il la tenait dans ses bras, il se sentait envahi par une colère futile et silencieuse à l'encontre de ce système qui l'avait fait, pour le broyer ensuite, presque jusqu'à l'anéantissement. Mais il avait appris la leçon à présent. Et il était heureux d'avoir compris avant qu'il ne soit trop tard.

– Pourquoi pleures-tu? demanda-t-il, la voix cassée par l'émotion. Je croyais que tu serais heureuse de me revoir.

– Lewis... pourquoi, oh! pourquoi ne m'as-tu pas écrit? (Sa présence, son charisme, son charme, tout ce qui avait nourri ses rêves pendant trois années d'attente interminable semblait s'évanouir devant ce qu'elle considérait comme une trahison impardonnable. Voilà qu'elle lui faisait des reproches en ce moment tant espéré!) Pourquoi ne m'as-tu rien dit? Pourquoi ne m'as-tu donné aucune nouvelle en trois ans? Pourquoi as-tu cessé de m'aimer au point de ne plus pouvoir te confier à moi?

– Sonia... je n'ai jamais cessé un seul instant de t'aimer... viens... asseyons-nous. Je vais tout t'expliquer... (La prenant par la taille, il l'entraîna vers un petit banc de bois à l'ombre de la pergola.) J'ai eu pas mal d'ennuis, ainsi que H20...

Il bredouillait, comme elle l'avait fait un moment plus tôt, ponctuant ses phrases de baisers et de rires, tandis qu'il la tenait serrée dans ses bras en la regardant comme s'il n'arrivait pas à en croire ses yeux.

Elle ne put que lui rendre de tout cœur sa tendresse, et ils laissèrent libre cours à l'ivresse des retrouvailles. Au bout d'un moment, Lewis parut retrouver l'usage de la parole et se mit alors à lui faire un récit aussi concis que possible des événements, sachant qu'ils seraient bientôt rappelés à leurs devoirs de convives.

– On m'avait chargé de débarrasser le Potala de la présence de ton mari d'une façon ou d'une autre. Car tous craignaient qu'il ne devienne une source d'ennuis supplémentaire lorsque la mission britannique atteindrait Lhassa. A quoi bon, pensaient-ils, signer un traité avec les Tibétains, si ceux-ci pactisaient à nouveau avec les Russes dès que les Anglais auraient le dos tourné? Mais je ne pus me résoudre à exécuter la mission qui m'avait été confiée, et j'allai au camp de Drepung, expliquer au colonel Younghusband la raison de mon embarras. Il me parla de toi, me dit qu'il avait l'intention de t'arrêter et de t'interroger à Lhassa. C'est alors que j'ai vu rouge... excuse-moi, je ne voulais pas faire un mauvais jeu de mots sur tes compatriotes révolutionnaires. (Il sourit et lui tapota tendrement le dessus de la main.) Tu es tellement courageuse, Sonia! En tout cas, je suis bien content que tu sois ici et non en Russie où on cherche à se débarrasser des gens comme toi... Sonia, je ne savais pas que tu avais eu ton bébé et que tu t'étais rendue à Lhassa aussitôt après. Je crois que j'ai fait quelque chose que je n'aurais jamais dû faire. J'ai menacé Younghusband avec un couteau pour qu'il me laisse retourner te chercher à Lhassa... Bref, j'avais déjà un pied dans l'étrier, quand il a réussi à me faire arrêter. Et c'est à partir de ce moment-là qu'a commencé la descente aux enfers. (Il sourit tristement.) L'enfer est pavé de bonnes intentions et à l'époque je ne pouvais pas pardonner à Younghusband d'être l'instigateur de mon emprisonnement à Chumbi, puis, plus tard, de mon bannissement à Istanbul où j'ai versé des larmes de sang. Pendant tout le temps de ma détention, j'ai imaginé tous les moyens possibles de le lui faire payer une fois libéré. Et crois-moi, je le ferai!

Elle sourit et serra sa main dans la sienne.

– C'est ce qui t'est arrivé, lorsque Geyog et toi vous êtes battus dans la rivière? Tu as pleuré des larmes de sang que tu as ensuite essuyées, avant de retourner chez Rika, comme un vieux rat mouillé, avec une vilaine égratignure sur le ventre, c'est cela? Est-ce que c'est ta résine magique qui t'a servi à cacher ta plaie, le jour où tu pratiquais le *thumo reskiang* sur le névé, ou lorsque nous étions allongés côte à côte sous ta couverture? le taquina Sonia, une lueur malicieuse dans les yeux. Parle, Anglais, toi qui n'avoues jamais rien, même pas quand tu es amoureux. Comme j'ai appris à te connaître, Lewis Joyden!

Il partit d'un grand éclat de rire.

– Nous avons passé de bons moments au Tibet après tout. Dorénavant tu pourras contempler les blessures que j'ai récoltées sur le champ de bataille quand bon te semblera. La prison d'Istanbul était un enfer dont personne ne croyait que je sortirais vivant. Mais j'en suis sorti et je n'ai pas envie d'en parler. Quant à Joonu, je me ferai un plaisir de lui botter les fesses, la prochaine fois que je le verrai.

– Où est-il, Lewis? Il n'est pas venu en Angleterre avec toi? J'espérai le rencontrer ici, chez ton père.

De la main il balaya une boucle châtaine qui dansait dans la brise du soir.

– Il est avec sa femme, ses enfants et son arrière-grand-mère, quelque part dans la montagne. A moins qu'il ne soit en train de faire le *pundit*... top secret.

– Joonu est marié!

– Pourquoi pas? Il est assez vieux pour cela. Joonu est un vieux mari de vingt-six ans, même s'il est resté très infantile.

Et il est père de deux enfants, lui... au fait, je me demande où père a bien pu emmener mon fils, dit-il en jetant un coup d'œil au bout de la pergola.

– Il va revenir... Lewis, je voudrais que tu me dises ce qui s'est passé lorsque tu as quitté Thug Phul? Pourquoi t'a-t-on envoyé dans la gueule du loup à Istanbul? Joonu n'a jamais été très clair à ce sujet.

– Ma chérie, il ne le pouvait pas. Après m'avoir arrêté à Drepung, Younghusband, qui avait hâte de se débarrasser de moi, m'a aussitôt expédié à la prison de Chumbi. Ensuite j'ai été envoyé à Calcutta où il a fallu que je m'explique devant le vice-roi et le reste des représentants du gouvernement. Je leur ai dit que notre relation était innocente... et que je n'avais pas trahi mon pays. Mais il m'a fallu un temps fou pour les en convaincre. Ils étaient persuadés que j'allais devenir un deuxième Dorjieff, un agent anglais qui avait eu un enfant avec une Russe. A partir de ce moment-là, la surveillance s'est renforcée autour de Joonu et de moi. On ne nous lâchait plus d'une semelle. Peu de temps après, on m'envoyait en Turquie, pour une mission dont le Foreign Office croyait que je ne ressortirais pas vivant, c'est du moins ce que j'en suis venu à penser, depuis. (Il fit la grimace.) J'étais devenu le « pion à sacrifier », comme on dit dans le métier. Quoi qu'il en soit, il ne s'agit que de présomptions, et c'est encore une autre histoire. Je ne vais pas rentrer dans les détails pour l'instant, nous avons mieux à faire de notre temps. Pour résumer brièvement, je dirai que c'est à un jeune officier turc du nom de Mustafa Kemal que je dois d'être sorti vivant des prisons d'Istanbul. Au contraire de ses compatriotes, c'est un homme civilisé et qui a un sens moral. Il a tout fait pour me faire sortir de prison lors d'un échange de prisonniers avec la Grande-Bretagne. Grâce au ciel, le sultan a préféré récupérer un diplomate turc, plutôt que de me faire couper la tête!

– Ils t'ont torturé? Joonu m'a dit qu'ils l'avaient fait.

Il haussa les épaules.

– Mentalement, oui, mais physiquement ça n'a pas été aussi terrible que ce que j'ai subi à Gyantsé, lorsque je suis resté plusieurs heures enseveli dans la glace jusqu'au menton. (Il changea brusquement de sujet.) Sonia, je me suis fait tellement de souci pour toi, ces trois dernières années! Je ne pensais qu'à une chose, me libérer de mes engagements vis-à-vis de gens qui se fichaient éperdument de mon devenir. Lorsque je suis enfin sorti de la prison d'Istanbul, on m'a renvoyé en Inde. Je voulais te rejoindre à Saint-Pétersbourg, mais c'était impossible. On ne m'aurait pas laissé faire. Tu appartiens à l'aristocratie russe, autrement dit, tu es plus dangereuse qu'une bombe. Et moi je suis anglais, et pour certains, les deux ne peuvent pas se mélanger. Pour ce qui est de l'espionnage, l'Okhrana [1] pourrait en remontrer aux Britanniques. Entre les bolcheviks et Raspoutine, je n'avais aucune chance de pointer ne serait-ce que le bout de mon nez à Saint-Pétersbourg, d'autant que je sortais tout juste d'une prison turque – sans parler de ce qui s'était passé au Tibet. En Russie, on aurait certainement cherché à me mettre le grappin dessus et à me faire retourner ma veste pour épouser la cause révolutionnaire – ce qui aurait compromis à jamais notre relation. Après avoir vécu tout ce que j'ai vécu à la suite de l'opération Samsâra, et être tombé à pieds joints dans le piège que m'avaient tendu les miens en m'envoyant espionner les projets militaires du sultan ottoman (et tout cela pour me punir d'être tombé amoureux de toi), j'ai décidé que j'étais devenu trop vieux pour le « Grand Jeu ». Je ne veux plus être le pantin des uns et des autres et j'ai démissionné du Bureau des études géographiques de l'Inde et du Foreign Office. Et à dire vrai, ils étaient bien contents d'être débarrassés de moi. Même si mon séjour dans les prisons d'Istanbul m'a permis de me racheter, l'affaire du Tibet m'a à jamais aliéné la confiance de mes supérieurs. (Il lui prit la main et examina ses ongles roses, soigneusement polis.) Je rentrai donc en Angleterre, pour de bon, cette fois. Je suis arrivé en mai dernier.

– En mai! Pourquoi ne m'as-tu pas écrit, pour me dire que tu étais rentré? reprocha-t-elle à nouveau.

– Oui, je sais, mon amour, mais j'avais de bonnes raisons de ne pas te contacter en Russie. Attends une minute, écoute ce que j'ai à dire! Tout d'abord, après avoir démissionné, j'ai été hospitalisé à Simla pour me faire retirer une balle turque du genou. Et puis Joonu m'avait dit que tu étais retournée en Russie avec ton mari. C'est alors que j'ai réalisé que, tant qu'il serait vivant, je n'avais aucun espoir de te revoir, parce que ta conscience ne te l'aurait pas permis... je te connais bien, Sonia. Tu avais choisi de rester avec ton mari, et je ne pouvais pas t'en vouloir – pas plus que je ne pouvais supporter de te voir gâcher ta vie et ton amour aux côtés d'un vieillard malade. Ma seule consolation, c'était de penser qu'il n'avait plus pour très longtemps à vivre et que

1. Police politique du tsar Nicolas II. *(N.d.T.)*

nous pourrions passer tout le reste de notre vie ensemble –
si tu étais toujours d'accord, bien sûr. Car, et c'était là mon
calvaire, j'avais l'impression qu'il ne mourrait jamais, et
puis j'avais peur que tu m'oublies une fois rentrée dans ton
pays, parmi les tiens. J'étais ici depuis une semaine lorsque
mon père reçut ta lettre annonçant le décès de ton mari et ta
venue en Grande-Bretagne. Je décidai donc de prendre mon
mal en patience. Avec toi ici, en terrain neutre, je savais que
nous serions en sécurité... et nous sommes en sécurité. Mais
tu ne sauras jamais combien de fois il m'a pris l'envie
d'envoyer balader mes scrupules et de t'écrire, Sonia. A ce
jour, Joonu ne m'a toujours pas pardonné de ne pas l'avoir
fait. Mais je savais, au fond de moi, qu'il me fallait attendre
que Kolia soit mort et que tu décides de venir en Grande-
Bretagne avec ton fils. Demande à mon père si je n'ai pas
souffert le martyre ces dernières semaines. Lui aussi a souffert. J'avais l'impression que tu ne viendrais jamais, et puis
je redoutais qu'il se passe quelque chose en Russie qui
t'empêche de venir. Et il y a autre chose, Sonia, qui nous
sépare. Il faut que je te le dise.

– Quoi ? demanda-t-elle, impatiente.

– Tes titres, ton rang à la cour de Russie... ne dis pas non !

Elle eut un petit haussement d'épaules en signe de désa-
veu, mais il voulait qu'elle le lui dise avec des mots.

– Sonia, c'est très sérieux. Tu es une princesse russe ; que
puis-je te donner ?

– S'il faut que tu poses une question pareille, alors tu n'es
pas digne de moi, en effet ! J'ai toujours cru que tu étais
intelligent, Lewis Joyden, mais je commence à en douter.
Écoute, je n'ai pas besoin d'un héros, j'ai besoin d'un mari –
toi, toi, idiot ! Je t'aime, Lewis, je t'aime, cela ne te suffit
donc pas ? Notre fils ne te suffit-il pas ?

– C'est trop...

– Je renoncerais à mon pays, à mon titre, à tout si tu me
le demandais. Et c'est pour cela que j'ai si souvent écrit à
ton père. Parce que je continuais d'espérer que tu revien-
drais un jour. Est-ce toi qui l'as persuadé de ne pas me dire
que tu étais vivant quand tu es rentré de Turquie ?

– Oui.

– Tu es un affreux bonhomme.

– Je sais. C'est pour cela que je lui ai demandé de t'inviter
à dîner ce soir. Pour me faire pardonner avec un abominable pâté en croûte et une horrible piquette. (Il la prit gentiment par le menton.) Mais je serais allé chez ta grand-mère

de toute façon, pour te demander de m'épouser avant que tu ne t'en retournes en Russie, et en espérant que tu n'y retournerais jamais. Sonia, je me tiens au courant des événements, tu sais. Je lis *la Gazette de Saint-Pétersbourg.* La Russie est au bord de la révolution. Je sais aussi que tu as fait des choses admirables, comme créer la Fondation Lhassa, et que tu as été nommée membre honoraire de la Société russe de géographie. Et si j'ai hésité à te demander en mariage, c'est parce que je n'ai guère d'autre titre à te proposer que celui de Madame Joyden, épouse de Lewis Joyden, professeur de géographie et de langues étrangères dans une école minable pour jeunes délinquants.

– J'accepte.

– Je n'ai même pas une maison à t'offrir.

– Mais il y a celle de grand-mère Lizaveta!

– Ah, non! Nous en trouverons une. Et puis nous construirons une pergola, nous la recouvrirons de roses et de chèvrefeuille et nous l'appellerons Samsâra. Et nous y coulerons des jours paisibles jusqu'à notre mort. Mais d'abord, il faudra que mon révérend de père fasse de toi une honnête femme.

Elle sourit, enivrée par le parfum du chèvrefeuille.

– Si c'est une demande en mariage, je suis très honorée, monsieur Joyden, et j'accepte. Mais, dis-moi, que veut dire *Samsâra* au juste, Lewis?

Avec un petit sourire donquichottesque, il traça le contour de ses lèvres du doigt en la regardant intensément. Puis il murmura :

– Cela signifie, « le joyau contenu dans le lotus du monde ». Je crois que j'ai trouvé le mien... Allons-nous inviter H20 à notre mariage? Je crois que ça lui ferait plaisir.

– H20?

– L'homme qui se met toujours dans de sales draps à cause des jolies femmes... c'est le nom que je lui donne. Mais il a un vrai nom...

– Top secret, évidemment! dit Sonia, feignant l'exaspération. Lewis, est-ce que ça ne va pas te manquer? L'aventure... le « Grand Jeu » que vous jouiez ensemble, Joonu et toi?

– Pas si tu sais me rendre heureux.

Elle n'arrivait pas à y croire, c'était trop, trop de rêves qui se réalisaient soudain, après une attente interminable. Tout à coup, la vie s'ouvrait à elle. Elle allait vivre libre, dans un pays nouveau, aux côtés de celui qu'elle aimait. Et pourtant, malgré les petits morceaux de papier arrachés à son cahier et tachés de sang qui lui étaient parvenus depuis Constantinople, Sonia hésitait.

– Lewis, es-tu sûr que tu seras heureux avec moi... une Russe, une ennemie ?

– Non ! dit-il, le plus sérieusement du monde.

Elle le regarda stupéfaite. Ses cheveux bruns, les fines rides de son visage hâlé, ses yeux noisette qui semblaient absorber tous les verts et tous les jaunes du buisson sous lequel ils étaient assis... c'était bien lui, l'icône vivante qu'elle avait chérie toute sa vie, depuis le jour où il l'avait sauvée des eaux. Allait-il finalement opter pour le « Grand Jeu » et renoncer aux joies du mariage ? Il sourit tout à coup, de son sourire moqueur qui le rendait si séduisant, et elle dut prendre sur elle pour ne pas lui donner une grande claque sur son genou blessé.

– Ne sois pas idiote, Sonia. Je veux t'épouser. Je veux t'avoir toujours à mes côtés. Écoute, même le vice-roi n'est pas arrivé à me blâmer pour m'être laissé aller à... heu... une *affaire de cœur* [1]. Oh ! mais j'y pense, tu me dois une explication sur ce faux billet que tu as confectionné et fait remettre à Younghusband, à Chang Lo – ne t'inquiète pas, je saurai te faire parler. Ah ! voilà père. Je crois qu'il est temps que je fasse connaissance avec mon fils si nous voulons rester en bons termes jusqu'à la fin de notre existence.

Lewis se leva et alla à la rencontre de son père en boitant légèrement. Il prit le petit garçon dans ses bras.

– Salut, petit père ravi de faire ta connaissance. Nom d'une pipe, tu pèses une tonne ! Voyons un peu la fameuse marque du Dalaï-Lama... Oh ! mais ça n'est pas tous les jours que l'on rencontre le Dieu-Roi !

Luey sourit à l'homme qu'il ne connaissait pas et lui fourra son petit poing en entier dans la bouche, tandis qu'il tendait l'autre vers sa mère. Sonia le prit dans ses bras et il blottit sa tête contre son épaule.

– Il est fatigué, il faut que je l'allonge quelque part où il puisse dormir pendant que nous dînerons.

– *Mama...ctop-mi...*

– Que dit-il ? demanda le recteur, heureux et fier de découvrir que son petit-fils avait une langue après tout, même si ça n'était pas la sienne.

– Il veut qu'on lui raconte une histoire... allez, viens, fiston.

---

1. En français dans le texte. *(N.d.T.)*

Lewis saisit la canne qu'il avait rapportée de Turquie et suivit Sonia et son père dans l'allée qui menait à la maison.

– Pendant que vous vous occupez du petit, je vais réchauffer le pâté de Maud, dit le révérend Joyden en partant d'un pas guilleret vers la cuisine, tandis que Sonia allongeait le petit sur le sofa.

– Raconte-lui une histoire en russe, Lewis, il faut bien commencer d'une façon ou d'une autre.

Sonia sourit, heureuse et soulagée de voir s'achever enfin trois années de solitude – elle lui en parlerait... plus tard. Elle ferma les rideaux.

– Eh bien, dit Lewis en s'installant aux pieds de son fils, je ne connais pas une seule histoire russe qui pourrait t'intéresser, mais j'ai quelque chose en tibétain que ta mère n'a pas voulu écouter lorsque je l'ai écrit. Je l'ai écrit spécialement pour elle, tu vois. Sonia, j'ai toujours su que toi et moi aurions de beaux enfants intelligents un jour. Ferme les yeux, Luey. Maintenant nous allons éteindre les lampes à beurre. Ta mère peut fermer les siens aussi, à condition de me tenir la main pendant que je raconte mon histoire.

Samsâra

Donne-moi la main, allons sur le chemin qui borde la prairie.

Arrêtons-nous là où la pierre a vieilli, et rejoins-moi dans l'abandon.

Mais ne me demande pas comment, emporté par les rêves de l'enfance,

J'ai rompu le dernier fil doré de la tendresse,

Ni pourquoi je suis parti en quête du joyau de la terre,

Pour étancher ma soif, avant que n'éclose le lotus.

Goûtons, ma mie, ce chant du soir, assis au bord de la rivière.

Les ombres ont fait tinter la cloche solitaire.

Allons, partons plus loin vers une autre vallée.

Écouter les trilles du rossignol jaillir de la gorge du djolmo.

Et demande-moi pourquoi, dans un soupir, Samsâra le lotus a frémi.

Pour Sonia

Lewis, Tibet, 1903.

BIBLIOTHÈQUE
POUR TOUS
LANDES

Glossaire

Amphag Poche formée par le devant d'une robe ample serrée à la ceinture.

Arjopas Pèlerins voyageant à pied, qui souvent mendient leur nourriture.

Bardo Néant, l'au-delà où va l'âme des morts.

Chang Bière ou alcool d'orge fermentée.

Chorten Sanctuaire tibétain où l'on garde des reliques ou des objets ayant appartenu à de grands lamas.

Djolmo Rossignol tibétain.

Dokpa Habitants des solitudes / vachers n'ayant pas de bétail propre.

Dolma Chant de louanges à la déesse Dolma, Tara en sanscrit.

Dorjee Clochette.

Doubtob Sage et magicien.

Dragpoï-dubthab Rite magique pour attirer la mort et la maladie.

Dubchen Homme aux grands pouvoirs / magicien.

Gelong-Lama / moine ayant fait vœu de célibat.

Geyog Serviteur de la Vertu.

Geyok Moine novice de famille pauvre, serviteur d'un lama.

Gompa Monastère / lamaserie.

Gomthag Ceinture utilisée par les sectes mystiques qui méditent plusieurs heures durant. Portée en bandoulière pendant les déplacements.

Jetsunma Vénérée mère.

Jong Fort, place forte.

Jongpen Gardien du fort.

Jowa Maître.

Kale pheb « Allez lentement », formule de politesse pour dire adieu.

Kashag Gouvernement tibétain.

Khang Maison.

Kudak Noble.

Kyado Prosternations répétées lors de la récitation du mantra.

Lha Gyalo! « Les dieux sont vainqueurs ! » Exclamation de triomphe des Tibétains lors du passage de cols montagneux.

Lu Dieux-serpents des rivières et des océans, dont la richesse est prodigieuse.

Lungom Art de voler.

Mani Padme « Le joyau dans le lotus », *Om Mani Padme hum!*

Mi-deussa Refuge où un foyer de pierre a été installé par des pèlerins et où l'on peut trouver de l'eau et camper.

Mig Kar « Yeux blancs » : non injurieux pour désigner un étranger.

Nagspa Sorte de sorcier redoutable, expert en magie et capable de communiquer avec les démons et de tuer à distance.

Naljorma (fém.) *Naljorpa* (masc.) Qui embrasse la religion et qui suit la voie mystique pour atteindre la sérénité.

Neskormpa Femme effectuant un pèlerinage.

Nemo (fém.) Maîtresse de maison / hôtesse.

Nepo (masc.) Maître de maison / hôte.

Pamo Femme médium possédée par les démons qui parlent par sa bouche.

Philang Diable étranger.

Phurba Poignard magique.

Ponpo Chef.

Rimpoché « Le Précieux », façon polie de s'adresser à un lama.

Rishi Sage doté de pouvoirs surnaturels.

Ro-gyapa Boucher-fossoyeur de cadavres animaux et humains.

Rolang Cadavre debout.

Sangar Petites maisons carrées en pierre.

Shamtab Large jupe plissée portée par les lamas.

Shap-és « Pied de lotus » : Conseiller.

Siddha Homme doté de pouvoirs surnaturels.

Thumo reskiang Art de réchauffer le corps par la force de la pensée.

Tisa Demi-dieu se nourrissant d'odeurs, bonnes ou mauvaises.

Towo Dieu maléfique.

Trapa Véritable nom des lamas.

Tsampa Farine d'orge grillée, alimentation de base des Tibétains.

Tsawaï-Lama Père spirituel.

Tulku Créature imaginaire. Selon la croyance populaire, réincarnation d'une créature puissante, homme ou dieu.

Urusso Nom donné aux Russes par les Tibétains.

Yak Buffle à poils longs du Tibet.

Yangku Fortune et prospérité

Yul Province / pays.

Yidam Esprit symbolique, mâle ou femelle.

Table

Cet ouvrage a été réalisé par la
SOCIÉTÉ NOUVELLE FIRMIN-DIDOT
Mesnil-sur-l'Estrée
pour le compte des Presses de la Cité
12, avenue d'Italie, 75013 Paris
en mars 1992

Imprimé en France
Dépôt légal : décembre 1991
N° d'édition : 5982 - N° d'impression : 20372

64. 174.

JON
S

JONES (Alexandra)

Samsara